WILLIAM STYRON

苏菲的选择

［美］威廉·斯泰隆 著 谢瑶玲 译

湖南文艺出版社
HUNAN LITERATURE AND ART PUBLISHING HOUSE

博集天卷
CS-BOOKY

SOPHIE'S CHOICE
Copyright © 1976, 1978, 1979 by William Styron
This edition arranged with InkWell Management, LLC.
through Andrew Nurnberg Associates International Limited
Illustrations © Owen Gent

著作权合同登记号：图字 18-2021-301

图书在版编目（CIP）数据

　　苏菲的选择 /（美）威廉·斯泰隆（William Styron）著；谢瑶玲译 . -- 长沙：湖南文艺出版社，2022.11
　　书名原文 : Sophie's Choice
　　ISBN 978-7-5726-0847-6

　　Ⅰ . ①苏…　Ⅱ . ①威…②谢…　Ⅲ . ①长篇小说—美国—现代　Ⅳ . ① I712.45

中国版本图书馆 CIP 数据核字（2022）第 176594 号

上架建议：外国文学·经典文学

SUFEI DE XUANZE
苏菲的选择

著　　　者：	〔美〕威廉·斯泰隆（William Styron）	
译　　　者：	谢瑶玲	
出 版 人：	陈新文	
责任编辑：	刘雪琳	
监　　制：	吴文娟	
策划编辑：	黄　琰	
特约编辑：	吕晓如	
版权支持：	王媛媛　姚珊珊	
营销编辑：	闵　婕　傅　丽	
封面设计：	梁秋晨	
版式设计：	李　洁	
出　　版：	湖南文艺出版社	
	（长沙市雨花区东二环一段 508 号　邮编：410014）	
网　　址：	www.hnwy.net	
印　　刷：	三河市鑫金马印装有限公司	
经　　销：	新华书店	
开　　本：	875mm×1230mm　1/32	
字　　数：	489 千字	
印　　张：	20.25	
版　　次：	2022 年 11 月第 1 版	
印　　次：	2022 年 11 月第 1 次印刷	
书　　号：	ISBN 978-7-5726-0847-6	
定　　价：	79.00 元	

若有质量问题，请致电质量监督电话：010-59096394
团购电话：010-59320018

纪念我的父亲

(1889—1978)

第一章

　　那时候，曼哈顿区很难找到便宜的公寓，所以我只好搬到布鲁克林去。那是一九四七年，我记得很清楚，那年夏天有很多事情让我觉得开心，其中一件便是天气。阳光明媚，气候温和，空气中满是馥郁的花香，就像时光被扣留在状似永恒的春天。光是因为我觉得自己的青春快走到了尽头，我也得对此表示感激。当时我二十二岁，努力想要成为一名作家，却发现十八岁时那股夺目、持续，几乎将我烧毁的创作之火已经化为一盏幽暗的导航灯，仅在我心头，或在我曾最渴望创作的地方留下象征性的丝丝光芒。并非我已无意于写作，我仍然热望将那部我长久以来想写的小说写出来。只是在开始写了几个不错的段落之后，我就再也写不下去了，或者说类似于格特鲁德·斯泰因给"迷惘的一代"的一名二流作家做的评论，我是灵感满腔却无处下笔。更糟的是，我失去了工作，身上的钱所余无几，于是自我放逐到弗拉特布什——像其他的同乡一般，一个在犹太人王国中徘徊的瘦弱又孤独的年轻小伙子。

　　就叫我斯廷戈吧，那个时期认得我的人都这么叫我。我还在家乡弗吉尼亚州上预备学校时就有这个诨名了。我母亲去世后，我父亲因为我难以管教而心烦意乱，便将十四岁的我送进这所不错的学校。我这个人不修边幅，尤其不注意个人卫生，因此很快就得到了"臭哥"的绰号。不过随着时光的流逝，加上我个人习惯的彻底改变（事实上，我对此感到羞愧，现在甚至有点洁癖），这个无礼又难听的绰号便在不知不觉中为人淡忘，代之而起的是更有魅力，或者说不那么没有魅力，当然也更戏谑的"斯廷戈"。直到我三十几岁时，这个诨名才神秘地和我告别，像一个苍白的鬼魂，从我的生命中销声匿迹，而我对这种消失漠不关心。但是在我写作的这段时期，我仍然被称为斯廷戈。如果我一开始没有对这个绰号加以解释，那可能是因为我所要描述的是我生命中孤独又病态的一段时期，那时我就像住在山洞里的疯狂的隐士一样，很少有人知道我的名字。

我很高兴丢了工作——这是我这一辈子除了服兵役，第一个也是唯一一个支领薪水的职务，虽然失去这份工作大大削弱了我本就微薄的财力。现在我还认为，在那么年轻时我便明白了自己无论何时何地都不是坐办公室的料对我而言实在是有利无害。事实上，想到最初我是多么向往这份工作，而不过五个月后我却安心——甚至可以说是欣然——接受被解雇的命运倒使我颇为惊讶。一九四七年，工作机会极其稀少，尤其是出版业的工作，但我很幸运地被一家大出版公司雇用，职位是"初级编辑"——审稿人的委婉说法。当时的钱比现在更有价值，雇主的权力可以透过我的薪水窥见一二——周薪四十美元。扣除税金后，每一钟点的报酬是九十美分多一点。每个星期五，那个管工资的驼背小妇人都会把一张数额不多的蓝色支票放在我的办公桌上。然而对世界上有财有势的大出版公司付给我微薄薪金这一事实，我丝毫不觉得沮丧。我还年轻，又坚韧不拔，对我的工作怀有一种崇高的理想——至少在刚开始的时候。况且，这份工作也自有其迷人的补偿：在 21 俱乐部[1]吃午饭，和约翰·奥哈拉共进晚餐，才华横溢、泰然自若却追名逐利的女作家为我的编辑洞察力而感动，诸如此类。

但过了不久，这些事情一件都没有发生。一方面，这家出版公司虽然以出版教科书、工业手册及数十种科技期刊——涉及范围多样又神秘，包括养猪业、殡仪馆学和塑胶压铸——为主，却也出版小说和非小说，因此需要一个像我这样的审稿人，但它的作家列表却很少吸引到真正的文学爱好者的注意力。举例而言，我刚去上班时，出版公司所支持的两位最重要的作家分别是退休的二战时期的海军五星上将和因写鬼故事名登畅销书排行榜中游的前共产主义密探。想要找一个像约翰·奥哈拉（虽然我有许多杰出的文学偶像，但对我来说，奥哈拉是那种年轻编辑可以与之一起外出喝酒的作家）那样地位的作家，根本就是绝无可能。此外，我被分配的工作任务令人沮丧。当时麦格劳 - 希尔出版公司（以我雇主的名字为名）缺乏文学作品上的名气。它一向以供应科技书而闻名，我工作的那个出版大众书、渴求实现克诺夫出版公司和斯克里布纳出版公司同样成就的小部门，自然显得无足轻重。它有点像蒙哥马利·沃德或马斯特斯这样巨大的零售组织毫无顾忌举办的私人沙龙，用于交易貂皮和灰鼠皮，但内行人都知道这些动物皮毛是来自日本的染过色的海狸皮。

因此，作为办公室职位最低的人，我不仅没有机会一读略有可观之处的手稿，还被迫用心阅读一无是处的作品——稿纸上满是咖

1　开于 1929 年的高档餐厅，被纽约的社会名流所追捧。

啡污渍和指印。这些老旧又残破的稿纸无声诉说着作者（或经纪人）的束手无策，显然麦格劳－希尔是他们最后考虑的出版公司。但是当时那个年轻又醉心于英国文学的我，就和马修·阿诺德[1]一样，严格要求所有作品只能表达最高的严肃性及真理，所以对这些出于上千个孤独又脆弱的陌生人的渴求创造出来的无依无靠的"孩子"，我因自己的权威性和理论知识而厌恶它们，就像厌恶猩猩捉它毛皮上的害虫一样。我立场坚定，评审严苛又刻薄，毫不留情，但仍觉得难以忍受。在麦格劳－希尔大楼——位于西区四十二街，一幢外观巍然、引人注目却缺乏灵魂的绿色大厦——二十楼那间窄如鸽笼，镶有玻璃的办公室里，糟透了的作品堆满了我的办公桌，上面全都是满载着希望和蹩脚句子的稿子，我对这些作品的鄙视程度只能和一个刚读完燕卜荪的《朦胧的七种类型》的人比。无论那著作有多糟糕，我都得写上相当详尽且合理的评述。起初我能从大肆批判这些手稿中获得一种报复性的痛快，从而觉得有趣，但不久后，这些千篇一律的平庸之作便令人扫兴，我开始厌烦这份无聊的工作，也厌烦不停地抽烟和曼哈顿区烟雾弥漫下的景色，以及在枯燥而沉闷的时光中，写出无情的审读报告。我不做润饰，逐字照录，列举如下。

《高高鳗草》 阿德莫尼亚·克劳斯·比尔斯提克著　小说
　　发生在新泽西州南方沙丘和蔓越橘沼泽间的爱与死。年轻的男主角威拉德·斯特萨韦刚从普林斯顿大学毕业，是一家大型蔓越橘罐头工厂的继承人，他疯狂地爱上了拉莫娜·布莱恩。

1　英国19世纪诗人兼评论家，著有《文化与无政府主义》。——编者注（若无特别说明，本书注释均为编者注）

拉莫娜的父亲埃兹拉·布莱恩是前左倾分子，也是从蔓越橘收获者中被推选出来的罢工领导人。本书情节错综复杂，大部分讲的是威拉德的大亨父亲布兰登·斯特萨韦的阴谋，他干掉了老埃兹拉，后者支离破碎的尸体某天早上被人发现丢弃在蔓越橘采摘机里面。这件事使得被描述为"才智卓越，风度翩翩"的威拉德和"身材苗条，肢体柔软，几乎难以掩盖潜藏在其体内的情潮"的拉莫娜互相诘责，关系几近无法挽回。

我写下这段文字的时候还感到惊愕不已，只能说这可能是某个女性或畜生写过的最糟糕的小说。尽速退回原稿。

哦，聪明无比又妄自尊大的年轻人！我在谈论这些走投无路、缺乏机遇又没什么文学水准的著作时，是多么幸灾乐祸，多么满不在乎。我也无所畏惧地挖苦麦格劳－希尔以及它为获得一笔"巨款"出版可能会被《读者文摘》等杂志摘录却没什么用的"烂"作品（虽然我的嘲弄可能就是我后来被炒鱿鱼的主因）。

《管道工之妻》 奥德丽·温赖特·斯迈利著　非小说

本书唯有易记而通俗的书名投麦格劳－希尔之所好。作者是一名嫁给管道工的妇人——正如书名所言，住在马萨诸塞州伍斯特的郊区。虽然每一页都写满笑料，却令人一点都笑不出来。这些拙劣的白日梦是作者将现实生活中的可怕存在浪漫化的一种尝试，她迫切地想要将她那滑稽的日常生活与脑科医生的家庭生活相提并论。她指出，管道工就像医生一样不分日夜，随叫随到；管道工的工作也和医生的工作一样错综复杂，需要暴露在满是细菌的环境下；而当他们返家时，身上都有同样难闻的气味。由章节名便可以很好地看出本书的幽默，可这种幽默拙劣到连低俗都称不上——"咚咚咚，金发美女在浴盆中""神经的损耗""冲洗时刻""空想"等。这份手稿寄到出版公司时还发黏，而且满是折角。根据作者在一封信中所述，这份手稿辗转流经哈珀·柯林斯、西蒙与舒斯特、克诺夫、兰登书屋、威廉·莫罗、亨利·霍尔特、朱利安·梅斯纳、威廉·斯隆、莱因哈特，以及另外八家出版公司。还是在这封信中，作者提及自己对这份手稿的绝望之情（现在她全部的生活都围着这份手稿打转），并隐隐以自杀相要挟（我不是在开玩笑）。我痛恨必须为任何人的死负责，但是我坚决拒绝出版这本书。退稿！（为什么我总得阅读这些狗屁不通的东西？！）

若非看过我所有报告的资深编辑是一个和我一样对雇主及这个巨大又了无生气的出版王国感到幻灭的人，我就不会写出如上例中的最后一句那样的牢骚，也不会暗示麦格劳－希尔出版公司的出版风格十分粗糙。这名编辑是个睡眼惺忪、才识俱佳、屡屡受挫却很有幽默感的爱尔兰人，名叫法雷尔，为麦格劳－希尔旗下的《泡沫橡胶月刊》《修复学的世界》《杀虫剂新闻》《美国露天矿工》等刊物工作多年，直到五十五岁左右才被调到较轻松、不那么忙碌的大众图书部门。他排遣上班时间的方式是吸烟斗，阅读叶芝[1]和霍普金斯的作品，以宽容的态度浏览我的报告。我认为他还热切地盼望着提早退休，住到臭氧公园。我对麦格劳－希尔的嘲笑和我撰写的报告的基调不仅没有冒犯他，反而使他感到有趣。法雷尔早已成为

1　爱尔兰诗人、剧作家，下文的霍普金斯是英国诗人，著有《美人鱼的梦幻》。

毫无野心、沉默度日的人。这家公司就像巨大的蜂巢一般，有朝一日会使雇员变得麻木不仁，哪怕这名雇员胸怀大志。他明白我只有不足万分之一的机会可以找到值得出版的手稿，因此我觉得他并不以我的一点乐子为忤。我至今仍非常珍惜一份较长（如果不是最长）的报告，大抵是因为那可能是我写过的唯一一份表达我怜悯之情的报告。

《传奇：哈拉尔德·哈尔法格》 贡达·弗金著　诗歌

贡达·弗金是真名实姓，而非笔名。许多拙劣的作家都有听起来怪异或虚构的名字，结果你却发现那些名字是真实的。这是否隐含了某种意义？《传奇：哈拉尔德·哈尔法格》的手稿并非邮寄或经经纪人之手给我的，而是由作者本人亲手交给我的。大约一星期前，弗金带着手稿盒和两只手提箱走进会客室。迈耶斯小姐说他要见编辑。我猜他约六十岁，有点驼背但身子相当结实，中等身材；饱经风霜的脸上有两道灰色浓眉、线条柔和的嘴巴，还有我见过的最哀伤而充满渴望的两只眼睛。他戴着农夫戴的黑色皮帽——那种有耳盖，可以护住耳朵的帽子，穿着一件羊毛领的厚防风上衣。他的手掌巨大，指关节粗大而发红。他流着鼻涕，说他有一份手稿。我看他面容疲惫，便问他是打哪里来的，他说他从北达科他州一个叫特特尔莱克的地方出发，整整搭了三天四夜的巴士，刚刚抵达纽约。我问他："就为了送这份手稿吗？"他回答："是的。"

然后他说麦格劳－希尔是他所探访的第一家出版公司。这使我感到非常惊讶，因为我们公司即使对如贡达·弗金这般不怎么懂行的作家而言，也极少是被率先考虑的。当我问及他何以会做出这种不寻常的选择时，他回答这完全归诸运气。最初他不曾把麦格劳－希尔列为第一位。他对我说，当巴士在明尼阿波利斯停了数个钟头时，他去了当地的电话公司，因为他知道那里有曼哈顿区的电话簿。他认为撕下电话簿是粗鲁的行为，所以花了一个小时左右用铅笔将纽约市所有出版公司的名称及地址都抄录下来。我相信，他最初的计划必定是按照字母顺序逐一探访，从阿普尔顿开始，一直到齐夫－戴维斯。但是当天早上旅程告终，他从港务局巴士站出来往东一望时，在一个街口远的地方看到一块翠绿色的大招牌：麦格劳－希尔。因此他就直接到这儿来了。

这个老头面容疲惫且不知所措——后来他说，他从未到过明尼阿波利斯以东的地区，我觉得至少可以带他到楼下的自助餐厅去喝杯咖啡。在餐厅里他对我说及他的身世。他是挪威移民的后裔，一辈子都在特特尔莱克镇附近以种植小麦为生。二十年前，他约莫四十岁时，有一家采矿公司在他的土地下探测到了丰富的煤矿资源，虽然他们没有着手开采，却和他签订了长期租赁的契约，租金足以使他的后半辈子不愁吃穿。他是个单身汉，种植庄稼的生活根深蒂固到无法马上停止，但现在他可有空进行他久已渴望的计划了。那就是以他的挪威祖先哈拉尔德·哈尔法格（一个十三世纪的伯爵，或公爵，或其他什么显赫的人物）为原型，写一部史诗。不用说，听了这个可怕的消息，我的心立刻沉了一下，破碎不堪。然而我正襟危坐，望着他不断拍打手稿盒。他说："是的，先生。整整二十年的工夫。就在这里。就在这里。"

然后我的心情改变了。尽管他看起来像个土包子，说起话来却头头是道，而且理解能力也很强，好像看过不少书——主要是北欧神话，他最喜欢的小说家是挪威的西格丽德·温塞特、克努特·汉姆生，以及美国中西部直率的哈姆林·加兰和薇拉·凯瑟等。但谁知道我是不是发现了一个旷世奇才？毕竟，就连惠特曼这样伟大的诗人也曾像个笨拙的怪人，拿着稿子到处叫卖。总之，在一次促膝长谈后（我已经直呼他为贡达），我说我乐意看他的作品，虽然我必须提醒他，麦格劳-希尔在诗歌领域并不是"强手"，然后我们搭乘电梯回到楼上。接着，一件可怕的事发生了。我们分开的时候，我对他说我明白在二十年伏案疾书之后，他可能急于得到答复，但我会尽量仔细地阅读他的手稿，在几天之内给他消息。话一说完，我就注意到他准备提着另一只手提箱离开。我喊住他，他却笑一笑，用那双沉重、渴望、焦虑又疏离的眼睛盯着我说："哦，我以为你看得出，另一只箱子里装着剩余的手稿。"

我敢说，这一定是手写的文学作品中最长的一部。我把它带到了邮件室，让那儿的一个男孩子称重——三十五磅[1]，七盒均重为五磅的稿纸，总共三千八百五十页。这部传奇是用英语写的，不知道真相的人会以为那是德莱顿[2]为嘲讽斯宾塞而模仿他写成的，殊不知那是贡达二十年来在酷寒的达科他草原上日夜缅怀古代挪威人，于咆哮的朔风吹过弯着腰的小麦时挥笔写就的。

1　1磅约合0.45千克。
2　17—18世纪的英国诗人、剧作家，下文的斯宾塞是16世纪的英国诗人。

"哦，伟大的领袖，哈拉尔德，你是多么悲伤！
她为你编织的花束在哪里？"

这个老单身汉在诗的第四千节才开始好转，让人忘却大草
原的闷热。

"唱吧，巨人和尼伯龙根；不再
赞美哈拉尔德，
转为先前那哀悼的曲子，
哦，最黑暗的诅咒！
死亡的时刻到来了，不，那是很久以前：
哦，哀悼的诗章！"

我的嘴唇颤抖，视线模糊，我再也看不下去了。贡达·弗
金在阿尔冈钦旅馆（在我无情的建议下，他订了一间房）等
待我不敢打出的电话。我的决定是歉然退稿，虽然心情略感
沉重。

不是我的标准太高，就是作品的质量太差，但不管是哪种情况，
我在麦格劳－希尔任职的那五个月里没有推荐过一部著作。很讽刺
的是，据我所知，有一本被我退稿，后来找到另一家出版公司出版
的书大获成功，成为一部极受欢迎的作品。这本书被芝加哥的一家
出版公司出版时——那是我从麦格劳－希尔令人难以忍受的稿件中
逃离一年左右后，我常揣想法雷尔或其他某个高级主管的反应。因
为必定还有人对我的报告存有印象，又回头去翻以前的文件，带着

一种鬼知道的失落和沮丧，重读我冷酷无情、傲慢自负又引起重大损失的退稿报告。

> ……经过难受的几个月后，发现一份不会引起人们发烧、头痛、作呕的手稿，委实令人感到宽慰，为此这部手稿便已值得赞美。几个人乘筏漂流的故事确实有一定的吸引力。但大致说来，这是一次冗长、乏味而严肃的太平洋之旅。我觉得它删减后最适合刊登在《国家地理》这样的杂志上。也许某大学出版社会愿意买下它，但我们绝不会。

这就是我对现代探险的经典巨著——《孤筏重洋》的处理方式。几个月后，看着这本书位居畅销榜榜首数星期不下，我觉得难以置信，只能为自己的愚蠢找个借口，安慰自己说，要是麦格劳 – 希尔付给我的薪酬不止每小时九十美分，也许我就会更容易找到好书与臭钱之间的联结。

这个时期我住在西十一街大学住宅俱乐部的一幢建筑内，一间八英尺[1]长、十五英尺宽的小房间里。我一到纽约就被这里吸引了，不仅是因为它的名字（这个名字让我想起了常春藤联盟铺了粗呢桌布的休息桌，桌上随意放着几本《新共和》和《党派评论》杂志，还有身穿长礼服，服务顾客并为顾客的请求而烦恼的年老的侍者），也因为它便宜的租金——一个星期十美元。当然，常春藤联盟这种想法完全是一种愚蠢的幻想，大学住宅俱乐部事实上只是一家廉价

1　1英尺合30.48厘米。

旅社上的小阁楼，它和鲍厄里街区的出租房屋最大的不同之处在于这里有一扇上锁的门，使人享有名义上的隐私。此外，几乎其他所有的一切，包括收费，它都和廉价旅社一样，只是服务程度略有差别。说来，这个地方倒也奇妙，还有点别致。由我四楼房间里后面那扇沾满尘垢的窗子望出去，可以看见西十二街上某住宅里的美丽花园，偶尔还会瞥见这个花园的主人——一个爱穿花呢服的年轻人（我猜想他是《纽约客》或《哈泼斯》杂志的明日之星）以及他活泼可爱、身材匀称的金发妻子（他的妻子时常穿着宽松的长裤或游泳衣在花园里跑来跑去，偶尔和一只滑稽、过于整洁的阿富汗猎犬戏耍，或四肢摊开，仰躺在一张吊床上）。我会幻想自己和她做爱，那种渴望顽固、无声、迟钝但又清晰。

性，或者说性的缺乏，加上这个慵懒、迷人的小花园——及花园的主人，似乎使得大学住宅俱乐部的衰颓更加令人难以忍受，也加重了我的贫穷和孤寂，还加深了我的漂泊感。住在这里的全都是男性，多半是中老年人，流浪汉和失败者，每每在狭窄而墙皮剥落的走廊里跟他们擦身而过时，我都能闻到他们身上的那股酒的酸臭味，以及他们散发出来的绝望气息。这些人是要去贫民窟的。这里没有令人敬爱的老管理员，只有几个接待员在前厅值班。他们个个面色铁青，头顶吊着一个小灯泡，幽幽地发着光；他们也为客人开那个嘎吱作响的电梯，每次电梯无限缓慢地升上四楼时，他们都会咳嗽不止，挠着给其带来疼痛的痔疮。那年春天，夜复一夜，我就像个半疯的隐士，将自己幽闭在那鸽笼似的房间里。事实上，我不得不这样做，不仅因为我没有多余的钱可以娱乐，也因为刚到这个大都市来，我有些畏缩，只比沉默寡言好一点，所以既缺乏交友的机会，又缺乏交友的积极性。这是我这一生第一次了解突如其来的孤独有多么痛苦，就像突然被关进单人囚室的重犯一样，我发现自己消耗着我不知道自己还拥有的"体内脂肪"。在五月的黄昏中，我在大学住宅俱乐部里看着我有史以来见过的最大的蟑螂爬过那本《约翰·多恩诗歌与散文全集》时，突然看到一张孤寂的脸，我认为这实在是一张丑陋而冷酷的脸。

因此那几个月，我排遣夜晚的方式鲜有改变。每天五点离开麦格劳－希尔大楼，在第八大道搭乘地铁（五美分）到村庄广场下车，走到熟菜店买三罐啤酒——在我的预算内，也不会有什么愧疚感。回到小房间后，我就躺在波纹状床垫（铺有散发着高乐氏洗涤剂香气的床单）上看书，一直看到我的最后一罐冰啤酒变温了——大约是在一个半小时后。所幸我尚在热爱看书的年龄，因此虽然我还是一个人，却可以很好地固守我的孤寂。除此之外，我不知道该如何度过这些夜晚。我不但是个恣意任性的读者，而且不会局限于一定的主题，对文字——几乎任何文字——的兴奋程度近于情欲的爆发。我就是说的字面意思，要不是看了其他一些人给我的字条，向我坦承他们在青年时期也有这种特别的感觉，我知道如果我说自己有段时间和电话簿调了半个小时的情，继而引发情欲可能会让人觉得难以置信，还可能会被人鄙视。

无论如何，我就只是看书——我记得那一季深受我喜爱的书中有一本是《火山下》，到八九点时我就出去吃晚餐。多让人难忘的晚餐！到现在比克福德餐厅的索尔兹伯里牛肉饼和赖克的西式煎蛋卷的油脂味仍令我记忆深刻，久久不能忘记，甚至有一天晚上我快晕倒时还出现了幻觉，发现眼前有一根浅绿色、几近透明的羽毛和一个小小的鸟喙。还有雅典餐厅的羊排，软骨紧实地嵌入其中。羊排吃起来像老羊，混入了黏糊糊的土豆泥，臭烘烘的，明显就是用不知道从哪个仓库偷来的脱了水的羊做成的。不过我对纽约的美食和我对很多其他事物一样一无所知,过了好久之后,我才了解到在纽约市想要花不到一美元吃上饭,最上乘的选择是在白塔餐厅点两个汉堡加上一块派。

回到我的房间后,我会猛地抓起一本书,又一次沉浸在虚构的故事中,看它个通宵。然而,有时候我不得不做令我厌恶的"家庭作业",那就是为麦格劳-希尔即将出版的书写印在书封上的简介。事实上,回想我最初之所以会被麦格劳-希尔雇用,多半是由于我为它出版的一本大部头巨著——《克莱斯勒大厦的故事》试写过简介。我写的诗意抒情又饱含力量的简介给法雷尔留下了深刻的印象,这不仅是我应聘成功的重要因素,还明显让他觉得我可以为即将出版的图书创造出同样的奇迹。我认为他对我最大的失望之处在于我无法再创辉煌,无法写出出色的简介。法雷尔不知道但我隐约知道的是,给人带来绝望和损耗的麦格劳-希尔综合征已经出现。虽然我很不愿意承认,我却开始厌恶我对工作的态度。我不是一个编辑,而是一个作家——一个怀抱着和梅尔维尔、福楼拜、托尔斯泰或菲茨杰拉德同样热情和大志的作家,他们能够撕裂我的心,夺走一部分,而且每天晚上或单独或一起来召唤我加入他们那无与伦比的职业。为书封写简介使我感到屈辱,尤其是我被指派赞誉的那些书并不是文学作品,而是差了十万八千里的商业书籍时。下面是一段我无法完成的内容简介:

美国梦故事的核心是纸的传奇,而制纸故事的核心则是金伯利-克拉克这个名字。金伯利-克拉克公司最初只是一家设备简陋又寒碜的小作坊,位于威斯康星州冷清的湖畔小镇尼纳，现在它却是全世界制纸工业真正的巨头，其工厂遍布国内十三州及海外八国。该公司的产品——其中最著名的无疑是舒洁面巾纸——满足人类的各项需要，其名字人们耳熟能详，甚至已经成为一种专用语……

写下像这样的一段文字就需要数个钟头。我该用"无疑是舒洁面巾纸"还是"明显是舒洁面巾纸"？"各项需要"还是"各种需要"？"大量"？"众多"？在写作时，我会心烦意乱，在斗室里踱步，口中念念有词，说些没什么意义的话，希望找到自己的写作节奏，并不断抑制自己不知道为什么在进行这项工作时总会有的手淫的冲动。最后，在愤怒之下，我发现自己会对着用纤维板镶成的墙壁大声喊着："不！不！"然后猛然坐在打字机前，一边不怀好意地大笑着，一边迅速、一知半解却颇为顺畅地敲打键盘。

  金伯利－克拉克的统计数据令人匪夷所思：
  ——据估计，单是冬季的一个月份，如果将美国及加拿大用来擤鼻涕的舒洁卫生纸铺在耶鲁碗体育场上，可以堆到一英尺半高；
  ——据统计，将美国地区仅仅在四天中所使用的高洁丝卫生巾——排起来，就可以由波士顿一直排到佛蒙特州的怀特里弗章克申……

第二天，一向友善而宽容的法雷尔会望着这几段文字沉思片刻，带着一点嘲讽的表情咂他的石楠根烟斗，等他说过"我想这与我们想要的不尽相符"之后，他会咧嘴而笑，表示理解，然后要我再试一次。因为我还没有全然失败，或许也因为长老会道德传统的遗迹对我仍有些威力，那一晚我会再试一次——我会竭尽全力，结果却可能徒劳无功。在我绞尽脑汁之后，我会放弃，又回头看我的《熊》[1]《地下室手记》或《比利·巴德》，更常热望地在窗畔徘徊，俯视那个令人心醉的花园。在曼哈顿春天的金色薄暮中，在我深知自己永远不可能被驱逐的想象中，一个晚会就要在温斯顿·亨尼克特的花园里进行；那就是我为他们取的华丽名字。我独自站了一会儿后，金发的梅维丝·亨尼克特会出现在花园里，穿着衬衫和紧致的印花长裤。她停下脚步望一眼乳白色的天幕，妩媚地甩甩她迷人的秀发，再俯身从花园中摘下几朵郁金香。在这个可爱的时刻，她不明白她对全纽约最孤寂的初级编辑做了些什么。我的欲望令人难以置信，但又可以理解——它攀缘嗅探着，滑下这幢老建筑脏黑的墙壁，越过围篱，像一条蟒蛇般蜿蜒着急速前行，到达她那挺翘的臀部后在静默中化为我的实体，饱含情欲、饥肠辘辘，但仍在控制之下，一触即发。我轻轻地用双臂环着梅维丝，双手覆在她那丰满、高耸而甜美的乳房上。她低声问道："温斯顿，是你吗？"我——她的爱人，就会回答道："不是，是我，让我充任你的小狗吧。"她总会答道："哦，亲爱的，好的——等一下。"

在这种错乱的幻想中，我无法立即在吊床上和她做爱，因为桑顿·怀尔德[2]，或 E.E.卡明斯，或凯瑟琳·安·波特，或约翰·赫西，或马尔科姆·考利，或约翰·菲利普斯·马昆德突然到达了。这时——我的欲望消失，从而恢复了理智——我会发现自己又站在

---

1 美国小说家威廉·福克纳的短篇小说，下文的两部作品分别由俄国作家陀思妥耶夫斯基和美国作家赫尔曼·梅尔维尔所著。

2 美国作家，下述人名均为美国作家。

窗畔，热望地欣赏着下面的欢宴，因为在我看来，温斯顿·亨尼克特这对年轻欢快又爱好交际的夫妇（一次偶然的机会中，我在他们美丽宽阔的客厅里瞥见了摆满书的丹麦式书架，这让我嫉妒）富有得足以招待闻名世界的作家、诗人、批评家，及其他种类的文学家。因此在这些薄暮笼罩的傍晚，他们家的阳台上慢慢传出聊天声，聚满了衣着高雅又见多识广的人。在黑影中，我辨认着那些在我的想象中担任男主角和女主角的脸孔，这些人是从我不幸的灵魂深陷出版的世界之后便为我朝思暮想的。我还未曾见过一位出过书的作家——除了我先前提过的那个糟糕的前共产主义者，有一次他来麦格劳－希尔，但无意中走入我的办公室，他闻起来有一股大蒜和汗臭味。因此那年春天，亨尼克特家的宴会使我得以浮想联翩，有机会和害我患相思病、折磨我的偶像打照面。有华莱士·史蒂文斯！还有罗伯特·洛威尔！门边那个一脸胡子、神秘兮兮的绅士是谁？真的是福克纳吗？传说他到纽约来了。那个身材丰满、梳着发髻、面带微笑的女人必然是玛丽·麦卡锡。那个面带讥讽、面色红润的矮个子只可能是约翰·契弗。有一回在黄昏中，有个女人尖声叫道："欧文！"这个名字一传到我这个阴郁偷窥狂的耳中，我的心就漏跳了一拍。天色太暗，令人看不真切，而且他背对着我，但这个身材魁梧、被两个脸上流露出仰慕之情的女孩左右簇拥着的男人，会是写《穿夏裙的女孩》[1]的作家吗？

　　我现在意识到，这些薄暮时分在亨尼克特家逗留的客人必定混迹于广告游戏业、华尔街或其他空洞的行业，但当时我对自己的错觉却深信不疑。然而，就在麦格劳－希尔王国开除我的前一晚，我

1　美国小说家、戏剧家欧文·肖的短篇小说。

经历了一次强烈的感情逆转，使我此后不再俯视那个花园。那次我照例站在窗畔的那个位置，凝视梅维丝·亨尼克特那熟悉的背影。她一边做着一些使我非常爱慕的小动作——拉扯衬衫，用一根手指将金色的头发掠向脑后，一边和卡森·麦卡勒斯以及一个脸色苍白、身材高大、一双近视眼时常眨动——明显就是奥尔德斯·赫胥黎——的人交谈。他们究竟在谈些什么？萨特？乔伊斯？陈年佳酿？西班牙南部的避暑胜地？《薄伽梵歌》[1]？不，他们显然只是在谈论环境——这个环境，因为梅维丝指着花园里被常春藤覆盖的围墙、小型草皮、汩汩作响的喷泉，及明亮的光线下令人惊叹的郁金香花床，她的脸上露出愉悦活泼的神情。"要是……"她的表情变得苦恼，似乎说着，"要是……"然后她快速转过身，握着愤愤的小拳头，指着大学住宅俱乐部。那个迷人而生气的小拳头如此显眼，如此冷酷无情又激动不已，简直就像直指我的鼻端一样。我觉得自己仿佛被聚光灯照亮了，在我疯狂懊恼的当口，我确信她那张合的嘴唇在说："要是那个该死的偷窥狂没有在那里一天到晚地偷看我们就好了！"

但是我在第十一街所受的痛苦注定不会很久。如果说我被解雇是因为《孤筏重洋》这件事的话，那倒不会令人感到遗憾，然而我被麦格劳－希尔辞退的命运却是由于一位新主编的到来。这个人的姓恰好与"鼬鼠"有相似的发音，所以我在背地里都叫他"鼬鼠"。公司聘请他来是出于紧急需要。当时出版界的人都知道他和托马斯·沃尔夫有来往，在离开斯克里布纳出版公司和麦克斯威

---

1 印度教经典著作，源于印度著名史诗《摩诃婆罗多》的第六篇《毗湿摩篇》。

尔·珀金斯后他成为沃尔夫的编辑。在沃尔夫死后，他按照写作顺序，帮忙收集了这名作家大量尚未出版的作品。"鼬鼠"和我都是南方人，按理说在纽约这座陌生的城市，同为南方人的我们应该会巩固一下彼此之间的关系，但打一开始我们就不喜欢对方。"鼬鼠"年近五十，秃头，个子不高，相貌平庸。我不知道他对我究竟有什么看法——无疑他的这种态度跟我那种傲慢自大、随心所欲的审读报告有点关系——只是认为他冷酷、疏离、毫无幽默感，而且自矜自是、不易接近、总是夸大自己的成就。在编辑会议中，他很喜欢说"沃尔夫以前常对我说……"或"正如托马斯死前写给我的信中所言……"。

他一天到晚地提及沃尔夫，仿佛他就是这位名作家的另一个自我——这使我感到难以忍受，因为和无数与我同龄的年轻人一样，我也经历过因崇拜沃尔夫而感到痛苦的时期。我愿倾其所有和"鼬鼠"这样的人共度友好而轻松的一晚，向他询问我崇拜的这位大师不为人知的趣闻逸事，听到这位文学巨匠令人称奇的故事、怪癖、恶作剧和他三吨重的手稿时发出一句如"天哪，先生，这太有趣了！"这样的赞叹。然而"鼬鼠"和我却难以沟通。他十分守旧，很快就适应了麦格劳－希尔井然有序、沉闷死板、极端保守的风格。相形之下，我仍精力充沛——方方面面都是如此，对图书出版的编辑环节和整个出版业的风格、习俗、制造等都抱有一种调侃的态度，虽然我那双疲惫的眼睛现在只觉得审稿是一件乏味的工作。毕竟麦格劳－希尔是美国商业的典型范例，尽管有文学作品加以粉饰。因此一旦像"鼬鼠"这样冷酷忠诚的人上任掌权，我知道麻烦很快就要来临，我离开的日子指日可数。

"鼬鼠"到任不久后，有一天把我叫进他的办公室。他有张臃肿的圆脸，细小而不友善的眼睛和鼬鼠眼相似，我实在想不通他是怎么得到托马斯·沃尔夫的信任的。沃尔夫是一个很注重细节的人。他招呼我坐下，虚伪地寒暄几句后，开门见山地说就他所知，我显然没有遵从麦格劳－希尔某些方面的"轮廓"。除了描述一个人的侧脸，这还是我第一次听到有人如此用这个词。他继续往下说，谈到了一些细节问题，而我越来越不明白我做错了什么，因为我确定老好人法雷尔并没有挑剔过我或我的工作。后来我才知道原来我的错误包括了衣着以及政治两方面（简直毫无道理）。

"鼬鼠"说："我注意到你没有戴帽子。"

"帽子？"我回答，"呃，没有。"我一直都对帽子不感兴趣，觉得它代表了一个人的身份。当然了，自从两年前于海军陆战队退伍后，我就没有想过会有人强制要求戴帽子。

"鼬鼠"说："麦格劳－希尔的每个人都戴帽子。"

我回答："每个人？"

他毫无表情地说："每个人。"

当时我即刻思考他所说的话，发现那确实是真的：每个人都戴帽子。早上上班、傍晚下班，还有午餐时间，电梯里和走廊上是一片由草帽和毡帽形成的帽海，帽子下面是麦格劳－希尔数千名剪有整齐划一的寸头的员工。至少对男士而言的确如此，至于女士——主要是秘书——则可以自行选择。毋庸置疑，"鼬鼠"所言完全正确。直到此刻我才意识到戴帽子不仅是时尚，事实上还是麦格劳－希尔服装的一部分，这套服装还包括领尖有纽扣的箭牌衬衫和剪裁宽松的韦伯牌法兰绒西装。这幢绿色大厦里的每一名男士——从教材推销员到《固体废物管理》杂志忧心忡忡的编辑——全都是这么穿的。我太天真了，从没有察觉自己一直没有穿制服，此刻一了解到这个事实，我感到又恼怒又得意，一时也不知道该怎么回复"鼬鼠"一本正经的暗示。很快我就发现自己以和他同样冷酷的声音问道："请问我在哪方面没有遵从这个轮廓？"

"我不能决定你看报的习惯，我也不想那么做，"他说，"不过被人看见麦格劳－希尔的雇员阅读《纽约邮报》却是很不明智的。"他停顿了一下，"我完全是为了你好才这么说的。不用说，你下班后或私下里可以阅读你想看的任何东西。只不过……麦格劳－希尔的编辑在办公室里看激进派的报刊被人看见的话不太合适。"

"那我该看些什么？"我习惯在午餐时刻到四十二街去买一份下午刚出的《纽约邮报》和一个三明治，再回到办公室里利用休息的一个钟头看报、吃饭。我一天只看这么一份报纸。那时候我在政治上的态度还不是中立的，远没有那么不问世事，也没有被阉割。我阅读《纽约邮报》并不是为了自由党的社论或马克斯·勒纳的专栏——这些都让我觉得厌烦，而是为了它轻松活泼的大都市新闻及其对上流社会极具吸引力的报道。然而我在回答"鼬鼠"的问话时，心知自己绝不会放弃这份报纸，最多也就顺便去一下沃纳梅克的店里为自己买一顶卷边平帽。"我喜欢《纽约邮报》，"我略为生气地说，"你认为我应该改看什么？"

"《国际先驱论坛报》可能比较合适，"他那种慢吞吞的田纳西腔未曾流露出一丝温暖，"《纽约每日新闻》也可以。"

"可这两份报纸都是早报。"

"那么你不妨看看《世界电讯报》或《纽约日报》。感觉主义总比激进主义要讨好些。"

我正想说《邮报》根本算不上激进，却又把话咽了下去。可怜的"鼬鼠"。虽然他是个冷酷无情的人，我却突然有点同情他，因为他试图用来勒住我的马嚼子并不是他给套上的，他的行为（一个南方人支支吾吾地对另一个人表达迟来的同情难道不是一种道歉的信号吗？哪怕这一信号很微弱）让我知道他对于这些愚蠢又丑陋的束缚并不感兴趣。我也看清了就他的年龄和地位而言，他确实是麦格劳－希尔的囚犯，屈服于公司的欺瞒手段、低俗风格及唯利是图——一个绝不可能再回头的人。而我，至少还有整个世界给我的无限自由。我记得当他说出那句惨淡的宣言——"感觉主义总比激进主义要讨好些"时，我暗自低喃了一句近于狂喜的告别语："别了，'鼬鼠'。别了，麦格劳－希尔。"

我仍然为我缺乏当场辞职的勇气而哀叹。反之，我进入了怠工状态，也许说"停工"更为妥切。接下来几天，我虽然准时上班，一到下午五点就准时下班，那些手稿却在我的办公桌上越堆越高，未被审读。中午时，我不再翻阅《邮报》，而是走到时代广场附近的一处书报摊，买一份《工人日报》，毫不掩饰地——事实上，非常随意——坐在办公室里阅读，就像往常那样，边读边嚼腌黄瓜和熏牛肉三明治。在这座盎格鲁－撒克逊白人掌权的堡垒里，我很享受自己扮演双重角色的每个时刻，我既是想象出来的共产主义者，又是虚构出来的犹太人。我怀疑当时我大概有些疯狂了，因为在我上班的最后一天，我穿了我的泡泡纱西装去了办公室，还配上一顶以前在陆战队时戴的褪了色的绿色船帽（约翰·韦恩在电影《硫磺岛浴血战》中戴的那种帽子）。我故意让"鼬鼠"看到我这一身荒谬的打扮，并设计让他在当天下午逮到我最后一次的背叛……

我可以忍受在麦格劳－希尔上班的少数原因之一，就是我从二十楼往外看所见到的风景——使我困倦的精神为之一振的曼哈顿区，有巨石，有尖塔，虽普通却真的会令我兴奋到颤抖。狂风快速吹过麦格劳－希尔的墙垣，我最喜欢的消遣方式是从窗口丢下一张纸，心醉地看着它飞过屋顶，翻滚升腾着消失在时代广场周围的峡谷里。那天中午，我买了一份《工人日报》，接着又灵感突发，买了一管吹气球的东西——现在的儿童时常吹着玩的那种，不过当时是一种新上市的玩意。回到办公室，吹了六个可爱又易破的彩色气球，希望它们随风浮沉，开启一场冒险之旅。我一个一个地将它们投入烟雾弥漫的深渊，它们比我想象中要大，跟篮球一样，可以容纳我的每一个被埋葬又孩子气的欲望，带着这些欲望飘到地球最远最深处。它们就像木星的卫星似的，在正午的阳光下闪耀着光芒。一股诡异的上升气流使它们猛然飞到第八大道的上空，似乎要永远地悬浮下去。我欢欣地叹了口气，然后我听见女孩子们的笑声和叫声，看见麦格劳－希尔的一群女秘书被这个景象迷住，从相邻的几间办公室里探身望向窗外。一定是她们的骚动引起了"鼬鼠"对这场空中表演的注意，因为就在气球飞速向东飞去，坠落到四十二街炫目的河谷，那些女孩子为此发出最后一声欢呼时，我听见他的声音在我背后响起。

我认为"鼬鼠"尽力控制了他的怒意，他以一种压抑的声音说："明天起你不必来上班了。五点你可以去领取你的最后一次薪水。"

"随你的便，你是在开除一个将会和托马斯·沃尔夫一样有名的人。"我并没有把这些话说出来，但是这几句话在我的舌下翻滚，以至到今天我还保有把它们说出口的印象。我想那时候我什么话也没说，只是望着那个矮子转过身去，迈着他的小脚走出我的生命。接着一种放松的感觉涌遍我的全身，这种感觉有点像欣慰，就好像我脱去了好几层快令人窒息的衣服一样。更准确地说，就好像我在阴暗的深水中沉溺了许久，终于奋力浮到了水面，大口大口地吞着新鲜的空气，并为此感到幸福。

"死里逃生，"后来法雷尔说道，用一种他自己都没察觉到的犀利进一步补充我的那个比喻，"许多人都被溺死在这个地方，尸骨无存。"

那时早就过了下班时间。我留下来收拾残局，和一两位略显友善的编辑告别，拿了我的最后一笔薪水——三十六点五美元，最后，再向法雷尔辞行，意外的是他感到痛苦和哀伤。这揭示了他是个孤单而消沉的酒鬼这一事实——如果我对他多一点关怀或我的观察力再敏锐一点，我可能早就怀疑了。我正把几份比较有见地的手稿报告影印本塞进公文包里的时候，他脚步有点不稳地走了进来。

法雷尔重复道："尸骨无存。"他递给我一个杯子和半瓶老奥弗霍尔德黑麦威士忌，说："喝一杯吧。"他酒气十足，闻起来有点像裸麦粗面包的味道。我回绝了——并非出于忸怩，而是因为那时候我只喝便宜的美国啤酒。

"呃，反正你并不适合待在这里，"他喝了一大口酒说，"这不是你该待的地方。"

我同意道："我开始领悟到这一点了。"

"五年内你就会变成老板的亲信，十年内你就会成为一块'化石'，一个三十多岁、守旧的老顽固。麦格劳 - 希尔就是会把你变成这样。"

"是啊，我还有点高兴自己就要离开了，"我说，"不过我会想念这份薪水，尽管那根本称不上金矿。"

法雷尔咯咯笑了几声，小声打了一个嗝。他的上唇微嘛，一张脸看起来就像个典型的爱尔兰人，有点滑稽。他流露出一种哀伤——一种难以形容的疲惫而认命的哀伤，使我痛苦地想到办公室这种寂寞的饮酒，和叶芝、霍普金斯共度的薄暮时光，以及来往臭氧公园的荒凉的地铁。我突然明白我不会再见到他了。

"那么你是要去写作，"他说，"你要成为一个作家。一个好志向，以前我也这么想过。我希望并祈祷你会实现愿望，把你的第一本著作寄给我一本。你要去哪儿开始写作？"

"我不知道，"我说，"我只知道不能再住在眼下那个脏地方了。我一定要离开那里。"

"啊，我曾经那么想写作，"他若有所思地说着，"我是说写诗，写散文，写一本好小说。注意，不是一本伟大的小说——我知道自己没有这种天分和野心，只是一本好小说，一本有着优雅风格的小说。一本像《圣路易斯雷大桥》或《大主教之死》这样的好小说——朴实无华，却有接近完美的内容。"他停了一下又说："哦，可是我却脱轨了。我觉得是因为长期的编辑工作，尤其还是和科技有关的。我脱离了正轨，跟其他人的思想和文字打交道，却搁下自己的，而那对创作并无助益。"他又停下来，望着杯底琥珀色的残渣。"也许使我脱轨的就是这玩意，"他哀伤地说，"酒，这杯五十度的美梦。总之，我并没有成为一个作家。我也没有成为一个小说家或一个诗人。至于散文，这一辈子我只写过一篇散文。知道那是什么内容吗？"

"不知道，什么内容？"

"那篇散文刊登在《星期六晚邮报》上，是关于我和我太太到魁北克度假的趣事。并不值得描述，可是为我赚了两百美元的稿费，有好几天我都是全美国最快乐的作家。啊，可是……"他显然感到一股强烈的忧郁，声音也减弱了。他喃喃说道："我脱轨了。"

我继续把东西塞进公文包里，也不知道该如何回应他的情绪，因为那已近似于一种悲痛，我只好说："呃，希望我们保持联络。"然而我却明白我们不会的。

"我也希望，"法雷尔说，"多希望我们能有机会更深入地了解彼此。"他望着酒杯，好一阵子都没有开口，这使我开始感到紧张。终于，他缓慢地重复道："多希望我们能有机会更深入地了解彼此。我一直想邀你到我家去吃晚餐，在皇后区，可是我一再延期。又脱轨了。你知道，你使我想起我儿子。"

我惊讶地说："我不知道你有个儿子。"我曾听法雷尔漫不经心又略带嘲弄地暗示过他"膝下无子"，便以为他没有子女。但我的好奇心也就止于此。麦格劳－希尔的工作氛围冷漠又无情，如果你对其他同事的私生活表现出一丁点的兴趣，那你就是厚颜无耻，甚至是肮脏龌龊的。我开口说："我还以为你——"

"哦，我曾有个儿子！"他突然大喊，声音混合着愤怒和哀伤，使我感到惊愕。威士忌酒缓解了他的愤怒，这种愤怒每天下午五点之后都会在那段孤寂又荒凉的时光中陪伴他。他站起身，走到窗畔，望着沉浸在暮色雾气中，被夕阳染得火红的曼哈顿区。他又说："哦，我曾有个儿子，爱德华·克里斯蒂安·法雷尔。他和你的年纪差不多，他只有二十二岁，他也想当个作家。他……他善于遣词造句，我的儿子。他有魔鬼也为之着迷的天赋，他所写的几封长信见识深远、妙趣横生且智慧无比，是全世界最好的信。哦，那孩子的文笔真好！"

他的眼中涌上了泪水。对我而言，这是个我无能为力又不知所措的时刻。这种时刻时不时地就会出现在你的生活中，但你很少会产生怜悯之情。一个你并不了解的人以哀伤的语气说着他所爱的人，这使他的听者束手无策。他应该是在说他的儿子死了。不过，有没有可能他的儿子只是离家出走、得了健忘症，或成了逃犯？或许他现在被关在疯人院里，所以法雷尔才这么伤心？他又继续往下说时，我对他儿子的命运仍一无所知。我尴尬地转过身子，继续整理东西。

"他要不是我唯一的孩子，或许我会好受些。但爱迪[1]出世之后，我和玛丽就没有再要孩子了，"他突然停住口，"啊，你不会想听的……"

我回过头对他说："不，请接着说下去吧。"他似乎迫切地想要一吐为快。由于他是个我喜欢的好人，又把我和他的儿子相提并论，我觉得倘使我不鼓励他卸除心里的负担，未免太说不过去。于是，我又重复了一次："请接着说下去。"

法雷尔又为自己倒了一大杯威士忌。他已经喝得差不多了，说话有些口齿不清，在消退的光线中，那张长着雀斑的脸显得哀伤而憔悴。"哦，一个人确实可以将他的志向寄托在子女身上。爱迪上了哥伦比亚大学，让我觉得兴奋不已的是他热爱读书，又有写作的天赋。十九岁时——只有十九岁而已，他就有一篇小品文被刊登在《纽约客》上。我相信，他是该杂志问世以来最年轻的一名投稿者。是他的眼睛，你知道，他的眼睛，"法雷尔伸出一根食指指着他自己的眼睛，"他可以看见我们看不到的东西，将那些东西写得活灵活现。马克·范多伦曾给我写过一封短笺——那真是最可爱的短笺，说爱迪是他所有的学生中最有写作天分的人之一。想想看，马克·范多伦！你不觉得这是很难得的赞美吗？"他看着我，仿佛等待我加以证实。

---

1 爱德华的昵称。

我附和道："是很难得的赞美。"

"然后——然后，一九四三年时，他加入了海军陆战队。说他宁愿自动入伍，而不愿等待征召。虽然他本质上的敏感使他不可能对战争抱有幻想，他却真的热爱陆战队。战争！"他厌恶地说出这两个字，就像一个他很少使用的下流词，然后停住口，闭上眼睛，痛苦地点点头。随后他又望着我说："战争将他带到了太平洋，去参加最可怕的战役。你该看看他的信，奇妙、愉快、扣人心弦的信，找不到一丝自怜。他一直坚信他会回家，返回哥伦比亚大学完成学业，如愿成为一名作家。两年前他被派到冲绳时，被一个狙击手击中了，击在头部。那时是七月，他们正在收拾残局。我想他大概是这场战争中最后的几个牺牲者之一。他是个下士。他荣获青铜星章。我不知道为什么会发生这种事。上帝！我不知道为什么会发生这种事！上帝，为什么？"

法雷尔啜泣着，闪亮而真诚的泪水漫过他的眼眶，我别过头，觉得惭愧而羞辱，即使过了这么多年，我仍然记得当时那种焦虑不安及略带恶心的感觉。现在这种情绪或许难以解释，可能是因为三十年来美国发动的多场野蛮的战争使人感到疲惫不堪又愤世嫉俗，所以我的反应才倾向于毫无希望的保守与浪漫。然而事实是，我和爱迪·法雷尔一样，也曾在陆战队待过，而且一样热切地想要成为一名作家，也从太平洋给家里寄满腔热血的信件，内容同样充满了热情、幽默、绝望和极大的希望；这是只有随时面临死亡威胁的年轻人才写得出来的。更令我在回溯时感到痛苦的是，爱迪死后没几天我也到过冲绳（谁知道呢，我常想也许就是他遇害后的几个小时），而那里已没有敌人，没有恐惧，也没有危险，只有宁静却破败的东方景色。在广岛原子弹爆炸前的最后几个星期，我时常安全自在地在那里漫步。事实上，我连一声枪响也没听见，这真是让我耿耿于怀。尽管我算是个幸运儿，却一直为没能取得辉煌的战绩而感到遗憾。当然，就这次经历——或者该说没有经历——而言，爱迪的这个简短却可悲的故事使我感触最深。当法雷尔坐在暮色中哭泣时，我觉得自己渺小、无力，因此什么话也没说。

法雷尔站起身，拭拭眼睛，站在窗畔凝望着夕阳下的哈得孙河，河上有两艘轮廓模糊的大船正缓缓地向纽约湾海峡驶去。春风如魔鬼般在麦格劳-希尔冷漠的绿色屋檐上呼啸着。法雷尔再次开口时，他的声音似乎来自远处，低吟着一首哀伤的老诗：

> 人所敬重的一切
> 存在于一时或一日……
> 前锋的吼声，士兵的踏步
> 枯竭了他的荣耀和力量；
> 无论夜晚有何光焰
> 冰冷的心已经饱足。

然后他转身对我说："孩子，拼尽全力去写吧。"他摇摇晃晃地走过走廊，永远步出了我的生命。

我在那里逗留了许久，思索着未来，而弥漫到新泽西州草地上的烟雾使得这未来迷茫而模糊。我还年轻，并没有过于畏惧，但也没有年轻到在有许多顾虑的情况下仍坚定不移。我所看过的那些荒谬的手稿也可以说是一种告诫，让我看清所有的志向都是多么可悲——特别是与文学有关的。我梦想成为一个作家，然而为了某种原因，爱迪的故事深深地震撼了我的心，使我首次领悟到我内在的空洞。我是在很年轻的时候到过很远的地方，但我的精神却是闭塞荒芜的，对于爱与死，我浑然不知。当时我并不知道自己很快就会接触到这两样东西，具体表现在人类的激情和肉体上——我之前一直因自鸣得意和丧失自我没得到过。我也不曾意识到我的体验之旅会在布鲁克林这个陌生的城市里展开。我只知道我要最后一次由二十楼搭乘干净的绿色电梯下去，走到曼哈顿区混乱无序的街上，喝一杯昂贵的加拿大麦芽酒，吃我来到纽约后所吃的第一块里脊牛排，庆祝我的解脱。

第二章

那一晚，我一个人在第五大道南边的隆尚餐厅欢宴过后，数了数身上的钱，总共只剩下四十几美元。虽然我说过，面对窘境我并不畏惧，但仍然有点不安，何况再找到一份工作的机会几近于零。其实我用不着担心，因为几天之内我会接到一笔意外之财，至少近来可以使我不至于有断粮之忧。收到这件礼物可以说是一种怪异又珍贵的运气，正如后来我所拥有的好运一样，它源于美国的黑人奴隶制度，虽说这和我将在布鲁克林过的新生活只有间接的关联，这件礼物的故事却极不寻常，值得详述。

这件事主要和我的祖母有关。她对我说起她的奴隶时，已经是个年近九十的老妇。我时常感到难以相信，昔日的南方时代竟离我如此近，拥有黑奴的人不过是我上两代的祖先，而非早期的。但事实就是如此：我祖母生于一八四八年，十三岁时便拥有两个年纪比她略小的瘦小的黑人女仆，在南北战争那些年，她仍视她们为珍爱的财产，尽管亚伯拉罕·林肯试图解放黑奴并发表解放宣言。我用"珍爱"这两个字并非讽刺，因为我确信她真的很爱她们，当她追忆德鲁茜拉和露辛达（这是她们的名字）时，她年老而颤抖的声音就会因饱含情绪而嘶哑，她对我说那两个小女孩对她而言"多么多么重要"，以及在可怕的战争中，她怎么到处去找毛线，给她们编织长袜。她在北卡罗来纳州的博福特县度过一生，我对她在那里的生活记忆深刻。二十世纪三十年代时，每年的复活节和感恩节，父亲和我就会由我们在弗吉尼亚州的家出发，开车穿过沼泽地和平坦又单调的花生、棉花及烟草田去看她，荒凉的黑人小屋同样破败又单调。到了位于帕姆利科河畔死气沉沉的小镇后，我们轻言细语，格外温柔地向祖母问安，因为她多年前中过一次风，几乎完全瘫痪。我十二三岁时，在她的床畔首次听她说起德鲁茜拉和露辛达，还有野外聚会、射杀火鸡、裁缝聚会、搭内河船游帕姆利科河和发生在战争前的其他乐事，直到她睡着后，她那年老微弱、甜美快活却热情不减的声音才停止。

然而，值得注意的是，我祖母从未对我或我父亲提及另一个小黑奴——他有一个欢快的名字，叫阿提斯特。和德鲁茜拉、露辛达一样，阿提斯特也是她父亲给她的，但不久之后又被她父亲卖掉了。正如我即将提及的两封相关的信中所说，她之所以从不提及这个男孩，无疑和他不同寻常的最终命运有关。总之，我的曾外祖父在完成这笔交易后，把得到的收入换成各种面额的联邦金币——显然，他预见了即将爆发的可怕战争，并将金币装在一个土罐子里，埋在后花园的杜鹃花丛下，以防被北方佬发现。在战争的最后几个月，北方佬真的来了。他们踏着脚步，腰挂闪闪发亮的军刀，当着我受了惊的祖母的面把房子拆了，又去搜了花园，却没有找到金币。顺便提一句，我还非常清楚地记得我祖母提及这些联邦军时说的话："他们真的是很英俊的人，拆掉我们的房子只是奉命行事，不过他们可没有文化或教养。我确信他们是从俄亥俄州来的。他们甚至把火腿丢出窗外。"我的曾外祖父由战场归来时，失去了一只眼睛，膝盖骨也碎了——都是在钱斯勒斯维尔战役中受的伤。他掘出金币，在房子整修后，把金币藏进地窖里一间设计精巧的小密室里。

不像人们偶尔在新闻上读到的那些神秘的宝藏故事——工人挖出了成包的美钞或西班牙金币，这些金币似乎注定了会被永远地藏匿，可能直到世界末日。我的曾外祖父在十九世纪末丧生于一次狩猎事故，他的遗嘱上并未提到这些金币，想必他认为自己已把这笔钱传给他的女儿了。四十年后，他女儿去世时，在遗嘱上提及要将这些金币平分给她的孙儿孙女；但她年已老迈，神志模糊，竟然忘了说这笔财富藏在哪里，可能是把她存在本地银行里的保险箱当成地窖密室了，由此也就没有提供这笔财富藏身之所的具体地方。整整七年，没有人知道这些金币的所在之处。最后将这笔钱从满是白蚁、蜘蛛和老鼠的，发霉发臭的隐蔽地方取出来的人，是我祖母六个子女中唯一存活的那个人，也就是我父亲。父亲一生都缅怀着过去，因为他的家族和血统都是可敬又优秀的。就像一个维多利亚时期的学者因偶然发现抽屉里满是迄今为止尚无人知的罗伯特·布朗宁和伊丽莎白·布朗宁夫妇露骨的情书并为此着迷、喜悦一样，我父亲也是一个会因看到某个逝去已久、为人乏味且关系疏远的堂兄寄来的信件和纪念品而喜悦和满足的人。所以想象一下他得有多兴奋：在翻阅他母亲褪色的信札时，发现了我的曾外祖父写给她的一封信，信中不仅详述地窖密室的确切位置，还写了买卖年轻黑奴阿提斯特的具体情况。我正收拾行李要离开大学住宅俱乐部时，收到了我父亲从弗吉尼亚州寄来的信，信中既讲了过去几代南方人的故事，又讲了近期发生的一些大事。我转录于下。

亲爱的儿子：

　　我收到你二十六日的来信，说你失去了工作。斯廷戈，一方面说来，我为此感到遗憾，因为这使你的经济陷入困境，而我又不能给你提供多大的帮助，毕竟你那两个住在北卡罗来纳州的姨妈所遭受的无数困难和债务，是我无法袖手旁观的，我想她们两个人年岁已高又孤苦无依。不过，过几个月我的财务状况大概会有所改善，到时也许可以适当地资助你，帮你实现成为作家的志向。另一方面，我认为你离开麦格劳－希尔或许是失之东隅，据你所言，那里相当冷酷。再说，这家公司充其量不过是掠夺美国人一百多年财富的商业强盗头子的传声筒与宣传工具而已。你的曾外祖父在内战中负伤归来后，曾和你祖父携手合作，想在博福特县做一点鼻烟与口嚼烟草的生意，却被华盛顿·杜克和他的儿子巴克·杜克这俩海盗一般的恶魔逼迫到撒手不干，梦想破灭。自从我知道这个悲剧后，我就痛恨恶意垄断市场、蹂躏小人物的资本主义。（尽管这不能算你的错，但你上学的地方应该是靠杜克家族赚来的不义之财建立的，我觉得真是一种讽刺。）

　　你一定还记得弗兰克·霍布斯吧？多年来他都是搭我的便车，和我一起到船厂工作。他出生在南安普敦县的花生田里，大致说来是个很稳重的人，但他这个人的信仰十分反动，即使是用弗吉尼亚州的标准来衡量，也经常很偏激，因此我们很少谈到意识形态或政治。最近纳粹德国的暴行被揭发后，他仍是个反犹分子，坚持认为是国际犹太金融家在把控着财富。要不是他的观点过于无知，我必会纵声大笑。虽然我认可了霍布斯所说的罗斯柴尔德和沃伯格无疑是希伯来名字，但我告诉他贪婪并不是种族性的，而是人类与生俱来的劣性。然后我列举了一串名字，如卡内基、洛克菲勒、弗里克、梅隆、哈里曼、亨廷顿、惠特尼和杜克等无数令人倒胃口的人。霍布斯不以为意，因为在任何情况下，他都能把怒意转向一个比较容易也比较普遍的目标，特别是在弗吉尼亚州的这个地区，都不用我说，就是黑人。我们并不经常谈论这个话题，五十九岁的我，已不再适合打架。如果黑人真如一般人所言的那般"拙劣"，那只是因为他们被我们这些自视为主人的人剥夺了应享有的权利而居于劣势，因此他们只能露出一副低贱拙劣的嘴脸。但是黑人不会永远处于下风。世界上没有任何力量可以使哪个肤色的民族一直卑贱和贫穷。我不知道我这一辈子会不会看到黑人被赋予选举权，我并不那么乐观，但是到了你那一代必然会的，我愿意放弃一切以换得亲见那一时刻。一定会的，那时哈里·伯德所看见的黑人男女不再坐在巴士的后座，而是平等自由地开车驰骋在弗吉尼亚州的每条街道上。为此我宁愿被人以"黑鬼爱人"这一令人生厌的诨名相称；我相信早已有许多人在私下这么叫我，包括弗兰克·霍布斯在内。

这使我绕回这封信的主题了。斯廷戈，你大概记得多年前当你祖母的遗嘱被宣布时，我们都为她所提及的一笔金币感到愕然。她嘱咐将这笔遗产平分给她的孙辈，但我们却怎么也找不到。这个秘密现在已经解开了。你也知道，我是联盟之子地方分会的历史工作者。由于我要写一篇有关你曾外祖父的长文章，我详细查看了他写给家人的诸多信件，其中也包括多封给你祖母的信。在一封写于一八八六年、来自诺福克（他因烟草生意前往诺福克，这事发生在恶毒的巴克·杜克毁了他之前）的信中，他说出了那些金币的"藏身"之处——并未放在保险箱里（你祖母后来显然对此困惑不已），而是在北卡罗来纳州的老屋地窖中一处用砖块围砌的小密室里。随后我会把这封信影印后寄给你，因为我深知你对奴隶制度很感兴趣，如果你想书写奴隶制度，这个悲剧可能会让你有所洞悉。这笔钱原来是卖掉了一个十六岁的黑奴所得到的款项。这个小黑奴的名字叫阿提斯特，是你祖母的贴身女仆——露辛达和德鲁茜拉的哥哥。十九世纪五十年代末期，你曾外祖父在弗吉尼亚州彼得斯堡的一场拍卖中将他们三个孤儿一起买下。这三个小黑人都归你祖母名下所有，两个女孩留在屋里做事，并住在那里，而阿提斯特主要是被城里的其他人家雇去打杂。

接着一件丑事发生了。你曾外祖父在写给你祖母的信中十分谨慎地提及了这件事。很显然，正值青春期的阿提斯特侵犯了城里的一名白人少女，你的曾外祖父称其为"不道德的求爱"。这件事立刻给公众带来了威胁，激起了他们的暴力行为，因此你曾外祖父便选取了当时被大家认为极为合宜的处理办法。他暗中把阿提斯特带到新伯尔尼，因为他知道那里有一个人专门从事年轻黑奴的交易，这些黑奴将被带往佐治亚州不伦瑞克周围的松林去采松脂。他以八百美元的价格卖了阿提斯特。这笔钱就是现今藏在老屋地窖里的那些金币。

但是故事并没有就此完结，儿子。这封信中提及了这件插曲的余波，实在令人扼腕叹息。我注意到在有关奴隶制度的故事中，经常会有这种随之而来的哀痛和愧疚。也许你已经猜到结果了，那就是阿提斯特并没有"侵犯"那个白人少女。那个姑娘是个歇斯底里病患者，不久之后她又控诉另一个黑人男孩侵犯了她，只是这回她的说辞被证实是捏造的。后来她崩溃了，并承认她对阿提斯特的指控也是虚构的。你可以想象到你曾外祖父的痛苦。在这封信中，他说自己的内心遭受着愧疚的折磨。他不仅犯了一个蓄奴者难以饶恕的罪行——拆散一个家庭，还将一个无辜的十六岁男孩卖到佐治亚州地狱般的松林中去受苦。他说他寄了多封询问信并派了私人信差到不伦瑞克去，愿意不计代价将那个男孩买回，然而当时的通信既慢又不牢靠，在许多情况下甚至根本不能送达，因此他并没有找到阿提斯特。

我在他详尽描述的地窖密室里找到了这八百美元。我还是个男孩时，常把木柴、苹果和土豆堆积在地窖里，离那个密室还不到六英寸[1]远。你大概也想得到，经过这么多年，这些金币增值了不少，其中有一些已经十分稀有了。一次偶然的机会，我把它们带到里士满，给一个古币收藏家评估，他愿意以高于五千五百美元的价钱将这些金币买下，我同意了，因为这个价钱是卖可怜的阿提斯特所得到的钱的七倍。这笔钱不算小数，依照你祖母的遗嘱，要把它平分给她所有的孙儿，因此这对你来说可能还是不错的。现在这个时代人口太多了，你那些特别爱孩子的姑妈总共生了十一个孩子，全都身体健康，却一

1　1英寸合2.54厘米。

贫如洗又饥肠辘辘，而我过于慎重，只生了一个儿子。如此算来，你在阿提斯特这笔交易上就只能获得不足五百美元。这个星期，或者等这笔遗赠处理妥当后，我会通过保付支票，将这笔钱汇给你……

爱你的父亲

一九四七年六月四日

多年后我想着，当初若把我的那份款项捐一部分给全国有色人种促进会，而不是自己全部都留着的话，我可能就会免于愧疚了，还可以证明即使我当时还年轻，但我非常关心黑人的悲惨处境，愿意做出奉献。不过后来我也很高兴把钱留为己用，因为嗣后这些年来，黑人的控诉变得更加偏执和激烈，而我身为一个作家——一个虚伪的作家，却因为奴隶的悲惨命运而有所获益。我屈服于一种受虐狂式的忍让，每每想起阿提斯特，我都告诉自己：管他的，做了一次种族主义剥削者，你就永远都是。再说，一九四七年，我和任何一个黑人一样，迫切地需要四百八十五美元，或者说是"黑鬼"，当时人们常用的一个词。

我继续待在大学住宅俱乐部，等待我父亲把支票寄来。只要合理利用，这笔钱可以帮我度过这个夏天——现在夏天刚刚开始，甚至是秋天。可是我该住在哪里？大学住宅俱乐部已不再适合我居留，无论是精神上还是肉体上。这地方使我变得虚脱无能，我不仅无法再以偶尔的手淫为乐，而且每当午夜在华盛顿广场散步时，我还有种偷偷摸摸的欲念。我知道，我的孤独已濒临病态，对于这种孤独我万分痛苦，我怀疑如果我离开曼哈顿区会变得更为茫然无措，至少这里有熟悉的地标和亲切的小道，使我觉得舒服自在。但是我已经付不起曼哈顿区的房租了——就连单人房也不是我所能负担的，所以我必须在分类广告上寻找布鲁克林区的住所。因此，一个晴朗的六月天，我在教堂大道站下了车，背着我在海军陆战队时配备的背包，提着旅行箱，深吸了几口弗拉特布什略有腌菜味、令人陶醉的空气，走过一排排嫩绿的美国梧桐，来到耶特·齐默尔曼太太的出租屋前。

耶特·齐默尔曼的这幢房屋可能是全布鲁克林，甚至可能是全纽约最为开阔的单色建筑物。这是一幢由木头和灰泥筑成的不规则房子，宽敞但毫无特色。我想这房子或许是一战前或一战刚刚结束时建造的，要不是因为那惹眼的粉红色，它就会和展望公园附近其他宽敞又毫无特色的建筑物一样平平无奇。从二楼的老虎窗、圆屋顶，到地下室的窗棂，这幢房子都是粉红色的。我第一次看到这幢建筑时，便立即联想到米高梅电影公司拍摄《绿野仙踪》出外景时用到的某个城堡的外观，其内部也是一片粉红色——地板、墙壁、天花板，甚至是室内的大部分家具，只因刷油漆时没刷均匀，所以在色调上有些许的差异，从淡淡的玫瑰红到浓浓的珊瑚红，到处都是粉红色，没有其他可与之匹敌的颜色。在齐默尔曼太太满是骄傲的注视下，我思考了几分钟，首先我觉得非常有趣，几乎控制不住自己沙哑的笑声；其次我真的觉得自己被困住了，就好像置身于糖果店里或金贝尔斯百货商店的婴儿区。齐默尔曼太太说："我知道你是在想粉红色，每个人都这样。不过之后它会把你迷住。你会渐渐习惯的——很好，那真的很好。很快，多数人就不想要别的颜色了。"我还没有开口提问，她又说她已故的丈夫索尔有幸以很便宜的价格，从海军那里买到了几百加仑[1]用剩的油漆，原是用来——"你知道"——她停住口，神情古怪，将手指放在宽阔的鼻翼旁。我小心翼翼地说："伪装色？"她回答："对了，就是这样。我想他们把船漆成粉色也没有其他多大的用处。"她说房子是她先生自己动手漆的。她年约六十，身材矮胖，豁达健谈，总是乐呵呵的，五官长得有点像蒙古人，因此笑起来就像一尊弥勒佛。

那天我几乎立刻就被她说服了。第一，房租很便宜。第二，不管是不是粉红色，她带我去一楼看的那间房宽敞、通风、光线充足，而且干净得一如荷兰人的客厅。它还包括一间小厨房和一间小型私人浴室，浴室里的马桶和浴缸在长得正好的薄荷的映衬下显得异常洁白。光是这种隐私性就十分诱人，更不用说浴室里还有一个电动坐浴盆，能在不知不觉中激起我的欲望。而齐默尔曼太太对她这幢房子的介绍，也让我很感兴趣。她带领我参观房屋时，会给我讲解，偶尔用手肘推推我说："我称这里为耶特自由厅。"然后继续说："我只希望看到我的房客享受生活。我的房客通常都是年轻人，我喜欢看到他们享受生活。不过我还是定有规则的，"她举起又短又粗的食指，一一列举起来，"第一，晚上十一点后不准开收音机。第二，离开房间时要把所有的灯都关掉，这样我才不必给联合爱迪生电力公司付多余的电费。第三，在床上绝对不可以抽烟，要是在床上抽烟被我抓到——搬走。先夫索尔有个表哥就是那样把自己烧死的，同时也烧毁了一整幢房子。第四，每个星期五交房租。没有了！其他的事情在耶特自由厅全都准许。我的意思是，这里是成年人的住处。要明白，我可不是在经营妓院，不过如果你想偶尔邀个女孩到你房

1　1美式加仑约合 3.79 升。

里去，悉听尊便。只要你是个绅士，不吵到别人，按时让她离开，我绝不会限制你把女孩带进房里。租我房子的年轻女士也一样，如果她们偶尔想要招待一下男朋友。雄鹅享有什么权利，雌鹅就享有什么权利，我说，如果说有什么事是我痛恨的，那就是虚伪。"

这种不寻常的派头使我立刻决定搬到耶特·齐默尔曼太太的房子里，尽管她给予我的自由从本质上来讲就是一个问题。我想着，我到哪里去找个女孩？然后我突然为自己缺乏冒险精神感到生气。耶特——很快，我们便直呼彼此的名字了——给予我许可，意味着这个重要的问题将会自行解决。橙红色的墙壁仿佛有一种多情的光彩，我内心的喜悦使我为之震荡。几天之后，我在那里住了下来，热切地期盼着一个能使我的肉体得到满足的夏天，期盼着我思想上的升华以及我在创造性工作上的稳定输出。

第一天早晨——星期六——我很晚才起床，漫步走到弗拉特布什大道上的一家文具店，买了两打二号维纳斯牌铅笔、十本画有横线的黄色拍纸簿，还有一个波士顿牌卷笔刀——耶特答应让我把卷笔刀用螺丝固定在浴室门框上。然后我坐在粉红色橡木桌后面的那张粉红色直背柳条椅上，桌子粗糙又结实，使我想起了小学课堂上女教师使用的那种桌子。我把铅笔夹在拇指和食指间，向第一张黄色稿纸进攻。一张空白的稿纸不但刺痛了我的眼睛，同时也侮辱了我，让我感到无力！我毫无灵感，什么也写不出来，尽管我坐了半个钟头，思潮沉浮朦胧，不得要领，但我不会让自己惊慌；我安慰自己，毕竟我才刚在这陌生的环境里定居。二月我刚搬到大学住宅俱乐部的那几天，还没开始在麦格劳－希尔工作，当时我写了十几页我所要写的那本小说的序言——描写前往弗吉尼亚州一座小城市的火车之旅。这段开场白引出了小说的地点，写作风格在很大程度上借鉴了《国王的人马》，节奏跟它相似，甚至也使用了第二人称单数进行叙述，以让读者有被作者揪住衣领的感觉。我知道这一节文字可以说是模仿，然而我也知道它相当有力，还有很多创新的地方。这是个好的开头，我引以为傲，现在我将稿子从马尼拉文件夹里拿出来重新阅读，大概是第十九次。我仍然感到很满意，一个字也不想改。我心里想着："让开些，沃伦[1]，斯廷戈来了。"我又把稿子放回文件夹里。

黄色的稿纸上仍然空无一字。我觉得焦躁不安，欲望突现。我脑海中不断闪现窥探到的下流景象——没有什么恶意，但可以转移注意力，为了"拉下"遮挡大脑这扇窗的"窗帘"，我站起身在房里踱步，整个房间都浸浴在夏季如火烈鸟般艳红的阳光里。我听到楼上房间里的谈话声、脚步声——我意识到墙壁必定极薄，然后抬起头，瞪着粉红色的天花板。这些无所不在、深浅不一的粉红色开始令我感到厌烦，我严重怀疑自己会像耶特所说的那样被它"迷住"。由于书本的重量和体积问题，我只带了几本我认为不可或缺的，其中有《美国大学词典》、约翰·多恩的诗集、《罗热同义词词典》、奥茨和奥尼尔的《希腊戏剧全集》、《默克诊断与治疗手册》（对治我的疑病症很重要）、《牛津诗选》和《圣经》。慢慢地，我终将建立起自己的图书馆。此刻为了召唤我的缪斯，我翻开马洛的剧本，但不知为什么，这些轻快的节奏却不像以往那么吸引我。

我把书放在一旁，慢步走进小浴室里，开始查看我放在药箱里的东西。几年后我会很惊讶地发现 J. D. 塞林格笔下的主人公和我一样的癖好，但我的习惯在他之前。这是一种仪式，深深根植在我

自己都无法解释的神经质的土壤中，充斥着一种紧迫感。每当我的想象力和创造力变得迟钝，写作和阅读都成为精神的负担时，我就会这么做。这是一种神秘的需要，可以恢复和物品的接触关系。我用指尖逐一地检视昨晚被我放在壁橱架上的物品，它们和其他物品一样落入索尔·齐默尔曼那血红色油漆刷的"魔爪"之下：一罐巴尔巴索剃须膏，一瓶我可舒适泡腾片，一个舒适牌喷射刮胡刀，两管白速得牙膏，一支韦斯特博士牌中毛牙刷，一瓶罗亚尔·莱姆须后水，一把肯特梳子，一包舒适牌喷射刮胡刀的刀片，一盒尚未开封、用玻璃纸包着的三打装的特洛伊牌避孕套，一瓶布雷克去屑洗发水，一管雷氏尼龙牙线，一罐施贵宝复合维生素片和一瓶亚斯得灵漱口水。我轻轻抚摸过这些瓶瓶罐罐，细看它们的标签，甚至打开须后水，嗅嗅它柑橘般的香味，为这一次查看药箱的经历感到满足，前后不过约一分半钟。然后我关上壁橱门，又回到我的写作台。

我坐下来，抬眼望向窗外，突然明白必然有另一个在我的下意识中起了作用，使我被这个地方吸引的原因。由这里我可以看见宁谧而怡人的公园景色，我看到的这个角落被称作散步场，公园旁的人行道上满是古老的梧桐树和枫树投下的阴影，斑斑驳驳的阳光柔和地照在青草坡上，给人一种安宁的感觉，带着田园般的色彩。这与附近更偏远一些的地方形成了鲜明的对比。不过几个街口外，弗拉特布什大道上的交通喧嚣杂乱，这是个极其都市化的地方，刺耳又混乱，充斥着焦躁不安的灵魂，但是大道上苍翠的树木，柔和的阳光，偶尔经过的汽车和卡车，以及在公园外漫步的行人，创造出一种类似幽雅的南方城市偏远地区的效果——可能是里士满，或者是查塔努加或哥伦比亚。我感到一种强烈的思乡之痛，突然就想知道，我，一群犹太人中唯一的加尔文教徒，究竟在布鲁克林区这个让人无法想象的地方干些什么？

一思及此，我便从口袋中掏出一张字条，上面是我潦草写下的另外六名房客的名字。做事井然有序的耶特把每个房客的名字写在一张小卡片上，贴在各个房门上。我这个人天生好奇，因此在前一晚的深夜，我蹑手蹑脚地走遍楼上楼下，把这些名字抄了下来。其中有五个人住在楼上，另一个住在我对面，和我的房间隔了一条走廊。内森·兰多、莉莲·格罗斯曼、莫里斯·芬克、苏菲·扎维斯托夫斯卡、阿斯特丽德·温斯坦和莫伊舍·穆斯卡特布利特。我喜欢这些名字神奇的多样性，和我自小喜爱的坎宁安与布拉德肖相似。我觉得穆斯卡特布利特带有拜占庭风味。不知道我何时可以认识兰多和芬克。这三名女性的名字使我深感兴趣，特别是住在我对面的阿斯特丽德·温斯坦，我们之间的距离令人着迷。我正望着这些名字冥想时，突然听到楼上的房间传来一阵迅速又猛烈的骚动，折磨着我的耳朵。如果给我一点暗示，我或许会避开这阵骚动。也许我不该将其形容为骚动，而应该说是两个人交欢的声音，就像发了狂的野兽一样。

我惊愕地仰望天花板。吊灯像牵在线上的木偶般震荡不止。蔷薇色的墙皮纷纷飘落，只怕连床的四脚也要穿破天花板了。其势之猛——不只是交欢仪式而已，还是一种竞赛，一场争斗，一种混战，一场狂欢。他们说的是英语，含混不清且带有异国口音，但是我无须听清，重要的是它给我带来的深刻印象，男性和女性，两种声音组成一段令人振奋的乐章，叫着我不曾听过，也没有比这更刺激的话。就算我戴着窃听耳机，也不见得听得比现在更清楚。非常清楚，而且持续的时间也很长。这场争斗似乎绵绵无绝，我坐在那里暗自嗟叹，直到它遽然停止，参与者也已离去，无疑是洗澡去了。泼溅的水声和笑声透过薄薄的天花板传了下来，然后是轻缓的脚步声，不止的笑声，还有像是一只戏谑的手拍打在赤裸臀部上的声音，最后还有留声机上传来的贝多芬的《第四交响曲》的声音，柔美缓慢、悦耳动听、令人陶醉。我烦躁地走向药箱，吃了一片我可舒适胃药。

又回到书桌后不久，我意识到楼上的那个房间开始了一场激烈的争论。他俩之间的这种猛烈又郁郁的情绪如风驰电掣般袭来。由于音乐的干扰，我听不清他们说的话。一场马拉松式的性交才刚完结，即便我可以很清楚地听见他们的各种举动，但谈话声仍模糊不清，因此我所听到的就是生气地拖着脚走路，不耐烦地拉开椅子，用力关门和愤愤地提高嗓音叫喊，我只听懂了部分内容。这个男性的声音非常有力——沙哑狂怒、绝不会被贝多芬的乐曲掩盖的男中音。相形之下，那个女性的声音就显得哀伤、戒备，她偶尔尖叫几声，似乎是出于惊吓，但多半都是低声下气，在恳求着什么。突然间，一个玻璃或陶瓷器皿——我不知道是烟灰缸还是杯子——被摔到一面墙上碎落在地，接着属于男性的那重重的脚步往门口走去，门被猛地拉开，又轰的一声关上了，我听见那个男人踏着重重的脚步走进二楼的另一个房间。这一场狂乱持续了二十分钟，楼上的房间才终于暂时恢复了寂静，剩下的只有留声机轻轻的搔刮声，伴着床上那个女人心碎的啜泣声。

我对食物一向挑剔，又吃得少，而且从来都没有吃早餐的习惯。我还晚睡晚起，早午两餐总是并作一餐吃。楼上的吵闹平息后，时间已过正午，我意识到自己格外饥饿，好像我亲身参与了楼上所有的活动似的。我的饥饿感使得我开始分泌唾液，而且头昏脑涨。我的橱柜和小冰箱里除了雀巢咖啡和啤酒没有任何食物，因此我决定出去吃午餐。先前我在附近闲逛的时候，曾经注意到教堂大道上有一家叫赫茨尔的犹太餐馆。我要到那里去吃饭，一来我没有吃过正宗的犹太食物，二来——呃，这里是弗拉特布什，我对自己说。然而今天是犹太教的安息日，那个地方不营业，我只好再向前走一段，到另一家叫萨米，可能不是正统犹太教的馆子去，点了鸡汤、鱼饼冻和碎肝脏——我很熟悉这几道菜，因为我读过很多有关犹太人的书。服务员非常傲慢，我觉得他是在装腔作势。（当时我还不知道犹太人服务员的这种特点几乎是大家公认的。）这地方宾客满座，大多数是老年人，喝着罗宋汤，嚼着土豆饼，大声说着依地语——一种古老的语言，使得潮湿又芳香的空气中充满了难以理解的声音，就像很多喉咙里含了鸡肉的人所发出的那种声音。

我感到非常快乐，怡然自得。我对自己说，享乐，享乐吧，斯廷戈。就像许多有背景、有知识又敏感的南方人一样，我自始至终都喜欢犹太人。我的初恋情人是马里亚姆·布克班德，她父亲是当地的一个船具商。六岁时她的那双美丽的大眼睛透露着属于犹太民族特有的忧郁和神秘，后来我对犹太民族，主要是那些南方人所经历的一切更加感同身受，因为他们数年来都深知亚伯拉罕的苦难、摩西的追寻、大卫王的赞美诗、丹尼尔深不可测的预言，以及所有其他的启示、苦乐参半的忏悔、荒诞故事与新教和犹太教《圣经》里使人着迷的恐怖故事。此外，众所周知，犹太人从南方白人那里得到了珍贵的情谊，因为南方人拥有另一只代罪羔羊。总之，那天午饭时刻我坐在萨米餐厅内，新环境显然使我感到十分愉悦，而且我渐渐明白了，不自觉地想要置身于犹太人中也是我搬到布鲁克林的部分原因，我对此毫不惊讶。当然，如果我只是在以色列的特拉维夫市短暂逗留，那我并不能走进犹太人的灵魂深处。离开时，我甚至向自己坦承我开始喜欢马尼舍维茨酒了，事实上这种酒搭配着鱼饼冻的话特别难以下咽，但它很像我小时候在弗吉尼亚喝过的甜葡萄酒。

我走回耶特的房子时，再一次为楼上发生的事而困扰。我比较自私，如果这种事经常发生，我就别想得到好眠或安宁。不过这个事件怪异的本质也令我困扰——一开始发疯般地享受做爱，后来却急转直下，变成愤怒、哭泣和不满。更令我好奇的是，这件事的两个主角究竟是谁。想到我竟然有这种好奇心，想到我和同住一屋的房客结识竟不是从寻常的一声"嘿"及热烈的握手开始，而是因为偷听到我素未谋面的两个陌生人燕好的插曲，我就不禁懊恼万分。尽管先前我描述过到目前为止我在大都会生活的所有幻想，但本质上我绝不是一个爱刺探他人隐私的人，只是这一对爱侣离我太近——几乎就在我的头顶，我无法不思及他们到底是哪两个人。

我第一次遇到耶特的其他房客时，这个问题几乎立刻得到了解答。他当时站在楼下玄关处，翻着邮差放在大门附近一张桌子上的信件。他身材瘦削，塌肩，一张鹅蛋形的脸，约二十八岁，有一头卷曲的砖红色头发和纽约人特有的阴郁而直率的态度。我刚到这座城市时，误以为这种态度怀有敌意——根本毫无必要，因而好几次都差点动粗，后来我才明白这只是城市人所拥有的硬壳之一，就像犰狳借以避害的皮一样。在这个房客伙伴翻着信件时，我礼貌地介绍自己——"我叫斯廷戈"，但只得到了带着鼻音的平稳呼吸声。我觉得颈背蹿上一股热流，嘴唇变得麻木，便转身朝我的房间走去。

然后我听到他说："这是你的吗？"我回过头，看见他拿着一封信。由信封上的笔迹我认出了那是我父亲的来信。

我不高兴地低声说："谢了。"一把抓过他手上的信。

"可以把邮票留给我吗？"他说，"我收集有纪念性的东西。"他露出一个笑容，虽然并不很热烈，却还算友善。我低哼了一声，表示肯定地看了他一眼。

"我是芬克，"他说，"莫里斯·芬克。我负责照料这个地方，尤其是耶特不在的时候，譬如这个周末。她到卡纳西看她女儿去了。"他对着我的房门点了一下头，"我想你一定住在弹坑吧！"

我说："弹坑？"

"一个星期前我还住在那里。我搬了出来，你才会搬进去。我叫它弹坑，是因为他们在楼上弄出的动静让人受不了，就像住在弹坑里。"

突然间，莫里斯和我之间有了某种联系，我放松下来，热切地发问："老天爷，你是怎么忍受的？还有——他们到底是谁？"

"只要你让他们把床移开，就不会太糟了。他们可以把床移到墙边，那样一来，床就在浴室上方，声音就小多了。以前我就要他们这么做。应该说是'他'。我要他把床搬开，虽然那是她的房间。我很坚持，我说要是他不搬的话，耶特会把他们都赶出去，他这才同意。我猜现在他大概又把床搬回窗口了。他说在那里比较凉快，"他停住口，接过我递给他的香烟，"你只要叫他再把床向后移到墙边就行了。"

"我不能这么做，"我说，"我总不能上去就对某个家伙，某个陌生人，说——呃，你也知道我会怎么对他说。那太尴尬了。我不能这么做。总之，他们到底是谁呢？"

"你愿意的话我去替你说，"莫里斯用一种保证的口吻——非常吸引我——说，"我会让他把床搬开，耶特不希望房客们彼此干扰。那个兰多确实是个怪人，他也许不好对付，不过他会把床搬开的，你别担心。他并不想被撵出去。"

原来是内森·兰多，我单子上的第一个名字，也是这场闹剧中的那名男士，那么在那阵骚动和喧闹中和他演对手戏的又是谁呢？"那个女孩呢？"我问道，"格罗斯曼小姐吗？"

"不是。格罗斯曼是一只猪。是那个波兰女人，苏菲。我叫她苏菲·扎。她的姓太难念了。不过她是个可人，这个苏菲。"

我再度意识到屋里的沉静：这是那年夏天我常会感觉到的阴森，似乎是住在一个远离城市、偏远而孤立的乡下地方。街对面的公园里传来孩童的叫唤声，还有一辆车不慌不忙地慢慢驶过街道的声音。我真的不敢相信这是布鲁克林区。我问："大家都到哪里去了？"

"这个，让我告诉你一件事吧，"莫里斯说，"可能除了内森，这里的房客都没钱去'做'什么事，比如去纽约的彩虹厅跳舞什么的。但是星期六下午他们都会出门。他们会到'某个地方'去。比方说格罗斯曼这只猪——老天，她真是个骚货，格罗斯曼到艾斯利普去看她妈妈。阿斯特丽德也是。就是阿斯特丽德·温斯坦，住你对门那个。她和格罗斯曼都是金斯县医院的护士，不过她并不放荡。一个好孩子，只不过算不上什么美女，很普通。可以将她比喻成一条狗，但不是一只猪。"

我的心直往下沉，兴致缺缺地问道："她也去看她妈妈吗？"

"是啊，她也去看，只是她妈妈住在纽约市区。看得出来你不是犹太人，所以不妨告诉你，犹太人常去看他们的妈妈。他们生性如此。"

"我明白了，"我说，"那别的人呢？他们都到哪儿去了？"

"莫伊舍·穆斯卡特布利特——你会见到他的，他块头很大，是犹太法学的学生——到泽西去看他父母。因为安息日那天他不能出行，所以他星期五晚上就上路了。他是个电影迷，会花一整个星期天去纽约市区看四五场电影。星期天深夜，他才头昏眼花地回到这里。"

"呃——苏菲和内森呢？他们到哪儿去？平常他们做些什么？我是说，除了——"我把即将说出口的嘲弄又咽了回去，但实在是多此一举，因为滔滔不绝、口齿伶俐且信息丰富的莫里斯早就明白了我的想法，他迅速回答我想知道的问题。

"内森念过不少书，他是个生物学家。他在区政厅附近的一家实验室工作，制造药物之类的东西。至于苏菲·扎，我不知道她干哪一行。听说她是一个波兰医生的接待员，接待一大堆波兰顾客。当然，她的波兰话地道得很。总之，内森和苏菲很迷海滩。只要天气不错，像现在这样，他们就去科尼岛——有时候去琼斯海滩，然后回到这里来。"他停住口，往楼上瞟了一眼，"他们回来后又是狂欢又是动手的。他们打得可真狠！打完之后就出去吃晚餐。他们很舍得吃。那个内森，他赚的钱不少，不过他可真是个怪人。怪人。真的很怪。我觉得他该接受心理治疗。"

电话铃响了，莫里斯不加理会。那是装在墙上的一部付费电话。铃声似乎特别响，后来我想到它一定经过特别调整，好让全屋的人都听到。莫里斯说："没有人在的时候，我就不接。我受不了那个该死的鬼电话，一大堆口信。'莉莲在吧？我是她妈妈。告诉她她忘了把本尼叔叔送她的宝贝礼物拿走了。'等等，等等。那只猪。或者说：'我是莫伊舍·穆斯卡特布利特的父亲。他不在？跟他说他堂哥马克斯在哈肯萨克被一辆卡车撞了。'一天到晚没完没了，都是些废话。我受不了那部电话。"

我和莫里斯说我会再去拜访他，又寒暄了几句后我便回我那满室粉红的房间里去了，这种颜色让我感到不安。在书桌前坐下，那页稿纸仍空无一字地摊在我面前，就像张着血盆大口，向我投以永恒的窥视。老天爷，我怎么写得出一部小说呢？我咬着铅笔，不禁思索万千。然后我展读父亲的来信。我一向期盼他的来信，为自己拥有一位南方切斯特菲尔德[1]勋爵当顾问感到幸运。虽然他谈论的话题有点老派，包括傲慢、贪婪、抱负、偏见、政治欺诈、性欲过剩和人类的其他罪行，但我觉得有趣。他的信中偶尔有格言警句，却从不夸大，也没有说教的口吻。我深爱信中复杂的思想和感情，又为它简洁流利的陈述所折服。每当我看完他的来信，总会泫然欲泣又会心欢笑，而且几乎会立刻去重读《圣经》里的相关内容，因为我父亲的诸多智慧和散文式的风格皆源于此。然而，今天我的注意力却先被附在信中的一张剪报给吸引了。这是从弗吉尼亚州的一个地方报纸上剪下来的，一看到标题我便惊愕且茫然，一时无法呼吸，眼前也冒起了小金星。

这是一则年仅二十二岁的女孩自杀的新闻。她是个美丽的女孩，我年少时曾在一段动荡的时期里无可救药地爱过她几年。她的名字叫玛丽亚·亨特，我十五岁时疯狂地迷恋着她，现在回想起来，当时似乎有点癫狂。我这个为情所困的傻子呀，真是个可怜的人。玛丽亚·亨特！二十世纪四十年代，我们根本没有听说过"解放"这回事，古老的骑士精神依然盛行，男孩的梦想就是找到一个他所珍爱的女孩并被她爱抚，如琼·阿利森这种女神。我把自我克

---

1 英国政治家兼作家，著有《教子书》。

制实施到疯狂的极限，而我所深爱的玛丽亚却无动于衷。事实上，我连她那冷酷又迷人的唇都不曾亲吻过。这并不是说我们的关系是柏拉图式的，因为就我所知，这个词跟智识有关，而玛丽亚可并不怎么伶俐。我必须说明的是，当时美国共有四十八个州，但从公共教育的角度来看，弗吉尼亚州却该被列为第四十九个州——在阿肯色、密西西比，甚至是波多黎各之后。两个十五岁孩子的知识性对话或许最好是留给想象。这种谈话是一种非言语性的交流，双方在漫长的时光中沉思默想却又不觉得尴尬，而普通的对话绝不可能达到这种效果。然而，我却热情而忠贞地爱着她，就为了一个简单的理由——她漂亮得令人心动。现在我发现她死了。玛丽亚·亨特死了！

第二次世界大战爆发，我入伍参战，玛丽亚就此从我的生命中退出，但她曾多次出现在我的回忆中。现在她却从一幢大楼上跳窗自杀了。更令我骇然的是，那只是几个星期前发生在曼哈顿的事。后来我获悉她就住在第六大道，离我的住处不过一个街口。都市人情的淡薄使得我们同住在如格林威治村般密集的地区几个月，却不曾邂逅过彼此。我感到一股深切的痛楚，几乎近似于悔恨，思考着要是我早知道她也住在这个城市，我可不可能救她，使她不致走上这样的绝路。我反复看着那则剪报，陷入一种剧烈变动的精神状态，这是一个关于年轻生命迷茫而绝望的故事，我为这则毫无意义的报道而大声呻吟。她为什么这么做？这则报道中最让人沉痛的一段指出，她的尸体因血肉模糊而难以辨认，结果被葬在贫民墓地里，过了几个星期后才又被掘出，送回弗吉尼亚州埋葬。我觉得恶心，几乎为这则消息崩溃，因此我放弃了当天继续工作的想法，取出我存放在冰箱内的啤酒，以寻求慰藉。后来我在父亲的信中看到这样一段话：

> 儿子，至于我信中的附件，我自然以为你不只是感兴趣而已，因为我还记得六七年前，你对玛丽亚·亨特"醉心"不已。我常常想起，当时只是提到她的名字，你的脸就会涨得通红，像一颗番茄似的，这让我觉得很有趣。此刻我再想起这回事，却只感到沉痛。我们询问上帝为什么会发生这种事，但永远也得不到解答。你也知道，玛丽亚·亨特出生于一个悲惨的家庭：马丁·亨特酗酒无度，一直都游手好闲，而比阿特丽斯却对别人有着残酷的道德要求，特别是对玛丽亚。有一件可以确定的事情是，这个可悲的家庭中弥漫着一股深深的内疚和怨恨。我知道你会受到这则消息的影响。我还记得，玛丽亚是个楚楚动人的美女，这就使得情况更糟。不要太过伤心，想想这个美丽的女孩曾经和我们同在或许会让你得到些许安慰……

整个下午我都怀想着玛丽亚，直到环绕公园的树影被夕阳拉长，孩童们各自回家去，散步场交错的道路上荒凉静寂。啤酒使我晕眩昏沉，我的嘴巴因为吸了太多的香烟而干涩，我和衣躺下，很快就沉沉睡去，却噩梦不止，比平时更甚。其中有个梦围攻着我，几乎要毁了我。在几个怪异荒诞的片段之后，一个恐怖却短暂的梦魇，一个精心构思的独幕剧向我袭来，使我经历了前所未有的性爱幻觉。在泰德沃特的一个阳光明媚、清逸幽静、周围环绕着连绵起伏的橡树的牧场中，我逝去的玛丽亚站在我的面前，一丝不挂——之前她在我面前连短裤都没脱过。她赤身裸体，成熟可人，栗色的头发轻漫在她雪白的胸脯上。在渴望中，她走近僵硬地躺在地上的我，喃喃低语着："斯廷戈，哦，斯廷戈，爱我。"她的皮肤渗出若隐若现的汗珠，打湿了她瀑布般的黑发，令人渴慕。她扭动着身子，轻启朱唇，像个放荡的女神般俯身向我贴近，低吟着她无尽的欲望。就在这时，整个影像化为一片空白。我在极度的沮丧中醒来，瞪着被即将到来的夜色投下阴影的粉红色天花板，发出一声原始的呻吟——更近于吼叫，由我灵魂最深处的地牢里挤出。

　　然后我发觉，在楼上那个该死的床垫上，他们又开始了，这加重了我的痛苦。"停下来！"我对着天花板吼了一声，接着伸出食指堵住了耳朵。我想着：苏菲和内森！见鬼的犹太畜生！尽管他们可能停了一会儿，但当我再度倾听时，他们已经恢复了行动。然而，这回并没有放纵的举止，也没有叫声或呻吟，只有床的弹簧发出的有节奏的响声——简短、克制，如同上了年纪。我才不管他们的步调是不是放慢了，快速起身冲进室外的黑夜，心神不宁地绕着公园而行。然后我放慢脚步，开始思索。走在树下，我怀疑自己搬到布鲁克林来是犯了一个严重的错误。毕竟我并不属于这里。必定出了什么难以捉摸又无法解释的问题，这么多年后，如果我要使用现代的措辞，那我可能会说耶特的房子发出不良的振动。我仍为那个残酷而挑逗的梦感到惊悚。从本质上来说，梦固然是稍纵即逝的，但是有一些梦却会永远印在我们的脑海中。我记忆深刻的梦是那些和一直萦绕在我心头的事实密切结合，与性和死亡有关的梦，就像梦见玛丽亚·亨特。八年前我母亲去世没多久，有一天早上我做了一个噩梦，我梦见我由卧室的窗户望出去，看见在大雨滂沱而风声呼啸的花园中放着打开的棺木，然后看见我母亲被癌症侵蚀的憔悴又皱缩的面孔在铺了缎子的棺材里扭曲，睁开她饱含着无限痛楚的眼睛哀求般地凝视着我。这以后，我就再没有做过这种对念念不忘有所回响的梦，直到这一回。

我转身朝屋子走去。我要回房间去，坐下来回我父亲的信。我要请他告诉我更多关于玛丽亚死亡的细节——也许当时我并不知道，但我的下意识已经开始将这场死亡和我摊在写字台上等着完成的小说联系在一起。然而那天晚上我没有写信，因为我一回到屋里便遇到了苏菲——或许称不上一见钟情，但见面后不久我就深深地爱上了她。那个夏天，我逐渐意识到那是一种我深知此生不渝的爱。不过我必须承认，最初确实是由于她和玛丽亚·亨特有几分相像的缘故。同样令我难以忘怀的是，我看到她的第一眼不只发觉她和死去的那个女孩一样漂亮，还发现她脸上有种绝望的表情——当玛丽亚伤心欲绝一头扎进死亡的阴影中时，必定也有过这样的表情。

就在我的房门外，苏菲和内森又陷入了一场争斗。我走上前门的石阶时，可以清楚地听见他们回响在夏夜的声音，看见他们在走廊上交战。

"说完了没有？你听着，"我听见他吼道，"你是个骗子！你是个说瞎话的婊子，可怜得很，你听见没有？一个婊子！"

"你也是婊子，"我听见她回嘴道，"不错，我觉得你也是个婊子。"她的语气缺乏攻击性。

"我不是婊子！"他咆哮道，"我不可能是婊子，你这个该死的波兰蠢货。你什么时候才能真的学会说英语？我只可能是个嫖客，不可能是婊子，你这个白痴。不准你再这样骂我，你听到了吗？你也没有这种机会了。"

"可是你那样骂我！"

"你本来就是，你这个白痴——骗人的骚货！一个下三烂的江湖郎中也能让你发骚。哦，上帝！"他以狂暴而愤怒的声音吼着，"在我弄死你以前，让我先走吧——你这个婊子！你生来是个婊子，死时仍是个婊子！"

我听见她恳求着："内森，听我说……"现在我走近前门，看见他们两个在粉红色的走廊里相互推挤，身形模糊，而一盏挂在他们头上的四十瓦灯泡被拍打着翅膀的蛾子团团围住，投下摇晃而幽暗的灯光。这个场面最显眼的是高大有力的内森，宽肩、强壮、一头黑发，就像发狂的约翰·加菲尔德[1]，英俊而温和的脸——我该说是理论上的温和，因为此刻那张脸上笼罩着激动和愤怒，怎么也称不上温和，明显是迫切地想要实施暴力。他穿着薄毛衣和宽松长裤，看起来年近三十。他紧抓着苏菲的臂膀，在他的粗暴下，她仿佛暴风中的玫瑰花苞般颤抖畏缩。阴暗的灯光使我看不清苏菲，只从内森的肩膀后面分辨出她那头麦色的乱发以及三分之一的面庞，包括一道受惊的眉毛、一颗小黑痣、一双淡褐色的眼睛和美丽又宽阔的斯拉夫人颧骨——上面有一滴泪闪着银光迅速滑落。她像个不知所措的孩子般开始啜泣。"内森，你一定要听我说，求求你，"她呜咽着说，"内森！内森！内森！我不该那么骂你的。"

他猛地甩开她的手臂，向后退去。"你让我觉得恶心！"他喊道，"我恨透你了，在我弄死你之前，我要离开这里！"他转身离去。

"内森，不要走！"她伸出双手拉住他，迫切地央求道，"我需要你，内森。你也需要我。"她的声音里流露着哀伤，一如孩童般天真，柔和又脆弱，还略带沙哑。我想，在没那么糟糕的情况下，也

---

1 美国演员。

许是她的波兰腔使她的声音显得迷人。她叫着："请不要走，内森。我们彼此需要。不要走！"

"需要？"他转身对着她，反驳道，"我需要你？让我告诉你吧——"他伸出一只手指着她，提高了声音，"我就像需要任何我说得出口的难以忍受的疾病一样，像该死的炭疽，像旋毛虫病！胆结石！糙皮病！脑炎！肾炎！老天爷，还有他妈的脑癌！你这个该死的婊子！啊……"最后一声是嗓门拔高而颤抖的号叫——一种混合着愤怒和哀伤，令人为之胆寒的声音，就像主持礼拜的一名痛哭的拉比。他哑着声音吼道："我就像需要死那样需要你！死！"

他再一次转身，她又哭泣着说："请你不要走，内森。"然后她又说："内森，你要到哪里去？"

他现在已经快到门口了，离我只有两英尺远。我站在门口犹豫不决，不知道是该慢慢走进我的房间，还是掉头逃开。"哪里？"他叫着，"我告诉你我要到哪里去，我要搭第一班地铁到福里斯特希尔斯！我要借我哥哥的车回这里来收拾行李，然后我就离开这个地方。"他的声音突然降低，举止也变得镇定多了，甚至漫不经心，但他的语气却带着狡猾又明显的威胁。"这以后，也许明天吧，我再告诉你我要干什么。我要坐下来写封挂号信给移民局，告诉他们你的签证弄错了。我要对他们说，他们应该发给你一份婊子签证，要是他们有的话。如果他们没有，我就告诉他们，最好驾船把你送回波兰去，因为布鲁克林的每个医生都能上你。回克拉科夫[1]去，宝贝！"他满足地笑了一声，"哦，宝贝，回克拉科夫去！"

他转身冲出大门。与我擦身而过时，他又突然停住，转了过来。

---

1 波兰南部的一座城市。

我看不出来他是不是知道我听到了他说的话。他只是重重地喘着粗气，从上到下地打量了我一会儿。由此我觉得他一定知道我听到了他们的争执，不过这并没有什么关系。考虑到他的情绪状况，他对我的温文有礼令我感到十分惊讶，就好像他十分大度，把我从他的愤怒范围中排除了。

他喘着气说："你就是芬克对我说的那个新房客吧？"

我以最微弱最简短的方式做出了肯定的回答。

"你是南方人，"他说，"莫里斯说你是南方来的，说你叫斯廷戈。这幢房子里的怪人够多了，但耶特还需要个南方人，"他郁郁地望了苏菲一眼，又看着我说，"可惜我就要离开这里了，没法和你好好谈谈。和你谈谈一定很不错。"这时他的语气中流露出恶意，强装的谦恭化为我之前听到的那种赤裸裸的嘲讽："我们可以乐一乐，闲扯淡，你和我。我们可以谈谈运动。我是说南方运动。例如绞死黑人——黑鬼，我想你们那里都是这么称呼的。或是文化。我们可以谈南方的文化，坐下来听点乡村音乐。你知道，像吉恩·奥特里和罗伊·阿卡夫这样的南方古典文化的继承者。"他说话时一直皱着眉，但此刻他黝黑而不安的脸上突然绽开一抹笑容，然后他猛地握住了我的手。"可惜这些都已经是不可能的事了。真是遗憾。老内森得上路了。也许来世再说吧，白人佬[1]，再见，白人佬！来世再见。"

我还未开口反驳，或愤怒地辱骂几句，内森就已经转过身，咚咚咚地跑下石阶，去往地铁站的方向。他硬硬的皮鞋跟在人行道上发出恶魔般的笃笃声，随着他的身影消失在漆黑的树木下。

小小的灾难——遭遇车祸、被困电梯或意外目睹一场暴力攻

---

[1] 对美国南方贫穷白人的蔑称。

击——会使陌生人之间的交流变得不自然，这已经是见怪不怪了。内森的身影融入夜色后，我毫不犹豫地走向苏菲。我不知道该说些什么——无疑是一些笨拙的安慰话语，但先开口的人却是她。她双手掩住泪痕斑斑的脸啜泣道："他这样子太不公平了。哦，我是那么爱他！"

我照着电影里在这种语言苍白无力的时刻常会安排的情节，笨手笨脚地掏出口袋里的手帕，一语不发地递给她。她接过手帕拭着眼睛。"哦，我是那么爱他！"她大喊着，"那么那么爱他，没有他我会死的。"

"好了，好了。"我大概是这么说的，或者是同样差劲的话。

她抬头望着我——她之前从未见过的我，眼里满含绝望的请求，就如同一个无辜的犯人在被告席上证明自己的清白。她好像是在说：法官大人，我并不是婊子。她的直率和激情都使我吃惊。"他这么说太不公平了，"她又说道，"除了我丈夫，我只和他上过床，而我丈夫已经死了！"啜泣使她颤抖，泪水泛滥，一涌而出，我的手帕变得像是一块印有字母的湿海绵，她的鼻子因痛苦而肿胀着，一脸泪痕也破坏了她惊人的美貌，但并不妨碍她的美，包括那颗痣，恰到好处地长在她的左眼边，像一颗小小的卫星。我立刻为她着迷，心都要化了——这种特别的感觉并非源自心里，而是胃里，持续又快速地搅动着，就像要起义，这让我觉得很惊讶。我极其渴望伸出臂膀抱着她，安慰她，我觉得很不自在，但是一种奇怪的感觉使我压抑着自己的渴望。而且，我必须承认在这一瞬间，我在心里快速制订了一个自私的计划——愿上帝赐给我运气和力量，让我从那个不知感恩的畜生那里接收这个波兰宝贝吧。

接着我背上传来的那股刺痛的感觉使我意识到内森又回来了，

就站在我们后面的台阶上。我转过身。他已设法恢复平静，正恶狠狠地瞪着我们，伸出一只手抵着门框倾身向前。"还有一件事，"他以冷漠的声音对苏菲说，"还有最后一件事，婊子。那些唱片。唱片集，贝多芬、亨德尔、莫扎特，全部。我不想再见到你。所以把那些唱片，把那些唱片从你房里拿到我房里去，放在门边的椅子上。你可以留下勃拉姆斯，因为那是布莱克斯托克送给你的。留下它，明白吗？其余的都是我的，别忘了把它们送回我的房间。如果你不照做，我回来收拾行李的时候，会把你的两条胳膊都折断。"他停下来，深吸了一口气，又低声说："上帝保佑，我会把你那该死的胳膊都折断。"

然后他毅然离去，轻快地大步走向人行道，快速消失在黑暗中。

苏菲没再流泪，而是慢慢镇定下来，用一种因为哭了太久而带着鼻音的声音轻柔地对我说："谢谢你，你真好。"她伸出手拧了拧我的手帕，湿漉漉的。就在这个时候，我第一次看见刺在她黝黑、略有雀斑的前臂上的数字——一排至少有五位的紫色数字，因为很小而难以在昏暗的灯光下看出，但显然出自纯熟的技术。除了我胃里的那种爱怜之情，我也突然感到一阵心痛，不自觉地轻握住她的手腕（这种行为很令人费解），更仔细地看那排刺青。尽管这样的好奇可能有所冒犯，我却难以自持。

我问："你在哪里待过？"

她用波兰语说出一个地名，我勉强听出是"奥斯威辛"。然后她说："我在那里待了很久。"她停住口。"你会说法语吗？"她说，"我的英语说得很糟。"

"会一点，"我用法语回答，明显夸大了自己的能力，"有点荒废了。"我的意思是基本不懂。

"荒废？荒废是什么意思？"

"肮脏。"我胡乱用法语说道。

"脏话？"她面带微笑，低声说道。过了一会儿，她问："Sprechen Sie Deutsch？"[1]我一个字也听不懂，自然不会回复她一句"Nein"。

"哦，算了，"我说，"你的英语说得很好。"停了一下，我又说："那个内森！我这辈子也没见过他那样的人。我知道这不关我的事，可……可他一定是疯了！他怎么能那样和别人说话？我觉得他走是好事。"

她紧紧地闭上双眼，痛苦地抿着嘴唇，仿佛在回想刚才发生的事。"哦，他对许多事的看法都是对的，"她轻声道，"不是指他骂我不忠。我对他一直都是很忠贞的。是其他事情。当他说我穿的衣服不合适，或者我是个邋遢的波兰人，没有收拾干净。然后他骂我是个肮脏的波兰女人，我知道我……是的，活该。或者当他带我到那些优雅的餐厅去，而我总是向要……"她望着我，带着疑问。

"想要。"我纠正了她的英语。此后，在不过分的情况下，我时而改正苏菲略有瑕疵的英语，觉得趣味盎然。她的要求当然不仅仅是合格而已，至少在我看来是这样，她实际上因为在这些错综复杂的语法上犯的小错误而有所进步，特别是偶然碰到不规则动词时。我问道："总是想要什么？"

"总是想要把 carte，我是说菜单收起来。我常把菜单当纪念品收到包里。他说菜单也是花钱印的，说我这是偷。他这么说是对的，你知道。"

1　德语，即"你会说德语吗？"，下文的"Nein"是"不，不会"的意思。

"老天爷，我不觉得拿份菜单犯了什么大罪，"我说，"听着，我还是知道这不关我的事，不过——"

她显然决意阻止我帮助她恢复自尊的尝试，打断我的话，说道："不，我知道那是不对的。他说的是真话，我做了许多错事。我失去他是活该。可是我从来没有对他不忠，从来没有！哦，没有他，我一定会死的！我该怎么办？我该怎么办？"

有那么一会儿，我真怕她会再痛苦地大哭一场，然而她只是嗓音沙哑地呜咽了一声，就像是最后一个标点符号，然后她别过头去。"你真好，"她说，"我得回房去了。"

她慢慢走上楼时，我仔细地看了看她穿着紧身丝质夏衣的身体。她的身体真的很美，凹凸有致，曲线玲珑，身姿曼妙，婀娜多姿，却有点奇怪——那是肉眼难以觉察的缺失，并不显眼，但它明确地存在着，我能看到。这种奇怪的本质经皮肤透露出来。那是一种病态的柔软（在她双臂后侧特别明显），是一个人经历过严重的消瘦，而肌肉仍在最后的恢复阶段才会出现的现象。另外，我也感觉到，她被太阳晒黑的健康肤色下，仍然留有无法从严重迫害中完全恢复的蜡黄。然而当时，这一切都不曾使她的性感稍有减损，她胯部的扭动方式随意又豪爽，臀部十分丰满。尽管她曾经历过饥荒，她的背部曲线仍如某种得奖的梨般完美，它迷人地摆动着，使我的内心为之激荡，我暗暗对着弗吉尼亚州的长老会孤儿院保证，我愿捐赠我今后作为作家所挣来的四分之一的钱财来换取一次短暂的机会，用我恳切的双手捧住她光溜溜的屁股，哪怕只有三十秒。她上楼时，我心想：斯廷戈啊，在这个背影中必定含有某种反常。她上到楼梯顶端后回过头俯瞰下方，脸上绽出一个令人难以想象的悲伤的微笑。"希望我的问题没有困扰你，"她说，"我很抱歉。"然后她走向她的房间，留下了一声"晚安"。

那一晚，我坐在房间里唯一一把舒适的椅子上阅读阿里斯托芬[1]，由微启的房门，我可以看到楼上厅廊的一角。大约在午夜时分，我看见苏菲把内森命令她归还的唱片抱到内森的房里，她走向自己的房间时，我看得出她又哭了。她怎么还哭得出来？那些眼泪是哪里来的？后来她一再播放着勃拉姆斯《第一交响曲》的最后一个乐章，这张唱片是他宽宏大量留给她的。这一定是她现在仅有的一张唱片了。整个晚上，乐声透过薄薄的天花板流泻下来，悲伤而磅礴的法国号和长笛在我脑海中交替回响，使我的心中充满一种乡愁和悲痛，其浓烈程度前所未有。我想到，那首曲子诉说了欧洲的一段宁静的时期，扎着辫子、穿着无袖连衣裙的孩子坐在双轮马车里上下颠簸；维也纳森林里的空地上有人在游玩，喝着巴伐利亚烈性啤酒；来自格勒诺布尔、撑着阳伞的女士漫步在阿尔卑斯山高高的冰川边缘，准备来一场气球之旅，冰川在太阳的照射下闪闪发光；还有节目表演、让人眼花缭乱的华尔兹舞曲、摩泽尔葡萄酒和约翰内斯·勃拉姆斯本人，他蓄着胡子，抽着一根黑雪茄，正站在宫廷花园光秃秃的山毛榉树下思考自己的和弦。所有这一切都沐浴在柔和又安详的红棕色暮色中。这样的欧洲美好到让人觉得不可思议，是淹没在悲伤长河中的苏菲永远都不会见到的欧洲。

我上床就寝时，乐声仍未停止。每张沙沙作响的虫胶唱片播完后就有一小段间歇时间，可以听到苏菲柔肠寸断的哭声，我辗转反侧，再度疑惑着一个凡人怎么可能负载那么重的哀愁。这样深沉的悲痛，实在令人难以相信竟是由内森引起的。但是事实显然如此，

[1] 古希腊早期喜剧诗人，生于雅典。

这也使我碰到了一个难题。我说过，我觉得自己已经浸溺在一种病态的爱恋状态中，如果她这么难以自拔地缅怀她的爱人，我怎么能奢望赢得这份感情呢，更不用说与她同衾共枕。单是这么想似乎就很下流了，好像想追求一个新近守寡的妇人似的。内森确实走了，可是我想填补这个空位是否也徒然呢？我想起自己身上所余无几。就算我冲破她哀伤的障碍，又怎么供得起带她上华美的餐厅吃饭，或送她昂贵的唱片？

最后音乐停了，她也不再哭泣，吱嘎的弹簧声使我知道她上床安歇了。我了无睡意地躺着，听着布鲁克林柔和的夜声——一只在远处狂吠的狗，一辆经过的车子，公园边一对情侣的轻笑。我想到弗吉尼亚，想到家乡。我逐渐进入梦乡，却睡得很不安稳，甚至是混沌。有一次我在陌生的黑暗中醒来，发现我把枕头塞在两腿间无意识地摩擦着它的褶皱和缝隙。然后我又入睡了，在破晓前的一片死寂中惊醒，一颗心突突地跳着，我直视天花板，脊柱蹿过一阵寒意，凭着梦醒时格外清晰的头脑，我明了了苏菲注定的命运。

第三章

　　"斯廷戈！哦，斯廷戈！"第二天——六月里一个晴朗的星期天——早上我听到他们在门外唤我，先是内森的叫喊，然后是苏菲："斯廷戈，起床了。快起来，斯廷戈！"门没有锁，只有一条链子系着，我躺在枕头上，看见内森露出开怀的笑容，由门缝向我看过来。"起来晒太阳，"那声音说，"起床，老弟。快起来。我们要到科尼岛去！"苏菲的声音由他身后传来，清晰地重复内森的话："起来晒太阳！快起来！"她命令完后，一阵银铃般的笑声从门外传来，内森开始摇门和铰链。"快点，白人佬，起床了！你不能一整天躺在那儿睡觉，像南方的一只老猎犬一样。"他的声音带着一种迪克西兰爵士乐的音调，虽然我还昏昏沉沉的，但我的耳朵很敏感，听出这种声音不过是一种巧妙模仿的产物。"收起你这身懒骨头，老小子，"他用一种滑稽的语气拖腔拉调地说道，"带上游泳衣。我们要搭火车到海滩去，来一次小野餐！"

　　客气地说，我对他的提议不感什么兴趣。前一晚他对我的侮辱以及对苏菲的态度，一整夜都以各种面具和形象侵入我的梦境，此刻一醒来，就看见同一副嘴脸在大声叫嚣，说出战前那种做作的话语，实在使我难以忍受。我掀开被子跳下床，直冲到门边。"滚开！"我吼道，"不要来吵我！"

我本想要当着内森的面把门甩上，可是他把一只脚稳稳地插入门缝。我又叫道："滚开！你可真有勇气，竟敢这么做。把你那只臭脚挪开，不要来吵我！"

"斯廷戈，斯廷戈，"布鲁克林口音又回来了，像是在哄孩子，"斯廷戈，别发火。我没有恶意，老弟，得了，快开门吧。我们一起喝杯咖啡，化敌为友吧。"

我对内森吼道："我不想当你的朋友！"我大声咳了起来。我每天抽三包骆驼牌香烟，对于自己突发这阵咳嗽感到惊讶。我所发出的哮吼声使我困窘地转过身去，同时也惊讶于另一件事，而且大为沮丧，残暴的内森像个恶魔般又出现在苏菲身边，又一次拥有她，主宰她。在这一分多钟的肺部痉挛中，我一边战栗喘息，一边还得忍受内森如医学专家般的羞辱："你抽太多烟了，白人佬。看你一脸土色，就知道你是尼古丁上瘾。看看我，白人佬，看我的眼睛。"

我眯着眼睛对他怒目而视，愤愤地开口道："不要叫我——"但话未说完，又被另一阵剧烈的咳嗽打断了。

"土色，没错，"内森继续说，"可惜，你这么一个清秀的家伙。这完全是因为你长期缺氧。你应该戒烟，白人佬。这会引起肺癌，对心脏也不好。"（一九四七年，抽烟对人体健康的危害还未经医学证实，尚在怀疑阶段。吸烟有害论被见多识广之人视为胡言乱语，仿佛把粉刺、瘰子和疯癫等问题都归咎于手淫一样。因此，当时我认为内森的话无疑是出自恶意，便愈加火冒三丈，但现在我知道他的建议很有先见之明，那种古怪、疯癫、恼人但敏锐的智慧很独特，而我自己也频繁与这种智慧进行较量。十五年后，我费尽心力地戒烟之际，时时会想起内森的话——不知道为什么，特别是"土色"这两个字，就像从坟墓中发出的声音一样。）然而，此刻，他的话像是从屠宰场发出的邀请。

"不要叫我白人佬！"我恢复了正常的声音，叫道，"我是杜克大学的优等毕业生，用不着听你的侮辱。现在你把脚缩回去，不要来吵我！"我想移开他卡着门的那只脚，却只是徒劳无功。我愤愤地说："而且我并不需要你的忠告！"

内森的改变实在令人惊讶，他的态度突然变得谦恭有礼，歉意十足，近似于悔悟。"好吧，斯廷戈，很抱歉，"他说，"我真的很抱歉。我并不想伤害你，请你原谅我，好吗？我不会再那么叫你了。苏菲和我只是想在这个美丽的晴天，对你略表友善的欢迎。"这种变化让人瞠目结舌，要不是我直觉上知道他是真诚的，我大概以为他又要醉心于另一种形式的讽刺了。事实上，我察觉到他有种相当痛苦的过度反应，就像人们有时候会在不假思索的情况下讥笑一个孩子，而后有所悔悟，意识到自己给他人带来了真正的痛苦。但是我决心不为所动。

"滚，"我面无表情地说，"我只想一个人待着。"

"我很抱歉，老朋友，真的抱歉。我叫你'白人佬'只是开玩笑的。我真的无意冒犯你。"

苏菲赞同道："是啊，内森真的无意冒犯你。"她自内森身后走到一个我可以看清她的地方。我再度为她心荡神驰。她不再是昨晚的那副愁容了，内森奇迹似的返回使她欢欣又兴奋地涨红了脸。她的快乐可感可知，由她全身流露出来：闪闪发亮的眼睛，鲜艳欲滴的唇瓣，染上了红霞的双颊。这种快乐，加上她那张神采飞扬的脸，即使是在早晨的惺忪状态下，我也为之沉迷——不，是难以抗拒。
"求求你，斯廷戈，"她恳求道，"内森不是故意要冒犯你，故意要伤
你感情的。我们只想和你交朋友，在这个美丽的夏日带你出去。求
你了，请你和我们一起去吧！"

内森放松了——我感觉到他把卡在门缝的脚缩了回去——我也
放松了。不过，当我看到他突然揽住苏菲的腰，用鼻子在她的脸颊
上摩挲时，仍然感到一阵刺痛。他就像只舔盐的母牛一样，将他的
大鼻子抵在她脸上，使她禁不住欢快地笑了起来，像圣诞颂歌一般。
当他伸出粉红色的舌尖舐她的耳垂时，她像只猫，发出轻微的喉音，
这是我听过的最逼真的声音。那是一种令人哑然无语的场面。不过
几个小时前，他还准备割裂她的喉咙。

苏菲的请求使我难以回绝，我含糊地说了一声："呃，好吧。"
就在我想解开门链，让他们进来时，我又改变了心意。"慢着，"我
对内森说，"你欠我一句道歉。"

"我道歉，"他的声音很恭顺，"我说过我不会再叫你'白人
佬'了。"

"不只是这个，"我回嘴道，"还有关于绞刑的那些废话，关于南
方。那是一种侮辱。要是我告诉你叫兰多的人是个长着鹰钩鼻、视
财如命、专骗老实的非犹太人的当铺胖老板呢？你会气得发狂。同
样，你的侮辱也是这样的。你还要再向我道个歉。"我意识到我有些
夸大其词，但是我很坚持。

"好吧，我也为那些话道歉，"他大方而热切地说，"我知道我
很离谱。让我们忘了这回事，好吗？请原谅，真的。不过我们真是
要带你出去。现在还早，你可以准备一下，换好衣服，然后上楼去
苏菲的房间。我们一起喝杯啤酒或咖啡，再出发到科尼岛。我知道

那里有一家很棒的海鲜餐厅，在那里吃过午餐后，我们再到海滩去。我有个好朋友星期天会在那里当救生员，赚点外快。他可以让我们到海滩的一个特别区域，那里不会有人对着你的脸踢沙子。走吧。"

很显然我在生闷气，我说道："我考虑考虑。"

"啊，别扫兴了，走吧。"

"好吧，"我说，"我去。"然后心不甘情不愿地加了一句："谢了。"

在洗漱、刮胡子时，我十分困惑，思索着这些事的奇特转变。我想，这份善意的背后隐含着什么不为人知的动机？会不会是苏菲怂恿内森采取这个友好的举动，让他借此补偿昨晚的恶行？或者他打算得到其他什么东西？我对纽约已略知一二，知道像内森这样的人可能就是个骗子，想耍手段骗些钱。（这使我检查了我的四百多美元。我把这笔钱放在一个强生牌绷带的盒子里，放在药箱后侧。这些十美元、二十美元的钞票仍然原封不动，我如往常般低声唱了一首哀歌。）不过这种怀疑似乎难以成立，因为莫里斯·芬克对我说过，内森有丰厚的收入。然而，对于加入苏菲和内森，我仍感到不安，所有这些可能性都在我的脑海中盘旋。我真该留在家里工作，试着在那令人困倦的黄纸上写下一些字，尽管这些字可能空洞无物而难以辨认。但是苏菲和内森却为我的想象加了界限。我所思索的是，他们之间的关系究竟是怎么缓和的，这对情侣几个小时前才经历了一场让人痛心的争斗，对此我只能联想到一出庸俗的意大利歌剧。然后我又想着，或许他们两个人都疯了，或是像保罗和弗兰切斯卡[1]，陷入一种怪异的自我毁灭中。

我离开房间时，在走廊里碰到了莫里斯·芬克，他还是那么见

1　但丁在《神曲·地狱篇》中描写的一对情侣。

多识广，甚至偶尔会给人以启发。我们互相寒暄时，我第一次听到弗拉特布什大道那头传来教堂的钟声，遥远却清晰。这钟声立刻让我想起南方地区的星期天，也给我带来了些许焦躁，因为我深刻地记得犹太教堂里并没有这样的钟楼。钟声划破寂静，我闭了下眼睛，思及家乡砖造教堂里的虔诚和安息日般的静默。当我睁开眼睛时，莫里斯解释道："那并不是犹太教堂，而是教堂大道和弗拉特布什大道上的荷兰归正会教堂，他们只在星期天敲钟。有时我会在他们做礼拜时过去，或是到主日学校。他们唱'基督爱我'之类的狗屎。荷兰归正会的那些妞儿倒是不错，但大多看起来都需要输血，或者注入一些肉，变丰满一点嘛，"他发出一声好色的嘶声，"不过那里的公墓还不错。夏天时可以到那里乘凉。有些犹太崽子晚上就去那里发骚。"

我说："布鲁克林还真是什么人都有。"

"是呀，什么人都有。犹太人、爱尔兰人、意大利人、荷兰归正会教徒、黑人，应有尽有。战争爆发后，有许多黑人搬到这里。他们搬到威廉斯堡、布朗斯维尔、贝德福德－斯泰弗森特。我叫他们该死的猩猩。老天爷，我真恨那些黑人。猩猩！"他露出两排牙齿，抖了抖身子，看起来像只龇牙咧嘴的猿猴。就在这时，亨德尔盛大而庄严的乐曲——《水上音乐》——由苏菲的房里传到了楼下。我隐隐听到内森的笑声。

莫里斯说："我想你大概见过苏菲和内森了。"

我说见过他们。

"你对内森怎么看？没吓坏你吧？"他黯淡无神的眼睛蓦地闪过一丝光芒，声音变得阴沉，"你知道我的看法吗？他是个'泥人'。那种有生命的泥人。"

"泥人？"我说，"泥人究竟是什么东西？"

"呃，很难说清楚，那是犹太人说的……你们都是怎么说的呢？这个词并不完全是宗教意义上的，可以说是一种恶魔。他是被创造出来的，像科学怪人弗兰肯斯坦，只不过发明他的人是犹太拉比。他是用黏土或是类似的材料捏出来的，具有人形。总之，他绝不可能受控制。我是说，有时候他表现得很正常，就跟普通人一样，但本质上他是个难以驾驭的恶魔，那就是'泥人'的定义。我说的就是这个，内森整个就是他妈的一个泥人。"

我对这个词还是有点模糊，于是让莫里斯详细说说他的理论。

"呃，今天一大早——我想你大概还在睡觉吧！我看到苏菲走进内森房里。我的房间就在对面，所以我看得清清楚楚。那时候大概是七点半或八点，昨晚我听见他们争吵，所以我知道内森走了。可是你猜我看见了什么？我看见苏菲还在哭泣，低声哭泣，泪如雨下。她走进内森房里，也没有关门就躺了下来。你猜猜她躺在哪里？床上吗？不对！她躺在地板上！她穿着睡衣躺在地板上，像个婴孩般蜷缩着身子。我就这样望着她，十分钟，也许十五分钟，心里想她那样躺在内森房里八成是疯了。突然间，我听到大街上有辆车开了过来，我从窗子探出头去，看到了内森。他进来的时候你听见了吗？他迈着大步，砰砰作响，还自言自语。"

"没有，我睡得很熟，"我回答，"我所听到的吵声大概只有那里——你称作弹坑的地方，由头顶直接传下来的。其他地方我就听不见了，谢天谢地。"

"总之，内森上楼去，冲进他的房间。苏菲仍然蜷缩在地板上。他走向她，站在那里——她是清醒的，而他对她说的是：'滚出去，你这个婊子！我要走了。'苏菲躺在那里哭着，什么话也没说，内森说：'滚开吧，婊子，我要走了。'苏菲仍然一语不发，我开始听到她的哭声。内森又说：'我数到三，婊子，如果你还不起来离开这里的话，我就一脚把你踹开。'然后他数到三，她一动不动，他就弯下身子，开始掴她的脸颊。"

我打断道："她还是躺在地上吗？"我真希望莫里斯没告诉我这些。我的胃部翻腾，一阵作呕；虽然我是个不喜爱暴力的人，此时却有冲上楼去，抄起一把椅子，伴着欢快的布列舞曲把那个泥人痛揍一顿的冲动。"你是说，当那女孩蜷缩在地上时，他竟出手打她吗？"

"是呀，他一直掴着她的脸，而且下手很重，就那么使劲掴着。"

我诘问："你为什么不阻止他？"

他犹豫了一下，清清喉咙说："呃，不妨告诉你，我是个害怕打架的懦夫，我才不过五英尺半，那个内森却是个大家伙。不过你要知道，我是想过要报警。苏菲开始呻吟，那些巴掌一定让她痛入骨髓。因此我决定下楼去打电话报警。我没穿衣服，我睡觉时什么也不穿。所以我走向衣橱，穿上浴袍和拖鞋——希望动作快一点，明白吧？谁知道呢，我以为他很可能杀了她。我想我大概费了一分钟，起初我找不到那双该死的拖鞋，后来我又走向门口时……你猜怎样？"

"我猜不出。"

"这一回完全相反了。苏菲盘腿坐在地板上，内森则把头埋在她腿上，他可不是在咬她，他在哭！他把脸埋在那里，哭得像个孩子。苏菲一直抚着他的那头黑发，低语着：'没事的，没事的。'我听见内森说：'哦，上帝！我怎么能对你这样？我怎么能伤害你？'类似这样的话，接着是：'我爱你，苏菲，我爱你。'她所说的只有：

'没事的。'他一直把脸埋在她腿上，边哭边一再说道：'哦，苏菲，我好爱你。'唉，我差一点把早饭都吐出来。"

"然后呢？"

"我看不下去了。这一幕结束后，他们便从地板上站了起来。我出门买了份报纸，到公园看了一个钟头。我不想再和他们任何一个人有所牵扯。不过你明白我的意思了吧？我是说……"他停住口，愁容满面地看着我，等我为这幕邪恶的假面剧说出一些感想。我什么话也没有说。然后莫里斯坚决地说道："在我看来，他是个泥人，一个该死的泥人。"

上楼时我心情难平。我一直告诫自己千万不能跟这两个疯子扯上关系。尽管苏菲令我心驰神往，尽管我十分孤寂，我却确定寻求他们的友谊是愚蠢之举。我之所以这么想，不仅是因为我害怕自己会被卷入这种反复无常而具有毁灭性的关系中，还因为我要面对一个残酷的现实，我，斯廷戈，有别的事要挂心。我到布鲁克林来是为了"拼尽全力去写"，正如我敬爱的老法雷尔所说，而不是要在磨人的通俗剧中客串一个可怜的小配角。我决定告诉他们，我不打算和他们一起去科尼岛了；然后我会礼貌却决然地将他们推出我的生活，让他们明白我是个不愿意受人打扰的独行侠。

我敲门进屋，唱片正好播完，泰晤士河上的游艇正在转舵，欢快的号声渐渐远去。苏菲的房间立刻使我感到愉悦。虽然我对碍眼的丑东西很敏感，可对品位和装饰却没有什么概念。但我看得出苏菲成功地征服了无所不在却又略显幼稚的粉红色。她没有让粉红色吞没自己，而是以橘色、绿色和红色——明亮的淡红色书柜、杏色的床罩——进行互补，加以反击。她以这种欢快和温暖的颜色凌越了单调的海军伪装色，我很想为此鼓掌大笑。还有花，到处都摆着花——黄水仙、郁金香、剑兰，从小桌上的花瓶一直到墙上的烛台。这个房间里充满了花香，虽然有很多花，却不令人觉得自己身处病房中，而是有种节日的气氛，与房间里的欢快感相得益彰。

然后我突然意识到自己没看见苏菲和内森。就在迷惑不解时，我听见一声浅笑，看到角落里的日式屏风动了一下。苏菲和内森脸带笑容，手牵手从屏风后面跳着两步舞曲走了出来。他们所穿的衣服剪裁精美，是我见过最迷人的衣服。说起来那更像是戏服，而且并不新潮——他穿的是有着白色粉笔条纹的灰色法兰绒双排扣西装，大概是十五年前威尔士亲王所穿的那一种；她的则是同时代的深紫色缎子百褶裙、白色法兰绒游艇外套和一顶斜戴在头上的紫红色贝雷帽，刚好压住眉毛。他们的衣服显然不是别人穿过的旧货，看起来就很贵，而且如此合身只能是定做的。我只穿了白色的箭牌衬衫，袖子还卷着，外加松松垮垮的休闲裤，显得非常寒酸。

苏菲开始准备奶酪和饼干，内森从冰箱里拿出一瓶啤酒，过了一会儿他说："别担心，别担心你的衣着。你不必因为我们这样盛装打扮而感到不舒服。这只是我们的嗜好。"我愉快地陷在一张椅子里，想要结束我们短暂相识的决心早已不翼而飞。造成这种转变的原因实在是难以解释。我想这是许多事物的结合：悦目的房间、意外而滑稽的服饰、啤酒、内森坦率的热情和急切的悔过之心，还有我心里对苏菲悲惨生活的同情——这一切都摧毁了我的意志力。因此我再一次成为他们的人质。"这只是我们的小嗜好。"他继续解释，伴着维瓦尔第清晰明了的曲子，苏菲则在小厨房中忙碌着。"今天我们所穿的是二十世纪三十年代早期的衣服。我们还有二十世纪二十年代、第一次世界大战时期、十九世纪九十年代那段快乐的时期，甚至更早一些的衣服。只有在星期天或假日时，我们才会穿上这些衣服。"

"难道别人不会盯着你们看吗？"我问，"而且这些衣服并不便宜吧？"

"别人当然会盯着我们看，"他说，"这也是乐趣的一部分。有时候——譬如我们穿着十九世纪九十年代的衣服——会引起一阵骚动。至于价钱，这也并不比普通的衣服贵多少。富尔顿街有个裁缝会为我做任何衣服，只要我把正确的式样告诉他。"

我会意地点点头。虽然这可能有点招摇，却是种无害的娱乐。由于他们姣好的外貌——他那地中海人般的面庞和她白皙的面容组合在一起甚至更为出色，不管他们穿上什么衣服，到什么地方，都是别人注目的焦点。"这是苏菲的主意，"内森进一步解释，"她说得不错，街上的人都很呆板。他们看起来都是一个样子，穿着制服上街。像这样的衣服有个性，有风格。所以人们盯着我们看时才有乐趣可言。"他停住口，往我杯里注满啤酒。"衣着是很重要的，它是人类的一部分，它也可能是种美丽的东西，当你造就它时会感到非常愉悦。这个过程或许也会带给别人欢乐，尽管这是次要的。"

这段话可真是无所不包了，就像我小时候经常听到的。衣着，美丽，人类。不久前，说这些话的人还口出恶言，举止粗暴呢，如果莫里斯值得信任的话。而苏菲则穿得像老电影中的金杰·罗杰斯，忙忙碌碌，来回拿盘子、烟灰缸和奶酪什么的。现在内森友善迷人多了。我完全放松下来，感受啤酒轻轻传遍我的肢体，心想他所说的的确有理。在看厌了战后穿着一致的景观，特别是在像麦格劳－希尔这种陷阱里待过后，还有什么比奇特有趣、与众不同的东西更令人耳目一新？内森的这个举动再一次（我现在说的都是后见之明了）预示了未来的世界。

"看看她，"他说，"有点意思吧？你看过这样的小乖乖吗？嘿，小乖乖，到这里来。"

"你没看见我忙着吗？"苏菲边继续手上的动作边说，"我正在处理奶酪呢。"

"嘿！"他吹了声刺耳的口哨，"嘿，过来！"他对我眨眨眼，"真让我爱不释手。"

苏菲走过来，重重地坐在他的膝上。他说："亲一个。"

"就一个，"她说着，轻轻地亲了一下他的唇角，"好了！你就只能得到一个吻。"

她局促不安地坐在他膝上，他轻咬她的耳朵，捏捏她的腰肢，使她爱慕的脸庞闪动着光芒，清晰可见。他轻哼道："我对你爱不释——手。"和其他人一样，公然流露的感情使我感到困窘，或者说怀有敬意，尤其我又是唯一的观众。我喝了一大口啤酒，移开了视线，盯着铺有性感杏色床单的大床，我的新朋友们通常就是在这张床上欢爱的，而这也是我近来不安的一大源头。或许是我突发的几声咳嗽，也可能是苏菲察觉到了我的尴尬，总之，她从内森的膝盖上跳了下来，说道："够了！内森·兰多，够了，不可以再吻了。"

"来嘛！"他不满地说，"再来一个就好。"

"不行，"她的口气温柔却坚决，"我们再喝点啤酒，吃点奶酪，然后就搭地铁到科尼岛吃午餐去。"

"你是个小骗子，"他以开玩笑的口吻说，"就爱戏弄人，比布鲁克林区的任何一个女人都坏。"他转身望着我，冷嘲热讽地说："怎么样，斯廷戈？我快三十了，疯狂地爱上一个波兰的非犹太姑娘，而她却把自己甜美的财宝都紧紧锁了起来，像雪莉·米尔迈斯泰因修女那样。整整五年我才打开它。你认为如何?"又一个狡猾的眨眼。

"坏消息,"我戏谑地说,"这得算施虐狂了。"虽然我竭力保持沉着,这个意外的发现仍使我感到惊愕:苏菲不是犹太人!诚然我并不在乎她是什么人,不过我有点先入为主的想法。就像格列佛来到了慧骃国,置身于这个庞大的犹太人区中,我觉得自己格格不入,没想到耶特的房子里还有一个异教徒。所以苏菲不是个犹太姑娘。好吧,我最好还是闭嘴。

苏菲将一碟夹了切达奶酪的吐司放在我们面前。就着啤酒而食,这点吐司分外可口。我开始对我们的小聚会感到陶然自得,心醉神迷,就像一只由潮冷、凄凉的阴影中走到正午炎阳下的猎犬。

苏菲坐在内森座椅旁的地毯上,满足地枕着他的腿。内森说:"我第一次遇到这个女人时,她只剩一身破衣服、一把骨头和一把头发。那是她从俄国人解放的集中营出来整整一年半后,甜心,那时候你多重?"

"三十八,三十八千克。"

"是呀,大约八十五磅。你想象得到吗?简直不成人形。"

我问:"你现在多重呢,苏菲?"

"正好五十千克。"

"那就是一百一十磅,"内森解释道,"就她的身高和骨架来说还是太轻了。她的标准体重是一百一十七磅,不过她会达到的,她会达到的。我们很快就会有一个用牛奶养出来的美国大女孩了,美丽动人,"他爱怜地抚了抚由她帽下探出的奶黄色鬈发,"不过,老弟,我第一次抱住她时,她可真是一具残骸。来,喝点啤酒,甜心,这会帮你胖起来。"

"那时我真是一具残骸,"苏菲轻松愉快地接口说,语气让人爱怜，"我看起来就像个老巫婆——我说的是，你知道，赶鸟的那种怪物。稻草人吗？我的头发快掉光了，而且两腿发痛。我有坏血——"

"坏血病[1]，"内森插嘴道，"她是说，她曾经有过坏血病，俄国人来了之后就好了——"

"坏……坏血病，我有，我的牙齿都掉了，还有斑疹伤寒、猩红热、贫血。全都有，我真的是残骸。"她说出这些病时并无一点自怜的口气，一如孩童般纯真，似乎她所说的是一些宠物的名字。"但后来我遇见了内森，他照料我。"

"理论上说来，集中营一被解放她就获救了，"他解释道，"那就是说，她不会死于非命。但当时她在难民营里待了很久。那里有许多人，成千上万，他们没有足够的医疗设施来医治饱受纳粹折磨的人。所以去年她到达美国时，贫血仍极为严重，真的很严重，重症贫血。我看得出来。"

我对内森的这种专业性很感兴趣，问道："你怎么看得出来呢？"

内森带着一种使我为之着迷的谦逊简洁明了地解释了这个问题。他说他并不是一名医生，他是哈佛的毕业生，取得了细胞和发育生物学专业的硕士学位。他在这一研究领域所取得的成就使他得以在辉瑞[2]担任研究员；辉瑞位居全美最大的制药厂之列，总部位于布鲁克林。他对自己的背景就介绍了这么多，还说他没有深入而广泛的医学知识，不喜欢以外行人的身份贸然诊断病症。然而，他受的训练却使他对化学制品和小病小痛有相当的了解，因此，他一看到苏菲（"这甜心"，他温柔又关切地深情呢喃道，把玩着她的头发），

1　即维生素 C 缺乏症。

2　创建于 1849 年，以研发为基础的一家美国生物医学和制药公司。

便判断她枯槁的形貌是贫血所致，结果证明他的看法准确无误。

"我带她去看医生，我哥哥的一个朋友，在哥伦比亚长老会医学中心教书，从事营养病研究，"内森的声音隐含着一丝骄傲和相当的权威，魅力十足，"他说我的诊断无误，是很严重的缺铁性贫血。我们让小甜心服用大剂量的硫酸亚铁药丸，她便开始像一朵玫瑰般绽放。"他停住口，垂眼看着她。"一朵玫瑰，一朵玫瑰。一朵美丽的玫瑰，"他的手指轻轻沾了一下嘴唇，送向她的额头，用他的吻给她涂油，"上帝，你真了不得，"他低声说道，"你是最棒的。"

她仰头望着他。她看起来异常美丽，却疲惫憔悴。我想到前一晚的悲泣。她轻抚着他手腕上凸起的蓝色血管，说："谢谢你，辉瑞公司的高级研究员先生。谢谢你让我像玫瑰般去绽放。"我忍不住想着，耶稣基督，亲爱的苏菲，我们得给你找个语言教师。

我突然间明白了苏菲是如此在意内森的措辞。他就是她的语言教师，当我听到他开始耐心地纠正她时，我就更深信不疑了。"不要说'去绽放'，"他解释，"要说'绽放'。你很不错，达到完美只是时间问题。你一定要了解动词不定式的用法，你知道的，这并不容易，因为英语没有很多严格或硬性的规则。你一定要运用直觉才行。"

她问："直觉？"

"运用你的耳朵，使它敏感起来，如此就会变为直觉。我给你举个例子。你可以说'让我像玫瑰般绽放'，但不能说'让我像玫瑰般去绽放'。记住，有许多词的用法是没有规则的，慢慢你就会了解这种语言的种种奇怪的小花招，"他轻抚她的耳垂，"运用你美丽的耳朵。"

"什么语言呀！"她苦恼地哼了一声，丧气地皱起眉头，"太多词了。光是形容'速度'，就有'迅速''敏捷''急速'。一大堆词！"

我加了句："飞速。"

内森说："'倏忽'怎么样?"

我又说："'匆忙'。"

"还有'飞逝',"内森说,"不过这有点差别。"

我说："'急速'。"

"得了!"苏菲笑着说,"形容速度的英语单词太多太多了。法语就简单多了,只用说'vite'(快)。"

"再喝点啤酒吧?"内森问我,"我们把这瓶啤酒喝完就去科尼岛的海滩上玩。"

我注意到内森自己并没喝多少,却以一种几乎让人困窘的慷慨,不断将我的杯子斟满。在这么短的时间里赢得如此亲切而热情的招待使我略觉不安,惊讶不已,我努力控制着自己狂喜的心情。这是一种真正的喜悦,就像是夏日的炎阳;友爱的臂膀拥抱着我,舒服、怜爱、慈悲,令我飘飘然。当然,一部分是酒精发挥的功效,其余的来自种种因素,在那个充斥着精神分析术语的时代,我将这些因素看成格式塔[1]——晴朗而幸福的六月天,亨德尔华丽而迷人的《水上音乐》,以及窗户敞开又喜庆的房间。四溢的花香使我感到许久未有的幸福,萌生出难以言喻的希望;自二十二岁——也许该说是二十五岁——我为自己立下雄心壮志,结果我的作为常常成为可怜的愚行后,这种感觉我只有过一两次。

然而,我的喜悦源于几个月前我到纽约后还不曾了解的一些东西,我原以为自己永远地放弃了——友谊、亲密、和朋友在一起的

---

[1] 意为"完形",强调经验和行为的整体性,认为整体大于部分之和,是由知觉积极组织或构建的结果,并非客观物体本身所具有。

甜蜜时光。我用于保护自己的高傲盔甲完全粉碎了，我想着，苏菲和内森——这一对热情、愉快、充满生机的新朋友，与他们相遇是多么奇妙，而我渴望伸手拥他们入怀又是多么美好。这种渴望是动人心弦的手足情谊（至少是此刻，尽管我疯狂地迷恋苏菲），纯洁无瑕，毫无情欲的沾染。我对着苏菲傻笑，端起酒杯和自己干杯，喃喃低语："老斯廷戈，你又从冰冷的海里游上岸了。"苏菲接过内森递给她的玻璃杯，和我轻轻碰了一下，说："欢迎你，斯廷戈！"她粲然一笑，露出明亮的牙齿，快乐的脸上仍留有受过折磨的阴影，沉重却迷人，使我深受感动。我不由自主地发出一声满足的叹息，感到自己离获得拯救更近了。

然而我仍能察觉到不大对劲的地方，昨夜苏菲和内森那糟糕的一幕已足以暗示这种欢快、放松又亲昵的小聚会并非两人关系的真相。但我是个极易被外在假象蒙蔽的人，很快就相信我所目睹的可怕争吵只是情人间可悲却偶然的反常现象，其实他俩之间的主旋律是爱情和浪漫。我想我之所以下此断语，是因为我内心深处极其渴望友情——我被苏菲迷得神魂颠倒，又被那个充满活力、乖戾狂暴却又有着奇异魔力的年轻人的乖僻魅力所吸引，而这个人还是苏菲的情郎，故而我不敢深入探讨他们的关系。即使如此，正如我说过的，我依旧觉得有什么蹊跷的地方。在欢愉、温柔、关切之下，我感到房里蕴藏着一种令人不安的紧张气氛。我并不是说当时的那种紧张气氛与这对爱侣有关。但气氛确实紧张，一种使人焦躁的压力，而且极有可能是从内森身上散发出来的。他变得烦躁、不安，他站起身翻弄唱片，把亨德尔换成维瓦尔第，喝了一大杯水，又坐下来，随着进行曲的旋律在膝上敲打着指头。

然后他迅速转身对着我，用困惑而晦暗的目光盯着我的脸庞说：

"你是个涉世未深的乡巴佬，对吗？"他顿了一下，继续像之前挑衅我那样拉长调子慢慢说："你知道，我对你们这些南方人很感兴趣。每一个南方人——"他特别强调"每一个"，"你们每一个都使我非常，非常感兴趣。"

我开始感受，或说经受，抑或是体验到什么叫怒火慢烧。这个内森简直叫人难以置信！他怎么会这么愚笨、木然——如此令人憎恶？我的沉醉感就像数千个小泡沫似的立刻蒸发了。这只猪！我想着，他是在诱我入瓮！除非他是想把我逼到绝境，否则怎么解释得了这种情绪的快速变化。这若不是愚行就是一种诡计。我才刚强调过我们和好——如果可以这样说的话——的条件，即他不准再猛烈抨击南方，他就说出这种话，实在是不应该。虽然我仍在尝试忍下这口气，愤怒却再次像卡在喉咙里的骨头让我反胃。我故意用浓浓的泰德沃特口音说："嘿，内森老马，我们那儿人对你们这些布鲁克林人也很感兴趣呢。"

这句话立刻对内森起了作用。他非但不觉得有趣，而且眼睛燃着战火，对我怒目而视，眼里是浓到化不开的不信任感。那一瞬间，我敢发誓，在那闪闪发亮的瞳孔上，我看到了一个南方乡巴佬，一个怪胎，格格不入。

"哦，去他妈的，"我说着，想要站起身，"我还是回——"

我还未放下玻璃杯站起身，他便已握住我的手腕。这一握并不粗暴，却有力而坚持，让我牢牢地坐在椅子上。这一握也包含某种不顾一切的味道，使我感到一阵寒意。

他说："这一点也不好玩。"他压抑的声音掩不住狂暴的情绪。接下来他的口气更从容，慢到令人发笑，像是一种咒语。"博比……威德……博比·威德！你以为博比·威德是你……取笑的对象吗？"

我反驳道:"这该死口音的源头并不是我。"我心想:博比·威德!哦,狗屎!现在他扯上博比·威德了。我得离开这里。

这时候,苏菲似乎察觉到内森情绪变化中的不祥之兆,急忙走到他身旁,忐忑地把颤抖的手放在他肩上安抚道:"内森,请你不要再说博比·威德了。求求你,内森!我们现在很开心,不要让这个话题烦你。"她痛苦地瞥了我一眼,说:"一整个星期他都在谈论博比·威德,我没法制止他。"她又央求内森:"求你,亲爱的,我们正玩得开心呢。"

但是内森不为所动,向我追问:"博比·威德怎么样?"

"呃,老天爷,他怎么样?"我哀叹着,站起身挣脱他的手。我已开始打量房门和挡路的家具,迅速策划出最佳的出逃路线。我咕哝道:"多谢你们的啤酒。"

内森坚持道:"我告诉你博比·威德怎么样吧。"他可不想让上钩的鱼儿溜走,把杯子塞到我手中,又倒满了啤酒。他的表情依然平静,但他那毛茸茸、爱教训人的食指几乎伸到了我的脸上。"斯廷戈,我的朋友,让我告诉你博比·威德的事吧。谈到兽行,你们南方白人应该很有见地才对。你不承认?那么你听着。我代表一个遭受死亡集中营劫难的民族来说这些话,我以其中一名幸存者恋人的身份来说这件事,"他伸出一只手握着苏菲的手腕,而另一只手的食指仍在我面前比画着,"但我说这件事主要是基于内森·兰多的立场,一个普通市民,一个生物研究员,一个人,一个人类实施残酷暴行的见证人。我说博比·威德在美国南方白人手中的命运和希特勒统治时期纳粹对犹太人实施的行为没什么两样,都是残暴又野蛮!你同意我的话吗?"

我咬牙保持镇静。我回答:"内森,博比·威德的遭遇确实悲惨。莫可名状！但是我觉得试图将两件恶行相提并论，或是用愚蠢的价值观进行衡量，实在是毫无意义。它们都很可怕！请你把手指移开好吗？"我觉得前额开始潮湿发烫，"而且我非常怀疑你布下的这张大网是否可以将你所谓的'你们南方白人'一网打尽。去他的，我可不打算上钩！我是南方人，而且以此为傲，可我并不是那些猪猡——那些凌辱博比·威德的野蛮人！我生于弗吉尼亚州的泰德沃特，如果你不介意我的用词，我要说我是个绅士！另外，请见谅，你的这些过分简单化的胡言乱语，这种源于如你这般看似聪明的人的愚昧无知，实在令我恶心！"我听到自己的声音不再被压抑，变大、粗哑并颤抖起来，我担心自己又要开始拼命咳嗽了，因为我看见内森平静地站起身，现在我们彼此对垒了。尽管他的架势和表情很有威胁性，咄咄逼人，他在外形上又胜我一筹，我仍然有打他下巴一拳的强烈冲动。"内森，让我告诉你一件事。你现在是纽约自由主义者里最低劣的那类人，狗屁伪君子！你有什么权利去评判数百万人，而他们大多数宁愿死也不肯去伤害一个黑鬼！"

"哈！"他回答，"看吧，连你也这么说，黑鬼！这可不是客气话。"

"我们那里都这么叫，这并没有冒犯之意。好吧，黑人。总之，"我继续不耐烦地驳斥，"你有什么权利置评？我觉得这也很不客气。"

"身为一个犹太人，我认为痛苦和磨难给了我这个权利。"他停住口瞪着我，我第一次在他脸上看见轻蔑的神色，不觉火冒三丈。"至于'纽约自由主义者'和'狗屁伪君子'这样的话，对一个真实的指控而言，实在是脆弱之至的反击。你难道不明白这个简单的事实吗？你难道不能从这该死的表面下分辨出事实吗？你拒绝承认自己对博比·威德的死负有责任，就和那些拒绝承认纳粹党的暴行，哪怕他们眼睁睁地看着纳粹摧毁犹太教堂，看着纳粹犯下'水晶之夜'[1]的罪行却又无动于衷的德国人一样。你看清你自己了吗？看清南方人了吗？毕竟，残害博比·威德的并不是纽约州人。"

他所说的话——特别是我"负有责任"——大多有失偏颇、不合常理、自以为是，而且大错特错，然而我当时懊恼极了，一时无言以对、意志消沉。我发出一声奇怪的喉音，拖着虚浮的脚步慢慢走到窗口。虽然我内心的愤怒已经变得微弱无力，我仍竭力想找到反驳的言辞。我喝了一大口啤酒，垂头丧气地俯瞰弗拉特布什明亮的草地、沙沙作响的美国梧桐和枫树。星期天早上的街道熙来攘往、人群如织：穿着衬衫的投手、前进的自行车、阳光斑驳的人行道上散步的人。刚割过的青草散发出甜美清新的气味，使我想起乡村景色和远方——那里的田野和巷弄或许与年轻的博比·威德曾经徜徉、漫步其间的那些没什么太大的不同。内森将博比深深地扎在我的脑海中，想到博比·威德，不觉一股强烈的绝望袭来。这个可恨的内森为什么要在这么美丽的一天召来博比·威德的阴影？

内森的声音又在我背后响起，调高而凌厉。这让我想起那个矮矮胖胖、近乎歇斯底里的共产主义青年组织的头儿。在联合广场，那个人把嘴张得像撕破的口袋，发表着我生平听到过的最空洞的演讲。"今天的南方已经放弃了任何与人有关的权利，"内森高声对我说，"每一个南方白人都该对博比·威德的死负起责任。没有一个南方人可以推卸这份责任！"

我剧烈地颤抖，双手抽搐，望着啤酒在杯子里震动不已。一九

1　1938 年 11 月 9 日夜间在纳粹德国和奥地利发生的大规模的迫害犹太人的残暴行动，大批纳粹暴徒摧毁犹太人的住宅、商店玻璃窗并殴打他们，使得碎玻璃遍地，故称"水晶之夜"。

四七年。一，九，四，七。几乎是整整二十年前的夏天，纽瓦克城被付之一炬，黑人的鲜血染红了底特律的排水沟。一个土生土长、敏感开明、深知可怕而邪恶历史的南方人，可能会在这样的语言鞭笞下感到心痛，哪怕他明白这是由于新废奴主义者自以为是，认为自己在道德上高人一等，这种道德上的优越感可以激发他们的宽容和悲伤。在一个不安感丝毫未减轻的时代，到北方来开拓前程的南方人，或多或少都得就他们内在的愧疚之心忍受这种略显温和又目中无人的嘲讽和诽谤，直到一九六三年八月的某个早晨才算正式告终。那天，在马萨诸塞州埃德加敦的北水街上，有人看到一位杰出的银行家暨游艇俱乐部会长的年轻貌美、面带酒窝的金发妻子，手里挥舞着詹姆斯·鲍德温的作品《下一次将是烈火》，以一种带有三分悲伤的口气对一个朋友说："亲爱的，我们每个人都会遭遇这种事！"

对我来说，这一切在一九四七年时实在难以预想。当时打瞌睡的黑色巨兽虽已开始觉醒，却还未被视为严重的北方问题。或许正因为如此——虽然我有时候确实会瞧不起心胸狭窄的南方人对北方人的诋毁（甚至善良的老法雷尔也说过一些刻薄话），但要让我承认我和折磨博比·威德的盎格鲁-撒克逊恶人有血统上的关系，我心中确实背负着恼人的羞愧。这些佐治亚州的边疆居民（很久之前都是住在不伦瑞克附近海岸的外籍居民，我的救世主阿提斯特就是在那里劳作、受苦并死去的）对十六岁的博比·威德处以私刑，他是最后一批，当然也是最让人难忘的一批受害者中的一个，而整个南方都是见证者。他被控诉的罪行和阿提斯特的很像，连奇怪的陈词滥调都大同小异：他色眯眯地盯着，或调戏，或干扰（人们从来都不知道他是否真的冒犯过，但肯定达不到强奸的程度）了一个叫作卢拉的笨女孩——另一种陈词滥调。卢拉那悲伤又恐慌的脸被刊登在六家都市报上，她父亲是个杂货店主，店开在十字路口处，其愤怒的"呼号"立刻激起了当地民众的一次行动。

就在一个星期前，我还读过中世纪那群鄙夫的复仇之举。当时正值夏天，我在纽约市上城区列克星敦大道上的一趟地铁上站着，被挤在提着购物袋、体形庞大的女人和舔着棒冰、身材矮小的波多黎各男孩之间，这男孩抹了栀子花味的润发油，栀子花甜甜的香气飘到了我的鼻子里，他盯着我的《镜子》看，和我一起看完了书里残忍的照片。博比·威德的生殖器被整个割了下来，塞进他的嘴巴里（这个场景并没有照片），他在濒死之际，据说仍有意识，被用火焰喷灯在胸前烧出了一个"L"字母——这代表什么？私刑？卢拉？法律与秩序？爱？[1] 即使内森对我咆哮不已，我仍记得看过这篇报道后，我拖着沉重的步伐出了地铁，走到阳光普照的第八十六街，那里到处飘着维也纳香肠和橙汁的香味，还有地铁栅栏的铁锈味，然后我茫然地经过电影院，我大老远赶到这儿来就是为了看罗西里尼[2] 的那部电影的。那天下午我并没有到电影院去。我站在格雷西广场河边的散步道上，恍惚地看着河流中的小岛，无法将博比·威德所经受的痛苦从我的脑海中抹去，虽然我一直低喃着——似乎永无止境——童年时就能背诵的《圣经·启示录》中的段落："上帝要擦去他们一切的眼泪，不再有死亡，也不再有悲哀、哭号、疼痛……"也许这是一种过度反应，可是上帝啊，即令如此，我却哭不出来。

---

1 英文中这四个词均以"L"开头，其中"私刑"是"Lynch"，"卢拉"是"Lula"，"法律与秩序"是"Law and Order"，"爱"是"Love"。
2 意大利电影导演。

内森的声音仍不断纠缠着我，再次在我耳边响起。"就算是那些看守集中营的畜生也不会有这样的兽行！"

会吗？不会吗？这似乎无关紧要，而且我已倦于争辩，也对这种狂热感到憎恶，因为我既不愿反驳，也找不到庇护。我无法避开博比·威德的影子，不想再就我既不相信也不愿深入了解的过去谈下去，尽管我与佐治亚的那次暴行没有任何关系。我现在有种渴望——冒着鼻梁断裂的危险，想把杯里剩余的啤酒泼到内森脸上。我克制自己，挺直腰背，绷紧双肩，以略带轻蔑的口气说："作为一个民族的代表？几个世纪来，这个民族因涉嫌出卖耶稣，使其被钉在十字架上而受到迫害。你——是的，你，该死的——应该明白为某件事情而只谴责一个民族是没道理的！"在暴怒中，我冲口说出对犹太人——刚从饱受折磨的焚尸炉中被解救出来——而言足以称为冒犯的话，一出口我便感到极为后悔。但是我没有收回这些话。我说："对任何民族而言都是如此。就是德国人也一样！是上帝安排的！"

内森瑟缩了一下，他的脸涨得更红了，我想终于可以决一胜负了。然而，就在这个时候，苏菲穿着那滑稽可笑的服装，一扭身捅在我们两个人之间，神奇地解了这个围。

"不准再说了，"她命令道，"都住口！星期天不该谈这么严肃的话题。"虽然她打趣地说出这些话，但我看得出她是认真的。"别再想博比·威德了。我们应该谈一些快乐的事情。我们要到科尼岛去游泳、吃饭，好好玩一玩！"她转身面对那个怒目泥人。看到她轻易抛弃了自己可怜又受虐的角色，以一种欢闹的姿态对抗内森，以美丽、活泼和妩媚驾驭着他时，我感到惊讶，同时也松了一口气。"内森，你对集中营又有多少了解呢？根本毫无所知。不要再说那种地方了，也不要再对斯廷戈叫嚷。别再对斯廷戈说博比·威德的事。够了！斯廷戈跟博比·威德一点关系都没有，斯廷戈是那么好。你也很好，内森·兰多，真的，我爱你！"

那年夏天我注意到每当内森的情绪和思想有什么神秘的变化时，苏菲就会像会炼丹师一样，用这种甜言蜜语来软化他，使他几乎在瞬间就彻底转变——由咆哮着的食人魔变成白马王子。欧洲女性常能这样驾驭她们的男人，但是以多数美国女性所不明了的小手段。此刻她轻轻吻着他的面颊，用指尖捏住他伸出的双手，用欣赏和期待的眼神望着他，直到他阴沉铁青的脸色渐渐好转。

"真的，我爱你，亲爱的，"她轻柔地说罢，拉了拉他的手腕，以当天最愉快的声音叫道，"到海滩去！到海滩去啦！我们来堆一座沙堡。"

风暴止息，雷雨云慢慢散去，最明快的好心情又出现在这个色彩缤纷的房间里，一阵由公园吹来的微风把窗帘拨弄得微微作响。我们三个人往房门走去时，内森——看起来像《名利场》过刊中的一个时髦的赌徒——伸手搂住我的肩，直截了当又满怀恭敬地向我道歉，我也只好原谅他狠毒的侮辱、偏执式的中伤和其他的侵犯。"老斯廷戈，我是个蠢蛋，一个蠢蛋！"他对着我的耳朵吼道，使我耳鸣不止，"这是我的坏习惯，不顾他人的感受。我知道南方并不完全是坏的。嘿，我对你发个誓。我发誓决不再对你提南方的事了。好吧？苏菲，你是证人！"他像揉面团似的揉我的头发，就像只超大型雪纳瑞犬般满怀柔情地用他高贵的鹰钩鼻拱着我的耳朵，有些好笑，他又恢复到我所了解的喜剧模式了。

我们兴高采烈地走向地铁站——苏菲站在中间，用手臂挽着我们，内森用纯正无误的南方口音说话；这回并非嘲弄，不是为了刺激我，他的发音足以瞒过孟菲斯或莫比尔的本地人，我为此放声大笑。除了模仿，他还有更绝的一招，那就是他自己发明的令人眼花缭乱的花招。他学着南方乡下的各种腔调，说着粗鲁、浮夸又很难让人理解的方言。他的表演非常逼真，令人捧腹，沉浸在欢乐中的我完全没意识到他模仿的就是刚才他痛斥过的那些人，他当时冷酷无情又勃然大怒。我确信苏菲对于许多细微之处都听不懂，但她完全被感染了，和我一起在弗拉特布什大道上留下了欢笑声。我隐约觉得这是对丑恶、自私、令人惧怕的情感的净化。这些情感像暴风雨般在苏菲的房间里肆虐。

由于时间已过中午，内森、苏菲和我决定把我们的海产大餐留待晚上享用。至于午餐，我们在一个小摊子上买了做得很漂亮的犹太香肠，配上德国酸菜，还有可口可乐，带到地铁上去。地铁上挤满了携家带眷到海滩去玩的纽约人。他们带着巨大的汽车内胎，抱着哭哭啼啼的孩子。我们好不容易找到了座位，并排坐着嚼我们简单但美味的午餐。苏菲专心地吃着她的热狗，内森则放松下来，试图在这个人声鼎沸的车厢里进一步了解我。他现在很随和，好奇心虽强却也只是问我一些寻常的问题，我轻松地回答。我为什么会搬到布鲁克林？我做些什么事？我以什么为生？当他获悉我是个作家时，似乎很感兴趣，还兴奋不已。为了说明我维持目前生活的经济来源，我差点没以略带乡音的腔调说："是这样的，我家以前有一个黑奴——黑人，他被卖到……"不过我想这或许会使内森认为我在同他开玩笑，很可能再次让他开始他的独角戏，因此我只是笑了笑，含糊地回答道："我有一笔个人收入。"

"你是个作家？"他又问了一次，真诚且极为热切。他惊叹不已地点着头，倾身越过苏菲的膝头，握住我的手肘。我并不觉得别扭或激动——当他用阴郁的黑眼睛直视我，大声说道："你知道，我想我们会成为非常好的朋友！"

苏菲突然重复他的话："哦，我们都会成为非常好的朋友！"当地铁穿出幽闭的隧道，投入阳光的怀抱，奔向布鲁克林南部的海滩时，她脸上闪耀着一种动人的神采。她的脸颊和我挨得很近，泛着满足的红潮，当她再一次挽住我和内森的手臂时，我小心翼翼地用拇指和食指拂开了沾在她唇角的一点香肠屑。"哦，我们会成为最好的朋友！"她的叫声穿透了地铁隆隆的噪声。她捏了一下我的手臂，这绝非调情，而是包含着更多的意义。不妨说这是一种保证，为她的爱人向另一个人做出保证，表明她愿意接受新朋友，向他表达信任与喜爱。

他们的和解真是令人难以接受，我心想，内森来做苏菲这么一个美妙绝伦的战利品的监护者，实在很不公平。不过至少还有可口的面包屑吃，聊胜于无嘛。我也笨拙地捏了一下苏菲，一个单恋者的行为。我这么做的时候，觉得自己很淫荡，我也有了反应。内森先前说过，到了科尼岛要为我找个"火辣"的女孩，名叫莱斯莉。这是个值得盼望的抚慰。我尽量用淡然的心情看待自己永远的配角形象，并悄悄地把华达呢裤子里胀起的玩意遮了起来。我抛开以上种种挫折，试图说服自己我是快乐的，但并没有完全成功。当然，我已经好久都不曾这么快乐了。我决定等待机会，看看会有什么好事发生，看看像这样一个美丽的星期天会带来什么。我打了一会儿瞌睡。苏菲近在咫尺，她赤裸潮湿的臂膀靠着我，她身上还散发出香味，清新又扰人，很像百里香，可能是波兰的某种鲜为人知的植物。我为此涨红了脸。漂浮在欲望的浪潮中，我开始做起梦来，梦见前一夜无意听到的种种。苏菲和内森四肢摊开，仰卧在杏色的床上。这个画面一直在我的脑海中挥之不去。还有他们的话，穿过天花板灌入我耳内的疯狂爱语！

然后这景象突然一亮，从我的梦中渐渐消逝，还有一些话在我耳际回响，使我惊跳起来坐直身子。在昨天的那场大混战中，发狂的告诫和大声的要求混杂在叫喊、低语和粗暴的劝告之间，我真的听到内森说了那些现在回想起来还令我心惊胆战的话吗？不，我意识到那是后来，在此刻看来似乎永无休止的冲突中，他的声音穿过天花板，震耳欲聋，接着是重重的脚步声，很有节奏，然后是他用一种痛苦的声调，甚至是不加掩饰的惊恐大喊道："你……不……明……白……吗……苏菲……我们……快……死……了！快死……了……"

我猛地打了一下冷战，似乎有人在我背后打开一个通往严冬极寒区的大口子。这可能就是所谓的预感吧——这种爬上我背脊的冰冷，使得太阳和我的满足都迅速地黯淡了下去，我突然觉得不安，迫切地想要逃离，想要冲出列车。如果我真如心中所想在下一站跳下车，匆忙赶回耶特的房屋收拾好行李，这就会是另一个故事，或者，根本没有故事可说了。但是，我却允许自己朝科尼岛奔去，因此帮助苏菲实现了她对我们三个人的预言：我们会成为"最好的朋友"。

第四章

"当我还是个小女孩时，"苏菲告诉我，"我们住在克拉科夫一幢古老的房子里，这幢房子矗立在一条蜿蜒的老街上，离大学不远。这真是一幢老屋，我确信有些部分是在几个世纪前建造的。很奇怪，你知道，在我这一生中，这幢房子和耶特的公寓是我所住过的仅有的两个地方——我说的是真正的房子。因为我在那里出生，成长，就连结了婚之后也还是住在那里。在德国人入侵以后，我不得不到华沙去住一阵子。我喜欢那幢宅邸，那是四层楼的建筑，屋里安静，四楼有许多阴凉处，我还拥有自己的房间。对街还有一幢老屋，鹳鸟在这幢古屋弯曲的烟囱上筑巢。鹳鸟，对吧？可笑，在说英语时，我常会把这种鸟和'长脚鹬'混淆。但不管怎样，我仍记得在对街烟囱上筑巢的鹳鸟，它们和我那本德语版《格林童话》书上的插图多像啊。我也非常非常清楚地记得那些书，书皮的颜色，还有封面上的各种鸟和人。我还没学波兰语以前就会看德语了，而且你知道吗？我甚至是先会讲德语，才会说波兰话的，因此我刚上女修道院学校时，还会因为德国口音被笑话。

"你知道,克拉科夫是个很古老的城市,我们家和中央广场相距不远。广场中间有一幢建于中世纪的建筑,非常美丽——波兰语称之为'Sukiennice',我觉得译成英文大概是'布料会馆',那里有个卖各类布料和织物的市场。在圣玛丽教堂上还有一个钟塔,很高,但是人们不用钟,而是让真人替代,这些人会定时出来吹号报时。晚上的号声听起来很美,遥远而悲伤,你知道,就像巴赫管弦乐组曲中的号声,总是使我想起非常古老的时代,以及时间的神秘。当我还是个小女孩时,我会躺在四楼房里的一片黑暗中,倾听楼下街上传来的马蹄声——那时候波兰的汽车并不多;当我快要入睡时,我会听见钟塔上的人吹号,那么哀伤而邈远,然后我就会思索时间——时间的神秘,或者是躺在床上想时钟。厅堂里有个放在立架上的古钟,属于我的祖父母所有。有一次,钟还在跑着的时候,我曾打开它的后盖观看时钟的内部,看见了一大堆发条、齿轮和宝石——我想大部分是红宝石——迎着阳光闪闪发亮。因此夜晚我躺在床上时,会想象自己进入时钟内部——小孩子想象得出各种疯狂的事!我会飘到一根弹簧上,望着指针移动,各种齿轮转动,还有那些和我的头一样大、闪闪发光的红宝石。最后我终于沉入时钟的梦乡。

"哦,克拉科夫有那么多的回忆,那么多,叫我如何一一描述!那时候是多么美好,在两次战争之间的那些年,就连贫穷而有着自卑情结的波兰也一样。内森认为我夸大了我们拥有过的好时光——他总是开波兰的玩笑,可是我对他说了我的家境以及我们所过的文明生活,那是你能想象的最佳生活,真的。他问我:'你们星期天怎么打发?朝犹太人扔烂土豆吗?'你看,他只知道波兰是反犹太的,因此时常编造这种笑话,这使我觉得很糟糕。因为那是真的,我是说波兰的这种强烈的反犹情绪众所周知，我常常感到非常羞惭，就像你们，斯廷戈，你们南方虐待黑人这一事实。但是我告诉内森，不错，确实如此，波兰是有过不光彩的历史，可是他一定要明了，真的，他必须知道并非所有的波兰人都是那样的，还是有好人、正派人的，比如说我的家人……哦，这是件多么丑陋的事。悲伤的是，说到这件事总是令我想起内森，他很……忌讳，所以我想我该换个话题。

"是了，我的家人。我的父母亲都是大学教授，因此我的回忆总是和大学有关。那是欧洲最古老的大学之一，创建于十四世纪。我只知道身为教师之女的生活，对于其他别样的生活我一概不知，也许那就是何以我所记得的总是温馨美好的时光。斯廷戈，以后你一定要到波兰去，看看这个国家，将它写下来。那是个美丽的地方，也很伤感。想想看，我在那里成长的二十年是波兰几百年历史上唯一自由的一段时期。我想正因如此，父亲才会常说：'这是波兰的光明时代。'因为每样事物都是第一次得到自由，不管是在大学还是在其他学校里，你都可以学习任何你想了解的东西。我想那也是波兰人能够尽情享受生活的原因之一，读书、学习、听音乐、在春夏两季的星期天到乡间去寻幽访胜。我想过我对音乐的喜爱大概和我对生命本身的喜爱相若，真的。我们常常参加音乐会。我还小，仍住在这幢古老房子里的时候，每每在夜晚里躺在床上，听我母亲在楼下弹钢琴。她会弹舒曼或肖邦，有时候是贝多芬、斯卡拉蒂或巴赫，她的琴弹得非常好。我会清醒地躺在床上，倾听由楼下传上来的微弱但美妙的乐曲，觉得那样温暖、舒适、安全。我会想没有人拥有比我更好的父母亲或更好的生活了。我也会想自己长大后的生活，当我不再是个孩子，也许结了婚，成为和我母亲一样的音乐老师。

我想着，这将是一种多么好的生活，弹奏并教授美好的乐曲，嫁给和我父亲一样优秀的教授。

"我的双亲都不是克拉科夫本地人，我母亲是罗兹人，我父亲则来自卢布林。他们还是学生的时候在维也纳结识，我父亲在奥地利科学院读法律，我母亲则在那个城市研习音乐。他们两人都是虔诚的天主教徒，因此我是在宗教气氛浓厚的环境下长大的，我常常去做弥撒，念的又是教会学校，不过我并不是说我是个宗教狂。我非常信仰上帝，但我的父母亲不是，我不知道用英语该如何表达，对，狂热，他们并不狂热。他们的思想非常自由，甚至可以称为社会主义者，他们总是投票给工人党或民主党。我父亲痛恨毕苏斯基[1]，说他对波兰的危害比希特勒更甚。毕苏斯基死的那一晚，父亲痛饮了荷兰杜松子酒以示庆祝。他是个和平主义者，我父亲，虽然他常说这是波兰的光明时代，我知道其实他感到忧伤而担心。我曾听他对我母亲说——那应该是一九三二年左右，我听见他用这种忧郁的声音说：'这不可能延续太久。一定还会有战争。命运不允许波兰人享有很久的快乐。'我还记得，这几句话他是用德语说的。在家里我们更常用德语交谈。虽然我在学校里学会了流利的法语，但是我讲德语更能驾轻就熟。你知道，那是维也纳的影响。我的父母亲曾在那里待过一段时期，而且我父亲是个法学教授，德语是当时许多学者所用的语言。我母亲很会烧维也纳风味的菜，哦，她也很会烧几道波兰菜，但波兰菜并不是什么高级料理。我还记得她在克拉科夫的那间大厨房里做的那些菜，有维也纳牛肉汤和炸肉排。哦，还有她做的那道妙极了的甜食，叫作梅特涅布丁，里面有很多栗子、

1　波兰政治家，1918 年至 1920 年任波兰总统，1926 年至 1928 年、1930 年出任波兰总理。

奶油和柑橘皮，非常可口，我记得尤为清楚。

"我知道听我一直这样唠叨，你大概会感到很厌烦，但我的父母亲都是很好的人。内森——你知道，他现在很好，很平静，他正在心情好的时候——周期，你是这么说的吧？可是当他心情很坏的时候，就像你第一次看到他那样——当他发脾气时，他就会冲我大喊大叫，骂我是只反犹太的波兰猪。哦，我从没听过他骂的那些脏话，不管是英语、依地语，还是别的什么语言。不过总是差不多的话：'你这只肮脏的波兰猪，你要杀死我了，像恶心肮脏的波兰猪猡杀害犹太人那样！'我想要和他说理，可是他不肯听，他发怒时就是这么不可理喻，我知道在这种时候告诉他有许多波兰人像我父亲一样好是没有用的。爸爸在卢布林出世时，那里还受俄国人控制，许多犹太人经历了大屠杀，被残忍地杀害。有一次我母亲告诉我——因为我父亲绝不会谈这种事情，父亲年轻的时候，曾和他那个牧师兄弟冒着生命危险，让三个犹太家庭藏在他家里，躲过哥萨克士兵，躲过大屠杀。但是我知道，如果我在内森发脾气时对他说这些，他只会吼得更凶，骂我是肮脏的波兰说谎猪。哦，那时候我总得让着他——我知道他病了，状态不好，不要理他，掉头想些别的事情，等着他气消，他就又会对我温柔了，爱意满满，柔情似水。

"我第一次听到父亲说'大屠杀'，大概是十年前，也就是战前一两年。那时报纸披露过德国纳粹对犹太教堂和犹太商店的可怕摧毁。我记得父亲刚开始说了卢布林及他所见到的发生在那里的屠杀，然后他说：'祸害先起自东方，现在又来自西方。这一次将会是大屠杀。'那时我并不完全明白他说的话意味着什么，大概是因为克拉科夫虽然也有犹太区，但那里的犹太人却比别处要少。再说，我并不认为他们有什么不同，也不认为他们会被迫害或遭受凌辱。我想我是很无知的，斯廷戈。那时候我已嫁给了卡齐米尔——你知道，我非常非常年轻的时候就结婚了，心理上仍是个小女孩，认为这种舒适、安全又美好的生活将会永远持续。妈妈、爸爸、卡齐米尔和苏菲娅（我的昵称）都快活地住在一幢大房子里，丰衣足食，看书学习，倾听巴赫的乐曲——哦，永远。我真不明白我怎么会那么蠢。卡齐米尔是个数学讲师，我们是在我父母亲为大学里的年轻教师举办的宴会上认识的。卡齐米尔和我结婚的时候，我们曾计划到维也纳去。就像父母亲那样，卡齐米尔在奥地利科学院攻读数学高等学位，我研习音乐。我从八九岁起就开始学习钢琴，我要在曾经教过母亲的名师弗劳·泰曼教授那里学习。但是那年德国吞并奥地利，德军进驻维也纳。形势开始紧张，令人恐惧，父亲说战争肯定会来。

"我们在克拉科夫最后一年的情形，我记得很清楚。当时我仍然不敢相信那种阖家共度的生活会有所改变。和卡齐米尔在一起很幸福，我非常爱他。他慷慨、温柔，又十分睿智——斯廷戈，你看，我只会被聪明的人吸引。我不能说我爱卡齐米尔胜过内森——我爱内森爱得心痛，也许爱是不能比较的。总之，我爱卡齐米尔，爱得很深很深。一想到战争即将来临，卡齐米尔很可能会成为一名军人，我就无法忍受。因此我们不去想它，仍然过着平常的生活，听音乐会、看书、去剧院、在城里散步，散步途中我开始学说俄语。卡齐米尔是布列斯特－立托夫斯克人，那个地方被俄国人统治了很久，因此他的俄语说得很地道，他尽心地教导我。我父亲就不一样，他虽然也长期生活在俄国人统治的地方，却痛恨俄国人，拒绝说他们的语言，除非是被迫。不管怎样，在这段时间我避免去考虑这种生活即将终结。呃，我知道终究是会有些改变的，但以为那是自然的改变，你知道，譬如搬出我父母家，建立属于我们自己的家庭。可我认为这是战后的事情，如果有战争的话，战争也会迅速结束，德国人会战败，卡齐米尔和我就可以照原定的计划到维也纳去念书。

"斯廷戈，我竟然会这么想，实在是太天真了。就像我的叔叔斯塔尼斯拉夫一样傻，他是我父亲的弟弟，也是波兰骑兵队里的一名上校。我最喜欢这个叔叔，他充满活力，笑声爽朗，对波兰始终有一种天真的自豪感——荣耀、理解、故乡等，好像波兰立国那么多年来，从没被鲁普士人、奥地利人或俄国人统治过，而是和法国、英国或其他国家一样保有完整性。他到克拉科夫看我们时，总是穿着漂亮花哨的骑士服，佩着军刀，蓄着胡子，高谈阔论，谈笑风生，说德国人要是想攻打波兰，只会得到教训。我觉得我父亲还是会对我叔叔很好——你知道，就是会尽量迁就他，但卡齐米尔是个直截了当、具有逻辑观念的人，总会很友好地和斯塔尼斯拉夫叔叔争辩，问他当德国的装甲部队开着坦克入侵时，波兰的这些骑兵能做些什么。我叔叔说，地势才是最重要的，波兰骑兵熟知地形，懂得作战，德军在陌生的地带会全军覆没。你知道最后对战的时候发生了什么——波兰骑兵一败涂地，三天之内。哦，那一切都是愚蠢、英勇又徒然的。那些士兵和那些马匹！太惨了，斯廷戈，太惨了……

"一九三九年九月，德军进驻克拉科夫，我们害怕、惊慌，痛恨这里发生的一切，但是我们保持镇静，只想着最好的结果。斯廷戈，最初情形并不太糟，因为我们相信德国人会对我们以礼相待。他们并没有像轰炸华沙那样轰炸克拉科夫，我们觉得自己受到了特殊的待遇和保护。德军的品行良好，我记得我父亲说过，这证明了他很久以来的想法。那就是德军承袭了古普鲁士的传统，有荣誉感和正直的信仰，因此他们绝不会伤害或凌辱平民。而且当我们听到数千名士兵以德语交谈时，还感到格外安心，因为德语对我们家来说就像母语一样。因此虽然最初我们很惊慌，情况却并不是很糟。我父亲听到华沙惨遭蹂躏的消息时十分痛心，但他说我们一定要继续过以前的生活。他说他对希特勒的知识分子政策不抱幻想，但维也纳、布拉格等地的许多大学教师仍被允许继续执教，所以他觉得自己和卡齐米尔也不会例外。几个星期过去了，什么事也没发生。我们开始觉得克拉科夫可能会没事，我的意思是还过得下去。

"十一月的某个早晨，我到圣玛丽教堂去做弥撒。你知道，就是那座有人吹号的教堂。在克拉科夫时我常去做弥撒，德国人入侵后我也去了很多次，去祈祷战争结束。也许在你听来会觉得我的动机自私又可笑，斯廷戈，因为我希望战争结束主要是因为这样我就可以和卡齐米尔到维也纳去读书了。哦，当然了，祈祷还有数百万个其他原因，不过人都是自私的，我的家人很幸运，都没有受到战争的折磨，因此我只是希望战争结束，我们可以恢复旧日的生活。这天早上我在做弥撒祈祷时，却有一种不祥的……预感[1]，是的，这种预感使我惊慌不已。我不知道自己在怕什么，只是突然间停止祷告，感觉吹进教堂的风在我四周打转，潮湿而冰冷。然后我记起了使我惊慌的原因，它就像一道明亮的光线照向了我。因为我想到当天早上克拉科夫区新上任的纳粹总督，一个叫弗兰克的家伙，召集大学的教职员在校园的广场上集合，说是要发布占领期间针对教职员的新规则。那没有什么大不了的，就只是个简单的集会。他们那天早上都得在那里。我父亲和卡齐米尔前一天才接到通知，这听起来合情合理，所以没有人多想。但就在光线照向我的这一刹那，我

---

1 原文为法语。

感到有什么可怕的事情发生了，我奔出教堂，跑到大街上。

　　"哦，斯廷戈，我告诉你吧：我再也见不到我父亲和卡齐米尔了，再也不会。我跑着，这段路并不远，当我到达大学时，校门口聚集了一大群人。那条街的交通封锁了，德国的大货车停在街头，还有成百上千端着来复枪和机关枪的德军士兵。街心设了围栅，那些德国兵不让我过去。就在这时，我看见一个熟人，沃赫纳教授夫人，她丈夫在大学里教化学[1]。她歇斯底里，哭喊着跌到我的怀抱中，说道：'哦，他们全都走了，他们全被带走了！全部！'我不敢相信，真的不敢相信，但另一位教职员的妻子哭着走近我们身旁说：'是的，是真的。他们都被带走了。我丈夫——什莫伦教授也被带走了。'我渐渐开始相信了，看着那些大门紧闭的货车开向街尾，朝西驶去，我才接受了事实，放声哭泣，也歇斯底里起来。我跑回家告诉我的母亲，我们相拥而泣，哭成一团。我母亲说：'苏菲娅，苏菲娅，他们到哪儿去了？那些德国人把他们带到哪里去了？'我说我不知道。直到一个月后我们才获悉，我父亲和卡齐米尔被送到萨克森豪森集中营[2]，在新年那天被枪毙了。只因为他们是波兰人，而且是教授，他们就被谋害了。还有其他教师，我想总共是一百八十名，其中有很多人再也没有回来。这件事发生后不久，我们就去了华沙——我必须找一份工作……

　　"过了那么漫长的岁月，一九四五年战争结束时，我在瑞典的难民中心。我常会回想我父亲和卡齐米尔被杀的时候，回想我流过的所有眼泪，奇怪何以在种种境遇之后，我竟然哭不出来了。这是

1　原文为法语。

2　位于柏林以北的集中营。

真的，斯廷戈，我已经麻木了。我没有任何感觉，似乎我体内已经没有可以流淌的泪水。在瑞典的这个地方，我和一个来自阿姆斯特丹的犹太女人成为好友，她对我很好，特别是在我自杀未遂后。我用一块玻璃割手腕，并没有很用力，血流得不多。那年夏天我们谈了很多，她曾被送到我待过的那个集中营，失去了两个姊妹。我不明白她是如何逃过劫难的，许多犹太人在那里遇害，你知道，数以百万计的犹太人，幸存者寥寥无几，而她和我一样都活了下来。除了德语，她的英语也非常流利，我开始跟着她学英语，因为我知道我可能会到美国来。

"这个女人非常虔诚，常常到那里的犹太教堂去祈祷。她告诉我她仍非常相信上帝，有一次还问我是不是也相信基督教的上帝——就像她相信她的上帝，亚伯拉罕一样。她说自己的遭遇使她的信仰愈加坚定，尽管她知道现在有许多犹太人觉得上帝已经离开了这个世界。我对她说是的，我曾经信仰基督和圣母，但过了这些年，现在我也和那些认为上帝已永远离去的犹太人一样。我说我知道基督已经离弃我了，因此我不能再向他祈祷，像以前在克拉科夫那样。我不能再向他祷告，我的泪水也已流干。她问我怎么知道基督已经离弃我了，我说我就是知道，我知道只有上帝，只有失去怜悯，也不再照拂我的基督，才会让我所爱的人被杀，让我在这样的愧疚中活着。他们的惨死已经够可怕的了，不过这种愧疚尤其令我难以忍受。一个人可以受苦，但是所受的苦也有限度……

"也许你会认为这只是芝麻小事，斯廷戈，可是让一个人连一声告别、一句慰藉或理解的话也没留下便死了，实在使人受不了。我曾经给我父亲和卡齐米尔写过许多封信，寄到萨克森豪森，但这些信总是被标着'查无此人'退了回来。我只是想告诉他们我有多

爱他们，特别是卡齐米尔；这不是因为我爱他胜过爸爸，而是因为
我们在最后一段日子里大吵了一架，这让我觉得很糟糕。我们几乎
从不争吵，我们结婚三年多了，我想偶尔斗斗嘴也是无可厚非的。
总之，在那个可怕的日子到来的前一晚，我们大吵了一场，我不记
得究竟是为了什么吵，真的。我叫他'斯帕达'（Spadaj）——这
个波兰词的意思是'去死吧'。他冲出房门，那一晚我们没有同室
而眠。此后我一次都没有见过他。这就是我难以忍受的原因，我
们甚至没有亲热的告别，一个吻，一个拥抱，什么也没有。哦，我
知道卡齐米尔明白我还是很爱他，我也知道他爱我，然而不曾听我
亲口说出，听我们表达对彼此的爱，他必然很痛苦，这更让我觉得
糟糕。

　　"因此，斯廷戈，许久以来我都怀着这种非常、非常强烈的愧
疚，挥之不去，虽然我知道这实在没有道理，瑞典那个犹太女人也
这么说，她希望我看清我们所拥有的爱才是最重要的，而不是那场
愚蠢的争吵。但是我仍感到非常愧疚，真可笑，斯廷戈，你知道我
已经又学会了哭泣，我想或许这表明我又是一个人了，哪怕只是人
的碎片，不过是的，总算是个人了。当我一个人听着音乐，回想克
拉科夫和过去的那些日子，我常暗自哭泣。你知道吗，有一首乐曲
我是不能听的，这首乐曲会使我泣不成声，眼泪像出闸的水那样奔
流不止。那是我圣诞节收到的亨德尔唱片集中的一首，叫《我知道
我的救世主活着》。我哭泣，因为我深深地愧疚，也因为我知道我
的救世主不存在，我的躯壳将被虫豸摧毁，我也永远永远不会再见
到上帝……"

　　我写的这些事发生在一九四七年紧张又忙碌的夏天，当时苏菲

给我讲述了许多往事。我注定要栽进一个陷阱，就像不幸的六月甲虫，无助地落入蛛网，被苏菲和内森的情感所诱捕。那时，她在海曼·布莱克斯托克医生（生于比亚韦斯托克）开在弗拉特布什偏僻街角的诊所当兼职接待员。此时苏菲到美国快一年半了。布莱克斯托克医生是脊椎指压治疗师，很久以前便由波兰移民到美国。他的病人大多是过去的移民和新近入境的犹太难民。在一个国际救援组织的帮助下，苏菲于一年多前抵达美国纽约，不久后她便得到了这份工作。最初布莱克斯托克（除了母语依地语，他还会说流利的波兰语）对于介绍所派给他的这个年轻女人十分恼火。她不是犹太人，只会几句蹩脚的依地语，还是在集中营学来的，但是这位热心的医生无疑对她的美丽、处境，以及那无懈可击的德语印象深刻，便雇用了迫切需要这份工作的苏菲，当时她除了瑞典难民中心发给她的几件薄衣服一无所有。布莱克斯托克无须担心，没有几天苏菲就能用依地语和病人闲聊，仿佛她自小就是在犹太街成长的。她获得工作的同时，租下了耶特那个便宜的房间——七年来她第一个真正的家。一星期只上三天班，苏菲通过交流得以保有自己的身心，还可以利用空余时间学习布鲁克林学院的免费英文课程，以期完全融入纽约那生气勃勃、热闹异常的都会生活。

　　她告诉我她不曾感到厌倦。她决心把过去的那些疯狂置之脑后，或者是那些既脆弱又易受记忆之苦的想法，因而这个大城市无论就现实还是精神上而言，都成为她的新世界。她明白自己的健康状况还很差，但这并未阻止她共享周遭的乐趣，就像一个走进冰激凌店的孩子般尽情放纵。举例而言，她说仅是音乐一项就足以使她的内心充满欢愉，那感觉就像即将知晓招待自己的是丰盛大餐。遇见内森之前，她还没有留声机可用，不过没有关系，她那台廉价的便携式收音机时常播放各种美妙的乐曲，都是一些她弄不懂的有着古怪首字母缩写的广播电台，像 WQXR、WNYC、WEVD[1] 等。她沉浸在乐曲中，沉浸在播音员富有磁性的温柔嗓音中，听他说出所有那些音乐巨匠的迷人名字。她与音乐久违了，甚至像舒伯特的第八交响曲《未完成》或者莫扎特的《弦乐小夜曲》这样古老的曲目也能让她耳目一新，无比激动。此外，还有在音乐学院及夏季在曼哈顿刘易松体育馆举办的音乐会，门票便宜得几近免费，却给她无比美妙的享受。有一晚耶胡迪·梅纽因在体育馆演奏了贝多芬的小提琴协奏曲，她独自高坐在圆形剧场的边上，听着那充满激情、狂热不已的乐声，在星空下微微颤抖，觉得内心有种令她惊奇的慰藉和平静，同时也明白了还有许多事情值得她活下去，而且只要有一点机会，她就可能重新捡回自己零散破碎的生命碎片，将它们组合成一个新的自我。

最初几个月，苏菲都是一个人度过的。语言上的困难（很快就克服了）使她极为羞怯，但她满足于她的孤独，事实上可以说是享受独处的时刻，因为独处是她这些年来极度缺乏的。这些年来她缺乏的还有书本，几乎是任何种类的印刷品。因此她开始贪婪地阅读，订了一份波英对照的报纸，又时常到富尔顿街的一家波兰书店去，那里有一个大型图书馆提供借阅服务。她所看的多半是译成波兰语的美国作品，她回想着，她看完的第一本书是多斯·帕索斯的《曼哈顿中转站》，接着是《永别了，武器》《美国的悲剧》和托马斯·沃尔夫的《时间与河流》，最后一本的波兰译本实在太糟，她

1　WQXR 是纽约古典音乐广播电台的缩写，WNYC 是纽约公共广播电台的缩写，WEVD 是美国中介节目广播电台的缩写。

不得不打破在集中营所起的誓——终生不看德语，在公共图书馆借了一本德语译本。可能是这个译文流畅、丰富，也或者是沃尔夫对美国抒情、悲剧又乐观全面的看法是苏菲当时的心灵所需要的，那年冬春两季，她看过的所有书中，这一本最能使她心情激荡，因为她是这个国家的新人，只初步了解了它的景色和奢靡。事实上，沃尔夫完全抓住了她的心，她决定再读读《天使，望故乡》的英文本，不过很快就放弃了，因为她发现英语很难。对一个初学者来说，英语确实让人痛苦，它古怪的拼字法和特殊性都不会像印刷本那样明显，而苏菲的读写能力也明显不及她那迷人动听——于我而言——的口语。

她对美国的整个体验就是纽约——大多在布鲁克林，最后她逐渐爱上这个城市，同样也对它感到惊悸。她这辈子只知道两个城市——宁静、古老的克拉科夫小城，还有轰炸过后满目疮痍的华沙。她最甜美的记忆，即她喜欢回想的记忆根植在她生长的小城，不朽的古老屋顶和蜿蜒曲折的街巷，而在克拉科夫和布鲁克林之间的那些日子则是她竭力想从回忆中抹去的。这似乎是保持理性的一种方法。她说刚搬到耶特出租屋的头几天早晨，醒来时发现自己躺在一张陌生的床上，四周是怪异的粉红墙，困倦地听着教堂大道上依稀传来的隆隆的汽车声，她一时无法认出自己，也不知道自己身在何地，就像她童年时在《格林童话》中看到的一个被施了魔法的少女，在夜间的魔咒奏效后，被送到一个未知的新王国，昏昏欲睡，十分恍惚。然后，她眨眨眼，醒了过来，觉得自己既喜又悲，她告诉自己，你不在克拉科夫，苏菲娅，你在美国，而后她起身面对混乱的地铁和布莱克斯托克医生的那些病人，还有布鲁克林充满绿意的美景，以及一切亲切、费解、脏乱的东西。

第二年春天，邻近的展望公园成为苏菲最喜欢的避难之处——回想起来也十分美妙，对一个孤独、美丽的金发女郎来说，那里是个安全的地方，可以去散步。曚昽的阳光穿过树枝，斑斑点点地洒落在小径上。花粉四处飞扬，高大的洋槐和榆树竖立在绵延起伏的草地上，仿佛要为瓦托[1]或弗拉戈纳尔[2]画中的田间聚会提供阴凉。周末或空闲的日子，苏菲会带一盒丰盛的午餐，在古老苍劲的洋槐和榆树下静静地坐一整天。后来她略微羞涩地向我坦承，她一到这个城市便对食物着了迷，甚至有些发狂。她知道自己必须学会谨慎饮食。难民中心一位照顾她的瑞典红十字会医生曾说过，她的营养失调极为严重，可能或多或少会造成新陈代谢上的永久损害。他关照她谨防饮食过饱过快，尤其是脂肪，不管这种诱惑有多么强烈。但是这更为她造就了乐趣，午餐时刻她到弗拉特布什的一家熟食店购买去展望公园所需的食物时，就像在玩一个愉快的游戏。选择的特权使她有种感觉上的痛苦。食物的种类如此繁多，每一回她都不由得屏住呼吸，眼睛发亮，以缓慢而严肃的态度去选取她想吃的东西：一个腌鸡蛋，一片意大利腊肠，半块裸麦粗面包，油亮香甜；油煎香肠、熏肝香肠、沙丁鱼、热五香烟熏牛肉、熏鲑鱼，再来一个百吉饼……握着棕色的纸袋，警告就像祈祷一样闪现在她脑海中——"记得伯格斯特龙医生的话，不可以暴饮暴食。"之后她总是慢慢走向公园的幽深处，或是湖畔僻静的草地上，在那儿大口嚼着，但又十分克制，仔细品尝各种美食，不时被一种新美味所吸引，同时把《斯塔兹·朗尼根》翻到第三百五十页。

---

1 让·安托万·瓦托，法国画家，洛可可绘画的代表人物。
2 让－奥诺雷·弗拉戈纳尔，法国画家，洛可可绘画的代表人物。

她在摸索着前行。在她"重生"的过程中,她往往有种疲乏感,事实上,就像一个初生婴儿般茫然无助,像重获健全肢体的半身不遂者一样笨拙。有些小事,十分可笑的小事仍使她困扰。她忘了该怎么拉上别人给她的那件外衣的拉链。这种笨拙使她惊恐,有一次她用力挤一管化妆乳液,结果那玩意喷了她一身,毁了她身上的新衣,使她不觉流下泪来。可她还在继续前行。偶尔她的骨头会发痛,特别是胫部和脚踝处,她走路时似乎也经常会因沮丧和疲惫显得迟缓,而她迫切地希望可以摆脱这种迟缓。然而,倘使不能形容她已生存在灿烂的阳光下,至少可以说她已远离了那绝望无底的黑暗,舒适又安全。她险些被黑暗吞噬,严格算起来,她在集中营里待的时间不满一年,但她一直不愿回忆被释放前的几小时:意识模糊、汗流浃背地躺在用干草铺成的狗窝般的脏地方,还发着烧。一个低沉、柔和又冷漠的俄国男低音传了过来:"我觉得这个也完蛋了。"即使在半昏迷中,她也明白自己没完。"一个不证自明的事实。"她摊开四肢,躺在湖边的草地上如释重负地说。闻着咸咸的泡菜味、芥末味和黑麦面包的香味,她的肚子发出快乐的咕咕声。这让她羞怯、满足,也让她饥饿。

但是六月的某天下午,她那朝不保夕的平衡被摧毁了。都市生活有令她反感的一面,其中最糟的就是地铁。列车的脏污和嘈杂令她厌恶,而那么多人贴身挤在一个车厢里,以及上下班时的拥挤杂乱,尤其叫她难以忍受,就算不是完全消除,这至少也削弱了她长久以来一直追寻的独处状态。她意识到一个有过她那样经历的人竟然变得如此挑剔,并喜欢躲避陌生人,避免与他们有肢体接触是很矛盾的一件事。可就是这样,她无法摆脱这种感觉,这是她新身份的一部分。她在瑞典摩肩接踵的难民中心做的最后一个决定就是余生都要躲开拥挤的人群，而喧闹不已的地铁无情地嘲讽了这一荒唐的想法。一天傍晚，她下了班，挤上一列比平时更拥挤的地铁，湿热的车厢内满是身穿短袖、汗流浃背的布鲁克林居民，透露着一种逆来顺受般的苦痛，很快又在市中心站上来一群带着棒球装备、尖声叫喊着的高中男生，他们强盗般地使劲向各个方向挤去，使得车内的拥挤感更加叫人难受。她被人群毫不留情地挤向走道的尽端，撞到软软的身体和黏湿的胳膊上，又被绊了一下，侧步踩上连接车厢的阴湿站台，被两人紧紧夹在中间。她在迷茫中想看看是怎样的两个人时，列车突然刹车慢行，遄而停止，车灯全都熄灭了。一阵恐惧攫住了她。更令人懊恼的是，那些男孩粗哑的欢呼声震耳欲聋，持续不断，掩盖了列车里的叹息和呻吟。在黑暗中无法动弹的苏菲保持沉默，她知道叫也没用，抗议亦然。就在这时，她蓦地感到身后有一只手由她的裙底摸索到她的两腿之间。

苏菲后来想，如果一定要找一点安慰的话，便是那恐惧确实在某种程度上减轻了她被困在闷热的黑车厢里的惊慌。她可以像别人一样叫喊。但那只手坚硬的中指却以外科手术般的娴熟，精确而急迫地前行着，探索着，这一突然的手指强暴给她带来的震撼和惊骇压倒了她的恐惧。那根手指十分老练，像某种邪恶扭摆着的小小啮齿动物般搔弄她，她感到痛楚，但并不比从催眠中惊醒更难受。她隐约感觉到那人的指甲，又听到自己喘息着说"求求你"之类的蠢话。这一事件前后不超过半分钟，那只可憎的爪子抽出后，她颤抖地站在令人窒息的黑暗中，仿佛永远也不会再看到亮光了。她不知道过了多久车灯才亮，列车继续前行，她四周仍是一堵堵厚而密实、大腹便便的男性人墙，她明白自己不可能知道那个攻击者是谁。她只是在下一站逃下了车。

后来她想着，那种真正的强暴对她的心灵反而不致造成那么大的侵犯，也不会使她那么惊骇嫌恶。过去五年她所目睹的任何酷刑，所遭受的任何强暴，都不像这次侮辱这样使她茫然无措。那种常见的面对面强暴，无论多么让人反感，至少你能知道施暴者的样子，通过皱起的眉头、愤愤的目光，甚至是眼泪等让他明了你内心的情绪：憎恨、恐惧、诅咒、恶心，哪怕只是嘲弄。然而这种黑暗中不声不响的触摸，这种卑鄙的背后袭击，就像某个无耻的强盗从背后捅了你一刀，你永远无法得知谁是攻击者。（几个月后，她把这事告诉了我，那时她已能用幽默、嘲讽的口气来说了。）这件事本身就够糟了，但她大可以以相当的力量背负这段插曲，就像她生命中其他痛苦的时刻一样。可是现在这件事掠夺了她的心灵（因为她觉得心灵和身体受到了同样的伤害），破坏了她才恢复的脆弱的心理平衡，加重了她的痛苦，不仅将她推回她缓慢又谨慎地试着退出的梦魇，还使她触到那噩梦世界的邪恶本质。

长期以来她无衣可穿，赤身裸体。在布鲁克林这几个月，她费尽心力穿衣打扮，让自己恢复自信，但她知道这次遭遇又让她被剥得精光。她的心灵再一次感到冰冷。她没有说明具体缘由，也没跟任何人说过这件事，哪怕是耶特·齐默尔曼，只是向布莱克斯托克医生告了一个星期的假，然后一头栽到床上。在夏季最炎热的日子里，她就这样摊开四肢躺了好几天，拉着百叶窗，只透进几缕黄色的光线，没开收音机，吃得很少，什么书也不看，只在想喝热茶时才起身。在黑暗中她倾听着公园棒球场上男孩们打棒球的喊叫声和棒球击打球拍的声音，想着她童年时幻想爬进去的那座古钟，躺在钢制弹簧上，望着指针、齿轮和红宝石，昏昏欲睡。在她意识朦胧之际，集中营的幽灵会闯进她的脑海，给她带来威胁——她早已把

"集中营"这个词从大脑里赶走了，很少提起或想起。她知道只有在她的生命遭受危险时，她才会让这段记忆浮现。如果集中营像她在瑞典时那样离她很近，她有没有力量经受住折磨，再一次抓住那根救命稻草，而且这回不再试图修补了？那些天她就躺在床上想着这个问题，凝视着粉红色的天花板，斑斑点点的阳光从窗外洒到上面，像鲦鱼般游动，孤寂凄凉。

如同过去一般，帮助她复苏的仍是音乐。到了第五天或第六天——她只记得那是星期六，她在一夜扰人的噩梦之后醒来，出于习惯扭开她放在床头柜上的小收音机。她并不是有意的，这只是一种反射；这几天来她之所以弃绝音乐，是因为她发现她不能忍受音乐那抽象而难以测量的美与自己可感可知的痛楚和绝望所形成的对照。然而在不自觉中，她必定是受到莫扎特的召唤，被他神奇的治愈力量所吸引——乐声一传出，她整个人就颤抖不已，充满了单纯的喜悦。她突然明白了，何以这首洪亮而崇高，满是别样而令人徒生寒意的不协和音的《降E大调交响协奏曲》会使她的心灵感受到放松、认可和快乐。除了它本质的美，这也是她寻找了十年的作品。在德国吞并奥地利一年前左右，她听过来自维也纳的交响乐团的演奏，为之醉心不已。她坐在音乐厅中，第一次听这首作品时如痴如醉，敞开心怀接受那绚烂、丰富的和谐，以及强烈的不和谐，感受其中无穷无尽的力量。然而此后她再也没有听过这首乐曲，因为和其他作品一样，莫扎特、这支协奏曲、小提琴和中提琴之间哀伤又美妙的对白、长笛、弦乐器、低沉的号音都在波兰这片贫瘠的土地上被战争的风暴席卷而去。罪恶和毁灭窒息了一切，音乐成了可笑的奢侈品。

所以，在华沙被轰炸以及后来在集中营度过的那些日子，这首作品渐渐从她的记忆中消失，她连名字都不记得了，还把这首曲子和她一直以来喜欢的其他曲子的名字搞混，最终只剩下模糊不清、感觉强烈却无法再获得的幸福瞬间，在克拉科夫，在另一个时代。但那天早上廉价的小收音机播放出这首愉悦欢快的曲子，她蓦地坐起身，心跳加速，唇边不自觉地浮起一抹微笑，这种感觉很陌生。她坐在床上微笑着倾听了几分钟，深深地为之着迷，那种无法再获得的幸福也重新出现，心中的痛苦开始慢慢化解。乐声一止，她便仔细写下了电台主持人所说的这首乐曲的名称，然后走到窗畔，拉开百叶窗。望着窗外公园边的棒球场，她盘算着能不能赚到足够的钱买一台留声机和莫扎特的协奏曲唱片，然后她意识到这个想法意味着她正在走出阴影。

　　但是她知道自己仍有一段很长的路要走。音乐或许已经振作了她的精神，可她的身体因瑟缩在黑暗中而虚弱不堪。某种直觉告诉她，这是由于她吃得极少，甚至几近于绝食，即使如此，她也不曾解释，仍为自己毫无胃口、疲乏不已、胫部刀割般的疼痛和突然早来了好多天，而且流血量极多的月经感到害怕。她揣测，这会是那次手指强暴引起的吗？第二天她回去上班时，决定请布莱克斯托克医生为她检查，并寻求治疗的途径。她对医药并非全然无知，因此明白自己向一个脊椎指压治疗师求助可以说是一种讽刺，但当她最初接受了这份迫切需要的工作时，就已经放弃了这种狭隘的医学观念。她知道，至少他所做的一切都是合法的，而且那些出入他诊所接受诊治的病人（包括许多警察）似乎颇受他的那些推拿挤压等脊椎治疗之惠。但最重要的是，她所认识的人中，他是少数几个可以帮助自己的人之一。因此，她对他有相当的依赖，与她微薄的薪水完全无关。而且医生的有趣和宽容也深受她喜爱。

布莱克斯托克，一个强健、英俊、温和、头部渐秃的男人，五十多岁，是上帝赐福的人之一；命运让他脱离俄属波兰的赤贫生活，享有美国的各种物质成果。他讲究衣饰，衣柜里有很多刺绣马甲、薄软绸领带和淡红色胸花；他健谈、喜欢说笑（他的笑话都是用依地语说的）、乐观幽默、神采飞扬，使人如沐春风。他还是个不错的魔术师，沉迷于各种有意思的小玩意，常向人表演他熟练的魔术和小把戏，包括他的病人、苏菲和其他所有愿意看的人。苏菲当时正处于过渡期的痛苦中，这种高昂又饱满的快乐情绪，还有粗俗的玩笑和恶作剧原本可能会令她沮丧、难受，但她发现这背后是一种孩子般渴望被爱的愿望，她讨厌不起来。而且可以说，多年来，他是第一个让她由衷发笑的人。

他非常坦率。也许只有这样不屈不挠的好心人才可以列举他所有的财产而不令人嫌恶，不过他说的是混杂英语，苏菲辨别出了他的布鲁克林口音："付税前的年收入是四万美元，在皇后区圣奥尔本斯最讲究的地段拥有一处价值七万五千美元的房产，没有贷款，整个房子里都铺满了地毯，每间房都有间接照明；三辆车，包括一辆设备齐全的凯迪拉克弗利特伍德轿车，一艘三十二英尺长的克里斯游艇，可以舒舒服服地睡六个人，再加上上帝赐予的最迷人、最可爱的妻子。我，当年一个饥饿的犹太年轻人，在埃利斯岛下船时身上只有五美元的穷人，而且举目无亲。告诉我！告诉我，我为什么不该是全世界最快乐的人？我为什么不该让人们和我一样快乐、欢笑？"一点理由也没有，苏菲想。那是一个冬天，苏菲去他位于圣奥尔本斯的住处参观过后，和布莱克斯托克并排坐在凯迪拉克上，回了办公室。

她是到他家里帮他整理文件的，在那里她第一次见到了布莱克斯托克太太——一个身材丰满、头发染成金色的女人，名叫西尔维娅，穿着像土耳其肚皮舞女所穿的丝质灯笼裤，带苏菲参观她在美国所踏进的第一个家。在正午时刻幽暗光线的映照下，房子让人感觉像个阴森的坟墓，到处都是怪异的蝉翼纱和印花棉布。墙上贴着印有蔷薇色丘比特的壁纸，墙边有一架鲜红色的大钢琴及过多的椅子，椅子上透明的塑料保护罩闪闪发光。浴室里的瓷砖则是漆黑色的。后来，坐在前门上印有大大的姓名首字母缩写"HB"的凯迪拉克中，苏菲着迷地看着医生使用最近才装的移动电话，联系了他的几个优质顾客，来试试效果如何，然后这电话在医生手中成了传递爱的绝佳工具。她记得布莱克斯托克医生拨电话回圣奥尔本斯的家中时说："西尔维娅甜心，我是海米。你能听清我说话吗？我爱你，亲爱的。吻你，吻你，亲爱的，凯迪拉克现在在自由大道上，刚经过贝赛德公墓。我仰慕你，亲爱的。给我的宝贝一个吻。（啧，啧！）甜心，待会儿再谈。"过了一会儿："亲爱的西尔维娅，我是海米。我爱你，我亲爱的宝贝。现在凯迪拉克在林登大道和尤蒂卡大道的交叉口。正堵得厉害呢。吻你，我最亲爱的。（啧，啧！）我要给你许多个吻。什么？你说你要到纽约市区买东西？为海米买些漂亮的衣服，我美丽的甜心。我爱你，亲爱的。哦，亲爱的，我忘了，开克莱斯勒去。别克车没油了。通话完毕，最亲爱的宝贝。"然后他瞄了苏菲一眼，轻抚着话筒说："多了不起的通信工具！"布莱克斯托克是个真正快乐的人。他爱西尔维娅胜过自己的生命。有一次他告诉苏菲，只有没有儿女这一事实使他不能"完全"成为全世界最快乐的人……

以后我就会知道（下述事实在这个故事中非常重要），那年夏天苏菲对我扯了许多谎。也许我该说，为了保持镇定，又或许是理智，她编造了许多借口。我当然不能指责她，因为事后想来，她的不实之言是可以理解的。举例而言，我现在可以确定，她对克拉科夫早年生活的回忆——那段独白我已经尽可能精确地复述了出来——大部分都是真实的，但有一两处明显的假话，暴露出致命的漏洞，不过最终一切都将明晰。事实上，回顾我目前所写下的一切，我注意到苏菲在我们初见没几分钟就对我说了谎。那是她和内森激烈地争吵过后，她绝望地望着我，说"除了我丈夫，我只和他上过床"。虽然无关紧要，这句话却不是真的。（后来她对我坦白，说她丈夫被纳粹枪毙后——这是真话，她在华沙有过一个情人。）我之所以提起这件事并非出于对绝对诚实的自以为是的坚持，而是为了指出苏菲对性的慎重态度。因此可以想象要对布莱克斯托克开口说出她因地铁强暴事件感到极度不适，内心有多挣扎。

一想到要对人说出她的秘密，她便惶惶不安——尽管对象是布莱克斯托克，一个专业人士，一个她深知自己能够信赖的医生。这番遭遇让她觉得可憎，甚至比在集中营待的那二十个月所遭受的——每天都赤身裸体，经受非人的侮辱——更令她感到肮脏。的确，她现在更加无助了，因为她原以为布鲁克林是个"安全"的住所，而且她是个天主教徒及波兰人的事实使她更觉羞愧，她从小就被教育要像浸信会的女子那样禁欲。（后来她告诉我，是开放、热情的内森解放了她从没想过自己会拥有的强烈性欲。）她遭受强暴的方式，或者说她被侵犯的怪异方式，也让她羞于告诉布莱克斯托克医生，她感到无助极了。

终于，又一次乘坐凯迪拉克到圣奥尔本斯的途中，她先设法以生硬而正式的波兰语表明了她对自己身体健康的关切，她的疲惫，她双腿的疼痛，她流的血，最后她以近于耳语的声音说出她在地铁里的遭遇。正如她预料的那样，布莱克斯托克医生并未立刻意会她所说的话。一番吞吞吐吐的提示后，她总算让他明白了这件暴行并非依照平常的方式进行，这一幕只有到很久之后才会带有一丝喜剧色彩。然而它所使用的不寻常手段，却更令人恶心难过。现在她用英语低声说道："医生，难道你不明白吗？"她泪水盈眶，只要他明白她所说的，就会明白这种方式更令人作呕。"你是说，"他插嘴道，"手指？他不是用他的……"医生没有继续说下去，因为就性这件事而言，布莱克斯托克医生不是一个粗鲁的男人。苏菲再度肯定她所说的一切后，他同情地望着她，痛苦地低语道："老天爷，这真是个要命的世界。"

布莱克斯托克医生的结论是，她所遭受的暴力虽然很古怪，但确实可能造成困扰着她的症状，特别是大量出血。也就是说，骨盆区位受的创伤引起了她骶椎的错位，虽不严重，却不容忽视，由此第五腰椎或第一骶神经遭受压力，也可能是二者皆有，造成她说的没有胃口、疲惫和骨头发痛等症状，而流血是更为严重的症状。他告诉苏菲，她的脊柱需要接受治疗，以恢复正常的神经功能，成为医生所说的"健康丛生"（即使是苏菲这种外行人也觉得生动）。他向她保证，只要两个星期的脊椎指压治疗，她就会安好如初。他还说，他不会向她收取分文，因为她已经算是他的亲人了。为了使她进一步振作，他非要她看他表演最新的戏法：他手中握着的一束彩色丝布凭空消失，变成系在卷轴上的迷你联合国国旗，被从他嘴里慢慢拉了出来。苏菲钦佩地笑了，但她依然情绪低落，浑身不适，直觉告诉她自己很可能会发狂。

有一次，内森提及他和苏菲的相遇就像"电影情节"。他的意思是，他们并不像一般人那样，是在社区、学校或办公室等普通场所中认识的，而是像好莱坞白日梦里那些浪漫的陌生人愉快而偶然地相遇，并且第一次相遇他们的命运就注定将交织在一起，例如约翰·加菲尔德和拉娜·特纳自路边咖啡馆交会视线后便缘定终身；或者更奇妙的，像威廉·鲍威尔和卡萝尔·隆巴德，当他们跪在珠宝店地板上搜寻一颗钻石时脑袋碰到一块去了。而苏菲说他们之所以会相遇，完全是因为布莱克斯托克医生脊椎推拿治疗的失败。后来她常想，要是布莱克斯托克医生和他的年轻助手——西摩·卡茨医生（他下班后才来帮忙照顾人头攒动的病人）的治疗奏效，要是那根邪恶的手指导致的骶椎错位和第五腰椎受压在布莱克斯托克医生和卡茨连续两个星期的推拿后，得以痊愈，证明脊椎指压治疗不是一种幻想的话，毫无疑问，她绝不会遇见内森。

　　问题在于，她积极接受的所有治疗，只使她的痛楚有增无减。明知会伤到布莱克斯托克医生的自尊心，内心的恐惧还是让她硬着头皮告诉他，她的症状不仅未曾减轻，反而加剧了。布莱克斯托克摇着头说："可是，我亲爱的女孩，你应该觉得好多了呀！"整整两个星期过去了，当苏菲十分含蓄地说或许她该去找个医学博士，一个正牌医生看看时，他突然大发脾气，她从未见他这样过，他一直都是一个和蔼可亲的人。"你想找一个医学博士是吧？他们只是公园坡的一群抢钱的强盗！我亲爱的女孩，你不如找一个兽医更牢靠些！"令她绝望的是，他进而建议用一种电动感应器来治疗她，这种机器是最新研制的，外形复杂，看起来像个小冰箱，还有许多电线和仪表，据说可以重新组合脊柱细胞的分子结构，是他刚从俄亥俄或艾奥瓦——这两个州的州名她时常混淆——某处的世界脊椎治疗推拿总部购得的。（他用地道的英语对她说："所费不赀。"）

　　在准备接受可怕的电动感应器治疗的那天早上，她一醒来便感到格外疲乏虚弱，比以前似乎更严重得多。那天她不用上班，整个上午都昏昏沉沉的，直到十二点左右才算清醒过来。那天早上她因发烧打着盹，一直梦见她父亲，带着一种说不清道不明的执念。半梦半醒间，克拉科夫遥远的过去交织着布莱克斯托克医生的笑脸和动人的双手，很奇怪，也没什么意义。她清楚记得他父亲穿着衣领浆得很硬的衣服，外表冷峻，戴着他那副学者派头十足的椭圆形无框眼镜，黑色的羊毛西装上有雪茄烟的味道，他面无笑容地用德语训诫她，一如她年幼时。他似乎在警告她什么——他是关心她的健康吗？然而每次她像个游泳者般挣脱睡眠时，他的话便无影无踪，逃离了她的记忆，她只记得父亲模糊的影像，孤寂、严厉，甚至还流露着胁迫。最后，为了摆脱这一影像，她强迫自己起身，看向郁郁葱葱、充满生机的炎炎夏日。她的脚抖得很厉害，而且再次一点胃口也没有。她早就发现自己皮肤苍白，但这天早上她瞥了一眼浴室的镜子才真正感到惊愕，几近恐慌：她的脸没有一丝生命的血色，和她在意大利教堂的地下坟墓里看到的古代僧侣白森森的头骨一样。

一阵战栗出指尖——她突然发现自己的手指瘦骨嶙峋，毫无血色——传遍全身，她紧紧闭上眼睛，深信自己来日无多了。她知道这种病的名字。她想着，我得了白血病，像我的表弟塔德乌什一样，我会因白血病而死，布莱克斯托克医生的治疗只是一种善意的伪装。他知道我快死了，一切治疗都是假的。她思索着，在见过、了解过、忍受过无数种疾病之后，她活了下来，现在竟会死于这种莫名其妙的病，实在是相当可笑。在哀伤却又欢欣的复杂情绪中，她变得有点歇斯底里。她觉得不管一个人遭受了什么折磨，有多绝望，这种结束或许只是一种残酷的自我毁灭，而她自己对此束手无策。

然而她设法让自己冷静下来，将那种可怕的想法抛之脑后。离镜子稍远一些，她仍然捕捉到一丝隐藏在苍白之下她一向自我陶醉的美丽，这使她感到相当安心。那一天她得到布鲁克林学院去上英文课，为了度过艰辛的地铁旅途，她强迫自己吃了点东西。她感到阵阵恶心，但知道自己非吃不可：蛋、熏肉、全麦面包和脱脂牛奶。她就在昏暗又狭窄的小厨房里吃完了这些东西。吃东西的当口，她有了一个灵感，至少有一部分是因收音机里 WQXR 电台播放的马勒的交响乐而激发的。交响乐徐缓的乐章中段有一连串忧郁的调子，蓦地使她想起一首名诗。这首诗是几天前英文课快下课的时候老师念给她听的。这位老师是个年轻、热心、肥胖、耐心又认真的研究生，班上的人都叫他杨斯坦先生。班上的成员形形色色，由多个民族组成，但主要是欧洲各个被摧毁的地方那些说依地语的难民。由于苏菲能讲其他多种语言，而且非常熟练，她在班上的表现可以说是最杰出的。她的优秀无疑吸引了杨斯坦先生，她也意识到了自己的美丽使这个年轻人手足无措。

他的脸红和慌乱显然是因为心折于她，但除了每次笨拙地建议她下课后多留几分钟听他念他所谓的"美国代表诗作"，他并无更进一步的行动。他每每都会以紧张的声音缓缓吟诵出沃尔特·惠特曼、爱伦·坡、罗伯特·弗罗斯特，以及其他人的作品，嗓音沙哑却发音清晰，而她总是用心倾听，时常为诗歌给她带来的激动人心又细微的新发现和杨斯坦先生隐藏在巨大眼镜后那思慕的目光及笨拙的爱恋深深感动。她发现这种不成熟的迷恋使她感到既温暖又苦恼，而她只能对这些诗篇有所反应，因为这位老师至少比她小十岁，也就二十岁左右，而且他的外形也不吸引人——眼睛迟钝，明显超重。不过他对这些诗的情感倒是深刻而真挚的，往往可以表达出它们的本质。苏菲曾特别被一首诗歌的韵律所吸引，这篇诗的开头是这样的：

> 因为我不能停步等候死神，
> 他好意为我停留；
> 马车上仅载着我们俩，
> 还有不朽共乘。[1]

她喜欢听杨斯坦先生念这首诗，也很想用已有相当进步的英语自己念这位诗人的其他作品，这样她才能牢记不忘。但美中不足的是，她还抓不住老师的音调变化。苏菲明白这段迷人的短诗描写了永恒，由一位被视为世界不朽作家的美国诗人所写。今天她在耶特的房子里听到马勒忧郁的曲子，再次想起了这首诗，决定上课前先到布鲁克林学院图书馆去阅读这位大师的作品。她当时很无知，以为这是位男诗人。后来她对我说，这种无关痛痒的误解是她得以和内森邂逅的重要因素。

她清楚地记得自己从闷热可憎的地铁里走到绿茵如茵、阳光普照的长方形校园中，校园里有一群群参加暑期课程的学生，花径两旁树木茂盛。这里比布鲁克林的其他地区更令她感到安宁；尽管这所大学和她过去待过的那所庄严的加格罗林大学很像，就跟长满苔藓的古老日晷和闪闪发光的精密计时表那样像，那些自在潇洒的学生，下课时换教室的急促脚步声和浓浓的学术气氛都使苏菲觉得舒

1　此诗节选自艾米莉·狄金森的《因为我不能停步等候死神》（"Because I Could Not Stop for Death"）。

服、放松、惬意。大学里的花园是这个嘈杂又拥挤的都市中一处静谧的存在，繁花似锦，绿树成荫。那天她绕过花园去往图书馆时突然瞥见了一个景象，这个景象后来在她心中盘踞不去，她不禁想着这或许也和内森进入她的生命有神秘的关系。她所见到的即使以二十世纪四十年代布鲁克林学院的保守标准来看，也称不上令人惊骇，苏菲并不觉得惊愕，倒更像是感到一种强烈的激动，似乎这一幕有种激起她心中火花的力量，而这种火花是她以为已经永久熄灭了的。她只是快速瞥了一下，看到两个美丽年轻的黑人懒懒地靠着一棵树干，他们的腋下虽夹着课本，却如大卫和拔示巴[1]般恣意放纵，紧紧相拥亲吻，男孩的手指穿过女孩如瀑布般的头发，他们像最饥饿的野兽般尽情吞噬彼此。

苏菲只望了一眼便移开目光，觉得仿佛被人当胸刺了一刀。她沿着拥挤的人行道快步前行，脸颊泛着红潮，一颗心猛烈地跳个不停。她体内的每个地方都充满了炽热的兴奋，既令人费解又令人惊慌。许久以来都毫无感觉，许久以来也都毫无欲望！此刻那团火却沿着她的指尖直烧到她身体的四肢百骸，但主要是在她的心中熊熊燃烧，在靠近子宫的地方，几年来她不曾有过如此强烈的渴望。

但是这种不可思议的情绪瞬间便消失了，在她步入图书馆，还没遇见柜台后的那个图书管理员——一个纳粹——之前就消失了。不，他当然不是纳粹，不只是因为那块白底黑字的名牌上指出他是肖洛姆·韦斯先生，还因为——纳粹怎么会在布鲁克林学院图书馆分配一册册装载着人类智慧的书籍呢？不过这位年近三十的肖洛

---

1 大卫和拔示巴均为《圣经》中的人物，其中大卫是以色列国王，拔示巴是赫人乌利亚的妻子。大卫在屋顶上看到拔示巴沐浴，为其美貌所动，便派人把她接来，与她同房。

姆·韦斯脸色苍白、性情阴沉，戴着副具有侵略性的角质架眼镜，镜框上还有绿色的遮光眼罩，和严肃、坚毅、冷酷的德国官僚及她过去这些年来所知的恶魔惊人地相像，使她有种又被推回被占领时期的华沙那般的怪异感。这种似曾相识的瞬间，这突如其来的身份代入使得她的神经一下子又变得衰弱起来。她再度感到疲惫无助，喘不过气。她怯怯地问肖洛姆·韦斯该到哪里去找十九世纪美国诗人埃米尔·狄更斯作品目录的文件。

"在目录室，左边第一扇门。"韦斯面无笑容地小声说。停了一会儿之后他又继续说："但是你不可能找到这份目录。"

"不可能找到这份目录？"苏菲迷惑地重复了一句。沉默了一会儿后，她又开口道："你可以告诉我为什么吗？"

"查尔斯·狄更斯是一位英国作家。并没有任何姓狄更斯的美国诗人。"他的声音尖锐而隐含着敌意。

一阵突然的恶心、晕眩袭了上来，四肢像有千万根针刺了过来，痛楚密密麻麻，苏菲漠然地望着肖洛姆·韦斯那张阴沉不悦、固执己见的脸，他的脸似乎摆脱了衣领的束缚，逃离脖子飘了起来。她在心中自言自语，就像在跟某个体贴的隐形医生说话：我觉得非常不舒服。但她挣扎着对图书管理员说："我确信有一位叫狄更斯的美国诗人。"接着她想到那些诗句，那些哀伤地诉说着死亡和时间的诗句必定是美国的图书管理员所熟悉的，跟家庭用品、国歌和自己的血肉之躯一样熟悉。苏菲觉得她张嘴就想念出："因为我不能停步等候死神……"她很想吐。她也没有意识到在这几秒钟内，小肚鸡肠的肖洛姆·韦斯认为她愚蠢而傲慢。她还未念出这句诗，就听见他的反驳声冲破了寂静，吸引了远方朦胧人影的注意力。这声音沙哑刺耳，愤怒粗暴，带着不满和恶意，但完全没有必要。"听着，我告诉过你了,"那个声音说,"没有这样的一个人!你问我,我就告诉你,你听见了吗?"

肖洛姆·韦斯完全应该知道,他的话几乎杀了苏菲。苏菲猛然跌倒在地,昏厥了过去。过了一会儿醒来时,他的话仍疯狂地盘旋在她的脑海里,她模糊地意识到,他刚对她吼完话,她便昏倒在地板上,但现在一切都颠三倒四且支离破碎,她不知道自己置身何处。图书馆,对了,当然,她是在图书馆里,可她似乎正倚着什么沙发或靠窗的座位,离她刚才倒地时身前的柜台不远,她好虚弱,四周有一股令人作呕的气息,一股难以辨认的酸味。慢慢地,她意识到自己衣服的前襟是湿的,才明白她不久前吃的那一餐都吐出来了,一层湿漉漉的呕吐物像脏泥般贴在她的胸前。

但就在她逐渐复苏之际,她恢恢地动了动头,觉得还有什么东西,一个声音,一个男人的声音,朗朗有力,对一个畏怯且冒汗的人影怒吼,这个人影背对着她,额头上斜斜戴着一只绿色的遮光眼罩,由此她认出那是肖洛姆·韦斯。而那个声音严厉、咄咄逼人又愤怒的男人,从她这个角度却看不清楚。她虚弱无助地俯靠着,背部蹿过一股快乐而奇异的寒意。"我不知道你是个什么东西,韦斯,可是你态度恶劣。我听到你对她说的每一句话,我就站在这里!"他咆哮道,"我听见你对那姑娘说了令人难以忍受的粗鲁言词。你难道看不出她是个外国人吗?你这个该死的笨蛋,你这个败类!"一小群人聚集过来,苏菲看见那个图书管理员仿佛被强风袭击般颤抖。"你是个犹太佬[1],韦斯,一个犹太佬,那种卑劣、龌龊、丢犹太人脸的犹太佬。那个女孩,那个可爱的好女孩有点语言上的困难,诚挚

1　美国人对犹太人的蔑称。

地向你发问，你却无礼地对待她。我真该打破你那该死的脑袋！你最好去做个水管工人，而不是围着书转。"在昏眩的惊讶中，苏菲看见那个人猛地拉下了韦斯的遮光眼罩，眼罩挂在韦斯的颈项上，没了用处。那个声音轻蔑而厌恶地说："你这个脏鬼，真是足以让任何人呕吐！"

苏菲一定再度失去知觉了，因为她所记得的只有内森温柔有力的手指，上面还沾满了她黏稠的呕吐物，令她极度不适，这些手指将某件冰凉的东西轻轻放在她的额头上，同时不断低语，安慰她并使她安心："你没事了，甜心，你不会有事的。什么都不要担心。啊，你真漂亮，你怎么会那么漂亮？别动，你没事，只是着了一点魔。好好躺着，让医生照料一切。对了，感觉怎么样？要不要喝点水？不，不，不要说话，放松些，不一会儿你就没事了。"那声音一直往下说，温柔的独白，哄着，安慰着，让她觉得很平静；柔和而镇定的声调，很快她就不再为这个陌生人的双手沾上她吐出的秽物而感到困窘，然而她为自己一睁开眼睛，就对他说的那句话感到有些后悔："哦，我想我快要死了。"真是蠢到家了。他再度以耐心而有力的声音说："不，你不会死。"他贴在她额头上的手指是那么冰凉。"你不会死，你会活到一百岁。甜心，你叫什么名字？不，现在别告诉我，你只要好好躺着，还是这么美丽就行。你的脉搏很好，很稳定。来，喝一口水吧……"

第五章

我在粉红色的出租公寓舒适地定居下来，几个星期后，又收到我父亲的另一封信。这封信本身很吸引人，虽然当时我并不知道它会对我和苏菲、内森的关系有什么影响，以及它在那年夏天所发生的种种混乱事件中具有何种意义。就像我所引述的上一封信——有关玛丽亚·亨特之死的那封，这封信也包含着死亡的信息；又如同提及阿提斯特的那封，这封信还带给我一条也许和遗产有关的消息。我将大部分内容抄录于下。

儿子，十天前我的好友，也是政治和哲学的死敌——弗兰克·霍布斯——在造船所的办公室里身亡。那是致命的脑血栓，发作迅速。他才六十岁，到了这个年龄我才开始真正感知生命的春天。他的逝世使我大为惊愕，也深感遗憾。他的政治观念无疑是糟糕的，我想他可能比墨索里尼还要右翼，但我们这些出身乡间的人总说他是个"老好人"，我会非常想念当我们开车去工作时他那副笨重、慷慨却顽固的样子。从许多方面来说他都是个悲惨的人，孤独无依的鳏夫，仍哀悼他的独生子小弗兰克的死。你可能还记得这个二十多岁的青年，他不久前才溺死在阿尔伯马尔湾，是在一次渔船事故中丧生的。老弗兰克孑然一身，这是我写这封长信给你的主要原因。

几天前弗兰克的律师打电话给我，令我非常惊讶的是，他通知我说我是弗兰克不动产的主要继承人。弗兰克存了一点钱，没有任何投资，和我一样都是为美国企业这一巨大的怪兽工作的工薪阶层，或者说横跨在这一怪兽的背上，岌岌可危，因此对于无法及时寄给你一张大额支票，以资助你开垦文学园地，我深以为憾。多年来弗兰克一直是南安普敦一处小花生田的持有者，这块地自内战时期便归霍布斯家族所有。弗兰克留给我的就是这块地，他在遗嘱中写道，尽管我可以随意使用这块土地，他还是真诚地希望我能和他过去一样继续耕作这片田地，因为六十英亩[1]地的花生不只有相当的获利，最重要的是，在那里可以欣赏郁郁葱葱的乡间景色，保持美好的心情，还能看到一条可爱的溪流，鱼游虾戏。他一定知道我非常喜欢那个地方，多年来我常到那里去。

然而，恐怕弗兰克这一出人意料而令人感动的遗赠使我十分为难。我很想尽我所能实现弗兰克的愿望，不出售这块地，却不知道这么多年后，我是不是还能耕种（不过我小时候住在北卡罗来纳州时经常使用铁铲和锄头），即使是像弗兰克一样当个不住在产权地上的业主。这仍需要投入大量的时间和精力，虽然弗兰克很喜欢这块地，我在造船所这边仍有许多事要

1　1英亩约合 4046.86 平方米。

分神。当然，从许多方面来看，这是个很吸引人的提议。该处住有两名能干可靠的黑人佃农，一切设备都还很耐用。农场正在整修，可以当成度周末的好处所，特别是旁边还有一条极其适合钓鱼的小河。现在花生是一种颇有收益的农作物，尤其是在战争后期，花生等豆类被证实有多种用途。我记得弗兰克把他的大部分收成卖给萨福克的耕种者公司以生产美国大量需要的四季宝花生酱。此处还有一些猪，用于制造全世界信奉基督教的国家中最好吃的火腿。还有几英亩地种着大豆和棉花，这两样都是利润颇丰的农作物。你也看得出这种种情况——既有美感，又能娱乐，还有丰厚的报酬——都诱惑着我在告别谷仓和田地四十多年后再重操旧业。当然这并不会使我发大财，不过或许可以增加一些我为了支援你北卡罗来纳州的可怜姨妈而严重枯竭的收益。但上述的种种疑虑和顾忌使我难以断然决定。斯廷戈，我想到你在这个目前为止尚未解决的难题上可能扮演的角色。

我的提议是，你搬到农场居住，我不在时由你担任业主。我猜得到你读到这里时的懊恼，看得到你眼睛流露出"可是我对种花生根本就一窍不通"的神色。我很明白这件事看起来一点也不合适你，尤其是你已经选择要在北方成就你的文学事业。但我要求你考虑一下这个提议，这并不是因为我不赞成你寄居在野蛮（在我看来）的北方以寻求独立的渴望，而是因为我很关心你在最近的来信中所表露的不满，字里行间我能看出无论在精神还是经济（当然）上，你都谈不上丰足。不过你该明白你的工作相当少，因为雨果和刘易斯——那两个和家人住在该地已有多年的黑人——会负担起农场里的实际工作，你只要当个绅士的农场主，好好去写你告诉我的那部已着手写的小说就成了。这样你可以省去房租，而且我还会付你一小笔额外的钱。此外，我希望你考虑我等到现在才告诉你的最后一个诱人的因素，也就是这个农庄离"老先知纳特"的古老居处十分相近。许多年前这个神秘的黑人曾把弗吉尼亚的一个不快乐的蓄奴者吓得屁滚尿流。没有人比我更清楚你对"老先知"的兴趣；我至今还记得你高中时忙着搜寻地图、图表及所有其他寥寥可数的资料，以获知有关这个不寻常人物的任何消息。霍布斯家的农场离先知履行糟糕杀戮使命的场所只有咫尺之遥，我相信如果你在那里住下，会找到你要写的那本书所需的一切气氛和资料。儿子，请仔细考虑这个提议。不用说，我的提议当然也是为自己着想。如果我不将它出售，我便非常需要一个监督农场的人。如果这件事成真，想到你（逐渐成为我一度渴望却并未达成目标的一名作家）很可能有机会住在这片土地上，去触摸、目睹、嗅闻这块孕育默默无闻又令人惊异的黑人的土地，我就为你感到由衷的高兴……

我不否认，就某些方面来说，这个建议的确诱人。父亲在信中还附了几张用柯达彩色胶卷拍的照片：四周浓荫高耸的山毛榉，十九世纪中期散乱古老的农舍——除了得再漆一层油漆，看起来并不需要多费什么力气，就可能成为南方传统的农场作家舒舒服服的住处。那个地方甜美的宁静（夏天时，鹅群摇摆着身子在草地上漫步，门廊有个秋千，老雨果或刘易斯坐在拖拉机的方向盘边咧嘴笑着，露出两排白色的牙齿和粉色的牙龈）如刀片般刺痛了我，使我油然兴起思乡之情。这种诱惑强烈而有力，我不禁又看了两遍信，遐想着那幢房舍及其舒适的草地，这一切似乎都笼罩着一层乳白色的轻雾，看起来宁静怡人，但或许是因为胶卷曝光过度。这封信虽使我心动，实际上我却非常理性，明白必须回绝父亲的邀请。如果这封信早几个星期到达，也就是在我被麦格劳－希尔开除后的那段低潮时期，我或许会为这个机会雀跃不已。但现在事情已经完全变了，我也愉快地适应了当前的环境。因此我不得不回一封拒绝信给我父亲，表达我的遗憾。如今我回顾那个充满希望的时刻，明了自己那种出人意料、类似新生的满足是基于三个因素：一是在此之前显得晦暗无光的小说突然又现光明，二是结识苏菲和内森，三是期待自己可以获得性满足（这是我有生以来第一次这么想）。

首先说我试着动笔写的书。在我的写作事业中，我常会被稍显病态的主题吸引——自杀、强暴、谋杀、军旅生涯、婚姻、奴隶制度。即使是在那么早的时期，我也知道我的第一部作品必定会描述某种病态——这是一种直觉，或许可以称之为悲剧感，但坦白说，对于我热切想写的东西，我只有极模糊的概念，我的脑海中的确有一部小说中最有价值的成分：一个地点。我的家乡泰德沃特海岸的景色、声音、味道、光亮和阴影，还有深海和浅滩，都急急地逼迫我在纸上将这些事物记下来，而我抑制不住我的这份激情，它如此狂热。但是人物和故事，一个可以串联起过去这些生动影像的合理叙述，我却付之阙如。二十二岁的我觉得自己只是个身材瘦削、六英尺高、一百五十磅重、颇有胆量却极少言语的人。我的原始计划是边写边想，可我缺乏逻辑和布局能力，又非常渴望可以像詹姆斯·乔伊斯那样在令人惊叹的微观世界里描绘一个南方小城。对像我这种年纪的人而言，这并不是个完全不足取的野心。然而，就算退一步，不用像乔伊斯那样伟大，我似乎也创造不出斯蒂芬·迪达勒斯[1]的爵士乐和不朽的布卢姆这样的人物。

不过当时——哦，大多数作家迟早都会变成挖掘他人悲剧的人，这真是一点也不错——发生了玛丽亚·亨特的事。她是在我最需要灵感时死去的，那是一种强烈又奇特的感觉。因此在接获她死讯后的那几天，随着惊骇逐渐平息，我能够用一种所谓的专业眼光看待她的惨死，产生了一种发现灵感时的兴奋之情。我一而再，再而三地详读我父亲寄给我的剪报，对于玛丽亚及其家人可以作为小说人物的原型感到兴奋和热切。一个无可救药的酒鬼父亲，还是个好色之徒；一个有点精神错乱、坚守教规的母亲，城里中上阶层、乡村俱乐部、圣公会高层的人都知道她长期以来一直容忍着她丈夫的情妇，而她自己则是攀附权贵的笨蛋；还有可怜的玛丽亚，一开始就注定是牺牲品。这家人的生活充满了误解、恨意和伤害，就像人间炼狱——我的上帝，这简直是天赐的礼物！真的妙极了！令人高兴的是，在不知不觉中，我已经拼好了这出悲剧第一部分的框架：女主角的尸体被从纽约的墓地中挖了出来，装在火车的行李车厢中，送回她的出生地埋葬。我疲惫的火车之旅、无比珍视并聚精会神地重新阅读的文章全都融入上述框架中，这实在是得来全不费工夫。哦，作家都有很残忍的机会主义倾向！

终于要把父亲的信放下了，我得意地叹了口气，觉得第二幕又上场了，清晰得几乎触手可及，就像藏在我脑海里即将孵化出来的一颗大金蛋。我翻开黄色稿纸，拿起一支铅笔。火车抵达河岸的车

---

1 乔伊斯长篇小说《一个青年艺术家的画像》中的主人公，下文中的布卢姆是乔伊斯的另一部意识流作品《尤利西斯》中的主人公。

站，一个布满灰尘、燥热难当、混乱无比的阴森码头。等在那儿的是丧失女儿的父亲和他令人厌恶的情妇，还有灵车、油滑的殡仪师，也许还有别人……一个忠心的随从，一个妇人，或者一个老黑人？随便什么。

我很清楚地记得自己住在耶特的房子里最初的那几个星期。首先是那股汹涌的创作力，无知和年少的狂热使我得以在短短的时间内写下这本小说的前五六十页。我的写作从来都不迅速，也不顺畅，即使这几十页也不例外。每当我被迫搜寻正确的用词，推敲微妙的韵律时，我就苦不堪言；然而，我却满怀陌生而大胆的自信，愉快地奋笔疾书，我所创造的人物似乎个个都鲜活了起来，而泰德沃特夏季闷热潮湿的景色更是历历在目，可感可知，就像彩色电影在我眼前徐徐展开。此刻我是多么珍爱自己早期写作时的样子啊，在那个粉红色的房间里，我弯着腰趴在书桌上，口中念念有词（现在依然如此），像个着了迷的拙劣诗人感受我所创作的词句，为任何一点成果感到满足。无论它是否完美，这种让人快乐的劳动果实都是一个人想象力最重要的结晶——小说。受祝福的小说。神圣的小说。全能的小说。哦，斯廷戈，我多么羡慕你写第一部小说时度过的那些遥远的下午（那时候我还远没有迈入中年，没有停滞不前、死气沉沉、闷闷不乐、厌倦写作，自我和抱负也没有消失殆尽），不朽的渴望催出你的每一个连字符和分号，你拥有一个孩子对美丽的信仰，相信自己一定会把它写出来。

在耶特那里住下的最初几个星期里，另一件我记得很清楚的事是我重新感受到了惬意和安全，我确定这也是我和苏菲及内森之间建立的友谊所带来的结果。那个星期天我在苏菲的房里已隐隐感受到了这一点。当我置身于麦格劳－希尔吵嚷的环境时，我退缩到一个幻想和孤独的世界中，这可以说有点病态，是一种自我鞭笞；用我自己的词来说，那是反常的，因为多数时候我都是个合群的人，对促使人类结婚或加入扶轮社的孤独的恐惧困扰了我，也推动了我对友情的向往。在布鲁克林区我渐渐明白了我非常需要朋友，而我也找到了，因此焦虑得到缓解，我得以开始工作。当然只有病情严重而且避世隐遁的人，才能够日复一日地卖力工作，而不会害怕思及那个四壁萧条、无比寂静的房间。在我写完那个荒凉悲痛、让我神经紧绷的小葬礼后，我想我该到苏菲和内森那儿喝几罐啤酒，享受他们的友谊。

然而，过了相当长的时间后——至少有好几个星期，我才卷入那命中注定要爆发的我的新朋友们的感情旋涡里，在我们初次相遇时，这种强烈的情感差点毁了我们。这次风暴重新爆发时，实在是非常可怕——比我先前描写的吵嘴、发怒等情形有过之而无不及，而且使我至感狼狈。不过这是之后的事。此刻我的创作之花开了，就像开了花的牡丹，我因满足而志得意满。还有一点，我无须再担心楼上传来的做爱的喧闹声了。那一年左右，苏菲和内森都住在二楼，他们以一种自由而灵活的方式同居，各自拥有一个房间，睡觉时则在一起，谁的房间方便，就睡在谁那里。

这也许是对当时极为严肃的道德观的一种反应，尽管耶特对性的态度相对宽容，苏菲和内森却觉得有必要假装分居两房——只隔着几码[1] 铺着油毡的走廊，而不是搬到一个房间居住。他俩同居时，不用再装模作样，当对方是自己忠诚的伙伴，不去追逐身体之乐。但这仍是一个婚姻至上、推崇冷冰冰的合法性的时代，而且，这里

1　1 码约合 0.91 米。

是弗拉特布什，是美国中心地带的一个引人注目、重视端庄品行、喜欢刺探邻里言行的地区。要是大家都知道耶特的屋子里有两个未婚同居的男女，这幢房子就会背上不好的名声。因此，楼上的走廊对苏菲、内森而言并非楚河汉界，事实上只是一套两居室公寓分成两半的模糊界线。现在我感到更为安宁的原因是，我的两个朋友很快就将睡觉阵地及震耳欲聋的做爱仪式转移到内森房里的床上去了——这个房间比不上苏菲的房间生动活泼、令人愉快，不过内森说，夏天在那里倒还比较凉快。谢谢上帝，我想着，不会再有什么可以干扰我的写作和冷静了。

在最初那几个星期，我成功地掩饰了我对苏菲的迷恋。我小心翼翼地把对她的热情埋在心底，因此我确信她和内森都没有察觉到我和她相处时每时每刻所忍受的饥渴。原因之一是当时我还很幼稚，觉得自己绝不会追求一个显然已将她的心给了别人的女人。另一个原因是我认为内森是我的前辈。这并不是个微不足道的问题，就二十多岁的人而言，年长几岁便意味着"长辈"。也就是说，内森年近三十，我才二十二岁，使得内森稳居"年长"的地位，而如果我们都已四十多岁的话，这几年的差距就不算什么了。还有一点必须指出的是，苏菲的年龄和内森相若。这种种顾虑，加上我佯装出来的不感兴趣的态度，使我几乎确信苏菲和内森从来都没想过，我会是争夺她感情的一个重要的竞争者。朋友，是的。情人？那会让他们捧腹大笑的。必然是由于这一切，内森才从不顾忌让我和苏菲单独相处，甚至还鼓励我们在他离开时彼此做伴。他有充分的理由相信，至少是在最初的几个星期，苏菲和我从未有过任何身体上的接触，哪怕是不经意的指尖相碰，虽然我对她渴念不已。我成为一个很好的听众，我相信正是我的那种清心寡欲的超然态度，使我最终得以获知苏菲本人及其过去的种种经历，可以说和内森所知一样多（或更多）。

"我佩服你的勇气，老弟，"有一天早晨，内森在我房里对我说道，"我真的佩服你所从事的——着手写关于南方的事情。"

"你这话是什么意思呢？"我好奇地问，"写南方的事情有什么勇敢的？"我为我们两人倒了咖啡，那是我们自科尼岛回来后那个星期的某天早晨。好几天来天一亮我就起床，被我刚才描述的那种急切所驱使，坐在书桌前一口气写它两个钟头，甚至更久。今天我已经完成了一段"冲刺"——写了千把字，觉得有点累，因此对内森上班时经过我房间敲我的房门，我表示欢迎。连续好几个早上，他都像这样探头进来看看我，我也享受着这段插曲。这些天他起得很早，他解释过，因为有些重要的培养菌需要他看着，他得提早到辉瑞公司去。他曾试着对我详细描述他的实验——跟兔子的羊水和胚胎有关，包括酶和离子迁移，但当他看到我对这些全然不解的东西露出痛苦而厌倦的表情时，他便笑着放弃了。缺乏抽象思维能力是我的错，不是内森的，因为他叙述简明，表述清晰。只不过我对抽象的科学理解力有限而且缺乏耐心，所以我为自己悲叹，同时羡慕内森见识广博。比如，他可以从酶一下子转到文学的话题上来。

"我不认为我写些南方的事情有什么了不起的，"我继续说，"那是我最了解的地方。老家的棉花田。"

"我不是这个意思，"他回答说，"我的意思是你在从事一项正在走向没落的传统事业。你或许以为我对南方一无所知，就像我上个星期那么残酷而不可原谅地质问你博比·威德的事一样，不过我现在所说的是另一回事——写作。南方风格的写作在几年内就会没落，代之而起的是另一种类型。所以我才说你还在写这些陈旧的东西实在是很有勇气。"

我有点恼火，但我的愤怒并不在于他所说的推论和事实，而在于这样武断的文学批判竟然出自一家制药公司里的生物学家。这似乎与他风马牛不相及。但是当我温和且打趣地对文学美学的标准提出异议时，他又巧妙利落地将我驳倒。

"内森，你他妈的是个细胞专家，"我说，"你对文学风格和传统又知道些什么？"

"卢克莱修在《物性论》中指出了一个关于反思自己人生的重要真理，就是说一个研究科学的人若只关心科学，不能享受艺术，以艺术丰富生命，他就只是一个畸形的人，一个不完整的人。我相信他的说法，斯廷戈老友——或许这也是我关心你和你的写作的原因。"他停住口，拿出一个看起来很昂贵的银质打火机，点燃了夹在我唇间的骆驼牌香烟。"请原谅我鼓励你的恶习，我带这个是为了点本生灯用的，"他戏谑地说着，"事实上，我对你隐瞒了一件事。我自己原来一直想成为一名作家，直到我在哈佛念了一半时，我醒悟到我永远也写不出像陀思妥耶夫斯基写的那些作品，所以我把敏锐的心思转向研究人类原生质的奥秘。"

我说："那么你真的计划过要从事写作吗？"

"起初不然。犹太母亲对他们的儿子都抱有极大的野心，整个童年时期，我都被盼望成为一个伟大的小提琴手——另一个海菲兹或梅纽因。但坦白说，我缺少天分，虽然这使我对音乐有相当的了解。然后我决定当一名作家，哈佛有一群我们这样的人，一群爱书成疯的大二学生，有一段时间，我们陶醉于文学生涯，归属于剑桥市微小又迷人的'布卢姆斯伯里团体'[1]。在这片文学园地里，我写了一些诗，还有一些很烂的短篇小说，我们那伙人都一样。我们每个人都认为自己将超过海明威。但最终我意识到我写小说大概和路易斯·巴斯德[2]差不多，事实证明，我的天赋是在科学上，因此我从英文专业转向生物专业。这是个幸运的选择，我非常肯定。现在我仅余的一点有利之处是，我是个犹太人。"

"犹太人？"我插嘴道，"这又是什么意思？"

"哦，我敢肯定犹太人写作在未来几年里会成为美国文学的重要流派。"

"哦，是吗？"我有点戒备地说，"你怎么知道？因此你才说我写南方的事很有勇气是吗？"

"我并没有说犹太文学会成为唯一的流派，只是重要的流派，"他愉快而平静地回答，"而且我也不是在建议你不要在你的传统上加点意义重大的事情，只不过，就历史和种族方面来看，犹太人在战后的浪潮中，将会在文化上形成一股力量。这是天数，如此而已。已经有一本小说迈开步伐了。那不是一本巨著，只是一本小书，但结构优美，由一位才华横溢的青年作家所写。"

"哪一本书？"我问。我想我的声音有些阴阳怪气，于是又加了一句："那位才华横溢的作家又是谁？"

"那本书叫《晃来晃去的人》，"他回答，"作家是索尔·贝娄。"

我喝了一口咖啡，慢吞吞地说："哦，是那本书呀。"

1　20世纪初，英国的一些作家、艺术家和其他知名人士经常于伦敦大英博物馆附近的布卢姆斯伯里地区贝尔夫妇和弗吉尼亚·斯蒂芬（后来的弗吉尼亚·伍尔夫）家聚会所逐渐形成的一个团体。

2　19世纪法国化学家和微生物学家。

他问："你看过那本书吗？"

我满不在乎地说道："当然。"

"你的看法如何？"

我打了个哈欠掩饰我的窘迫。"我觉得那本书相当浅薄。"事实上，我非常了解这本小说，但是时常折磨着未出版过作品的作家的狭隘心理也只能使我心怀嫉妒，因为我觉得这本书值得佳评。"这是一本很都市化的书，"我又说，"很特殊，你知道，对街边琐事的描写多了些。"但我不得不向自己坦承，内森的话扰乱了我的心。我望着他安适地靠坐在我对面的椅子上，心里想着：要是这个聪明的狗杂种说得不错，我为之奋斗的古老、高贵的文学遗产真的要逐渐消匿的话，那我不是会被那老朽的车轮轧得粉碎？这车轮隆隆响着，终会颤颤巍巍地停下。内森对很多事物的看法都很有见地，而且十分确信，在这件事上，他的预测也是对的。在一种突然出现的怪异幻影中，我看见自己在文学的跑道上奔驰着，只跑了十分之一，而跑在我前方的贝娄、施瓦茨、莱维和曼德尔鲍姆等人踏着重重的步子疾驰，激起的滚滚尘埃呛得我咳嗽不止，这种明目张胆的画面使得我更显可耻。

内森望着我笑。这似乎是个极为友善的笑容，未曾露出一丝嘲讽，但是有一刹那，他的在场又使我有种以前已经经历，以后还会再有的强烈感觉，那就是他的迷人和卓越似乎使人感到不祥，难以捉摸又无法定义，却达到一种绝对的平衡。但这种感觉稍纵即逝，而后似乎房里的阴湿突然被抽走了，我不再觉得毛骨悚然，于是也对他笑了笑。他穿着棕榈滩牌的黄褐色西装，剪裁精良，看上去价格不菲，和我几天前在走廊第一次见到的那个对着苏菲怒吼、穿着宽松长裤、头发散乱、衣冠不整的他，简直判若两人。蓦然间他对苏菲的疯狂指控——一个下三烂的江湖郎中也能让你发骚——显得极不真实，好像是我很久以前看的，现在已经忘了一半的电影里一个烂人说的话（他说这话是什么意思？我不知道自己能否找到答案）。当我看见他脸上的那个暧昧的笑容时，我明白这个人的人格简直就是个谜，比我所见的任何人都要令人气愤而迷惑不解。

最后我说："至少你没对我说我的小说死定了。"这时，一阵轻柔细腻的乐声由楼上的房间飘了下来，我们不得不改变话题。

"苏菲在听音乐，"内森说，"我要她不上班时就晚些起床，可是她说她没办法。她说自从战争爆发后，她就再也没法赖在床上了。"

"这是什么曲子？"这音乐曲十分耳熟，我小时候看的第一本乐谱就收录了这一首，是巴赫写的，现在不知为何，曲名我却忘了。

"那是巴赫的《康塔塔 147》，英文名是《耶稣，人类愿望之欢乐》。"

"真羡慕你有留声机，"我说，"还有那些唱片。不过这些东西都贵死了。一张贝多芬交响曲就要花费我一大笔钱，是我过去那份工作一个星期的工资。"这时我才想到，这些天来加强我们三人情谊的另一个因素就是我们对音乐有同样的热爱。内森也喜欢爵士乐，但大致说来，我所谓的音乐是指传统音乐，远没有那么流行，基本就是舒伯特之前的音乐，但勃拉姆斯是个重要的例外。和内森、苏菲一样，我也处于音乐不只是精神寄托的年代——这一年代远早于摇滚的出现或是民谣的复兴，简直是一种不可或缺的麻醉剂，如同美妙的呼吸。（我忘了提及在麦格劳－希尔的休息时间或下了班之后，我常花费许多个钟头在唱片行闷热的货架间听音乐。）此刻，音乐对我太重要了，没有它带给我的美妙和谐，没有巴洛克音乐的复杂与神奇，我想我一定会犯罪的。我说："你那一大堆唱片真叫人羡慕。"

"你知道，老弟，随时欢迎你去播放。"过去几天，他偶尔会叫我"老弟"。他不知道我对此暗自高兴。我想随着我对他与日俱增的喜爱，我，一个独生子，开始把他看成我从未有过的哥哥了——哥哥，加上他的迷人和热情，压倒了他的匪夷所思和反复无常，我迅即将他的怪异言行置之脑后。"听着，"他继续说，"你就把我的窝和苏菲的窝看成两个——"

"你的什么？"我问。

"窝。"

"那是什么？"

"窝。你知道，一个房间。"这是我第一次听到这种说法。窝。听起来不错。

"总之，苏菲和我去上班的时候，你随时都可以上去听唱片，我们很欢迎。莫里斯·芬克有一把钥匙，我告诉过他任何时候你想进去的话，都要开门让你进去。"

"哦，这真是太过分了，内森，"我脱口说道，"不过上帝——谢谢。"他的慷慨使我感动——不，几乎难以自持。那个时期的唱片可不是什么可以随意消费的廉价商品。那时候人们绝不轻易出借他们的唱片。唱片很珍贵，我这一辈子还不曾被赋予享有选择这么多音乐的权利。内森的提议使我欣喜若狂，这种欣喜甚至超过我对可以随意选择性感娇嫩的女性身体的渴望。我急忙加了句："我一定会小心使用的。"

"我信任你，"他说，"但是你得小心点，那些该死的虫胶唱片太容易破了。我预测几年内必然会有新产品问世——摔不破的唱片。"

我说："那就太棒了。"

"不仅是摔不破而已，还是压缩的——这样你可以一次听完整首交响曲，例如，一张唱片的一面就包括了巴赫的整首康塔塔。我确信一定会问世的。"他从椅子上站起身，在几分钟的时间里，他从犹太文学复兴讲到了对长时播放的唱片的预言："斯廷戈，音乐的黄金时代就快来临了。"

我真心诚意地说："上帝呀，我只想向你道谢。"

"别客气，老弟，"他说着，抬眼望向楼上，"别谢我，谢谢苏菲。她教我重视音乐，仿佛音乐是她发明的，而我以前根本没重视过似的。正如她教我穿衣，还有许许多多的事情……"他停住口，眼睛发亮，目光深远，"教我一切事情。生命！上帝，她是不是不可思议？"他的声音里有一种敬意，只有谈到艺术杰作时，他才时而会有这种口吻。然而我低声说出"一点也不错"以表达赞同时，内森根本就不明了我孤独无助又充满嫉妒的感情。

我说过，内森鼓励我和苏菲做伴，因此我对于自己在他上班后便到走廊叫苏菲丝毫不觉得愧疚。那天是星期四，她不用上班，她的回应声顺着楼梯扶手传下来时，我问她愿不愿意午后和我到公园里去吃午餐。她愉快地叫道："好的，斯廷戈！"然后便离开了我的视野。坦白说，我的脑袋里此时所想的是女人的大腿、胸脯、小腹、肚脐和臀部，尤其是前一个星期天我在海滩见到的那个野性美人的，也就是内森欣然为我介绍的那个"烫手货"。

我压抑住欲念，回到写字台前，想再随意写些东西，打发这一个小时左右的空当。对于其他房客的来来去去，我并非完全浑然不觉——莫里斯·芬克打扫前厅时恨恨地自言自语；耶特·齐默尔曼踏着沉重的脚步由她三楼的住处走下来，例行巡视了一下屋前屋后；

身躯庞大的莫伊舍·穆斯卡特布利特迈着笨重的步子快步离开，前往犹太高等学校上课，口里却吹着悦耳清脆的口哨《驴子小夜曲》。这两者之间的和谐实让人惊讶。过了一会儿，我停止书写，站到窗边面朝公园，看到在金斯县医院值夜班的护士阿斯特丽德·温斯坦疲惫地回到屋里。她刚砰的一声关上我对面那间房的房门，在同一家医院上班的护士莉莲·格罗斯曼就急匆匆地出门去上班。很难比较她们两个人哪一个不好看——阿斯特丽德身形魁梧、骨瘦如柴，一张哭丧着的扁平脸透着淡淡的粉色，像随时都会哭出来的样子；莉莲则像一只挨了饿的麻雀，瘦骨嶙峋、表情苦恼又刻薄，受她照顾的病人想必不太好受。她们的平庸令人心痛。不过我想，住在这么一幢缺乏"性"趣又令人沮丧的房子里，我的运气已经不错了。毕竟，我有莱斯莉！我开始冒汗，呼吸急促，一颗心像气球般快速胀大。

接下来，我就要提到性满足了。前面我说过这个词，而且我觉得就这方面来说，我在布鲁克林的新生活有了不错的收获。当然，这与苏菲和内森没有什么直接关系，所以我犹豫着要不要把它写下来，因为我想这种无关紧要的事可能更适合在别的故事里或另找个时间说。然而，考虑到那个夏日的气氛和情绪，如果不在这里说，我感觉像人的身体被切除一部分似的——不是什么要紧部位，但像切掉一根重要的手指那样。而且，就算我在这里说了，在那个性压抑的年代里，这次经历所蕴含的急切和莫名的意味，以及令人绝望的性行为本身都具有重要意义，值得诉说。

不管怎样，那天早上我中断写作站在那儿，身体开始胀起来。我想，如果以这样的热忱和激情拥抱艺术的话，我肯定会得大奖。像其他名副其实的作家那样，我将接受这份礼物，它是我辛苦工作必然的回报——像水和食物一样不可或缺，它可以恢复我疲乏的智慧，让我的生活甜蜜无比。我的意思当然是，来纽约这么多月，我终于可以安全又彻底地"鬼混"一下了。这次绝对没问题。几个小时后，就像春风拂绿、黄昏落日一样，我就要进入那个二十二岁、美丽性感的犹太姑娘莱斯莉·拉皮德斯的身体了（请押韵"啊，我要"）。

那个星期天在科尼岛时，那个犹太美女莱斯莉·拉皮德斯已向我保证了——我很快就会讲述——我将拥有她绝妙的身体。我们约了下个星期四晚上见面。这期间的日子——热切盼望着我们的第二次见面，那种兴奋使我觉得自己病了，时不时地发起烧来——我为一个事实沉醉不已：这一回我必然会成功！我肯定行！这一回没有障碍了！和一个皮肤灼热、腹部性感的犹太女孩做爱的狂喜，女孩那深邃的眼睛、被太阳晒成黄褐色的大腿等，这一切都预示着即将到来的不再是愚蠢的幻想，这是个既成事实，可以说已经达成，只除了星期四之前这番要命的等待。在我短暂而兴奋的性生活中，我不曾经历过征服之举（不过那时的年轻人很少会有），等待的这种感觉真的很棒。或许人们会提到调情、追逐的激动和来之不易的勾引所带来的喜悦与挑战。它们的确拥有各自的独特奖赏。然而，这样悠闲而愉快的期待当然更值得一提，我知道一切都准备就绪，如同囊中之物。因此当我没有沉浸于小说创作中时，我就想着莱斯莉和即将到来的约会，想象自己吮吸着犹太姑娘丰硕的乳房。这一场景对托马斯·沃尔夫来说是那样亲切，就像一盏南瓜灯在我发热的脑子里闪闪发亮。

还有一点：我一直认为这种想法是对的。每一个乐于奉献的艺术家，无论多么贫困，至少都应有这样的回报。况且，只要我打对了牌，继续保持骑士般的绅士风度，冷静自持——我们第一次见面时莱斯莉就为此对我产生了狂热的激情，如果我运气很好，不会犯什么错误，上帝赐予我的这种礼物将会成为固定的，甚至是每天进行的活动。我将会拥有狂野的早晨和下午，跟莱斯莉在床上嬉戏，而这会提高我文学创作的质量，把那些时下盛行、与性有关的高尚又苍白的教条撇开不谈。但是这种关系牵扯了多少崇高的爱情，我就不得而知了，因为我之所以被莱斯莉吸引，主要是出于原始的本能，却缺乏我对苏菲深藏的那种诗意而理想的热情。我这一辈子，是莱斯莉首次让我以平静而探索的方式，得到花样极多的性爱经验。直到今天，那些狂乱的场面仍像翻阅一本庞大的性爱百科书般深印在我的脑海中。莱斯莉最终会使已经无情地阻挠了我太久的性爱饥渴得以缓解。当我等待这命中注定的星期四时，她萦绕在我脑海里的影像所代表的是性沟通的可能性。在性压抑的二十世纪四十年代，我对性的饥渴无法得到满足，而这次则将不同了。

我想，现在可能适合对这十年做一下简单的反思，既能为我打下基础，也有助于理解莱斯莉对我最初却也是最重要的影响。五十年代的人写的有关性的回忆，大部分都充满伤痛。但四十年代更糟，是爱神厄洛斯最艰难的时期，那时我们的先辈竭力坚持的清教主义正向色情主义过渡，性已走出卧室，但人们普遍对此束手无策，不知该采取什么措施。姑娘想要尝尝挑逗的滋味是那个年代的人的典型心理——崇尚自由，同时又顽固地坚守贞操，成功后却偷偷跑回房里哭泣。（哦，那完好如初的处女膜！哦，那丝绸内衣上的银色痕迹。）那不是谁的错，是时代的错，也是这些年来一个严重的缺陷。回想起来，那时的人们一定视这种分裂为可怕且不可调和的。社会第一次允许和鼓励情欲，却是有限制的，肉体可以自由靠近，但依然严禁交融。第一次，汽车有了宽敞、加垫的后座。这为两性关系制造了史无前例的紧张和沮丧。对那些有雄心的剑客而言，这个时代无疑是残酷的，尤其是他们年轻又穷困时。

当然，那时的人很容易弄到一个"职业女郎"，我的大多数同龄人都有过那么一次——通常也就只有一次。莱斯莉的妙处在于她那毫不含糊的承诺，她那痛快的保证，是她将我从那次悲惨的崩溃中拯救出来。那次所谓的做爱，在我内心看来，压根不是那么回事。那是一次可耻的性交。虽然可以说是完成了一切，却一点激情都没有，感受不到那种狂喜，而我是从十四岁就开始不断用手练习的啊。简单说，我觉得自己有点变态，是一个真正的半处女[1]。它并不是病理学上的意义，与神经压抑无关，否则我就得去看医生了。不，与性高潮障碍无关，毕竟性高潮障碍还只是小事一桩，是我的恐惧和当时令人窒息的时代精神毁了这一切。二十世纪中期的美国，性是罪恶的、让人不安的，是可怕的马尾藻海。当时我还是个初入社会的十七岁大学生，在北卡罗来纳州的一家每晚两美元、没有电梯的廉价旅馆里和一个从烟草地里爬出来的老妓女胡搞了一通，最后弄得一团糟，什么也没干成。不仅是因为她那恼火的嘲笑（我就像一只老乌龟横跨在她衰老的腰上），也不只是因为我喝多了酒所以手脚迟钝（我喝酒是为了缓解自己最初的焦躁），而是，我承认，是因为刚开始我昏昏沉沉的，既想拖延时间，又怕染上病，所以就戴了两个避孕套。当她把我从她身上猛力推开时我才意识到这点，觉得沮丧极了。

1　原文为法语，指的是在肉体上是处女，但在精神层面是深谙男女性事、不知廉耻的女人。——译者注

除了那次，在遇上莱斯莉的那个下午之前，我所有的性经历都是没有什么好结果的。也就是说，四十年代的性体验都是如此。我曾在几家电影院的座位上与人搂抱接吻。有一次，我在当地恋人聚集的深巷——那儿树叶茂密，黑漆漆的——偷偷用手感受了几秒钟"赤裸的乳房"。当时，我的心狂跳不止，却也仅此而已。还有一次，我用尽力气，终于摘掉了一个媚登峰牌的胸罩，闻到了胜利的味道，却发现里面衬了两个海绵垫，其实扁平得像乒乓球拍。这就是我在布鲁克林那三个月里关于性的回忆。每当我沮丧地打开记忆的闸门，里面只有让人不安的黑暗、汗水、低声的责骂、顽固的松紧带、撕坏了的扣子、悄悄说着的那些禁令、受压抑的勃起、卡住的拉链和发炎受阻的腺体分泌物发出的湿热又难闻的气味。

在我的心灵深处，纯洁是一块永恒的各各他[1]。我是独生子，没有姐妹，所以从未见过裸体的女子，包括夏洛特廉价旅馆里的那个老妓女，她一直穿着一件脏兮兮、臭烘烘的连衣裙。我已经不记得我幻想的第一个情人的确切模样了。我不会按那个时代的愚蠢模式将女人理想化，因此，我的确从来没有期待过与一个纯洁得如野蔷薇般，刚从祭坛回来的少女上床。我想，在美好未来的某个地方，我一定会碰到一个开朗可爱、让人想入非非的姑娘。我们疯狂地作乐，冲破讨人厌的清教徒设立的那该死的禁忌。我要让那些小新教徒在汽车的后座上把我累得半死。但有一件事情是我没有想到的。我没想到我的梦中情人在语言上也是无所禁忌的，我以前的伴侣说到"胸部"这个词就会脸红。的确，当女人说"他妈的"时，

[1] 耶稣受难的圣地。

我就会瑟缩一下。所以，你可以想象，莱斯莉在我们见面后不足两小时，就在沙滩上像头小母狮似的伸开她那美丽的双腿，一双杏眼无所顾忌地盯着我，眼里流动着我梦寐以求的巴比伦大淫妇才有的放浪和挑逗，我内心有多么震惊。这一切都暗示一场冒险经历在等着我。我的内心激荡不已，惊吓、犹疑，混杂着欢喜。只不过我太年轻了，心脏无法承受这样的刺激，以至有那么几秒钟它都停止了跳动。

但是使我情欲激涨的原因并不单是莱斯莉令人惊愕的坦率，还有当时的气氛。内森的那个救生员朋友——莫蒂·哈伯星期天下午在他的瞭望塔边给我们划了一小块幽静的沙滩作为休息地，我们就在那儿坐着闲聊。那是我听过的最不堪入耳的谈话。她热情的凝视包含了直接的挑逗和期许，赤裸邀请的眼神像挑动情欲的套索般系在我的耳朵上。她显然希望我有所行动，脑子转过来之后，我以简明、冷静、弗吉尼亚州绅士般彬彬有礼的声音说："呃，甜心，既然你这么渴望，我想我一定能让你满意的。"我知道（或者说我以为）这种声音让她着迷，但她不知道我的心在危险的停搏之后，跳得多么厉害。我考究又伶俐的措辞成功地逗乐了莱斯莉，显然也赢得了她的好感。我们懒懒地躺在沙滩上时，我深思而夸张的言辞使她着迷地咯咯发笑。她才大学毕业，父亲是塑料制品制造商，由于生活中各种各样的限制和刚刚结束的那场战争，她最远只到过新罕布什尔州的温尼珀索基湖（她笑着告诉我，她在那儿的内霍克营度过了十个夏天，那是一个迷人的地方），她说我是第一个和她交谈的南方人。

那个星期天下午是我这一生模糊的记忆里非常愉悦的一个下午。

科尼岛。华氏七十九度[1]，阳光明媚，生机勃勃。空气中散发着爆米花、糖苹果和德国酸菜的香味，苏菲扯了扯我的衣袖，然后扯了扯内森的，建议大家去玩那些疯狂的玩意，我们依言而行。越野障碍赛马公园！我们冒着极大的危险玩了两次翻滚列车，而非一次，还玩了一种叫作"斯纳珀"的可怕的新游戏。那铁臂把我们三人乘坐的吊篮抛向空中，我们顺着不规则的轨道绕圈旋转，不但头昏脑涨，而且尖声叫喊。这些游戏使苏菲得到一种单纯的喜悦。我从未看过这种娱乐使人哪怕是一个孩子如此狂喜，如此惊惧，如此发自肺腑又简单地欢愉。她忘形地尖声叫喊，是那种甜蜜的冒险引发的原始欢叫。她紧拥着内森，把头埋在他的臂弯里，又笑又叫，连眼泪都出来了。至于我，从某种程度上说，我玩这些东西还行，但跳伞我就不敢了。当站在一九三九年世界博览会的遗迹上，在一处高两百英尺的地方跳降落伞时，虽然我知道这应该十分安全，可光是看看我就觉得头晕目眩，因而畏缩不前。"胆小鬼，斯廷戈！"苏菲叫着，扯着我的臂膀，但即使是她的恳求也不曾动摇我。我舔着一根雪糕，看着身穿三十年代衣服的苏菲和内森在苍穹下拉着引导绳慢慢升起，他们的身影逐渐缩小；他们在山顶停了一刹那，不安到呼吸都停止了，宛若进入永恒的时间，而后笔直地往地面飞速跳落。苏菲的叫喊声穿过下方海滩上的人群，即使是漂浮在远海的船只也听得到。她对这一跳陶醉不已，兴奋地说个不停，毫不留情地嘲笑我的懦弱："斯廷戈，你不知道什么叫作乐趣！"我们随着人群踏在木板路上，朝海滩走去。到处都是人，胖的、瘦的，可爱的、奇怪的，高的、矮的，各种各样的肉身在互

---

1 约合 26.1 摄氏度。

相推搡着。

除了莱斯莉·拉皮德斯和莫蒂·哈伯，还有六个年轻人在瞭望塔附近的沙地上伸开四肢仰躺着。苏菲和内森跟我一样，刚刚才认识他们。莫蒂十分友善，体格魁伟，全身是毛，非常典型的救生员身材，他向我们介绍三个穿着游泳短裤、皮肤晒成棕褐色的年轻人，分别是厄夫、谢利和伯特，还有三个丰满、甜美、有着蜂蜜色皮肤的女孩，分别叫作桑德拉、雪莉和——啊！莱斯莉。莫蒂十分平易近人，但其他人却有种说不清的冷淡，甚至是敌视的态度，使我本能地感到不舒服（作为南方人，我习惯用握手来表达我的真诚和热情，但他们明显不是如此，也不愿和我握手，好像我伸出的是黑线鳕似的）。我打量着这一群人，不自觉地为我的排骨身材和家族遗传的苍白皮肤感到尴尬，虽然这种感觉微乎其微，却真实存在。我皮肤白皙，肘部白里透红，膝盖还擦破了，在这一群身强体壮、尽显地中海风格的躯体中，更加觉得自己软弱无力，枯瘦干瘪。他们的皮肤黝黑发亮到如海豚一般，还涂了水宝宝防晒霜。我真羡慕那些晒成古铜色的健康躯体。

根据几副角质架眼镜、此起彼伏的对话和散落在地上的书本（其中一本是《高潮的功能》），我推测这一群人都是学生，我猜得不错。他们都是应届毕业生，不然就是和布鲁克林学院有点关联。不过，莱斯莉则是萨拉·劳伦斯学院的毕业生。她也是唯一不令我感到冷漠的。她穿着设计大胆又奢华（当时那个年代）的两截式白色尼龙泳衣，露出我以前未曾亲眼见过的成年女人的肚脐。当莫蒂介绍我时，她并不像其他人那样只是迷惑而不信任地瞟我一眼而已，她笑着上下打量我，毫不掩饰，然后挥手示意我坐在她旁边。在炙热的太阳下，她冒着汗珠，散发出一种女人特有的体香，我立刻像大黄蜂似的被吸引了。我说不出话，只是饥渴地注视着她。她看起来就像是我童年时的情人米里亚姆·布克班德长大的模样，散发着成年人的魅力，成熟又美丽。她的胸脯真该受到膜拜，她神秘的乳沟（以前我从不曾在这么近的距离看过）隐约泛着湿气。我真想把我的鼻子埋在那个犹太人濡湿的胸脯中，发出喜悦的闷哼声。

接着莱斯莉和我开始闲聊（我记得话题是文学，这要感谢内森，他之前提起我是个作家），我意识到对立物相吸的原理正在发挥极大的作用。犹太人和非犹太人之间的引力。没错，我几乎立刻便感受到她所散发的热度，一种振动，一个人一生中难得经历的可感可知又友好融洽的感情。但是我们也有共通的地方。莱斯莉和我一样，也是主修英文，她曾写过一篇关于哈特·克莱恩[1]的论文，对于诗歌所知甚广。但她的观点并不属于正统的学院派，举止也很放松，这使得我们的谈话非常投机，毫无障碍，尽管我的注意力一再被她高耸的胸脯吸引，还有她的肚脐，像个无可挑剔的小型高脚杯，我幻想自己用舌头舔舐着里面的柠檬水或别的什么琼浆玉液。谈到布鲁克林的另一个桂冠诗人——沃尔特·惠特曼时，我发现我的思绪极易飘离这个话题。在大学和其他地方，我已多次玩过这种严肃的文化猜谜。由此我知道交谈只是一个开始，男女双方互相感受对方，进行初步了解的序曲，普通人说的远不如公认的权威发言来得更重要。现实中，它就像一种仪式化的求偶舞蹈，让人思绪飘忽。于是，我的注意力全跑到莱斯莉丰腴的肉体上去了，还有周围人的谈话。由于我几乎听不懂他们说的话，我不敢相信自己的耳朵，最初以为

1　20世纪美国著名诗人，生于俄亥俄州的一个糖果商家庭，卒于加勒比海上。

是无意中听到的一种新的语言游戏，后来我才想到这不是开玩笑的，他们的只言片语中带着一种严肃和忧郁，几乎每一个人都以"我的精神分析师说……"开始。

这些话断断续续的，既使我困惑，又吸引了我；再加上他们对性的坦率让我觉得新奇不已，我拥有了大约自八岁以后就不曾感觉过的经历！我的耳朵发烫。这些对话对我而言是一种全新的体验，给我留下深刻的印象。那一晚我回到自己的房间后，把还记得的话逐字写下来——这些笔记现在已经泛黄了，我把它们从诸如父亲的信这样的纪念品中找了出来。虽然我向自己保证过不向读者提及太多我在那年夏天所写的东西（这确实很烦人，是想象力逐渐衰退的一个征兆），但我还是想在这一件特别的事情上破个例，把我当时做的一些小笔记收录于下，由此可以看出一九四七年时，也就是精神分析在战后美国兴起之时，某些人的谈话方式。

叫桑德拉的女孩："我的精神分析师说，我的感情已经从敌意阶段转入深情阶段。他说这通常意味着分析遇到的障碍和压抑减少了。"

许久的沉默。阳光炫目，海鸥在蔚蓝的天空中飞翔，地平线处有袅袅的云烟。一个美好的晴天，仿佛在为自己唱着赞歌，如席勒的《欢乐颂》。这些小鬼究竟在苦恼些什么？我从未见过如此阴郁、如此绝望、如此消沉、如此静肃的沉重气氛。最后终于有人打破了这冗长的沉默。

叫厄夫的男人："不要太深情，桑德拉。布朗夫曼医生也许会和你上床。"

没有人笑。

桑德拉："这并不好笑，厄夫，事实上你刚才说的话真是荒谬绝伦。移情问题可不是什么好笑的事。"

更久的沉默。我吓坏了。我这辈子还没有听过一群男女公开谈论性。我也没有听过移情。我觉得我那老实巴交的阴囊已骤然缩小。这些人可真是开放。但果真如此的话，他们又为何如此阴郁？

"我的精神分析师说，任何移情问题都是严肃的，无论是深情还是充满敌意。她说这证明你还未摆脱恋母情结。"这是那个叫雪莉的女孩说的，她不像莱斯莉那样漂亮，但乳房相当丰满。正如托马斯·沃尔夫所说，这些犹太女孩的胸部都发育得极佳。不过，除了莱斯莉，这些人都是一副参加葬礼的样子。我注意到苏菲站在沙滩旁倾听。她在玩那些疯狂的游戏时所流露出的单纯的快乐已经消失无踪。她美丽的脸上有种快快不乐的神情，她一语不发。即使是情绪低落时，她也还是那么美丽。她时而看看内森——似乎是在寻找他，确定他在那儿，然后又愤愤地瞪着眼睛听别人谈话。

还有一些随意的论调。

"我的精神分析师说，我之所以觉得很难达到性高潮，是因为我还滞留在性器官成熟前的心理状态下。"（桑德拉）

"经过了九个月的精神分析，我发现我并不是想和我母亲上床，而是想和我的萨迪婶婶上床。"（伯特）几声讪讪的笑。

"在我去接受精神分析前，我完全是性冷淡，你们想象得到吗？现在我满脑子只想着上床。威廉·赖希把我变成了一个色情狂，我指的是满脑子的性。"

　　最后一段话是莱斯莉说的，她翻过身。她的这些话对我的性欲影响很大，后来我听到的刺激性欲的话都味同嚼蜡。我不只是欲火焚身，还差点在欲望中晕倒过去。她难道不明白她的这种色情、污秽又荒唐的言论，无疑是射在基督徒文明城堡上的利戟吗？我为此痛苦地压抑着自己的欲望。我很激动，以至于整个阳光明媚的海景——游泳者、翻滚着的白色浪花，甚至嗡嗡作响、机尾拖着印有"水道赛马场狂欢之夜"字样的旗帜的飞机——突然融入一幅色情画中，看上去像蒙了一层明亮的蓝色。我注视着莱斯莉的姿势——晒成黄褐色的长腿连着坚实的臀部，那丰满匀称的线条缓缓向上，划过略长雀斑、晒成亚铜色、如海豹般光滑的背部。她一定猜到我渴望抚摸她的背（如果我在脑海中用那只汗津津的手揉搓了她迷人的屁股不算的话），因为她迅即回过头来对我说："嘿，替我抹抹防晒油，好吗？我快被烤焦了。"从这一刻开始，我们俩变得亲密起来。我用手在她身上涂抹着防晒油，从肩膀到背部，再到股沟最上面的凹陷处。我的手停在那儿，颤抖着。她股沟处的汗水闪闪发亮，那个下午成为我记忆中十分朦胧却相当愉快的一段狂想曲。

　　我们从木板路旁的酒吧里买来啤酒，这无疑有助于保持我的兴奋，就连苏菲和内森对我说了再见——苏菲看起来苍白无力而闷闷不乐，说她有点不舒服——猝然离去后，我还十分亢奋，飘在云端上。（不过我记得，他们的离去使沙滩上的一群人沉默了好一会儿，这种沉默令人不安，后来有人打破了沉默："你们看见她胳膊上的数字了吗？那个刺青？"）又是半小时令我极其扫兴的关于心理分析的谈话后，酒精和欲望使我鼓起勇气问莱斯莉愿不愿意和我走一走，到一个只有我们两个人的地方谈谈心。她同意了，那时天空中云朵缭绕。我们走到木板路尽头的一家咖啡店坐了下来，莱斯莉喝了七喜汽水，我则一罐又一罐地喝了很多百威啤酒，喝得自己热血沸腾，即将失控。我再记录一段当时写的笔记，继续说明当天下午发生的事情。

　　莱斯莉和我在一家叫胜利者餐厅的酒吧里，我有点醉了。我这辈子还未感受过性带来的这种激动。这个犹太精灵，单单一根拇指就比我在弗吉尼亚州和北卡罗来纳州看过的待字闺中的处女还要性感。而且，她很聪明，足以证实亨利·米勒对性的看法，他认为性全都体现在脑力上，也就是说，不声不响的姑娘，不声不响的性交。我们的谈话就像海浪般涨落——哈特·克莱恩，性；托马斯·哈代，性；福楼拜，性；叔本华，性；尼采，性；哈克贝里·费恩，性。我的才识使她倾倒不已。要不是在公共场所，我会当场和她燕好。我握住她放在桌子上的手；她的手湿湿的，似乎表露了她的欲望。她讲话很快，是一种和曼哈顿口音类似的布鲁克林高级口音。她的表情十分迷人，时时展露微笑。真的太可爱了！不过真正让我着迷的是，在那懒散的一个多小时里，我听见她说了许多这辈子我还未听女性说过的字眼。说话的多半是她，偶尔我会说。当我们离开胜利者餐厅时，我已经醉得差不多了，终于有勇气毫不顾忌地搂着她裸露的腰肢。我甚至还轻抚着她的臀部，她用自己的臂膀挤了挤我的手，凝视着我的那双黑色眼眸闪闪发亮，十分调皮，我确定我终于奇迹般地发现了一个不装模作样，不因循守旧，不受我们伪善文化折磨的自由女人……

　　我写上面这段文字时，几乎未带丝毫的嘲弄。意识到这一点，我觉得自己有点窘迫。这也许只是表明了和莱斯莉的邂逅于我而言有多重要，或者我的激情有多愚蠢、多强烈，或者只是我二十二岁时非常容易受人暗示。总之，当莱斯莉和我在太阳快下山时走回海滩，那儿仍是热浪滚滚，但原来在瞭望塔旁边谈论精神分析、情绪消沉的那群人已经散了，只留下一本半埋在沙堆里的杂志《党派评论》、一管用完了的护鼻油和一堆可口可乐瓶子。我们相互吸引，十分亲密，就又在沙滩上待了一个小时左右，重拾未完的话题，两个人心里都明白，我们把这个下午视为共同踏上一场狂野未知之旅的第一站。我们肩并肩地躺在沙滩上。我用指尖轻抚着她弧度极美的脖颈，感受着她跳动的脉搏，而她伸手摸着我的手说："我的精神分析师说，人类永远都是自己的敌人，直到他们明白每个人需要的只是一次奇妙的交欢。"我听见我的声音似乎由远处传来，隐隐约约却很诚挚："你的精神分析师一定是个很聪明的人。"好一阵子她都默然不语，随后她转过头来，仔细端详我的脸，最后，她毫不掩饰自己的欲望，慵懒却又直接地向我发出邀请，我心跳停止，思绪混乱。她说："我打赌你的床上功夫可以让女孩飘飘欲仙。"那时我们才决定在下个星期四晚上约会。

　　星期四清晨，正如我说过的，即将到来的幸福差点让我无法承受。坐在我的粉红色书桌前，我设法不去理会我的发烧，压制着自己的幻想，又认真写了两三个钟头。正午时，我觉得饥肠辘辘。整个早上我都没听见苏菲的声音。她一定在埋头看书，刻苦自学。她的英文阅读能力还远远称不上完美，但在她遇见内森的这一年却有相当的进步。一般情况下，她不用依赖波文译本，现在她正醉心于马尔科姆·考利的《袖珍本福克纳文集》，我知道她既被其深深吸引，也受其困惑。她曾说过："那些句子就像疯癫的蛇一样，一直停不下来！"但她是个内行的读者，对福克纳复杂的叙述和狂暴的力量心折不已。那本文集里的内容我几乎都能背下来，因为在大学时，我靠那本书研读了福克纳所有的作品，因此，在我的推荐下——就在我们第一次见面的那个值得纪念的星期天，在地铁上或者别的什么地方——内森买了这本书，并于下星期初送给了苏菲。此后每次我们相聚时，我便为苏菲解读福克纳，这给了我极大的乐趣。我不仅解释神秘的密西西比方言，还为她在福克纳繁复无比又妙不可言的修辞丛林中指明方向。

虽然在阅读上仍有困难，她却对这种猛烈的笔调印象深刻。她对我说："他就像——你知道，着了魔般地写出这些作品。"然后又加了句："很显然他从未接受过精神分析。"她说这句评语时，厌恶地皱了皱鼻子，必定是想到上个星期天让她感到很不舒服的那一群日光浴者。当时我并不完全了解，但是使我深觉有趣且为之着迷的那场弗洛伊德式的讨论会，却使苏菲十分厌恶，继而与内森逃离了海滩。"那群讨厌的怪人，全都揭着自己的小……伤疤，"内森不在时，她曾向我抱怨，"我讨厌这种……无病呻吟。"她用了一个很恰当的词，虽然我明白她的意思，仍对她这种明显的敌意感到惊诧。当我上楼叫她去野餐时，我想着，这种敌意也许并不只是由于某种不可调和的分歧，她已放弃的那个严格的宗教所遗留下来的分歧。

我无意吓苏菲，但房门是半掩着的，我又看见她穿着衣服——用女孩们的话来说，很体面，因此没有敲门就走了进去。她穿着家居袍，站在宽大房间的最里面，对着一面镜子梳头。她背对着我，有那么一会儿，我猜她根本就没有意识到我的存在。她用手抚着自己那头光亮的金发，头发在宁静的中午发出轻微的沙沙声，刚刚好可以让人听见。一早的心猿意马——对莱斯莉的那些欲念——俘获了我，我突然有种悄悄走到她身后，将鼻子埋在她颈部，伸出双手握住她胸部的冲动。但这个想法是荒谬的，我无声地站在房里望了她一会儿，突然明白这样蹑足走近她，侵犯她的隐私是不对的，所以我轻轻咳了一声以表明我的到来。她吓了一跳，喘了一口气后回过头来，露出一张我终此一生都不会忘怀的脸。我惊得目瞪口呆，幸运的是仅有一刹那。我看到一个老巫婆，下半张脸整个皱缩，只露出一张像伤口般皱巴巴的嘴巴和一副衰老的面容。那是一副枯萎又可怜的面具。

我差点就要喊出声，她却先于我叫了起来，伸手捂着嘴巴倒吸一口气，然后跑进了浴室。我尴尬地站在那里好一阵子，听着浴室门后面传出的模糊声响，这才察觉到留声机上正播放着斯卡拉蒂的钢琴协奏曲，琴声柔和。然后我听见她叫道："斯廷戈，你什么时候才能学会进女士房间前要先敲门？"那声音中戏谑多于恼怒。这时候——直到这时，我才意识到自己刚才目睹了什么。她没有发火使我由衷感激，这种宽厚的胸襟迅即令我深深感动，我不禁想到要是我拔下一口假牙后被别人撞见，自己可能会有什么反应。苏菲走出浴室，脸上仍然微微泛红，但镇定自若，甚至可以说是光芒四射，美国令人称绝的牙科医学为她重组了美丽的脸庞。"我们到公园去，"她说，"我要饿死了。我是……饿死鬼转世。"

当然，"饿死鬼"是典型的福克纳式语言，我马上被她说这话的样子以及她重新绽放的美丽逗笑了。

我说："黑麦香肠面包，加芥末。"

她回答："热五香烟熏牛肉！"

"裸麦粗面包，加意大利腊肠和瑞士乳酪，"我又说，"还要加一片酸黄瓜。"

"别说了，斯廷戈，你会杀了我！"她发出一串银铃似的笑声，"走吧！"我们便离开了屋子，经过伊梅尔法布高级熟食店，前往公园。

第六章

　　内森是通过他哥哥拉里·兰多为苏菲弄到的这么一副绝好的新假牙。在布鲁克林学院⒂的图书馆相遇不久之后，内森便确诊了苏菲所得的病，尽管他并不专业，而在治疗上他哥哥也帮了大忙。后来，在那年夏天的一个非常紧张的局面下，我才得以和拉里见面。他是泌尿科医生，在福里斯特希尔斯开了一家生意鼎盛的大诊所。三十五六岁的拉里在自己的领域已卓有成就，他在哥伦比亚大学内外科学院任教时，曾参与一项肾脏功能研究，该研究十分新颖，而且很有价值，使他年纪轻轻便受到医学界的关注。内森有一次以非常钦佩的口吻对我提及这件事，显然深以他的兄长为傲。拉里在服兵役时也赢得极高的荣誉。作为海军医疗队的上尉，他在停靠在菲律宾附近海面的一艘航空母舰遭遇日本神风突击队的攻击时表现得格外勇敢，再加上他高超的外科技术，他荣获海军十字勋章——医务人员（尤其是一个踏进反犹海军军营的犹太人）并不常得到这种嘉奖。而且在一九四七年，人们对战争和荣誉还印象深刻，记忆犹新，这就成了内森得意和骄傲的另一件事。

苏菲说，内森在图书馆救了她好几个小时后，她才知道他的名字。他们相识的第一天（以及以后的日子），她最感到难以忘怀的是他发自内心的温柔。或许是因为她记得他前倾着身子对自己低语道："让医生照料一切。"最初她听不出这话是不是戏谑之语，就以为他是医生。甚至后来在搭出租车回耶特房屋的途中，他用一种命令式的温柔让她轻靠着他的臂弯，对她低喃着安慰和鼓励的话，她便又以为他是医生。她记得他说："我们一定会让你复原。"他的语气带着点诙谐，使她露出了昏厥之后的第一抹笑容。"你不能像这样在布鲁克林乱逛，在图书馆里昏倒，把别人吓个半死。"

他的声音是那么鼓舞人，那么友善，那么亲切，又那么体贴，他的一切都立即给人带来信任。当他们回到她房里后（在炽热窒闷的午后斜阳的照射下，她一进房门便又短暂地昏倒了一次，瘫在他身上），她毫不困窘地让他轻轻解开她的衣扣，脱下她脏了的裙子，又小心而坚定地慢慢扶着只穿了一条衬裙的她躺在床上。她觉得好多了，呕吐感已经消失。但她躺在床上抬头看，想对陌生人那探询又悲伤的笑容做出回应时，却觉得全身倦怠又困乏。"我为什么会这么疲倦？"她听见自己用微弱的声音问他，"我有什么病？"她仍然误以为他是医生，觉得他无声而略显悲哀的注视是在给她做专业的诊断。然后她突然注意到，他眼睛紧盯着的是刺在她手臂上的那排数字。她猛然动了一下手臂（这很奇怪，因为她已经很久没有在意过这些标记了），似乎想将那排数字隐藏起来，但她还未达到目的呢，他就已经温柔地握住她的手腕，开始测量她的脉搏，就像他在图书馆里那样。有一会儿他什么话也没说，只是默默握着她的手，她觉得安全自在。然后，他在她耳边轻声说着宽慰的话，话里带有玩笑的口吻："医生认为你需要吃一大颗药丸，使你美丽又雪白的皮肤恢复一点色泽。"又是医生！她安然入睡，打了一会儿瞌睡，过了没多久，等她又睁开眼睛时，医生已经走了。

"哦，斯廷戈，我记得好清楚，那么久以来我第一次感到如此惊慌，真是奇怪，你知道！我甚至都不认识他。我连他的名字都不知道！我和他相处了一个小时，也许还不到，现在他走了我却感到惊慌，极度惊慌，唯恐他再也不会回来，永远地离开了。那就像是失去一个十分亲近的人。"

我脑海中浮现的一种浪漫的幻想使我忍不住问她是不是在这么短的时间里便坠入爱河。我问，这是不是人们所说的那种奇妙的一见钟情？

苏菲说："不，不完全是那样——那时候还不是爱，我想不是。不过，嗯，或许也差不多了。"她停住口。"我真的不知道。发生这种事岂不是很蠢吗？怎么可能认识一个男人才不过四十五分钟，待他离去后，便感到非常空虚呢？你不认为这是疯了吗？我热切地期盼他再来。"

我们的午餐是可移动的野餐，出现在展望公园各个阳光亮丽或阴凉避光的角落里。我已不记得自己曾和苏菲共享过几次野餐——肯定有了六次，或许更多，也记不清我们去过的大部分地方，我们曾在岩石的缝隙里、幽谷里和人迹罕至的小径上，拿出油腻腻的褐色纸袋、半品脱[1]的西尔特斯特牛奶和奥斯卡·威廉斯的《美国诗集》。我想为苏菲补些诗歌方面的知识，正如几个月前胖胖的杨斯坦先生做的那样。这本诗集上面已经印了很多指印，还折了角。尽管如此，有一个地方我记得很清楚——一个绿草如茵、延伸到湖中

1　1美制品脱约合 0.47 升。

的半岛，在工作日的中午通常都没有什么人。那里有一群天鹅，大约六只，看起来很好斗，它们像强盗一样掠过芦苇，张开翅膀摇摇摆摆地走过草地，东张西望，由喉咙里发出好斗的嘶嘶声，为了面包屑或其他的残留物而战。其中一只公天鹅个头较小，行动明显比不上别的天鹅敏捷，也更加邋遢，眼睛附近有一道伤，看起来有点斜眼。显然，这是布鲁克林某个凶残的两足动物的战果。这常使苏菲想起她住在罗兹的表弟塔德乌什，他十三岁的时候死于白血病。

我的想象力还不足以丰富到可以进行这种拟人化，看出天鹅和人的相像性，但苏菲发誓两者像得不得了，并开始叫那只天鹅塔德乌什，一边低声对它咕哝着波兰语，一边从纸袋里拿出一些面包屑扔给它吃。我几乎没见过苏菲发脾气，但其他天鹅专横、霸道的行为和贪得无厌的样子却惹火了她，她用波兰语冲着那些大家伙骂了几句脏话，照拂着塔德乌什，确保它吃到更多的面包屑。她如此激烈的举动使我惊愕。我无法——当时也不可能——把这种强烈的护弱行为和她过去的遭遇联系起来，但她为塔德乌什发起的战斗却十分有趣，而且非常吸引人。即便如此，我描绘这幅苏菲和天鹅的画面其实还有别的个人动机。思来想去后，我现在知道了，那个悠长夏日的午后，发生了这一幕后，当落日的余晖照耀着我们身后的湾脊区和本森赫斯特时，苏菲就是在这个小小的半岛上对我说出她和内森这一年相处的惊人情形的。她的情绪变化很大，时而绝望，时而充满希望，但多半时候都是绝望的。她爱内森（对我诉说时仍是如此），然而她将他视为救星的同时，也明白他将毁了她……

那一天过了半小时后他又回来了，这让她大大松了一口气。他走到她的床畔，再一次用他那双温柔的眼睛看着她，说道："我要带你去见我哥哥，好吗？我打了几个电话。"

她茫然不解。他在她身旁坐下。她问："你为什么要带我去见你哥哥？"

"我哥哥是个医生，"他回答，"最好的医生。他可以帮助你。"

她开口道："可是你……"又停住了。"我以为……"

"你以为我是医生，"他说，"不，我是个生物学者。你觉得怎么样？"

"好点了，"她说，"好多了。"这是真话，她意识到这主要是因为他的再次出现令她感到安慰。

他打开他带的购物袋，麻利地把里面的东西拿出来，放在她床尾用来当餐桌的一块大木板上。她听见他说了一句"别犯傻"后不觉笑出声来，因为他又开始逗起乐来，一边从袋子里拿出瓶瓶罐罐和纸盒，一边用意味深长又令人发笑的依地语念叨着它们的名字，他的脸皱作一团，就像弗拉特布什的一个疲惫焦虑、紧张不安、睡眼惺忪又非常小气的老店主。他极有节奏又滑稽不已地清点着物品，让她想到了丹尼·凯耶（她在电影里见过他很多次，是少数几个让她着迷的人物之一）。他停止清点后，她还在无声地微笑着。他转过头来，拿起一个贴有白色标签、上面还浮着水珠的罐头，以正常的声音说："番茄清炖肉汤，我在一家杂货店里发现他们冰着这些东西。我要你吃下去。然后你就可以游个五英里[1]，和埃丝特·威廉斯一样。"

她明白她已恢复了胃口，觉得自己空空的胃里一阵痉挛。他把肉汤倒入她那只廉价的塑料碗里，她用一只手肘撑起身子，愉快地喝着胶冻状的肉汤，凉凉的，有水果馅饼的味道。最后她对他说：

---

[1] 1英里约合 1.61 千米。

"谢谢你，我现在觉得好多了。"

他再度挨着她坐下，她又感觉到了他目光中的那股强烈的力量。他有好一阵子没有开口，虽然她信任他，却开始感到有点不安。后来他终于开口道："我敢拿一百美元打赌，你患有严重的贫血，可能是缺叶酸或维生素 B_{12}，但最可能的是缺铁。宝贝，你最近的饮食正常吗？"

她告诉他除了最近几星期处于半绝食状态，过去半年来她所吃的食物，无论质或量都比她之前吃的好得多。"我是有这些问题，"她解释道，"我不能吃太多动物脂肪，但其他的都没关系。"

"那么一定是缺铁，"内森说，"根据你对所吃食物的描述，你应该补充了足够的叶酸和维生素 B_{12}。这两样东西人只需要一点点，但铁就比较难弄了。人体一旦缺铁，就很难有机会再补上。"他顿了一下，或许是看出了她脸上的忧虑（因为他所说的话使她迷惑又苦恼），就对她露出一个让人安心的笑容。"只要你将它盯牢，它就是全世界最容易治疗的病症了。"

"盯牢？"

"就是只要你明白症结何在。这是很容易治愈的。"

不知道为什么，她不好意思问他的名字，虽然她很想知道。他坐在她床边时，她偷偷瞄了他一眼，觉得他的长相相当讨人喜欢——毫无疑问是个犹太人，脸部线条匀称，中间有个坚毅、高挺的鼻子做点缀，眼睛里闪着智慧的光芒，可以迅速、轻易又自然地由怜悯转为幽默，再转为怜悯。他的出现再次使她舒服了很多，虽然她还昏倦疲乏，但呕吐和不适已经消失了。她躺在床上，突然有了一个想法。当天早些时候，她看过《纽约时报》上的广播时间表后，发现自己因为要上英文课而无法听到在 WQXR 电台午后的音乐会节目上播放的贝多芬《田园交响曲》，所以感到很失望。这有点像她上次再次发现的《降 E 大调交响协奏曲》，不过不同的是，她清楚地记得自己曾经听过这首交响乐——还是在克拉科夫的那些音乐会上，但这里是布鲁克林，因为她没有留声机，也因为时间、地点老是配合不上，《田园交响曲》就一直在躲着她，不断撩拨着她，却一直不叫她听到，就像是在漆黑的森林里去追赶一只美丽却沉默的鸟儿，一拨开叶子，它就迅速飞走了。

现在她想到由于今天的不幸遭遇，至少她可以听听这首音乐。在当时，这似乎比医学谈话更为重要，不管这次谈话有多么鼓舞人心，因此她说："你不介意我开收音机吧？"她还没有说完，他便伸手拿起收音机将它打开，霎时间，费城交响乐团的演奏便充斥着整个房间。一开始是低沉的弦乐，略微停顿后，欢乐的乐声骤然响起，且越来越强，整个乐曲像一首赞美诗般如痴如醉地赞美这繁花似锦的世界。她感受到一种深沉的美丽，觉得自己快要死了。她紧紧闭上双眼，直到整首曲子奏毕后才又睁开，为沿着她面颊流下的眼泪而困窘，却无能为力，也无法开口对这个好心人说出一句连贯或理性的话。他正带着深深的关切和耐心俯视着她，用手指轻轻碰摸着她的手背。

"你是因为音乐太美而流泪的吗？"他问，"即使它是从那个又小又劣质的收音机里传出来的？"

"我不知道我为什么流泪，"她停顿了好久才又恢复了镇定，回答道，"也许我只是为我犯的一个错误而哭。"

他问："怎么说呢，错误？"

她又沉默了好久，然后才开口说："关于听到这音乐的错误。我以为上一次我听到这首乐曲是在克拉科夫，我还是个小女孩时。刚刚我仔细聆听，才想起那之后我在华沙又听过一次。那时候我们不准有收音机，可是有一天晚上我在被禁的收音机上听到来自伦敦的电台播放这首乐曲。现在我记起来了，那是我最后一次听音乐，在我到……"她停下来。她到底在对这个陌生人说些什么？这与他有什么相干？她从桌子的抽屉里抽出一张舒洁纸巾，擦干眼睛。"这不是什么很好的回答。"

"你说'在我到……'，"他接口说，"到什么地方呢？是不是他们对你施这个酷刑的地方？"他瞥了瞥那排刺青。

她猝然说道："我无法谈论这一点。"但又为她冲口而出的话感到后悔，因为他涨红了脸，慌乱不安地小声说："对不起！对不起！我太冒昧了……有时候我就是个笨蛋。笨蛋！"

"请不要这么说，"她急忙说着，为自己说的话给他带来的不安感到羞愧，"我不是故意那么……"她停住口，搜肠刮肚地想从法语、波兰语、德语、俄语中找个合适的字眼，结果却无济于事，只能用英语说一句："对不起。"

"我这个人常常喜欢多管闲事。"他说。她发现他脸上因困窘生出的红晕渐渐退去。接着，他突然说："嘿，我该走了。我还有个约会，不过听着——今天晚上我再来好吗？不要回答！今天晚上我会再来。"

她无法回答。她已经为他倾倒不已（并非夸张，这是事实，因为就在两小时前，他从图书馆里把她抱上出租车），只能点点头说了声好，并露出一个微笑，直到他下楼的脚步声响起，这个微笑仍流连在她的唇角。接下来的时间可真是漫长。她为自己兴奋地等待他上楼那重重的脚步声感到惊讶。晚上大约七点时，他回来了，又带了满满一个购物袋和两打她所见过的最美丽的长茎黄玫瑰。她觉得自己差不多完全好了，就起床在屋里四处走动，但他让她放松，说道："别忙了，让内森负责吧。"这是她第一次听到他的名字。内森。内森！内森，内森！

她告诉我，她永远永远也不会忘记他们共享的第一顿晚餐，那是他用牛肝和韭菜烧出的很好吃的食物，香味四溢。他说："含铁丰富。"当他弯腰看着噼啪作响的煤气炉时，额上冒出了汗珠。"没有比肝更好的了，还有韭菜——富含铁质！而且还可以改善你的音色。你知道尼禄皇帝每天都要吃韭菜，以使他的声音更为洪亮吗？这样，塞内加掏心裂肺地号叫时，他只要轻声低吟就行了。坐下来。不要再这样转来转去了！"他命令道，"该我表演了。你所需要的是铁。铁！所以我们还要吃奶油菠菜和一小盘沙拉。"看着内森一边认真做菜，一边发表关于美食的科学言论，大部分是营养方面的知识，她为之着迷。"肝加洋葱固然是标准做法，但是换成韭菜的话，甜心，那可就是一道特别的菜了。这些韭菜很难找，我在一家意大利市场买到的。你需要摄入大量的铁，这就和你美丽又苍白的脸上长着鼻子一样明显，因此要吃菠菜。不久以前有一项研究提出了非常有趣的发现，就是菠菜里的草酸可能会中和大量的钙质，而钙可能也是你需要的。真可惜，不过菠菜仍然富含铁质，所以你还是多吃一点。另外，莴苣……"

如果这顿晚餐只是为了恢复健康（事实上相当可口），那么葡萄酒可真算得上琼浆玉液。苏菲早年在克拉科夫生活的时候可以说是喝着葡萄酒长大的。她父亲是个享乐主义者，坚持（哪怕是在蒙大拿这种葡萄园稀少的地方）要她母亲经常烹调高雅丰盛的维也纳食物，并配以奥地利和匈牙利平原所产的上好的葡萄酒。但是摧毁了她生命中许多东西的战争，也夺走了她饮用葡萄酒的小乐趣，此后她就没再特意去喝什么了。即使是在弗拉特布什近郊，选民们都在为摩根·戴维的成功当选祝酒时，她也没对酒产生什么念头——这该死的酒！然而内森带来的这瓶酒很不错，苏菲重新思考了"佳酿"的定义，尽管她不了解法国葡萄酒的奥妙所在，但她不需要内森说也知道这是玛歌古堡，一九三七年出品——战前酿造的最后一批葡萄酒，它的售价高达十四美元（大约是她半个星期的薪水，她瞄到标签上的价格时不禁咋舌），倒酒时会有一股沁人心脾的酒香。内森还在兴冲冲地说着类似的事情。不过她只知道葡萄酒的香味带给她一种至为愉快的感觉，一股甘美的暖流袭遍她的全身，让她勇敢无畏、活力满满，这证实了所有关于葡萄酒具有治愈能力的离奇又古老的格言。心情沉醉、晕晕乎乎的她在这一餐饭快结束时，听见自己说："你知道，如果你在世时过着圣人般的好生活，等你死后到了天堂，他们要你去喝的一定是这种酒。"内森没有立即回答，只是透过装着深红色液体的玻璃杯若有所思地望着她，露出一副愉快的神情。"不是'要你去喝'，"他温柔地纠正她的语法，"只是'要你喝'。"他又接着说："请原谅，我有好为人师之癖。"

吃过晚餐，一起洗了碗盘后，他们在当时房里仅有的两张不舒适的直背椅上面对面坐了下来。内森突然被苏菲床铺上方书架上的一排书给吸引了——海明威、沃尔夫、德莱塞、法雷尔的波兰文译作。他站起身，好奇地打量着这些书，然后说了几句话，使她觉得他很熟悉这几位作家。他格外热切地谈起德莱塞，说他在大学时曾一口气看完了厚厚的《美国悲剧》。"我的眼睛差点就要瞎了。"接着他又眉飞色舞地讲起《嘉莉妹妹》，她还没看过这本书，但他坚持要她看（还向她保证这是德莱塞的杰作）。他说到一半时却停住了口，瞪大眼睛滑稽地望着她，她为此笑出声来。他说："你瞧，我一点也不知道你是什么人。你做什么事呢，波兰宝贝？"

她想了好一会儿后才回答："我替一个医生工作，兼职。我是他的接待员。"

"医生？"他很感兴趣地问，"哪一种医生？"

她意识到自己很难说出那个词，但最后她还是回答了："他是个——脊椎指压治疗师。"

苏菲看见他听到她说的话后整个身子都抽搐了一下。"脊椎指压治疗师。脊椎指压治疗师！怪不得你会变成这个样子！"

她发现自己只能找到一个愚蠢而蹩脚的借口。"他是个很好的人……"她说，"是那种你们称作，"突然她改用依地语说，"高尚的人 [1]。他叫布莱克斯托克医生。"

"高尚的人？高尚的人？"他极度厌恶地用依地语说着，"一个像你这样的女孩子，竟然为一个骗子做事——"

"我到这里来时只能得到这份工作，"她打断他的话，"我找不到别的事！"她觉得自己的语气有些恼火，还带了一些情绪。不管是她说的话还是她粗暴的口气都使内森有些后悔，他即刻致歉："我知道，我不该那么说。这实在是不关我的事。"

"我也希望找到更好的工作，可是我没有专长，"她平静了下来，"你看，很早之前我就开始接受教育，可是并没有完成学业。我是个，你知道，很不完整的人。我本来希望当一个老师，教音乐，成为一个音乐老师——可是这已经不可能了，所以我成为这间诊所的接待员。那并不太糟，真的，虽然我希望自己有一天能找到更好的事做。"

1　原文为依地语"mensh"。

"我为我说的话感到抱歉。"

她看着他，为他因自己刚刚说的话深觉不安而感动。在她的记忆中，她从未遇到过任何人使她即刻就如此倾心。内森的热情、活力和多样性十分吸引人——他不怒自威，能坚定地支配人，他善于模仿，还能幽默地谈论医药和烹饪，但她觉得这不过是他关心她健康的掩饰。最后是他的这种脆弱和笨拙的自责，在某些方面使她联想到一个小男孩。有那么一会儿她希望他再次抚摸她一下，但这种念头一闪而过。他们一时都默然无语。街上有一辆车子疾驰而过，窗外飘起了细雨，远处教堂的晚钟敲了九下，划破布鲁克林仲夏夜的寂静，回音四起。远处，雷声隐隐在曼哈顿上空响起。天色变得漆黑，苏菲打开唯一的一盏台灯。

也许只是因为天使般的美酒，抑或是因为内森泰然自若又无拘无束地坐在那儿，苏菲觉得自己并不想停下刚才没说完的话，她渴望继续说下去。当她说话时，她觉得自己的英语竟不知不觉地流畅了许多，几乎可以不受阻碍地自由表达，就像是借助了一根效果极佳的导管进行交流，而她并不知道自己拥有这样的导管。"我的过去被毁坏无遗。什么也没有留下。这也是我之所以感到自己很不完整的原因之一。这房间里你所见到的每一样东西都是美国的，是新的——书，我的衣服，每一样东西。没有任何一样是从波兰带来的，是我少年时就拥有的。我甚至连一张那时候的照片也没有。我觉得十分遗憾的是弄丢了一本相册。要是没弄丢，我就可以让你看许多有趣的东西，看看克拉科夫在战争前的样子。我父亲是个大学教授，也是个很有才华的摄影师—— 一个业余摄影师，可是很优秀，你知道，感觉十分敏锐。他有一架很贵却很棒的徕卡照相机。我记得相册里有一张我母亲和我坐在钢琴前的照片，那是他最好的作品之一，失去它我感到很遗憾。那时候我大概十三岁。我们当时应该是在四手联弹一首乐曲。我记得我们看起来是那么快乐，我母亲和我。现在，那张照片成了我回忆中的一个象征，代表曾经拥有，如今却永远失去的生活。"她停下来，心里为她流畅的时态转换而甚觉得意。她注视着内森，后者略微前倾着身子，完全被她突然的倾诉给吸引了。"你一定要明白，我并不是自怜。有许多事情远比无法完成学业，不能成为自己想成为的人还要糟糕。如果我所失去的就只有这个，我会非常满足。能够依照我的心愿成就音乐上的一番事业自然很好，可是那已经不可能了。距离我上一回看乐谱已经有七八年了，我甚至不知道自己是不是还看得懂乐谱。总之，这就是我无法选择工作的原因，因此我只能像目前这样。"

过了一会儿他开了口，用的是那种可以解除防备的直率口吻，这让她很是高兴。"你不是犹太人吧？"

"不是，"她回答，"你原以为我是吗？"

"起初我是这样想的，布鲁克林学院并没有很多金发的异教女子。在出租车上仔细看过你的长相后，我想你大概是丹麦人，或者是芬兰人，东斯堪的纳维亚人。不过，呃——你有斯拉夫人的颧骨。最后，我通过推理料定你是波兰佬。抱歉，我猜你有波兰血统。当你提到华沙的时候，我就更肯定了。你是个很漂亮的波兰佬，也许该说是波兰女士。"

她笑了，感到脸上有些发烫。"过奖了，先生。"[1]

"但是，"他继续说，"这一切是多么奇怪啊。一个可爱的异教波兰姑娘怎么会为一个叫布莱克斯托克的脊椎指压治疗师工作，而

---

1 原文为法语"Pas de flatterie, monsieur"。

你究竟又是在哪里学会依地语的呢？最后——去他的，你大概又得容忍我的多管闲事了，可是我关心你，你明白吧，我必须知道这些事情！最后，你手臂上的那些数字是怎么来的？我知道，你不想谈。我也不愿意追问，但我想你应该告诉我。"

她把头靠回那把吱嘎作响的粉红色椅子上那个脏兮兮的枕头上。也许，她认命地想着，带着一点绝望，如果她现在耐心而坦白地向他解释一下，就可以结束这个话题；幸运的话，还能满足他的好奇心，不至于让他进一步追问下去。这些令人悲痛又错综复杂的事情是她永远也不会向别人诉说的。或许她这么高深莫测、故作神秘是荒谬且无礼的，毕竟，这些事现在差不多已经是每个人都知道的常识了。虽然那是些很奇怪的事：在美国，尽管有各种印刷文字、照片和新闻短片，但人们似乎并不知道到底发生了什么，除了那些空洞又肤浅的信息。布痕瓦尔德、贝尔森、达豪、奥斯威辛，都是一些愚蠢的流行词。这对于了解真相无所助益，所以她才很少对他人提及这些事。她很少向人提起的另一个原因是这些事给她带来了巨大的伤痛。她知道她所要说的事会使她痛苦不已，就像撕开已经快痊愈的伤口，或是试图以还未完全复原的断腿蹒跚行走一样；然而，内森说过他只是想帮助她，她明白自己事实上的确需要帮助——非常迫切，因此她至少应该给他大致说一说这段经历。

所以一会儿之后，她开始以一种不带任何感情、平铺直叙的语气对他诉说这件事。"一九四三年四月，我被送到波兰南方一处叫奥斯威辛－比克瑙的集中营。这个集中营就在奥斯威辛城附近。我原来住在华沙，自一九四〇年初不得不离开克拉科夫后，我就住在那里，整整三年。三年是一段很长的时间，但是还有两年战争才告结束。我常想，要不是我犯了一个严重的过失 [1]——抱歉，错误，那两年我会在华沙安全地度过。这是个很愚蠢的错误，我一想起就恨自己，我一直都很谨慎的，你知道。我一直都很谨慎，因此，承认这一点使我感到有点羞愧。我是说，在犯下这个错误之前我都很幸运。我不是犹太人，不住在犹太人区，所以不会因为这种原因被捕。而且，我并未为地下组织工作。坦白说 [2]，我认为那太危险了，很可能会被牵扯进某种情况——我不想谈这个。总之，由于我并不为地下组织工作，我也不担心会因为这个被捕。我被捕的原因在你听来或许十分荒谬，我是因为从住在华沙市郊的一个朋友那里把肉偷偷带到城里去而被捕的。那时国家严禁平民食用肉类，所有的肉都要供给德国军队，可是为了使我母亲康复，我还是冒险偷带了肉。我母亲病得很厉害——你们怎么说的，肺病 [3]？"

内森说："结核病。"

"是的。多年前她在克拉科夫时就得过结核病，但后来治好了。到了华沙她却复发了，你知道，那里冬天严寒，没法取暖，更糟的是连吃的东西也没有，都送到德国人那里去了。事实上，她病得很严重，每个人都认为她快死了。我并没有和她住在一起，她住在附近。我想要是我能弄到一块肉，她的病或许会有改善，所以一个星期天我去了市郊的那个村庄，买了一块火腿。等我回到城里时却被两个盖世太保 [4] 拦住，他们搜到了这块火腿，然后将我逮捕，把我带到华沙的盖世太保监狱去。他们不允许我回自己的住处，所

1　原文为法语 "méprise"。

2　原文为法语 "Franchement"。

3　原文为法语 "la consomption"。

4　法西斯德国国家秘密警察的简称。

以我就再也没见过我母亲。后来我获悉,我被捕几个月后她就病逝了。"

房里又闷又热。苏菲还在说着,内森起身开了窗子,一阵清新的微风吹了进来,拂弄着他买的黄玫瑰。窗外传来哗哗的雨声。绵绵细雨已经下大了,成了倾盆大雨,一道闪电划过天际,照亮了公园草地上的那条小路,好像要将那些橡树和榆树劈开,几乎同时,一声隆隆的霹雳响起。内森站在窗畔,望着夜晚蓦然而至的暴风雨,双手交握放在身后。"说下去,"他说,"我在听。"

"我在盖世太保的监狱里度过了很多天,然后我被送上火车,转移到奥斯威辛。平常只要六七个小时就能到,那次却整整花了两天两夜。奥斯威辛有两个独立的集中营——一个就叫奥斯威辛,另一个在几公里外,叫比克瑙。这两个集中营有一个重要的区别,那就是被送到奥斯威辛的人要做苦力,而被送到比克瑙的人却只有死路一条。当我下了火车时,并未被送……送……送往比克瑙和……和……"令苏菲懊恼的是,她觉得自己冰凉的面颊开始打战,她的镇定也消失了;她的声音颤抖不定,说话时结结巴巴。但是她很快控制住了自己。"未被送到比克瑙的毒气室,而是到奥斯威辛去做苦力。那是因为我年轻,而且健康。我在奥斯威辛待了二十个月。我到达那里时,每个要被处死的人都会被送到比克瑙,很快,比克瑙就成了只残杀犹太人的屠宰场。那是个大量屠杀犹太人的地方。不远处还有另一个地方,一个大工厂[1],是制造人造合成橡胶的。奥斯威辛集中营的犯人也在那里工作,但那些犯人最主要的工作是,帮忙杀害比克瑙的犹太人。因此被送到奥斯威辛的多是德国人所说的

1　原文为法语"usine",下文的"犹太人""合成橡胶""毫无用处"均为法语。

'雅利安人'[1]，他们负责维持比克瑙火葬场的运转，帮忙屠杀犹太人。但是有件事你必须明白，雅利安人最终还是要死的。等他们形销骨立、力量用尽、毫无用处后，他们也要死，要么被枪杀，要么被送到比克瑙的毒气室。"

好久好久苏菲都没有再开口，但她说的话里出现了越来越多的法语单词，除了疾病带来的疲惫，她还觉得有种说不出的疲惫。不管是什么，她决定叙述得比原先计划的更简短。她说："只不过，我没有死。我想我的运气比其他人好。有一阵子，我的处境比很多其他犯人要好得多，那是因为我精通德语和俄语，尤其是德语。这使我占了优势，所以那一阵我吃得比较好，穿得比较好，也有较多的力气，这才得以幸存下来。但是好景不长，最后我也和别人一样了。我挨了饿，因此得了 le scorbut——我想英文大概是坏血病吧，接着我又得了斑疹伤寒和 la scarlatine，猩红热，我想。我说过，我在奥斯威辛待了二十个月，但是我活下来了。要是我在那里多待一天，我知道我必死无疑。"她停了一下。"你说我有贫血，我想你一定是对的，因为我被释放后，曾有一位医生，一位红十字会的医生，要我千万小心一些，因为我有可能患这样的病。我是说，贫血。"她意识到自己已经精疲力竭，声音越来越小。"可是我忘了这个忠告。我有那么多不舒服的地方，就把这个忘了。"

很长一段时间，他们两个人都静默无语，倾听着窗外飕飕的风声和哗哗的雨声。空气被暴风雨洗刷得清新又凉爽，由敞开的窗子飘入，夹带着公园里被雨水浸过的泥土的气息。风势减弱了，轰轰的雷鸣由东边向着远方的长岛传去。很快，窗外漆黑的夜色中只有

---

1 原指印欧语系的各族人民，纳粹德国则用其专指高贵人种。

一阵阵雨水滴落的声音、轻柔的微风声，以及远处轮胎碾过潮湿街道的声音。"你需要睡眠，"他说，"我该走了。"但后来她回忆起他并没有走，至少是当时。收音机里正在播着莫扎特的歌剧《费加罗的婚礼》的最后一段，他们一起默默聆听着——苏菲现在四肢舒展地躺在床上，内森则坐在床畔的椅子上，夏夜的飞蛾围绕着阴暗的灯泡，扑打着翅膀在他们头上飞舞。她闭上眼睛渐渐睡去，似睡非睡间坠入一个奇异而安宁的梦境，梦里那欢快的乐声温柔地交织在芳香的青草和雨滴中。她感到他的指尖像一只飞蛾的翅膀般轻柔而细致地滑过她的面颊，但仅仅停留了一两秒钟。然后她沉沉睡去，什么也不知道了。

现在我必须再一次说明苏菲在叙述她的过去时并非毫无隐瞒，尽管她原先就打算简要地概括一下。这一点我是后来得知的，她向我坦承她对内森诉说她的遭遇时，删去了许多重要的事实。这算不上说谎（就和她对我说自己早年在克拉科夫生活时发生的一两件重要的事一样）。她也没有杜撰任何事或扭曲重要的真相；那一晚她对内森所说的一切，几乎都极易证实。她对奥斯威辛－比克瑙简短的陈述——当然过分简化了——基本上是正确无误的，对于她所得的种种疾病，她既没有夸大，也没有低估。其余的一切也没有任何理由值得怀疑：她母亲及其病症和死亡，她偷带肉类及被德国人逮捕，接着被迅即送到奥斯威辛。那么，她为什么要省掉人们理所当然地认为她会讲述的某些因素和细节呢？当然，那一晚她疲惫又绝望，但从长远来看，也许还有许多其他原因，那年夏天我发现，"愧疚"这个词经常出现在她说的话中。现在我才明白，她在重新审视自己的过去时总会有一种强烈的愧疚感。我也渐渐明白了，她是在透过自我憎恶的滤镜来看待自己过去的那段历史。显然，在有过这种痛苦经历的人身上，这种现象并不罕见。西蒙娜·韦伊[1]曾写到这种痛苦："苦难使轻蔑、厌恶深深地镌刻在灵魂深处，甚至还有按常理而言只有犯罪才会产生，实际上却没有产生的自我憎恶和愧疚感。"苏菲可能经历了这种复杂的情感，才对许多事情缄默不语——这种强烈的愧疚感伴随着的沉默寡言。苏菲对她的地狱之旅总是秘而不宣，甚至都成了一种偏执，如果这是她想要的方式，上帝知道，这是应该得到人们的尊重的。

然而，虽然有些事情随着时间的推移会逐渐明朗化，但我应该说明一下，苏菲可以对我吐露一些她这一辈子都不会告诉内森的事情。对于这一点有个很简单的原因。她狂热地爱着内森，几近痴迷。如果只是出于人性，想消除毫无来由的痛苦，一个人通常会对其所爱者隐瞒自己最痛苦的真相，但同时她过去的某些遭遇却又非说出来不可；我想她自己也不知道，她是在寻求一个人代替被她放弃的宗教，倾听她的忏悔。我，斯廷戈，正好是合适的人选。回想起来，我明白她若将某些事藏在心里，必定会难以忍受，精神必定会遭受极大的痛苦；特别是那年夏天天气变化异常，而苏菲和内森的关系十分糟糕，几近崩溃。在她最脆弱的时候，她非常急切地想要对人吐露自己的痛苦和愧疚，而我像一只崇拜主人的小狗一样，总是随时竖起耳朵等着倾听。我开始明了，她所经历的梦魇中最糟的部分在我这么一个容易被说服的人看来都是那么难以理解，那么荒谬不已，甚至对此生疑，那么内森说什么也不会接受。他要么不相信她，要么认为她疯了。他甚至可能杀了她。比如她怎么可能有勇气对内

1　20世纪法国政治思想家、社会活动家。

森说出她和奥斯威辛指挥官、纳粹党卫军一级突击队大队长鲁道夫·弗朗茨·霍斯之间的插曲？

在回述内森和苏菲见面的第一天及其后数月所发生的事情之前，我们先来谈谈霍斯。在我们后面的叙述中，霍斯将是主要的反面角色，但也许应该先说明一下这个现代哥特式怪胎的背景。苏菲告诉我，她已将他自记忆中抹去了许久，直到最近，在我到达这幢我们后来都称为"粉红宫"的出租房的前几天，他才在她的脑海中闪过。这件可怕的事情再一次发生在布鲁克林街道下面的地铁上，当时她正在随意翻阅一本几星期前出的《展望》杂志，书页中赫然出现了一张霍斯的照片，她惊骇地发出一声怪叫，坐在她旁边的女人也不由得战栗了一下。那是处决霍斯前最后几秒钟拍的照片。他戴着手铐，脸上毫无表情，像一张面具，憔悴枯瘦，一脸胡髭，穿着凌乱不堪的囚衣。这个前指挥官显然就要踏上一次永恒的旅途了。他的脖子上套了一根绳索——从光秃秃的金属绞刑架上垂下来，绳索的另一端则握在波兰士兵手上，这些士兵正在做送他赴黄泉的最后准备。苏菲凝视着那个衣衫褴褛的身影，他的脸上没有一丝生命的活力，双眼茫然无神，就像一个在舞台中央扮演僵尸的演员。苏菲在照片上四处搜寻着，认出了那模糊却熟悉的背景：奥斯威辛破败的火葬场。她丢下那本杂志，在下一站下了车。她的整个记忆被这一切给搅醒了，因此她焦虑不安，毫无目的地在博物馆和植物园阳光普照的人行道上踱步了几个钟头后才到诊所去，布莱克斯托克医生望着她形容枯槁的脸问道："你见鬼啦？"然而，一两天之后，她便能把这张照片从脑海里驱赶出去了。

当时苏菲，还有几乎整个世界，都不知道鲁道夫·霍斯在接受审判及受刑的前几个月里写了一份交代文件，他在相对简短的篇幅里，尽可能说出了一个极权主义者做过的每一件事情。好多年后，这本书才被译为英文（康斯坦丁·菲茨吉本的精彩译作）。现在它已印制成书，书名是《纳粹党卫军眼中的奥斯威辛》，由建立在集中营原址上的波兰国家博物馆发行。它深入剖析了霍斯的心理，对那些非常想要了解罪恶真正本质的人大有裨益。当然，全世界的哲学教授、福音牧师、犹太拉比、萨满教巫师、历史学家、作家、政治家和外交官、性解放者和宗教解放者、律师、法官、监狱学家、单口喜剧演员、电影导演、新闻记者，简而言之，每一个关心自己同胞的人，都该阅读这本书，还包括我们深爱的子女和那些正在读八年级的未来的国家领导者，他们应该把这本书和《麦田里的守望者》《霍比特人》与《宪法》一起列入必读书目。因为这些自白可以让人们发现我们其实一点也不了解什么是真正的罪恶；大部分小说、戏剧和电影中所描述的罪恶，若不能形容为伪造，也只是二流的，是由暴力、幻想、神经过敏造成的恐惧，以及闹剧所构成的粗制滥造的混合物。

再一次引用西蒙娜·韦伊的话，这种"想象出来的罪恶是浪漫而多变的，然而真正的罪恶却是阴郁、单调、沉闷而无趣的"。毫无疑问，这句话阐明了鲁道夫·霍斯及其思维方式。他的内心如此平庸，甚至在他被处死几年后，汉娜·阿伦特还在论文里将它作为极富说服力的范例来进行论述。霍斯并不是个虐待狂，也不是一个暴力的人，或者特别具有威胁性。我们甚至可以说他是个正派的人。事实上，编纂霍斯自传的波兰籍编辑耶日·拉维奇本人也是奥斯威辛的幸存者，他隐晦地斥责过和他一起被关的那些控诉霍斯鞭打、折磨他们的人。"霍斯绝不屑于做这种事，"拉维奇坚持道，"他有更重要的事情要做。"我们也都看得出，这个指挥官是个爱家的人，只是他盲目地忠于自己的职责与使命，因此成为这个机构中的自动控制装置。在这个机构里，人们如同进入道德的真空，每一个细胞的良知和顾忌都被清除干净，他在描写自己每日所犯下的令人发指的罪行时，似乎经常游离在外，不再罪恶，给人一种天真无邪的错觉。但是这个自动装置也是血肉之躯，如同你我。他自小就是个基督徒，差点就当了天主教牧师；良心上的痛楚，甚至是悔恨，就像某种怪病似的时而攻击着他，就是这个弱点，这种在一个冷酷无情又唯命是从的机器人体内激起的人性的反应，使得他的回忆录如此迷人、骇人，而又具有教育意义。

光说他早期的生活就够了。霍斯出生于一九〇〇年，和托马斯·沃尔夫同一年出生，也跟沃尔夫痴迷于相同的口号——"哦，迷失，悲伤的风吹动着灵魂……"，是德国退休陆军上校之子。他父亲希望他去神学院读书，但第一次世界大战爆发后，年仅十六岁的霍斯入伍从军。他参加了近东——土耳其和巴勒斯坦——的战役，十七岁时便成为德国武装部队中最年轻的军士。战后他加入了一个好战的民族主义组织，一九二二年遇见了此后影响并束缚他一生的人——阿道夫·希特勒。霍斯立即为纳粹主义的理想和其领袖所倾倒，成为忠实于纳粹党的最早期的正式党员之一。他很快就犯下了第一桩谋杀案，被判入狱，这也许并不令人觉得奇怪。从那时起，他就知道谋杀将是他一生的职责。受害者是个叫卡多的教师，自由政党的领袖，纳粹认为这个党派对他们不利。在监狱中度过六年岁月后，霍斯去了梅克伦堡种田，娶妻，不多久便生育了五个子女。在靠近风暴横虐的波罗的海地区耕作，等待大麦和小麦成熟的那些年，霍斯无聊得发慌，觉得日子过得很慢。他需要一份更具挑战性的职业。二十世纪三十年代中期，他遇见了早年的一位老友海因里希·希姆莱，这一需要才得以满足。希姆莱轻易就劝服霍斯放弃了种田，体验纳粹党卫军可能给予的快感。从希姆莱的自传中可以发现，他是个非常善于判断杀手的人，他看出霍斯天生适合从事他心中所盘算的重要工作。接下来的十六年，霍斯不是担任集中营的指挥官，就是担任有关机构的上级官员。在去奥斯威辛之前，他最重要的职位是在达豪。

霍斯和他的直属上司——阿道夫·艾希曼最终发展出了富有成效的关系，或者可以说是共生关系。艾希曼培育了霍斯的天赋，他的成果后来在《杀人的艺术》中得以充分体现。例如，一九四一年时，艾希曼开始发现犹太人的问题是个令人苦恼且无法忍受的问题，不只是因为这项即将到来的任务规模巨大，还因为"最终解决方案"在实际操作上很有难度，在那次大屠杀——当时党卫军的屠杀规模还相对较小——被付诸行动之前，无论是枪杀还是将一氧化碳引入密闭空间都不可行，前者操作不便，效率不高，会导致血污遍地，而后者同样效率不高，还特别费时。霍斯观察到奥斯威辛用来喷杀大群老鼠及其他害虫的结晶状氰化物效果极佳，那就是齐克隆B，于是他向艾希曼建议这种杀戮之法。根据霍斯所写，艾希曼听到这个方法时迫不及待地就采纳了，尽管他后来并不承认这一点。（搞不明白为什么这些实验者如此落后。美国有些地方用氰化物气体来实施死刑已经有超过十五年的历史了。）霍斯把九百名战俘当作实验对象，发现氰化物气体极其适宜应用于快速屠杀，此后他便将这种气体大量使用在入狱者身上，不分种族。一九四三年四月初，这种方法开始被广泛用来消灭犹太人和吉卜赛人。霍斯还发明了其他一些方法，比如使用小型雷区来炸死不听话或想要逃跑的犯人，用高压电篱笆来电死他们，他还养了一群凶猛的阿尔萨斯狼狗和杜宾犬。这些狗既让他开心又让他不满（焦虑感贯穿在他的整本回忆录中），因为虽然这些来自地狱的野蛮恶狗专门被训练用来把犯人撕碎，但它们有时候确实变得懒散起来，也难以控制，而且都十分机灵，能躲到一个偏僻的角落里睡大觉。不过他的这些富有创意的主意在很大程度上是相当成功的，可以说霍斯永远改变了大屠杀的整个设想，就跟科赫、埃尔利希和伦琴等人于十九世纪后半叶改变了德国繁盛时期的医学科学一样，只不过霍斯是以一种彻底歪曲的方式。

从历史学及社会学的意义上看，我们必须指出和霍斯一起在波兰及德国的战后审判中受审的被告——奥斯威辛和其他集中营里的那些党卫军，那些二流屠夫——只有一部分有军事背景。然而，这个事实应该不会使人十分惊讶。军人敢于犯下令人发指的罪行，光是最近，智利、越南美莱和希腊等地的证人就可以证明这一点。一种"自由"的谬论认为军魂是真正的罪恶，犯罪是将军或中尉的特权，但军队中常犯下的挑衅、浪漫、富有戏剧性、令人激动又极度兴奋的罪恶只是二流的。真正的罪恶，奥斯威辛令人窒息的罪恶——阴郁、单调、沉闷而无趣——几乎全是普通人所犯。因此我们发现奥斯威辛–比克瑙党卫军的名单里几乎不包含职业军人，而是由德国社会各个阶层的人组成，包括侍者、面包师、木匠、餐厅老板、医生、记账员、邮局职员、银行职员、护士、锁匠、消防队员、海关工作人员、法律顾问、乐器厂厂主、机器制造专家、实验室助理、运输公司老板……全是从事一般工作的普通人。此外，史上最"伟大"的消灭犹太人的杀手——头脑愚笨的海因里希·希姆莱，原来只是个养鸡专业户。

这一切并未被真正揭示出来：现代大多被归咎于军事的恶行都

是出于人民代表的建议和许可。至于霍斯，他似乎是个反常的例子，因为他在去奥斯威辛之前既从事过农业又奔赴过战场。有证据表明他是一个乐于奉献的人，确切地说，他有着每一个好士兵绝不可被动摇的责任感和服从性，也正是这种一丝不苟又不屈不挠的态度，使他的回忆录蕴含着一种悲凉的说服力。在看这本令人震惊的记录时，你会相信霍斯在表达他的忧虑时是真心的，甚至于他对毒气迫害、火葬或进行"选择"感到反感，以及执行这一切时感到疑惑不安等都是真心的。如他自己所写，这种种忧虑的背后是一个十七岁男孩，另一个时代里年轻又有前途的一级下士的灵魂。那时普鲁士人崇尚光荣、尊严和正直。那个男孩对那个成年人深陷其中、不可言喻的堕落行为目瞪口呆。然而时间和地点都已经发生了改变，德国不再是那个德国，岁月带走了男孩的纯真，恐惧渐渐消退，最终也消失殆尽，剩下的只是这位前党卫军上将孜孜不倦地挥笔书写，为自己犯下的兽行进行辩护——以无情的权威、职责的感召和绝对的服从为借口。

读者会相信这样平静的叙述："我必须强调我个人从未憎恨过犹太人。我的确视他们为我们民族的敌人。但正是因为这一点，我才不认为他们和其他犯人有什么差别，我对待他们也没有什么不同。我从没有区别对待过。不管怎么样，憎恨都与我的本性格格不入。"在到处都是焚尸炉的世界里，憎恨是一种鲁莽而难以自持的激情，和每日工作的单调性无法相容。尤其是一个人在被所有令人心烦意乱的情感弄得精疲力竭的时候，就不会质疑或不信任一项命令，而是会立刻服从："一九四一年夏天党卫军领袖（希姆莱）曾亲自下给我一道命令，要我到奥斯威辛做好大屠杀准备，亲自主持这些屠杀，当时我对于其规模或后果全然不知。这确实是个很不寻常又可怕无比的命令。然而，屠杀计划的理由，在我看来似乎正确无误。当时我并没有细想：我接到一个命令，必须将它执行。至于集体屠杀犹太人是否有必要，则不是我能发表意见的事，因为我没必要管那么多。"

因此大屠杀在霍斯那双细长、警觉而又冷酷的眼睛下开始了："我必须对这些使任何有人性的人都感到锥心刺骨的事件，表现出冷漠无情的态度。我害怕的时候甚至都不敢移开目光，唯恐我的真实情感占了上风。我必须冷冷地看着那些母亲带着自己或哭或笑的孩子走进毒气室……

"有一次两个小孩子因专心玩着某种游戏而不愿随母亲离去，连执刑人员都不忍过去带走他们。那个母亲必然知道将发生什么事，她流露出央求的目光，那是我永远也难以忘怀的。人们已经到了毒气室，躁动不安，我必须行动。每一个人都望着我。我对执勤的初级军士点点头，他用胳膊夹起那两个边哭边挣扎的孩子，将他们带到毒气室，一旁跟着他们泣不成声、悲痛不已的母亲。我对此感到莫大的同情，渴望离开现场，然而我不能表露出丝毫情感。（阿伦特写道：'问题与其说是如何克服人的良知，倒不如说是如何克服动物性的同情，这种同情是所有正常人在看到肉体受折磨时会产生的。通常的做法……十分简单又很有效——转移这种本能，使其指向自己。所以凶手不会说"我对人们做了多么可怕的事情"，而会说"我必须履行我的职责，看这些可怕的事情。我简直不堪重负啊"。'）我必须看着这一切。我必须时时刻刻、不分昼夜地看着尸体被移出并烧毁，拔掉牙齿，剪掉头发等可怕又没完没了的过程。我必须连续忍受好几个钟头的恶臭，看着尸体被一具一具地从坟墓里拖出来，然后烧掉。

"我还得透过毒气室的窥视孔，看里面的死亡过程，因为医生要我看……党卫军领袖派了政党的许多高层领袖和纳粹党卫军军官到奥斯威辛来，让他们亲眼看看屠杀犹太人的过程……他们一再问我和我的部下，如何能够日复一日地看着这些举动，又如何能够忍受它们。我的唯一回答就是，我们必须以铁的决心来执行希特勒的命令，这种决心只能通过扼杀人类所有的情感才能获得。"

但是似铁的心肠也会被这样的景象折磨。当谋杀如火如荼地进行时，霍斯时不时地也会感受到强烈的意气消沉、忧郁、焦虑、疑惑、内心的震颤，以及悲观。他已被置于超越理性、信仰、神志和恶魔的境地，然而他的语气却是悲悯哀伤的："集体屠杀一开始，我在奥斯威辛就没有再快乐过……如果某个事件深深地影响了我，我就无法回家面对我的家人。我会上马驰骋，直到将那些可怕的景象逐出脑海。我常常在晚上去马厩，借着和我心爱的动物相处来寻求慰藉。当我看到我的孩子快乐地玩耍，或注意到我太太望着小儿子的高兴神情，我常常会想：我们的幸福会持续多久？我太太永远不会明白我的这些郁闷的心情，她以为这全是我工作上的不顺心导致的。当然，我的家人在奥斯威辛得到了很好的照顾，衣食无忧。我太太和子女的每一个愿望无不得到满足。孩子们过的是无拘无束的生活，我太太的花园里繁花似锦，犯人们绝不会错过任何机会对我的太太或子女表达友善，以吸引他们的注意。还没有一个犯人说过他在我们家受到了任何不好的款待。我太太最高兴的事情就是送礼物给每一个曾经和我们家有过关系的犯人。孩子们更是不断地替犯人向我要香烟，他们尤其喜欢在花园里工作的犯人。我的家人全都非常爱好农事，尤其喜欢各类动物。每个星期天我都得陪他们走过田野到马厩看看，还会去我们的狗屋。我们的两匹马和一匹马驹非常讨人喜欢，孩子们总是把犯人带给他们的动物养在花园里，乌龟、貂、猫、蜥蜴……那里常常可以看到新来的有趣的动物。夏天时，孩子们在花园里的水池或索拉河畔戏水，但让他们感到最快乐的是爸爸和他们一起玩。然而，他和这些孩子一起玩的时间是那么少……"

一九四三年初秋时，苏菲就是来到这个迷人的居所才开始迷失的。当时比克瑙焚尸炉在夜晚冒出滚滚浓烟，发出红透半边天的火光，以致驻扎在克拉科夫一百公里外的德军指挥部焦躁不安，担心这些火光会引来敌机的袭击。白天，焚烧人肉产生的黛青色薄雾遮住了秋天金色的阳光，飘入花园、水池、果园、马厩和灌木篱墙，发出令人作呕的气味，弥漫在整个地方，人们避无可避。我记不得苏菲是否对我说过霍斯曾送她礼物，不过根据霍斯的叙述，想必苏菲和别的犯人一样，在指挥官家的短暂逗留一定如他所说的那样，不曾受过任何虐待，虽然后来事实证明这并没有那么值得庆幸。

第七章

"因此，斯廷戈，"我们第一次一起到公园去的那一天，苏菲告诉我，"你大概明白内森怎么救了我的命。那真是太奇妙了！我病得不轻，晕眩，跌倒在地，结果来了一个——你们怎么说的？——白马王子，救了我的命。一切就是这么简单，像魔法一样，他拿着一根魔杖对我一挥，没多久我就完全康复了。"

"究竟是多久？"我问，"那段时间……"

"你是说从他遇见我的那一天之后？哦，没多久，真的。两个星期，三个星期，差不多是这样。走开[1]！走开！"她朝那只最大最好斗的天鹅扔了一块小石子，它正想闯进我们在湖边的野餐区。"走开！我讨厌那只鹅，你呢？真是个坏蛋。过来，塔德乌什。"她小声地咯咯叫着，招呼她心爱的邋遢小天鹅，又用面包屑引诱它。那只被同伴遗弃的天鹅犹豫着摇摇摆摆地走上前，羽翼凌乱，斜睨着眼睛孤立无助地瞥了这边一眼，然后开始啄食地上的面包屑。我静听

---

1 原文为法语。

苏菲说话，但脑子里还在想着即将到来的美事——和性感的莱斯莉约会。或许是因为这件美事，我觉得既快乐又忧虑，只好猛灌啤酒来平息这种情绪，这也因此违反了我自己定的白天或工作时不喝酒的规矩。但是我需要什么东西来抑制我巨大的期待感，减慢我快速跳动的脉搏。

我看看手表，发现还要等六个小时才能去敲响莱斯莉的房门。我感到焦虑不已。奶油状的云朵五彩缤纷，就像迪士尼的糖果，缓缓地向海洋飘去，在我们所坐的长满绿草的小岛上投下光影斑驳的图案。远方布鲁克林大道上往来的车辆喧喧嚷嚷，发出时断时续的轰鸣。苏菲继续说着内森，我专注地倾听。"内森的哥哥叫拉里，是个很了不起的人，内森很崇拜他。第二天，内森带我到拉里位于福里斯特希尔斯的诊所去，他仔细地检查了我好久，检查过程中我记得他一直说：'我想内森是说对了——他在医学上的这种天生的直觉实在是了不得。'可是拉里并不确定，他只认为内森说我营养失调是正确的。那时候我的脸色苍白得吓人。当我把我的症状都告诉他后，他觉得已经八九不离十了。不过，他必须百分之百确定才行，因此他建议我去找他的一个朋友，哥伦比亚大学长老会医院的专家，是一个营养不良的医生，不——"

我猜测道："一个专门诊治营养不良病症的医生。"

"对了，一点不错。这个医生叫沃伦·哈特菲尔德，战前和拉里是同学。总之，当天我就和内森一起开车去见了哈特菲尔德医生。内森借了拉里的车，带着我驶过大桥，直奔长老会医院。哦，斯廷戈，我记得好清楚，和内森到医院去的路上。拉里的车有折篷——你懂的，就是那种敞篷车，自我在波兰出生以来，我就想搭乘一次敞篷车，像我在照片上和电影里看到的那种。这么愚蠢的心愿，是的，搭乘一辆敞篷车，可是那个美丽的夏日我就和内森坐在这样的一辆车上，阳光洒在身上，风拂过我的头发。真是奇怪。我还生着病，但我觉得好舒服！我是说，我知道自己一定会康复的。这全是因为内森。

"那时才过中午，我记得。除了晚上搭乘地铁，我还没有到过曼哈顿区。现在坐在车子里，我第一次在白天看到河流，还有城里的摩天大楼，晴朗的天空还有飞机掠过。那些景致壮观、美丽、令人兴奋，我差点就要大叫起来。内森滔滔不绝地谈着拉里和拉里非凡的医学成就时，我偷偷地用眼角的余光瞄他。而后他又谈起医疗，还说他敢和任何人打赌，他对我病情的诊断绝对没错，以及如何治愈这种病等。我们往百老汇驶去时我注视着内森——我真不知道该怎么形容我的那种感觉。我想你会说是——什么？——敬畏，这是个很贴切的词。敬畏这个美好、温柔又友善的男人出现，对我那么体贴，还很认真地想要使我康复。他是我的救星，斯廷戈，一点也不错，而以前我从来没有遇到过救星……

"当然，他的判断准确无误。我在哥伦比亚大学长老会医院待了三天，哈特菲尔德医生给我做了很多检查，结果证明内森是对的。我严重缺铁，哦，我还缺别的东西，但是那些没那么重要，最主要的还是铁质。我住院的那三天，内森每天都来看我。"

我问："你对这一切的感觉呢？"

"关于什么的？"

"呃，我无意打探什么，"我说，"不过你所描述的是我从未听过的最疯狂、最美好的旋风式相遇。毕竟，你们两个人当时还相当陌生。你还不怎么了解内森，不明了他的动机，除了他显然被你深深吸引。"我停住口，又缓缓说："我再说一次，苏菲，如果我的问题侵犯了你的个人隐私，你就阻止我，可我又总是疑惑当一个出色、有魄力又迷人的家伙出现，就像他那样，并且——呃，我又要用那种表述了，使你为他倾倒不已时，女人的心里究竟是怎么想的。"

　　她沉默了一会儿，沉思的样子十分可爱。然后她说："说真的，我很困惑。已经那么久了——哦，非常久，我和男人都，该怎么说——"她又停了一下，思索着该用什么词。"没有什么关系，任何男人，你知道我的意思。我并不是很在乎这回事，这是我生活中不怎么重要的一部分，因为我还有很多事情需要顾虑。我的健康才是最主要的。当时我只知道内森是要拯救我的生命，此后会发生什么事，我并没有多想。哦，我觉得自己偶尔会想我因为这一切亏欠内森很多，你知道——现在想来这真有趣，斯廷戈——这一切都需要钱。这是我最感到困惑的一部分。钱。晚上我清醒地躺在医院里，一再想着：瞧，我住在私人病房，哈特菲尔德医生一定花了几百美元。我怎么付得起这笔钱？我有许多可怕的设想，最糟的一个就是去找布莱克斯托克医生借钱，当他问我为什么时，我就得向他解释这是为了付医药费，布莱克斯托克医生会为我被正牌医生治好而生我的气。我也不知道为什么，我很喜欢布莱克斯托克医生，而内森是不会明白的。总之，我不愿伤害他，还因为钱做了很多噩梦……

　　"嗯，我用不着掩饰什么。最后内森把医药费都付清了——总得有个人付，但是到他付钱的时候，我已经无须再为此困窘或羞愧了。长话短说，我们恋爱了，再说也没有花太多钱，因为拉里不会收费，哈特菲尔德医生也不愿意收费。我们恋爱了，我吃了许多补铁药丸，慢慢恢复了健康，我所需要的就是这些药丸，它们让我像玫瑰般去绽放，"她停住了，欢快地咯咯笑了起来，"哦，讨厌的动词不定式！"她深情地脱口而出，学着内森的教师派头，"不要说'去绽放'，要说‘绽放’。"

"真是不可思议，"我说，"我是说他得到你的方法。内森真该当个医生。"

"他原来是想当的，"她沉默了一会儿后，喃喃说道，"他是那么想当一个医生。"她停住口，先前的愉悦已经被忧郁所取代。"这又是另一个故事了。"她加了一句，脸上一阵苍白，闪过一丝紧张的表情。

我觉察到她这种情绪的突变，似乎他们最初相识的快乐回忆被什么东西的阴影覆盖了——某种令人不安、使人痛苦、邪恶不祥的东西，或许是我说的话引起的。就在这一刹那，一大朵颜色奇怪的云蓦地遮住了太阳，在她突然变换了表情的脸上投下一层浓重的阴影，将她笼罩在其中，也使我们感到秋天的一丝寒凉。心情的变化和景物的变化是如此巧合，极富戏剧性，我这个初出茅庐的小说家此刻实在是太激动了。她战栗了一下站起身，然后背对着我，弯身紧紧抱着自己赤裸的手肘，仿佛柔和的微风刺痛了她的骨头。这一姿势和她忧郁的神情使我不禁再次想起五天前的那个晚上，自己无意中碰见他们争吵的场面——真是让人饱受煎熬——想着还有多少事情与这种让人痛苦的关系有关。有太多让人费解的线索了。例如莫里斯·芬克，他所目睹并对我描述的那场令人骇然的表演——他亲眼看到的暴行：当她躺在地上时，内森用力打她，那到底是怎么回事？这和后来几天我看到他们如胶似漆的情形又是多么不一致？"迷恋"一词似乎是对他们这种关系本质的一种苍白又无力的描述。而苏菲时而对我回忆往事时，眼底总是漾着泪光，动情地说起这个温柔善良的男人。这个慈悲而富有同情心的男人，何以会变成我不久前在耶特的公寓门口看到的那个活生生的怪物？

我不愿多想这个问题，那朵多彩的云也刚好继续往东飘去，我们再度置身于阳光之下。苏菲笑了，适才的阴霾似乎已被阳光驱散，她把最后一块面包屑丢给塔德乌什，说我们该回去了。她有点兴奋地告诉我说，内森买了一瓶上好的勃艮第葡萄酒，准备在吃晚餐时享用，她得去教堂大道的Ａ＆Ｐ超市买块上好的牛排才行。她又说，之后她整个下午都要待在房里，继续和福克纳的《熊》搏斗。"我真想见见这位威廉·福克纳先生，"我们溜达着走回粉红宫的途中，她说，"跟他说他那种没完没了的句子让波兰人读得很困难。可是，哦，斯廷戈，这个人写得真好！我觉得自己正身处密西西比。斯廷戈，你能找个时间带内森和我到南方去走走吗？"

我一走进房间，苏菲生动活泼的身影便从我脑海中消退，我再度思及莱斯莉，感到一阵令人心悸的痛苦，像是有一把大锤敲击着我。这个下午我原本打算在赴约之前按平常的作息，以泰然自若的状态继续日常的工作，也就是说，写信给南方的朋友，或在笔记本上乱写点什么，又或者干脆就懒洋洋地躺在床上看书，结果发现我的这种想法实在是太愚蠢了。近来，我在看《罪与罚》，被它深深地吸引了，尽管这本书的广度和复杂度令人惊叹，我当一名作家的志向也因此大受挫折，但我还是连续好几个下午，带着一种钦佩和好奇如饥似渴地阅读它。而我的好奇心主要与书中的男主角拉斯柯尔尼科夫有关，他在圣彼得堡痛苦又不堪的生活（除了谋杀）似乎和我在纽约布鲁克林的情形十分相近。事实上这本书对我有极大的影响力，以至我想着——不是闲来无事，而是十分严肃，这真的吓到我了——要是我也沉浸于制造一起带有玄学色彩的谋杀案，拿一把刀子刺入像耶特·齐默尔曼这么无辜的老妇人的胸口，不知我的肉体和精神会因此产生怎样的后果。这本书中种种强烈的场面既使我退缩，又把我吸引，每个下午我都难以抗拒它的诱惑。但那一天莱斯莉·拉皮德斯夺走了我的理智，占据了我的意志，结果整个下午我都没有翻开那本书。

我也没有写信，或在笔记本上写作——从讽刺诗到启示录，我都模仿西里尔·康诺利和安德烈·纪德的风格，这样我可以让自己努力保持记日记的习惯。（很久之前，我毁了不少以前写的充满青春气息的文字，只留下一百页左右回忆往昔的杂记，包括写莱斯莉的部分和一篇九百字的杂文。就日记而言，这篇杂文出人意料地妙趣横生，跟那些充满着焦虑和深思的文字不同。它是关于性用品优缺点的，我在试用各类润滑剂后记录了它们不同的特点，比如摩擦系数、芳香度等。其中，"象牙火花"轻轻松松就胜出了，因为在正常体温下它就可以于水里乳化。）不，我摆脱了良心的束缚，也没有遵守加尔文教义。尽管我一点也不觉得累，却像个筋疲力尽的人一样一动不动地平躺在床上，意识到这几天的发热使我的肌肉抽搐起来，而那种发热无异于生病，或许还是重病。我躺在六英尺长的床上，淫心荡漾，欲火中烧。每每想到一丝不挂的莱斯莉几小时后会在我的怀中蠕动，我就心跳得厉害。我说过，这种情形对一个上了年纪的人而言可能是很危险的。

当我躺在那间笼罩在薄荷糖色光线中的房间里听任午后时光慢慢流逝时，我不仅感到不舒服，还有一种近似疯狂的不相信。记住，我还是处男之身。这更使我觉得如梦似幻。我不但已处在发生关系的边缘，而且将启程前往世外桃源，前往宁静、黑暗的神秘之地，前往群星璀璨之地。我再度想起（这种声音有多少次在我心中响起？）莱斯莉说过的那些直白又露骨的话。这时，我的脑海中浮现出她那湿润肉感的嘴唇，矫正完美、闪闪发亮的牙齿，还有她冒着唾沫星的可爱嘴角——一切看起来都像是那天晚上最让人眩晕的美梦，在太阳落山后又从希普斯黑德贝升起之前，那张嘴——不，我不能再想那张湿润甜美的嘴唇，我马上就可以吻上它了。六点一过我就爬起床洗了个澡，又刮了一次胡子，这已经是我当天第三次刮了。最后，我穿上我仅有的一件泡泡纱西装，从"小金库"里抽出一张二十美元的钞票，然后走出房间开始我最伟大的探险。

走廊上（记忆中，我生命中的重大事件总会有一些让我印象深刻的小人物参与），房东太太耶特·齐默尔曼正在和可怜又肥胖的莫伊舍·穆斯卡特布利特发生激烈的争执。

"你说自己是个虔诚的年轻人，却对我做出这种事？"耶特提高的声音中剧烈的痛苦多于真正的愤怒，"你在地铁上被抢了？我已经给了你五个星期的时间付房租——这五个星期完全是因为我慷慨大方、心地善良，现在你又对我说这种无稽之谈！你以为我是个不谙世故的白痴，会相信你的话？呵——哈！"这声"呵——哈！"很有气势，流露出极大的轻蔑，我都看到身穿黑色教会礼服、汗流浃背的莫伊舍那肥胖的身体瑟缩了一下。

他坚持道："可是我没骗你！"这是我第一次听见他说话，他那年轻的声音——一种假声——和他庞大又富态的身躯倒还挺相配。"是真的，有人摸走了我的钱，在伯根街地铁站，"他好像快哭出来了，"是个黑人，一个小个子黑人。哦，他跑得真快！我还没喊出声他就奔上台阶了。哦，齐默尔曼太太——"

第二声"呵——哈！"使得柚木也为之战栗。"我该相信你的话吗？我该相信你这个快成为犹太拉比的人所说的话吗？上个星期你告诉我——上个星期你指天指地对我发誓，说星期四下午你一定会筹到四十五美元。现在你却告诉我你被人扒了！"耶特矮胖的身躯气势汹汹地向前倾着，但我觉得她是虚张声势。"我经营这个地方三十年了，除了在一九三八年赶走一个穿女孩子内裤的怪家伙，还从来没有把房客撵出去过。现在，上帝保佑，我恐怕不得不把一个即将成为犹太拉比的人撵走了！"

"求求你！"莫伊舍急促地喊着，露出央求的表情。

我自觉是个闯入者，想从这两具庞大的身躯中间挤过去，或者说穿过去。我小声地说了句"打扰一下"便想开溜时，听到耶特说："很好，很好！罗密欧，你要到哪儿去？"

我意识到一定是我那浆洗干净的泡泡纱西装、梳理服帖的头发，以及须后水的味道——无疑是最重要的——引起了她的注意。我突然想到在大肆使用须后水后，我整个人都散发出一股热带丛林的味道。我笑了笑，没有说话，继续向前挤去，只想逃开这场纠纷和耶特略带嘲弄的注意。

"我敢说今天晚上某个幸运女孩的梦想要成真了！"她哈哈大笑地说着。

我友善地对她挥了一下手，瞄了一眼满脸惊恐又可怜兮兮的莫伊舍后就冲入令人愉悦的六月夜晚。我沿着街道急步朝地铁站走去时还能听见莫伊舍无力的哀求和耶特嘶哑又愤怒的吼声，而后这吼声变得耐心又克制，在我身后逐渐消逝。通过这声音，我知道莫伊舍不大可能会被赶出粉红宫。我逐渐意识到耶特实际上是个刀子嘴豆腐心的好人，值得尊敬。

不过，这件事所散发出来的强烈的犹太气息却使我开始有点担心和莱斯莉这突如其来的见面。我坐在北去的地铁里，车上乘客不多，十分舒适，但我心烦意乱，试着看布鲁克林的《鹰报》——该报纸关注的问题都是地方性的——却怎么也不能专心。我放弃了，想着莱斯莉时我突然记起，我这一辈子还没有踏进过犹太人的门槛。我想着，里面会是什么光景？我为自己的衣着是否得体而忧虑，又想到我该戴一顶帽子才对。不，我对自己说，我又不是要到犹太教堂去（真的不是吗？）。我的脑海里突然浮现出位于弗吉尼亚州我家乡的那座黄砖砌成的普通犹太教堂——罗德夫·肖莱姆教堂。街的斜对面有一座长老会教堂，是用令人不适的褐色沙石板条砌成的建筑，同样普通，很有二十世纪三十年代美国教堂建筑的风格。小时候，我常常能在星期天看到去犹太教堂做礼拜的教徒。对我来说，垂着的百叶窗、威严的铸铁大门、凹制的大卫之星[1]让人望而生畏又紧张不安，它们似乎代表着有关犹太民族及其神秘宗教的一切孤立、神秘，甚至是超自然的元素。

或许奇怪的是，我并没有完全被犹太人所迷惑。在那繁忙的南方小镇平民生活的外围阶层里，犹太人都很和善，他们完全融入了当地，成为普通大众的一部分：商人、医生、律师和中产阶级。副市长是犹太人；当地一所规模很大的中学为他们获胜的足球队感到骄傲，也为那个厉害又少见的三面手犹太教练感到骄傲。当然，我也知道有犹太人追求与此不同的别样人生，寻找另一个自我。远离耀眼的阳光和世俗的纷扰，躲进与世隔绝又看似不祥的亚洲崇拜仪式——香火缭绕、羊角和各式祭品、手鼓、蒙面纱的女人、悲哀的圣歌、报丧女妖用无人使用的语言哀泣——给一名十一岁的长老会信徒带来无尽的麻烦。

我太小，太无知，不能将犹太教和基督教联系起来。我也不能明白那些当时觉得奇怪现在看来却明显矛盾的事情：主日学校放学

1　犹太人的身份象征，是由两个等边三角形组成的六角星。

后，看着街对面那座阴沉不祥的犹太教堂，我的小脑袋被《利未记》中无聊透顶的故事弄得稀里糊涂。那本书是一个叫麦吉的娘娘腔硬塞给我的，他是银行出纳员，他的祖先在摩西时代就已经开始膜拜斯凯岛上的树并对着月亮号叫。我刚读完的那章讲的就是犹太人古老、不朽，且在不断上演的历史。带着深深的质疑和说不清的恐惧，我战战兢兢地看着在那座教堂里祈祷的人。我不禁悲哀地想到亚伯拉罕和以撒。上帝，在异教徒的那个圣所里究竟发生了什么不可告人的事情呀！星期六也是这样，而善良的非犹太人却在修剪草坪或逛索尔·纳赫曼百货公司。作为《圣经》的初级学者，我对希伯来人的了解不多也不少，因此，我无法真正想象出罗德夫·肖莱姆教堂里所发生的一切。我幼稚地想着他们会吹羊角号，号声粗犷，充满野性，回荡在永无止境的黑暗中，那里有一艘正在腐朽的古老方舟和一堆卷轴。虔诚的女人们弯着腰，脸上蒙着面纱，穿着粗毛衬衣，大声呜咽着。没有人唱扣人心弦的赞美诗，只有单调的吟唱，反复用刺耳的声音吟唱一个词，听上去像是"腺状肿"。黑暗中到处飞动着鬼魅似的像史前鸟儿一样的经文护符匣，到处是戴着无檐帽的拉比。他们一边低低地哀号，一边举行野蛮的仪式：割包皮、烧公牛、掏出新生羊羔的内脏。一个小男孩在看完《利未记》后还能想什么呢？我不能理解我崇拜的马里亚姆·布克班德和朱莉·康恩——那个处处受人崇拜、反复无常的中学体育老师——如何在安息日这样的环境中生存下来。

　　十年过去了，我渐渐从这种困惑中走了出来，但并未完全摆脱。第一次和犹太家庭接触，我还是感到很忐忑，不知道自己会在她家里发现些什么。我要在布鲁克林高地站下车之前，发现自己正在想象即将到访之地，我脑海中的莱斯莉家就跟犹太教堂一样阴暗而忧郁。这并不是我童年时期的什么古怪想法。我曾在讲述二十世纪二十年代及三十年代犹太人都市生活的故事中读到过关于他们邋里邋遢的车厢式住宅公寓的描写，但从来没想过真的会有如此萧瑟的住处。我知道莱斯莉的家必定远离贫民区，也远离犹太小镇。然而偏见和先入为主的观念一直都在起作用，我不知不觉就预见了一幢幽暗的住所，甚至令人窒息。我看见嵌有暗色胡桃木的阴沉的房间及笨重的橡木家具。某张桌子上一定摆着一座七枝烛台，插在上面的蜡烛排列有序却没有点燃，附近的一张桌子上摆着《摩西五经》或《塔木德》，莱斯莉的父母正在虔诚地细读经文。屋里虽然纤尘不染，却因通风不良而发霉，煎鱼饼冻的味道由厨房传了出来；至于厨房，只要你快速瞥一眼，便会看见一个围着头巾的老太婆——莱斯莉的祖母——对着她的长柄平底煎锅瘪嘴而笑但一语不发，因为她不会说英语。客厅里的家具大多是镀了铬的，跟养老院里的差不多。和莱斯莉的父母交谈无疑会有些困难——母亲跟一般的犹太母亲一样身材臃肿、腼腆、客气、极少发言；父亲比较和悦健谈，但都围着他的生意——模制塑料——打转，说话时带有希伯来语所特有的重重的喉音。我们将饮着马尼舍维茨酒，小口吃着哈尔瓦糕，而我那甜到发腻的味蕾却迫切地渴望一瓶施利茨酒。突然，火车隆隆地驶入克拉克街 - 布鲁克林高地站时，我最关切且脑海中挥之不去的一个问题被打断了——在这个局促而禁欲的环境中，莱斯莉和我将在哪个房间，哪张床或长沙发椅上，履行我们的光荣契约？

我不想夸大我到莱斯莉家的最初反应，以及它和我的设想所形成的对照。但事实是（过了这么多年，这个影像仍然如铜币一样闪亮），莱斯莉家竟是那么富丽堂皇，之前我还经过几次。我不敢相信位于皮埃尔蓬街上的这幢住宅和她写给我的地址相吻合。当我终于确认时，我带着一种由衷的钦慕停住了。这是一幢修复完好的希腊复兴式赤褐色砂石建筑，以一小段草坪和大街隔开，草坪中央铺着一条月牙状的沙砾车道。车道上停着一辆非常干净、光亮的凯迪拉克轿车，暗红色，毫无瑕疵，简直可以摆在展销店里。

我站在树木成荫、道路开阔的人行道上，陶醉于这幢高雅又引人联想的宅邸。暮色初临的夜晚，屋里柔和的灯光散发出一种和谐的气氛，使我蓦地想到里士满纪念碑大道上成列巍然的建筑。然后我又很庸俗地想到这种地方只有在费希博德汽车、苏格兰威士忌、钻石或任何其他高雅又昂贵的精品的杂志广告上才看得到。但我所联想到的主要是南北战争时期南部联邦首府的那种雅致又迷人的风格。当我走上门廊时，有个驼背又健壮的黑人小伙子仰起头，张开粉红色的嘴巴对我微笑，接着一个打扮时髦的小女仆开门让我进去。她黑得发亮，制服上饰有皱褶和荷叶边。我听得出她的口音——绝对没错，是北卡罗来纳州东部，介于罗阿诺克河和柯里塔克县之间的一个地方，就在弗吉尼亚州和北卡罗来纳州州界的南端。我向她求证时，她说"猜对了"。她确实来自南米尔斯的一个小村庄，就在迪斯默尔沼泽中间。她一边为我敏锐的洞察力咯咯笑着，一边转了转眼珠说："聪明！"随后她努力让自己端庄起来，抿了抿嘴唇，以略带北方腔的口音小声说："莱斯莉小姐马上就来。"我发现自己已经有点醉了，竟然料想他们会端来昂贵的外国啤酒。接着，明妮（后来我知道了她的名字）带我到一间巨大的乳白色客厅去，客厅里摆着华丽的沙发、低矮又宽敞的搁脚凳和看起来无比舒适的椅子。整间客厅都铺了地毯，也是白色的，一点污渍都没有。随处可见的书架上装满了书，真正的书，新旧不一，其中很多有轻微的破损，显然已经有人读过。我在一张奶油色的鹿皮椅子上坐了下来，椅子很软，放在优雅的博纳尔[1]画像和德加的作品《管弦乐队中的音乐家》之间。德加的那幅画看起来很眼熟，但我一时想不起来在哪儿见过，后来才想起童年晚期我收集过一段时间的邮票，它就被印在法兰西共和国的邮票上。当时我心里所能思及的只有"万能的耶稣基督"。

我一整天都处在一种半昏半醒的欲念中，完全没有想过我会置身于这样一个我只在《纽约客》和电影上瞄过，但从不曾真正看过的豪华住宅。我坐在客厅里，因这种文化冲击——力比多突然融合了我对腰缠万贯却慎重花钱的深层理解——产生了一种令人苦恼的复杂反应：脉搏加速，脸色明显越来越红，唾液增多。要命的是，我的那玩意反应很大，在恒适牌内裤里本能地挺了起来，持续了一整晚，无论我是什么姿势，或站或坐，甚至后来我带莱斯莉到盖奇和托尔纳餐厅去吃晚餐，有点一瘸一拐地走在拥挤的人群中时也还是那样。我的这种情况当然是由于我还很年轻，以后便很少有过，事实上，三十岁以后就再也没有出现过了。以前我有过几次这种经历，不过不会这么要命，当然也绝不会出现在跟性无关的情况下。（印象最深刻的一次是，我十六岁参加学校举办的一场舞会时，一个卖弄风情的狡猾女人——我曾提起过她，莱斯莉和她比的话，简直是天堂——极力挑逗我：朝我脖子吹气，用手指挠我汗湿的手心，把光滑的腹股沟贴着我。虽然这种挑逗是假装的，却很卖力。持续了几个小时后，我只有靠着圣徒的那种意志力才能摆脱这个令人作

1　法国画家，纳比派画家，画有《逆光下的裸女》和《乡间餐厅》。下文的德加也是法国画家，画有《舞蹈课》和《调整舞鞋的舞者》。

呕的女人的诱惑，拖着有反应的身体一头扎进夜色里。）但莱斯莉家并不需要这样的身体反应。当莱斯莉出现时，我立刻联想到的——我毫不羞愧地承认——是很多很多的钱。

不久后我在无意中获知——从莱斯莉和她家的一名中年朋友本·菲尔德先生那里，那一晚我刚踏入莱斯莉家，他和他太太便跟了进来——莱斯莉家的财富最初只有一小片不比孩童的食指或成人的蠕虫状阑尾大的塑料。菲尔德先生边抚弄他的芝华士威士忌边说，伯纳德·拉皮德斯在三十年代大萧条时期以制造饰有浮雕的塑料烟灰缸起家。莱斯莉后来详细说道，这种烟灰缸是每个人都熟悉的：通常是黑色，圆形，刻有文字，比如斯托克俱乐部、"二十一"、摩洛哥饭店，或者更普通的贝蒂之家和乔的酒吧等。许多人偷这种烟灰缸，因此它们总是供不应求。那些年拉皮德斯先生所生产的烟灰缸数以几十万计，全靠长岛的一家小工厂，他才得以和家人在皇冠高地过着极其舒适的生活，后来他们又搬到布鲁克林的一个较豪华的地段。正是最近这场战争，使得他们由富足变为豪奢，搬到皮埃尔蓬街的这幢翻新了的赤褐色砂石建筑里，屋里有博纳尔的画像和德加的作品（还有我很快就能看到的毕沙罗[1]的一幅风景画，画的是十九世纪巴黎郊区田野中的一条长长的乡间小道，宁静又美丽，不禁让我为之哽咽）。

就在珍珠港事件发生前——菲尔德先生继续以平静的声音说道，联邦政府为制造一种小玩意而在模制塑料工厂中公开招标。这种小玩意只有两英寸长，外形不规则，一端有弯曲状凸起，以匹配一个形状相近且有着绝对精密度的小孔。制造这样一件东西的成本不足

---

1 法国印象派画家，画有《雪中的林间大道》和《塞纳河和卢浮宫》。

一美分，但由于合约——拉皮德斯先生中标——要求必须制造数千万个，这种小型设计就催生出了一个戈尔孔达[1]：它是整个第二次世界大战期间，陆军和海军陆战队所发射的每一颗七十五毫米的炮弹导火线的重要组成部分。这种小玩意用皇后区大桥附近的黑色黏状物制成，我后来参观了房子里华丽的浴室，里面就有一小块这种聚合树脂（菲尔德先生跟我说，这就是那种小玩意的原料）的复制品，被嵌在一块玻璃镜框中挂在墙上。我呆呆地望了它好久，想着由于它的存在，无数日本人和德国佬被炸成碎片。这块复制品是用 18 K 金铸成的，它的存在是整幢房子里唯一的败笔。不过在当年还充满胜利气息的美国，这倒是可以谅解的。莱斯莉后来把它叫作"蠕虫"，还问我能否联想到"某种肥肥的精虫"。我们从哲学层面详细探讨了"蠕虫"这个既引人入胜又令人恐惧的矛盾意象，但后来莱斯莉用一种最不惹人嫌的方式，无可奈何地打趣道："正是那些蠕虫成就了了不起的法国印象主义者。"她对家中财富的来源表现出一种轻松无比的态度。

莱斯莉终于出现了，她容光焕发，美丽动人，穿着一件青黑色针织连衣裙，走路时裙裾翩然起伏，凸显她姣好的身材，非常迷人。她在我的脸颊上轻吻了一下，散发出一股花露水的味道，如水仙花般清新。比起我家乡的那些风骚小娘们，那些爱泡在热气腾腾、加了麝香的水中的怪诞处女，莱斯莉真是动人多了。这就是格调，我心想，真正的犹太格调。一个喷了亚德利牌香水仍觉得安全无虞的女孩，必定明了性是怎么回事。不多久，莱斯莉的

1　遗址名，在今印度南部安得拉邦海得拉巴市，1518—1687 年为伊斯兰王国之一什叶派王国的首都，附近丘陵钻石规模庞大，曾以产钻石著称。

双亲也加入了我们，一个五十岁出头、干净利落、皮肤微褐、看似精明的男人和一个有一头琥珀色头发的美丽女人，她看起来十分年轻，很容易被误认为莱斯莉的姐姐。仅从外表来看，当莱斯莉后来告诉我她母亲于一九二二年毕业于巴纳德学院时，我简直不敢相信。

莱斯莉的父母并未停留许久，因而只给我留下了简短的印象。但这个印象——相当的学识、不经心流露出的良好举止、精明能干——已使我为自己在地铁上无知又愚昧的设想感到惭愧，我用自己天真的头脑预测了他们的悲惨处境，并使其遭受文化剥夺。毕竟，我对波托马克之外的都市世界的了解非常有限，一个有着种族问题又复杂多样的世界。我原以为拉皮德斯先生粗俗不堪，就像杰克·本尼在广播节目里扮演的滑稽的犹太守财奴，说话时带有第七大道的口音，还有种种语法错误，结果发现自己面对的是一个说话温和、对待财富从容自在的贵族。他的声音让人愉悦，慵懒又温柔，发音也饱满。后来我又知道他以最高荣誉毕业于哈佛大学化学系，并将自己的专业知识学以致用，成功发展了模制塑料工业。我啜饮着仆人送来的优质丹麦啤酒。我已经微醺了，但觉得快乐——这份快乐和满足超乎我先前的所有想象。接着又是一项更美妙的发现。在这个温暖舒适的夜晚，大家谈天说地，我慢慢了解到菲尔德夫妇要和莱斯莉的父母一起到她家位于泽西肖尔的夏季别墅去度周末。事实上，他们一行人很快就要开着那辆暗红色的凯迪拉克离去，因此莱斯莉和我将被留在这个地方玩乐，只有我们两个人。我的酒杯翻了。哦，我的酒杯变成一个溢洪道，似洪水般流过一尘不染的地毯，涌到外面的皮埃尔蓬街，穿过布鲁克林苍茫暮色下的所有欲望之地。莱斯莉。和莱斯莉单独度过的周末……

大约过了半个钟头，拉皮德斯夫妇偕同菲尔德夫妇坐上凯迪拉克，往阿斯伯里帕克驶去，但在此之前他们还有一番短暂的谈话。菲尔德先生和拉皮德斯先生都喜欢收藏艺术品，话题遂转为如何获得艺术珍品。菲尔德先生在蒙特利尔看中了一幅莫奈的画，便放出风声，说他愿意以三十千美元的价格把它买下，如果幸运的话。有一会儿我的脊柱感到一阵凉意，不过很舒服。这是我第一次听到有人以"三十千"来代表"三万"，而非在电影里。还有另一件出人意料的事情。这时候他们谈到毕沙罗，由于我没看过他的作品，莱斯莉就从沙发上跳起来，要我立刻随她去。我们一起向房子后面走去，到达一间餐厅，墙上挂着一幅美丽的画——寂静的星期天下午，浅绿色的葡萄藤蔓和断壁残垣，传达出一种永恒——夏日傍晚的最后一抹阳光正照耀着它。我的反应完全是不由自主的，我听到自己低语："太美了。"莱斯莉回答："可不是吗？"

我们并肩望着那幅画。在阴影中她的脸离我的脸是那么近，我都能闻到她方才喝的雪利酒的甜香味，接着她的舌头便伸进了我的嘴巴里。说真的，我并没有邀请她伶俐的舌，只是想看看她的脸，期待能看到和我脸上一样因感受到美而流露出的愉快表情。可我还未瞥见她的脸，她的舌头就那么迫不及待，像翻腾的大海一样冲入我张大的嘴巴，在我的小舌附近探索着，永无止境般，几乎征服了我所有的感觉。它扭动着，跳动着，缠绕着，在我嘴里横行霸道，我确定它至少上下翻转了一次，如海豚般滑溜，却不像美味又黏稠的阿蒙提拉多雪利酒那么湿润。它本身就带着一种力量迫使我向后退，我抵着门柱，紧闭眼睛，手足无措地伸着自己的舌头，神情一片恍惚。这一吻究竟持续多久我也不知道，不过最后我打算回吻，喉间发出一声闷哼，试图把舌头探过去时，我感觉到她突然把自己的舌头抽了回去，像泄了气的皮囊。她的嘴巴离开后，又把脸紧贴在我的脸颊上，激动地说："我们现在不行。"我以为自己可以感觉到她的战栗，但我想那只是因为她呼吸沉重。我紧紧地拥着她，喃喃低语："上帝，莱斯莉……莱……"我只有这点力气说话，接着她挣脱了我的怀抱。她脸上的笑容似乎和我们澎湃的情绪不太相衬，她的声音温柔、愉快，甚至有些轻浮，却使我为其表达的含义产生了一种近乎疯狂的欲望。这是我熟悉的腔调，此时却像簧片发出的甜美声音。"做爱，"她凝视着我，用我刚好能听到的声音低语道，"奇妙的……做爱。"然后转身走回客厅。

过了一会儿，我躲到哈布斯堡式的豪华浴室里，一边从钱包里翻出一个开了包装、事先上好润滑油的特洛伊牌安全套，将它放进上衣比较顺手的那个口袋里，一边慢慢走到饰有镀金小天使的全身镜边上，努力让自己平静下来。这间浴室有着高高的天花板、洛可可风格的金色水龙头和接头。我将脸上的口红拭去——令我惊讶的是，这张脸又红又烫，就像中暑了似的。对下面那玩意我是无能为力的，但看到我身上的那件过时的泡泡纱上衣时，我还是松了一口气，幸好长了一点，正好遮住我的裤裆，以及裤裆内不肯妥协的坚挺。

几分钟后，我们站在沙砾车道上跟拉皮德斯夫妇和菲尔德夫妇说再见，我看见拉皮德斯先生轻吻了一下莱斯莉的额头低声说："乖一点，我的小公主。"我不禁怀疑是不是有什么事情出了差错。随着时光的流逝，我研究过不少犹太社会学的知识，看了很多诸如《再见，哥伦布》和《玛乔丽·莫宁斯塔》这样的小说后，才了解到犹太公主原型的存在，她的做事风格和她在事件发展过程中的意义。

但那时我以为"公主"一词不过是个昵称,除此之外别无意义。当我望着凯迪拉克闪烁的红色尾灯消失在暮色中时,我心里却因为"乖一点"这三个字而傻笑。即使如此,当我们独处时,莱斯莉的态度——我想你大概会称之为轻佻——却使我明了某些等待是必要的:我们的关系有了起色,她的舌头在我嘴里发起猛攻,使得我此刻突然渴求她更多的吻。

一回到门内,我就伸出手臂环着她的腰际,但是她发出银铃般的笑声挣脱开,说了句"欲速则不达"。我虽有点不解其意,却非常乐于让莱斯莉控制我们共同的计划,安排时间并确定我们晚上的节奏,以使一切事情渐次移向高潮。莱斯莉的热情和渴望像镜子般映照出我自己炽热的欲望,她毕竟不是只要我开口就可以在满室的地毯上玩起来的妓女。尽管她迫不及待,过去也放纵过——我本能地料到——她还是希望被宠爱、被讨好、被引诱、被取悦,一如每个女人。这正合我意,因为很显然,大自然设计这样一个结构也是为了增强男人的兴奋感。我愿意为此耐心地等待时机。因此当我一本正经地和莱斯莉坐在德加那幅著名的油画下面时,我并不觉得明妮端着香槟和新鲜鱼子酱(以及另一样我当天晚上第一次品尝的食物)进来构成了什么妨碍。这只是引得明妮和我互相打趣,非常南方化;莱斯莉显然觉得这十分有趣。

先前我已经说过,我旅居北方期间,困惑地发现纽约人对南方人的态度往往不是满怀敌意(如内森最初对待我那样),就是深觉有趣,但带着一种优越感,仿佛南方人是吟游诗人。我虽然明白莱斯莉是被我的"正经"所吸引,却仍免不了落入后一个范畴。明妮再度出现之前,我差点忘了这个事实,在莱斯莉眼中我是新鲜而奇特的，有点像瑞特·巴特勒[1]；我的南方身份就是最吸引她的一点，因此我立刻玩起这一花招。就这一整晚而言，还是值得的。举例来说，下面这段戏谑的对话（我二十年后回想起来觉得真是不可思议）使得莱斯莉欢快地拍着她被美丽的针织连衣裙包裹着的大腿。

"明妮，我想死了家乡的一些食物，黑人真正吃的食物，而不是这些老共产主义者吃的鱼子。"

"嗯——哈！我也是！哦，我真想吃一口腌鲻鱼，腌鲻鱼和粗玉米粉。我说那才真叫美味哪！"

"煮猪肠怎么样，明妮？煮猪肠加芥蓝？"

"好啊！"她疯狂地高声大笑，"你说起猪肠，这让我觉得自己快饿死了！"

后来在盖奇和托尔纳餐厅，莱斯莉和我坐在煤气灯下吃小帘蛤和蟹肉大餐时，我经历了一种感官和精神上的双重喜悦，那是我这一辈子还未曾有过的。我们远离了喧嚷的人群，坐在角落里的一张桌子旁，相距极近。我们喝了一点美味的白葡萄酒，我的思路因此变得活跃，口齿也伶俐起来，便说出我祖父在钱斯勒斯维尔失去一只眼睛、碎了一只膝盖骨的真实故事，接着又编造起我的一个叫莫斯比的舅公的故事。他是内战时期联邦游击队的领袖之一。我说这是编造的，是因为莫斯比——弗吉尼亚的一位上校——和我一点关系也没有，不过这段多彩多姿的故事却有史可证，我又慢声细语、添枝加叶，讲得绘声绘色、无比感人，抓住每一次的戏剧性效果，最后再落入俗套、吊人胃口。听得津津有味的莱斯

1　美国作家玛格丽特·米切尔的名著《飘》中的男主人公。

莉像在科尼岛上那样握住我的手，我感到她的手掌有点潮湿，是欲望带来的，或者说看起来如此。然后我听到她问："然后怎么样了？"当时我正在一个重要关头停了下来。我又继续说："呃，我的舅公——莫斯比终于在瓦利包围了那一旅联邦军。当时是晚上，联邦军的指挥官正在他的帐篷里睡觉。莫斯比闯入这顶黑漆漆的帐篷，戳戳将军的肋骨，将他唤醒，说：'将军，快起来，我有莫斯比的消息！'将军听不出他的声音，以为是自己的一名部下，便在黑暗中跳起身说：'莫斯比！你逮住他了吗？'莫斯比回答：'没有，先生！他逮住你了！'"

莱斯莉对这个结局很满意，由衷地发出一阵低沉的笑声，使得邻桌的客人纷纷回头看她，还有一名年长的侍者露出告诫的神情。等她止住笑声后，我们一时都静默不语，凝视着餐后的那杯白兰地。最后是她——不是我——提出了我们两个人心中最关切的主题。"你知道，我觉得那时候很有趣，"她若有所思地说，"我说的是十九世纪。我是指没有人会去想他们做爱的事。对于这件事，所有的书都只字不提，也没有什么传闻。"

"维多利亚时代的思想，"我说，"全是假正经。"

"我是说，我对南北战争所知不多，可是只要我想到那个时期——我是说，自从我看了《飘》以后，我就对那些将军有这种想象，那些蓄着黄褐色小胡子或络腮胡、长发微卷、骑在马上英姿焕发的年轻将军，还有那些穿着箍裙和灯笼裤的美丽姑娘，从任何书刊中你都无法得知他们会不会做爱，"她停住口，捏捏我的手，"我是说，当你想到这样一个穿着好看衬裙、无比迷人的姑娘和那样一个年轻英俊的军官……就是，他们在疯狂地做爱时，你不会有感觉吗？"

"哦，会的，"我不觉一阵怵动，"哦，不错，确实会。这让人对历史有了更多的认识。"

那时是晚上十点多，我又点了两杯白兰地。我们在餐厅里多待了一个钟头，莱斯莉又如在科尼岛那样，温柔地掌控着这场谈话的船舵，让人无法抵抗，将我们俩引入混浊不堪的逆流和阴森可怕的潟湖，这是我从不曾和一个女子共同经历过的。她时常提及她的精神分析师，说他帮她意识到原始的自我，更重要的是帮她意识到性能量必须被释放，以保证身体的正常运转。她现在觉得自己是一个健康的"野兽"（她的原话）。她说话时，优质的白兰地使我有勇气把指尖轻轻滑过她滔滔不绝的嘴唇。她抹了朱红色的口红，闪闪发亮。

"我去接受分析前简直蠢得可以，"她叹了一口气说，"一个徒有虚名的知识分子，一点都不知道我与自己身体的联系，也不知道我的身体所赋予我的深奥学问。我对自己美丽的阴毛和私处毫不知情，对这一切都毫无了解。你读过劳伦斯的《查泰莱夫人的情人》吗？"我说没有。这本书是我渴望一读的，但是它却像疯狂的杀手般被锁在大学图书馆的书柜里，不准出借。"那你一定要看，"她的声音现在变得沙哑，感情强烈，"为了拯救你自己，一定要看。我的一个朋友偷偷从法国带了一本过来，我去借来给你看。劳伦斯有答案——哦，他对做爱那么了解。他说当你做爱时，你就是在把自己交给黑暗之神。"她一边说，一边捏我缠在她臂上的手。她的手距我起反应的地方不足一毫米，而她凝视着我的目光里有种令人触电般的热情及肯定，我必须全力克制，才能在那一瞬间忍住自己当众抱住她的冲动，这种冲动可笑又野蛮。"哦，斯廷戈，"她继续说，"我说的是真话，做爱就是把自己交给黑暗之神。"

我难以控制地说道："那就让我们把自己交给黑暗之神吧。"然后急急地招呼侍者结账。

我在前面提到过安德烈·纪德及我试图模仿他所写的日记。在杜克大学念书时，我曾看过这位大师的法文原著。虽然读得很是吃力，但我还是非常崇拜他随兴所至的日记，认为他无情又诚实的自我剖析是二十世纪文明思想真正的胜利之一。在我自己的日记中，我对莱斯莉·拉皮德斯的最后一部分记录——我后来才想起那是耶稣受难周 [1] ——始于那个棕枝主日，当时我在科尼岛，终于星期五的凌晨时分，彼时我在皮埃尔蓬大街。我在开头相当详细地思考了纪德，凭记忆复述了他的一些独到的思想及观点。我不在此处重述，只记下我对他的钦佩，不只为他有承认耻辱的勇气，还为他的果敢和诚实，他似乎总是愿意将它们记录下来：耻辱或失望越大，他在日记中的记录就越有净化作用，越有真知灼见，而读者也能参与到这种净化中去。我虽记不清读他文字时的心情，却能肯定他的文字和我在与莱斯莉相处的最后阶段——这段经历紧跟在我对纪德的思考后——获得的净化相同。不过我必须说明这特殊的几页是有点荒诞的。在写下这段经历不久后，我便气馁地将其从账簿一样的本子上撕了下来，胡乱塞在本子后面。这本本子平时被我用来保存日记，后来在我重写这场愚蠢约会的结局时被我无意中找了出来，真是幸运。依然令人惊奇的是我的字迹：不是我惯常写的平稳工整的学生笔迹，而是纷乱而潦草的字迹，显示出当时我内心的极度狂乱。不过，现在看来，这几页日记的文体仍是冷静而讥讽的，是我对自己

---

1 指复活节前一星期，下文的棕枝主日指复活节的前一个星期天。

的深刻剖析。如果纪德能够仔细读读这些令人羞愧的文字，他大概也会很欣赏。

　　我就从我们离开盖奇和托尔纳餐厅，上了出租车后的情形讲起吧。不用说当时我贪婪的情欲已使我难以自持，车子还未开动，我便紧抱着莱斯莉，重现我们看毕沙罗的画时的那一幕。她的舌头在我口中探索着，翻动着，像寻找新生的鲱鱼逆流游弋。原来接吻可以这样婉转开阔，这可是我从来都不曾知道的。显然，这次该我主动出击了。我也这样做了。车开到富尔顿街时，我主动把舌头探进她的口中。她明显很喜欢，不停地颤抖、呻吟着。我浑身也燥热不已，开始有进一步的行动，这是我以前在弗吉尼亚吻女孩们时想做却不敢做的，因为觉得那是明目张胆的暗示。我缓慢却有节奏地随意让舌头在她口中伸缩，引得莱斯莉又是一阵呻吟，她把嘴挪开，耳语着："上帝！你和我真是心心相印啊！"反常的是，她害羞了，但这并未影响我的行动，我已经处于半疯狂的状态中。现在让我重现当时的状态几乎是不可能的。在这种尚能控制的极度兴奋中，我觉得是时候做出第一个有实质意义的动作了。我小心翼翼地将我的手向上滑，试图托住她性感的左乳，又或者是右乳，我忘了哪个。就在这一刹那，令我难以置信的是，她移动她的手臂护住胸口，坚定又果决，跟我小心翼翼的偷摸行为一样。这个动作清楚地表明"不可以"。这实在令人愕然，不禁使我想到我们之中必定有一个人犯了错，弄错了我们的信号，我想她大概是在开玩笑（一个很糟糕的玩笑）。因此，过了一会儿，当我的舌头继续在她口中翻滚纠缠而她又开始呻吟时，我的手又开始了，这次我把手移向另一边的胸脯。啊！同样的事情又发生了。突然，她的手臂像铁路道口的栅栏般落下，护住自己。"不准通行！"这简直叫人不敢相信。

（现在是星期五晚上八点，我查看了《默克手册》，推断自己得了严重的急性舌炎——一种发炎性疾病，舌头表面原有创伤，又感染了细菌、病毒和其他有毒体，从而加重了这种炎症。这是由那长达五六个小时的唾液交换引起的，我敢说这样的接吻在我或其他任何人的历史上都前所未有。"默克"说这种情形只是暂时的，让舌头休息几个小时就能得到缓解。我宽下心来，因为吃点东西、喝几口啤酒都能让我痛不欲生，简直就像谋杀。天色几乎全黑了，我独自一个人在耶特的屋里写着，甚至不能面对苏菲和内森。说实话，我正处于孤寂和失望的痛苦中，这种痛苦是我以前不曾经历，也不曾想象过的。）

再回来说斯廷戈的进展。当然，为了保持理性，我必须想出一些原因来解释她怪异的行为。我想，显然，莱斯莉只是不愿意在出租车里公开做什么越轨的举止。一点也不错。在合适的地方做合适的事情。出租车上的淑女，床上的荡妇。这样想着，我便释怀了，并继续热烈地和她接吻，直到出租车开到皮埃尔蓬大街的赤褐色砂石建筑前。我们下了车，走进黑乎乎的房子。莱斯莉打开前门，说星期四晚上是明妮的休假时间，我认为她是在强调今晚只有我们俩。在前厅柔和的灯光下，我起了反应，甚至还流出一点液体，就像小狗在我的裤裆里撒了尿。

（哦，安德烈·纪德，为我祈祷吧！这份记录几乎令人无法忍受了。我怎么能让大家理解并相信接下来几个钟头发生的悲惨境况？更别提有人性了。这种莫名的痛苦该怪罪于谁——

我、莱斯莉，还是时代精神？莱斯莉的精神分析师？当然有人要为可怜的莱斯莉那"寒冷、凄凉的平稳期"负起责任。这就是她说的——平稳期，一点也不错，她孤独而凄凉地徘徊在绝望之境。）

午夜时我们在德加那幅画下面的长沙发椅上再一次开始了。房里不知哪儿摆着一座钟，按点报时，到了凌晨两点，我也并没有比在出租车里有更进一步的进展。我们相当沮丧，但依旧默默地彼此拉锯着。我努力实践着书上说的各种方法，却毫不得法。除了张大嘴巴不知疲倦地翻动舌头，她可以说是衣着整齐、全副武装。这一形象也适用于另一场景——当我开始在这种半明半暗中对她发起进攻，手指摸到她的大腿，想把手掌伸进她夹得紧紧的双膝之间时，她猛地抽出她舞动的舌头，喃喃低语"停住，就在那儿，莫斯比上校！"，或者"往后面一点，约翰尼·雷布"之类的。说这些话时，她学我的南方口音，语气轻松愉快，还咯咯地笑。这种例行公事般的声音像一盆冰水一样把我浇了个透。这整场虚伪的游戏再次让我无法相信眼前发生的一切，无法接受这一事实：先是完全主动的示好，再是确定无疑的邀请，接着是火辣辣的勾引，最后却是回到这种荒唐的鬼话上。她欺骗了我。凌晨两点后的某个时间，我快要崩溃了，求助般地想做点什么。尽管我正在这样做，但我知道这会引起莱斯莉的强烈反应，只是我无法预测这反应有多强烈。我肯定当她意识到自己握住的是什么时，她一定会发出令人窒息的尖叫，尽管我们依然在那片海洋里纠缠角逐着。（这事发生在我默默地拉开我裤子的拉链，并把她的手放在上面之后。）她突然从沙发上跳了起来，好像有人在她身下点了一把火似的。那一刻，那个夜晚与我所有可怜的幻想和美梦都化为灰烬。

（哦，安德烈·纪德，我觉得我会像你一样成为一个同性恋者！ [1]）

后来她坐在我身旁，像个婴孩般号啕大哭，想要对我做出解释。出于某种原因，她的甜美，她的无助，她的垂头丧气和懊悔的态度，都帮助我控制住了我的狂怒。起初我真想痛揍她一顿——取下德加的那幅价值连城的画，朝她头上砸下去，现在我差点就要和她一起大哭，哭我的懊恼和挫败，也哭莱斯莉和她的心理分析——将她变成一个让人不快的骗子。当嘀嗒作响的钟向着破晓走去的时候，我了解了这一切，然后说出了我的抱怨和不满。"我并不愿意变得猥亵或不可理喻，"在黑暗中我拉着她的手对她低语，"但你让我想到那方面。你对我说过这样的话：'我打赌你的床上功夫可以让女孩飘飘欲仙。'"我停了好久，吐出几缕蓝色的烟雾，又开口说道："我可以，也想这么做。"我停住口。"如此而已。"她抽着鼻子又啜泣了很长一段时间后回答："我知道我这么说过，如果我让你这么想了，我很抱歉，斯廷戈。"接着是抽鼻子，继续抽鼻子。我递给她一张舒洁纸巾。"可是我并没有说我想你这么做，"她又抽了几下鼻子，"而且我说的是'女孩'，并没有说'我'。"这一回我所发出的呻吟足以唤醒死人的灵魂。好久好久，我们两个人都没有再开口。在凌晨三点至四点之间，我听见一艘船的号角声，悲哀、凄凉、遥远，从纽约港那边传来，穿透了黑夜。

---

1 原文为法语。

这使我想起家乡，心中涌起一股难以言喻的悲伤。不知为什么，这号角声及其带来的悲伤使我更难以忍受莱斯莉热情又娇艳的存在，她就像一朵丛林之花，出奇地遥不可及。然而，我不敢相信我的那玩意竟然仍像一根长矛般挺立着。这立刻使我想到堕落。施洗约翰[1]也会遭受类似的痛苦吗？坦塔罗斯？圣奥古斯丁？小内尔？

　　莱斯莉有的只是舌头——既是字面义也是比喻义，她的性生活完全以她的舌头为中心。因此经由她这个过度灵活的器官传达给我的煽动性承诺，与她爱说的同样具有煽动性却一派胡言的话有着同样的本质也就不是什么偶然的事了。我们呆坐在那里时，我记起了在杜克大学的一堂变态心理学课上，我曾读过的一种关于"秽语症"的荒谬癖好，就是不由自主地说猥亵的语言，经常发生在年轻女人身上。最后我打破了沉默，打趣地说她很可能是这种病的受害者，她的反应与其说是受辱，不如说是受伤，她又开始低声啜泣。我似乎揭开了她某处痛苦的伤口。不过她坚持，不，并不是那样的。过了一会儿，她不再啜泣，然后说出一件几小时前我必定会认为是个笑话，现在我却深信不疑、平静接受且毫不惊讶的事实。"我是个处女。"她的声音凄楚微小。沉默了许久之后，我回答："你要明白，我无意冒犯，不过我想你是个严重病态的处女。"我知道这些话

1　《圣经》人物，在耶稣传教之前就劝人悔改，并在约旦河中为人施洗。下文的坦塔罗斯是希腊神话中的一位国王，因触犯其父主神宙斯，被罚站在齐颈深的水中，头顶有果树。他口渴欲饮，水却流往他处；腹饥欲食，果子则被风吹走，因此他永远又饥又渴。圣奥古斯丁则是古罗马基督教思想家，教父哲学的主要代表。小内尔是英国作家狄更斯著作《老古玩店》中的一个人物，老古玩店老板的孙女。

有多刻薄，却不后悔说出口。港口又传来号角的声音，触动了我的欲望、乡愁和绝望，不禁使我也泫然欲泣。"我很喜欢你，莱斯莉，"我努力说道，"我只是认为你这样戏弄我是不公平的。对一个男人来说，这很痛苦，太糟糕了。你想象不到的。"我说完这段话后，她以我听过的最凄惨的声音回答道："可是哟，斯廷戈，你想象不到的是在一个犹太家庭里成长是什么情形。"我听不出她说的话是否为不合理的推论，她也没有立刻对此展开详细的叙述。

最后，黎明来临，深深的疲惫涌入我的四肢百骸，包括那顽强不已的爱肌也在挺了如此长的时间后软了下去。莱斯莉为我述说了她接受心理分析的漫长黑暗之旅，当然还有她的家庭，她那个可怖的家庭。根据莱斯莉所言，她的家庭披着文明冷静的外衣，事实上却是个满是恶魔的蜡像馆。冷酷无情而野心勃勃的父亲信仰的是模制塑料，自她童年到现在，他和她说的话不超过二十句。举止怪异的妹妹和愚蠢的哥哥。最可怕的莫过于她的母亲——或许还接受了巴纳德学院的启蒙思想——从她三岁开始就怀着报复之情残酷地支配着她的生活，当时她在抚摸自己光溜溜的身子，结果被她母亲逮住，还迫使她在手上戴了夹板，以预防她手淫，好几个月后才让她取下来。莱斯莉急不可待地对我说出这一切，似乎我暂时取代了那些经常变化、治疗她哀伤痛苦四年多的心理医生。太阳已完全升起了。莱斯莉喝着咖啡，我喝着百威啤酒，价值两千美元的留声机播放着汤米·多尔西的歌。我疲惫不堪，莱斯莉如瀑布般一泻而下的话听在我耳中就像穿透层层羊毛传过来一样沉闷模糊，断断续续，难以连缀。这番急切的自白尽是什么赖希学派、荣格学派、阿德勒学派、卡伦·霍妮心理学和升华、格式塔、固着、排便训练之类的术语，还有其他一些我已经意识到却从未听其他人以这样一种口气说过的事情，在南方，只有托马斯·杰斐逊和雷穆斯大叔才会这么说。我累极了，她却说个不停。她说起了她现在的心理医生普尔弗马克医生，也是她的第四任，属于赖希学派，然后又提及她的"平稳期"，可我只能知道她说这些话用意何在。我的眼睑不停地扇动，这表示我急需睡眠。而她一句接一句地说下去，用那两瓣我永远也不会再触碰的犹太嘴唇，那湿润又可爱的嘴唇。我突然发现，开始时还顽强的可怜阴茎在数小时的时间里已经萎缩变小，就像挂在我身后那间如教堂般辉煌气派的浴室里的那个复制品一样。我用力打着哈欠，声音很大，但是莱斯莉置之不理，她似乎认定我不应该带着对她的厌恶感离开，而是应该试着了解她。然而我真的不知道我想不想了解。莱斯莉继续倾诉，我却感到绝望，只能想到一种明显的讽刺：如果耶稣基督通过弗吉尼亚州的那些冷漠残酷的女人背叛我的话，那么我现在又被可恶的弗洛伊德博士借莱斯莉的手残酷地欺骗了。真是两个聪明的犹太人，相信我。

"在我到达语言的这个平稳期之前，"我在恍惚和疲倦中听到莱斯莉说，"我绝不可能说出我对你说过的那些话。现在我完全可以畅所欲言了。我指的是每个人都说得出口的那些盎格鲁－撒克逊人所说的脏话。我的精神分析师——普尔弗马克医生——说社会的压抑一般说来和性语言的残酷压抑有直接的比例关系。"我一边回答，一边打了一个大大的哈欠，听起来就像是野兽的吼声。"我懂了，我懂了，"我打着哈欠吼道，"你所谓的畅所欲言就是说，你可以一再说做爱这件事，却还是无法亲身实践！"她的回答在我听来只是一阵含糊的声音，持续了很长时间，但我只能大略听出她正在说一种什么元气疗法，未来几天她都要坐在一个盒子里，耐心地吸收由乙醚散发出的能量波，这种波有可能使她进入下一个平稳期。我已经昏昏欲睡，又打了个哈欠，还无声地祝她顺利。说来也怪，然后我便打起盹来，进入了梦乡，当时她还在喋喋不休地说着某一天的可能性——某一天！我做了一个奇怪而混乱的梦，在梦里幸福的暗示被深刻的痛苦所渗透。我打盹的时间大概只有几分钟，醒来时——惊讶地望着还在自言自语的莱斯莉——才意识到刚才我一直沉沉地坐在缩放于臀下的手上。五根手指一时变了形，而我毫无知觉，这倒可以解释适才那场莫名悲哀的梦。梦中我再度在长沙发椅上热烈地拥住了莱斯莉，终于摸到了她那两个永无出头之日的乳房，它们被紧紧束缚在用苦艾和金属丝做成的残忍乳罩里。我抚弄着它们，像揉生面团似的。

过了这么多年，我得以看清莱斯莉的反抗——事实上是她顽固的贞操观——与我必须叙述的这种更大的叙事形成了一种鲜明的对比。天知道要是她真成为她所模仿的纵情声色、经验老到的花花女郎，会发生什么事情。她是那么令人向往，我一定会拜倒在她的石榴裙下。这样一来，我必然会搬离耶特·齐默尔曼的粉红宫，离开这粗俗又破烂的环境，无疑也就不会参与这之后发生的一系列事件，而这些事正是书写这个故事的主要原因。莱斯莉的承诺与她的表现之间的不一致使我的精神深受伤害，我竟然生起一场病来。这场病并不危险——只是严重的流感加上精神上的极度消沉，却使我卧床四五天（内森和苏菲细心地照顾我，送番茄汤给我喝，又拿了些杂志给我看）。这期间，我认定我的生命已经到达一个紧要关头。这关头就是性，它像堆崎岖的岩石，莫名让我摔了个大跟头。

我知道我相貌堂堂，学养尚佳，有同情心，也很清楚南方人天生的好口才往往使我有别具一格的魅力，讨人喜欢（但不会让人不舒服）。尽管有这些优点，再加上我为发扬这些优点做出的极大努力，我还是找不到一个愿意和我一起把自己交付给黑暗之神的女孩。那时，我躺在床上，还发着烧，专心看了会儿《生活》，又为莱斯莉在黎明的昏暗光线中对着我喋喋不休的情景感到伤心。现在回头看，那时的自己似乎正处于一种病态中。无论多么痛苦，我都应该将这种病态视作我不幸命运中的一站，就像人们接受所有糟糕但最后可以挨过去的疾病那样，比如难治的口吃、兔唇。我并不是以前自以为是的"性感的斯廷戈"，我得对此感到满意。然而，作为补偿，我觉得自己还有更远大的目标。毕竟，我是个作家，一个艺术家。人们不是常说世界上很多最伟大的艺术都是由勇于献身的人成就的嘛。他们珍惜自己的精力，不会把性放在首位，从而颠覆自己追求美和真理的更宏伟的目标。所以，我告诉自己，前进吧，斯廷戈，重新打起精神来，好好写出一些东西来，把色欲丢在脑后，将你的热情投注到你内心深处令人陶醉的景象上，并将它们写下来。这番禁欲般的告诫使我得以在下个星期离开床铺，感到心旷神怡、清心寡欲，心灵也得到了净化，并能继续勇敢地与已经群集在我小说里的仙女、魔鬼、傻子、小丑、甜美的姑娘和受尽磨难的父亲、母亲等各种角色展开搏斗。

我再也没有见过莱斯莉。那天早上我们在一种沉重而悲哀的心情下分别，虽然她要我尽快打电话给她，我却从未打过。不过，后来我时常在我的情色幻想中想起她，这么多年过去了，她的身影常常在我的脑海里出现。尽管她曾带给我一番折磨，我还是希望她能够幸福快乐，不管她去哪儿，也不管她最终会变成什么样的人。闲来无事时我常想，但愿她的元气疗法可以如她所愿，帮她到达下一个更高的平稳期，而不只是畅所欲言。就算这种疗法失败，在接下来的几十年里，随着科学在护理和保持欲望上的大幅进步，我相信一定还会有许多其他方法可以将她治愈，为她带来满足。也许我预料错了，可是为什么我的直觉告诉我莱斯莉最后真的找到了她的幸福？我现在也不清楚，但我觉得此时的她是这样的：一个恢复正常、神采飞扬、发鬓泛灰却依然优雅美丽的中年妇人，她坦然接受自己的年纪，懂得细心拣用脏话，有融洽的婚姻，子女众多，而且（我几乎可以确定）在性爱中享有多次高潮。

第八章

那年夏天的天气相当宜人，但有时候到了晚上却变得闷热，这时内森、苏菲和我就会到位于教堂大道转角处的一家有冷气的鸡尾酒吧去。这家酒吧叫"枫树宫"。弗拉特布什那一片发展成熟的酒吧没有几家（我原来觉得很奇怪，后来内森告诉我，犹太人并不认为喝酒是高级的消遣），这家枫树宫的生意倒是很兴隆，主要的蓝领顾客有爱尔兰籍看门人、斯堪的纳维亚籍司机、德国籍公寓管理员，还有像我这样地位模糊、莫名来到郊区的白人盎格鲁　撒克逊新教徒。此外，也有一些看起来有点偷偷摸摸的犹太人。枫树宫相当宽敞，灯光幽暗，破烂不堪，弥漫着一股淡淡的死水般的味道，不过我们三个人之所以会在格外闷热的夏夜被它吸引，主要是因为里面冰凉的空气，而且我们也开始逐渐喜欢它那逍遥自在的破败环境。那里收费也低，一杯啤酒只要十美分。我了解到这家酒吧建于一九三三年，为的是庆祝禁酒令的撤销，它宽敞的空间原来是打算建造一个舞池。不过这种狂欢热舞的构想并未实现，因为这名风流的经营者忽略了他这幢建筑的地理位置，他的酒吧坐落于一个如顽固的浸礼会教徒或门诺派教徒般讲求秩序和礼仪的社区，这让人感到难以置信。犹太教堂里的人说不可以建造，荷兰归正会教堂里的人也拒绝了这一构想。

因此枫树宫并未获得舞厅执照，所有那些亮晶晶、镀金又镀铬的装潢，包括挂在眩晕舞者头顶不停旋转的明亮的枝形吊灯，像是鲁比·基勒出演的一部电影里那种闪闪发光的糖果，都年久失修，因尘垢和烟雾而蒙上一层暗绿。椭圆形酒吧中央升起的舞台原是用来让漂亮的长腿脱衣舞娘对着台下懒懒坐着、伸长脖子看的人扭动她们的屁股的，现在上面却满是积了灰尘的招牌和一些写有威士忌和啤酒牌子的酒瓶。更可悲的是，一面墙上精心绘制的大型装饰性壁画——由那一时期的高手所画的佳作，背景是曼哈顿，一支爵士乐队正为一群载歌载舞的歌舞团姑娘伴奏——非但从不曾在狂欢的舞者面前露过脸，还开始开裂，水渍斑斑，也因附近的酒鬼多年来都把自己的后脑勺靠在上面而形成一长条肮脏的横线。内森、苏菲和我到枫树宫去时，总是坐在这幅壁画的角落里，离那个不幸的舞台远远的。

在皮埃尔蓬大街的"灾难"发生过后，一天晚上，内森对我说："真遗憾你和莱斯莉处不来，小子。"对于他的配对安排竟成一场空，他显然既失望又有点惊讶。"我以为你们两个人很合得来，是天造地设的一对。那天在科尼岛，我看她都快把你吞下去了，现在你却告诉我全都泡汤了。怎么回事？我可不相信她会拒绝。"

"哦，不，在性这方面倒没什么问题，"我扯谎道，"我是说，至少我得手了。"为了许多含糊的原因，我无法对他说出那晚这对处男处女的灾难性对峙这一事实。无论是对莱斯莉还是对我而言，说出来都很没面子。我就突然捏造了一番站不住脚的说辞，可我看得出内森知道我是在胡编乱造——他笑得肩膀都抖动起来，所以我只谈了一两个弗洛伊德的性分析，以此来结束我的讲述，其中之一便是莱斯莉告诉我只有大块头、肌肉发达且有着巨大男性器官的黑人才能使她达到高潮。内森一直在笑，以一种善意的玩笑般的眼神看着我。等我说完，他伸出一只手搭在我的肩上，用大哥所有的那种善解人意的口吻说："无论你和莱斯莉之间发生了什么事，我都很抱歉，小子。我以为她是个可人。有时候人与人之间的化学反应就是不对。"

我们没有再提莱斯莉。在这些夜晚，喝最多酒的人是我，常常一次就喝上六七杯啤酒。有时候我们在饭前去酒吧，不过通常都是在吃过晚饭后才到那里去。那时候大家几乎从没听说过有人在酒吧里点葡萄酒，特别是像枫树宫这样俗气的场所，但在许多事情上都是先驱者的内森总能设法点上一瓶沙布利白葡萄酒。每当我们到那里时，他总会把这瓶沙布利白葡萄酒放到桌边的冰桶里，供他和苏菲饮用，度过在酒吧里的一个半小时。这酒不仅让他们适当放松，还感到十分愉快，内森黝黑的脸上散发出一层光泽，而苏菲那张美丽的脸上则呈现出如盛开的山茱萸般温柔无比的红晕。

在我看来内森和苏菲已经是老夫老妻了，我们三个人简直形影不离，闲暇时我会琢磨枫树宫里的一些更为老成的常客会不会觉得我们仨是同居关系。内森不同寻常，风趣迷人，完全"正常"，和他相处总是十分愉快，若非苏菲偶尔会在展望公园跟我提起（有时会在我们去展望公园野餐时不经意地提起）他们过去一年里某些可怕又悲惨的相处时刻，我会将初次见到他们争吵时的火爆场面整个逐出脑海，还有我知道的其他一些迹象——关于他人生中的阴暗面。对于这个令人振奋，居于指挥地位，既是有魔力的主人，又是大哥、导师和知己，拯救我于孤立状态的慷慨人物，我还能有什么想法？内森并不是什么恶俗的魅力先生，而是技艺精湛的表演家，他讲笑话时，哪怕是最微小的事，都能显示出他的深度。他的笑话仿佛无穷无尽，绝大多数都是关于犹太人的。许多故事都称得上杰作。我还记得小时候我和父亲坐在泰德沃特剧院看 W. C. 菲尔茨的一部电影（我确信片名是《我的小山雀》）时，发生了一个只有在比喻里，或者滑稽小说中才会出现的场面：我看见父亲合不拢嘴地爆笑起来，一个不小心整个身子就溜出座位，滑到过道里。老天爷，滑到过道里！内森在枫树宫里对我讲犹太乡村俱乐部的笑话时，我几乎做了同样的糗事，这笑话我至今都还记得。

内森在讲这个郊区的民间故事时，就像是两个人而不是一个人在表演。一个是夏皮罗，在一次宴会上，他试图再次提议他的一名常年被投反对票的朋友成为俱乐部的会员。内森用标准的依地语模仿夏皮罗颤抖着声音满怀希望地说话，听起来非常油腻愚蠢。他说："要了解马克斯·坦嫩鲍姆是个多么伟大的人，我得动用整个英文字母表，从 A 到 Z，这样你们才会知道这个人有多了不起。"内森声音轻柔，充满了狡黠的味道。夏皮罗知道俱乐部里有一个人——现在正在打瞌睡——会投票反对马克斯·坦嫩鲍姆。他相信这个对头——金斯伯格不会醒来。内森 - 夏皮罗说："A——他令人钦佩[1]，B——他仁慈助人，C——他魅力十足，D——他给人快乐，E——他有教养，F——他友好亲切，G——他心地善良，H——他是个好

---

1 A 指 的 是 admirable，下 文 从 B 到 V 分 别 是 beneficial，charming，delightful，educated，friendly，good-hearted，helluva nice guy，inna-resting（interesting），joost（just）a minute，kike，lummox，moron，nayfish，ox，prick，queer，red，shlemiel，tochis，you can have him，ve（we）don't want him。

小伙。"（内森活灵活现却油腔滑调的语气无懈可击，索然无味的话经他之口变得令人捧腹。我笑得眼泪都出来了，嗓子也笑痛了。）"I——他十分有趣。"正在这时，金斯伯格醒了——内森的食指狠狠地指向天空，声音突然变得威严傲慢，充满敌意，让人难以忍受却忍不住叫好。内森－金斯伯格用雷鸣般洪亮又激烈的嗓音不可动摇地说："J——等一下！（郑重地停了一下）K——他是个犹太佬，L——他是个傻瓜，M——他是个笨蛋，N——他是个受气包，O——他是头公牛，P——他是个蠢货，Q——他是个同性恋，R——他是个左翼，S——他是倒霉蛋，T——他是个大屁股，U——你们要了他吧，V——我们不想要他，WXYZ——我反对这个蠢蛋！"

唱作俱佳的内森说起笑话来像表演魔术一样，他对这种荒唐、惊人又极致的愚蠢进行了无情的嘲讽，使我像我父亲当年一样笑到喘不过气、浑身无力、在油腻腻的长凳上东倒西歪，而笑得呛住了的苏菲则轻轻擦了擦自己眼角笑出的泪水。我感觉有许多酒吧常客阴郁地注视着我们，不明白我们何以如此兴奋。等我平静下来后，我敬畏地望着内森。能够引起这样的欢笑是一种天赋，一种赐福。

但假使内森只是一个小丑，一天到晚唱作不休，引人疲乏，他的这种讨人喜欢的天赋无疑会令人非常厌烦。他过于敏感，无法一直扮演喜剧演员，而且他的兴趣十分广泛，也很严肃，这使得我们在一起的好时光不至于总在一种无聊的层面上，无论这一层面有多富有想象力。或许我该补充一句，我常觉得，尽管内森天生的机敏和分寸感使他无法独占舞台，但确实是他在引导我们的谈话，可能还因为他比较年长，或者是因为他的存在感很强。我讲故事时也并不木讷笨拙，而他会专心倾听。我想，他就是人们眼中的那种博学者——一个几乎无所不知的人；然而我们相处过程中他在展示自己学识时的热情、才智和幽默使我从不曾有过那种因被压制言论而生出的愤愤不平之感。这是一些博学的人滔滔不绝时常使人产生的感觉，他们就是些博学的蠢蛋而已。内森的知识范围令人震惊，我时常提醒自己我是在和一个科学家，一个生物学家交谈。（他总会让我想到朱利安·赫胥黎[1]那样的奇才，我在大学时读过赫胥黎的文章。）内森知道许多文学典故，无论是古典的还是现代的，而且在一个小时内他可以毫不牵强地将利顿·斯特雷奇、《爱丽丝梦游仙境》、马丁·路德早期的禁欲思想、《仲夏夜之梦》、苏门答腊猩猩的求偶习惯等交织在他吸引人的谈话中。这番谈话既滑稽又严肃，探讨的是窥阴癖和露阴癖之间的本质联系。

这一切都令我信服不已。他对德莱塞的了解和对怀特海机体哲学的了解一样清楚。还有自杀这个话题，他似乎颇有偏好，提过不止一次，虽然他的表述方式并不显病态。他说，他最推崇的一本小说是《包法利夫人》，不只是由于它完美的结构，还因为它对自杀母题的解读：在西方文学中，爱玛服毒自杀似乎是无可避免的，这成为人类境遇最高的象征之一。有一次在谈到转世投胎（他相信有这种可能性）时，他诙谐地说，他上辈子是阿尔比派僧侣教徒中的唯一一个犹太人——一个叫圣内森·勒邦的才华横溢的修道士。他独自一人就可以传播该教派疯狂又偏执的自我毁灭倾向，这种倾向基于如下推理：如果生命是邪恶的，人们就有必要加快它的终结。"我唯一不曾预知的一件事情，"他说，"就是我会转世活在这个见鬼的二十世纪。"

1　英国生物学家、作家，下文的"机体哲学"指反对把自然界看成物体的总和或堆积的传统机械论观点，主张将自然界理解为活生生的、有生命的创造进化过程，可以理解为众多"事件"的综合或有机的联系。

然而即使他在谈到这个话题时表露出略微不安分的本性，我却从来不曾在这些愉快的夜晚感到过他有一点苏菲提到的那种沮丧或阴郁的绝望，也不曾见识苏菲亲身体验过的他突然出现狂暴愤怒的时刻。他几乎可以说是我心目中所有吸引人，甚至让人羡慕的美好特质的化身，我甚至不由得怀疑是苏菲那波兰人想象力中的阴暗一面编造出了这些冲突和灾难。我推断，这是波兰人的惯用伎俩。

不，我觉得他非常温和、热心，不可能使用她所暗示的那些恐吓手段。（即使我曾目睹过他心情恶劣的时刻。）就拿我正写得不亦乐乎的小说来说吧，我永远不会忘记那些宝贵又热情的评价。尽管早先他反对已日渐式微的南方文学，他仍经常关心我作品的进展，并鼓励我。有天早上我们喝着咖啡闲聊时，他问我可不可以让他看看我写好的开头几页。

"有什么不可以的呢？"他催促道，黝黑的脸皱了起来，露出急切的表情，"我们是朋友。我不会干涉，不会评论，甚至也不会给出建议。我只是很想看看。"我很恐慌，原因十分简单，从没有别人看过我翻阅了多次的黄色稿纸，纸边满是污渍，发出难闻的腐臭味。而且，我对内森十分尊敬，万一他对我的作品表示不悦，无论是不是无心之举，我对写作的狂热，甚至是日后的进展都会受到严重的影响。然而，一天晚上，我冒了险，打破了自己下的浪漫又清高的决心，即这本书写完前不给任何人看，写完后也只让出版公司的老板艾尔弗雷德·A.克诺夫亲自看，咬牙给了他九十页左右。他自己留在粉红宫阅读，而苏菲和我坐在枫树宫里，我听她追忆她在克拉科夫的童年往事。大约过了一个半小时，内森冒着一头汗从黑夜中疾步走了进来，摊开四肢坐在我对面，紧靠着苏菲，当时我的一颗心突突地跳个不停。他面无表情、一脸平静地看着我，而这正是我最怕的。停下来！我几乎开口相求。你说过你不会评论的！但是他的评论像响雷般传出。"你看过福克纳的小说，"他缓缓说道，语气平稳，"你看过罗伯特·佩恩·沃伦的作品，"他停住口，"我确信你也看过托马斯·沃尔夫，甚至是卡森·麦卡勒斯的著作。我没有遵守不加评论的诺言。"

我心想：哦，该死，他摸透我了，好吧，那果然只是一堆模仿性的文字垃圾。我真想沉入巧克力泡沫里，然后穿过枫树官的镀铬地砖，消失在弗拉特布什下水道的老鼠之间。我紧闭眼睛，想着我根本就不该把那些稿子拿给这个骗子看，他现在又要对我说一些有关犹太文学的话了。在我头冒冷汗、略觉恶心之际，他伸出两只大手抓住我的双肩，在我的额头印上一个濡湿的吻。我跳了起来，茫然地瞪大了眼睛，感受到他灿烂笑容中的温暖。"二十二岁！"他叫道，"哦，我的上帝！你写得真好！你当然看过这些作家的作品，不然你不可能写出这本书。但你将它们吸收了，小子，将它们吸收，变成你自己的东西。你有你自己的想法。那是人们在未成名的作家所写的作品中读过的最叫人兴奋的一百页。再多给我一些看！"被他的热情感染的苏菲紧抓着他的臂膀，像圣母马利亚般放出光芒，凝视着我，仿佛我是《战争与和平》的作者。我十分激动，笨拙地说出一段不连贯的话，快乐到差点晕厥。当时，我觉得这种快乐是我这一辈子所有难忘的记忆都无法企及的——绝非夸大其词。那一整晚他兴致勃勃地谈论我的作品，真诚有力地鼓励着我，让我激动不已。我深知这些鼓励是我迫切需要的。对于这样一个慷慨宽宏的人生导师、朋友、救星、法师，我怎么可能不迷恋呢？对此我无能为力，内森实在是个极有魅力的人物。

七月的来临带来多变的天气——先是燥热的气候，接着十分反常，转为凉爽、湿润，在公园散步的人都穿上了毛衣和外套，然后连续几个早上都雷声轰轰，有暴雨欲来的趋势，但雨却从未落下。我以为自己很可能会永远住在弗拉特布什的耶特的粉红宫，或者说至少在我完成小说前的几个月或几年。想要坚守我高洁的誓言实在很难——我仍为我可悲的无性生活感到困扰，除此之外，我觉得和苏菲、内森为伴是一种让我感到满足的日常状态，跟一个初露头角的作家在写作生涯中可能获得的那种满足感不相上下。在内森热情的鼓励下，我发疯般地狂写起来，但不时也会平静下来，因为我知道不管什么时候，只要我写得筋疲力尽，基本都可以找到苏菲和内森，或一个人或两个人，他们就在我身边，与我分享秘密、忧虑、笑话、记忆、莫扎特、三明治、咖啡和啤酒。我把孤独束之高阁，创作的源泉又如潮如涌，再没有比这段日子更让我感到快乐的了……

再没有比这段日子更让我感到快乐的了，直到他们发生了一连串不好的事情，影响了我的这种幸福，也使我了解到苏菲和内森彼此之间有多么不和，苏菲的预感和惊恐是多么真切，而她暗示我的那些激烈的冲突也丝毫不假。之后我又有一个更不祥的发现。搬到粉红宫一个多月后，我开始目睹潜伏在内森身上的暴怒及混乱，它们像有毒的分泌物般流泻出来，可感可知。我也逐渐明了将他们折磨得死去活来的混乱有两个原因——这两个原因或许同等重要，其一是内森天性中黑暗而痛苦的一面，其二是苏菲难以释怀的过去，它留下一缕可怕的青烟——就像是从奥斯威辛的烟囱里冒出来的，烟里包含着伤痛、困惑、自我欺骗，特别是愧疚……

一天傍晚六点左右，我坐在枫树宫的老位子上，一边小口喝啤酒，一边阅读《纽约邮报》。我正在等苏菲——她下班后直接到这里来——和内森。那天早上喝咖啡时，内森告诉我今天实验室的工作十分忙碌，他要待很久，因此要到晚上七点左右才能加入我们。我坐在那里，觉得有点正式和严肃，因为我穿着干净的衬衫，系着领带，还穿着在皮埃尔蓬街冒险失败后就不曾穿过的西装。我在翻领的内缘处看到莱斯莉留下的一抹口红印时多少有些恐慌，印记变了质，却仍是艳丽的朱红色，但我蘸了很多次口水，设法将这抹唇印拭去，或者该说擦到我父亲也不会注意到的地步。我之所以穿得这么中规中矩，是因为我要到宾夕法尼亚车站去接我父亲。他从弗吉尼亚搭乘火车，将在晚些时候抵达。大约一个星期前我收到他的信，信里说他打算到纽约来看看我。他的动机甜蜜而简单：他说他想念我，很久没看到我（我算了算，有九个多月），想要跟我面对面、眼对眼，修复我们彼此的爱和亲情。时值七月，他有假期，正在来看我的路上。这种行为包含着一种不容侵犯的南方性，十分守旧，几乎像老古董一般，却深深地温暖了我的心，那种温暖甚至超出了我对他的真实情感。

此外，我明白父亲决定冒险造访他完全憎恶的这座城市必定有相当强烈的情感作为支撑。他对纽约的那种南方式的憎恶并不是根深蒂固、唯我独尊的，像我一个大学同学的父亲。这个乡下老头生活在南卡罗来纳州的一个潮湿的沼泽县城，他拒绝造访纽约是基于他想象的一个场景，这个场景预示了他未来的灾难，时刻萦绕在他的脑海里。在这个想象中，他坐在时代广场的自助餐厅里吃饭时，发现旁边那个座位被一个身材高大、气味难闻、咧着嘴笑的黑人提前占住了（占座方式有没有礼貌不重要，唯一重要的是他离得很近），他情不自禁地拿起一瓶亨氏番茄酱照着那个黑鬼的脑门砸了过去，结果犯了重罪，被判在新新监狱服刑五年。虽然我父亲对这座城市并没有这般疯狂的责难，没有这种可怕的想象——他是个绅士，是个自由论者，也是个杰克逊民主党人，但他的憎恶情绪依旧很强烈。他之所以厌恶纽约，只是因为这座城市一如他所谓的"野蛮"、没有礼貌，公众也毫无教养。交通警察又吼又叫的指挥、汽车喇叭高声鸣叫的侮辱和曼哈顿区所有那些外籍居民毫无必要的吵嚷折磨着他的神经，使他的十二指肠发酸，瓦解了他的镇定和意志。我非常想见他，并感到十分感动，因为他愿意忍受这个大城市的喧嚣，敢于穿过拥挤、吵闹又野蛮的人群，搭那么久的车北上，只为了看他唯一的孩子。

我等着苏菲，有点焦躁不安。这时我的目光完全被什么东西给吸引了。当晚《纽约邮报》的第三版上刊载了一篇报道，还附了一张极其有损形象的照片，关于密西西比州的那位声名狼藉的种族迫害者和群众煽动家——参议员西奥多·吉尔摩·比尔博。这篇报道指出，比尔博——在战时及战后，他的面容及发表的言论时常上报——住进新奥尔良的奥克斯纳诊所接受口腔癌的治疗手术。从这篇报道可以推断出比尔博没多少时间了。由那张照片看来，他像死尸一般。当然，这实在是极大的嘲讽：他发表谈话时常常直截了当而不加修饰地使用"黑仔""黑鬼""黑猩猩"等字眼，引起了"思想健全"之士的憎恶，可现在他的嘴巴里却长了个瘤子。这个出身松林的狭隘暴君曾说纽约市市长菲奥雷洛·亨利·拉瓜迪亚是个"拉丁佬"，还称呼一位犹太籍的众议员为"亲爱的犹太佬"，现在他却患了很快就会使他那信口谩骂的嘴巴和恶毒的舌头安静下来的癌症。《纽约邮报》对此大加讽刺。我看过那篇报道后，长舒了一口气，为那个老恶魔不久于人世感到非常高兴。在所有恶意贬损当今南方形象的人中，他可是第一人，并非真的因为他是典型的南方从政者，而是因为他大嘴巴，太爱表现自我了，所以在一些轻信的人眼里，他成了南方政治家的原型，甚至是榜样。想必他和最近那些杀害博比·威德的无名人一样居心叵测，由此玷污了南方的优良传统和好名声。我又一次喃喃自语：很高兴看到你离去，你这个邪恶的老罪人。

虽然只喝了一点啤酒，我却感到轻微的头晕。我认真思考着比尔博的命运，然后突然被一种情绪攫住了，我想这种情绪或许可以称为遗憾——可能只有一点点遗憾，但终归是遗憾。我觉得这种死法真的是太恐怖了。那种癌症一定很可怕，那些扩散了的可怕癌细胞——用显微镜才能观察到的又小又丑的"棉铃象甲"，它们离大脑那么近，威力强大，会逐渐侵蚀面颊、窦道、眼窝、下巴，甚至整个口腔，最后席卷整条舌头，使其烂掉，发不出声。我不由得打了个冷战，但这并不只是因为这个参议员所遭受的痛苦又致命的一击让我不舒服，产生一种古怪且复杂的情绪，而是别的什么东西，抽象、遥远、捉摸不定，让我感到心烦意乱。对比尔博，我略有了解，我的意思是，比起那些不怎么关注政治的普通市民，甚至是《纽约邮报》的编辑，我知道的略多一些。我对他的了解并不深刻，可哪怕是肤浅的，也比日报上印出来的那些扁平化的卡通人物更鲜明生动，能从多角度反映他的性格。我对比尔博的了解在改善他的形象方面不会起什么作用，他仍是个十足的恶棍，这一恶名也将延续到那些可怕的肿瘤长满他的口腔并使他窒息而死，或者蔓延到他的大脑之时，但通过这个病态的南方恶棍，我至少可以洞察人类的骨肉和形象。

大学时，除了创意写作，我唯一高度关注的学术领域就是美国南部的历史研究。我曾详细写过一篇关于民粹主义的学期论文，这是一场异想天开且中途夭折的政治运动。我特别注意到一群南方煽动者，他们时常证明这场运动的阴暗面。回想起来，那篇论文着实算不上什么真正的原创，但当时我也就二十岁上下，为它倾注了许多心血和思考。它为我赢得了当时极难得到的"A"。我在很大程度上参考了 C. 范恩·伍德沃德对佐治亚州的汤姆·沃森的精彩研究，还研究了"干草叉"本·蒂尔曼、詹姆斯·K. 瓦达曼、"棉花埃德"·史密斯，以及休伊·朗等其他忧心忡忡的民间英雄，论证了民主理想主义和对普通大众的真诚关注如何成为将这群人联系在一起的纽带，与之相伴随的是他们对垄断资本主义的强烈反对和对工商巨头及巨额财富的抵制，至少早期是这样的。接着，我根据这一论述提出了一个论点，指出这些最初优雅礼貌，甚至耽于幻想的人在面对南方的种族悲剧时是怎样被自身的致命弱点给击败的。因为他们中的每个人最终都在某种程度上被迫利用了南方穷困的白人农民自古以来对黑人的恐惧和憎恨，目的是满足他们已经堕落的卑劣野心和对权力的渴望。

虽然我没有详细研究过比尔博，但还是从他的行为中了解到一些事实（他在二十世纪四十年代的卑鄙公众形象真是让我大吃一惊）。我发现他也是个典型的矛盾人物，在很多方面与上述那些人没有什么区别，一开始很开明，做出过改革和贡献，极大地促进了公共福利。与他那足以让最顽固守旧的弗吉尼亚保守分子退却的恶心言论相比，这或许不算什么，却还算是一种功德。他是梅森－迪克森线[1]以南地区流行的可恶教条最龌龊的煽动者之一，于我而言，

---

1 美国内战前马里兰州和宾夕法尼亚州的分界线，此线以北是自由区，以南是蓄奴区，后泛指南北分界线。

他似乎也是最可悲的主要受害者之一。我想象着他身穿宽松的白色棕榈滩西服，无精打采地经过一棵久经风霜的棕榈树，来到新奥尔良诊所。他面容枯槁，像被死神之手攫住一般。我喃喃地向他道别，稍感遗憾地叹了口气。想着南方，想着比尔博，又一次想起博比·威德，我猛地被一阵强烈的沮丧情绪抓住了。上帝，多久了？我恳求般地凝视着那污渍斑斑又一动不动的枝形吊灯。

就在这时，我看到苏菲推开酒吧脏兮兮的玻璃门，一抹金色的斜阳正照在她迷蒙又阴郁的亚洲式眼睛下那可爱的颧骨上，照在她脸上的其他部位上，包括，或者我应该说尤其是那精致、细长、微翘的"波兰式鼻子"——内森亲切地这么称呼——和小而尖的美丽下巴，她整张脸都呈现出一种和谐的状态。有些瞬间，她的这种无意识的举止——开门、梳头、在展望公园里丢面包屑给天鹅（这和动作、态度、颈部的倾斜、手臂的挥动和臀部的扭动有关）——为她创造了一种连续的美，令人为之屏息。那一举手、一倾斜、一摆动合而形成了苏菲特有的优雅和精致，上帝，那确实使人连气都不敢喘一下。我说的就是字面意思，她站在门口对着室内的黑暗眨眨眼，那亚麻色的头发沐浴在金色的阳光下闪闪发亮时，的确使我目瞪口呆，我听到自己打了个嗝，声音很小，但清晰可闻，然后我屏住了呼吸。我仍然傻傻地爱着她。

"斯廷戈，你打扮得那么精致，是要到哪儿去？你穿得好骚，看起来真迷人。"她一口气说完了这些话，脸涨得通红，意识到自己的口误后便欢快地笑出声来。不过我也知道她想说的是泡泡纱。她咯咯地笑个不停，在我身旁坐下后把脸埋在我肩上说："真是可怕！"

我也笑了起来，说道："你和内森在一起太久了。"我知道，她说的那些和性有关的词汇都是从内森那里学来的。这一点我还是从那时开始意识到的。当时在讲到克拉科夫的一些清教徒长老想把米开朗琪罗雕刻的大卫的私处用无花果叶子遮住时，她说的是他们想"盖住他的'弟弟'（schlong）"。

这段对话使我们两个人都感到慌张，也有点亢奋（她还从内森那里学会了一种天真的坦率，这是我依旧不能习惯的），因此我设法换个话题。我假装十分冷静，即便她的存在仍刺激着我的心窝，她身上的香水——和我们第一天到科尼岛去，引起我异常渴慕的香味一样，大胆又诱人——更是让我心烦意乱，挑逗着我的身体。这股香味似乎是从她的胸脯间散发出来的。令我大为惊讶的是，她穿着一件低胸丝绸上衣，大部分胸部都裸露在外，十分撩人。我确信这是件新衣服，而且不怎么像她一贯的风格。在我认识她的这几个星期里，我知道她十分保守，打扮都很低调（除了她和内森一起穿的那些精美的戏服——这当然不可相提并论），穿衣服时显然不会盘算着如何吸引人们关注她的身体，尤其是她的上半身。她相当端庄，哪怕是处在一个女性身材被严重低估，完全不可能将其展示出来的年代。我看过她穿丝质衣服、开司米上衣和尼龙游泳衣时隐约露出的胸部，但她从来没有这么暴露过。我只能推测那种过于保守的穿衣风格是她心理的外在表现。由于战前生活在克拉科夫严格的天主教社区中，她不得不拘束于这种风格，使得现在难以摆脱。此外，说得轻一点，我想或许她不愿向世人展示过去的苦难使她的身体受到了怎样的摧残。她的假牙有时会松脱。她的项颈仍然有刺眼的小小皱纹，双臂后侧的肉也松弛着。

不过这一年来，内森试图使她恢复健康和丰满的努力已经有了回报，至少苏菲似乎开始这么想了，因为她坦然地露出她略有雀斑却十分美丽的双乳，但仍不失为一个淑女。我饱含欣赏之情地看了一眼她袒露的胸部，心里想着：乳房需要的不过是伟大的美国营养品。她的双乳稍微转移了我对她臀部的关注，因为她的臀部如埃尔伯塔桃子般比例和谐，引人遐想，我瞥了几眼，顿觉进入情欲之梦。很快我就发现她之所以穿这么性感的衣服，是因为今晚对内森而言是很特殊的一夜，他要跟苏菲和我透露一件与他工作有关的奇妙之事。苏菲说这将是一颗"重磅炸弹"——内森就是这么形容的。

我问："你是什么意思？"

"他的工作，"她回答，"他的研究。他告诉我今晚他将对我们说出他的发现。他们终于取得了内森所说的突破。"

"那太棒了，"我说，真心感到兴奋不已，"你是指他一直……神秘兮兮的那件事？他终于要说出来了，是这个意思吗？"

"他就是这么说的，斯廷戈！"她的眼睛闪闪发亮，"今天晚上他就会告诉我们。"

"上帝，那真是太妙了。"我说，感到内心有一阵鲜明的悸动，虽然很轻微。

实际上我对内森的工作并不了解。虽然他十分详细（但依旧令人费解）地对我说了他所做研究的技术性（酶、离子迁移、渗透膜等，还有可怜的兔子胚胎），却从未告诉过我任何跟开展这一复杂难懂，无疑也相当具有挑战性的生物事业有关的理由——我也保持沉默，从未问过。根据苏菲说的话，我明白他也一直将她蒙在鼓里。我的初步猜想是他通过试管创造了完全成熟的生命。哪怕如我这般对科学所知甚少的人，也知道这个猜想牵强附会。那时，我开始后悔自己耗费了十九世纪末的大学时光，完全沉浸在玄学派诗歌和其他优秀的文学中，对政治不屑一顾，对粗俗肮脏的世界嗤之以鼻，每日只对《凯尼恩评论》、新批评派[1]和古怪的艾略特先生充满敬意。也许内森正在创建一个新的人类种族，比现在受苦受难的人更优秀、更美丽、更敏捷。我甚至想象内森或许正在辉瑞制造一个小小的胚胎状超人，一个下巴方正、只有一英寸高的矮子，他披着一件斗篷，胸前还饰有"S"，准备跃上《生活》杂志的彩页，成为我们这个时代了不起的人造之物。不过这只是些毫无益处的奇想，实际上我一点头绪也没有。对我而言，苏菲突然说我们很快就能获悉真相就像是给了我一记电击。我只想知道更多。

"今天早上他打电话到布莱克斯托克医生的诊所，"她解释道，"说想和我一起吃午餐。他要告诉我一件事。他的声音听起来很兴奋，只不过我想不出会是什么事。他的这通电话是从实验室打来的，你知道，斯廷戈，这实在很不寻常，因为我们几乎没在一起吃过午餐。我们工作的地方离得很远。而且，内森说我们太常见面了，共吃午餐可能有点……没必要。总之，他今天早上打来电话，用这种非常兴奋的语气提出要求，所以我们在拉斐特广场附近的那家意大利餐厅见了面——去年我们刚认识时就是到那里吃的饭。哦，内森真是兴奋极了！我以为他发烧了。我们吃午餐时，他开始对我说发生了什么。听听看，斯廷戈。他说今天早上他和他的小组——这支研究小组——取得了他们所希望的最后突破。他说他们已经在最终发现的边缘了。哦，内森高兴得什么也吃不下！你知道，斯廷戈，内森对我说这些事情的时候，我想起一年前也是在同一张餐桌上，他第一次对我提起了他的工作。他说他正在干的事情是一个秘密，

---

[1] 发端于20世纪20年代的英美文学批评流派，主张文本中心主义、对文本进行细读的批评理论，诗人艾略特对这一理论的形成有较大的影响。

具体是什么不能透露，哪怕是对我。不过我记得这个——我记得他告诉我，要是这项研究成功了，那就是史上最伟大的医学进步之一。他就是这么说的，斯廷戈。他说那不单是他一个人的工作，还有别人参与。但是他对自己的贡献感到非常骄傲。然后他又说了一次：史上最伟大的医学进步之一！他说那会赢得诺贝尔奖！"

她停住口，我看到她的脸因兴奋而泛红。"上帝，苏菲，"我说，"那真是太棒了！你觉得那会是什么？难道他没有给你任何暗示吗？"

"没有，他说得等到今晚。他不能在我们吃午饭，他们刚刚取得突破之际就告诉我。像辉瑞这样的制药公司做事极为隐秘，所以内森有时候才会那么神秘。不过我理解。"

我说："明明就是你觉得等几个钟头没什么区别。"我觉得失望，还有不耐烦。

"是没什么区别，可是他说有。总之，斯廷戈，我们很快就会知道了。这不是很棒吗？这不是很了不起吗？"她捏着我的手，直捏得我的指尖失去知觉。

苏菲小声地自言自语时，我心里想着：是癌症。我已经开始感到快乐而骄傲，和苏菲一样容光焕发、兴高采烈。是治疗癌症的方法，我一直想着，那个令人难以置信的杂种，那个我有幸称为朋友的科学天才发现了治疗癌症的方法。我招呼侍者再送些啤酒过来。他妈的治疗癌症的方法！

就在这一刹那，我觉得苏菲的情绪有了一种让人不安的微妙转变。兴奋、欢快消失了，取而代之的是她声音里流露出来的关切和忧虑。就像她在信中附了一句令人沮丧又不快的话，使得整封信刻意营造出来的愉快气氛都成了铺垫，只是为了最后那句糟糕的附言。

（"附：我想离婚。"）"然后我们离开了餐厅，"她继续说，"因为他说在我们回去工作之前，他要买件东西给我，以示庆祝。庆祝他的发现。一件我们今晚一起庆祝时我可以穿的衣服。一件时髦又性感的衣服。所以我们就去了以前去过的一家十分精致的店铺，买了这套衣裙，还有鞋子、几顶帽子、几个包包。你喜欢这件上衣吗？"

"迷人极了。"我含蓄地说出我的赞赏。

"很……大胆，我想。总之，斯廷戈，问题在于我们到这家店去，他为这些服饰付钱，我们准备离开的时候，我注意到内森有什么地方很奇怪。以前我就见过他这样，但并不多，每次都使我感到有些害怕。他突然说他觉得头痛，在后面，在他的后脑勺。而且，他的脸色一下子变得十分苍白，还直冒冷汗。你知道的，我以为是他情绪太激动才会出现这种反应，导致身体有点不舒服。我跟他说他应该回家，回到耶特的住处，躺下来休息一下午。但他拒绝了，说他非回实验室不可，那里还有许多事情要做。他说他头痛得厉害。我非常希望他可以回家休息，他却说他必须回辉瑞。因此他服了那家服饰店的女老板给他的三片阿司匹林，平静了下来，不再像先前那样兴奋。他好安静，甚至可以说忧郁。然后他轻轻地吻了我和我告别，说今晚再见我，就在这里——和你一起，斯廷戈。他想让我们三个人一起到伦迪餐厅去吃一顿美味的海鲜大餐庆祝一下。庆祝获得一九四七年的诺贝尔奖。"

我不得不告诉她不行。一想到父亲的来访使我无法加入这场庆祝晚会，我就觉得十分崩溃，失望透顶！我心里极其渴望获知这个好消息，简直无法相信自己竟然会拒绝参与这个好消息被宣布的时刻。"我真是遗憾透了，苏菲，"我说，"可是我得到宾夕法尼亚车站去接我父亲。不过，嘿，在我离开之前，或许内森至少可以告诉我这项发现是什么。过几天等我父亲走了以后，我们可以找个晚上再庆祝一次。"

她似乎并没有仔细听我说话，我听到她继续以低沉又略微担忧的声音说："我只希望他没事。有时候他太兴奋又太快乐时就会像这样头痛得厉害，而且汗流浃背，像被雨淋了一样。然后他的快乐就消失了。哦，斯廷戈，并不是每一次都这样。但有时候这会使他变得非常非常奇怪！就像是他快乐得如一架飞机般一直向上飞，升入了空气稀薄的平流层，然后他无法再飞行，只有往下坠落。我是说一直往下坠落，斯廷戈！哦，但愿内森没事。"

"听着，他不会有事的，"我有点不安地向她保证，"任何人有了内森那样的发现，都有资格表现得怪异一点。"虽然我不像她那样有着显而易见的深深忧虑，却不得不承认她的话使我有些不安。即便如此，我还是将这种挂念逐出脑海。我只需要等内森带着胜利的消息到达，并且解释这个让人干着急到无法忍受的秘密。

自动点唱机开始高声播放乐曲。酒吧里的客人渐渐多了，都是常客，多数是中年男性，面色十分苍白，哪怕是在盛夏时节。他们是些北欧的非犹太人，大腹便便的，酒瘾很大，负责运行犹太人聚集区有十层高的电梯，并疏通那里的管道。这片聚集区在公园后面，就像印第安人居住的普韦布洛村落，普普通通的米色砖砌房屋按等级一排排延伸开。除了苏菲，很少有女人敢到这种地方来。我从未在这里见过妓女——这是个保守的社区，而且身躯疲累又松弛的顾客根本就没有想过这种"运动"。但是在这个特殊的夜晚，却有两个笑嘻嘻的修女拿着一只叮当作响的锡制圣杯走向我和苏菲，还以圣约瑟夫修女会的名义，低声请求我们捐助。她们的英语很蹩脚，长得像意大利人，十分丑陋——其中一个尤其丑：她的嘴角长了个瘤，很吓人，其大小、形状和颜色都和大学住宅俱乐部里的蟑螂差不多，她的头发则像玉米须一样。我移开目光，从口袋里翻出两枚十美分硬币，而苏菲面对着那只叮当作响的圣杯却说了声"不"，语气之强烈使得那两个修女不约而同地倒抽一口气，后退了一步，而后匆忙跑走了。我惊讶地看向她。

"倒霉，两个修女。"她闷闷不乐地说着。过了一会儿，苏菲又开口道："我恨她们！她们长得真吓人！"

我揶揄地说："我以为你一直是一个善良可爱的天主教姑娘呢。"

"不错，"她回答，"但那是很久以前了。而且，就算我信教，我也会恨修女。又笨又蠢的处女！长得还那么难看！"她战栗了一下，摇了摇头，"可怕！哦，我真恨那愚蠢的宗教！"

"你知道，苏菲，这真奇怪，"我说，"我记得就在几星期前，你还告诉我你童年时期的虔诚、你的信仰及其他的一切。究竟是——"

她干脆利落地摇了摇头，将她纤细的手指放在我的手背上。"求求你，斯廷戈，那些修女使我觉得很 pourri——不舒服，讨厌极了。那些修女摇尾……"她犹豫着，似乎不知该用什么词。

我说："我觉得你是想说摇尾乞怜？"

"是的，摇尾乞怜，在上帝面前。她们的上帝一定是魔鬼，斯廷戈，如果它存在的话。一个魔鬼！"她停了一下，"我不想谈宗教，我恨宗教。你懂的，那是为文盲、白痴而设的。"她瞥一眼自己的手表，说已经过了七点。她的声音又透着焦虑。"哦，但愿内森没事。"

"别担心，他不会有事的，"我又一次安慰她，用最让人安心的声音，"听着，苏菲，这个研究项目，这个突破，无论那是什么，必定使内森承受了很大的压力。这种压力肯定使他的行为……呃，不太正常。你知道我的意思吧？别为他担心。如果我像他那样历尽艰辛的话，我也会头痛，尤其在这项研究又事关那么重大的成就时。"我停住口，但觉得有必要再加一句："无论那是什么。"我拍拍她的手。"现在，求你放松下来吧。我相信他马上就到了。"然后我又提到我父亲来纽约探望我，温柔地说起他对我的深切关心，还谈到他给了我精神上的支持，但没提奴隶阿提斯特及他在我的命运中所扮演的角色。我怀疑苏菲对美国历史的了解并不充分，至少不足以使她理解我和那个黑人男孩因那笔钱产生的复杂关系。我继续说起如我这般的年轻人的好运气，因为很少有人能像我一样拥有如此宽容又无私的父亲，这父亲信任——盲目地信任——他鲁莽的儿子可以摘取艺术的桂冠。我有点太兴奋了，万分柔情地说视野如此开阔、心胸如此宽广的父亲简直寥寥可数。我喝了太多啤酒，开始感到嘴唇有些发麻。

"哦，你真的很幸运，父亲还健在，"苏菲的声音有些恍惚，"我好想念我的父亲。"

我突然想起几星期前她告诉我的事情，关于她父亲和克拉科夫的其他教授像猪一样被赶成堆，关于纳粹的机关枪、令人窒息的货车、萨克森豪森集中营，以及纳粹行刑队在德国寒冷的雪地里执行的枪杀命令。我觉得有点羞愧——不，不是羞愧，应该说是不够格。上帝，我心想，在我们这个时代，美国人可真是叨天之幸。哦，我们已经勇敢又尽心地完成了作为战士的任务，但比起无数欧洲人的巨大牺牲，我们的父子乖离又算得了什么呢！我们的运气好得让我们无法消受。

"已经过去很久了，"她说，"我不再像以前那样哀痛，但我还是想念他。他是那么好的一个人——这才更叫人难过，斯廷戈！当你想到所有的坏人——波兰人、德国人、俄国人、法国人，无论哪国国籍的人，所有那些逃脱的坏人，那些杀死犹太人、现在却活得好好的坏人，在德国，还有阿根廷等地，而我父亲——这个好人——却必须死！这还不足以让你不去信仰这个上帝吗？谁能信仰一个如此背弃人类的上帝？"她的这段小小的独白说得如此流利，使我感到惊讶。她的手指微微颤抖，然后她平静了下来，又一次——就像是她忘了曾经对我说过，或者是因为重述一遍可以让她得到一些渺茫的慰藉——对我说起她心中的父亲形象。许多年前，她父亲冒着生命危险在卢布林救了犹太人，使他们免遭俄罗斯大屠杀的迫害。

"L'ironie 这个词用英语怎么说？"

我说："Irony（讽刺）？"

"是的，这实在是个讽刺，像我父亲这样冒着生命危险拯救犹太人的人死了，而那么多杀死犹太人的人现在却活得好好的。"

"苏菲，我认为这与其说是讽刺，倒不如说世界就是这个样子。"我郑重其事地总结道。这时我觉得需要去释放一下我的膀胱。

我站起身走向男洗手间，脚步有点不稳，枫树宫里的散装莱茵金啤口感苦涩，使我的皮肤略微泛红。我很喜欢这儿的洗手间。在那里，对着小便池稍稍前倾，听着墙那边的自动点唱机隐隐传出的乐曲声——可能是盖伊·隆巴尔多乐队、萨米·凯、谢普·菲尔茨或其他某个让人乏味的乐队唱的——我便能痛快地射出溪水般清澈的尿液，并想着自己的事：这一切都很好，二十二岁，微醺，知道写作进展顺利，在创作激情被点燃时兴奋到颤抖，在感受到托马斯·沃尔夫一直都在赞美的那种"重要的确定性"时兴奋到颤抖——确定青春的源泉永不枯竭，确定在艺术的熔炉里所忍受的巨大痛苦会得到种种补偿，那便是永恒的名誉、荣耀和美人的爱。

　　当我这样幸福地小便时，我望着满墙跟同性恋有关的涂鸦（上帝知道，这不是枫树宫的常客干的，而是偶尔来一次的人干的。不管哪里的墙，也不管那些墙有多难画，他们都要设法画上一画），再次开心地盯着墙上的那幅沾染烟渍但仍生动逼真的漫画：这是外面那幅壁画的姊妹篇，堪称二十世纪三十年代下流话的杰作，上面画着米老鼠和唐老鸭弯身由花园网格的空隙快乐地斜眼偷看贝蒂·布普，欣赏她性感又迷人的大腿和小腿——贝蒂正蹲在地上小便。突然，我瞥见两团黑影，它们可怕又怪异，不断在上空晃动着，透露出一种贪婪。我蓦地感到一阵惊慌，瞬间领悟到是那两个托钵修女走错了地方。然后她们立刻就离开了，懊恼地大声说了一串意大利语。我倒是希望她们看到我的那玩意了。果真是她们的出现——重复了不久前苏菲所感觉到的噩兆——预示了接下来十五分钟左右的不幸吗？

　　我还没走到桌边就听到了内森的声音，那声音说不上大，更像是独断专横，像把钢锯一样，戛然锯断了谢普·菲尔茨起伏的音乐声。他的声音充满了焦虑，我一听就想退缩，可是不敢，空气中似乎有一股巨大的力量，促使我向着那声音和苏菲走去。内森猛烈而专注地将怨恨之火发泄给苏菲，他完全沉浸其中，似乎一点都没有察觉到我的存在。我在桌旁站着等了好几分钟，极不舒服地听着内森谩骂恐吓她，仿佛要把她撕裂一般。

　　他说："我有没有告诉过你，我对你的唯一要求就是忠诚？"

　　"是的，不过——"她插不上话。

　　"我有没有告诉过你，如果你跟这个叫作卡茨的家伙在一起——再一次，下班之后，如果你敢和这个该死的浑蛋一起走超过十英尺的路，我就踢烂你的屁股？"

"是的，不过——"

"今天下午他又开着他的车送你回家了！芬克看见了。不仅如此，那个卑贱的杂种，你还带他到房间去。你和他在房里待了一个多钟头。他是不是和你做了几次爱？哦，我打赌卡茨用他那指压治疗师的家伙迅速地做了不少次！"

她央求他："内森，听我解释。"她的镇静迅速消失，声音沙哑。

"闭上你的狗嘴！没什么好解释的！要不是我的好伙伴莫里斯告诉我他看见你们两个一起上楼，你还准备对我隐瞒呢。"

"我原本就没有打算隐瞒你，"她哀号着说，"我准备现在就告诉你的！但我没有机会说出来，亲爱的！"

"闭嘴！"

又一次，他的声音并不大，却跋扈、苛刻、强烈，令人不寒而栗。我很想夺门而出，却只能站在他身后，犹豫不决地等着。我的沉醉已经化为泡影，我觉得全身的血液直涌上我的喉咙。

她仍苦苦地哀求："内森，亲爱的，听我说！我带他到房间里去的唯一原因就是修理留声机。换片器那儿坏了，你也知道，我跟他说了，他说或许他修得好。他说他是个专家，而且他真的修好了，亲爱的，就是这样而已！等我们回去后，我放唱片给你听，你就知道——"

"哦，我敢说老西摩是个专家，"内森打断她的话，"他趴在你上面时有没有顺便快速按摩一下你的脊椎？他是不是用他那双滑溜溜的手把你的椎骨都排列好了？那个该死的骗子——"

"内森，求求你！"她乞求他。她现在面向他前倾着身子，脸上血色尽失，流露出极其痛苦的表情。

他轻声而缓慢地说:"哦,你真是个美人,一点也不错。"语气讽刺,听起来沉重又无礼,令人难以忍受。

很显然,他离开实验室后先回耶特那里去了。我这么推论不仅是因为他提到了莫里斯·芬克说的荒唐言论,还因为他的衣着:他穿着那套最漂亮的米白色亚麻西装,沉沉的椭圆形金袖扣在那定制衬衣的袖口上闪闪发光。他身上飘着淡淡的古龙香水味,闻起来让人心情愉快。很显然他是想配合苏菲当晚的盛装打扮,特地赶回家穿戴了一番,才成为我现在看到的样子。然而,他在那里获知了苏菲的背叛——或许是他自己的设想。现在,毫无疑问,庆祝不但宣告流产,还驶向灾难的未知深渊。

我屏住呼吸站在那里,继续听内森说,内心痛苦不堪。"你真是个波兰宝贝。除非我死了,否则我决不让你再为这些江湖郎中,这些庸医工作,掉自己的价。你接受他们的钱已经够糟了,那些钱是他们替那些刚刚从但泽下船,无知又易骗的老犹太人按摩脊椎得来的。这些人饱受风湿或者癌症之苦,却没有找医生诊断,而是到他们那里去,只因为这些号称自己能治百病的骗子使人们认为,只要在背部按摩几下,他们就可以恢复健康,容光焕发。你设法说服我,让你继续为这两个可耻的医学流氓工作已经够糟了,但我他妈的真受不了,一想到你竟然背着我和这种卑贱的人乱搞——"

她想要打断他。"内森!"

"闭嘴!我已经受够你了,还有你那娼妓行为!"他的声音依然不大,但在他压抑的怒气中有种装腔作势的凶狠,似乎比他大吼大叫更具威胁性。他怒气丛生,声音尖厉刺耳,语气冷酷无情,几乎是盛气凌人,还有他的用词——"娼妓行为",与他严于律己的犹太法学博士身份也极不相称。"我以为你早晚会觉醒,不会再和这个卡茨医生搞三搞四了，"他把重音落在"医生"两个字上，流露出无比的轻蔑，"离他那辆污秽不堪的破车远点，我想我曾经警告过你。可是你没有！我猜你的内裤下面已经很烫了。因此，当我逮住你和布莱克斯托克鬼鬼祟祟的行为后，我一点也不惊奇，因为你对脊椎治疗师的身体有一种奇怪的偏爱——我一点也不惊奇，我说过，但是当我对你发出警告，想让这一切结束时，我以为你感到十分后悔，会放弃这种肮脏、堕落的滥交。可是不，我又错了！你的波兰血管里疯狂地流动着淫荡的血液，使你躁动不安，所以今天你又选择投向西摩·卡茨医生那可笑的怀抱——可笑，如果那称不上卑鄙下贱的话！"

苏菲绞着一条手帕，她指关节发白，开始低声啜泣。"不，不，亲爱的，"我听见她的声音细如蚊蚋，"这些都不是真的。"

换个环境的话，内森夸张又充满说教意味的言论可能会让人感到有点好笑，像一出滑稽剧，但现在却充满了真正的威胁、暴怒和执拗的坚定，我禁不住微微战栗，觉得某种可怕又未知的厄运正悄悄来到我的身后，脚步声如犯人前往绞刑架般沉重。我听见自己呻吟了一声，声音清晰可闻，盖过了内森的长篇演说。我突然想起几星期前的那个晚上，我第一次见到他们时，苏菲也遭到这种可怕的攻击。很奇怪，这两次吵闹恰好相似，内森的敌意都难以平息，不过区别主要在于说话的语气，那次他的声音非常响亮，这次却很冷静、克制，但依旧恶意满满。我猛然意识到内森已经知道我的存在了，他对我说话时语气平平，略带一丝敌意，头也不抬一下。"你怎么不在弗拉特布什大道头号娼妓的身旁坐下来？"我一语不发地坐下，嘴巴干涩，说不出话。

我一坐下，内森就站了起来。"我想我们现在应该喝一点沙布利酒以示庆祝。"我目瞪口呆地望着他一本正经又慷慨激昂地说出这些话，突然感到他是在竭力控制自己，就好像他在试着不让自己高大的身躯整个散开或如被绳子操纵的木偶般倒落在地。我第一次看到成串闪闪发亮的汗珠沿着他的脸颊滑落，虽然吹到我们这个角落的是几近寒冷的微风；另外，他的眼神里也有些奇怪的东西——究竟是什么，当时我还看不出来。我能感受到他的每一寸皮肤下都充斥着某种紧张而发狂的神经活动，某种突触间异常狂热的兴奋传递。他的情绪如此激动，看上去像是受到电击，犹如误入了一片磁场。然而他却将这一切都按捺在惊人的镇定中。

"很可惜，"他又以那种晦涩讥讽的语气说，"真可惜，我的朋友，我们今晚的庆祝会无法如我预计的那样怀着崇高的敬意进行了，向为追求一个高尚的科学目标而奉献的时间致敬，向一个小组日日月月无私的研究致敬。这项研究直到今天才见到胜利的曙光，克服了受苦受难的人类最大的痛苦之一。太可惜了。"他停了几秒，在一片寂静中他的停顿显得漫长，几乎令人难以忍受，之后他又说："可惜我们的庆祝将以一种俗气得多的方式进行。也就是说，今晚我必须和克拉科夫美丽的女海妖——那个独一无二、无与伦比、不忠到可悲的欢乐之女，那个弗拉特布什沉迷色欲的治疗师珍爱的波兰宝物——苏菲·扎维斯托夫斯卡断绝关系！不过还是等一下，我得去把沙布利酒拿来，这样我们可以以此干杯庆祝一下！"

就像在一群暴民之中惊恐地紧紧抓住父亲的孩子一样，苏菲用力捏着我的手指。我们都望着内森僵硬地挤过一群群穿着衬衫的酒客，往吧台走去。然后我转头看向苏菲，因为内森的威胁，她的眼睛完全失去了神采，令人难忘。她眼底的原始恐惧从此让我明白了"忧心如焚"这个词。"哦，斯廷戈，"她呻吟道，"我就知道会发生这种事。我就知道他会骂我不忠。每当他陷入这种怪异的情绪风暴时就会这样。哦,斯廷戈,我就是受不了他变成这样。我就是知道这一次他会离我而去!"

我试着安慰她。"别担心,"我说,"他会恢复正常的。"我对自己说的话并没什么信心。

"哦,不,斯廷戈,一定会发生什么可怕的事,我知道,他总是这样。最初他很兴奋,非常高兴。然后他就冷静下来了,等他冷静下来时,他会指责我不忠,就要离开我。"她又用力捏我的手,力气大到我以为自己被她的指甲刮出了血。"我对他说的都是真的,"她急切地补充道,"我是说西摩·卡茨这件事。根本就没什么,斯廷戈,什么都没发生。这个卡茨医生对我来说什么都不是,他只是和我一样,都效力于布莱克斯托克医生而已。而且我说他只是上去修理留声机也是真的。他待在房里就是修理留声机,没有别的,我向你发誓!"

"苏菲,我相信你。"我向她保证,听她为说服我而唠叨个不停真是一种尴尬的折磨,因为我早就相信她了。"你冷静下来。"我厉声说道,尽管毫无用处。

对我而言,接下来发生的事可以说突然又可怕,让人难以想象。我现在明白当时我的看法真是大错特错,也明白我在处理那种情况时有多笨拙,和内森交涉——彼时佳肴美馔已经点好——时我毫不机敏,没起到作用。要是我顺着他,哄他开心的话,他的愤怒——无论多不可理喻又多令人害怕——也许就会膨胀到极点,然后在筋疲力尽之下,他就会进入一种我觉得应付得来的状态,也就是他的怒意平息了或至少达到一个可控的范围。我或许就可以控制他。但是我也明白当时我在许多方面都十分稚嫩,没什么经验,并为此饱受折磨。尽管内森的狂躁声音、激动言辞、冷汗直冒、眼睛大睁和紧张疲惫表明他的整个神经系统和所有的神经中枢都处于剧烈抽搐的痛苦中，我却一点也没想过那是他神志不清、处境危险的缘故。我以为他不过是受到了极大的刺激。我说过，这主要是由于我年轻又坦率。我从未见过一个人有如此烦躁狂暴的状态，还以为内森的爆发只是糟糕的性格所致，是礼节的丧失，而不是心智错乱的结果。这种判断与我在南方疯狂的哥特式环境下长大没多大关系，倒是跟教养和有礼的举止密切相关。

这和几星期前那个晚上，他在耶特屋子的走廊上对着苏菲吼叫，又以私刑的话题嘲弄我，当着我的面骂我"白人佬"时的情形相若。那一晚我在他深不可测的眼睛中，看到一种狂野而难懂的不和谐，我全身的血液变得冰冷。此刻我和苏菲坐在一起，因不安而麻木，为这个我如此敬爱又关心的人有如此骇人的转变感到伤痛。然而，对于他强加给苏菲的痛苦，我不禁感到义愤填膺，决心就内森对苏菲的折磨程度划条界线。我心想，他不能再恫吓苏菲了，而且他该死的最好别惹恼我。如果我是和一个一时无法控制自己脾气的挚友交涉，这可能是个不错的决定，但如此对待一个突然失去理智的偏执狂兼住客几乎就完全两样了。可我的智慧火花当时并没有被点燃，也就没有意识到这一点。

"你有没有注意到他的眼神很奇怪？"我低声问苏菲，"你想他会不会是服用了太多你拿给他的阿司匹林或其他什么东西？"了解真相后，我现在明白如此解释内森如十美分硬币般大的瞳孔十分天真，甚至可以说是不可思议，但当时我还有许多新东西要学。

内森拿了瓶开了的红酒回来了，在他的位子上坐下。一个侍者在我们三个人面前摆上酒杯。看见内森脸上的表情已经柔和了几分，不再像几分钟前那般怨恨，我不免放松了些。但是他脸颊和颈项的肌肉依然绷得紧紧的，大粒的汗珠也在不停往外冒，尤其是他眉毛上的，看上去——我无意间注意到——倒是和沙布利葡萄酒酒瓶上的冰凉水珠很相衬。这时，我第一次看到他腋下的白色布料湿了一大片，像新月一般。他在我们的杯子里倒了些酒。尽管我不敢看苏菲的脸，却看到她握着酒杯的手在抖个不停。我犯了一个大错，把《纽约邮报》摊在我手肘下的桌子上，翻开的正是印有比尔博照片的那一页。我看见内森瞥了照片一眼，露出一个邪恶得意的笑容。

"刚刚我在地铁上看过那篇文章，"他说着，举起酒杯，"我提议为密西西比州的这名参议员、说谎大王比尔博缓慢、持久又痛苦的死法干一杯。"

我一时静默不语，也没像苏菲那样举起酒杯。我确信此时她拿起酒杯时什么都没想，只是条件反射似的无声顺从。最后我尽可能随意地说："内森，我提议为你的成功，你的伟大发现而干杯，不管那是什么。为苏菲告诉我的你一直致力于的出色工作干杯。恭喜。"我伸出手，身子前倾，亲切地轻轻拍了拍他的手臂后面。"现在我们别说这些难听的废话了——"我试图以安抚而愉悦的声音说，"让我们都放松下来听你告诉我们，看在上帝的分上，快告诉我们究竟是要庆祝什么鬼东西！老兄，今晚我们每一杯都想为你而干！"

当我感到他故意以一种粗暴的方式将他的臂膀移开我的手时，我有些不快，打了一阵寒战。"那是不可能的！"他瞪着我说，"我胜利的情绪已被我曾经爱过的某个人的背叛给严重影响了。"我仍然无法注视苏菲，只听到她发出一声沙哑的啜泣。"今晚我们不会为取得胜利的海吉亚[1]干杯，"他高举酒杯，手肘撑在桌面上，"而是会为比尔博参议员痛苦的死亡干杯。"

"你干杯吧，内森，"我说，"我不要。我不会为任何人的死亡干杯——无论痛不痛苦，你也不应该。你该比别人更清楚才对。你不是从事治病的行业吗？这并不是个很有趣的笑话，你知道。为死亡干杯是他妈的对生命的亵渎。"这种突如其来又自以为是的语气是我无法压制的。我举起酒杯。"致生命，"我提议，"致你的生命，我们的——"我做了一个手势，指了指我和苏菲，"致健康。致你伟大的发现。"我察觉到我的声音里有一丝祈求，但内森仍一动不动，板着脸，拒绝喝酒。在这种挫折下，我涌起一阵绝望，便缓缓放下了酒杯。我也第一次感到一股强烈的怒意在我的腹部翻腾，这是一种慢慢凝聚的怒意，为了内森可恨而专横的态度、他对苏菲粗暴的欺凌，以及他对比尔博可怕的诅咒（我现在都不敢相信自己的本能反应了）。既然他没有接受我的回敬，我只有放下杯子，叹着气说："行，那么，去他的吧！"

"致比尔博之死，"内森还是不让步，"致他在最后的痛苦时刻发出的尖叫声。"

我意识到鲜血快速涌到我的眼睛后面，我的心也开始笨拙地怦怦跳动。我费了很大的力气才控制住我的声音。"内森，"我说，"不久之前我称赞过你。我说尽管你对南方有着巨大的恨意，至少你对此还有点幽默感，和许多人并不一样，不像纽约的自由派蠢蛋。可是现在我开始明白我错了。我讨厌比尔博，从来就没喜欢过，但要是你认为他的这种痛苦的死有什么可笑之处，那你就错了。我拒绝

---

1 希腊神话中的健康女神。

为任何人的死干杯——"

"你也不会为希特勒的死干杯吗？"他迅速打断我的话，眼里闪过一丝邪恶的光芒。

这句话问得我措手不及。"我当然会为希特勒的死干杯。但这他妈的完全是另一回事！比尔博不是希特勒！"甚至在我回答的当口，我仍绝望地意识到虽然对话中使用的愤怒言辞不同，我们却是在复制第一天下午于苏菲房里发生的狂乱局面。自从那次震耳欲聋、差点演变成打架的争吵之后，我误以为他已经消除了对南方的固有成见。此刻他那深埋内心、充满愤怒和怨恨的态度，正和那个明朗灿烂的星期天的相同。那天真的吓到我了，也过去了很久，久到令人不觉不适。现在我又被吓到了，甚至有过之而无不及，因为我有种不祥的预感，这一回我们的争斗不会再像上次那样在道歉、玩笑和朋友间的欢快拥抱中得到令人满意的和解。我又重复了一句："内森，比尔博不是希特勒。"我听得出自己的声音在颤抖。"让我告诉你一件事。我认识你的这段日子——虽然时间的确不长，可能使我产生了错误的印象，我真的认为你是我所认识的最见多识广、通情达理的人之一——"

"别叫我难堪，"他打断我的话，"奉承对你并没有好处。"他的声音刺耳难听。

"这不是奉承，"我继续说，"只是事实。但我想要说的是这一点。你对南方的恨——对我来说，往往是清楚地表达恨意，或者至少是厌恶——实在是令人感到惊骇，像你这样的人在许多其他方面都见多识广、判断正确。而内森，你对邪恶本质的理解却是如此盲目，简直可以说是极其幼稚……"

在争论中，尤其是在异常激烈、满怀恶意的争吵中，我总是最软弱的斗争者。我的声音变得沙哑刺耳，我开始出汗。我的脸上敷衍地挂着一抹微笑。更糟的是，我走神了，那在稍显平和的环境下所拥有的逻辑像无情无义的淘气鬼一样抛弃我的大脑飞走了。（曾经我以为自己会从事法律职业，成为一名律师，并短暂幻想自己像克莱伦斯·丹诺那样成为法庭的主角，结果这一切在我转向文学生涯后成为泡影。）"你对历史似乎毫不了解，"我以高八度的声音快速说道，"一点也不了解，可能因为你这个刚到这里不久，多半时候都住在北方大城市里的犹太人真的是'半盲'的，对于在南方引发种族狂热的一系列悲剧性事件既无兴趣、不关注，也不了解？你看过福克纳的小说，内森，而你对这个地方仍有那种令人难以忍受的优越态度，难道你看不出比起整个愚昧卑劣的体制，比尔博远算不上一个恶棍吗？"我停下来，深吸了一口气，又说："我怜悯你的盲目。"假使我就此打住的话，我大概会觉得自己已经说出一连串有力的攻击，但我说过，在这种激烈的争论中我一般会失去判断力。此刻一股半神经质的力量迫使我进入愚钝至极的状态。"再说了，"我继续说，"你完全不明白像西奥多·比尔博这样的人真正取得的成就。"我大学时写的毕业论文在我脑中迅速以无韵诗的节奏重现。"比尔博在担任州长时，促使密西西比州完成了一系列重要的改革，"我缓缓地说道，"包括成立高速公路委员会以及赦免委员会。他建立了第一家结核病疗养院。他在各学校增加了手工课和农工业机械课。最后他还引进了一个竞争贷款计划……"我的声音越来越小。

内森说："他还引进了一个竞争贷款计划……"

我惊愕地发觉内森完全是带着嘲弄的语气模仿我的声调——卖弄学问、自大浮夸、令人难以忍受。"密西西比州的母牛中曾大规模暴发过一种叫作得克萨斯牛瘟的传染病——"我无法控制地继续往下说，"比尔博对——"

"你这个笨蛋，"内森打岔道，"你这个蠢材，得克萨斯牛瘟！你这个小丑！你想要我说第三帝国[1]的荣耀是世界上最卓越的公路系统，而使得列车准时运行的是墨索里尼吗？"

他泼了我一盆冷水——我一听见自己说出"贷款"这两个字时就知道了，而他脸上露出一个短暂的灿烂笑容，嘴角泛起一丝嘲讽，眼睛里闪过一道光芒，我从中看到了自己的失败。他重重地放下手中的杯子，笑容也随之消失。

他大声追问道："你的演讲完毕了吗？"他语气中的威胁使他的面部更加阴沉，让我不寒而栗。他突然举起酒杯一口将酒喝下。"这一杯，"他用平淡的语气宣布，"致我与你们两个讨厌鬼完全断绝关系。"

他的话使我心里感到一阵深深的难过。我觉得有一股沉重的情绪在我内心搅动，那像是一种悲伤。"内森……"我抚慰地说着，还伸出了手。我听到苏菲又开始啜泣了。

然而内森并不理会我伸出的手。"绝交，"他说着，用酒杯指着苏菲，"和你，金斯县狡猾治疗师的婊子，"然后指着我，"还有你，南方沉闷无聊的渣滓。"他的眼睛和台球一样没有神采，汗水如急流般从脸上流了下来。我强烈感觉到——从某个层面上——闪闪发光的透明汗水下他的那双眼睛和他脸上的皮肤，也强烈感觉到——仅仅从听觉上，敏锐到我觉得自己的耳膜都要爆裂了——自动点唱机

1　希特勒统治下的德意志帝国（1933—1945）的非正式名称之一，又称法西斯德国、纳粹德国。

里传出的安德鲁斯姐妹震耳欲聋的歌声："不要阻拦我！""现在，"他说，"也许该轮到我对你们两个人发表演说了。这也许对你们灵魂深处的腐烂有所助益。"

我会略去其他内容，只复述他发表的长篇大论中最恶劣的部分。他的演说前后不过几分钟，但感觉上却达数小时。他的攻击最可怕的部分都是针对苏菲发起的，可在一旁倾听、只能眼睁睁看着她受苦的我，却明显比她更觉得难以忍受。相形之下，我所受的责备就轻多了，也是先开始的。他说他并不真的厌恶我，只是轻视。他又说，他对我的轻视并非完全针对个人，因为我无法决定自己的教养和出生地点。（他说这些话时带着嘲讽的微笑，声音克制又柔和，有时还学黑人的口音，这与他很不搭，让我想起很久之前的那个星期天。）他说，在很长一段时间内，他一直以为我是一个"好"南方人，一个获得解放的人，一个设法逃脱历史遗留给南方的顽固诅咒的人。他并没有愚蠢盲目（尽管我如此指责他）到否认确实有好南方人存在。他以为我就是其中一个，直到最近。但现在我拒绝和他一起诅咒比尔博，只是证实了我那"根深蒂固""顽固不化"的种族主义。这是他在阅读我小说第一部分的那一晚发现的。

他说这些话时，我的心不觉缩成一团。"你什么意思？"我的声音几近悲鸣，"我以为你喜欢——"

"你在传统的南方模式上有相当的才气，但是你也免不了所有那些陈词滥调。我只是不想伤害你的感情。书里一开始的那个老黑女人，和其他人一起等车的那个，她是个丑角，脱胎自《阿莫斯与安迪》。我还以为我是在看一本专写旧时滑稽表演的书呢。要不是对那个黑人的滑稽模仿十分卑劣，书会很有趣。你倒是可以写出南方的第一本滑稽小说。"

天哪，我是那么脆弱！一股绝望迅即将我淹没。没想到内森竟会说出这种话！但他的这番话将我因他之前鼓励我而得到的信心和快乐破坏无余。这一突如其来的否定十分残酷，破坏性极强，我无法言说，只感到心里某个重要的地方在颤抖，然后碎了。我吸了一大口气，挣扎着想要说话，然而我用尽力气，却说不出一言半语。

"你严重受到了那种退化的影响，"他继续说，"这是你无能为力的事，不会使你或你的书更吸引人，但至少我还能感觉出，你只是一个被毒化的人，而不是一个主动的——你会怎么形容呢？——一个主动的传播者。例如，比尔博。"这时他的声音突然不再是略带黑人腔调的沙哑口音，如迅速变形般，那种南方口音也慢慢消失，取而代之的是波兰腔调，和苏菲说话的口音几乎一模一样。也就是从这时起，正如我所说，他开始无情又猛烈地抨击苏菲，那真是一场十足的迫害。"也许，几个月后，"他瞪着苏菲说，"你就可以解释为什么你会在这儿，为什么你在街上走时会避开其他人，身上还喷了诱人的香水，沉浸在情欲的世界里，和两个人而不是一个。女士们先生们，请注意，是两个脊椎指压治疗师。总之，套用一句话就是今朝有酒今朝醉。与此同时，奥斯威辛数百万的亡灵仍在寻找答案。"他突然放弃了模仿，"哦，美丽的扎维斯托夫斯卡，告诉我为什么你还活在这片土地上。你那可爱的脑袋里有什么聪明的小把戏和计谋，使你得以活下来呼吸清新的波兰空气，而奥斯威辛的其他很多人却被送到毒气室里慢慢窒息而死？我非常想听听你的回答！"

苏菲发出了一声可怕的呻吟，大声、痛苦而持久，若不是安德鲁斯姐妹疯狂的歌声，只怕整个酒吧里的人都听得到她的声音。

即使是髑髅地[1]里的马利亚也不可能发出如此痛苦的声音。我转头看向苏菲。她低垂着头，使人看不见她的脸庞，她双手紧握成拳捂在耳朵上，却徒劳无功，她的眼泪成串地滴落在污渍斑斑的富美家牌地板上。我觉得我听见她压低声音说道："不！不！骗人的！那是谎话！"

"几个月前，"他继续说，"在波兰战事如火如荼时，几百个犹太人逃出了其中一个死亡集中营，到一些像你这样的好波兰公民家里寻求庇护。这些亲爱的人拒绝了他们，不仅如此，他们还杀了自己能找到的几乎所有其他犹太人。以前我就对你提过这回事。那么请你回答我吧。是不是波兰的这种世界闻名的反犹主义——是不是这种反犹主义引导你的命运，帮助你前进，也可以说保护你，使你得以成为少数存活下来的人之一，而其余数百万人却得受死？"他的声音变得沙哑、尖刻、残酷。"请你解释！"

苏菲哭喊着："不！不！不！不！"

我听见自己的声音。"内森，看在上帝的分上，放过她吧！"我站起身来。

但是他毫不动摇。"你编造了多少遁词才拯救了你的这条命，而其他人都去了毒气室？你有没有欺骗、共谋，把你可爱的小屁股——"

"不！"我听见了她的呻吟，那声音又是她从内心最深处拼命发出的。"不！不！"

那时我做了一件难以解释，恐怕也十分怯懦的事。我已经站了起来，就要（我可以感觉到我的脉搏在剧烈地跳动）倾身向前，揪

1　耶路撒冷城墙外的一座小山，基督在那上面被钉十字架。

住内森的衣领，将他拽起来与我面对面对峙，一如汉弗莱·鲍嘉[1]在多部电影中做的动作以及我过去常干的那样。我无法再忍受内森对她的糟蹋了。但即便我站起身，也有一股莫名的冲动，我还是以不可思议的速度"成功"变成一个胆小鬼。我膝盖发抖，干涩的嘴巴说出一连串毫无意义的词，接着我发现自己跟跟跄跄地往男洗手间走去，躲入避难所，逃离我从未想过会直接目睹的残酷又敌意满满的景象。只待一会儿就好，我想着，向小便池倾了倾身。在我出去对付内森之前，我得先镇静下来。像梦游一样，我迷迷糊糊地伸手抓住小便池如匕首般冰冷的阀门手柄，一遍遍地冲着水。水缓缓地流着，墙上的那些同性恋涂鸦——特殊服务请致电阿尔斯特1-2316——像发狂的楔形文字一样上百次地印在我的脑海中。自从我母亲去世后，我就不曾哭过，我知道现在我也不会哭，哪怕瓷砖上表达相思之苦的潦草又模糊的字迹让我有种哭泣的冲动。我就那样冷漠、痛苦又犹豫不决地在厕所里站了三四分钟。然后我决定再回到外面去，设法应对这个局面，尽管事实上我既缺乏策略，又怕掉进自己生命的深渊。但是当我打开门时，我发现苏菲和内森已经离开了。

我焦虑、绝望，脚步有些踉跄，不知道该怎么应付这种场面，也不知道该如何理解这种不可调和的冲突所代表的含义。显然，我必须思考怎么办，得想个法子解决这一切——设法使内森平静下来，同时将苏菲从他盲目而恶毒的愤怒中拯救出来。但是我十分慌乱，脑袋也不灵光，完全无法思考。为了稳定我的情绪，我决定在枫树

---

1 美国电影演员，《卡萨布兰卡》的男主角。

宫多待一会儿，同时想出一个合理可行的行动计划。我知道父亲到达宾夕法尼亚车站没看到我后，会直接去酒店——第三十四街百老汇大道上的麦卡尔平饭店。（那时从泰德沃特来的像父亲这样的中产阶级要么住在麦卡尔平，要么住在塔夫特，只有极少数有钱人才会频繁入住华尔道夫酒店。）我打电话给麦卡尔平饭店并留了口信，说我今晚晚一点会到饭店去找他。然后我又回到我们的桌子旁（又有一个不好的征兆，我心想。苏菲和内森迅速离去时，不知道是谁把沙布利酒的瓶子打翻了。酒瓶虽然没破，却翻倒了，少量剩酒滴滴答答地流到地上）。我足足坐了两个小时，思索着该怎么收集我们破碎友谊的碎片并将它拼凑起来。想到内森的暴怒，我明白这不会是件容易的事。

另外，回想起那个星期天，在类似的"暴风雨"后，他提出和好的请求——热情迫切到几近让人尴尬，还为他的不当行为向我道歉，我又想着也许他会接受我做出的任何求和行为。天知道，我心想，我并不喜欢那么做。我刚参与的这种心灵搏斗使我元气大伤，筋疲力尽；我只想躺到床上小睡一下。很快会再次遇见内森这一想法让人惊恐，威胁性十足。我感到恶心，觉得自己也像内森刚才那样，冷汗直冒。为了鼓起勇气，我从容不迫地喝了四五杯中等大小的莱茵金啤，也可能是六杯。苏菲痛苦的样子时不时就出现在我的脑海里，使我的胃部恶心不已。她十分可怜，完全陷入混乱中。最后，暮色渐渐笼罩了弗拉特布什，我略带醉意，在闷热潮湿的黄昏下溜达着走回了粉红宫，怀着恐惧又希冀的复杂情感抬头仰望，看到苏菲的窗子在窗帘的掩映下透出桃红葡萄酒般柔和的灯光，这表示她在屋子里。我听见了音乐声，那是从她的收音机或留声机里传出来的。在我走向粉红宫时，不知道为什么，海顿的这首优美又哀伤的大提琴协奏曲使我同时感到振奋和难过，它洗刷掉了夏夜的温柔。孩子们的叫声穿过暮光，由公园旁的散步场传来，他们那婉转如鸟鸣般的叫声和大提琴柔和的声音混在一起，深深打动了我，勾起我深刻而疼痛的回忆。

我一走上二楼，就感到痛苦，为眼前的景象倒抽了一口气。就算有台风扫过粉红宫，也不会造成这种惊人的破坏效果。苏菲的房间看起来凌乱不堪，梳妆台抽屉被拉出来倒空，床单被扯掉，衣橱被彻底搜查过。地板上扔了一堆报纸。书架上的书都没了。唱片也不见了。扫一眼"抢劫"现场，我发现除一些纸片外，房里什么物件都没了——只有一个例外，就是那台留声机。无疑是因为它太过笨重，难以携带而被留在桌子上，海顿的乐曲声就来自那儿，使我感到一种阴森的寒意，好像我是在一个其余听众均神秘消失的音乐厅里听音乐。不过几步远，内森房里的情况也大致相若：大部分东西都被搬走了，少数还未被搬走的也已经用纸箱打了包，似乎随时会被搬走。走廊里闷热异常，即使是在夏夜，这种热也很不合理。再加上我感到无比懊恼，有一瞬间我觉得一定是这些粉红色墙壁后面着火了，直到我突然看见莫里斯·芬克蹲在一个角落里，费力地弄着一个蒸汽散热器。

"一定是无意中打开的，"我走近他时，他站起身对我解释，"一定是不久前内森提着他的行李箱，拿着其他东西仓促离开时，无意中把它打开的。好了，你这个浑蛋，"他对那个散热器吼道，又踢了它一下，"看你还敢不敢乱来。"散热器嘶嘶响了一阵就罢工了，莫里斯·芬克用他那双郁郁不乐、黯淡无光的眼睛望着我。以前我真没怎么注意过他的龅牙，现在却发现那让他看起来很像啮齿类动物。"不久前，这里就像个疯人院。"

"发生什么事了？"我冷冷地说道，但语气中带着忧虑，"苏菲到哪儿去了？内森呢？"

"他们都走了，两个人。他们终于永远离开了。"

"你什么意思，永远？"

"就是我说的那样，"他回答，"结束了。永远。永远离开了，他妈的终于走了，我说。有那个该死的泥人内森在，这房子就怪里怪气的，我是说有种病态感，又打又叫的。我要说的就是，他妈的终于走了。"

我追问道，感觉自己的声音染上了一丝绝望："可是他们到哪儿去了？他们有没有告诉你他们要到哪儿去？"

"没有，"他说，"他们各走各的。"

"各走各的？你是说……"

"大约两小时前，就在我要走上街时看见他们回到屋里。我要出去看电影。他像只大猩猩一样对她吼个不停。我心想：哦，妈的，又开始吵架了，毕竟这几个星期他们一直安静得很。现在我可能又得试着救她于这个疯子之手了。可后来等我又走回屋里时，我看见他让她收拾行李。我是说，他在他房里收拾自己的东西，而她在另一间房里收拾她的。他一直像个疯子似的对她大喊大叫——哦，他骂她的话可真是不堪入耳！"

"苏菲……"

"她——她泪如雨下，哭个不停。他们两个收拾东西，他骂她是个娼妓、荡妇，苏菲像个婴儿一样号啕大哭。真叫人看不过去！"他停下来，吸了一大口气，又放慢了速度继续说道，"我并不知道他们收拾行李是要永远离开。然后他从栏杆上往下看，看见了我，问我耶特在哪里。我说她到斯塔滕岛看她妹妹去了。他丢给我三十美元，要我替他缴房租，他和苏菲的。这时我才明白他们要永远离开了。"

我问："他们什么时候走的？"一种失去亲人的感觉涌上我的心头，使我恶心不已，感到窒息般的痛苦。"他们没有留下地址吗？"

"我说过他们各走各的，"他不耐烦地说，"他们终于把行李都收拾好了，然后走下楼来。这不过是二十分钟左右前发生的事。内森给了我一美元，要我帮忙把行李搬下楼，并且代管留声机。他说他会再回来拿留声机和剩下的箱子。等行李都被搬到人行道上时，他要我到拐角处去替他叫两辆出租车。我和出租车一起回来时，他还在对她吼，我心想：呃，至少这回他没有揍她。不过他还在对她吼，主要是关于奥斯威辛。大概是奥斯威辛。"

"关于……什么？"

"关于奥斯威辛，他是这么说的。他又骂她是个荡妇，一次又一次地问她同一个奇怪的问题。问她为什么活过了奥斯威辛。他这话是什么意思啊？"

"骂她……"我无助地停住口，差点说不出话来，"然后……"

"然后他给了她五十美元——看起来好像是那么多，叫司机载她到纽约市区的什么地方，我想是曼哈顿的一家旅馆吧，我也记不得是哪里了。他说再也不用看到她让他感到非常快乐。当时我还从来没见过有人哭得比苏菲更凄惨。总之，等她离开后，他把自己的东西放到另一辆出租车上，往另一个方向而去，驶向弗拉特布什大道。我想他一定是要到皇后区找他哥哥。"

"走了。"我低声说着，感到深受伤害。

"永远走了，"他回答，"我说，他妈的终于走了。那家伙是个泥人！不过苏菲——我替苏菲难过。苏菲真是个很好的姑娘，你知道？”

　　有一会儿，我什么话也说不出口。柔和的海顿协奏曲带着渴望喃喃低语，充斥在那间空无一物的房间里，乐音动听，节奏平衡，旋律忧郁，加深了我的空虚感和无法挽回的失落感。

　　“是的，”我终于开口说道，“我知道。”

　　莫里斯·芬克问：“奥斯威辛是什么呀？”

第九章

    评述纳粹集中营的书籍中，很少有人写得比批评家乔治·斯坦纳更具深刻的洞察力并富有激情。我偶然在斯坦纳的评论集《语言与沉默》出版那年——一九六七年发现了这本书。对我而言，除了标志着距离我在布鲁克林的那个夏天过了整整二十年，这还是个意义相当深刻的年份。上帝，时光飞逝呀！苏菲、内森和莱斯莉·拉皮德斯离我已经很遥远了。我在耶特的粉红官里奋力写就的家庭悲剧，很久以前就已付梓（受到普遍赞誉，远超我年轻时抱有的希望）。我又写了其他小说，还有一些枯燥乏味又不用承担多大责任、流行于二十世纪六十年代的新闻稿。然而，我所向往的仍是小说的艺术——有人说小说已经处于垂死状态，甚至彻底死去，愿主保佑。令我高兴的是，一九六七年，我终于作为小说家出版了一本表达我个人哲学需求和美学需求的作品，从而反驳了小说已死的论述，而且很多很多读者——后来才发现并非所有读者——都为这一驳斥感到非常开心。不过这就是另一回事了。如果人们能原谅我的恣纵的话，我会说，大致说来，一九六七年于我而言是收获之年。

值得注意的是，这一总结源于一个事实：努力多年完成一部复杂的作品后，人往往陷入一种失望、无精打采又阴郁的状态中，并遭遇严重的危机，不知道接下来该做什么。许多作家在完成一部巨著之后都会如此。这就像是一场小小的死亡，他们只想爬回湿润的子宫中，变成一个卵细胞。但是在责任的驱使下，我又一次和以前许多次那样想到了苏菲。苏菲和她的生活——她过去的生活及和我们在一起的生活，还有内森和他的生活、苏菲遇到的可怕的麻烦，以及所有互相联系、日益恶化、导致这个可怜的金发波兰美女步入毁灭的情形，二十年来都一再蹂躏着我的记忆，就像不断重复、无法根治的抽搐。那年夏天的景色和人物在我于恍惚间快速步入中年之际，已变得昏暗又朦胧，就像老相册中脆弱黑色纸页上的一张泛黄的照片，然而那年夏天的痛苦仍使我无法释怀，迫切地想要一个解释。因此在一九六七年最后几个月，我开始认真思考苏菲和内森悲惨的命运。我知道我终究要写这个故事，正如多年前我成功又恰当地书写另一个我无望地爱着的女孩——自杀身亡的玛丽亚·亨特——那样。因为种种原因，还要再过几年，我才会开始动笔写苏菲的故事，也就是本书。但是我当时所做的准备，使我尽可能多地阅读有关集中营的资料，并为此感到痛苦。在阅读乔治·斯坦纳的文章时，我经历了一次认识上的冲击。

"有一件事我虽然经常写，也试图将其纳入某种人们承受得起的视角，但我仍然无法理解，"斯坦纳写道，"那就是时间关系。"斯坦纳描述了两个犹太人在特雷布林卡灭绝营[1]被残忍地杀害。"就在梅林和朗纳死亡时，两英里外的波兰农场，五千英里外的纽约，人

---

[1] 纳粹德国灭绝营之一，位于波兰布格河畔。1941年夏建立1号营，1942年春建立2号营。

们的生活多种多样，他们正或睡或吃或看电影或做爱或担心去看牙医一事。这是我的想象力受阻的地方。同时发生的两种经历如此不同，跟所有人类价值的普遍标准相比又如此对立，它们的共存也十分可怕，是一个悖论——特雷布林卡灭绝营的存在既是因为有人建造它，又是因为几乎所有其他人都允许它被建造。我为时间感到迷惑。正如科幻小说和诺斯替派教义所暗示的那样，在同一个世界上，有不同种类的时间吗，美好的时间和与之交织的毫无人性的时间？而在后一种时间中，人类缓慢落入地狱之手。"

在读到这段文字以前，我一直想得很简单，以为只有我有这种思虑，只有我对时间关系十分着迷——举例而言，我曾试着想出在一九四三年四月一日，苏菲被送到奥斯威辛，"缓慢落入地狱之手"的那一天，我都做了些什么事，而且也或多或少地想出了一些。一九四七年末——距离苏菲被送到奥斯威辛经受折磨才不过短短几年——的某一日，我搜索我的记忆，想找出苏菲走过地狱大门的那一天，我是在时间的哪一处。对我来说，一九四三年四月一日愚人节那天的记忆已经模糊了，在翻了父亲写给我的几封信后，我才想起在苏菲第一次踏上奥斯威辛火车站站台的那天下午所发生的荒诞之事，因为信中记录了我的行踪。当时正是北卡罗来纳州罗利的一个怡人的春日早晨，我在那里狼吞虎咽地吃着香蕉。我都吃到快吐了，因为在接下来一小时里，我要接受加入海军陆战队的体检。十七岁的我虽然身高已超过六英尺，体重却只有一百二十二磅，我知道我得再增三磅才能达到最低体重标准。我的肚子像挨饿的人狂吃一顿之后那般鼓得厉害。当我光着身子踏上磅秤，前面一个负责招兵、肌肉发达的老中士瞪着我青春期式瘦削的竹竿身材，语带嘲讽地叫了一声"耶稣基督"（还顺口说了一个有关愚人节的低俗笑话），后来我以几盎司[1]的"优势"勉强过了关。

那一天之前我从没有听过奥斯威辛，也不知道集中营、欧洲犹太人大屠杀，甚至对纳粹也了解不多。对我而言，在那场世界大战中，我们的敌人是日本人。对于如有毒的灰色烟雾般盘旋在奥斯威辛、特雷布林卡、贝尔根－贝尔森集中营等地方上空的痛苦，我根本一无所知。但是大多数的美国人，事实上大多数未住在纳粹恐怖统治之下的人，不也都是如此吗？"不同的时间秩序同时存在却又无法进行有效的类比，也不能交流，"斯坦纳继续写道，"对我们其他这些不在场，就像生活在另一个星球的人来说，这也许是必要的。"的确如此，尤其是对数百万美国人而言，第二次世界大战期间邪恶的代表不是纳粹，尽管他们鄙视、惧怕纳粹，而是那些聚集在太平洋丛林中如狂暴小猿猴般的日本军团，他们对美国本土的威胁似乎更大，更别说他们的黄皮肤及肮脏的习惯使美国人感到嫌恶。但即使这种对东方敌人的狭隘憎恨并不是真实的，大多数人也几乎不会知道纳粹死亡集中营的相关情况，这使得斯坦纳的沉思更具教育性。这两种"不同的时间秩序"之间的联系当然是——对我们这些不在场的人而言——那些在场的人，这使我想起苏菲，特别是苏菲和党卫军一级突击队大队长鲁道夫·弗朗茨·霍斯的关系。

我曾多次提过苏菲对奥斯威辛一事缄默不言，对于她这段不堪回首的过去，她所保持的沉默不屈而坚定。由于她本人（她曾对我承认过）一直很成功地麻醉了自己的大脑，不让它反复回忆在地狱般的集中营里发生的事，内森和我除了她差点因营养不良及患有不

1　1盎司约合 28.35 克。

止一种传染病而死亡的明显事实外，从来就不怎么清楚她在集中营里究竟发生过哪些事情（尤其是最后几个月）也就不足为奇了。因此看厌了二十世纪暴行盛宴的读者们，在此便可免掉再看杀戮、毒气攻击、酷刑鞭笞、折磨、不道德的医学实验、慢慢死亡、尖叫发狂，以及其他记载于历史文件上如地狱般暴虐的行为的详细描述。它们已经被能言善辩的作家以饱含心血之笔写入史册，比如塔德乌什·博罗夫斯基、让·弗朗索瓦·斯坦纳、奥尔加·伦吉尔、欧根·科贡、安德烈·施瓦茨·巴尔特、埃利·威塞尔，以及布鲁诺·贝特尔海姆等。对苏菲在奥斯威辛度过的日子，我认为有必要把我想象中的场景详细地告诉读者，或许有些扭曲，但非常真实。就算她决定详详细细地对内森或我，说出她在奥斯威辛的那可怕的二十个月，我可能仍不能完全理解，因为正如乔治·斯坦纳所言，目前尚不清楚"那些不曾亲历的人是否应该触及这些未被侵犯的痛苦"。我必须承认自己正被一种猜想所纠缠，常常觉得自己像入侵者，侵入一种残忍异常、令人费解又无法摆脱的经历，而这种经历理应由受难者、死者或幸存者独自拥有。一个幸存者——埃利·威塞尔曾写道："小说家在作品中随意将'大屠杀'取作题材……这样做不仅弱化了它的意义，也损害了它的本质。'大屠杀'现在成为热门话题，十分流行，一定可以引人关注，并很快获得成功……"我不知道这话的准确度如何，但我意识到了其中的危害。

然而我不能接受斯坦纳的建议，认为"沉默"就是答案，认为"不要给无法说出口的事加上不重要的文学和社会学上的讨论"才是最好的。我也不同意"在某些现实面前，艺术无关紧要且不合时宜"的看法。我在这种看法中找到了一丝虔诚，特别是因为斯坦纳自己就没有保持沉默。确实，奥斯威辛成为恶魔的化身可能看起来不可理解，然而，只有在我们不去看穿它时，它才会不被看穿；斯坦纳自己也立刻补充说次好的就是"去试着理解"。我想过自己有可能通过试着理解苏菲来理解奥斯威辛，因为不夸张地说，她是一连串矛盾的集合体。虽然她不是犹太人，但她所受的痛苦和折磨，与幸存下来的犹太人所受的一样多——我觉得应该说清楚，在某些深远的方面，她甚至比大多数犹太人遭受得更多。（许多犹太人很难看清纳粹灭绝种族的狂暴背后的献身本性，因此，在我看来，作为犹太人的斯坦纳，其思考与其说是有缺陷的，不如说是空洞的，但可以原谅。对大量非犹太人——如斯拉夫人和吉卜赛人，他都只是一笔带过，而事实上他们在集中营里与犹太人一样被无情的杀人机器吞没，虽然这一过程有时进行得没那么有条不紊。）

如果苏菲只是一个受害者，如一片随风飘飞的叶子般无助，是没有意志的生灵，像她许多受难的同胞那样，她似乎只会使人同情，不过是风暴中又一个漂泊到布鲁克林的可怜的流浪儿罢了，没有什么需要解开的秘密。然而事实是，她在奥斯威辛（这是那年夏天她一点一点向我吐露的）不仅是个受害者，还是个共犯，是大屠杀的从犯——无论这参与是如何偶然、模糊、不确定。每当她站在她的俘虏者——鲁道夫·霍斯——那幢有着复折式屋顶的房子里，透过窗户看向外面晒焦的秋日草地，总能看见奥斯威辛－比克瑙集中营的烟囱里冒出焚烧尸体后产生的令人恶心的烟雾缭绕升空。这是引起她强烈愧疚——她对内森隐瞒的那种愧疚——的主要原因之一（并不是唯一一个），而由于她从来不曾提及那种愧疚的本质或实际情况，因而也经常令内森火冒三丈，因为她无法摆脱自己这一辈子曾经扮演犯罪同谋的角色这一令人窒息的事实。这是一个沉迷于反犹的恶毒角色——一个激烈、热切、一心痛恨犹太人的角色。

苏菲待在奥斯威辛时，只发生了两件大事，她曾对我说过，但不曾对内森提过。第一件大事——发生在她到达集中营的当日——我已经提过，但直到我们在一起的最后几小时，她才对我说起。第二件大事关于同一年她和鲁道夫·霍斯之间短暂的关系，以及导致这种关系的原因。八月里一个下雨的午后，她在枫树宫里对我叙述了这一切。或者，我该说是一个下雨的午后和晚上。虽然她激动而谨慎地对我详细说出她和霍斯之间的插曲，使我犹如身临其境，但是这段回忆和情绪上的疲劳，以及由此产生的压力使她突然停止了叙述，无助地痛哭起来，以至后来我得拼凑出剩下的故事。和霍斯在他那毫无生气的阁楼里相遇的那天是十月三日，这也是苏菲难忘的一天，因为这是她和卡齐米尔·扎维斯托夫斯基的结婚纪念日。就像她是在愚人节那天第一次到达奥斯威辛一样，对于这一天，我也立刻就记住了，而且记得很牢，因为那天是我三位偶像的生日：我父亲、萦绕在我晚年的托马斯·沃尔夫和疯狂的黑恶魔纳特·特纳——他的幽魂将我整个少年和青年时期的想象力灼烧一空。

追寻着斯坦纳对某种不祥又超自然的时间的思考，我自问，那天早些时候当苏菲驻足观看因焚烧那些来自雅典和希腊诸岛的两千一百名犹太人而产生的滚滚灰尘——哪怕经过半透明窗帘的过滤也很厚，用苏菲的话说，"你能感觉到它像沙子一样飘落在你的嘴唇上"——像从维斯瓦河沼泽地飘来的浓雾般模糊了绵羊静静吃草这一田园般的风光时，在美国海军陆战队服役的新兵斯廷戈正在做些什么事呢？答案非常简单。我正在写一封生日祝贺信——不久前我还能轻松找到这封信，就在我父亲那里，他珍藏了我写的那些非常无趣的随笔（甚至在我还非常小的时候），因为他确信我未来一定会在文学领域大放异彩。我在此摘录出中心段落，接在后面的是深情的问候。现在我对信中表现出的那种愚蠢极为震惊，但我觉得为了进一步强调那种强烈，甚至是可怕的差异性，引用一下信中的内容很值得。如果一个人对历史颇感兴趣，他就会变得仁慈。另外，当时我才十八岁。

……爸爸，不管怎么说，明天杜克队将与田纳西队比赛，现场气氛将十分热烈（但会有所克制）。很明显，我们获胜的可能性很大，等你收到此信时杜克队是否有机会成为分区冠军差不多就可以确定了，也许你可以赌上一赌，因为如果我们打败田纳西队——这是我们最强大的对手——就有可能把胜利延续到季赛结束。当然，佐治亚队看上去也很强，有很多人在他们身上下注，觉得他们可能会获得全国第一。正如人们所说，这简直就像赛马，对吗？对了，您听说那则传言了吗？"玫瑰碗"美式橄榄球赛可能会再次在杜克大学（无论我们是否拿第一）举办，因为政府禁止在加利福尼亚州举行大型户外集会，显然是担心日本人捣乱。那些小猴子真的搞砸了美国人的很多好事，是吧？不管怎样，如果橄榄球赛真的在这儿举办就太好了，无论杜克队参加与否，您都可以从弗吉尼亚州出发来看这场大型比赛。我想我一定已经告诉过您，仅仅因为姓氏的字母顺序（现在军队里什么都按字母顺序），皮特·斯特罗迈尔和查基·施图茨和我同室。我们都在学着成为优秀的海军陆战队军官。施图茨是去年从亚拉巴马州奥本来的"全美"二队队员，至于斯特罗迈尔，我相信就不用向您介绍了。我们的房间挤满了像耗子一样的记者和摄影师（早期的隐喻才能）。也许在上星期的《时代》杂志上，您看过斯特罗迈尔的照片，还有一篇介绍文章，把他说成是自汤姆·哈蒙，也许还有雷德·格兰奇以来最优秀的持球突破队员。他的确是个不错的家伙，爸爸，我想我应该老实承认，我非常享受他的成功给我带来的荣耀，尤其是因为施图茨身边的年轻女孩是如此之多（且讨人喜欢），总能为你儿子——一朵雄性壁花[1]——留下一些。上周末，在戴维森比赛之后，我们全体参加了一次盛大的舞会……

北卡罗来纳州达勒姆杜克大学

美国海军陆战队 V-12 训练基地

一九四三年十月三日

在我写这封信的同时，有两千一百名希腊犹太人正在被送进毒气室和焚尸炉。苏菲对我指出，这些希腊犹太人被毒气杀死、被烧成灰烬，都没有在奥斯威辛持续性的大屠杀行动中留下什么记录。而且，第二年纳粹对匈牙利犹太人的屠杀包括多场更大规模的杀戮。这次屠杀被命名为"霍斯行动"，由霍斯亲自监督，光是处理这件事就花了他几个月的时间，之后他才再次回到集中营，而艾希曼对此次行动也摩拳擦掌，期待已久。在奥斯威辛-比克瑙集中营的演化过程中，这是规模最大的大屠杀之一。不但运输问题复杂，而且场地和尸体处理问题也很突出。每天，霍斯必须用标记着"最高机

---

1 舞会上没有人邀请其跳舞的女性。

密"的军用航空快信向党卫军领袖海因里希·希姆莱报告被"选中"的犹太人的总体特征、身体状况和统计数字。在几乎每日一次（有时候是几次）的"筛选"中，那些被火车运送来的犹太人被分为两类：健康的人，可以劳动一段时间；不健康的人，立刻就要被处死。由于年纪太小、年纪太大、疾病缠身、旅途困顿或昔日病症复发等原因，由各地被送到奥斯威辛的犹太人，只有少数被认为健康到可以参加劳动。在某个时期，霍斯向艾希曼报告，被选出来再活一段时间的人，其平均占比在百分之二十五到百分之三十之间。但不知为什么，希腊犹太人的处境比其他任何国家的犹太人都要恶劣。负责筛选的纳粹党卫军医生发现那些从来自雅典的火车上下车的犹太人大多都十分虚弱，每十个人里约莫只有一个被送到车站斜坡的右手边——可以继续生存并参加劳动的一边。

霍斯对这个现象大惑不解。十月三日这一天（苏菲记得这一天是秋季开始的第一天，尽管天空中弥漫着浓浓的烟雾，散发着强烈的恶臭，钝化了人们对季节变换的感知），在一封写给希姆莱的信中，霍斯推断有四个可能的原因——或是单一原因或是多个原因——造成这些被拖出家畜车和棚车的希腊犹太人如此衰弱，事实上有许多囚犯已经死去或奄奄一息：在始发点时就营养不良；漫长的旅途加上作为必经之地的南斯拉夫铁路的糟糕路况；干燥、炎热的地中海气候突然变为维斯瓦河上游潮湿的沼泽气候（虽然霍斯一反常态，加了一句非正式的旁注：就连这一点也令人迷惑，因为就热度而言，至少夏天时，奥斯威辛比那两个"地狱"还热）；最后是不知所措的性格特性，南方人如此，那些意志薄弱的人也如此，那只会使他们难以忍受被赶出家园所带来的震惊和随之而来的那段不知目的地的旅程。他们的遢遢散漫使他想起了吉卜赛人，但是吉卜赛人却习惯于长途旅行。他从容又缓慢地说出他的种种想法，让苏菲记下来。他声音沙哑、语气平淡、咝声很强，苏菲之前就已经听出这口音来自波罗的海地区的德国北部。他只有在点烟时才停下来（他是个老烟枪，苏菲注意到他右手——对他这样一个非常瘦削的人来说很小，甚至有些胖——的手指都被染成了栗色），一手轻按额头沉思数秒。他抬起头来礼貌地问苏菲他是否说得太快了。"不，我的指挥官先生。"[1]

她十六岁时在克拉科夫学过历史悠久的德文速记法（加贝尔斯贝格速记法），后来常帮她父亲的忙，在废弃几年之后竟然可以如此轻松地重新捡起。她的速记速度和速记技能连她自己都感到惊讶，她小声祷告，感谢已长眠于萨克森豪森集中营坟墓中的父亲，使她获得这个自救的方法。她部分心思想着她的父亲——别甘斯基教授。她经常想起他，他们之间的关系一向是那么正式而遥远。而当时霍斯在念了半个句子后停了下来，抽着香烟，发出因抽烟过多而带痰音的咳嗽声。他站在窗畔望着干枯的十月草地，他那棱角分明、肤色微黑、并不丑陋的脸笼罩在蓝色的烟雾中。风吹散了从比克瑙的烟囱里冒出的浓烟，空气变得清新起来。虽然屋外的天气已经微寒，指挥官住处那大幅倾斜的屋顶下的阁楼却温暖舒适，屋檐下不断升腾起热气，午后斜射进来的灿烂阳光更是增加了这里的热度。几只大绿头苍蝇被困在窗玻璃内，在一片宁静中发出轻微的嗡嗡声，或者尝试突围，突然飞向空中，又飞回来，焦躁不安地嗡嗡叫着，然后又停在窗玻璃上。还有一两只四处游荡、行动迟钝的胡蜂。房间被刷得雪白，干净而明亮，很像实验室，而且未加装饰，十分简洁，

---

1 原句为德语。

Sophie's Choice

没有一丝灰尘。这里是霍斯的私人书房，是他的圣殿及避难所，也是他执行自己最私人、最机密和最重要工作的地方。连他所爱的子女也被禁止到阁楼上来，虽然他们可以在这幢宅邸的其他三层楼自由进出。这是一个官员极其敏感的巢穴。

这个房间里家具不多，包括一张简单的松木桌子、一个铁质的文件柜、四把直背椅和一张简易小床——霍斯有时在上面休息，以平息常常困扰他的偏头痛。一部电话，但一般不接通。桌上有一些摆放整齐的办公文具、有序排列的钢笔和铅笔，还有一台笨重的黑色办公室打字机，上面标着"阿德勒"的商标。过去一个半星期以来，苏菲每天要在这里坐好几个小时，用这台打字机或另一台有波兰语键盘的较小的打字机（不用时就放在桌子底下）努力打信。有时候，例如现在，她就坐在另一把椅子上做口述记录。霍斯口述时通常语速很快，每当停顿思索时又如没有尽头般无比漫长。在这些间歇时刻，她几乎可以听见那哥特式的推理高度运转的声音。每当这时，苏菲会盯着墙壁；墙上几乎空无一物，只有一幅她先前见过的十分夸张的庸俗作品，那是阿道夫·希特勒英勇的彩色粉笔侧面画像。画中的希特勒穿得像圣杯骑士，身披索林根的不锈钢甲胄。用来装饰这个苦行僧般的房间的，可能就是基督的画像吧。霍斯沉思默想，挠着自己的半岛形下巴；苏菲静心等待。他已脱下军官外套，衬衫硬领上的扣子并未扣上。阁楼上的静默给人一种如梦似幻的感觉，虚无缥缈。此刻只有两种模糊的声音传了进来，互相交织着：火车头发出的噗噗声和向远方驶去的棚车发出的隆隆声。沉闷的声音被牢牢地嵌入奥斯威辛的氛围中，像海浪般有节奏地起伏着。

　　"毫无疑问[1]——"他又开始说话，却突然停下，"'毫无疑问——'不行，这样的语气太强烈了，我应该用不那么肯定的说法？"这是一个模棱两可的问题。就像以前出现过的一两次那样，他的声音里流露出一种奇怪的询问语调，似乎是想征求苏菲的意见，但又不想降低自己的权威。实际上这是一个对他们两人提出的问题。说话时，霍斯的表述清晰明了。然而苏菲注意到他信件上的文句虽然过得去，也没有不通顺，却常落入晦涩难懂、复杂笨拙的窠臼，带有一个受过军事教育并长期担任副官一职的人所特有的那种特征，单调又蹩脚。霍斯又一次陷入他那漫长的停顿。

　　"'很有可能[2]'，"苏菲有点犹豫地建议道，但比起前几天的表现，她已大胆多了，"这没那么肯定。"

　　"'很有可能'，"霍斯重复了一句，"不错，这样说很好。这使得领袖有更多余地形成自己对这件事的判断。记下来，接着……"

　　他说的最后一句话使苏菲感到满足，甚至可以说是高兴。她觉得他们之间的那道藩篱被打破了，轻轻地。相处这么多小时以来，他的态度一直是硬邦邦的，公事公办，没什么人情味，他的口述也像从机器人口中说出来的那样冷冰冰的。迄今为止只有一次——就在前天，尽管短暂——他撤下了这道藩篱。她并不确定，但她觉得自己刚才在他的声音中探测到一丝温暖，好像他突然是在对"她"说话，一个真正的人，而不是一个被囚禁的劳工，一个肮脏的波兰女人[3]。凭着难以置信的好运气（或者说承蒙上帝的恩赐，她有时虔诚地想），还因为在奥斯威辛的囚犯中，她无疑是少数几个（如果不是

1　原文为德语，下面那句"毫无疑问"为英语。

2　原文为德语，下面那句"很有可能"为英语。

3　原文为德语。

唯一一个）既会说波兰语，又会说德语，还能熟练使用这两种语言的打字机，又掌握了加贝尔斯贝格速记法的人之一，她被从一大群病入膏肓、垂死挣扎的蝼蚁中解救出来。她现在便是在使用速记法写着霍斯给希姆莱这封信的倒数第二段："在不远的将来，我们很有可能重新考虑解决被再次从雅典驱逐出境的希腊犹太人的运输问题。比克瑙用于特别行动的机械装置已大大超过了预期的负担，因此就希腊犹太人而言，我恭敬地建议不妨考虑将他们送到东部占领区的其他地方去，例如特雷布林卡，或是索比堡。"

霍斯停住口，用前一根烟的烟蒂点燃了另一根烟，有点恍惚地透过半开的竖铰链窗凝视着外面。突然他叫喊了一声，声音很大，苏菲还以为出了什么差错。但是他的脸上迅速浮现出一个笑容，她听见他倒抽了一口气叫着"啊！"，同时身子前倾，全神贯注地俯视毗邻房屋的田野。他又入神地叫了声"啊！"，吸了一口气，然后低声唤她："快！过来！"她站起身走到他身旁，和他靠得十分近，都能感到自己碰到了他的制服。"哈莱金！"他喊道，"它真美呀！"

一匹雄健、雪白的阿拉伯种马正沿着下面田野上的长长跑道欢天喜地地疯狂奔驰，它的肌肉绷得紧紧的，风驰电掣地擦过周边的围场栅栏，白色的尾巴扬了起来，像一缕轻烟般飘在身后。它傲然地昂起它高贵的头颅，带着漫不经心的快乐，好像完全沉浸在这种流畅的优美中，宛如被雕刻出来的，有着奔腾的前腿、后腿和臀部，显示出无比健康的力量。苏菲以前见过这种马，但不曾看过驰骋得如此诗意的。那是一匹波兰马，战利品之一，属于霍斯。"哈莱金！"她听见他又喊了一声，被眼前的景象给迷住了。"真了不起！"那匹马独自疾驰，苏菲的视野所及之处没有任何人，只有几只绵羊在低头吃草。在田野之外是潮湿泥泞、毫无特色的低矮树林，一直延伸到地平线，已经染上了加利西亚秋天的沉闷色调。几幢荒弃的农舍散乱地矗立在树林边上。尽管这一面的景色萧瑟单调，但苏菲宁愿看这些景色，也不愿朝房间的另一面望去。那一面是人群熙攘的铁路斜坡，"筛选"囚犯的工作正在那里进行。斜坡后面是肮脏的暗褐色砖砌营房，顶上有一个拱形的金属标志，从正面读是"劳动使人自由"[1]。苏菲战栗了一下，同时感到有什么东西拂过她的颈背，如气流般，霍斯用指尖轻轻碰了碰她的肩膀。他以前从未碰过她，她又战栗了一下，虽然她觉得他的碰触不带任何感情。他低声说："你看哈莱金。"那只雄健的动物像风一样沿着围场栅栏疾驰，足迹所到之处扬起一圈圈赭色尘土。"波兰的这些阿拉伯马是世界上最了不起的马，"霍斯说，"哈莱金——真伟大！"那匹马跑出了他们的视野。

他蓦地又继续进行口述，示意苏菲坐到自己的位子上。他说："我说到哪里了？"她念了刚写下的那段给他听。"啊，现在，"他接口道，"写完这段就结束：'但在接到进一步的消息之前，希望您可以批准为比克瑙的别动队指派更多体格健壮的希腊犹太人这一决定。照情况来看，让那些衰弱不堪的人参加特别行动似乎是大势所趋。'完毕。希特勒万岁！像平常那样签上名并立刻打印出来。"

她迅速服从命令，坐到打字机前，把一张原文和五张复印纸卷进机器里，埋头开始工作，但知道他坐在对面后，她立刻拿起一本官方手册开始阅读。她用眼角的余光瞥了一眼那本书。那并不是绿皮的党卫军手册，而是一本蓝灰皮的陆军军需官手册，书名是《测量并预测不利的土壤及气候条件下化粪池渗透的改进方法》，几乎

---

1 原文为德语 "ARBEIT MACHT FREI"。

占满了整个封面。霍斯真是不浪费一点时间！她心想。从他说完最后一句话到拿起那本手册专心阅读，不过才过了一两秒。她的肩上仍然残留着他的手指碰触她时的感觉。她垂下眼睛，专心打信，丝毫未被其中那条冷酷的信息所惊扰。这条信息是她从霍斯最后说的那段话所使用的委婉用词中了解到的——"特别行动""别动队"。集中营里很少有人会不明了这些委婉语所隐含的真相。或者，他们可以将霍斯的信件翻译为："希腊犹太人境况悲惨，随时都会死去，因此我们希望直接将这些人分配给在焚尸炉里工作的死亡突击队，这样他们可以在那儿处理尸体，取下牙上的金子，并将尸体丢入焚尸炉中，直到他们自己因精疲力竭而不省人事，再将他们送入毒气室。"苏菲一面打着字，一面想着霍斯这段话的真实含义。六个月前她刚到此处时，觉得这种想法可怕到令人难以置信。但是现在，在她所住的这个新环境中，她对此却已见怪不怪，就跟在她曾熟知的另一个世界里，一个人到面包店去买面包一样稀松平常。

她准确无误地打完了信，并在结尾重重地加了一个感叹号以示致意，以至机器发出一声轻微的叮当声。霍斯抬起头来，指着信和钢笔。苏菲迅速递给他，并在一旁站着等霍斯提笔在她从原件结尾处剪下的一张纸条上草草写下亲昵的附语。他一边写一边抑扬顿挫地大声念出来——这是他的习惯："亲爱的老海尼，很抱歉明天无法在波森与你会晤，本信将通过航空快递送至波森。祝你向党卫军'老家伙们'做的演讲成功。鲁迪[1]。"他把信交还给她，说道："这封信必须快点发出去，不过还是先把回给那个牧师的信打好吧。"

她走回桌子后，吃力地把那台笨重的德文打字机搬到桌下，把

1　鲁道夫的昵称。

有波兰语键盘的打字机搬上来。这台波兰语打字机是捷克斯洛伐克制造的，比那台德国制造的打字机轻得多，还是新近制造的，速度更快，也使她的指头舒服了很多。她开始打字，把霍斯前一天下午口述给她的速记内容译成波兰语。这封信关于一个令人头疼的小问题，牵涉集中营和村庄的关系，还奇怪地带有《悲惨世界》的某些痕迹……哦，她记忆犹新。霍斯收到一封邻近村庄的牧师写来的信——邻近，但在周围区域以外；这一片的波兰居民都被赶走了。牧师抱怨有一小群喝醉了的集中营看守（确切人数未知）在晚上跑到教堂里去，把祭坛上一对无价的银烛台偷走了。这对烛台是十七世纪的手工艺品，现今已找不到第二对。苏菲把牧师用难懂晦涩又支离破碎的波兰语写的信大声用德语念给霍斯听。她在念这封信时，感受到了它的大胆，甚至是无所顾忌。若非这两种，可能就只是愚蠢，驱使这个名不见经传的郊区牧师写信给奥斯威辛的指挥官。然而信中却有着某种狡诈，它的语气谄媚到奴颜婢膝（"打扰尊敬的指挥官大人宝贵的时间"），在指出问题时又很谨慎（"我们能理解过度的酒精可能引起这样的恶作剧，显然这并无任何恶意"），但事实是这个可怜的牧师以一种控制自己狂怒的不快笔调写下了这封信，似乎他和他的教徒最尊崇的所有物被掠夺了，实际上也是如此。苏菲大声念信时，强调了那种谄媚的语气，多少表现出了牧师的极度绝望。当她念完信时，她听见霍斯不满地哼了一声。

"烛台！"他说，"我为什么会有和烛台相关的问题？"

她抬起头看见他唇边露出一抹自嘲的笑容，意识到他的这个略带玩笑意味的滑稽问题至少有一部分是对她说的（在许多小时之后第一次，之前他都是如机器一般冰冷无情，问的问题只跟速记和翻译有关）。她一时心慌意乱，铅笔自她手中滑落。她觉得自己张开了嘴巴，但是什么话都说不出，也无法回他一笑。

"教堂，"他对她说，"我们一定要试着对当地的教堂客气一些——即使只是在乡村里。这是个好办法。"

她一语不发地弯腰捡起掉落在地上的铅笔。

然后，他直接对她说："你当然是罗马天主教的教徒，对吧？"

她不认为他的问话有任何嘲讽，却久久答不上来。等她说得出话，对他的问题做肯定的答复时，她尴尬地发现自己竟下意识地反问道："你呢？"血涌上了她的面颊，她意识到她的话简直愚蠢至极。

然而令她感到惊讶而安心的是，他依旧是面无表情，说话的声音也很平静，就事论事的样子。他说："我从前是个天主教徒，但现在是个无教派却信仰上帝的人[1]。我相信有个神——某处。以前我信仰基督，"他顿了一下，"但我已经和基督教决裂了。"

他就说了这些。他的语气是那么冷淡，就像在谈论怎么处理一件旧衣服。他没有再和她闲聊，又开始一本正经地指示她给党卫军二级突击队大队长弗里茨·哈特延施泰因——党卫军警卫队的指挥官写一份备忘录。他要求在兵营中搜查烛台，全力捉拿嫌疑犯，并以纪律不严为名将其拘押在宪兵司令部。备忘录一式五份，分别转交给党卫军二级小队长库尔特·克尼特尔、第六分营总管及警卫队军事训练和政治教育监督员、党卫军二级突击队大队长康拉德·摩根，以及负责集中营军纪的党卫军特别委员会主任。然后他又用德语口述了一封信，以回应教区牧师所遭受的极大痛苦，并吩咐苏菲译成波兰语。第二天，苏菲便在打字机前打这封信，对自己得以将霍斯刻板无趣的德语转变为流畅生动的波兰语感到很满足。"亲爱的

---

1 原文为德语"Gottgläubiger"。

奇宾斯基牧师，得知贵教堂遭到了蓄意偷窃后我们感到震惊和苦恼。对我们而言，没有比亵渎圣物更让我们痛心的了，我们将尽力采取一切手段，以确保归还贵教堂珍贵的烛台。尽管这支警卫队的士兵全都受到最严格的纪律准则——适用于党卫军的每一个成员，事实上适用于每一个在占领区服役的德国人——的管教，但免不了会发生一些小过失，我们只能竭诚希望您会理解……"在安静的阁楼中，苏菲的打字声咔嗒咔嗒地响着，而霍斯在思索着他化粪池的示意图。苍蝇嗡嗡地飞着，不时抽动几下，远处的棚车不住地发出模糊不清的隆隆声，和夏日的雷声无异。

她打完信，像往常一样在信末加上"希特勒万岁"时，内心又一次猛地狂跳了一下，因为他开口说话了。而当她抬起头时，看到他正直视着她的眼睛。虽然打字机的咔嗒声模糊了他的话，她几乎确信他说的是"那条头巾非常漂亮"。她的指尖抖动着，不由自主地抬起了手，不觉卖弄地摸了摸绕在她头部的头巾。这条绿色格子头巾是用监狱里便宜的平纹细布做成的，遮住了她的脑袋和可笑的鬈发。六个月前，她的头发被剃得精光，现在刚长出一团团难看的鬈发。这条头巾也是一项罕有的特权；只有有幸为霍斯工作的囚犯，才可以隐藏那种有辱人格的光头。而在通电栅栏后面的那个被封闭的天地里，每个囚犯，无论男女，都得光着头。尽管头巾所赋予的尊严微乎其微，苏菲却心存感激，即使不是很强烈。

"谢谢，指挥官先生。"[1]她听见自己的声音颤抖了。作为一名临时书记员，在任何非工作的情况下，一想到和霍斯交谈，她便觉得十分不安，甚至是一种紧张。她的紧张更因为她实际上非常渴望和

---

1 原文为德语。

霍斯交谈这一事实而加剧。她的肠胃因害怕而咕咕作响，不是怕指挥官本人，而是怕自己过于紧张，怕她最终会失去随机应变的能力、敏锐灵活的举止、表演的天赋，以及令人着迷的说服力。她迫切地渴望使用上面那些技巧，使他处于一种弱势地位，这样或许可以说服他满足她的简单要求。"非常感谢！"她笨拙地大声说道，心想：你这个笨蛋，安静一点，他会认为你是个讨人厌的小白痴！她用更轻柔的声音表达了自己的感激，深思熟虑一番后扇了扇睫毛，端庄地垂下眼睛。"是洛特给我的，"她解释道，"霍斯夫人给了她两条，她把其中一条送给我了。这可以很好地遮住我的头部。"她想：目前平静下来了，别多话，千万别多话，还不到时候。

现在他正在浏览那封给牧师的信，虽然他自己也承认他对波兰语一窍不通。苏菲望着他，听见他以一种困惑不解的腔调说着"难对付的语言"，并变换着口型，想说出几个拗口的波兰语单词，但很快就放弃努力，站起身来。"很好，"他说，"但愿我们已经安慰了这个不快乐的小牧师。"他拿着信大步走向阁楼门，打开后马上消失在苏菲的视线里，大声呼叫着站在楼梯口听候他差遣的副官——党卫军三级突击队中队长舍夫勒。苏菲听到了霍斯说的话，他命令舍夫勒立刻让信差把信送到教堂去，隔着墙他的声音有些发瓮。舍夫勒的回答声由下面隐约传上来，语气恭敬但模糊不清。他似乎说的是："我立刻上来，长官！""不，我拿下去给你！"她听见霍斯不耐烦地喊道。

指挥官此刻大概想消除什么误会，他一边喃喃自语，一边踏着硬跟皮靴重重地走下几步台阶，以跟他的副官——一个刚从乌尔姆来、高大健壮又有张扑克脸的年轻少尉——进行沟通。他们的声音不断从下面传上来，单调、平淡又模糊。然后有一刹那，苏菲透过他们的话语听到了另一种声音——尽管既无意义又十分短暂，后来这种声音成为她在那一时段、地点留下的无数破碎的记忆中最难以磨灭的部分之一。她一听到音乐声，便知道那是来自四层楼之下客厅里的那台大电唱机。霍斯家的客厅杂乱不堪、装饰过度，还带有粉红色调。她在这儿一个半星期以来，那台机器在白天几乎从不间断地播放音乐——至少在她的听觉范围之内。无论是在地下室那狭窄又阴湿的角落（摆着她睡觉用的草垫子），还是像现在这样在阁楼上，那音乐通过间或打开的门钻进她漫不经心的耳朵里，飘到屋檐上方。

苏菲几乎从不听那些音乐，其实大部分她都不听，因为它们都是些吵闹而伤感的德国作品、蒂罗尔玩笑歌、约德尔小调、钟琴和手风琴合奏曲，都是柏林咖啡馆和音乐厅反复播放的甜蜜悲伤又让人泪流满面的旋律。霍斯那个珠光宝气、咄咄逼人的妻子黑德维希——也是这片领地的女主人—— 一再听着这些歌曲，尤其是那首像发自内心的哭号、由希特勒最喜爱的女歌手札瑞·朗德尔用柔和的颤声唱的《不要因为爱而哭泣》，她的这种痴迷冷酷又单调。苏菲一直渴望拥有那台留声机，以致后来她都觉得自己患了心病，每当从地下室的住处走过必经之地客厅来到阁楼或返回去时，她总要偷偷看它一眼。客厅的摆设和她有一次在波兰版的《老古玩店》上看到的一张插图一样：塞满了法国、意大利、俄国和波兰的古物，包括各个时期各种风格，看上去像是某位发狂的室内设计师的杰作。这位设计师把这些古物都堆在了宫殿式的宅邸里闪闪发光的橡木地板、沙发、椅子、桌子、带抽屉的写字桌、双人沙发、躺椅和已经放满东西的软垫搁脚凳上。要摆放这么多家具，得需要十几个房间，但现在它们全挤在一个又大又高却有限的空间里。即使这堆杂物令

285

人难以忍受，那台用樱桃木做成的仿古式样的留声机仍十分突出。苏菲从未见过用电扩音的唱机——她只见过小型手动唱机。但这么一台神奇的机器却尽是播放些垃圾，她对此感到失望。有一次经过时，她近距离地看到那是斯特龙伯格·卡尔森牌的，她还以为会是瑞典货，但布罗内克——一个看起来简单事实上却很聪明的波兰囚犯，是指挥官家里的勤杂工、小道消息的主要供应者——告诉她那是美国货，被从西边某个富翁的娱乐场所或外国大使那儿掠夺而来，然后运到这里，在从欧洲各地抢劫而来的堆积如山的战利品中占有一席之地。唱机周围有一大堆厚厚的唱片，全装在一个玻璃盒子里；唱机上则放着一个胖胖的巴伐利亚丘比特娃娃，用粉色赛璐珞制成，娃娃的两颊圆鼓鼓的，吹着一支镀金的萨克斯管。苏菲想，欧忒耳珀，美妙的音乐缪斯，与此同时，海顿的赞美乐声飞快传来……

> 诸天述说上帝的荣耀，
> 穹苍传扬
> 他的手段。[1]

快乐的合唱声穿过霍斯和他副官的低语声飘了上来，她被一种极大的兴奋刺痛了，不由自主地站起身来，似乎是要对它表示敬意。她的身子微微颤抖。到底发生什么事了？哪个傻瓜或怪物把这张好唱片放在唱机上了？或者可能只是霍斯夫人自己突然发疯了？苏菲不知道，但这无关紧要（后来她突然想到一定是霍斯夫妇的二女儿埃米，一个十一岁的金发女孩，脸很圆，郁郁寡欢的，还长着雀斑，

1　原文为德语，是海顿于 1797 年创作的第一部清唱剧，歌词出自《圣经·诗篇》。

吃完饭闲着没事时就会播放一些新奇又古怪的曲子），这无关紧要。
这令人狂喜的音乐滑过她的肌肤，就像神的双手一样，以醉人的冰
冷抚摸她；她的躯体感到一阵接一阵的凉意。有很长一段时间，她
像梦游者一样跌跌撞撞地走在黑夜和浓雾中，后来它们消失了，似
乎被炽热的太阳驱散了。她走向窗畔，从打开的窗玻璃上看见了自
己格子头巾下的那张苍白的脸，身上还穿着蓝白条纹相间的劣质犯
人服。她眨眨眼，流下了眼泪，穿过自己透明的影像直直地望向窗
外。她再次注视那匹神奇的白马，现在它正在吃草，还有草地和远
处的绵羊，再远处是秋季灰褐色的树林边缘，好像是在地球的边缘，
正被炽热的音乐燃烧着，红光满天。一片枯萎的树叶高耸入云，美
丽壮观，生来就带有一种魅力。"我们的天父……"她用德语说。沉
浸在赞美的歌声中，她闭上眼睛，听着那天使般的三重唱对着这旋
转的地球唱神秘的赞美词：

> 他日，
> 倾听今日的诉说。
> 在明晚之后，
> 她消失在今夜。

"就在这时，音乐停了，"苏菲告诉我，"不，不是这时，而是
在这之后，在最后一段的中间部分停了下来。你知道它唱的是什么
吗？我想，用英语表达是这样的：'整个大地回响着一个词……'它
只是突然停了，这首乐曲，我觉得非常空虚。我没有说完我的祷告，
就是我刚开始说的祈祷词。我什么都不知道了，我想或许我就是在
那一刻开始失去了信仰。可是我什么都不知道了，不知道上帝是在

什么时候离开我的，或者是我离开它。总之，我感觉到了这种空虚。那就像是在一个非常真实的梦中找到什么珍贵的东西——我是说某件东西或某个人，令人难以置信的珍贵之物，结果醒来却发现那个珍贵的人已经走了。永远！我这一辈子有过许多次这种经验，醒来后感到一种失落！当这段音乐停止时，我突然了解到——我有这种预感——我再也不会听到这样的音乐了。门还是开着的，我听得见霍斯和舍夫勒在楼下讲话的声音。然后在他们下面的埃米——我确信那一定是埃米，她在唱机上换了另一张唱片《啤酒桶波尔卡》。我觉得很愤怒。那个用人造奶油造的、脸圆得像月亮的肥胖小母狗，我真想杀了她。她正在播放《啤酒桶波尔卡》，声音很大，就连花园里、营房中、城镇里，乃至整个华沙的人都必然听得到。那首歌是用英语唱的，那首愚蠢的曲子。

"但是我知道我必须控制自己，忘了音乐，想想其他事。而且，你明白的，我知道我必须利用我的每一条情报，每一分智慧，我想你会说，为了从霍斯那里得到我想要的。我知道他恨波兰人，但那不打紧。我已经把这面具——怎么说呢，打破[1]……打破了，现在我必须继续前进，因为时间不多了。布罗内克，就是那个勤杂工，曾经对我们这些地下室里的女人低声说，他听到一个传言，霍斯很快就要被调到柏林去了。我必须快点行动，如果我想——是的，我要说出来，'勾引'霍斯，虽然我偶尔想到也觉得恶心，希望我能用我的智慧而不是我的身体勾引他。希望我能够向他证明别的什么，而不必用我的身体。是的，斯廷戈，向他证明苏菲娅·玛丽亚·别甘斯卡·扎维斯托夫斯卡或许是个肮脏的波兰女人，你知道，一个动

---

1 原文为法语。

物，只是一个奴隶而已，垃圾波兰人[1]，等等，可我仍和霍斯一样，是个坚定又优秀的纳粹党人。我不应该受到这种残忍而不公平的监禁。就是这样。

"最后，霍斯又走上楼来。我能听见他的靴子踏在楼梯上的声音，还有《啤酒桶波尔卡》的歌声。我做了这个决定，站到窗畔，这或多或少能显得我迷人。性感，你知道。对不起，斯廷戈，可你知道我的意思是什么——一副想要做爱的样子，一副我想被求着做爱的样子。但是，哦，我的眼睛！耶稣基督，我的眼睛！我把眼睛哭红了，我知道，而且我还在哭，我真怕这会打乱我的计划。我好不容易才停止哭泣，用手背擦了擦眼睛。我再度看向刚才我听到海顿的乐曲时注视着的那片美丽的树林。然而风突然使得这一切发生了变化，我看到由比克瑙的焚化炉中冒出的烟，笼罩了这片田野和树林。然后霍斯进来了。"

幸运的苏菲，能够想出这样一个计划很了不起。而且在集中营待了六个月后，她不仅相当健康，还未曾遭受大部分最糟糕的饥饿之痛。不过，这并不表示她饱暖无虞。每当她回想起那个时期（她很少十分详细地讲述，因此我从不曾由她那里获知，住在这明载于文件上的地狱里的直接感受；然而她无疑见过了地狱，感受到了它的存在并生活于其中），她总暗示自己的食物还算够，但也只是与那些每日忍饥挨饿的普通囚犯相比，因为她有少量的配给。例如，住在霍斯宅邸地下室里的那十天左右，她所吃的是霍斯家厨房里和餐桌上的残羹剩饭，大部分是蔬菜和肉骨——她已非常感激。她可

1　原文为德语。

以让自己在生存线水平之上一点点挣扎，但那只是因为她够幸运。所有的奴隶世界都很快会发展出等级结构、啄食顺序、权势及特权模式，因为运气好，苏菲发现她竟属于一小群特权分子。

在无时无刻不保持拥有成千上万名犯人的奥斯威辛，这群被挑选出来的数百名特权分子借着策略或运气发挥自己的作用，所以党卫军认为他们是不可或缺的或者至少是极为重要的。（对被关押在奥斯威辛的犯人来说，"不可或缺"在严格意义上是一个"不合逻辑的推论"。）这意味着他们可以暂时甚至是长期存活，当然是跟集中营里的大部分犯人相比，那些犯人因为数量过多且可以替代，只有一个用途：做苦力直至精疲力竭，然后死去。跟所有技艺精湛的手艺人一样，苏菲所在的这个群体（包括来自法国和比利时、技艺极其精湛的裁缝，他们就在车站斜坡那儿，从被判死刑的犹太人那里抢夺高档物品做成精美的服装；还有熟练的鞋匠和制作高质量皮具的工人，具有园艺技能的园丁，拥有某些专业能力的技师、工程师，以及像苏菲这样具有语言天赋和文秘能力的一小部分人）躲过了大灭绝，因为一个很实际的理由，即他们的才能在集中营里十分宝贵。因此，除非某种无情的命运捉弄了他们，使他们也遭到毁灭——这是每天都有可能面临的威胁，否则这些特权分子至少不会迅速遭受被消灭的痛苦，那是几乎所有其他人的命运。

如果我们试着对奥斯威辛的本质和功能做一般性的了解，特别是苏菲在一九四三年四月初抵达后的六个月期间，也许更容易明白苏菲和鲁道夫·霍斯之间的纠葛。我之所以强调时间是因为它非常重要。一九四三年四月第一个星期的某个时候，霍斯收到来自希姆莱的一道命令（毫无疑问是领袖想出来的），使得集中营发生了质变，由此很多事情可以得到解释。自从"最终解决"在纳粹魔术师想象力丰富的脑子里孵化出来后，它就是纳粹颁布的最重大、意义最深远的命令之一：比克瑙刚建好的毒气室和焚尸炉将"仅"用于消灭犹太人。这道命令取代了原来的规则，即允许毒杀在健康状况和年龄上符合与犹太人相同的"选择原则"的非犹太犯人（主要是波兰人、俄国人和其他斯拉夫人）。不管是从技术，还是从逻辑上讲，这道新命令都是必要的，它并非因为德国人突然关心起斯拉夫人及其他被驱逐的"雅利安"非犹太犯人，而是因为一种凌驾于一切之上的强迫观念——成功屠杀犹太人，直到全欧洲的犹太人都被杀光。这一强迫观念源于希特勒，现在蔓延到希姆莱、艾希曼及其他党卫军指挥官的大脑里，并发展为一种狂热的想法。新命令实际上就是一项战斗准备：比克瑙的设施都很庞大，无论是在空间还是热度上都有某些最终限制；如今在大屠杀的名单上，这些设施享有绝对且无可争议的优先权，而犹太人突然就获得了独占它们的奇怪权利。仅就人数而言，他们"让我夜里牙痛"，霍斯写道。他想说的是咬牙切齿。尽管想象力已是一片空白，他还是想得出一两个生硬的词语。

此时，奥斯威辛就显示出了双重功能：既是大屠杀场所，又是实施奴隶制度的所在地。但这是一种新式的奴隶制度——可以持续不断地消耗奴隶并补给。人们常常忽视这种双重性。"大多数描写集中营的文学作品往往都强调集中营的刑场作用。"理查德·L. 鲁本斯坦在他那本出色的小书《历史的狡黠》中这样写道。"遗憾的是，很少有伦理学家或宗教思想家给予这一具有重大意义的政治事实，即'集中营实际上是人类社会的一种新形态'以足够的重视。"这位美国宗教学教授的作品篇幅不长，但最后的内容（副标题"大规模死亡和美国人的未来"可以表现出这本书在预测未来及历史整合方面有着令人恐惧又雄心勃勃的企图）却充满智慧，很有远见。没有人能公允地判断这本书的影响和复杂性，或考虑它努力想要引起的道德共鸣和宗教共鸣。那恐怖又精确的尸检过程和人类对自己不确定未来的迫切思考，无疑将使这本书成为解读纳粹时代的必备手册。鲁本斯坦所写（扩展了阿伦特的论点）、由纳粹发展起来的那种人类社会的新形态是一个"被完全控制的社会"，直接从已由诸多西方的伟大国家实践过的奴隶制度进化而来。不过，在奥斯威辛，这种新形态受一种富有创意的观念鞭策，成为专制的典范。这一观念以人类简单却绝对的消亡为基础。相比之下，老式的种植园奴隶制度即使在最野蛮的时期也较为温和。

这种观念消除了先前所有人就迫害一事产生的犹豫不决。人们有时可能会因面临人口过剩的困境而感到十分困扰，但在基督教义的束缚下，西方世界传统的奴隶主们会避免任何与"最终解决"相似的措施来解决劳动力过剩的问题。他们不能枪杀已丧失劳动力却还在花钱的奴隶；他们得忍受奴隶变得又老又弱这一情况，并使其安享晚年。（当然，情况并不完全如此。比如，有许多证据表明，在十八世纪中期的西印度群岛，有一段时间，欧洲奴隶主们对把奴隶累到死丝毫不感到内疚。不过，总的来说，我前面说的那些情况占绝对优势。）随着国家社会主义的到来，人们仅余的虔诚被一扫而光。正像鲁本斯坦说的那样，纳粹是第一个完全废除所有残留下来的、有关生命本质的人道主义情感的奴隶主。他们率先将人类变成了完全遵从他们意愿的机器，哪怕那些机器必须躺在坟墓中等着被枪杀。

通过区分成本计算法和其他高级的投入产出公式，被送到奥斯威辛的人有望争取继续存活一段特定的时间：三个月。苏菲到了一两天后便明白了这一点。当时，她和数百个同来的犯人——大部分是波兰女人，年龄参差不齐——挤在一起，大家都衣衫褴褛，刚被剃光的头亮堂堂的，像邋里邋遢又被拔了毛的家禽挤在谷仓空场上。苏菲感到痛苦，但还是听到了一些话，一个党卫军军官——党卫军一级突击队中队长弗里茨正口齿清晰地讲述这座"灾难之城"的设计，还让那些刚刚进入其中的人放弃一切希望。"我还确切记得他说的话，"苏菲告诉我，"他说：'你们所到之处是集中营，不是疗养院，想要离开只有一条路——从烟囱里出去。'他说：'不喜欢这条路的人可以试着用铁丝上吊自杀。要是你们这一群人里有犹太人，最多只有两个星期的活头。'然后他又说：'有修女吗？你们和牧师一样，可以活一个月。其他的人，三个月。'"

就这样，纳粹在让犯人虽生犹死方面越来越游刃有余，那比死亡更可怕，而且也更为残酷，因为这些最初——第一天——便已注定在劫难逃的人中，很少有人会知道这种因折磨、疾病和饥饿所受到的束缚不过是生命的一种邪恶的幻影，在这种幻影中，他们将无可避免地向着死亡航行。正如鲁本斯坦总结的："相比仅仅作为大型屠宰场来说，集中营给人类未来所带来的威胁要永久得多。一个灭绝中心只会制造死尸，而一个被完全控制的社会则会创造出一个活死人的世界。"

或者正如苏菲所说："要是他们大部分人一到那里就知道这个事实，便会祈求能被送到毒气室里去。"

犯人一抵达奥斯威辛，便要脱光衣服接受搜查，他们几乎不被允许保留任何自己的物品。然而由于搜身过程十分混乱，士兵经常敷衍了事，有时候新来的犯人就会很幸运，可以保有一些自己珍爱的东西或衣服。例如，由于苏菲本身的机灵加上一名党卫军警卫的疏忽，她设法保留了一双虽已破旧不堪却还可以穿的皮靴。这是她在克拉科夫最后的日子里一直穿着的。有一只靴子的衬里被割开了，留下一个藏东西的小缝。在她站在阁楼的窗畔等待指挥官的那一天，那个小缝里藏了一本约莫十二页、满是污痕、有翻阅痕迹、皱皱巴巴但仍清晰可读的小册子，总共四千个单词左右，扉页上写着"波兰的犹太人问题：国家社会主义有答案吗？"[1]。这可能是苏菲最为明显的一个借口（也是她撒过的最奇怪的谎），先前她反复对我说起她的成长环境十分宽松，包容性强。她不但欺骗了我，正如我确信她也欺骗了内森，而且直到最后一刻，她才不再对我隐瞒真相，为的是证明她和指挥官之间的交易是合理的：这本小册子是她父亲——克拉科夫雅盖隆大学著名的法学教授兹比格涅夫·别甘斯基教授，查理大学、布加勒斯特大学、海德堡大学和莱比锡大学的荣誉法学博士——所写的。

她向我坦承，说出这一切并不容易。她咬着嘴唇，紧张地抚弄着她血色尽失、憔悴不已的脸颊。要揭穿自己的谎言很难，尤其是在她如此巧妙地创造了她父亲正直而高尚的完美形象后：一个对即将到来的恐惧愁眉不展的社会主义大家长，一个冒着生命危险拯救犹太人于俄罗斯残忍的大屠杀之中，从而罩上善良光环的勇敢的自由论者。她对我说出这个事实时，声音里带有一丝悲痛。出于良心，在她不得不承认她讲的有关她父亲的一切只是谎言时，她意识到自己所说的其他事情的可信度也随之大打折扣。然而她编造的这个拙劣的谎言只是另一种虚幻，为她提供了一道脆弱的屏障，也是一道单薄无比、注定被攻破的防线，将她所在乎的人——例如我——和

1　小册子上的原文为德语。

她内心压抑着的深深愧疚隔离开来。她问我，既然我已知道事实，也了解她说谎的必要，是不是会原谅她。我轻抚着她的手背，对她说我当然会。

她继续说，除非我知道有关她父亲的真相，否则就无法明了她与鲁道夫·霍斯之间发生的事。她坚持说先前她在跟我描绘自己田园般的童年时并没有完全对我说谎。在两次世界大战之间，她于宁静的克拉科夫住过的那栋房子几乎是个温暖而安全的住所，她家笼罩在一种甜蜜而安详的氛围中。这种氛围主要由她那身材丰满、性格开朗又富有爱心的母亲营造出来，仅仅因为她母亲把对音乐的热爱传给她的独生女这一点，苏菲便会珍惜和母亲共处的回忆。试着想象一下在二十世纪二十年代及三十年代西方世界几乎所有学术家庭过的那种悠闲自得的生活——习惯性饮茶，晚上举办音乐会，夏天到寂静的乡间郊游，和学生共进晚餐，年中到意大利旅游，到柏林和萨尔茨堡度年假——那你便会了解那时苏菲的生活、弥漫着的文明氛围、平静甚至快乐是什么样子的。然而，一朵徘徊不去的乌云却始终笼罩在这种生活之上，沉重又令人窒息，毁掉了她的童年和少年时期。那就是她父亲的存在，他像暴君似的控制着整个家庭，尤其是苏菲，他如此顽固，而且手段极其狡猾精明，甚至苏菲成年之后，通过讲述这一切才意识到自己多么憎恨她的父亲。

在一生中，一个人对另一个人深埋于心的强烈感情——无论是被压抑的仇恨还是疯狂的爱意——很少有机会迅速又清楚地浮现在他的意识表面。有时候，这种感情就像身体遭到了什么巨大的变化似的，令人永远难忘。苏菲说她绝不会忘记那一刻——她对她父亲的恨意浮上心头，将她笼罩在可怕的炽热光辉中，她说不出话，觉得自己可能会昏死过去……

　　他是个高大、健壮的人，通常穿着长礼服和翼领衬衫，打着薄软绸宽领带。虽是过时了的打扮，但在当时的波兰并不怪异。他有一张标准的波兰人脸：高耸宽阔的颧骨、蓝眼睛、丰满的嘴唇、上翘的宽大鼻子、小精灵似的大耳朵。他蓄着络腮胡子，一头漂亮的浅色头发齐梳向后，总会被精心打理。两颗银质的假牙略微损坏了他的这副好容貌，但只有他张大嘴巴时才看得见。他的同事认为他多少是个花花公子，只是没那么荒唐，但他极高的学术声誉使他免于受到讥嘲。尽管他见解极端——右翼教职员工中的超级保守主义者，却仍然受到大家的尊敬。他不仅是法学教授，偶尔还是执业律师，在专利的国际使用方面——主要是与德国和一些东欧国家之间的交流有关——建立起了自己的权威，而这项副业的收入也是完全合乎道德的，使他以一种低调又适度的优雅过上了一种物质水平较他的许多同事更高的生活。他还是一名摩泽尔葡萄酒和乌普曼雪茄的鉴赏家。他也是个天主教徒，虽然并不狂热。

　　苏菲先前告诉我的有关他年轻时的事及他所受的教育显然都是真的：弗朗茨·约瑟夫一世[1]在位时期，他早年在维也纳的生活点燃了他亲日耳曼的激情，并一直燃烧着他，使他认为欧洲应由泛日耳曼主义和理查德·瓦格纳精神来拯救。这是一种纯洁而忠贞不渝的爱，足以与他对布尔什维克主义的恨相匹敌。苏菲经常听他说，除了通过德国进行改变——将带有神话光辉的历史传统和二十世纪的超级技术很好地融合在一起，为较小的民族创造一个可预测的统一体——贫困落后、不断被压迫（尤其是被现在同样受反基督的共产

1　奥地利皇帝兼匈牙利国王，在位时期为 1848 年到 1916 年。

主义者控制的野蛮的俄国人）又失去认同感的波兰，如何才能获得救赎，发展高雅的文化？对于波兰这样一个结构松散的国家，还有什么民族主义比讲求实际却富有美感、令人激动的国家社会主义更适合？在国家社会主义中，瓦格纳的《纽伦堡的名歌手》对文明产生的影响和新型高速公路差不多。

苏菲一开始就对我说，别甘斯基教授既不是自由论者，也不是社会主义者，而是一个格外反动的政治小团体——国家民主党的支持者之一。这个政党的主要原则之一就是激进的反犹主义。国际共产主义运动在将犹太人与共产主义画等号方面极为狂热，这对大学的影响格外深远。二十世纪二十年代早期，各大学里使用暴力手段攻击犹太学生就变得极为普遍。别甘斯基教授当时三十多岁，是党内温和派中一颗冉冉升起的年轻新星。他在华沙的一份重要的政治刊物上发表了一篇文章，谴责那些暴力攻击。苏菲在多年之后偶然发现这篇文章时不禁疑惑，他是否曾受到过激进乌托邦的人道主义的刺激。她当然错得离谱，跟她说她父亲因约瑟夫·毕苏斯基——那个曾经的激进分子——在二十世纪二十年代末期把集权政体带到波兰而痛恨这位专制的波兰元帅一样离谱，或者可以说她不够坦诚（并为她对我说的另一个谎感到内疚）。她后来知道，她父亲的确痛恨毕苏斯基，但主要是因为这位独裁者自相矛盾，一再颁布保护犹太人的敕令。因此，教授难以接受这一点。一九三五年毕苏斯基一死，保障犹太人权利的法律便宽松了起来，波兰的犹太人便再次陷于恐慌中。他又一次——至少是初期——提起温和手段。在加入一个新生的法西斯组织（该组织开始在波兰的大学生中居于指挥地位）即国家激进党后，教授（现在已经成为主要的发声者）建议大家要克制，并再次警告大家不要对犹太人挥舞棍棒、干出袭击抢劫的事，不仅是在大学校园里，在街道上亦然，因为这种现象已经开始出现。不过他反对使用暴力并非基于思想认识，而是基于一种有悖常理的考量；显然他感到很煎熬，固守着一份执念，这执念长久以来一直充斥在他的心间支配着他。他开始就清除各行各业中的犹太人的必要性一事进行系统性的思考——首先就从学术界开始。

针对这个问题，他开始奋笔疾书，既用波兰语写，又用德语写，给波兰及德国各文化中心——如波恩、曼海姆、慕尼黑、德累斯顿等地——的著名政治和法律刊物寄了数不清的文章。他的主题之一是"多余的犹太人"，他用潦草的笔记详细论述了"人口迁移"和"放逐"问题。他是政府派往马达加斯加考察犹太人定居可能性的代表团成员之一。（他给苏菲带回来一个非洲面具——她想起他晒黑的皮肤。）虽然他仍不赞成使用暴力，却开始动摇，坚持认为有必要立刻得到这个问题的实际答案，而且这种想法也愈来愈坚定。教授的生活渗入了某种疯狂，他成为种族隔离运动的主要积极分子，并且是为犹太学生设置"犹太人专用长凳"这种隔离措施的提倡者之一。他对经济危机进行了尖锐的分析，还在华沙发表煽动群众的演说。他怒吼道，在经济萧条时期，那些外来的犹太人有什么权利和从各个地方进入这座城市的诚实的波兰人竞争工作机会？一九三八年底，他的激情达到高潮，开始着手写他的杰作，也就是先前提及的那本小册子。在小册子里，他第一次提出了"完全消灭"的想法——十分谨慎。他语意不明、犹豫不决，但确实写了出来。消灭。不用暴力。完全消灭。彼时，事实上有几年了，苏菲经常记录她父亲的口述，做他要求的所有秘书工作，像苦工一样恭敬听话。她耐心又顺从地做着这份工作，像几乎所有孝顺的波兰女儿那样受困于对父权的绝对服从这一传统。一九三八年冬天，她费了整整一个星期才将他的手稿《波兰的犹太人问题：国家社会主义有答案吗？》打印并编辑完毕。在那时，她才明白，或者我应该说开始明白她父亲到底在做什么。

苏菲述及这些往事时，我虽一再追问，却无法完全获知她童年及少女时期的生活，不过有些事情已相当清楚了。例如，她对她父亲的顺从是百分之百的，如同雨林区新旧石器时代的俾格米文化一样，要求无依无靠的子女完全忠诚于父母。她告诉我，她从不质疑这种忠诚，它已融入她的血液，以至于自小到大她都很少有过不满。波兰的天主教认为一个父亲理应受到尊敬。事实上，她承认也许她非常享受自己的那种卑微和顺从：每天必须说"是的，爸爸""不，谢谢你，爸爸"，必须支持并关注他，例行公事般地尊重他，和她母亲强迫性地顺从他。她承认，或许她是个受虐狂。毕竟，即使是在她最悲伤的回忆中，她也不得不承认，父亲对她们母女并不是真的残酷。尽管他威严高傲，却仍有幽默的时候，只是他比较粗暴，但在极个别的情况下还会给她们一点奖励。为了保持快乐的家庭氛围，一个家里的暴君不可能一点都不宽容。

也许正是他的这些特质起到了缓和作用（苏菲得以完成法语学习——他认为法语是一门堕落的语言，使她母亲能尽情欣赏除瓦格纳以外的其他作曲家的作品，如加布里埃尔·福雷和斯卡拉蒂等），使得苏菲接受她父亲对她生活的完全统治，而不会有意去怨恨，就连婚后也不例外。此外，在学校教师（其中有很多但绝不是全部同事都支持教授极端的种族观点）中，她父亲虽有争议却仍是杰出之人，苏菲只能模糊地感觉到他的政治信仰和支配着他的愤怒。他从不在家里讨论这些事，虽然这一切贯穿她的青春期早期，她在懂事后都无法完全遗忘他对犹太人的憎恨，但在波兰有个反犹的父亲几乎不是什么前所未有的事。至于她自己——忙于学业、上教堂、偶尔与朋友一起参加社交活动、看书、看电影（几十部电影，大部分是美国片）、和母亲一起练钢琴，甚至还有一两次单纯又短暂的调情。对于犹太人——克拉科夫犹太人居住区那些像幽灵般难得一见的大部分人，她的态度是漠不关心。苏菲坚持这么说，我仍然相信她。他们只是与她毫不相干——至少在她担任父亲的秘书，开始明白她父亲浓烈热情的深度和广度之前。

她才十六岁，教授就强迫她学打字和速记。他可能早已计划好要用她。也许他正在琢磨自己什么时候会需要她娴熟的技能；她是他女儿的事实，无疑为他提供更多便利，也使她更值得信赖。总之，几年来她虽花费无数个周末为他打出和专利权有关的双语信件（有时使用英国产的口述录音机，不过她讨厌那玩意，因为教授的声音听起来遥远、尖细又不祥，让人毛骨悚然），却直到一九三八年圣诞节期间，才被要求处理他所写的多篇文章；在此之前，这些文章都是由他在学校的助手处理的。因此，当他让她用加贝尔斯贝格速记法记下来，并在打字机上用波兰语和德语打出他的整本杰作《波兰的犹太人问题》时，她才开始如冉冉升起的太阳那样，慢慢了解他那充满了仇恨观点的整个终极计划。她还记得他嘴里衔着一支雪茄，在烟雾缭绕又潮湿的书房里来回踱步，声音时而激动兴奋，而她顺从地在速记簿上用速记符号写下他条理分明、准确流畅的德语。

他见识广博，文风很有辨识度，言语间常常带有讽刺的火花，既辛辣又活泼。事实上，他的德语极为清楚有力，语言本身就帮别甘斯基教授在德国爱尔福特的奥林匹克中心做反犹宣传时获得了极高的声望。他的笔调有种不同寻常的魅力。（在布鲁克林的那个夏天，有一次，我让苏菲看 H. L. 门肯[1] 的一本著作，门肯无论是在当时还是现在都是我迷恋的作家之一。在我的发现中，最有价值的便是她认为门肯辛辣尖刻的文风让她想起她父亲的风格。）她仔细地记录着他的口述，但由于他像脱缰的野马一样急促而热情，直到她着手用打印机打出速记底稿，才得以在那口沸腾着的大锅——满是历史的引喻、辩证的假设、宗教规则、法律先例和人类学主张——中窥到那个模棱两可却有着不祥之兆的词——"灭绝"，还重复了好几遍。这个词让苏菲感到很困惑，也着实吓了她一跳。就像这本有说服力又切实可行的杰作一样，在饭桌上，她不止一次听到这种巧妙的辩论，他的语气活泼又恶劣，还带有嘲弄。但令她感到如此震惊的这个词是经历过变化的，因为他多次要求她把"完全消灭"改为"灭绝"。

灭绝。就是这么简单明了。在那整个寒风刺骨的冬天，她都会在周末为父亲慷慨激昂的冗长文章工作。即使这个词巧妙地混在教授那锅加了香料、令人愉快的肉汤（内容松散、妙趣横生又尖酸刻薄的批评）中，它与它的全部意义——成为整篇文章的主旨——和力量仍令她恐惧不已，她不得不把它从脑子里铲除出去。她发现自己脑子里想的都是父亲的狂怒，结果放错了重音的位置，元音还忘了变音。"灭绝"的真正含义仍被她压进了潜意识中，直到那个下着毛毛细雨的星期天傍晚。当时她急急忙忙地拿着打印好的一卷手稿去市集广场的咖啡店里见她的父亲和丈夫卡齐米尔，对他所说的和所写的，以及她在无意中成为共犯的事实感到震惊无比，并受到重击。"灭绝。"她大声念出来。他的意思是，她后知后觉地想，他们

---

1 美国评论家，代表作《美国语言》。

全都该被杀掉。

　　一如苏菲所暗示的，如果人们认为她在意识到父亲是个热衷于屠杀犹太人的刽子手时也意识到自己对父亲怀有恨意，而且前者还引发了后者，那也许会为她的形象增添光彩。但苏菲告诉我（像往常一样，我仍相信她，凭着一种直觉），尽管这两种意识确实几乎在同一时刻出现，她却已经在情感上做好了准备，接受她突然对她父亲感到的强烈的厌恶，而且就算教授没有提及他盼望已久且即将到来的大屠杀，她很可能也会有相同的反应。她告诉我她永远不能确定这一点。我们在此谈论的是关于苏菲的主要真相，我想这足以证明她的敏感本性——置身于她父亲那满怀恶意、畸形扭曲又不和谐的强迫之下这么多年，彼时又像个快要溺死的生物般，浸没在他有毒的理论源泉中，因此在克拉科夫雨雾朦胧、弯弯曲曲的昏暗街道中将那一卷充斥着残暴的手稿紧紧抱在怀里，朝着自己的认识疾步走去时，她必然会恢复人类的本能，为她所做的一切感到惊骇。

　　"那一晚我父亲在市集广场的一家咖啡店等我。我记得那天又冷又湿，天空中飘着雨夹雪，感觉像是要下雪了。我丈夫卡齐米尔和我父亲一起坐在桌旁等我。我到得很晚，因为打了一下午的手稿，干这事费的时间比我想的多多了。我非常害怕我父亲会为我的迟到生气。你瞧，整件事进行得太仓促了。我想这就是你所说的'急活'，而且印刷商——那个会用波兰语和德语印刷小册子的人——和我父亲约好在咖啡店碰头拿稿子。我父亲打算在他到来之前，在咖啡桌旁改一下稿子。他要改用德语打的那一份，卡齐米尔则检查用波兰语打的那一份。事情本该如此，但我迟到太久了。我到达咖啡店时，那个印刷商已经和我父亲及卡齐米尔坐在一起等我了。我父亲非常生气，虽然我道了歉，却还是看得出他很恼火。他迅速从我手中拿走稿

子，并命令我坐下来。我坐了下来，觉得胃部一阵痉挛，很痛，我是
那么怕他生气。真奇怪，斯廷戈，我们有时候怎么记得住细节呢。我
是说，就像我记得当时父亲喝的是茶，卡齐米尔喝的是梅子白兰地，
而那个印刷商——这个人我以前见过，叫罗曼·显克维奇，不错，
就和那个名作家同姓——喝的是伏特加。我确信我之所以会把这些
细节记得这么清楚，是因为我父亲的茶。我是说，我工作了一整个
下午后觉得非常疲惫，那时我只想要喝杯茶，和我父亲一样。但是
我绝不会自己点一份，绝不会！我记得我看着他的茶壶和杯子，一
心渴望喝一杯那样的热茶。要不是我迟到那么久，我父亲会倒杯茶
给我，可是现在他对我很恼火，只字不提茶的事。所以，我只是坐
在那里低头看自己的指甲，而我父亲和卡齐米尔开始看稿子。

　　"时间似乎过去了好几个钟头。那个叫显克维奇的印刷商是个
蓄着胡子的胖子，我记得他喜欢大笑。他和我说了一些关于天气的
无聊话，但我多半时候就坐在那张冷冰冰的桌子旁，闭着嘴巴，像
快渴死的人那样只想喝一杯茶。我父亲终于抬起头来瞪着我说：'这
个如此喜爱理查德·瓦格纳作品的内维尔·张伯伦是谁？'他严厉
地瞪着我，我不太明白他的意思，只知道他很不高兴。对我不高兴。
我不明就里，问他道：'这是什么意思，爸爸？'他重复了那个问
题，这一回特别强调了'内维尔'三个字。我突然意识到我犯了一
个严重的错误。因为，你知道，我父亲在他的文章中时常引用这位
英国作家张伯伦的话来支持他的观点，我不知道你有没有听说过这
个人，他写过一本书叫作——哦，我想英文名字应该是《十九世纪
之基础》，其中充满了对德国的爱、对理查德·瓦格纳的崇拜和对
犹太人的强烈恨意，书里说犹太人污染了欧洲文化什么的。我父亲
很景仰这位张伯伦，此刻我才想起他对我说起这个名字时，我不知

不觉就把内维尔这个名字写了下来，一遍又一遍，因为他当时因慕尼黑会议频繁出现在新闻报道中，而不是写休斯敦·张伯伦——这才是那个痛恨犹太人的张伯伦的正确名字。我非常害怕，因为我在稿子的脚注、参考文献和其他地方一再重复了这个错误。

"哦，斯廷戈，真羞耻！因为我父亲是个过于要求十全十美的人，他不能容忍这个错误，非得当场指责不可。我听见他当着卡齐米尔和显克维奇的面说了这些话，我永远也忘不了，他的话里充满了轻蔑：'你的脑子和你母亲的一样，就是一团糨糊。我不知道你的身体是从哪里来的，但是你并未遗传我的头脑。'我听到显克维奇轻笑了一声，我想更可能是因为尴尬。我抬头看了看卡齐米尔，他正在笑，脸上的表情似乎和我父亲的一样轻蔑，但我并不惊讶。斯廷戈，你现在大概知道，几个星期前我对你说的另一个谎言了。当时我根本就不爱卡齐米尔，我对他的爱不会比我生命中遇到的任何冷漠的陌生人多。我对你说了那么多谎，斯廷戈！我可真是个爱说谎的人……

"我父亲又继续数落我的智力，我觉得脸好烫，可是我充耳不闻。我记得我当时对自己说：'爸爸，爸爸，求求你，我只想要喝杯茶而已！'接着我父亲不再攻击我，继续看稿子。坐在那儿我突然感到很害怕，低头看着自己的双手。咖啡店里冷得要命，就像是踏入地狱的序曲。她有了一种预感。我听到四周的人在低声交谈，听起来跟深沉又感伤的小调一样，像贝多芬最后的四分音符中的一个，像哀乐。外面街上刮着湿冷的风，飕飕的，我突然意识到我四周的每个人都在小声谈论着即将来临的战事。我觉得我好像可以听到远处传来的枪声了，就在这座城市之外。我感到很害怕，想要站起来跑开，但我却只能呆坐在那里。最后我听见我父亲说这是急活，问显克维奇要多久才能印好，显克维奇回答后天就可以了。然后我听到我父亲和卡齐米尔商量把这些小册子分发给学校里的教职员工。他打算把大部分小册子送到波兰、德国和奥地利各处，但留下几百本波兰语的在教职员工之间传递。我又听到父亲命令卡齐米尔——我说命令，因为卡齐米尔和我一样受父亲摆布——一等册子印出，便要由他亲自在校园里分发。只不过他肯定需要帮手。我听到父亲说：'苏菲会帮你分发。'

"那时我意识到要是有什么我不愿被迫去做的事，那就是再和这本小册子有任何瓜葛。一想到我必须抱着一堆小册子在校园里走来走去，把它们分发给教授，我就感到恶心。但是就在我父亲说'苏菲会帮你分发'时，我就明白我一定会和卡齐米尔到校园里去发这些小册子，就像我从小就去做他要我做的每件事情，替他跑腿、为他拿东西、学习使用打字机、掌握速记法，以便他随时可以使唤我。那时，当我想到我根本无能为力的时候，一种可怕的空虚感袭上我的心头；我不能说不，不能说'爸爸，我不会帮你分发这本小册子'。不过你瞧，斯廷戈，有件事我必须告诉你，这件事是我至今仍然无法理解或真正想通的。因为如果我说我只是因为明白了他在小册子里说的'屠杀犹太人'一事才不帮他去分发这些东西，那可能好得多。我知道那事很糟糕，太可怕了。甚至在那时，我都很难相信他真的是这么写的。

"但是坦白说，我是因为其他事。我终于看清这个男人，这个父亲，这个赋予我血肉之躯的人，只是把我看成一个下人而已，农民或奴隶，现在他不仅没对我的劳动说一个谢字，还准备让我……摇尾乞怜？是的，像报贩子一样在大学的教学大楼里摇尾乞怜，再做一次他让我做的事，只是因为他说我必须去做。我是个成年女人，我想弹奏巴赫，但在那一刻我只想着我应该去死——我并不是说为了他要我去做的事情而死，而是为了我没有办法开口说不。没有办法说——哦，你知道的，斯廷戈——'去你的，爸爸'。就在这个时候他叫了一声："苏菲娅。"我抬起头来，他正对我微微笑着，我看得见他那两颗闪亮的假牙。他的笑容令人愉快，他说：'苏菲娅，你想不想喝杯茶？'我说：'不了，谢谢你，爸爸。'他说：'来，苏菲娅，你一定要喝点茶，你看起来很冷，脸色也苍白。'我真想插翅飞去。我说：'不，谢谢你，爸爸，我真的不想喝茶。'为了控制自己，我用力咬着嘴唇内侧，把嘴唇都咬破了，我可以尝到舌尖上如海水般咸腥的血。然后他转过头去和卡齐米尔说话。就那么产生了——这种尖锐刺痛的恨意。它迅速传遍我的全身，使我感到一阵极大的痛楚，我头晕目眩，觉得自己可能要摔倒在地上了。我浑身发烫，像着火了一样，心里想着：我恨他——与之相伴的是对这恨的一种十足的惊讶。真是不可思议，这恨带来的惊讶，只是它竟令我这么痛，就像一把屠刀刺入了我的心窝。"

波兰是个美丽无比、令人心痛又灵魂分裂的国家，在许多方面（那年夏天我透过苏菲的眼睛和回忆看到的，在以后的日子里又透过我的眼睛看到的）都像或者使人联想到美国南部的形象，至少是在其他不太久远的时代的南部形象。不只有那种处处可见的凄凉、美丽又怀旧的景色创造了这一相似性，还有这个国家的精神，它灵魂深处的那颗饱受蹂躏而忧郁的心，因为磨难、贫穷和失败而被折磨成美国旧南方的样子。就前者而言，那种景色包括纳雷夫河泥泞而单调的沼泽地，它在视觉和感觉上都和加利西亚的一个阴暗的热带草原村庄相似；只需一点点想象，人们便可以透过沼泽地看到阿肯色州十字路口处的孤独的小村庄，那里摇摇欲坠、饱经风霜的小小房子建造得歪歪曲曲，坐落在光秃秃的泥地中，几只瘦巴巴的鸡仔在那儿咕咕叫着啄食吃。

如果你愿意的话，想象一个地方，那里有大批投机钻营的北方人，他们已来到这片土地上居住了一千年，而非十年左右，那你就会逐渐了解波兰受到多少国家不间断的践踏，包括法国、瑞典、奥地利、普鲁士、俄国，它甚至还曾被土耳其这种贪婪的恶魔所占领。波兰和南方一样受到掠夺和剥削，也一样是个贫困不堪、务农而封建的社会，它也和旧南方共享一个堡垒，以对抗无法追忆的屈辱，那就是骄傲。骄傲以及对已逝去的荣耀的回忆。为祖先和家族的姓氏而骄傲，还为人为的贵族身份而骄傲。拉齐维尔和拉夫纳尔这样的名字被人用强烈但不失傲慢的语气念出来。战败后的波兰和美国南方都孕育了一种狂热的民族主义。然而，即使撇开这些最为相似的地方——非常真实，源于相似的历史源泉（应该加一句：一种根深蒂固的宗教霸权，专制又刻板）——人们也可以发现更多表面却有趣的文化上的对应：对马肉和军衔的热爱、对女性的控制（带有一种阴沉而隐秘的欲望）、讲故事的传统、对烈酒的嗜好，还有成为刻薄的笑话的笑柄。

最后，波兰与美国南部之间还有一块极为相似的罪恶区。虽然是很表面的，却使得这两种不同的文化几乎完全融合在一起——那块区域与种族有关。数世纪以来，种族问题给这两个地方带来了各种各样如精神分裂症般的噩梦咒语，它的持续性存在也使得波兰和美国南部成为残酷和怜悯、偏见和理解、敌视和友谊、剥削和牺牲、刻骨的憎恨和无望的爱同时上演的舞台。尽管有人会说在这些对立面中，更为阴暗和邪恶的那方通常会获得胜利，但一定会有代表真相的历史记录。在那些记录中，正直和尊重有时可以击败占支配地位的邪恶的绝对统治，而且成功率通常很大，不管是在波兹南还是在亚祖城。

因此当苏菲最初虚构了她父亲冒着生命危险保护卢布林部分犹太人的童话故事时，她肯定早就知道我没有理由不相信。过去，波兰人在许多场合下都会舍命去救遭到任何压迫的犹太人，这是一个无可置疑的事实，虽然当时我对这些事所知有限，却也不会对苏菲起疑，她正拼命与自己分裂的良知做斗争，最终选择把她的父亲描绘成一个仁慈，甚至英勇的形象。但如果有成千上万的波兰人保护犹太人，把他们藏起来，并为他们献出自己的生命，那偶尔也会有一些波兰人与之相悖，始终残酷地迫害他们。这属于历史延续下来的波兰精神，别甘斯基教授恰好拥有这种精神。正是从这里开始，为了解释发生在奥斯威辛的事，苏菲最终才不得不恢复了她父亲本来的面目……

教授的小册子后来遭遇了什么颇值得一说。苏菲还是遵照了她父亲的命令，和卡齐米尔一起到大学走廊里分发小册子，结果却彻底失败了。起初，学校里的教职员工和克拉科夫的其他人一样，忙着忧虑即将来临的战争——当时只有几个月的时间了，因而他们不是非常关心别甘斯基想要传达的内容。苦难正开始爆发。德国想吞并格但斯克，建立所谓的"空中走廊"；内维尔·张伯伦仍在犹豫，匈牙利人正在西边大肆鼓噪，摇晃着波兰脆弱的国门。克拉科夫古老的鹅卵石街道上每天都弥漫着惊慌失措的压抑氛围。在这种情况下，即使是最狂热的种族主义者，也不会为教授巧妙的理论所分心，因为空气中的那种末日感很强烈，来势汹汹，使得人们无心去理会迫害犹太人的陈腔滥调。

那时，整个波兰都感到一种潜在的压迫。而且，教授犯了一些基本的错误，很严重的错误，以至让人们怀疑他的指导性判断。不仅仅是因为他卑鄙地提出了"灭绝"的问题——即使是最保守的教师也对此论调毫无兴趣，它只存在于乔纳森·斯威夫特式的讽刺中——还因为他对第三帝国的崇拜和对泛德意志主义的狂热，使得教授在最后那段日子里对他同事们激昂而真诚的爱国精神视而不见、充耳不闻。苏菲终于明白，只有在几年前，波兰的法西斯主义复活期间，她父亲才有可能拥有一些虔诚的信徒；而现在，随着德国国防军拖着沉重的步子向东推进，这些条顿人号叫着冲向格但斯克，德国人也沿着整个边界挑起事端，问国家社会主义对除毁灭波兰之外的其他任何问题是否有答案不是愚蠢透顶嘛。这件事的结果是，当教授和他的小册子在不断加剧的混乱局势中被人们渐渐遗忘时，他还受到两次意料之外的恶毒攻击。两个年轻的毕业生，也是波兰预备役成员，在学校前厅把他狠狠揍了一顿，打折了他一根手指。苏菲还回忆起有天晚上，餐厅的窗户哗啦一响，被什么东西砸碎了——那是一块被刷上蜘蛛状黑色万字符（纳粹标志）的铺路石。

但作为一个爱国者，教授不应受此对待，而且至少有一件小事对他有利。苏菲可以确定，他并不是为了讨好纳粹才写的这本小册子，而是从波兰文化的特殊视角写的。况且他本人是个极有原则的思想家，崇尚更广泛的哲学真理，不可能想到要借用这本小册子作为他个人的晋升之阶，更别说以此获得肉体的救赎。（事实上，即将到来的战争十分危急，阻止了这本小册子以任何形式出现在德国人面前。）他也不是一个真正的卖国贼——用现在大家认可的一个词就是通敌者，因为那年九月当波兰沦陷时，克拉科夫实际上并未受损，反而成为整个波兰的政府所在地，他去找希特勒的朋友汉斯·弗兰克，也就是总督，为他提供服务时，并非有意背叛他的祖国，而只是想担任一个领域，即犹太人问题的顾问和专家。在这个领域，波兰人和德国人有一个共同的敌人，且有巨大的共同利益。毫无疑问，他的努力中包含一种理想主义成分。

因为憎恶她的父亲，憎恶她父亲的走狗——她的丈夫（程度差不多），苏菲会在他们站在走廊上窃窃私语时偷偷溜过，那时是早晨，教授正准备出门去求情。教授身着长礼服，显得温文尔雅，一头迷人的灰色头发修剪得十分漂亮，散发着科隆香水的味道。但他肯定没洗头发。苏菲记得她看见他强壮的肩膀上有头皮屑。他的低语中同时夹杂着焦躁和希望，他的声音中有种奇怪的嘶嘶声。尽管总督前一天拒绝见他，但今天——今天他肯定（特别是他会说一口纯正的德语）会受到这位长官的热诚接待的。他从两人都认识的一个在爱尔福特的朋友（一名社会学家，是在犹太人问题上的著名纳粹理论家）那里搞到一封推荐信，而且带上了不可能不给人留下更深刻印象的海德堡大学和莱比锡大学的荣誉学位证书（印在真正的羊皮纸上），以及在美因茨出版的论文集《波兰的犹太人问题》等。今天肯定……

不幸的是，尽管教授四处请求、奔走、游说，花费很多天去了十几个办公室，他那日益疯狂的努力却化为泡影。没有任何官员注意到他，听他演说，这一定使他深受打击。但是教授在另一方面犯了一个严重的错误。在情感和智识上，他都是另一个世纪德国文化的继承者，充满浪漫色彩。那个时代早已灰飞烟灭，不复重现了。因此，他一点也没有想过，在第一个技术官僚政府那充斥着不锈钢机器和长筒靴、装有巨大的现代电力设备的走廊里，穿着过时的装束去迎合他人有多不可能。那个政府拥有电子档案系统和分类程序，一连串毫无特色的命令与数据处理的机械方法，译码器和直通柏林、加了密的热线电话——一切都在高速运转。这种地方对像他这样一个手捧一沓文件，肩披雪花般的头皮屑，嘴里的两颗银质假牙闪着光，脚上穿着看似蠢笨的鞋套，西服领子上别着一朵康乃馨的不知名的波兰法学教授来说，是没有容身之所的。教授成为纳粹战争机器的第一批受害者之一，只是因为他"不合所需"——几乎就是这么简单。我们可以说几乎，而不是完全，因为他被拒之门外还有另一个重要的原因，那就是他是个"波兰佬"[1]。一如在英语中那样，这个词在德语中也有轻蔑之意。由于他是个波兰佬，同时又是个学者，他那张过度焦虑、满面笑容和急于讨好的面孔，在盖世太保总部并不比一个伤寒患者更受欢迎，但教授显然不知道自己有多么落伍。

虽然那年初秋他在四处奔走之际并没有意识到这一点，时钟却在无情地慢慢走向他的死亡时刻。在冷漠的纳粹摩洛神[2]的眼中，他不过是另一个无足轻重的人物，在劫难逃。因此在十一月的一个阴湿的早晨，当苏菲一个人跪在圣玛丽教堂时，她先前所描述的那种预感突然涌现，她跳了起来，急忙奔回学校，发现建于中世纪的美丽的校园已被德军封锁，而一百八十名教职员工在德军的步枪和机关枪的胁迫下成为俘虏，教授和卡齐米尔也是这群不幸者中的两人，这些人在寒风中瑟瑟发抖，双手伸向空中。她再也没有见过他们。后来在修正她的故事时（我相信这次是真的），她告诉我就她父亲和

1　原文为德语"Polack"。

2　古代腓尼基等国的太阳神，用儿童进行献祭。

丈夫被捕一事而言，她从未感受到真正的丧失亲人般的痛苦——当时，她和他们的感情已相当疏远，他们被捕并不会给她带来很大的影响。但她感觉到触及骨髓的另一种震惊、冰冷的恐惧和巨大的失落感。她的整个自我意识——她的认同感——都被动摇了。因为如果德国人能够对一群又一群手无寸铁、毫无戒心的教师进行可怕的攻击，只有上帝的先知才知道在未来几年里，波兰还会发生什么可怕的事。只是因为这个原因，她才投到她母亲的怀抱里哭泣。她母亲则是真的崩溃了。她是个温柔、顺从、没有主见的女人，对她丈夫的爱至死不渝，苏菲在为自己表演"悲痛默剧"时，也忍不住为她母亲的哀伤感到悲痛。

至于教授，他像一条幼虫般被吸进萨克森豪森集中营的坟堆里，那里很可怕，是对人类苦难无动于衷的海怪利维坦的翻版，诞生于达豪集中营建成之前数年。他想把自己解救出来的努力都徒劳无功。更讽刺的是，德国人竟在无意中拘禁并杀死了一个后来他们可能会认为是个大先知的人——一个性情古怪的斯拉夫哲学家，他的设想"最终解决"先于艾希曼及其同盟者（甚至可能先于这一切的梦想家及构想者阿道夫·希特勒），而且还有实质性意义。他在一张偷偷带进去的字条上给苏菲的母亲可怜巴巴地写道："我带了我的小册子。我不明白为什么 [1]……我不明白为什么，我无法联系到这里的当权者，让他们看看……"

对生者来说，保留逝去之人的形象和他的爱这一想法强烈得令人迷惑，有爱停留的童年记忆也前所未有地鲜明：和她一起散步，用手指梳开她打结的黄头发，有一次还在一个夏日的早晨，带她

1　原文为德语，下面的那句"我不明白为什么"原文为英语。

到瓦维尔城堡鸟语花香的花园里去搭乘小马车。苏菲记得这一切，因此当他的死讯传来时，她感到一阵灼烧般的痛苦。她看到他倒下——直到最后还在抗议他们抓错了人——在枪林弹雨之下倒在萨克森豪森的墙上。

第十章

　　苏菲住在霍斯家时所睡的地下室因为建在地下深处，四周又有厚厚的石墙，便成为集中营极少数绝不会被焚烧尸体散发出来的气味渗入的地方之一。这往往也是她尽可能待在那里的原因之一，虽然放草垫子的地方又湿又暗，有一股腐烂发霉的味道，而且在墙壁后的某个地方，下水道和楼上洗手间的水管里会持续不断地传出细细的流水声，夜里她偶尔还会被一只毛茸茸的大老鼠吓醒。但总的说来，这个昏暗的炼狱比之所有的营房要好得多，甚至比她六个月前刚来时住的地方还要好，那时她和另外几十个在集中营办公室干活的相对享有特权的女犯住一起。在那里，虽然她逃脱了集中营其他地方多数普通囚犯所遭受的大部分残暴行为，避免了大部分物资匮乏，却要不断忍受嘈杂声，且毫无隐私可言，而且她还饱受缺觉之苦。此外，她无法使自己保持干净。然而，在这里她只和几个囚犯同住。这个地下室提供了一些极其奢侈的便利，其中之一就是靠近一间洗衣房。苏菲好好地使用了这些设施；事实上，她本来就得使用它们，因为这栋房子的女主人黑德维希·霍斯对污垢有一种恐惧，那是德国北部威斯特伐利亚的家庭主妇所特有的，她得确保每一个住在她屋檐下的犯人不仅要保持衣着和个人干净，还要达到卫生标准。她在洗衣水里加了强力消毒剂，使得住在这里的犯人身上有一股消毒剂的味道。还有另一个理由：指挥官夫人对集中营里的传染病怕得要死。

苏菲发现地下室里还有一点让她感到十分欢欣，那便是睡觉，至少是睡觉的可能性。除了食物和隐私，缺乏睡眠在集中营里是一个主要又普遍的问题。所有犯人都很渴望睡觉，那种渴望近乎一种欲望，因为只有在睡眠中犯人才能逃脱永无休止的折磨，而且很奇怪（也可能没那么奇怪），他们通常都会好梦连连。有一次，苏菲告诉我，如果刚从生活的噩梦中逃出，又在睡眠中遭遇另一个噩梦，那些几近疯狂的人可能会被完全逼疯。因此，正是由于霍斯家的地下室安静无比又与外部隔绝，苏菲得以在几个月来第一次入睡，在一个又一个的梦境之中沉浮。

地下室大致从中央划分为两个部分。在木墙的另一边住着七八个男犯，多半是波兰人，他们不是在楼上工作的杂工，就是在厨房里工作的洗碗工，还有两个是园丁。除了路过，男女犯人很少碰面。在木墙的这一边除了苏菲，还有三个女犯。其中两个是犹太籍的裁缝，她们是来自比利时列日的一对中年姐妹，由于做得一手好针线活而逃过了进毒气室的厄运，这常常是德国人追求轻松便利的一个有力证明。她们是霍斯夫人特别喜爱的人，霍斯夫人及其三个女儿是她们技艺的受益人；她们成天缝缀翻新那些从被送进毒气室的犹太人身上取下来的漂亮衣服。她们到这里已经有几个月了，吃得肥肥胖胖的，坐着干活让她们体重大增，在这群瘦巴巴的同伴中显得非常奇怪。在霍斯夫人的保护下，她们自鸣得意，似乎对未来无所畏惧。她们在二楼的日光室里飞针走线，把那些印有科恩、洛温斯坦和阿达莫维茨的标记、标签从昂贵的毛皮大衣和织物上撕下来，这些衣服是几小时前棚车上的人脱下来被洗干净后送过来的。苏菲觉得她们心情十分愉快且镇定从容。她们不常说话，那口比利时腔的德语使苏菲感到刺耳而怪异。

住在这间地牢里的另一个女囚患有哮喘，叫洛特，也是中年，是来自科布伦茨的传道人。她和那两个犹太女裁缝一样是另一种命运的宠儿，没有死于"医院"的注射或某种缓慢的折磨；她担任霍斯家最小的两个孩子的家庭教师。她是个骨瘦如柴、身材平平的女人，有着突出的下巴和巨大的双手，长得很像被从拉文斯布吕克集中营派过来的一个残忍的女警卫（在苏菲刚到时狠狠地打过她）。但是洛特生性温柔、慷慨，与她的外表极不相符。她就像个大姐一样，告诉苏菲在这栋房子里该如何行事，并告诉她许多跟指挥官和他的家人有关的宝贵的观察。她提醒苏菲要特别注意管家威廉明妮。威廉明妮很刻薄，她也是个女囚犯，德国人，因伪造罪而入狱。她住在楼上的两个房间里。洛特告诉苏菲，拍威廉明妮的马屁，好好巴结她，你就不会有麻烦。至于霍斯本人，他也喜欢别人的奉承，但你必须做得没那么明显才行，任何人都别想愚弄他。

洛特心地纯朴，是个十分虔诚的信徒，几乎是个文盲，她就像一艘制作粗糙却稳健的船，经得起奥斯威辛的邪恶之风，因有着坚定的信仰而内心安详。她并不是想改变苏菲的信仰，只是暗示苏菲，她被监禁所遭受的痛苦可以在耶和华的王国里得到丰厚的补偿。其余的人，包括苏菲在内，必然会下地狱。但是她说这些话绝无恶意。一天早上，她和苏菲一起上楼去工作时，她们呼吸短促，便在一楼楼梯的平台处停下来喘气。她嗅了嗅从比克瑙飘来的焚烧尸体的气味，小声说那些犹太人活该如此。她说这话也并无恶意。毕竟，第一批背叛耶和华的不就是犹太人吗？"万恶之源，希伯来人。"[1] 她喘息着说。

我开始叙述的这一天是苏菲在阁楼上为指挥官工作的第十天，还是苏菲下定决心试着勾引霍斯的那天——如果不能成功（模糊的想法），那就求他满足她的愿望和要求。早上苏菲躺在结满蛛网又阴暗的地下室里，将醒未醒之际，她意识到睡在对面墙边草垫子上的洛特发出重重的哮喘声。苏菲震动了一下，惊醒了过来。透过沉重的眼睑，她看见三英尺外的那个庞大的躯体，正盖着一条被虫子咬破了洞的毛毯。苏菲本想像以前一样伸手戳戳洛特的肋骨，但楼上厨房里有人拖着脚走路发出的刮擦声告诉她已到了早晨，差不多是所有人起床干活的时间了，她便想：让她继续睡吧。然后像一个游泳好手猛地跳入仁慈的深海那样，苏菲又回到醒来之前的梦境里了。

那是十几年前，她还是个小女孩时，与表妹克里斯蒂娜一起爬上了位于意大利东北部的多洛米蒂山。她们用法语叽叽喳喳地说个不停，寻找着雪绒花，周围全是云雾缭绕又昏暗的山尖。像所有的梦境一样，眼前的景象令人困惑，有一丝不为人知的危险，但也美到令人目眩。在她们头顶，乳白色的雪绒花从岩石上向她们招手，克里斯蒂娜抢先爬上一条令人眩晕的山路，回头喊道："苏菲娅，我会把花摘下来！"接着，她好像滑了一下，石头像下雨似的拼命往下掉。她就要掉下去了。因为恐惧，梦变得没那么清晰了。苏菲为克里斯蒂娜祈祷，就像为自己祈祷一样：上帝的天使啊，守护神啊，

1　原文为德语。

请和她在一起……她不停地祈祷：天使，不要让她掉下去。突然，梦里阳光普照。苏菲抬头一看，那女孩正安稳地坐在长满苔藓的山岬上，手里抓着一枝雪绒花，四周是一圈金色的光环。她扬扬得意，笑着对苏菲大喊："苏菲娅，我采到花了！"[1] 梦里那种摆脱危险、获得安全、祈祷得到回应，以及重新获得的快乐，让苏菲感到非常痛苦，以至她被惊醒，听到洛特发出的声音时，眼里满含泪水。当她再度闭上眼睛，头往后倒去，妄图重新获得梦中的快乐时，她感觉布罗内克在使劲摇晃她的肩膀。

布罗内克说："今天早上我给你们几位女士拿了些好吃的。"这栋房子有着德国人的一丝不苟，他受了影响，准时到达。早餐被他装在破旧的铜锅里，几乎总是霍斯家餐桌上昨天晚上吃剩的饭菜。早晨的食物（就像喂宠物一样，女厨师每天晚上把吃剩的饭菜装到平底锅里放到厨房门口，由布罗内克在第二天黎明时分去取）总是冷的，通常是一锅油腻腻的大杂烩，包括含有少量肉和软骨的骨头、面包屑（运气好时，上面还抹有一点人造黄油）、剩菜，有时还有没吃完的苹果或梨。比起集中营里普通犯人吃的食物，这已经是大餐了。的确，单就数量而言已是盛宴。由于给犯人吃的早餐有时会莫名其妙地增加一些食物，比如沙丁鱼罐头或一大块波兰香肠，有人认为指挥官不会让他宅子里的人挨饿。此外，虽然苏菲必须和洛特同锅而食，就像那对犹太姐妹，要脸对着脸围在一个狗食盆周围，苏菲和洛特却各自配有一把铝勺——对铁丝网后面的其他犯人来说，这种讲究的吃法他们几乎闻所未闻。

苏菲听到洛特呻吟了一声，发出一串不连贯的音节后醒来了，

1　原文为法语。

也许是对耶和华的晨祷吧。她声音阴沉，带有莱茵河流域的口音。布罗内克把平底锅放在她们两个人中间，说道："看——猪小腿上剩了什么？还有一点肉。很多面包，也有不少卷心菜。昨天我一听说施毛泽要来吃晚餐，就知道你们女孩子可以吃顿好的了。"在透进来的银色光芒的照耀下，这个杂工面色苍白，头顶光秃秃的，瘦骨嶙峋的四肢和关节让他看上去就像螳螂一样。为了方便与洛特说话，他从波兰语转为磕磕巴巴的德语，听起来很是滑稽。他用手肘推推洛特，嗓音沙哑地低声喊："醒醒，洛特！醒醒，我那美丽的花朵，我的小天使。"[1]苏菲想笑，布罗内克和身形庞大的家庭教师——显然很享受前者的关注——之间正在上演的这场配角戏码为她提供了一种轻松幽默的氛围。

"醒来吧，我的小小《圣经》迷。"布罗内克继续说。这时洛特醒转过来，坐直身子。她那张睡眼蒙眬的平板脸看起来虽然怪异，却平和亲切，就像复活节岛上的石像一样。然后她片刻也不犹豫，开始大声吃早餐。

苏菲耐心等着。她知道洛特——这个虔诚的灵魂——只会吃掉属于自己的那份，所以苏菲尽可以从容不迫，然后再吃自己的那份。她望着平底锅里黏糊糊的食物，高兴得口水直流，并感谢这个叫施毛泽的人。他是党卫军全国副总指挥，相当于中将，来自弗罗茨瓦夫，是霍斯的上级。他要来的消息已经在这屋里传了几天了。布罗内克的推测被证实是准确的。他一直说，只要有个大人物到这里来，霍斯就会精心准备一顿美餐，到时会剩下一大堆东西，连蟑螂都能吃到恶心。

1　引号里的整句话原文为德语。

洛特利用咽食物的间隙问道："外面天气怎么样，布罗内克？"她和苏菲一样，知道他像农民一样对天气十分敏感。

"凉爽，吹的西风，多云间晴，但云层又低又厚，空气都下沉了。现在空气发臭，不过可能会好转。有许多犹太人被送入了焚尸炉。我亲爱的苏菲，请吃吧。"最后一句话他是用波兰语说的。他咧着嘴笑，露出粉红色的齿龈，三四颗牙齿的牙根像未经加工的白银一样往外突出。

布罗内克在奥斯威辛的经历和集中营本身的历史十分吻合。出于偶然，他是最早到达集中营的那批人之一，在被监禁后不久就开始在霍斯家工作。他原来是米亚斯特科附近的农民，住在遥远的北方。因为参与了一次维生素缺乏的实验，他的大部分牙齿都脱落了；像老鼠或豚鼠一样，他被有计划地剥夺了维生素 C 及其他要素，直到他嘴里的牙齿按照预期的那样掉落，这可能也使他有点愚蠢。但无论怎样，他被超自然的运气撞个正着。这一运气有如一道闪电，没有任何理由地落在某些囚犯身上。通常，在做完这种实验之后，他就成了没什么用的人，会被送入监狱，快速往心脏上注射一针，以加快他死亡的步伐。但是他有农民般强大的恢复能力及不寻常的精力。除了牙齿掉落，他几乎没有如预期的那样表现出一点坏血病的症状——疲乏、虚弱、体重减轻等。他仍然像只公山羊一样健壮，这让为他做细致检查的党卫军医生困惑不解，也间接引起了霍斯的注意。霍斯说他想看看这个奇人，而在他们极短的会面中，布罗内克有什么东西——也许只是因为他说的语言，一个来自波美拉尼亚、未受过教育的波兰人说的含糊不清又令人发笑的德语——使指挥官深觉有趣。他让布罗内克住到他家这一保护伞之下。此后布罗内克便在此地工作，享受某些小小的特权，在这幢宅邸内自由地晃来晃去，听些闲言闲语，而且不必持续受到监视——只有宠物和受宠之人才有此特权。他很擅长搜寻东西，时而会带来一些非常让人惊讶的食物，常常是他通过某个秘密渠道获得的。更重要的是，苏菲了解到，尽管布罗内克的外表给人头脑简单的感觉，但他每天都与集中营有所接触，是波兰最强抵抗组织之一里的一名值得信赖的信息提供者。

那两个女裁缝在另一个昏暗的角落里爬了起来。"早上好，女士们，"布罗内克愉快地唤道，"你们的早餐来了！"他回头对苏菲说："我还给你带了些无花果来。真正的无花果，想想看！"

苏菲问："你从哪里弄到这些无花果的？"布罗内克递给她这份难得的宝贝时，她觉得十分惊喜。尽管这些无花果都干了，还被包在玻璃纸内，她用手掌捧着它们时却感到一种不可思议的暖意。苏菲将这包东西举到脸前，看见了凝结在灰绿色外皮上的一条条美味的汁液痕迹，隐隐约约地嗅到一股迷人的香气，味道虽变淡了，却仍有着成熟水果的清甜气味。多年以前，她曾在意大利尝过真正的无花果。她的胃都愉快地叫起来了。几个月来——不，几年来，她从未有过这样的奢望。无花果！她喊道："布罗内克，我真不敢相信！"

"留着待会儿再吃吧，"他说着，又拿了一包给洛特，"别一下子全吃光了。吃这玩意要从上面吃起。虽然这是吃剩的，不过也是你们在很长一段时间里会吃到的最好的食物。我以前在波美拉尼亚时常拿这种食物来喂猪。"

布罗内克一说起话来就没完没了。苏菲一边贪嘴地啃着变冷多筋的剩肉，一边听着他不停闲谈。猪肉烧焦了，还带有软骨，臭不可闻，但她的味蕾就好像尝到了什么特别美味的食物，对这些脂肪有所反应，那是她的身体强烈渴求的。她能狼吞虎咽地吃下任何油脂。苏菲边吃边想象昨晚布罗内克像餐馆的勤杂工那样为款待施毛泽奔走忙碌着的盛宴：富有贵族气派的烤乳猪、各类带馅面食、蒸土豆、栗子卷心菜、果酱、肉冻、肉汁、油腻的蛋奶沙司……伴着产自匈牙利的大瓶公牛血葡萄酒，映衬着从东部战场的某个博物馆洗劫来的沙皇时代的银质餐具（只有党卫军全国副总指挥这样显赫的人物到场时才会使用）发出的夺目光辉，这些食物被送入党卫军的喉咙里。苏菲意识到，布罗内克正在以一种因知晓某些不祥的消息而得意的语气说："他们竭力表现得很快乐，有那么一会儿看起来也确实如此。但之后他们谈到了战争，全是些悲惨的事。就像昨晚，施毛泽说俄国人正在准备重新占领基辅，说俄国前线传来了许多坏消息。然后意大利也尽是些不好的消息，施毛泽是这么说的。英国人和美国人正朝那里进发，死了很多很多人。"布罗内克从蹲伏改为站立，拿着另一锅食物走向那两姐妹。"不过真正的大消息，女士们，你们大概觉得难以相信，但是千真万确——鲁迪要离开了！鲁迪要被调回柏林了！"

听到这话，苏菲差点被吞到一半的软骨肉噎住。离开？霍斯要离开集中营了！这不可能是真的！她马上坐起身来，抓住布罗内克的衣袖。"你确定吗？"她问道，"布罗内克，你没听错吧？"

"我跟你们说的都是其他军官离开后，我听见施毛泽对鲁迪说的。施毛泽说他在这里表现卓越，但现在柏林总部需要他。因此他可以即刻准备调职。"

"你说什么——即刻？"她追问，"今天？下个月？还是什么时候？"

"我不知道，"布罗内克回答，"他那意思明显是很快，"他的声音里带上了一种不祥之兆，"我……我可不喜欢这个消息，我告诉你。"他停住了口，表情阴郁。"我是说，谁知道什么人要接替他的位置？也许是个虐待狂，你知道。一个猩猩！到时候布罗内克说不定也会……"他转了转眼珠，伸出食指在喉咙处划了一下，"他本可以把我关进监狱，他本可以让我吸一点毒气，像那些犹太人那样——你知道他们所受的待遇，可是他把我带到这里来，拿我当个人对待。别以为我看到鲁迪离开不会感到难过。"

　　但心事重重的苏菲，已不再注意听布罗内克说的话。霍斯就要离开的消息使她惊慌不已。她意识到，如果她想使他注意到她，进而经由他完成她想做的事情，就必须火速行动了。接下来那一小时左右，当她和洛特一起费力地清洗霍斯家的脏衣物时（宅子里的犯人不必像集中营的其他地方那样，每天必须经受极其折磨人又没完没了的点名；幸运的是，苏菲只需要洗从楼上拿下来的一大堆脏衣服——异常地多，这完全归咎于霍斯夫人的洁癖，她受不了细菌和污秽），她幻想着各种场景，关于她和指挥官终于发展成某种亲密的关系，而她得以说出一切，恢复自由之身。但是时间已经开始对她不利了。除非她立刻行动，哪怕可能会有些冒失，否则他也许会离去，她的一切计划就化为泡影。她的焦虑使她苦恼，而且莫名其妙地混杂着饥饿感。

　　她把那包无花果藏在她条纹状工作服松松的衬里内。快八点了，差不多是她爬四层楼梯到阁楼里那间办公室去的时间，她再也忍不住想吃点无花果的冲动了。她偷偷躲到楼梯下的一间大型储藏室里，在这里其他犯人就看不见她了。然后她热切地打开玻璃纸。当那一个个带着醇美味道的柔软的球形小果子（吃起来有点湿湿的，有很多小小的种子，美味香甜）滑下她的喉咙时，泪水模糊了她的眼睛；她感到狂喜，对于她的贪嘴及流到她手指和下巴上的甘甜口水毫不羞惭，把这些果子全都吃了。她仍然泪眼迷蒙，听见自己正在欢快地喘着气。她在阴暗中站了好一会儿，等着无花果沉到胃里，又等着表情平静下来后，才开始缓步爬楼梯。这段路程费时不过几分钟，却被两件令人难忘的事情给打断，这两件事似乎和她在霍斯家于早晨、下午和晚上的幻想颇为吻合……

两层楼梯的转角处——分别在阁楼的正下方和地下室的上面——各镶有一扇朝西的老虎窗，苏菲经过时一般都试着移开视线，但并不总是成功。由这两扇窗子望出去可以看见一些难以形容的事物——近处是寸草不生的褐色操场，一小片木头搭建的营房，一排与周遭环境不相称的优雅的白杨，外面是一圈电网，还可以瞥见执行"筛选"的铁路站台。那里必然停着一列列的棚车，它们成为这个充斥着残酷、混乱和疯狂的场面的暗褐色背景，模糊不清又令人困惑。那个站台正好矗立在离霍斯家不近也不远的地方，太近就会被人忽视，太远又会使人看不太清楚。后来她追述道，可能正是因为她刚到达奥斯威辛时停靠的就是那个水泥站台以及站台给她带来了影响，才使得她日后总是移开目光，避免看到那个地方，或者把从这两个位置看到的零星画面和若隐若现的"幻象"从视线中抹去，就像在年代久远的无声纪录片里看到的那些呈颗粒状的影像：一把枪托指向天空的步枪，被从棚车里用力拖出来的死尸，一个脆弱不堪的人被摔到地上。

有时候她感觉不到一点暴力的迹象，只有一种秩序井然的可怕印象，一群群温顺服从的人迈着蹒跚的步子前行，消失在她的视野中。那个站台的声音传不到这么远来；迎接每列到站火车的犯人乐队的疯狂音乐声、警卫的咆哮、狗群的狂吠——全都听不见，虽然有时难免会听见一声枪响。因此这部剧似乎在一片仁慈的真空中上演，悲痛的哀号、恐惧的叫喊及其他种种进入地狱大门之前发出的吵闹声都被除去了。苏菲上楼时想着，也许就是由于这个原因，她偶尔才会忍不住偷看窗外——此刻就是如此，她只看见一长串刚刚抵达的棚车，还没开始卸"货"。党卫军警卫环绕在蒸汽腾腾的火车四周。根据霍斯昨天收到的名单，她知道这是当天两列火车中的第二列，载着两千一百名来自希腊的犹太人。

好奇心得到满足后，她便转过身打开通向客厅的门，她必须穿过客厅才能到达通往楼上的楼梯。那台斯特龙伯格·卡尔森留声机正在播放一个女低音所唱的情歌，恋人的哀怨声响彻整个客厅。而管家威廉明妮站在那儿听着，一边低声哼着歌，一边翻弄一堆丝质女式内衣裤。她一个人站在那儿，客厅内洒满阳光。

苏菲想疾步通过，但注意到威廉明妮穿着女主人赏给她的一件旧袍子，脚上穿着一双缀有巨大粉红色绒球的粉红色拖鞋，那头染成红褐色的头发卷了发卷。她的脸泛红，似乎抹了胭脂。当苏菲慢慢走过她身旁时，她转过身来，以一种兴奋的眼神盯着苏菲，神情里藏着一种很难搞懂的诡计，那张脸是苏菲见过的最让人不悦的脸。（现在由我来做说明的话也许有些不礼貌，而且可能缺乏真正的说服力，所以我忍不住引用苏菲的说法。那年夏天，苏菲对这个女人进行了细致的回忆："如果你要把这个写下来，斯廷戈，就说这个威廉明妮是我见过的唯一一个美丽的女人——不，她并不是真的美丽，而是街头女郎常有的那种好看而冷峻的长相——唯一一个长得好看却因内心的邪恶而变得十分丑陋的女人。我只能这么形容她。那是一种完全的丑陋。我看着她，全身的血液都冻住了。"）"早上好。"[1] 苏菲小声说道，继续向前走。但威廉明妮突然用一声刺耳的"等一下！"叫住了她。德语本身就是一种发音响亮的语言，但她的声音听起来就像喊叫。

苏菲转过身面对着管家；奇怪的是，尽管她们经常打照面，这却是她们第一次交谈。这个女人的表情虽然不具有什么威胁性，但还是激起了苏菲的恐惧。苏菲觉得自己两只手腕上的脉搏狂跳不已，她的嘴巴也十分干涩。"不要因为爱而哭泣。"房子里回响着哀怨悲伤的歌声，唱片上虫胶的刮擦声也被放大了。尘埃在斜射进来的晨光里闪闪发光，上下翻飞，屋里堆满了大型衣橱、书桌、镀了金的沙发、柜子和椅子。这里不是博物馆，苏菲心想，只是个巨大的仓库。苏菲突然意识到客厅内有股浓浓的消毒剂的气味，和她的工作服一样。管家突然很奇怪，她轻轻地说道："我要给你一样东西。"她笑着，摸着那堆内衣裤。那堆薄薄的丝质内裤看起来非常干净，就放在大理石面、镶缀着铜条涡卷的彩色木柜上。那个木柜又大又笨重，可能原本是凡尔赛宫里的，事实上也许是士兵从凡尔赛宫偷出来的。"布罗内克昨晚直接从洗涤组拿来的，"她继续用刺耳单调的声音说，"霍斯夫人喜欢把这些衣物大量送给犯人。我知道没有给你们发内衣裤，洛特老是抱怨那些制服刮伤了她的屁股。"苏菲松了一口气。一个想法像麻雀般掠过她的脑海，她不懊恼，不感到震惊，甚至也没觉得是什么意外的发现：这些全都是从死去的犹太人身上剥下来的。"它们非常非常干净。有些还是用上好的薄丝绸制成的，自从战争开始以来，我就没见过这样好的东西了。你穿什么号的？我敢打赌连你自己都不知道。"她的眼睛里闪着下流的光芒。

这一切发生得太快了，这种突如其来又没有来由的善行，快到苏菲一开始都没搞明白，但很快她就开窍了，真正开始警觉起来——既对除突袭（现在她才明白管家就是这么做的）之外威廉明妮可能"攻击"她的其他方法保持警觉，也对突然提出给她相当荒谬的赠品保持警觉。管家像只毒蜘蛛一样潜伏着，等着苏菲从地下室里出来。"那件工作服难道不会磨痛你的屁股吗？"她听见威廉明妮轻声问她，声音有点发抖，比她挑逗性的眼神或最初引起她警觉的话——"我敢打赌连你自己都不知道"——有更多的暗示，调情意味也更加浓厚。

"不……"苏菲极其不安地说，"是的！我不知道。"

"来。"她低声说，伸手指着一处壁龛。那是在普莱耶尔牌音乐会演奏钢琴后面的一处阴暗的地方。"来，你来试穿一条。"苏菲顺从地走向前，感觉到威廉明妮的手指轻触着她的工作服。"我对你很感兴趣。我听过你和指挥官讲话。你的德语说得很棒，就和德国人一样。指挥官说你是波兰人，但是我真的不相信，哈！你这么美，不像是波兰人。"她一边说着些许狂热的话，一句接一句，一边带着苏菲走向让人感到不祥的黑漆漆的墙角。"这里的波兰女人都很平庸、丑陋、笨重，看起来像个废物。可是你——你一定是个瑞典人，对吧？有瑞典血统？你看起来更像瑞典人，我听说波兰北部有很多人都有瑞典血统。我们到了，这里没有人看得见我们，你可以从这些内裤中找一条试试。这样你那美丽的屁股就能一直白白软软的了。"

这一刻之前，苏菲还抱有一线希望，告诉自己说这个女人的示好很可能是无害的，但现在，两人靠得如此近，她贪婪好色的样子——先是她快速的呼吸，接着她那野兽般冷峻的脸上泛起了红潮，跟长了红疹似的，一半像瓦尔基里[1]，一半像贫民区的娼妓——使她的意图暴露无遗。那些丝质内裤不过是愚蠢的诱饵。在一阵奇怪的愉悦中，苏菲突然想到在这个秩序井然到有些病态的宅子里，这个可怜的女人只能在这架巨大的三角钢琴后面的壁龛里于匆忙中交欢，也就是在孩子们吃完早餐去驻军学校后，大家开启日常工作之前的宝贵又悠闲的几分钟。其他时间，一直到入睡之前，她都没有什么空当。在党卫军管制严格的屋檐下，她面临着巨大的挑战，无法偷尝一下萨福[2]式的爱情禁果。"快点，快点，我的甜心！"[3]威廉明妮轻声低语，比刚才更加急不可待，"把裙子掀高一些，亲爱的……不，更高！"

那食人女妖猛冲上前，苏菲觉得自己被粉红色的法兰绒衣袍、搽了胭脂的面颊、染成红褐色的头发——散发出一股难闻的法国香水味——所吞噬。管家像个疯女人般激烈地动作着。她用坚硬、黏腻又贪婪的舌头绕着苏菲的耳朵舔了一两秒，追切地抚弄她的胸脯，粗暴地揉挤她的臀部，又突然退了回去，满是强烈情欲的脸上似乎很痛苦，然后她认真地重新开始，猛地屈膝跪地，双臂紧拥着苏菲的臀部。"不要因为爱而哭泣……""瑞典小猫咪……小美人，"她低喃着，"啊……拉高一点！"苏菲在几分钟前就已下定决心，不打算抗拒——在一种迅速的自我催眠中，她不再感到厌恶，她意识到自己无论如何都跟一只伤残的蛾子一样无助——她顺从地任由自己的双腿被分开，隐约感受到一种满足，但她意识到自己的下面十分干涩，像沙漠般干涩，没有一点液体。她扭动脚踝，无力地将双手搭

---

1 北欧神话中的主神、众神之王奥丁的侍女之一。

2 古希腊女诗人，推动了抒情诗的发展。

3 原文为德语。

在腰上，不加抵抗，只感到那女人正热切地摸着自己，一头乱糟糟、卷了发卷的红发在下面起伏着，好像一朵巨大的被撕碎了的罂粟花。然后房间另一头传来一声巨响，门被推开了，霍斯的声音叫道："威廉明妮！你到哪儿去了？夫人要你到卧室去。"

原来应该在阁楼的指挥官竟短暂地违背了他的日程，他的意外出现给威廉明妮带来了恐慌，苏菲一下子感受到了，因为威廉明妮突然痉挛般地紧抓苏菲的大腿，她感到疼痛，还以为这会让她们两个人都摔到地上去。舌头和头颅都移开了。有好一会儿苏菲那受挫的爱慕者像瘫痪了似的动也不动，一张脸惊恐而僵硬，然后才放松了下来，感到快乐。霍斯又叫了一声，停了停，低声骂了几句后便快速离开了，踏着楼梯回到了阁楼。管家像个布娃娃般从她身上滑落下来，浑身无力，瘫坐在地上。

直到后来，苏菲踏上通往阁楼的楼梯时，她才开始有了反应。她感到双腿发软，轻飘飘的，不得不坐了下来。她不是因为这次攻击而焦虑不安——这已不是第一次，几个月前她刚抵达此处时也差点被一个女警卫强暴了；也不是因为威廉明妮在霍斯上楼后为了自己的安全做出的反应（她对苏菲怒吼："你一定不能告诉指挥官！"然后在仓皇地逃出客厅之前又重复了一遍，仿佛因极度恐惧而央求苏菲。"他会把我们两个人都杀了！"）。有一会儿苏菲觉得这种妥协使她在管家面前占有优势。除非——除非（这个想法使得苏菲大吃一惊，她颤抖着坐在楼梯上）这个在屋里握有相当权力的伪造犯因交欢受挫由爱生恨，想要报复苏菲，跑到指挥官面前胡诌一通（比如说是苏菲先开始勾引她的），这样一来，苏菲那本就缥缈的未来就摔成碎片，更加难卜了。她知道按照霍斯对同性恋的憎恶，要是威廉明妮编造出这种丑闻，后果将不堪设想。突然间她感到——跟其他所有被关在让人担惊受怕的监狱中的模范囚犯一样——有一根针将死亡扎进她的心窝。

　　蹲坐在台阶上，她向前弯腰，将头埋在双手中，脑子里翻腾着的这些混乱的想法使她焦虑不已，她觉得自己快要承受不住了。在经历了威廉明妮的这件插曲后，她的处境是转佳还是更危险了？她不知道。集中营的军号——尖厉悦耳，像 B 小调，总会让她想起瓦格纳的歌剧《唐豪瑟》那令人伤感又杂乱的和弦——划破了晨空，表示现在是八点钟。她以前从未迟到过，但今天非迟到不可了。想到她的迟到和在阁楼等她的霍斯——按毫秒计算时间，她感到惊惶不已。她站起身，继续往楼上走去。她觉得心烦意乱、焦躁不安。突然间有太多事情一起向她涌来。太多想法需要她整理，太多惊恐和忧虑需要她平复。她必须控制自己，竭尽全力保持镇定，否则她知道她今天可能会为之崩溃，像在钢丝上跳舞，接着被主人抛弃，跌入毫无生气的地狱之中的木偶。她的耻骨处掠过一股恼人的酸痛，使她想起管家的那个起伏着蹂躏她的头颅。

　　她一边向上爬一边喘气，来到阁楼下方那层楼的楼梯平台处。在那里，一扇向西的窗子半开着，使得外面的景色再次映入眼帘：光秃秃的操场向下一直绵延到那排让人忧郁的白杨树，树后有数不清的棚车，排成一列列的，了无生气，车身上满是塞尔维亚和匈牙利平原上的尘土。在她和威廉明妮纠缠期间，棚车车门已经被警卫打开了，成百上千来自希腊的被定了罪的犹太人挤满了站台。苏菲虽然匆忙，却在不适和恐惧的双重驱使下停住了脚步，看了一会儿。所见之处多是白杨树和成群的党卫军警卫。她看不清那些希腊犹太人的脸，也看不出他们穿着什么衣服，她看见的多是沉闷的灰色。但站台上确实间或有不同颜色的衣服闪现，绿色、蓝色、红色，还有明亮的地中海颜色点缀各处，对那片土地的强烈渴望刺痛了她，除了在书上和她的幻想中，她从未见过那个地方。这个场景立刻让她想起在修道院学校里学过的一首儿歌——瘦骨嶙峋的芭芭拉修女用带有斯拉夫口音的法语滑稽地唱道：

> 啊，多么美丽的希腊群岛！
> 啊，在高高无花果树的阴影下凝视大海，
> 于蓝天下倾听周围燕子的啁啾声，
> 它们在橄榄树之间飞来飞去！

她以为很久以前她就已经习惯了那种气味，至少是听之任之。但是那天第一次，焚烧尸体的臭味钻入她的鼻孔，像屠宰场的味道，如此强烈，甚至都支配了她的感官，她的眼前一片模糊，站台——从远处看，最后一眼看到的像在举办什么盛大的节日——上的那一群人从她的视线中消失。恐惧和恶心慢慢涌上心头，她不由得举起手，用指尖压住了自己的嘴唇。

> 在高高无花果树的阴影下……

同时，她明白了布罗内克是从哪里得到那些无花果的。那些被消化了的果子带着一股酸味涌上她的喉咙，被吐在她两脚之间的地板上。她呻吟了一声，头靠着墙，站在窗边干呕了好一会儿。而后她拖着虚弱无力的双腿，侧着身子绕过她刚刚制造的那摊污物，结果扑倒在瓷砖上，双手双膝着地，痛苦地扭作一团，被一种她之前从未感受过的陌生感和失落感撕裂开来。

我永远不会忘记她对我说的这件事：她发现她想不起自己的名字了。"哦，上帝，帮帮我！"她大声喊道，"我不知道我是谁！"她以蹲伏的姿势在那里待了一会儿，像身处极寒环境中般颤抖不已。

她有些神志不清，几步之外，霍斯那个长着一张圆脸的女儿埃米卧室里的布谷鸟钟咕咕叫了八声。苏菲饶有兴味地发现这座钟起码慢了五分钟，这使她感到一种奇怪的满足感。她缓缓站起身，继续爬上最后几级楼梯，到达一个低矮的门廊——那里的墙上只有戈培尔[1]和希姆莱的照片，再往前便是阁楼的门。门微开着，门楣上刻着一句神圣的格言——"我的荣誉是忠诚"。霍斯就在那个房间里等着，那个他孤身出入的隐居之处，坐在他救世主的肖像下面，周围是粉刷得一尘不染的墙壁。苏菲步履蹒跚地走过去时，都能看到那雪白的墙壁在灿烂的秋日清晨中显得十分耀眼，发出近乎神圣的光芒。

"早上好，指挥官先生。"[2]她说。

那一天，苏菲一直想着布罗内克跟她说的霍斯就要被调回柏林的消息，并为之苦恼。那真的意味着如果她要完成自己想做的事情，她必须快速进行她的计划了。因此到了下午，她决心采取行动，并默默祈祷自己能保持镇定——很有必要——以获得成功。那次，在等待霍斯回到阁楼的时候，她感觉自己被海顿《创世记》中的那段简短的乐章所激起的激动情绪已慢慢平复。当时指挥官的某些有趣的改变鼓励了她。例如，他放松的神态，他十分笨拙却真心想与她

1　纳粹德国的宣传部部长，法西斯德国主要战犯之一。
2　原文为德语。

交谈的尝试，以及当他们一起看着那匹阿拉伯种马时，他对她肩膀带有暗示意味（或许是她多心了？）的触碰。在她看来，这一切似乎标志着那个牢不可破的面具已经开裂。

还有他口述给她的那封写给希姆莱的信，关于希腊犹太人境况的信。这是她第一次为他转写与波兰事务及波兰语无关的信——那些寄到柏林去的官方信件通常是楼下那个有着一张扑克脸的党卫军三级小队长的职责，他每隔一段时间就会上楼，帮霍斯仔细推敲写给党卫军各级长官的信件。此刻她带着几分姗姗来迟的好奇回想起写给希姆莱的那封信。他让她参与如此敏感的事情，难道不是意味着……什么？当然，无论出于何种原因，至少他让她参与机密之事了，很少有犯人敢有此奢望，甚至是那些无疑享有特权的犯人。而她能够在那天结束之前接近到他的信心也越来越强。她觉得她甚至不必利用自她离开华沙那一天起就藏在她靴子里的小册子（有其父必有其女）。

他冲进门时，并没有注意到她深恐会使他分神的一点——她刚刚哭过的眼睛。她听见楼下传来《啤酒桶波尔卡》欢快的节奏。他拿着一封信，显然是他的副官刚刚交给他的。指挥官的脸因生气而发红，有些秃顶的头上，一条像虫一样的青筋突起。"这些该死的家伙，明明知道必须要用德语写，却偏偏经常破坏规则，这些波兰白痴都该下地狱！"他把信交给她，"上面写了些什么？"

她念道："'尊敬的指挥官……'"苏菲迅速把这封信翻译给他听，告诉他这封信（明显谄媚十足）是当地的一位分包商写来的；他是建造集中营水泥厂的碎石供应商，说他无法按时将所需要的碎石运过来，请求指挥官宽限几天，因为他的采石场周围的土地非常潮湿，不仅造成多处塌方，还妨碍了设备的运转。因此，如果尊敬的指挥官允许宽限几天（苏菲继续念道），交货时间一定要按照以下方式进行更改。但霍斯突然极不耐烦地打断她的话，从夹在手指上的一根烟那儿借了个火，一边大声地咳了几下，一边用沙哑的嗓音脱口叫道："够了！"这封信显然让指挥官焦躁不安。他的嘴巴噘了起来，绷得紧紧的，咕哝了一句"该死的"。然后他迅即命令苏菲将这封信译成德语交给党卫军一级突击队中队长魏茨曼——集中营施工单位的负责人，并且加了一句说明："建设者魏茨曼，在这个懒鬼的屁股下面点一把火，让他动起来。"

就在这一刹那——他一说完最后一句话，苏菲看见剧烈的头痛以惊人的速度袭击了霍斯，像一道闪电般，偏头痛通过商人的信找到了一条通道，直奔他颅骨下方的那处地窖或迷宫，在那里猛烈地释放毒素。冷汗流了下来，他伸出手揉着两边的眉毛，发白的手指无力地颤抖，如同在跳芭蕾。他的嘴唇向外翻，露出因痛苦而紧咬着的牙齿。几天前苏菲看到他发作过一次，但是远没有这次强烈；这次仍然是偏头痛，不过更加厉害。霍斯痛得轻轻喘了口气。"我的药，"他说，"看在上帝的分上，我的药呢！"苏菲急忙走到霍斯的那张简易小床旁的椅子边，他把用来缓解偏头痛的麦角胺放在那里。她从玻璃水瓶里倒了一杯水，将水和两片麦角胺递给指挥官。霍斯一口吞下了药，把眼光转向苏菲，以一种奇怪又略带疯狂的眼神凝视她，似乎想借那双眼睛宣泄他的痛苦。他呻吟了一声，伸出一只手拍了拍额头，又一屁股坐在小床上，四仰八叉地躺了下去，盯着白色的天花板。

"要我去叫医生吗？"苏菲说，"我记得上一次他告诉您——"

"只要安静点，"他回答，"现在我无法忍受任何东西。"他呜咽着，声音里带有一丝威胁，就像一只受伤的小狗。

上一回他偏头痛发作时，也就是五六天前，他命令她立刻回到地下室，似乎他不愿任何人，哪怕只是一个犯人目睹他的痛苦。然而现在他翻了个身，僵硬地躺在那儿，一动不动，只有衬衫下的胸部起伏着。由于他没有对她做进一步的指示，苏菲便继续工作：她开始用德语打字机打那个承包商的来信，再一次意识到这个碎石商人的诉苦（她漫不经心地想，会不会是这件烦人的事情使得指挥官的偏头痛剧烈发作呢？）意味着比克瑙新焚尸场的建设又要暂停了。她对此毫不震惊，甚至也没有多大兴趣。建筑工程陷入停顿或是速度减慢——这个工程已经逾期两个月了，显然表明霍斯不能就这个新焚尸场的建设做出让自己满意的安排，包括原料供应、设计和人力等诸多方面——是霍斯心头最大的一根刺，现在显然也是她过去数日来观察到的所有令他紧张和忧虑的原因。如果正如她所猜想的那样，这是造成他头痛的原因，那么他无法使焚尸场按时竣工，是否与他突然被调回德国有关呢？她正打着最后一行字，同时苦苦思索着这些问题时，他的声音猝然响起，吓了她一跳。当她抬眼望向他时，惊讶地发现在那张床上躺着的他正在看她，肯定已经盯着她看了好几分钟了。这既让她看到了希望，又让她感到忧虑。他对她招了招手，她站起身，走到他身边，但由于他并未示意她坐下，她便一直站着。

"好多了，"他低声说，"麦角胺真是神奇。它不仅减轻了痛苦，还缓解了恶心。"

苏菲答道："我真高兴，我的指挥官先生。"[1] 她觉得自己的双膝在打战，不知道为什么，她不敢朝下看他的脸，而是把目光投向视

---

1 原文为德语。

线内最明显也最近的一件物品：身披闪光钢铁盔甲的英勇的元首画像，当他看向瓦尔哈拉殿堂和跨越了一千年的确定无疑的未来时，他滑落的额发下的目光自信而平静。他看起来非常慈祥。她突然记起了几小时前她吐在楼梯上的无花果，顿时感到一阵饥饿，双腿更加虚弱，也抖得更厉害。霍斯很久没有开口。她不能看他。他现在是否正无声地打量她，评估她？"我们会有一桶乐趣乐趣乐趣。"吵闹的合唱声由楼下传来，那难听的仿波尔卡舞曲正因唱针被卡在唱片的沟纹中而一遍又一遍地重复着手风琴的一个微弱的和弦。

霍斯终于说道："你怎么会到这儿来？"

她不假思索地回答："是因为一次围捕，在华沙的一次围捕。那是去年初春发生的事。我搭上一班开往华沙的火车时，盖世太保进行了一次围捕。他们发现我带了违禁的肉，一点火腿——"

"不，不，"他打断她的话，"我不是问你怎么到集中营来的，而是问你怎么脱离女营房的。我是说，你怎么会被挑到速记组。许多打字员都是平民。波兰平民。但是并没有很多犯人可以有这么好的运气找到速记的差事。你可以坐下来。"

"是的，我非常幸运。"她说着坐了下来。她觉得自己的声音已经放松。她看着他，发现他仍在一个劲地冒汗。他现在仰卧着，半闭着眼，一动不动，沐浴在一片阳光中。很奇怪，指挥官的脸上流露出一种无助的神情。他的卡其布衬衫被汗水浸透了，他的脸上还有一颗颗的汗珠。不过他看起来的确已经不再感到痛苦了。"我真的非常幸运。我想这一定是命中注定的。"

一阵沉默之后，霍斯问她："你说的命中注定是什么意思？"

这一刹那，她决定冒险试试，利用他给她开的这个头，不管她即将说出的话听起来有多么荒谬、鲁莽，暗示性又有多强。几个月来，她好不容易有了这次短暂的机会，她若不表现得大胆一点，而是继续扮演一个迟钝结巴的奴隶未免就弄巧成拙了，虽然她的尝试会有被认为是放肆之举的重大危险。她心想：都说出来吧。然后她说了起来，但竭力控制着自己的情绪，声音里带有一种被冤枉被迫害后的忧伤。"命中注定我会遇到您，"她虽明白这话十分夸张，却继续说下去，"因为我知道只有您才会了解。"

他再度一语不发。楼下的《啤酒桶波尔卡》已经换成了蒂罗尔地区的约德尔小调。他的沉默使她困扰，她突然觉得自己成了他审视的对象，他十分怀疑她。也许她犯了一个可怕的错误。她越来越感到恶心。由布罗内克之口（及她自己的观察），她知道他厌恨波兰人。究竟是什么让她以为自己是个例外？在暖烘烘的阁楼里，紧闭的窗户隔绝了比克瑙焚烧尸体发出的恶臭，有的是一股灰泥、砖粉和浸水木头的霉味。这是她第一次真正注意到这股气味，闻起来像菌类。在这种难堪的沉默中，她听见被困的那几只绿头苍蝇拍打翅膀嗡嗡叫着，还有它们撞到天花板时发出的轻微的砰砰声。棚车转轨的声音沉闷而模糊，几乎听不见。

"了解什么？"他终于以一种冷淡的声音问道。这句话又给她打开了一个小小的缝隙，使她可以试着安置一个钩子。

"您会了解这是个错误，了解我是无辜的。我的意思是，了解我并没有犯下什么真正严重的罪，了解我应该被立刻释放。"

好了，她终于这么做了，都说出口了，迅速而流利；怀着极大的热情说出这些她好几天来排练过无数次的话让她自己都感到惊讶，她一直怀疑自己能否鼓起勇气将它们说出口。现在她的心剧烈而狂野地跳动着，连胸骨都在发痛，但她又对自己成功地控制住了声音感到十分骄傲。她发音的轻快流畅也使她觉得安全——迷人的维也纳口音。这个小小的胜利驱使她继续说下去。"我知道您或许会认为我这样说实在很蠢，指挥官先生。我必须承认乍听之下这令人难以相信。可是我想您会承认一个像这样的地方——这么大，牵涉这么多人——难免会发生一些错误，一些严重的过失。"她停住嘴，听着自己的心跳，想着他是否也听得到，却又感觉她的声音仍十分正常。"先生，"她继续说，带着些许恳求的口吻，"我确实希望您会相信我，相信我说的我被拘禁在这里是一次严重的误判。您是知道的，我是个波兰人，也确实犯了在华沙时被指控的罪名——偷运食物。可那只是小罪，您不知道的是，我只是想把那块火腿带去给我患了重病的母亲吃。我恳请您试着了解就我的背景和成长经历而言，这实在算不上什么罪行。"她犹豫着，内心激动不已，焦虑不安。她是不是逼得太紧了？她现在是该停下来等他询问，还是该继续说下去？她立刻决定：直奔主题，简明扼要，但继续说下去。"先生，您瞧，事情就是这样的。我是克拉科夫人，我们一家都强烈支持德国，多年来我们一直在无数热爱国家社会主义和领袖原则的第三帝国的人中处于先锋地位。我父亲内心深处是个反犹主义者——"

霍斯呻吟了一声，打断了她的叙述。"反犹主义，"他以困倦的声音低声说，"反犹主义。我什么时候才可以不用再听到这个词？我的上帝，我都听烦了！"他叹了一口气，声音嘶哑，"犹太人。犹太人！我跟犹太人就这么没完没了了吗？"

他的不耐烦使得苏菲退缩了。她察觉到她的策略并未奏效：她说过头了。霍斯的思维过程一点都不笨拙，而是像食蚁兽的吻部一样有直观的专注和全面，而且很少允许自己的思维有偏差。几分钟前霍斯问她"你怎么会到这儿来？"，然后又特别提出她只需要解释为什么会来到速记组，现在他不想谈及命运、误判和反犹主义的事。他的话就像一阵北风吹过了她，她决定转变战术，心想：那么，就照他说的去做吧，把全部真相告诉他。简明扼要，但说出实情。反正如果他想的话，他可以轻易查明。

"那么，先生，我就解释我为何会被挑入速记组吧。去年四月我刚到这里时，和女营房里的一个女警卫吵了一架。她是营区队长的助手，说真的，我很怕她，因为……"她迟疑着，谨慎地思索是否该详细描述跟性有关的内容，但她知道她那遮遮掩掩的声音已经说明了一切。然而霍斯睁大双眼，直视苏菲的眼睛，猜出了她想说的话。

"毫无疑问，她是个同性恋者。"他插了一句。他的语气疲累，却尖刻而恼怒。"那些娼妓——那些来自汉堡贫民窟、被从拉文斯布吕克集中营派过来的下流猪，总部误以为将她们派到这里来可以管教你们——你们这些女犯人。简直是荒唐！"他顿了一下，"她是个同性恋者，是吧？她想要占你的便宜，我说得对不对？这是意料之中的。你是个非常美丽的年轻女人。"他又停住口，而苏菲在思考她听到的最后一句话。（这是否有什么含义？）"我鄙视同性恋，"他又说，"光是想到这些行为——动物般的行为——就使我恶心。我甚至无法忍受看他们一眼，无论男女，不过这却是被监禁的人必须面对的一件事。"苏菲眨眨眼。就像是一卷电影胶片迅速又磕绊地在放映机中移动，她看见早上发生的疯狂的一幕，看见威廉明妮的那头蓬乱的红发离开她的腹股沟，那饥渴潮湿的双唇在惊恐中张成 O 形，眼里闪着害怕的光芒；她望着霍斯脸上嫌恶的表情，想着管家，觉得自己想尖叫或大笑。"真是难以启齿！"指挥官加了一句，撇了撇嘴，就像吃到了什么令人恶心的东西。

"不只是占便宜而已，先生，"她感到自己脸红了，"她想要强暴我。"她不记得自己曾在一个男人面前说过"强暴"这两个字。她的脸更红了，但很快就开始消退。"那真是很令人难受。以前我从不知道一个女人——"她犹豫了一下，"一个女人对另一个女人的欲望竟会这么……这么强烈。可现在我知道了。"

"被监禁的人会有异乎寻常的举止。说给我听听。"但她还没有回答，他就把手伸到搭在床畔椅背上的外衣口袋里，掏出一包有锡纸的巧克力棒。"真奇怪，"他说，声音冷静又心不在焉，"这些头痛。起初我会恶心得要命，然后药一开始生效，我又觉得很饿。"他剥开巧克力的锡纸，把巧克力棒递给她。在惊讶和迟疑中——因为这是他第一次这样做，苏菲紧张地掰了一块巧克力，迅速放进嘴巴里。她努力想表现得随意些，但又知道自己对巧克力的强烈欲望暴露无遗。不要紧。

她继续讲述事情的经过，语速很快，同时看着霍斯狼吞虎咽地吃着剩下的巧克力。她意识到她说话的语气里带有一丝生机，甚至是快乐，因为受正在听她说话的这个男人信任的管家早上侵犯了她。"是的，那个女人是个妓女，也是个同性恋者。我不知道她来自德国哪里——我想大概是北方，她说的是低地德语——但她的块头很大，她想要强暴我。她已经盯了我好几天了。有一天晚上在公共厕所里，她向我走来。最初她并未使用暴力。她答应给我食物、肥皂、衣服、钱，任何东西。"苏菲停了好一会儿，现在她直视霍斯紫罗兰色的眼睛，那眼睛很警觉，很迷人。"我非常饿，可是——我也和您一样，先生，我厌恶同性恋。开口拒绝并不难。我想推开她。然后这个女警卫勃然大怒，开始打我。我冲她大喊，又开口求她，因为她把我按在墙上，用手对我干那些事情，这时营区队长进来了。

"营区队长立即制止了这件事，"苏菲继续说，"她把女警卫打发走后便叫我到她位于营房尽头的房间去。她并不坏——虽然就像您说的，先生，她是个娼妓，可是不坏。事实上，对她这种……这种人来说，她相当和善。她说她无意中听见我对女警卫大喊，觉得十分惊讶，因为营房里新来的犯人都是波兰人，她想知道我是在哪里学会说一口流利的德语的。我们谈了一会儿，我看得出她喜欢我，我想她不是个同性恋。她是多特蒙德人。她非常喜欢我的德语，暗示她或许可以帮我的忙。她给了我一杯咖啡，然后就让我离开了。从那以后，我又见了她好几次，看得出她对我有好感。过了几天，她又让我到她的房间去，先生，您手下的一名士官也在那里，集中营行政部的党卫军一级小队长京特。他问了我一些问题，问我有什么技能，当我告诉他我会打字，也擅长使用波兰语及德语进行速记时，他告诉我说，或许我在速记组会有些用处。他听说那儿缺个合格的帮手——一个长于语言的人。几天之后他又回来，说我将被调组。因此我才会到……"霍斯已经吃完了巧克力棒，他动了一下，用手肘撑起身子，准备点根烟。"我是说，"她最后说，"那以后我就在速记组工作，直到大约十天以前，我被通知要到这里来做特别的工作。这里——"

"这里，"他打断她，"你就到这里来了，"他叹了口气，"你运气很好。"他接下来的举动使她如触电般一惊。他伸出没有拿烟的那只手，非常优雅地将她上唇边的什么东西拈了下来。她意识到那是她刚才吃的巧克力的碎屑，现在正被捏在他的拇指和食指之间，她带着强烈的好奇心看他缓缓地把被烟熏得焦黄的手指移向嘴唇，将那一点栗棕色的巧克力屑放到他的嘴里。她闭上眼睛，被他的这个特别而奇怪的举动搅得忐忑不安，她的心再次开始怦怦狂跳，头部也有点晕眩。

"怎么了？"她听见他问，"你的脸色很苍白。"

"没什么，我的指挥官先生，"她回答，"只是有点头晕，会没事的。"她仍然闭着眼睛。

"我做错了什么?!"那是一声喊叫，声音很大，把她吓了一跳。她睁开眼睛，看见他突然从床上站起身来，走了几步来到窗前，汗水湿透了他的衣背。他站在那里，她似乎看见他整个身子都在打战。苏菲不知所措地望着他，思索着那块巧克力引起的插曲可能就是更亲密关系的前奏。也许确实如此；此刻他发着牢骚，好像认识她很多年了。他握紧拳头。"我想不出他们认为我做错了什么。柏林的那些人，他们真让人受不了。他们要求一个过去三年来表现最好的普通人成为超人。他们真是不可理喻。他们根本不知道，容忍那些无法如期完成计划的承包商、懒惰的中间人和那些不是晚发货就是不发货的供应商是怎样的情形。他们从没有和波兰白痴打过交道！我忠心耿耿、尽心竭力，却得到这样的回报。这个借口——还说是一次晋升！我被一脚踢到了奥拉宁堡，还得忍受令人难堪的尴尬，看着他们让利贝亨舍尔来接替我——利贝亨舍尔，那个让人受不了的自大狂，自以为效率很高就傲慢不堪。这整件事令人作呕，我对此没有一点感激之情。"真奇怪，他的声音与其说是生气或怨恨，倒不如说是闹别扭。

苏菲起身走向他。她察觉另一道缝隙轻轻开启了。"对不起，先生，"她说，"如果我说错了什么，还请您原谅。但我认为这可能是对您的一种嘉奖。这也许是因为他们十分明白您的困难，您的辛劳，以及您的工作有多使您精疲力竭。请再原谅我一次，但是这几天在这个办公室里，我注意到您一直以来所承受的巨大压力，惊人的压力……"她小心翼翼地表达这种谄媚的关怀。她听到她的声音渐渐变小，但她的眼睛则始终盯着他的颈背。"说不定这正是您的……您的奉献所得到的报偿。"

她不再说话，随着霍斯的视线望向下方的田野。变化莫测的风把比克瑙的烟吹走了——至少目前是这样的，在晴朗的阳光下，那匹雄健的白色种马再一次绕着围场栅栏的内侧轻快地奔驰，尾巴和鬃毛在一阵小小的尘暴中如浪起伏。即使有窗子相隔，他们仍然听得见它那飞驰的马蹄发出的"嘚嘚"的响声。指挥官吹了声口哨，从口袋里摸出另一根香烟。

"但愿你说得没错，"他说，"不过我很怀疑，怀疑他们是否了解这种重要性和复杂性！他们好像并不明白这些特别行动牵涉了多少人，无数的人！多到让人难以置信。这些犹太人，他们由欧洲各国被不断地运到这里，几万，几百万，就像春天涌入梅克伦堡湾的鲱鱼群。我从没想过地球上竟有如此多上帝的选民。"

上帝的选民。他使用的这个短语又使她积极了一些，那个缝隙扩大了，她现在相信自己已经拥有一丝渺茫但真实的希望。"上帝的选民——"她重复指挥官的话，语气里夹着一丝轻蔑，"如果您允许我这么说的话，先生，上帝的选民最终可能会为他们傲慢地将自己和其他种族的人区分开来而付出代价，以为只有他们才是值得拯救的子民。我的确不明白，这么多年来，他们在犯下基督徒眼中的亵渎神明的罪行后怎么还能期盼着逃脱报应。"（她父亲的可怕样子突然出现在她眼前。）因为焦虑，她犹豫了一下，然后重新开口，说出另一个谎言，像一块碎片般漂浮在谎言与虚假的湍急的溪流中，随波起伏，继续前进。"我已经不是基督徒了。和您一样，先生，我已经抛弃了那种充斥着遁词和借口的可怜的信仰。然而犹太人何以会使基督徒以及像您这样——信仰上帝的人，就像您今天早上对我说的那样——只想在新世界建立新秩序的正义之士及理想主义者痛恨不已，却是显而易见的。犹太人已经威胁到了这种秩序，现在他们终于为此受苦了。我想说，总算解脱了。"

他平静作答时仍然背对她站着："你对这件事有相当的感触。就一个女人而言，你说话就像一个对犹太人所犯下的罪行十分了解的人那样。对于这一点我感到好奇。很少会有女人拥有如此广的知识面或明白很多事情。"

"是的，可是我真的了解，先生！"她说。她看到他轻轻地转过身来注视着她，眼神里露出真正的关切——这是第一次。"我有个人知识，也有个人经验——"

"比如什么？"

她激动地——她知道这是一次冒险，是一次赌博——弯身从靴子的小裂缝里摸索着，掏出那本破旧褪色的小册子。"这个！"她说，把小册子挥到他面前，翻到扉页，"我违规保有这件东西，我知道我是在碰运气。可我想要您知道这几页纸代表了我的一切立场。通过和您一起工作，我知道'最终解决'是个秘密。但这是'最终解决'犹太人问题的最早的波兰文件之一，是我和我父亲——先前我曾对您提过——共同写出来的。当然，我并不期盼您会仔细地阅读，因为您有许多新的烦恼和担忧。然而我确实诚心请求您至少考虑一下它……我知道我的难题对您而言并不重要……但如果您能看上一眼……也许您就会明白我被监禁在这里是多么不公平……我还可以告诉您更多我在华沙时为第三帝国所做的事，我曾经揭发了一个躲有很多犹太人的藏身之处，这些犹太人都是被寻找了好久的知识分子……"

她有点喋喋不休了。她那不太连贯的话提醒她停住口，她也这么做了，祈祷自己不会因此而紧张不安。她既怀有希望，又提心吊胆，全身都在冒汗，那裹在囚服下面的身体感到酷热难耐。她知道她终于在他的意识里打开了一个缺口，将有血有肉的自己真正置于他的感知范围内。无论这个形象有多不完美，存在的时间有多短暂，她都已经"通了电"；由他接过她手上的小册子时脸上那全神贯注看她的眼神，她看得出来。她忸怩又卖弄风情地移开了自己的目光，傻傻地想起加利西亚的一个农民说的一句老话："我正在爬进他的耳朵里。"

"那么，"他说，"你认为你是无辜的！"他的语气里隐约带着一点友善，使她为之振奋。

"先生，我再说一次，"她急忙回答，"我坦率地承认我犯下的那项使我被送到这里来的小小罪行——关于那一小块肉的罪。我只是希望我的这一小小罪行能够得到抵消，不仅因为我是个支持国家社会主义的波兰人，还因为我是个积极参与反犹太人圣战的斗士。您手上的那本小册子，我的指挥官先生，可以轻易得到证实，并证明我的观点。我恳求您——您有权从轻发落，释放犯人——看在我过去工作干得不错的分上，重新考虑对我的监禁，让我重新回到华沙的生活中去。您是个高尚又正直的人，拥有从轻处罚的权利，这只是一件小事而已。"

洛特曾告诉苏菲说，霍斯很容易被谄媚之词所左右，但现在她怀疑自己是否做过头了，尤其当她看到他微眯眼睛说道："我对你强烈的情绪感到好奇，你的愤怒。只不过你为什么会如此……如此痛恨犹太人呢？"

苏菲早已准备了一个故事，为了这一时刻的到来。这个故事依据的是一种推测：尽管像霍斯这样务实的人可能会欣赏她泛泛的反犹主义的恶毒言论，但他也可能会出于本能对具体细节感兴趣。"先生，那份文件涵盖了我的哲学动机——那是我和我父亲在克拉科夫的大学里发展起来的。我要强调即使我们家没有遭到可怕的灾难，我们还是会表达自己对犹太人的敌意。"

霍斯面无表情地抽了口烟，等着她继续说下去。

"犹太人在性行为上的不检点是众所皆知的，这是他们最丑陋的特征之一。我父亲，在他遭遇不幸的意外之前……我父亲因为这一点非常仰慕尤利乌斯·施特赖歇尔——他赞赏施特赖歇尔对犹太人性格中的这种堕落进行的讽刺。还有一个残酷的原因让我们家的人得以接受施特赖歇尔的观点。"她停住口，望着地板，似乎陷入了痛苦的回忆。"我有个妹妹，她在克拉科夫的修道院学校就读，只比我低一个年级。大约十年前一个冬天的夜晚，她在犹太人居住区附近行走时，被一个犹太人——后来知道他是个屠夫——性侵了。他把我妹妹拖进一条巷子里，反复地强暴她。虽然我妹妹在身体上活过了犹太人的攻击，但她在精神上被完全摧毁了，两年后她跳河自杀。可怜的孩子！毫无疑问，这件可怕的事情再一次深刻地证明了尤利乌斯·施特赖歇尔对犹太人所能犯下的酷刑的了解。"

"瞎扯！"[1] 霍斯愤怒地说道，"我认为那就是在胡说八道！真是无稽之谈！"

苏菲觉得她就像个本来在宁静的林间小道上行走的人，突然失去了支撑，掉入阴暗的洞穴中。她说错什么话了？无意间她发出一声小小的哀号，开口说道："我是说——"

1　原为为德语。

"胡说八道！"霍斯又重复了一遍，"施特赖歇尔的观点根本就是在胡说。我憎恶他的那些色情的垃圾。他对犹太人及其性倾向发表的那些狂言妄语比任何一个人对党、对第三帝国和世界舆论造成的伤害都大。他对这些事根本就一无所知。任何了解犹太人的人都可以证明，就性而言，他们温顺拘谨，没什么攻击性，甚至病态地保守。发生在你妹妹身上的事无疑是反常的。"

"那是真的！"她谎称道，为意料之外的小小窘境大为惊恐，"我发誓——"

他打断了她的话。"我并不怀疑这件事的真假，可这是不寻常的行为。犹太人会犯很多种令人不快的罪行，但不包括强奸罪。这些年来施特赖歇尔在他的报纸上发表的文章不过是个最大的笑话罢了。如果他坚持不懈地说出真相，描绘犹太人的真面目——一心垄断并控制这个世界的经济，败坏道德和文化，试图通过布尔什维克主义和其他方法打倒文明政府——他可能还能起到一些必要的作用。但是他却把犹太人描写成道德败坏的浪荡子，拥有巨大的性器官，"他用的这个词把苏菲吓了一跳，他说着还伸出双手在空中比了个大约一米长的器官，"这是对犹太男性的一种赞美，但毫无必要。我所知道的大多数犹太男性的生殖器都发育不全，软塌塌的，为人所不齿。这一切真是太让人恶心了。"

她在施特赖歇尔的问题上犯了个愚蠢的战略性错误（她知道自己对国家社会主义了解不多，但她怎么能料到存在于这个党内各级别成员之间的嫉妒、怨恨、争吵、内斗及不和的程度呢？），然而现在似乎又无关紧要。被笼罩在淡紫色烟雾——这是当天的第四十根香烟——下的霍斯，突然停止对纽伦堡的地方长官进行大肆批评，他用指尖轻轻敲着那本小册子，说了些使她的心发烫下沉的话。"这份文件对我而言毫无意义。就算你能让人相信你参与了写作，也证明不了什么。只不过说明了你看不起犹太人。我对此不感兴趣，因为这似乎是一种很普遍的情绪。"他的目光变得冷淡而悠远，似乎在盯着她蒙着头巾的脑袋后面几码外的什么地方。"而且，你似乎忘了你是个波兰人，因此就算你没有被判犯有罪行，也终归是第三帝国的敌人。事实上，有些最高权威者——例如党卫军领袖希姆莱——认为你，你的同胞，你的国家和犹太人一样，一样没有价值，一样是被污染的种族，一样有理由遭到正义的憎恨。住在我祖国大地上的波兰人开始带有标记'P'——这对你们来说是不吉利的征兆。"他停了片刻。"我自己倒不完全赞同这种观点，不过，坦白说，和波兰人打过一些交道后，我感到痛苦、沮丧，时常觉得这种绝对的厌恶有其真正的原因，尤其是厌恶男人，他们有种根深蒂固的粗野，而大多数女人都长得丑。"

苏菲的眼泪夺眶而出，虽然这和他的抨击毫不相关。她本来没计划要哭——这是她能想到的最后一招，多愁善感、假装柔弱——但是她忍不住。眼泪不停地涌出来，她把脸埋在双手中。一切——一切都失败了！她本就不稳的把手断裂了，她觉得自己就像被丢到了山腰。她没有进展，一点也没有。她完了。她站在那里，感觉厄运降临，难以自制地哭着，泪水从她的指缝滴落。她凝视湿润双手中的黑暗，听见楼下客厅里传来蒂罗尔行吟歌手的刺耳声音，混杂着大号、长号和口琴的沉闷又有力的切分节奏。

　　亚当创造了爱，
　　诺亚发明了酒，啊！

阁楼的门几乎是从来不关的，此刻却在铰链的吱嘎声中缓缓地关上了。她知道关门的只可能是霍斯，而且她听到他向她走来的皮靴声，然后在她还未把双手从眼睛上移开看他之前，他的手就紧紧地抓住她的肩膀。她强迫自己停止哭泣。紧闭的门扉模糊了外面的吵闹声。

大卫奏起齐特琴……

"你不知羞耻地与我调情。"她听见他颤声说道。她睁开眼睛。他瞪着她，那双眼睛里透着一股心烦意乱——似乎失去了控制，至少在那短暂的瞬间——使她惊恐万分，尤其让她觉得他好像要举起拳头打她。然而之后他却深深地叹了一口气，好像恢复了镇定，他的眼神变得正常了，或者说几近正常。当他开口说话时，他的声音又和平常一样沉稳。即便如此，他那又急又深的呼吸，还有他颤抖的嘴唇却向苏菲泄露了他内心的痛苦，苏菲不禁认为这种痛苦源于他对她的愤怒，这使得苏菲更加惶惶不安。她不知道他为何对她感到愤怒：为那本愚蠢的小册子，为她的勾引，为她对施特赖歇尔的赞扬，为她生来就是一个肮脏的波兰人……也许为了所有这些。令她感到惊讶的是，她突然意识到他的痛苦虽明显带有某种模糊不清又在酝酿中的怒意，这怒火却不是对她而发，而是对另一个人或另一件事。她的肩膀被他抓痛了。他十分紧张，发出了一声哽咽。

然后，他松开手，以焦虑的语气说了一番话，她发现那完全是早上女管家说的恶心话的翻版，十分可笑。"真不敢相信你竟是个波兰人，你精通德语，还有你的容貌——你白皙的肤色和你脸部的轮廓，典型的雅利安人。比大多数斯拉夫女人的容貌要好。然而你却说你是个——波兰人。"苏菲现在察觉到他的谈话断续而散漫，仿佛他的大脑在有意逃避，绕着他想要表达的核心问题兜圈子。"你知道的，我不喜欢调情，这只不过是你想讨我欢心、得到报酬的一种方法。我一向憎恶女人的这种行为，对性的低级利用——很不诚实，又很容易被人识破。你却令我十分为难，使我产生一些愚蠢的想法，让我在工作时分神。这种调情真是非常恼人，然而……然而这不全是你的错，你是个非常迷人的女人。

"许多年前，我会离开农场到吕贝克去——那时我还很年轻，我看了一部无声电影《浮士德》。电影里饰演格蕾琴的那个女人惊人地美丽，使我难以忘怀。她那么美，面容姣好，身段优雅，十分完美。那以后好几天，好几个星期，我都一直想着她。她到我的梦里来，缠着我。她叫玛格丽特什么的，这个女演员，我现在已经忘了她姓什么。我一直叫她玛格丽特。还有她的声音。我相信如果我可以听到她说话，她一定说一口纯正的德语，和你说的很像。那部电影我看了十几次，后来我知道她很年轻时就去世了——我记得是死于结核病，我哀痛不已。随着岁月的流逝，我终于将她忘了——至少她不再缠着我了。我永远无法将她完全忘记。"霍斯停住口，再次紧紧抓住她的肩膀，很用力，弄痛了她。她惊讶地想着：真奇怪，他是想用这种痛楚表达他的某种温柔……楼下的约德尔小调已经唱完了。她不由自主地紧闭上眼睛，竭力不因痛楚而退缩，并且听到了——在她意识的黑洞中——集中营里的死亡交响曲：金属的叮当声、棚车互相碰撞发出的模糊的隆隆声，还有火车头鸣笛发出的微弱的呼啸声，悲哀而尖锐。

"我很明白在许多方面，我并不像大多数在军队环境中长大的男人。我和那些人向来就不一样。我一直都不合群。独自一人。我从来没有找过妓女。我这辈子只去过一次妓院，那时候我还很年轻，在君士坦丁堡。那是一次让人恶心的体验，妓女的淫荡使我作呕。有种女人的美纯粹而夺目：白皙的肌肤，金色的头发。当然，真正的雅利安人肤色会深一点。我很崇拜这种美，近乎对神的崇拜。那个叫玛格丽特的女演员就是这样的一个美人——还有一个我在慕尼黑认识了很多年的女人，她光彩照人，和我有过一段充满激情的婚外恋，还生了一个孩子。我基本上信仰一夫一妻制。我极少对我妻子不忠。但是这个女人，她……她是这种美的光辉典范——精致的五官，纯正的北欧血统。我之所以被她强烈吸引，绝不只是出于性这样粗鲁的东西及其所谓的乐趣。这和更为宏大的生育计划有关。将我的种子撒在这么美的一艘船上是一件让人兴奋的事情。你在我身上激起了同样的欲望。"

苏菲一直闭眼倾听，任由他那可怕的纳粹式言论灌进她的脑子里，几乎淹没她的理智，这些日耳曼语十分激烈，但有些自负。接着他那汗漉漉的躯体散发出的气味突然钻入她的鼻孔，就像腐肉一样，他将她拉入怀里之际，她听见自己惊呼了一声。她感觉到了他的手肘、膝盖和扎人的胡茬。他和他的女管家一样热情而迫切，但相对而言，他显得更笨拙，他的胳膊似乎在用各种姿势环抱着她，像一只巨大的机器苍蝇。她屏住呼吸，听任他的双手在她背后摩挲。而他的心——他那横冲直撞、狂跳不止的心！她从来没有想过指挥官汗湿衬衫下紧抵着她身子的心可以跳得如此剧烈，像鼓声一样，狂放又浪漫。他像个重病之人般颤抖不止，却不敢亲吻她，虽然她确实感到他的某个部位——舌头或鼻子——在她裹着头巾的耳朵周围不停蹭着。就在这时，突然响起了一声敲门声，他迅即松开了她，并且沮丧地低喊了一声："见鬼！"

敲门的又是他的副官舍夫勒。舍夫勒站在门口说请指挥官见谅，不过霍斯夫人——正在下面的楼梯平台上——已经到了楼上，要问指挥官一个问题。她要到驻军娱乐中心去看电影，想知道是不是可以带伊菲吉妮一起去。伊菲吉妮是他们的大女儿，患了一个星期的流感，刚刚痊愈。夫人想问问指挥官的意见，看看这孩子的身体状况是否好到可以陪她去看午后场的电影。或者她该去问问施密特医生？霍斯吼了几句回话，苏菲听不清楚，但是就在这段短暂的对话中，她突然有种强烈的直觉。她感到这枯燥无味的家事有可能永远抹去指挥官允许自己被诱惑的神奇时刻，就像瓦格纳笔下失魂落魄的特里斯坦一样。当他转身面对她时，她立即知道她的预感准确无误，她的计划陷入最危险的境地。

"当他向我走来时，"苏菲说，"他的脸比先前更扭曲，也更痛苦。我又产生了那种奇怪的感觉，就是他要打我，但是他没有。反之，他走到离我很近的地方，说道：'我渴望与你性交。'他用的是德语词'Verkehr'，这个词听起来愚蠢又正式。他说：'和你性交会使我迷失，我可能会遗忘些什么。'然后他的脸色霎地一变，就好像在一刹那间霍斯夫人改变了一切。他的表情变得非常平静，而且有点冷淡，他说：'但是我不能，以后也不会，这太冒险了。这注定是一场灾难。'他转过身去，背对着我走向窗前。我听见他说：'再说，怀孕在这里是绝不可能的。'斯廷戈，我想我可能要昏倒了。感情的波动和紧张使我感到十分虚弱，我想还因为饥饿，自从早上我把那些无花果吐出来后，就没有吃过什么东西了，只有他给我的那一小块巧克力。他又转过身来对我说话。他说：'要不是我就要离开这里了，我愿意冒这个险。无论你的出身是什么，我觉得我们可以在精神上契合。我愿意冒很大的风险和你发生关系。'我以为他又会来碰我或抓我，可是他没有。'但是他们已经赶我走了，'他说，'我必须离开这里，所以你也必须离开。我要把你送回你原来待的第二营区。明天你就会回去了。'然后他又转过身去。"

"我吓坏了，"苏菲继续说，"你瞧，我已经试着接近他，结果失败了，现在他要把我送走，我的所有希望全都破灭了。我想跟他说话，但喉咙却被哽住，说不出话来。就像他要将我丢回黑暗中，而我却无能为力——一点办法也没有。我一直看着他，想要开口说话。那匹美丽的阿拉伯种马仍在下面的田野上，霍斯倚窗而立。比克瑙的烟又升起来了。我听见他又低声说了几句要被调回柏林的话，声音十分苦涩。我记得他用了'失败'和'忘恩负义'等字眼，还清楚地说道：'我知道我有多么尽职。'接着他沉默了许久，只是盯着那匹马，最后我听见他这么说——我几乎确定这是他的原话：'逃出人的形体，但仍栖居于大自然中。变成那匹马，活在那动物中。那就是自由。"她顿了一会儿。"我一直记得这些话。它们是那么……"苏菲闭口不语，陷入了回忆，两眼变得呆呆的，凝视着幻影式浮现的过去，似乎感到惊叹。

（"它们是那么……"）什么？

苏菲对我说了这些后，有好长一段时间都静默无语。她用手指遮覆着眼睛，头垂向桌子，沉浸在忧郁的回忆里。在这长久的叙述过程中，她一直控制着自己，可是现在她手指间闪亮湿润的东西使我意识到她哭得有多么伤心。我听任她无声地哭着。在八月那个下雨的午后，我们一起坐了好几个小时，我们的手肘抵着枫树宫里的一张富美家牌桌子。那是苏菲和内森发生灾难性决裂（我在前面描写过）后的第三天。我们可以回想起来当时他们两人都消失了，而我去了曼哈顿找我父亲。（对我来说，那是一次重要的探访——事实上，我当时已经决定和他一起回弗吉尼亚，稍后我会再详细叙述这次探访。）在这次重聚后，我闷闷不乐地回到粉红宫，以为屋里会像那天晚上看到的那样一片狼藉，当然也没期待着苏菲会回来。结果我难以置信地看到她在她房里蹒跚地走动，把剩下的几件零碎物品塞进一只旧箱子里。但我并没有看见内森——我认为这是叨天之幸。在我们悲伤而甜蜜的重逢后，苏菲和我冒着夏日的倾盆大雨迅速赶到枫树宫去。不用说，我感到欣喜万分，因为我注意到苏菲见到我时似乎由衷地感到快乐，而且我也得以再次嗅到她脸上和身上散发出来的气味。据我所知，除了内森，或许再加上布莱克斯托克，我是这世界上唯一能说自己真正和苏菲亲近的人，我感觉到当我出现时，她像抓救命稻草似的一把抓住了我。

内森弃她而去仍使她感到震惊（她说——语气里不无一丝让人心惊的幽默——她在破烂不堪的"上西城旅馆"住的那三天备受煎熬，有好几次想要从窗口跳出去），但如果他的离去给她带来的悲伤明显摧毁了她的精神，我想也正是同样的悲伤使她得以将记忆的大门开得更大，记忆的潮水如瀑布般倾泻而出。但是有一件小事让人烦恼。我应该对自己以前未曾在苏菲身上注意到的一件事保持警觉吗？她开始喝酒，喝得不凶——她喝的量甚至不会使她口齿不清。但是在那个阴湿的午后，她喝了三四杯加了水的威士忌，对于一个和内森一样生活相对节制的人，这实在反常，让人诧异。或许我该对放在她手肘边的那些装有申利牌威士忌的酒杯多费些心，但我仍喝着我常喝的啤酒，并不在意苏菲的新爱好。不管怎样，我肯定忽略了她的酗酒，因为当苏菲又开口说话时（她擦着自己的眼睛，以一种直截了当、毫无情感的声音继续说起她和鲁道夫·霍斯在那天发生的事——任何处于这种情况的人都会这样），她说出一件使我惊骇不已的事，我觉得我的整张脸都结了一层霜，有些许刺痛感。我倒抽一口气，四肢像芦苇般软弱无力。而且，亲爱的读者，至少当时我知道她并没有撒谎……

"斯廷戈，我的孩子就在奥斯威辛。是的，我有个孩子。是我的小儿子扬。我一到那里，他们就把孩子从我身边带走了。他们把他带去了儿童营，他才不过十岁。我知道你一定觉得很奇怪，认识我这么久却从没听我说过我的孩子，但这是一件我永远也无法对其他人提及的事。太难了——我连想也不敢想。是的，几个月前我确实曾对内森说过一次。我说得很快，然后我说以后我们再也不要讨论这件事了，也不要告诉其他任何人。因此我现在告诉你只是因为除非你先了解扬的事，否则你是无法理解我和霍斯之间的关系的。这之后我不会再谈起他，你也绝不要问我任何问题。不，再也不要……

"总之，那天下午当霍斯俯视着窗外时，我开口对他说话。我知道我必须打出我的最后一张牌，向他吐露我深埋在心底一天又一天的悲痛，我甚至害怕自己会死于这种悲痛。我愿意做任何事，哀求、喊叫、请求他的怜悯，只希望能打动这个人，让他给我一点怜悯——如果不是为我，那就为我能存活于世的唯一寄托。因此我控制住自己的声音，说道：'指挥官先生，我知道我不能为自己要求太多，而且您必须按规则行事。但是我请求您在将我送回去之前为我做一件事情。我有个小儿子被关在儿童营，他的名字是扬·扎维斯托夫斯卡，十岁，那个营区里的其他男孩都是犯人。我已经知道了他的编号，我会告诉您。他和我一起抵达此处，但六个月来我没有再见过他。我非常想见他。冬天就快到了，我担心他的身体。我请求您想个法子释放他。他身体虚弱，而且还那么小。'霍斯没有回答，只是直视着我，眼睛眨也不眨。我有点崩溃，觉得自己就要失去控制了。我伸出手碰触他的衬衫，然后抓住它说道：'求求您，如果您对我这个人有一点点好感的话，我求您为我做这件事。不是释放我，只是释放我的小儿子。您一定有办法做到这件事，我可以告诉您……求求您为我做这件事。求求您。求求您！'

"那时我知道自己不过是他生命中的一条虫，一个波兰垃圾。他抓住我的手腕，把我的手从他身上拿开，说道：'够了！'我永远忘不了他声音里的狂怒。'我绝不可能这么做！'他说，'没有合法的命令，释放任何犯人都是违法的。'我突然意识到我说的这些话触动了他某根脆弱的神经。他说：'你的建议真是太离谱了！你把我看成什么了？一个可以任你摆布的笨蛋吗？只是因为我对你表达了一种特殊的情感？你以为我对你表达了一点爱慕之情，你就可以使我违抗命令吗？'然后他又说：'真令我恶心！'

"斯廷戈，如果我说我难以自持地扑向他，伸出双手抱住他的腰，再次请求他，一再说着'求求您'，你会理解吗？但是他的肌肉变得僵硬，他全身都在颤抖，我明白我们之间已经完了。即便如此，我仍然无法停下来。我说：'那么至少让我看看我的儿子，让我去探望他，让我再看他一次，求求您答应我这件事吧。难道您不明白吗？您自己也有孩子。只要让我在回集中营之前看看他，再拥抱他一次。'说这些话时，斯廷戈，我忍不住在他面前跪了下来。我跪在他面前，将我的脸紧紧贴在他的靴子上。"

苏菲停住口，再次长时间地凝视着她的过去，那过去现在似乎完全俘获了她，让她难以抗拒。她喝了几口威士忌，心不在焉地咽了一两次，沉浸在恍惚的回忆中。我注意到，像是在寻求现实的证据似的，她紧紧地抓住了我的手，力道大到我都麻木了。"人们时常谈及生活在奥斯威辛这种地方的人，以及他们在那里的举止。我在瑞典的难民中心时，我们这一群曾经在那里——在奥斯威辛或比克瑙，后来我也被送往那里——待过的人经常会谈论这些人的行为。为什么这个人会让自己成为一个恶毒的犯人头目，对其他犯人那么残忍，使得他们中的很多人死去？或者为什么这个男人或女人会做这么勇敢的事，有时为了别人的生命而牺牲自己？或者为什么他们把自己的面包、一小个土豆或清汤让给挨饿的人吃，虽然他们自己也饿得半死？或者会有人——男人、女人——只是为了一点食物就杀掉或出卖另一个人吗？在集中营里，每个人的行为都大不相同，有的怯懦而自私，有的勇敢而美好——没有一定的规则。没有。但是在奥斯威辛这种可怕的地方，斯廷戈，可怕到令人难以置信的地方，你真的不能如平常的世界那样说这个人应该做'好事'或'高贵的事'。在其他任何地方，如果一个人做了一件高贵的事，你会钦佩他。但那些纳粹分子却是些杀手，他们不杀人的时候，就忙着把人变成病态的动物，因此如果人们的行为没那么高贵，甚至像动物一样，你必须理解这种行为，也许会痛恨它但同时对它表示怜悯，因为你知道在那种情况下，你也很容易像动物一样行事。"

苏菲停了一会儿，闭上双眼，仿佛陷入了沉思，然后她再次茫然地注视着远方。"所以有一件事对我来说仍是一个谜。因为我知道这一切，知道纳粹将我变成和其他人一样的病态的动物，所以我会对自己在那里做过的一切，对自己仍然活着深感愧疚。这种愧疚是我无法摆脱的，我想我永远都不会摆脱它。"她又停了下来，然后说："我想这是因为……"但是她犹豫了，没有说完自己的想法。她说："我知道我永远也摆脱不了这种愧疚感，也许这是德国人留给我的最糟的一样东西。"我听出她的声音里有一丝颤抖——或许更可能是因为她比其他任何时候都疲惫不堪。

她终于松开紧抓着的我的手，转过头来直直地盯着我说："我双臂抱着霍斯的靴子。我将脸颊紧贴在他冷冰冰的皮靴上，就像那是用毛皮或其他什么温暖又舒服的东西制成的。你知道吗？我想我可能还伸出舌头舔了舔那双靴子，纳粹的那双靴子。你知道其他的吗？要是霍斯给我一把刀或一支枪，叫我去杀死某个人，犹太人，波兰人，都无所谓，我会不假思索地服从他的命令，甚至还很开心，只要我能够再见到我的儿子，再拥抱他一次，哪怕只有一分钟。

"然后我听见霍斯说：'站起来！这种行为是对我的一种冒犯。站起来！'但当我慢慢站起身时，他的声音又温柔了一些，他说：'你当然可以见到你的儿子，苏菲。'我意识到这是他第一次叫我的名字。然后——哦，耶稣基督，斯廷戈，他真的再一次拥抱了我，我听到他说：'苏菲，苏菲，你当然可以见到你的小儿子，你以为我会拒绝你的这个请求吗？你以为我是个恶魔吗？'"

第十一章

"儿子，北方人相信自己在德行上有名副其实的特权，"我父亲说着，用食指小小翼翼地抚了一下他那只炯炯有神却青紫的眼睛，"但是当然，北方人错了。你认为纽约哈勒姆的贫民窟真的比南安普敦县的花生田更代表黑人的进步吗？你认为黑人会满足于住在那个令人难以忍受的脏地方吗？儿子，总有一天北方人会为这些虚伪的宽宏大量，这些以'容忍'之名表现出来的种种精明又显眼的姿态而深感悔恨。总有一天——记住我的话吧——世界将会清楚地证明北方和南方一样满是偏见，甚至有过之而无不及。在南方，偏见至少是公开的。但是在这里……"他停住口，再次碰了碰自己酸痛的眼睛。"一想到这些贫民窟里的暴力和仇恨，我真的就会打个寒战。"父亲几乎一生都是南方的自由主义者，深知南方的不公正行为，他从来不会不讲道理，将南方各种各样的种族罪恶转嫁到北方头上。因此，我略带惊讶地专心听他说，并没有意识到——在一九四七年的夏天——他的话竟如预言般，终将得到证实。

午夜已过去很久，我和父亲坐在麦卡尔平饭店灯光幽暗、欢快嘈杂的酒吧里。他刚到纽约一小时左右，就和一个叫托马斯·麦圭尔、车牌号是八六〇八的出租车司机大吵了一架。老头子（在我们的方言里，这个词不过是对父亲的称呼；事实上五十九岁的父亲高大健壮，非常年轻）并没有受什么严重的伤，但当时这场争吵引起了很大的骚动，他的额头上破了一块皮，流了一点血，虽然不管它也没什么大碍，却还是让人担心，因此有必要贴上一小块绷带。等一切恢复正常后，我们坐着喝酒（他喝波旁威士忌，我还是喝烈酒莱茵金啤）聊天，多半谈的是隔开切萨皮克的衰败北部和南方天堂般的"草地"（在这个领域，除了亚特兰大，我父亲几乎预见了一切）之间的鸿沟这一话题。这期间，我不止一次忧郁地想到我的老头子和出租车司机之间的纠葛至少暂时把我从刚刚感受到的绝望中拉了出来。

因为，我们可以回忆起，才不过几小时前，在布鲁克林，我以为苏菲和内森永远从我的生活中消失了。我确信——因为我没有理由有其他想法——我再也不会看到她了，因此当我离开耶特·齐默尔曼的房子，搭地铁到曼哈顿与父亲会面时，我感到非常难过，身体也十分不适——自从母亲去世后，我很少感受过这种痛苦。这是一种混杂着丧亲之痛和焦虑的感觉，十分强烈，无法摆脱又令人困惑。这些感觉交替出现。我无精打采地看着地铁隧道中忽明忽暗、迅速闪过的灯光，感到痛苦像巨大的重物般直压向我的肩膀，重得都挤压到我的肺部，使我的呼吸变成不规律的喘息。我并没有——或者说不能——哭，但是有好几次，我觉得自己像病了一样。仿佛我突然目睹了一场毫无预兆的死亡，仿佛苏菲（还有内森，尽管他让我承受了他的狂暴，让我感到气愤、失望和困惑，但他仍然是我们这个紧密的三人组合中重要的一分子，以至我无法忽然放弃对他的热爱和忠诚）刚刚在一次发生于眨眼间的严重的交通事故中消失了，只留下幸存者震惊不已，甚至都忘了诅咒上帝。地铁隆隆地穿过第八大道下方滴水的地下墓穴时，我只知道我仍然无法相信，就在一瞬间我已经和我这一生最在意的两个人永远分开了。由此产生的那种失落感令我极度痛苦，恍若被活埋在一大堆灰烬下面。

"我很佩服你的勇气，"我们在施拉夫特餐厅吃晚餐时，我父亲对我说，"我计划在这个地方待的七十二小时，大概是多数文明人所能忍受的极限。我不知道你怎么受得了。是年轻吧，我想，你这种年龄拥有很强的适应性，所以才会被一个城市的多面性给迷惑，而不是被吞没。我从没有到过布鲁克林，不过，真的像你在写给我的信中提到的那样，布鲁克林的某些地方会使人想到里士满吗？"

尽管由偏远的泰德沃特搭火车到这里来是一段相当漫长的路程，我父亲却情绪高昂，这使我得以暂时摆脱那混乱无绪的心情。他提到自从二十世纪三十年代末，他就没有来过纽约了，这个城市看起来比以前更繁华、更富裕。"这是战争的产物，儿子，"这位帮助建造过约克敦号和企业号航空母舰等大型海军舰艇的工程师说，"这个国家越来越富有。那场战争使我们摆脱了经济大萧条，在此过程中，又使我们成为世界上最强大的国家。如果有一样东西能使我们领先共产主义国家多年，那只能是钱，我们有很多钱。"（请不要根据这番话认定我父亲是一位反共产主义者。正像我前面说过的那样，他是一个明显具有左倾倾向的南方人。六七年后，当麦卡锡主义处于高潮时，极端保守的"美国革命之子"组织发表了支持那位来自威斯康星州的参议员的声明，于是，他愤然辞去该组织弗吉尼亚分区新当选主席的职位，尽管出于家族原因，他加入这一组织已有二十五年。）

　　然而，就经济而言，不管来自南方（或别的什么偏远地区）的旅居者有多么见多识广，他们很少不被纽约的物价惊得目瞪口呆，我父亲也不例外，他暗自对我们的用餐账单咕哝不已：我想大概是四美元。想想看！在那个通货紧缩的时代，以大都会的标准来看，这个价格算不上高，哪怕是在施拉夫特这种非常普通的餐厅。"在我们家那里，"他抱怨道，"四美元可以享受整个周末了。"然而，当我们在温暖舒适的夜晚往北穿过时代广场，向百老汇走去时，他又快速恢复了泰然自若的神态。时代广场让老头子露出沉思的表情，他看起来茫然又虔诚，虽然他从来就不是个虔诚的人，而且我觉得他的反应更多的是出于惊愕，而非反对。如同被人打了一耳光一样，他对时代广场在夜色中展现出的淫秽和怪异感到震惊。

　　我突然想到，尽管在后来的岁月里与淫城所多玛并无二致，但那年夏天的时代广场并不比奥马哈或盐湖城等基督教城市阴暗的米黄色广场更堕落淫荡。然而，这里仍有衣衫单薄的妓女和穿着艳丽的怪胎，他们昂首阔步地穿行于五光十色的霓虹灯下，我父亲的低声惊叹也让我暂时从浓浓的悲伤中抽离出来，他还是会用舍伍德·安德森[1]笔下人物的那种质朴和直率说"耶路撒冷"。我看他一直盯着那些故作时髦、身穿色彩斑斓的人造丝衣服的黑白混血妓女，有些呆滞的眼睛里闪过一丝难以置信，紧接着是一种渴望。我暂时忘了心里的哀伤。他找过女人吗？我很好奇。过了九年的鳏夫生活，他当然有权这么做，但是就和他那一代的大多数南方人（或美国人）一样，他对性是闭口不谈的，甚至讳莫如深，他的性生活对我来说

1　美国小说家，著有短篇小说集《小镇畸人》。

就是一个谜。其实，我希望他在风华正茂的时候，不要像俄南[1]那样仅仅满足于手淫。又或许我只是误解了他的目光，他实际上十分幸运，终于摆脱了那种诱惑？

在哥伦布圆环，我们叫了一辆出租车，驶回麦卡尔平饭店。我一定又一次陷入消沉的情绪中，因为我听见他说："怎么了，儿子？"我咕哝着说了些胃痛的话——可能是在施拉夫特餐厅里吃的食物引起的——便不再多言。虽然我觉得有必要跟某个人吐露我的心事，却又觉得很难说出最近发生在我生活中的这一巨变。我如何才能恰当地诉说我有多失落，而不用怎么提及引起这种失落情绪的复杂情况：我对苏菲的爱恋、我和内森美好的友谊、内森几小时前的疯狂，还有最后那突如其来、令人痛苦的抛弃？我父亲不看俄国小说（有些情节似乎和刚才那个场景类似），绝不可能理解这个故事。"你该不是有金钱上的困难吧？"他问道，又说他明白我不可能靠几星期前他寄给我的那笔卖年轻的奴隶阿提斯特所得的钱过一辈子。接着他又以一种温和而迂回的方式，提起我再次回到南部生活的可能性。他刚刚试探性地提到这个话题，我还没来得及回答，出租车便已经在麦卡尔平饭店门口停了下来。"我认为，"他说，"住在一个到处都是像我们刚才见到的那些人的地方，对于身心健康并没有什么好处。"

就在这时，我目睹了一段插曲，比任何可能的艺术作品或社会学著作都更能说明北方和南方之间的可怕裂痕。这段插曲涉及两个极其严重又不可原谅的错误，每个错误都指向一种文化观，这两种文化迥然不同，就像萨斯卡通和巴塔哥尼亚一样。错误的起因无疑

---

1 《圣经》中犹大的第二个儿子，因体外排精而被上帝处死。

在我父亲。虽然在南方，人们通常可以不付小费——至少到那时为止——或者从不重视，他应该了解给托马斯·麦圭尔五美分镍币，还不如一点都不给来得好。麦圭尔的错是他对我父亲的反应，他吼了一句："该死的王八蛋！"这并不是说，习惯于没有小费或只收到少许小费的南方出租车司机就不会感到不舒服，只不过无论他们心里有多愤怒，表面上仍会保持平静。这也不是说纽约人听了司机的咒骂可能不会愤怒，但这种脏话在街上及出租车司机的口中都很常见，大多数的纽约居民会强忍怒火，闭口不言。

我父亲还没有完全从车上下来，便把脸探向前面的车窗，用难以置信的口气问："我听到你说了什么？"措辞是很重要的——不是"你说了吗？"或"你说的是什么？"，而是强调了"听到"二字，意思是他的听觉器官之前从来没听过这样粗俗下流的语言，甚至没有单独听过"该死"和"王八蛋"这两个词，更不用说连起来了。黑暗中的麦圭尔看起来头发有点红，脖子有些粗。我看不清他的脸，不过由声音听来他非常年轻。如果他开着车加速离去，一切大概也就了不了之，但我察觉到他犹豫了一下，也察觉到对我父亲给他的那枚五美分镍币，他拒绝妥协，并对此感到愤怒，跟我父亲听到他说那句让人无法原谅的脏话所感到的愤怒一样。当麦圭尔回答时，他甚至用更符合语法规则的句子表明了自己的想法："我说你一定是个该死的王八蛋！"

我父亲在回嘴时，声音变成一种克制的叫喊——虽不大，却怒气冲天。"而我认为你一定是这个让人恶心的城市里的渣滓，这城市生出了无数你们这种满嘴脏话的物种！"他大叫着，闪电般地换成承袭自他祖先的那种修辞手法，"你是个可恶的败类，不比阴沟里的老鼠更文明！在美国任何一个体面的地方，一个像你这样口出秽言的人会被带到公共广场上去接受鞭打！"他的声音略高了些，行人停在麦卡尔平饭店明亮的遮篷下驻足观望。"但是这地方既不体面也不文明，所以你可以自由地对你的同胞使用这些肮脏的语言——"他话还没说完，麦圭尔猛地将车向前一撞，便匆忙离开，快速驶上了大道。我父亲倏地转向人行道，双手在空中乱舞，我突然明白这不过是因为一股强大的旋转力，才带动着我父亲像个瞎子般撞上"禁止停车"的不锈钢柱子。他的头撞上柱子时发出的声音就像动画片里演的那样——嘭！还带着回音。但这一点都不好笑。我当时觉得会有一个悲剧性的结局。

可半个小时后，他坐在这儿，啜饮着纯波旁威士忌，抱怨北方人在德行上的特权。他流了不少血，但当我扶着这位受害者走进麦卡尔平饭店的大厅时，饭店的医生凑巧从那儿经过，真是十分幸运。这个医生看起来是个酒鬼，没精打采的，但是他知道怎么处理伤口。冷水和绷带终于止住了血，却没有止住老头子的怒气。我们坐在饭店酒吧的阴影里护理他的伤口，那只青肿的眼睛使他与八十多年前一只眼睛在钱瑟勒斯维尔失明的他父亲越来越相似。他继续愤愤地咒骂托马斯·麦圭尔的粗鲁。他的语言虽然生动，却有点枯燥冗长。我意识到老头子的愤怒并非出于自命不凡或装模作样——作为一个船厂工人，再之前是一个商船水手，他的耳朵里肯定塞满了这样的污言秽语——而是出于一种对良好行为及公共礼仪的简单又恒久的信念。"同胞"一词实际上是一种让人沮丧的平等主义，我开始明白，这种平等主义很大程度上源于他的那种疏离感。简而言之，当人们不能用人类的语言进行交流时，他们之间的平等也随之消失。他终于慢慢平静下来，不再骂麦圭尔，转而骂起北方所有的罪恶和缺点：自大、虚伪、声称自己拥有道德优越感。突然我发现他是个非常顽固守旧的南方人，但这好像与他根本的自由主义不相抵触，我对此感到困惑。

最后这场谩骂——或许还有受伤带来的惊吓慢慢减退——似乎使他筋疲力尽了；他脸色苍白，我催促他上楼去睡觉。他不情不愿地照我的话做了，回到他为我们俩订的双人房里，在其中一张单人床上伸开四肢躺了下来。这个房间在五楼，楼下是嘈杂的大街。我要在这里汗流浃背地度过两个无眠、不安而消沉（主要是因为我仍为苏菲和内森的离去感到绝望）的夜晚，虽然有一台嗡嗡作响、风力不大的电扇。父亲虽疲惫，却喋喋不休地说着南方的事。（后来我明白了他此次造访，至少部分是为了完成一项微妙的使命，即将我从北方的魔爪中拯救出来。虽然他从来没有直说过，但这个老滑头肯定想把这次旅行的大部分时间都花在阻止我投奔北方佬上面去。）那一夜他在入睡前最后说的便是希望我离开这个令人困惑的城市，回到属于我的故乡。他喃喃说着什么"人文因素"，声音显得极其遥远。

后来几天，一个二十二岁的年轻人和一个心怀不满的南方父亲是如何在夏日的纽约度过的，其情形可想而知。我们参观了两处我们之前都没有去过的旅游胜地：自由女神像和帝国大厦顶楼。我们搭上游览船在曼哈顿转了一圈。我们到无线电城音乐厅去看了一场由罗伯特·斯塔克和伊夫琳·凯斯主演的喜剧。整个过程中，我们都在打盹。（我记得在这场折磨中，苏菲和内森的离去给我带来的悲伤如裹尸布般笼罩着我。）我们参观了现代艺术博物馆，原先我很自以为是，以为这个地方可能会冒犯到老头子，没想到他看起来兴高采烈——蒙德里安明亮干净的直角线条给这位技师带来了特别的愉悦。我们在霍恩－哈达特令人称奇的自助餐厅吃饭，也到过尼迪克餐厅和斯托弗餐厅，还去尝了位于市中心的隆尚餐厅，当时我觉得这是一家高级料理店。我们到过一两家酒吧（其中包括一家位于第四十二街的同性恋酒吧，十分偶然，我观察到父亲在看到人们得意的笑容时面色苍白，像燕麦片一样，然后脸都变了形，对此感到难以置信），但每晚都会谈论位于泰德沃特花生田里的那片农场，然后早早入睡。我父亲会打鼾。哦，上帝，他的鼾声真大！第一夜我还能在他巨大的鼻息声和吞咽声中打上一两回盹。但现在想起来，这些惊人的鼾声（由于鼻中隔偏曲，鼾声给他带来了一生的困扰，在夏日的夜晚，这隆隆的声音都能通过打开的窗户惊醒我们的邻居）在最后一晚成为诱发我失眠的导火索，配合着我脑子里不停运转的想法，形成了一首汹涌动荡的复调乐曲：迅即飞逝但痛苦的罪恶感，像吞噬一切的梦淫女妖般突然向我袭来一阵狂热的情欲，最后是甜蜜、痛苦、几乎令人难以忍受的对南方的回忆。这份回忆使我难以入睡，睁眼躺到天明。

罪恶感。躺在那里，我想到小时候父亲几乎从来没有严厉地处罚过我，只有一次——那是因为一次罪过，我应该受到严厉的惩罚。那事和我母亲有关。她死去的前一年，那时我十二岁，蚕食我母亲的癌症开始侵入她的骨头。有一天，她虚弱的腿失去了控制，她跌倒在地，摔断了胫骨，以后再也没有恢复过来。此后她只得戴上腿部支架，拄着拐杖一瘸一拐地走路。她不喜欢躺在床上，只要可能，便尽量坐着。每当她坐着时，她就把戴有支架的腿向前伸，放在脚凳上。那时她才五十岁，我明白她知道自己来日无多了；有时候我看得出她的恐惧。我母亲不间断地看书——书一直是她的麻醉剂，直到痛苦难以忍受时，真正的麻醉剂才代替了赛珍珠[1]——在她生命

1　美国作家，著有《大地》，于1938年获得诺贝尔文学奖。

的最后阶段，我对她最深刻的记忆就是埋在《你不能再回家》里的那张戴着眼镜、温柔又消瘦的脸，她的头发已经花白（在我开始看沃尔夫的作品很早之前，她就已经是他忠实的书迷了，但她也看有着造作书名的畅销小说，如《尘埃是我的归宿》《太阳是我的毁灭》之类的），正在专心而安静地思考，宛若一幅肖像画。如果没有搁在脚凳上的那个讨人厌的金属支架，她很像维米尔[1]画笔下常见的静物画。我也记得天冷时她用来盖住大腿和被禁锢的小腿的那条带有几何图案的编织毛毯，磨损已久。弗吉尼亚州的泰德沃特几乎不会有真正酷寒的天气，但是在气候恶劣的那几个月里，也会有冷入骨髓的时候，而且由于这种时候极少出现，一旦冷起来总会令人措手不及。在我家小房子的厨房里，我们有个烧煤的火炉，不够暖，却可以弥补客厅小壁炉的不足。

在冬天的下午，我母亲就躺在这个小壁炉前面的沙发上看书。我是独子，虽会受到溺爱，却不会过度。冬天放学后的下午，我要做的工作很少，其中之一就是赶回家去看看壁炉里的燃料还够不够，因为我母亲虽不是完全不能动，却没有力气将木头丢进炉火里。有一部电话，不过在隔壁房子里，需要下几级台阶，因此她无法使用。现在你们一定很容易猜到我犯了什么错：有一天下午我将她抛到了脑后。我被一个承诺给诱惑了，就是跟我同学和他成了年的哥哥坐上一辆崭新又华丽的帕卡德快船轿车去兜风。我简直要为那辆车发狂了。它的俗丽使我如痴如醉。我们怀着愚蠢的虚荣心开车疾驰在寒冷的乡间，消磨了整个下午，直到暮色降临，气温也降低了。下午五点钟左右，车子在离家极远的松林中停了下来，我开始意识到

1　17世纪荷兰画家，代表作有《倒牛奶的女仆》《花边女工》《戴珍珠耳环的少女》。

突起的寒风和刺骨的冰冷。我第一次想到壁炉和被我遗忘在家的母亲。我十分惊慌。耶稣基督，罪过……

十年后，躺在麦卡尔平饭店五楼的床上，听着父亲的鼾声，我痛苦地想着我的罪恶感（当时那种感觉怎么都消除不了），但很奇怪，这种痛苦混合着温柔的感激——老头子对我的玩忽职守采取了宽容的态度。他毕竟是个基督徒（我认为我并没有暗示过这一点），心地慈善。那个阴暗的傍晚——我记得当我们开车疾驰在回家的路上时，细碎的雪花开始迎风飞舞，父亲下了班，在我到家前半小时就回到了母亲身边。我抵达家门口时他正在嘀嘀咕咕，按摩她的双手。那简陋小屋的灰泥墙抵挡不住严寒的袭击，使得冬天像一个邪恶的强盗般闯了进来。火在几小时前就已经熄灭了。他发现她在编织毛毯下无助地颤抖，嘴唇发紫，看起来很痛苦，脸因寒冷而变得惨白，眼里也流露出了惊恐。她曾试着用手杖将一截木头推到炉火中去，却徒劳无用，弄得满屋子都是烟。天知道因纽特人在浮冰上感受到的那种寒冷是怎样将她吞噬的，当时她坐回了她的畅销小说——所有那些她努力用来抵御死亡的书——中，两手并用，用我仍记着的动作费力地将她的腿拉到脚凳上搁着，感受套在她那痛苦、无用又长满癌细胞的腿上的金属支架逐渐变得如钟乳石一般冰冷。我记得当我冲进门，整个房间里几乎完全攫住我心灵的一样东西就是她的眼睛。那双藏在镜片后的淡褐色眼睛痛苦又惊恐，和我的眼睛相遇后便迅速移开，像大刀砍下一只手般迅疾，也就是她那迅速移开的目光自此让我产生了罪恶感。我惶恐地意识到，我是那么怨恨她带来的沉重和痛苦。她哭了，我也跟着哭了，我们倾听着彼此的哭声，就像隔着一个宽阔而荒凉的湖泊。

我现在确定我父亲这样一个温柔又宽容的人当时对我说了几句

严厉刺耳的话。但我一直忘不掉的不是他说了什么话，而是那种寒冷——能凝结血液的寒冷，以及柴房里的黑暗。他罚我去柴房，要我在那儿一直待着，直到黑夜降临村子很久以后，连寒冷的月光都透过我"牢房"的缝隙照了进来。我记不得我在那儿颤抖、哭泣了多久。我只知道我正在感受着我母亲所遭受过的痛苦。我罪有应得，任何一个罪人几乎都会毫无怨言地接受惩罚。我想我被关了不到两小时，但我愿意在柴房里待到天明，甚至冻死在那里，只要我能赎罪。可能我父亲出于本能，知道我需要这样一种适当的赎罪方式？无论我受到什么样的惩罚——他已经尽可能地用从容冷静的方式处理了这件事——都难以弥补我的罪过，因为在我心里，它是导致我母亲死去这一悲惨事实的不可推卸的原因之一。

她死得很惨，是在极度的痛苦中离去的。七个月后，在炎热的七月，她服用过量的吗啡，在昏迷中慢慢去世。而在她死的前一晚，我一再想到那一日在烟雾弥漫的寒冷房间里的那些火光微弱的余烬，并惊恐地推测，就因为那天我弃她于不顾，她的健康才大为衰退，此后也不曾好转。罪恶感。可恨的罪恶感。罪恶感，像盐水般腐蚀我的心。就像伤寒一样，一个人可能一辈子都沉浸在罪恶感的毒素中。甚至当我在麦卡尔平饭店潮湿而凹凸不平的床垫上辗转反侧，回想起母亲眼里的惊悸时，悲伤仍像一支冰冷的矛，刺入我的胸膛。我再次怀疑那次痛苦的经历是否加速了她的死亡，怀疑她是否原谅了我。我心想：去他的。隔壁传来的声响使我开始想到性。

快速通过我父亲弯曲了的鼻中隔的那股气流变成了一首野生丛林狂想曲——猴子的叫声，鹦鹉的大嚷，大象的吼声……但透过这些嘈杂的声音，我仍能听见隔壁房间里的狂欢——这是老头子对性交的陈旧说法。轻轻的叹息声，床砰砰作响的声音，清晰又欢愉的叫喊声。我心想：上帝啊，难道我永远只能当别人做爱的孤独听众，而不是一个参与者？我感到痛苦不堪，回想起我和苏菲、内森的相识便是这样开始的。斯廷戈，一个倒霉的偷听者。父亲此时似乎也成了隔壁那两个给我带来痛苦的人的同谋，他突然咕哝了一声翻了个身，然后马上就安静了下来。于是，隔壁的欢愉真真切切地传进我的耳朵里。那声音就像雕刻般清晰，离我那么近，仿佛就在眼前——"哦，宝贝宝贝宝贝……"女人喘息着说。一阵清脆又有节奏的声响（我的想象力像扩音器一样放大）使得我把一只耳朵贴在墙上。他们的对话严肃到令我惊讶不已：男人问他那东西够不够大，还问她是不是达到高潮了。她说她不知道。愁人，愁人。接着是一阵突如其来的沉寂，我想一定是在换姿势。我大脑里的棱柱窥视镜浮现出罗伯特·斯塔克和伊夫琳·凯斯那令人瞠目结舌的姿势，但我马上放弃了这一想象，因为逻辑迫使我重新改变我的舞台场景，演员是麦卡尔平饭店的客人——两个欲火中烧的舞蹈老师世界先生和世界夫人，一对来自查塔努加的永不满足的蜜月旅行者。我在脑中展开了一场色情表演，时而激情满满，时而严肃平静。（当时我根本想象不到，也不会相信这向我预示了黄金时代的到来。不过几十年之后，我只需花五美元，就能自由自在、无忧无虑地到下面大街上潮湿的电影集市上观看性表演，就像西班牙的征服者看到新世界那样。）

我梦见了爱中伤别人的莱斯莉·拉皮德斯。和她在一起的那段沉闷无聊的时光给我带来的羞辱迫使我在过去几星期将她自我的记忆中完全抹掉。但此刻，我幻想她用著名的家庭爱情顾问范德·维尔德和玛丽·斯托普斯医生推荐的姿势降临我的梦中，几年前我就偷偷研究过这个姿势。我让莱斯莉跨坐在我身上嬉闹，她的胸脯把我压得快窒息了，我淹没在她瀑布般倾斜而下的黑发中。她的话——现在想来十分迫切，毫不做作——在我耳边响着，淫秽下流、让人满足，又令人激荡。自从青春期后，尽管我的解决方式颇具创造性，但一般来说，还是要受新教节制思想的严格约束。然而今晚，我的渴望却像狂奔的兽群，把我践踏在地。哦，上帝，当我想到自己跟莱斯莉和另外两个点燃我激情的迷人的女人做爱时，我的腿间隐隐作痛。这两个人当然就是玛丽亚·亨特和苏菲。我意识到这三个人中，一个是南方的白种盎格鲁－撒克逊新教徒，一个是萨拉·劳伦斯式的犹太女人，另一个则是波兰人——真是各具特色，而在感觉上她们三个都死了。不，并不是真的死去（只有性感的玛丽亚已回归造物者的怀中），而是就每个人对我生命的影响而言，她们事实上都已消逝，不复存在，没什么用了。

在我狂热的幻想中，我不禁怀疑，这种令人难以忍受的渴望有没有可能是受了一种认识的刺激，即这三个逝去的瓷娃娃都因为某种悲剧性的弱点或因为我自己的不足而从我的指缝中滑落，或者是她们的不可接近性——我意识到她们都已永远离开了我——才真正使我陷入情欲的地狱。我的手腕发痛。我为自己的混乱关系和鲁莽感到震惊不已。我想象中的性伴侣快速地变换。因此莱斯莉变成了玛丽亚·亨特，在夏天的正午时分，我和她在切萨皮克湾的沙滩上纠缠着；在我的幻想中，她那双狂热的眼睛在眼皮下转动，她轻咬我的耳垂。我想：想想看，想想看——我正在占有我那部小说的女主角！我和玛丽亚一起沉醉了好久。就在我们仍在行云雨之事时，我父亲发出一声原始的哽咽，他不再打鼾，然后跳下床，慢慢走入浴室。我等着，脑子里一片空白，直到他终于又回到床上，再度打起鼾来。接着在无望却如悲伤的海浪般喧嚣的欲望中，我发现自己正和苏菲疯狂地做爱。毫无疑问，我想要的人一直都是她。这真是太让我震惊了！因为一整个夏天，我对苏菲的渴望可以说是理想化的，孩子气十足，以及浪漫化的，具有破坏性，但事实上，我从来没有真的让与她交欢的生动场景侵入或扰乱我的大脑——更不用说控制它了。现在，当失去她感到的绝望像一双手卡在我的脖子上时，我第一次明了我对她的爱是多么绝望，而我的欲望又是多么强烈。我发出足以惊扰我父亲折磨人的睡眠的一声呻吟，拥住苏菲的幻象——我确信那声呻吟听起来伤心欲绝。我完全沉醉其中，同时大声唤着我对她的爱称。然后，我父亲的身体在黑暗中动了一下。我感觉到他伸出手来触摸我，以一种不安的声音问道："你还好吧，儿子？"

我假装仍在昏睡中，故意低喃了几句含糊难懂的话。但我们两个都是清醒的。

他声音里的关切变为兴趣。"你刚刚喊了一声'肥皂'[1]，"他说，"真是离奇的噩梦，你一定被困在了浴缸里。"

我扯谎道："我不知道我在干什么。"

他一时没有说话。电扇嗡嗡地响着，间或被都市夜晚嘈杂躁动的声音所掩盖。最后他说："你有心事。我看得出来。你想让我知道吗？也许我帮得上忙。是个女孩——女人，对吧？"

"是的，"我停了一会儿说，"一个女人。"

"你想说给我听听吗？我也有过这方面的困扰。"

告诉他是有助益的，尽管我的叙述含糊简略：一个无名的波兰难民，比我大几岁，美丽得我无法形容，也是战争的受害者。我含含糊糊地提了一下奥斯威辛，却没提内森。我曾短暂地爱过她，我

---

1 原文为"soapy"，意为"满是肥皂的"，发音类似"苏菲"。

继续说，但由于种种原因，我们根本就不可能。我省略了细节：她的波兰孩子，她来到布鲁克林，她的工作，她受过残害的身躯。有一天她突然就这么消失了，我对父亲说，我对再次见到她不抱任何希望。我静默了一会儿，然后又以冷静的声音说道："我想，过一阵子我会熬过去的。"我表明自己不想再谈这个话题。说到苏菲，我的肠道又开始出现一阵阵痉挛般的疼痛了，十分糟糕。

我父亲照常低喃了几句安慰的话，然后又噤声不语。"你的工作进展如何？"他终于问到此事。在此之前，我一直回避这个话题。"那本书写得怎么样了？"

我觉得我的肠胃开始放松了。"进行得很顺利，"我说，"在布鲁克林我的写作很上轨道，至少在这个女人的事出现之前，我是说这次分离。这几乎使得一切都停了下来，陷入停滞。"这当然只是轻描淡写的说法。我一想到回粉红宫后自己要面对的场景就感到一股揪心的恐惧。我要在没有苏菲和内森的空间中试着重拾工作，在一个充满我们之间的美好回忆、如今快乐时光全都消逝的房间里提笔写作，这真是让人窒息。我敷衍地说："我想我很快就会再开始的。"我觉得我们的对话快要结束了。

我父亲打了个哈欠。"呃，如果你真的想要开始的话，"他睡意浓浓地喃喃道，"南安普敦的那个老农场在等着你。我知道那是个非常适合工作的地方。我希望你考虑考虑，儿子。"他又开始打鼾了，只不过这回不再发出动物园般嘈杂的声音，而是如炮击般响亮的隆隆声，就像新闻影片里对斯大林格勒[1]发起围攻时的配音。我绝望地

1　位于俄罗斯伏尔加河下游河湾处，在 1925 年到 1961 年间名为斯大林格勒，1961 年之后改名为伏尔加格勒。

把头埋在枕头下。

我时不时地打盹，甚至断断续续地睡了一会儿。我梦见了我那个死去的"赞助人"，那个小黑奴阿提斯特，然后不知怎的，这场梦又和另一场跟奴隶有关的梦搅在一起，是我多年前认识的纳特·特纳。我重重地叹了一口气醒来了。天亮了。我在乳白色的晨光中盯着天花板，听见楼下街上传来的警笛声；那声音越来越大，越来越刺耳，像发狂了一样。我倾听着那声音，心里有点焦虑，尖锐的警笛声总能引起这种焦虑。那声音慢慢消失，变成一阵模糊的颤音，如恶魔一般，最后消失在"地狱厨房"[1]十分拥挤的住宅区里。我的上帝，我的上帝，我心想，在这个世纪，南方的静谧和城市的喧嚣怎么可能并存呢？真是不可思议。

那天早上我父亲就要回弗吉尼亚去了。或许是纳特·特纳引起了我潮水般的回忆，我躺在灿烂的晨光中，对南方深切的思念之情涌上心头；也或许只是因为既然我在布鲁克林失去了所爱的人，父亲现在提出让我免费住在泰德沃特的农场里这一提议似乎颇具吸引力。总之，当我们在麦卡尔平饭店的咖啡店里吃薄饼的时候，我叫老头子再买张车票，待会儿跟我在宾夕法尼亚车站碰头。他惊讶地瞪着我。我会和他一起回南方，然后去农场。我在一阵突如其来的轻松和快乐中说道。他只要给我一个早上的时间，我收拾好行李就永远地搬离粉红宫。

然而正如我之前提过的那样，事情并没有那样发展——至少当时没有。我从布鲁克林打电话给我父亲，告诉他说我还是决定留在这座城市。因为那天早上我在粉红宫又遇见了苏菲，她一个人站在

---

1 纽约市曼哈顿西岸的一个地方。

那个我以为她已永远离开的凌乱房间中。我如今意识到我当时所面临的是个神秘的关键时刻。再过十分钟，她本来会收拾好自己剩下的东西离开这里，而且我相信今后我也绝不可能再见到她。试着对过去做推测是愚蠢的，但直到今天我仍忍不住猜测，要是苏菲没有再意外碰到我，是不是会对她好一些。谁知道她会不会成功离开，在别处生存下去——也许会离开布鲁克林，甚至会离开美国，或者其他什么地方。

德国纳粹的总体规划中比较不为人知却更为凶残的行动中，有一项叫作"生命之源"的计划。"生命之源"是纳粹种族狂热的产物，目的是扩大"新秩序"的队伍，最初是开展系统化的繁殖计划，然后在占领区内有组织地绑架种族上"合适"的孩童，将他们运送到德国内陆，安置在忠于希特勒的家庭中，从而使他们在完全的国家社会主义的环境中长大。理论上这些孩童都是纯种的德国人。但是这些年轻的受害者中有许多是波兰人，这是纳粹在种族问题上频繁出现又颇具讽刺意义的权宜之计，因为波兰人虽被视为次等人，而且和其他的斯拉夫人一样，在犹太人被灭绝后成为其"继任者"，但他们确实大致符合某些外在的要求——他们的面部特征和拥有北欧血统的人十分相似，那一头闪闪发亮的金发又是最重要的，满足了纳粹的审美需要。

"生命之源"并没有如纳粹计划的那样得到大规模的实施，却也的确取得了一定的"成就"。光是在华沙被从父母身边抢走的孩子就多达数万人，而这些孩子——被改名为卡尔、莉泽尔、海因里希或特鲁迪，并被吞没在德国的环境下——中的绝大多数都再也没有见过他们真正的家人。此外，无数通过最初筛选，但后来未能通过更严格的种族测试的孩子都被杀害——有些是在奥斯威辛。当然，这项计划和希特勒大部分卑鄙的计划一样，是打算秘密进行的，然而这样的罪恶不可能被完全掩盖起来。一九四二年年底，苏菲住在华沙一幢被炸得满目疮痍的建筑里，住在她隔壁的是她的一名女性朋友，这朋友有个英俊的金发儿子，五岁大，被拐跑后便不曾再出现过。虽然纳粹费尽心力地掩盖这项罪行，但每一个人，包括苏菲在内，都很清楚谁是罪犯。后来使苏菲困惑的是"生命之源"这个概念——在华沙时使她十分恐惧，令她作呕，以至于她一听到楼梯上响起重重的脚步声时，就把她的儿子扬藏到衣橱里——在奥斯威辛竟成为她深切渴望和梦寐以求的。是一个和她同狱的朋友——后面我们会说到她——促使她这么想的，这对苏菲来说也是拯救扬生命的唯一方法。

她告诉我，和鲁道夫·霍斯在一起的那个下午，她一心想向这位指挥官提及"生命之源"这一计划。她本来准备以迂回而聪明的方法去试试，这并不是不可能的。在他们坦然相对的前一天，她便认真思考过，并推断"生命之源"可能是使扬离开儿童营仅有的一种方法。这是十分可行的，因为扬和她一样，自小就说德语及波兰语这两种语言。接着她又对我说出一件以前向我隐瞒的事情。等她得到指挥官的信任后，她计划建议他利用自己极大的职权让一个会说德语又可爱的波兰小男孩——一头金发和一双浅蓝色的眼睛，脸上长着白种人的雀斑，拥有一个初出茅庐的德国空军飞行员般分明的轮廓——由儿童营被安全地送到克拉科夫、卡托维兹、弗罗茨瓦夫或其他什么附近地区的官僚机构里，然后这些机构会安排将他运送到德国的庇护所去。她不必知道孩子被送到何处，甚至还会发誓不再过问孩子的去向和他的将来，只要她能确信他在德国的某个地方安全无事，有很大的可能幸存下来，而不是留在奥斯威辛，他在那里难逃一死。不过，当然，那个下午一切都失控了。惊慌失措之余，她直接请求霍斯释放扬，而由于他对这项请求的意外反应——他勃然大怒，她发现自己彻底慌乱起来，就算她还记得"生命之源"这回事，也无法对他开口。然而这一切并非完全没有希望。为了有机会向霍斯说出这个拯救她儿子的方法，她必须等待，哪怕她觉得难以启齿，结果卷进了次日一个奇怪而痛苦的场景中。

但是她不能立刻对我说出这一切。在枫树宫的那个下午，她对我讲完她如何跪在指挥官面前之后突然停住口，将她的视线从我身上移向窗户，许久都没有说话。然后她突然说了声抱歉，便进了女洗手间，在里面待了几分钟。自动点唱机忽然响了起来，又是安德鲁斯姐妹的歌。我抬头看看那个沾满苍蝇屎的塑料钟：就快下午五点半了。我这才意识到苏菲差不多对我说了一整个下午的话，这让我稍感惊讶。那天之前，我从来没有听说过鲁道夫·霍斯这个人，但经由她轻描淡写而简明扼要的叙述，他就像潜入我的那些神经质的梦的幻象般栩栩如生。然而，她显然已无法再继续谈论这个人和这段往事，因此这次中断是肯定的。当然了，尽管她留给我未完的话题和神秘感，我却不会残忍到催促她再多说一些。虽然我仍为她有一个孩子的事实而惊愕不已，但我想结束这整个话题。她刚才对我倾吐的一切明显已使她承受了极大的痛苦。那段黑暗的回忆让她神情恍惚，超出了她的承受力，快速瞥一眼她幽灵般的眼睛就能窥见这份痛苦，深不见底。因此我告诉自己，至少是目前，这个话题结束了。

我跟那个懒散的爱尔兰侍者要了杯啤酒，等着苏菲从洗手间里回来。枫树宫的常客，包括下了班的警察、电梯操作员、公寓管理员和其他客人，陆陆续续地涌了进来，带进一层蒙蒙的水汽——这是那场持续了好几小时的夏季暴雨引起的。远方布鲁克林的防御工事那儿仍响着隆隆的雷声，但此刻雨滴吧嗒吧嗒地打在地上，如踢踏舞者断断续续的舞步声一般，我知道豪雨已过。我漫不经心地听着人们谈论洛杉矶道奇队，这是那年夏天人们疯狂关注的话题。我大口喝着啤酒，突然很想喝得酩酊大醉。这种冲动部分是因为苏菲所说的种种奥斯威辛的景象，就像有一次我在纽约公墓的荆棘中看到的腐烂的寿衣和潮湿的碎骨堆，它们所散发出的恶臭直往我的鼻孔里钻。那个公墓是我不久前才知道的一个僻静的岛屿，和奥斯威辛一样，它是个焚烧尸体及关押犯人的地方。在我退役前，我被派去那儿待了一小段时间。我似乎再度闻到了那个藏骸所的味道，为了驱散它，我猛灌啤酒。但我的冲动的另一部分原因与苏菲有关，我盯着女洗手间的门，蓦地十分焦虑——要是她已避开我了呢？要是她消失了呢？我不知道如何应对她注入我生命中的新危机，也不知道怎么应对我对她的这种狂热。这种狂热就像某种愚蠢又病态的渴望，早已麻醉了我的意志。我那长老会式的教养肯定从未料到这样一种疯狂。

糟糕的是，我才刚刚重新找到她，她的出现有如上帝赐福般洒满我的全身，她却好像又要从我的生命中消失了。那天早上我在粉红宫碰见她时，她首先对我说的事情之一就是她仍要离开。她只是回来收拾一些她落下的东西。热心的布莱克斯托克医生对她和内森关系的破裂至为关切，已经在布鲁克林中心区离他办公室很近的地方为她找了一间合适的小公寓，她要搬到那里去。我的心骤然下沉。很明显，虽然内森永远抛弃了她，她仍深爱着他。只要我稍稍提及他，她的眼睛就会蒙上一层悲伤的阴影。就算不考虑这点，我还是没有勇气向她表达我对她的渴望。为了不显得愚蠢，我不能跟着她搬到她几英里外的新住所——无论如何都不能，即使我有办法这么做。这种情况使我感到无力，好像自己被抽筋断骨一般，但她显然正在步出我的生活轨道，带着我那荒谬又得不到回应的爱。我即将感受到的失落中有什么不祥的东西，这让我感到阵阵恶心，还有一种没来由的沉重的忧虑。因此，在过了看似无限的时间（可能只有几分钟而已）后，当苏菲还没有从洗手间里回来时，我站起身，想要不顾一切地冲进男性禁入的地方去找她——啊！就在这时她出现了。令我欢欣而惊讶的是，她面带笑容。直到今天我还时常记起苏菲站在枫树宫那头的景象。总之，不管是意外还是天意，一束灰蒙蒙的阳光穿过了暴雨后的云层，在一刹那间，照在她的头上，形成了一个完美的光环。因为我对她有着毫不掩饰的热爱，所以并不需要她像个天使那般，但她确实是。然后那个光环消失了，她大步走向我，丝绸裙子飘动着，勾勒出她轮廓分明的胯部，纯真又性感。我听见我心灵深处的一个奴隶发出微弱的一声悲痛的呻吟。要多久，斯廷戈，还要多久？

当她在我身旁坐下时，她说："真抱歉，斯廷戈，我去了那么久。"经过那样一个下午，真是很难相信她竟会如此愉悦。"我在洗手间里遇见了一个年老的俄国波希米亚女郎[1]——一个，你知道的，占卜的。"

"什么？"我说，"哦，你是说算命师。"以前我在酒吧里看到过那个老太婆几次，她是布鲁克林无数吉卜赛骗子中的一个。

"是的，她看了我的手相，"她高兴地说，"她用俄语和我交谈。

---

1 原文为德语。

你知道吗？她是这么说的。她说：'最近你有厄运。这跟一个男人有关。一段不快乐的爱。但是不要怕。一切都会变好的。'这不是很棒吗，斯廷戈？这不是太好了吗？"

当时我的感觉是（现在也是如此，请原谅我在这方面对女性的歧视），那些看起来最理性的女人很容易被这种无害的玄话所迷惑，不过我什么也没说，就让它这么过去了。这次占卜似乎带给苏菲极大的喜悦，我也不由自主地被她的好心情感染了。（可这能表明什么呢？我担心着。内森已经走了。）然而，枫树宫开始笼罩在病态的阴影中，我渴望太阳，因此，我建议在向晚时分出去散散步，苏菲不假思索地同意了。

暴雨将弗拉特布什冲刷得一干二净，闪闪发光。附近什么地方闪过一道闪电，街上有股清新的味道，甚至盖过了德国酸菜和百吉饼的香味。我像眼睛里进了沙子一样，在刺眼的强光下痛苦地眨着眼。听过苏菲黑暗的回忆，感受过枫树宫内黄昏时刻的幽暗后，环绕着展望公园的中产阶级街区在我眼里显得炫目、精致，有点地中海情调，就像地势平坦、绿树成荫的雅典。我们走到散步场的角落里，望着在空地上打棒球的孩子。深蓝色的天空点缀着几朵云彩，一架飞机在我们头顶轰鸣而过，机尾拖着一条横幅，上面是那年夏天在布鲁克林无处不在的一则广告，宣传的是高架渠赛马场激动人心的体验。我们在一块被雨打湿、杂草丛生又散发着难闻气味的草地上蹲了很久，其间我对苏菲解释棒球的规则；她是个认真的学生，温柔又专注地听着。我发现我十分醉心于自己的说教魅力，以至于讲到最后，刚刚听她叙述过去时徘徊在我心里的所有疑问和迷惑都消失无踪，甚至包括那个最神秘也最可怕的问题：她的小男孩最后怎么样了？

当我们沿着较短的街区走回耶特的房子时，这个问题再一次困扰着我。我很想知道她是不是会再说点有关扬的事。但这个困惑很快就消失了，被另一件事所取代：我的心开始为苏菲本人焦虑不已。当她再次提及今晚她就要去她的新公寓时，我的痛苦加剧了。今晚！"今晚"无疑意味着"此刻"。

我们迈着沉重的步伐走上粉红宫前门的台阶时，我冲口说道："苏菲，我会想你的。"我听得出我的声音在剧烈地颤抖，透露出我的绝望。"我真的会想你的！"

"哦，斯廷戈，我们还会见面的，别担心。我们真的会！毕竟，我并不是到很远的地方去，我还会在布鲁克林区。"她的话带给我些许抚慰，却是苍白无力的那种。它表现了一种忠诚、爱意和愿望，甚至是一种坚定的愿望——她希望维持我们之间的关系。但它缺乏那种使人哭泣、低语的情感。我确定她对我有感情，可没有激情。对于后者，我虽怀抱希望却不敢妄想。

"我们会常在一起吃晚餐的，"我跟着她往二楼走去时，她说道，"别忘了，斯廷戈，我也会想你的。不管怎样，你都可以说是我最好的朋友，你和布莱克斯托克医生。"我们走进她的房间，那里差不多已经空了。看到那台带收音功能的留声机还放在房间里时，我有点惊讶，我想起莫里斯·芬克对我说过内森打算回来取走它，但显然他并没有来。苏菲打开收音机，WQXR 电台正在播放《鲁斯兰与柳德米拉》[1]的序曲，声音响亮。这首曲子的浪漫和浮夸是我们不能忍受的，但是她没有关掉，定音鼓如马蹄般的声音响彻整个房间。"我把我的地址写给你。"她说着，摸索她的手提包。那是个

---

1 俄国作曲家格林卡的歌剧代表作，根据俄国著名诗人普希金的同名叙事诗改编而成。

昂贵的包，我想是摩洛哥产的，用漂亮的压花皮革制成。这个包之所以引起了我的注意，是因为我记得内森把它送给苏菲的那天，那是几个星期前，当时他满怀爱意。"你可以常来看我，我们一起出去吃晚餐。那里有很多物美价廉的餐厅。真是怪了，那张写有地址的字条塞到哪儿去了？我自己也还没记下门牌号码呢。就在一条叫坎伯兰的街上，应该靠近格林堡公园。斯廷戈，我们还是可以一起散步。"

我说："哦，苏菲，可是我会很孤单的。"

她抬起头，以一种在我看来可以被视为调皮的神情望着我，显然并不明了我对她赤裸裸的疯狂爱慕之意。然后她说出我想听的话，引起了我最后的那种不切实际的感情。"斯廷戈，你会找到一个漂亮的女孩子，很快，我确信这一点。一个很性感的女孩，像莱斯莉·拉皮德斯那么漂亮，但不那么轻佻，也更为殷勤——"

"哦，上帝，苏菲，"我呻吟道，"不要再把我跟世界上的莱斯莉们牵扯到一起了。"

这整个情况——苏菲就要离去，手提包及使人联想到内森和过去这段日子的几近空荡荡的房间，那里的音乐、狂欢和所有我们共同度过的快乐时光——突然使我萎靡不振、异常悲伤，我不禁又发出一声呻吟，声音大到苏菲的眼里闪过一丝惊愕的光芒。在极端不安的情绪下，我发现自己紧紧抓着她的双臂。

"内森！"我叫道，"内森！内森！究竟发生什么事了？苏菲，发生什么事了？告诉我！"我离她很近，鼻尖碰着鼻尖，我发现自己喷出的一两点唾沫星子溅到了她的脸上。"这个了不起的家伙疯狂地爱着你，他一直都是白马王子，一个仰慕你的人——我从他的表情就能看出，苏菲，几近于崇拜。突然间他就从你的生活中消失了。

他究竟是怎么回事，苏菲？他将你赶出了他的生活！你不要告诉我这只是因为他怀疑你对他不忠，就像他那一晚在枫树宫说的。一定还有比这更深的理由，比这更深层的原因。还有我呢？我？我！"我捶着胸膛强调我也被卷入了这场悲剧。"他是怎么对待我的，这个家伙？我是说，苏菲，耶稣基督，我用不着向你解释吧，内森就像我的兄弟一样，一个他妈的兄弟。我这一辈子从来没有认识过像他这样的人，没认识过比他更聪明、更慷慨、更风趣、更——哦，上帝，没有人和他一样了不起。我已经爱上了那个家伙！我是说，我一直单枪匹马作战，是内森看了我最初的手稿，给了我继续写作、成为作家的信心。我觉得他是出于爱才这么做的。然后不知道为了什么——为了那该死的忧郁，苏菲，他就像只疯狗一样对我咆哮，攻击我，跟我说我写的那些都是废话，就好像我是他所认识的最可鄙的浑蛋。接着他又坚决而果断地把我踢出了他的生活，就像他对你做的那样。"我的声音已经失去了控制，提高了八度，像男女莫辨的女中音歌手。"我受不了这一切，苏菲！我们该怎么办？"

晶莹的泪珠从苏菲的脸上滚滚滑落，我明白我不该这样发泄自己的情绪。我应该更克制一些。我现在知道，要是在我猛地把一团刚刚缝好的针线扯掉时，她那恐怖的伤口已经开始愈合，出现了一块红肿的疤痕的话，她便不会承受如此剧烈的痛苦。但是我情不自禁。事实上，我觉得她的悲痛和我的悲痛相融合，形成一股奔涌而出的激流，甚至在我继续发泄时也仍不断向前流动。"他不能让别人爱他，然后又莫名其妙地把人甩开。这太不公平了！这真是……这真是……"我结巴起来，"这真是，上帝，太他妈的不人道了！"

这时她流着泪从我身边走开。她往床沿走去，手臂僵硬地贴在身侧，有点像梦游似的。然后她突然扑到杏色的床罩上，把脸埋在双手中。她没有哭出声，但肩膀抽动不止。我走到床边，站在她身旁低头望着她。我开始控制我的声音。"苏菲，"我说，"请原谅我说的这些。可我实在是不明白。我对内森一无所知，也许我对你也一无所知。但我觉得比起了解他，我可以了解你更多。"我停住口。我知道，重提那件她显然不想再提的事无异于揭开另一块伤疤——她不是还警告过我不要再提了吗？但是我不得不说出非说不可的话。我伸出手轻轻放在她裸露的手臂上。她的皮肤温热，在我的手指下像受惊小鸟的喉咙一样跳动着。"苏菲，那一晚……那一晚在枫树宫，当他……当他跟我们断绝关系时，那可怕的一夜，他当然知道你有个儿子在那里——就在不久前你告诉过我你跟他说过。那他怎么能对你那么残忍，用那样的话辱骂你，问你怎么能活下来，而很多其他人却被——"那两个字差点把我噎着，就像我喉咙里有块异物，但我还是努力说了出来，"毒死。他怎么能那样对你？一个人怎么能既爱你又对你残忍到令人难以置信的地步？"

有一会儿她缄口不语，只是把脸埋在手中俯卧在床上。我在床沿靠着她坐下，抚摸她温热得有些发烫的手臂，用手指轻轻绕着那个种痘后留下的瘢痕画着圈。从我坐的角度，我可以清楚地看见她蓝黑色的文身，一排非常工整的数字，像一串密码，跟带刺铁丝般有序，"7"被小心谨慎地用一根斜线分成两半。我闻到她惯用的香草味香水的味道。我自问，斯廷戈，她有可能会爱你吗？我突然想知道自己敢不敢在此时跟她调情。不，绝对不行。她趴在那里，看起来十分脆弱，但我刚才的发泄已经使我感到疲累，我的身子颤抖着，没有任何欲望。我将手指往上移，触摸她松散又闪亮的金发。最后我发觉她已经停止哭泣，接着我听到她说："那绝对不是他的错。他体内一直都藏着一个魔鬼，当他大发脾气的时候，这个魔鬼就会出现。是魔鬼控制了他，斯廷戈。"

几个形象几乎同时在我的意识中冒了出来——怪物卡利班[1]或莫里斯·芬克说的泥人，但我不知道当时是哪个形象让我打了个寒战，寒意直钻脊柱。我感到自己在颤抖，哆哆嗦嗦地说道："苏菲，你什么意思——一个魔鬼？"

她没有立刻回答。沉默了很长时间后，她抬起头，用轻柔而平静的声音说了几句话，内容实在令我大吃一惊。这完全不像我所认识的苏菲，直到那天之前，我都没见过那样的苏菲，但那是她的一部分。

"斯廷戈，"她说，"我不能这么快离开这里。太多回忆了。帮我一个大忙，求你了。到教堂大道去买一瓶威士忌回来。我好想喝个大醉。"

我替她买来了威士忌——五分之一加仑的黑麦威士忌，酒使得她跟我谈起她和内森共度的混乱不安的一年里遇到的一些糟糕的时刻。若非他会重新回到我们的生活，这一切或许不值得重述。

在康涅狄格州，人们沿着新米尔福德和迦南之间的河岸建了一条蜿蜒美丽、绿树成荫的公路，这条南北向的公路上有家古老的乡村客栈。客栈里斜铺着橡木地板，一间光线充足又干净的卧室的墙上挂着一些刺绣作品，楼下有两只气喘吁吁的爱尔兰塞特犬，壁炉里燃烧着的苹果木散发出香味——就是在这个地方，那晚苏菲告诉我，内森试图结束她的生命，再结束他自己的，这种行为后来被人们渐渐熟知，用地方话说就是"自杀契约"。这件事发生在他们于

1　莎士比亚戏剧《暴风雨》中的半人半兽的怪物。

布鲁克林学院图书馆相遇几个月后，时间是秋天，树叶在太阳的照射下发出耀眼的强光。苏菲说她有许多原因（例如，那是自他们相识后，他第一次真正对她大声说话）记住这个可怕的插曲，但她绝不会忘记主要原因：他愤怒地追问（这也是他们相识后第一次），要她说出一个令他满意的解释，为什么她能在奥斯威辛幸存下来，而"其他人"（他是这么说的）却死去了。

当苏菲对我说起这次威逼及之后发生的痛苦事件后，我当然立刻想起了那一晚，内森在枫树宫坚决要和我们两个决裂，做最后告别的疯狂行径。我正想向苏菲指出这两件事的相似之处并加以询问，她——正在狼吞虎咽地吃一大份冒着热气的意大利面，我们当时正坐在她和内森常去的一家位于科尼岛大道上的意大利小餐厅内——已经完全沉浸在叙述他们共度的生活中，所以我犹豫了，吞吞吐吐的，十分无助，然后就怯怯地沉默着。我想到威士忌，苏菲和她的威士忌都令我困惑不解，还有点难以忍受。她有波兰轻骑兵的酒量；看到她这么一位从容可爱、经常表现得十分得体的人酗酒，真是让人目瞪口呆。等我们搭乘出租车前往餐厅时，她已经把我买给她的那瓶西格拉姆威士忌喝掉了整整四分之一。（补充一句重要的话，她还硬要把酒瓶塞给我，而我本着惯例，坚持只喝啤酒。）我把这一新嗜好也归咎于内森的离去，她为此感到悲痛。

即便如此，苏菲喝酒时的样子比她的酒量更叫我吃惊，因为这些只兑了少许水加以稀释的八十六度烈酒并没有明显扰乱苏菲的思绪或口齿，至少在我第一次看见她的新嗜好时是这样的。她就像荷加斯画笔下的酒吧女招待，可以咧着嘴开心地摇晃酒瓶，一饮而下，却仍泰然自若，头发纹丝不乱。我都怀疑她受保护于对酒精的某种遗传适应或者文化适应，斯拉夫人似乎和凯尔特人一样，都具有这种适应性。除了两颊酡红，西格拉姆威士忌似乎只在两方面对她的表达或行为产生了影响。一是她滔滔不绝，十分健谈，把过去的事情和盘托出，包括之前我们谈到内森、波兰或过去时她对我隐瞒的事情，而且威士忌还使她的话变成了洪水般的倾泻，她说得抑扬顿挫、不急不躁、清晰明了。像润滑剂一样，那酒把她很多带有波兰口音的刺耳的辅音变得流畅了许多，十分神奇。二是她变得格外动人。那是令人发狂又令人沮丧的吸引力：她一改往常对性的拘谨，变得十分开放。我听她说着她和内森过去的爱情生活，感到坐立不安，不大舒服，却又有些高兴。她叙述时一点也不羞涩，大方、迷人又快乐，就像一个发现了儿童黑话[1]的孩子般。"他说我是个美丽又性感的女人。"她满怀思念地说。过了一会儿，她又告诉我："我们以前喜欢在镜子面前做爱。"上帝，要是她在说出这些引人遐想的美妙之事时，能知道我脑海里飞舞着的是怎样甜蜜的一幅图景就好了。

不过多半时候她在谈到内森时心情都是很沉重的，而且一直使用过去时进行回忆，就像是在说某个很久以前就已死去的人。听她叙述那个周末他们在康涅狄格州寒冷乡间所进行的"自杀契约"时，我既感到难过又感到愕然。尽管如此，我认为这个令人悲痛的小插曲，并不比她在说这个夭折了的死亡约会前不久所说的另一条可怕的消息更令我惊讶。

"你知道，斯廷戈，"她有点犹豫地说，"你知道内森一直在服用毒品。我不知道你是不是看得出来。总之，出于某种原因，我对你并没有很诚实。我没有对你提过这件事。"

1　故意颠倒英语字母顺序拼凑而成的单词或句子。

毒品，我心想，仁慈的上帝啊！我简直不敢相信。如今的读者很可能已经猜到了内森的这种行为，但我肯定没有。一九四七年，我对毒品十分无知，一如我对性的了解。（哦，那如羔羊般纯洁的二十世纪四五十年代呀！）我们如今的毒品文化在当时还没出现，甚至连一线曙光都看不见，而我把吸毒成瘾者（如果我真的想过这种事情的话）的定义与"瘾君子"的形象联系在一起——被关在死气沉沉的疯人院里、穿着约束衣、眼睛凸出的疯子，流着口水的儿童猥亵者，鬼鬼祟祟地在芝加哥后街游荡的怪人，在烟雾弥漫的小屋子里昏睡的人，等等。吸毒是一种无可救药的堕落，其恶名几乎和某些性行为一样——至少在我十三岁时，性交在我的脑子里还是一种野蛮的行径，醉醺醺、胡子拉碴、块头又大的前科犯和头发染成金黄色的女人在阴暗的角落里胡搞。不用说，我对毒品的种类和精细的分级一无所知。除了鸦片，我说不出任何其他毒品的名称，苏菲跟我说的内森吸毒的话立刻让我觉得自己听到了什么犯罪行为，并在无意间对我的道德产生了震撼。我告诉她我不相信，可她向我保证那是真的。接着，我的震撼融入了好奇。我问她内森吃的是什么毒品。结果，我第一次听到了"苯丙胺"这玩意。"他吃的药叫作'苯丙胺'，"她说，"也就是可卡因。但吃的剂量很大，有时候足以使他发疯。他在辉瑞极易取得这种药物，就在他工作的实验室里。当然，这是不合法的。"原来如此，我惊讶地想着，原来这就是他愤怒、狂暴、偏执的原因。我真是无知啊！

她说，但现在她知道他大多数时候都习惯了控制自己。内森一向激动、活泼、健谈、兴奋；他们在一起的头五个月里（他们一直在一起），她几乎没见过他吸食"那玩意"。过了好一段时间后，她才把他那种她原来认为疯狂却寻常的行为和毒品联系到一起。她继续说，在前一年的那几个月里，他的举止——无论是不是由药物引起的，他出现在她的生活中以及他的整个人，使她过上空前幸福的日子。她意识到自己初到布鲁克林，搬到耶特的房子里时有多么彷徨无助；她想让自己保持理性，试图将过去从她的记忆中逐出，她以为她控制住了自己。毕竟，布莱克斯托克医生不是跟她说过她是他所认识的最能干的秘书兼接待员吗？但事实上，她就快要把持不住自己的情感，就像一只被用力丢向波涛汹涌的池塘里不断挣扎的小狗般无法掌控自己的命运。她说："那天那个在地铁上用手指侵犯我的人使我看清了这一点。"虽然她暂时从那次伤害中恢复了过来，但她知道自己正在向下滑——猛地向下迅速冲去，这是致命性的。要不是内森（跟她一样，他也在那重要的一天无意间走进了那座图书馆，去找美国作家安布罗斯·比尔斯的一本绝版了的短篇小说集）像个救难的骑士般凭空出现，拯救了她的生命，她难以想象自己可能会发生什么事。

生命。一点也不错。他真的赋予了她生命。他（在他哥哥拉里的帮助下）使她恢复了健康，使她的贫血得以在哥伦比亚长老会医院治愈。就是在那家医院，才华横溢的哈特菲尔德医生发现她还需要治疗其他一些营养不良问题。比如，他发现过了这么多月，她仍受到坏血病的影响，因此他给她开了许多药物。很快，布满她全身的可怕的出血症状消失了，但更显著的是她头发的改变。她的金发向来是她最引以为傲的，让她感到安心，可在经过地狱的折磨后，却和她身体的其他部分一样，看起来脏乱无光又干枯。哈特菲尔德医生也改变了她的发质，不多久——约莫六个星期，内森便像只饥饿的雄猫般不由自主地轻抚那头茂密的头发，并发出满足的呜呜声，说她应该去给洗发水广告做模特。

确实，在内森的监督下，美国出色的医疗机构使得苏菲这样一个遭受过可怕伤害的人几乎恢复了健康状态，包括她漂亮的新牙齿。那口假牙取代了瑞典红十字会为她装的临时假牙，这是拉里另一位朋友兼同事的杰作，他是纽约最优秀的镶牙医生之一。那些牙齿真是绝妙之作，令人难忘，闪着珍珠般的清冷光泽，完全可以和意大利雕刻家本韦努托·切利尼的杰作相媲美。每次她张大嘴巴时，我就想起珍·哈露的特写镜头。在一两天令人难忘、阳光灿烂的日子里，当苏菲朗声大笑时，那些牙齿像闪光灯似的，照亮了整个房间。

因此，重新回到人世的她，会珍惜和内森在整个夏季和初秋共同度过的美好时光。他慷慨大度，虽然贪图奢侈享乐并非她的本性，她却也喜欢好的生活，并且欣然接受了他的赠予。她既为他送的东西感到愉悦，也为赠予本身明显给他带来了快乐感到愉悦。他送她并与她共享了她渴望的一切：收录了美妙音乐的唱片，音乐会门票，波兰语书、法语书和英语书，布鲁克林及曼哈顿各个具有民族风味的餐厅里的佳肴。内森不仅有一个鉴赏美酒的鼻子，还有一张美食家的嘴。他兴高采烈地带着她流连于纽约奇妙又多样的盛宴中。

金钱似乎从来不成问题，他在辉瑞的工作显然给了他丰厚的报酬。他为她买了许多漂亮的衣服（包括我第一次见他们穿的滑稽又迷人的戏服）、戒指、耳环、脚镯、手镯和珠串。还有电影。战时她对电影的思慕几乎和对音乐的一样。战前在克拉科夫时，她曾有一阵子沉迷于美国电影——二十世纪三十年代平淡无奇、天真烂漫的爱情故事，由诸如埃罗尔·弗林、梅尔·奥勃朗、克拉克·盖博和卡罗尔·隆巴德之类的明星出演。她也喜欢迪士尼的卡通人物，尤其是米老鼠和白雪公主。哦，上帝，还有《礼帽》里的弗雷德·阿斯泰尔和金杰·罗杰斯！因此她和内森常常在纽约天堂般的影院里度过整个周末——从星期五晚上到星期天的最后一场，连着看五六场电影，甚至七场，眼睛都熬得通红。她所拥有的一切几乎全都来自内森的慷慨赠予，甚至包括（她说着咯咯笑了起来）她用来避孕的子宫帽。为她装上子宫帽的是拉里的另一个同事，这是内森康复计划中的最后一项，可能也是具有象征意义的一项，十分巧妙。她以前从未使用过子宫帽，带着一种解放了的满足接受了它，觉得这是她告别教会的最终标志。但子宫帽不仅仅在一个方面解放了她。"斯廷戈，"她说，"我从没想过两个人可以做那么多次爱，也从没想过两个人可以如此热爱这种行为。"

苏菲说，在这一丛玫瑰花中，唯一的刺就是她的工作，即她继续受雇于海曼·布莱克斯托克医生，而他不过就是个脊椎指压治疗师。内森的哥哥是个一流的医生，内森又自认是个年轻又敬业的科学家（对他来说，医学伦理准则就像他所遵循的希波克拉底誓言一样神圣），可她竟为一个江湖郎中做事，这几乎让内森无法忍受。他曾直截了当地对她说，在他看来那就和卖淫差不多，并央求她辞职。当然，很久以来，他一直拿这件事情开玩笑，编造有关治疗师及他们拙劣技术的种种笑话和故事，使她情不自禁地发笑。他的那种开玩笑的态度让她认为自己不必太过在意他的反对意见。就算他的抱怨和非难越来越甚、越来越严肃，她仍拒绝接受任何让她辞去工作的想法，内森为此感到很不痛快，跟这整件事情一样让他不痛快。这是他们的关系中少有的几件她觉得自己难以屈服的事情之一。她对此非常坚决。毕竟，她并没有嫁给内森。她必须感到一定程度的独立。她必须有一份工作，当年找份工作特别难，尤其是一个"毫无才能"的年轻女人（她不断向内森指出这一点）。而且，这份工作使她感到非常安全，她可以用母语和她的雇主交谈，而且老实说，她也越来越喜欢布莱克斯托克。对她而言，他就像一个教父或亲爱的叔叔，她对此直言不讳。唉，她逐渐意识到内森竟曲解了这种毫不浪漫、无伤大雅的喜爱，甚至原本就强烈的敌意更甚。要不是他那不合时宜的嫉妒包含了暴力的种子以及其他一些更糟糕的东西，这本来会是些略带喜剧色彩的事……

先前有一出影响了苏菲生活的悲剧，不可思议却无足轻重，在此应该重述一下，即使只是因为它解释了所有之前说过的事。这件可怕的事和布莱克斯托克的妻子西尔维娅以及她是个"酗酒者"的事实有关，就发生在苏菲与内森交往约四个月后，那时正是初秋……

"我非常清楚她酗酒，"布莱克斯托克后来非常悲痛地告诉苏菲，"可是我不知道她的问题有多严重。"他极为愧疚地承认自己有意忽视了这个问题：每晚他从办公室回到圣奥尔本斯的家中时，总会试图忽略她在喝过一杯鸡尾酒（通常是一杯曼哈顿鸡尾酒，他给俩人各倒了一杯）后就会口齿不清的现象，并把她已打结的舌头及踉跄的脚步简单地归咎于不胜酒力。但他知道，那是在欺骗自己。她死后几天，在他对她绝望的爱中，这个事实以生动的形式揭露给了他。她私人更衣室（连布莱克斯托克也别想进入的"圣地"）的一个衣橱里塞了七十多个以夸脱[1]为计量单位的空酒瓶，都是金馥力娇酒。这个可怜的女人显然担心处理这些酒瓶会有风险，尽管获得这些醇美

---

1 1美制夸脱约合 0.95 升。

的烈酒并把它们藏起来对她来说毫不费力。只有当这一切为时已晚时，布莱克斯托克才意识到——或者说他让自己意识到——她酗酒已非一朝一夕，而是持续了好几个月，甚至好几年。"要是我没有那么娇惯她就好了，"他哀痛地告诉苏菲，"要是我勇敢地面对她是个——"他犹豫了一会儿，寻找着合适的字眼，"酒鬼的事实，我可以叫她去接受精神分析治疗，把她治好。"听起来他十分自责。"是我的错！都是我的错！"他哭了。他之所以如此哀恸，主要是因为明知道她的境况糟糕，他仍允许她开车。

西尔维娅是他的心肝宝贝，他就是这么叫她的。我的宝贝。他只在她身上大把花钱，所以他丝毫没有一般丈夫那样的怨言，而是鼓励她常到曼哈顿购物。她和一个女性朋友——和她一样阔绰、丰满、闲散——去那儿的阿尔特曼、伯格道夫·古德曼、邦维特·特勒百货公司及其他六七家高档服装店大肆购物，然后开车回到皇后区，汽车后座上女士服装的包装盒摞得很高，其中大部分被原封不动地放进了她的抽屉，或被塞进她诸多衣橱的凹槽里。布莱克斯托克后来在这些地方发现了成堆从没穿过的礼服和裙子，都有点发霉了。而且直到悲剧发生后，布莱克斯托克才知道，她和朋友疯狂购物后，常会去喝个一醉方休。她喜欢到麦迪逊大道的韦斯特伯里饭店的酒吧去，那里的侍者友善、宽容而谨慎。浓烈的金馥力娇酒成了她在韦斯特伯里固定不变的酒，但是酒精迅速破坏了她的神志，那场灾难发生得很突然，而且很骇人，正如我所说的，还不可思议，不太体面。

有一天下午，她经过三区大桥回圣奥尔本斯，以极快的速度（警方说当时的里程表指在了每小时八十五英里上）驾驶时，车子失去控制，撞上一辆卡车的尾部，又旋转着撞上桥的护栏，她开的克莱斯勒汽车即刻成了一堆废铁和塑料碎片。西尔维娅的朋友布朗斯坦太太三小时后死在了医院里。西尔维娅本人当场身首异处，这件事本身就够惊人的了。布莱克斯托克伤心到差点疯了，但更令他难以忍受的是，她的头被巨大的撞击抛到了东河中，失去了踪影。（我们的生活中常常发生一些奇怪的事，我们会以为这些事是与我们无关的公众事件，后来却发现它们与我们相识或知晓的某个人有关。那年春天，我读《每日镜报》的头版标题时不禁打了个冷战——《妇女人头踪影皆无，河流搜索仍在继续》。那时我根本就不知道我很快会和这个死者的丈夫扯上一点微弱的联系。）

就实际意义而言，布莱克斯托克已经自杀了。他被如亚马孙河般汹涌的伤痛淹没。他无限期地停诊，把病人交给他的助手西摩·卡茨。他恳切地宣称他或许永远不会再重新执业，而是要退隐到迈阿密滩。布莱克斯托克并无近亲，在他沉重的丧妻之痛中——苏菲感到他如此悲痛，竟也情不自禁地为这种情绪感动——苏菲发现自己所扮演的是代理亲戚的角色，一个妹妹或是女儿。在搜寻西尔维娅头颅的那几天里，苏菲时常在圣奥尔本斯的房子里陪他，为他拿镇静剂，为他泡茶，耐心地听他哀悼他的亡妻。许多人来了又走了，只有她是他的依靠。还有葬礼的问题——他拒绝让她无头下葬，苏菲不得不硬着心肠和他就这个问题进行一些可怕的假设。（要是他们找不到怎么办？）但幸好那颗头很快就露面了，被冲到了赖克岛的岸上。接到陈尸所电话的人是苏菲，在法医的敦促下劝服布莱克斯托克不要去看残骸的人也是苏菲，尽管过程十分困难。最后西尔维娅终于以全身之躯安息在长岛的犹太人墓地里。前来参加葬礼的布莱克斯托克的朋友和病人，人数之多使苏菲咋舌，其中甚至包括了纽约市长的私人代表、一名高级警长，以及著名的广播喜剧演员埃迪·坎特——他的脊柱就是布莱克斯托克治好的。

坐在豪华的灵车里返回布鲁克林的途中，布莱克斯托克瘫倒在苏菲身上绝望地痛哭着，再次用波兰语对她说，她对他有多重要，就像是他和西尔维娅未曾拥有的女儿。没有什么犹太人之类的事情。布莱克斯托克更喜欢独自待着。苏菲陪他回了圣奥尔本斯的家里，帮他处理了几件事情。那时是傍晚时分，尽管她坚持要坐地铁回去，但他还是开着他驳船一样的弗利特伍德轿车送她回到布鲁克林，恰好在茫茫的秋日暮色降临展望公园时将她载到了粉红宫门口。此刻他似乎镇定多了，甚至说了一两个小笑话。他还喝了一两瓶稀释了的苏格兰威士忌，虽然他算不上一个好酒之徒。但当他和她站在粉红宫外面时，他又崩溃了。在昏暗的暮色下，他颤抖着身子抱住她，用鼻子蹭了蹭她的颈项，用依地语低声说了些悲痛话，并且发出了她之前从未听过的最孤独的啜泣声。医生的拥抱十分专注、悲伤无比，以至于苏菲开始怀疑他是否想在孤独中寻求比女儿般的安慰更多的东西。她的上腹部感到一股压力和几乎是情欲的迫切感，但她马上赶跑了这个念头。他是一个清教徒。既然他在和她长久的共事中从未对她动过邪念，那么现在他也不大可能这么做，因为他完全沉浸在悲伤之中。这个想法后来被证实是对的，虽然她有理由为这个长久的、伤感的、很不舒服的拥抱感到后悔，因为十分偶然的是，这个时候，内森正从二楼俯视着他们。

安抚布莱克斯托克是一种煎熬，她感到精疲力竭，渴望早点上床休息。另一个早点就寝的原因是，她想到第二天，也就是星期六早上，她要和内森启程到康涅狄格州去旅行。她越来越激动，这次旅行她已经盼望了好几天了。虽然她小时候在波兰时就听说过新英格兰十月那令人称奇的火烧般的树叶，内森却又以有趣夸张的口吻对她描述了她即将看到的景色，并告诉她美国的这种独特的风景，这种在自然界中独有的"火炬"是一种不容错过的美学盛宴，从而增加了她的期待。他又一次借来了拉里的车，并且在一家著名的乡村客栈订了房间。单是这一切就足以激发苏菲探险的欲望，更何况，除了这次葬礼以及在夏天和内森到蒙托克游了一个下午，她还从来没有出过纽约城。因此这种新奇又带有田园风味的美国体验使她高兴得浑身战栗，比她童年时代在夏天从克拉科夫车站乘着噗噗前进的火车去维也纳、上阿迪杰和云雾缭绕的多洛米蒂山时还要热切。

她一边走向二楼，一边想她该穿什么衣服。天气变得凉爽起来，她逐一思索他们精美的戏服中哪件可能适合十月林地的气候，然后她突然想到内森于两个星期前在亚伯拉罕和斯特劳斯百货公司买给她的一套薄花呢套装。她一到楼梯平台处，便听见留声机里在播放勃拉姆斯的《女低音狂想曲》。女低音歌唱家玛丽安·安德森浑厚的嗓音中带有一丝狂喜，是从无限的绝望中费力生出的欢欣。也许是她太累了，也许是葬礼带来的影响，音乐声使她感到快乐，她的喉咙哽住了，眼里浮上了泪水，模糊了她的视线。她加快脚步，内心激动，因为她知道音乐声意味着内森在家。但当她打开房门，对他喊道"亲爱的，我回来了！"时，却惊讶地发现没有人在房间里。她原以为他会在的。他说过下午六点后他会在家的，可是他却离开了。

她原想躺下来打个盹就好，但是困倦使她睡了好久，尽管睡得很不安。在黑暗中醒来时，她看见闹钟那闪着幽幽绿光的指针显示已经晚上十点多了，她立刻陷入一种极大的惊慌中。内森！没有在约定的时间出现在房里，甚至连张字条也没留下，实在是不像他的作风。她强烈地感到自己被遗弃了。她跳下床，开了灯，开始漫无目的地在房里踱步。她唯一的想法是，他下班回家后又出去办了什么事，结果在街上遭到了可怕的意外。每次警笛声响起——刚刚在她梦里尖叫着呼啸而过的声音，都预示着灾难的降临。她的部分思绪告诉她这种惊慌很荒唐，但她情不自禁，也无法避免。她深爱着内森，然而这种爱同时包含了她在诸多事情上孩子气般的依赖，因而他莫名其妙的失踪给她带来的恐惧使她异常消沉，那是一种害怕自己可能被父母抛弃的恐惧，令人窒息。她小时候常有这种感觉。她也知道这很荒唐，却对此无能为力。她打开收音机，找到了一个播报新闻的无聊节目，想要分散一下注意力。她继续在房里踱步，想象最可怕的灾祸。她泫然欲泣，这时他突然冲进门来。在那一刹那，她觉得自己像沐浴在圣光中一样幸福——死而复生。她还记得她当时想：我真不敢相信竟会有这样的爱。

他一把抱住了她，紧得让她喘不过气来，并在她耳边低语："我们上床去。"然后他说："不，等一等。我要给你一个惊喜。"她松了一口气，在他有力的怀里颤抖着，像一朵柔弱的小花。她脱口说道："晚餐——"

"不要谈晚餐，"他大声说着，放开了她，"我们还有更好的事要做。"他轻快地走来走去时，她直视他的眼睛；他的眼里闪着怪异的光芒，再加上他激动不已、让人难以抵抗的口吻——近乎狂躁，她马上就明白他正处在极其亢奋的状态之中。然而她虽然没有看过他这么激动，却并不惊慌。觉得好笑，松了一大口气，却并不惊慌。"我们到莫蒂·哈伯那里去听爵士乐即兴演奏会。"他像只害相思病的驼鹿般，用鼻子摩挲她的面颊。"去穿上外套。我们去听爵士乐即兴演奏会，好好庆祝庆祝！"

她问道："庆祝什么，亲爱的？"她对他的爱及她的获救感在那一刻是如此强烈，就算他要她陪他一起游过大西洋，她也会努力遵从。然而，她还是感到不知所措，差点被他炽烈的热情（还有一股强烈的饥饿感）所吞没，她徒然地伸出双手挥了挥，想使他镇定下来。她又问了一次："庆祝什么？"她禁不住被他的这种高涨的热情逗得哈哈大笑。她吻了他的鼻子。

"记得我对你说的那个实验吗？"他说，"上星期那个使我们束手无策的血液分类。我对你说的和血清酶有关的问题？"

苏菲点点头。她对于内森在实验室里的研究一无所知，却总是忠诚而专注地倾听他叙述人体的生理及化学之谜。如果他是个诗人，他会把他美丽的诗句念给她听。但他是个生物学家，因此她被巨红细胞、血红蛋白电泳和离子交换树脂迷住了。她对这一切都不明了，但她仍然爱着它们，因为她爱内森。此刻她用十分夸张的语气回答他的问题，说道："哦，我记得。"

"今天下午我们突破这层障碍了。我们解决了整个问题。解决了，苏菲！到目前为止，那是我们最大的障碍。现在我们只要再为标准控制局做一次实验就可以了——这只是一种形式。然后我们就会像一群盗贼。我们将会有一条光明坦荡的大路，通向历史上最重要的医学突破！"

苏菲欢叫着："太棒了！"

"吻我一下。"他在她的唇边低语着，随即把舌头探入她的嘴中，不断挑逗她，时而进攻时而后退，温和地探寻摸索。然后他又猝然移开。"所以我们要到莫蒂那里去庆祝。走吧！"

她喊道："我好饿！"这并不是什么坚决的反对意见，可是她觉得非说不可，因为她确实感到胃部很痛。

"我们到莫蒂那里吃晚餐，"他愉快地回答，"别担心，他那儿有很多吃的——我们走吧！"

"特别报道。"电台播音员抑扬顿挫的声音同时吸引了他们两个人的注意。苏菲看见内森的脸一下子失去了刚才的兴奋，仿佛冻僵了似的。接着她瞥了一眼镜子，看到她的下巴像脱臼了一样朝一边翘起，十分僵硬，不大自然，她的眼里满是痛苦，似乎断了一颗牙。播音员正在说服刑于纽伦堡一所监狱中的前德国陆军元帅赫尔曼·戈林，被人发现在他的牢房里自杀身亡。他显然是死于氰化物中毒，吞食了一颗胶囊或药丸，这药事先就秘密地藏在了他身上的什么地方。那声音继续说，这个已被宣判有罪的纳粹领袖至死倨傲不恭，因此逃脱了他的敌人们对他的惩罚，不像他的前任们，如约瑟夫·戈培尔、海因里希·希姆莱和元凶阿道夫·希特勒……苏菲全身一阵战栗，她看了看内森，发现他的脸解冻了。他轻轻地倒吸一口气，再次说话时恢复了原来的活泼。"耶稣！他击败了那个人，他击败了那个握住绳子的人。那个聪明肥胖的狗畜生！"

他跳到收音机前，扭动着旋钮。苏菲烦躁不安。她已经下定决心试着从脑子里驱逐一切和过去的那场战争有关的事物，对这一整年来日日占据报纸头版的纽伦堡审判完全不加理会。实际上，她讨厌读那些东西为她找到了一个合理的解释，她不用花时间在美国的新闻报道上，以提高她的英语水平。她已经将这一切都从脑子里赶了出去，最近发生的其他事几乎也是这样的待遇。事实上，她对最近几星期在纽伦堡法庭上演的纳粹受审的最后一幕一无所知，甚至不知道戈林已被判处绞刑。奇怪的是，他在行刑前数小时阻止刽子手处决的消息，使她丝毫不为所动。

一个叫 H.V. 卡尔滕博恩的人正在说冗长而严肃的讣告——他提及戈林是个瘾君子，苏菲开始发笑。她对着内森笑，他正以小丑式的独白说着戈林的那段让人沮丧的生平。"他到底把氰化物胶囊藏在什么鬼地方了？他的屁股里吗？他们当然检查过他的屁股。几十次！不过那两团肥肉之间——也许他们疏忽了。还会在什么地方？肚脐内？牙齿里？军方的那些白痴不看他的肚脐眼吗？也许是在下巴上那一团团的赘肉里！我打赌那个胖子一直把胶囊藏在那里。就算他对着肖克罗斯、特尔福德·泰勒，对着整个疯狂的审判过程咧嘴而笑时，那颗药也一直藏在他的肥下巴里……"一阵静电的干扰声后，苏菲听到那个播音员说："许多消息灵通的观察家认为，对集中营的设立，戈林比其他任何一位德国领导人都要负更大的责任。尽管戈林长得胖乎乎，看起来乐呵呵的，能令很多人联想到喜歌剧里的丑角，但人们认为他这个邪恶的天才才是那些声名狼藉之地的罪魁祸首，诸如达豪、布痕瓦尔德、奥斯威辛……"

苏菲突然走到中国屏风后面，在洗脸盆里放水。听到她竭力想忘记的消息，她十分激动，产生了一种不祥的不适感。她为什么没有把那该死的收音机关掉？内森的独白透过屏风传了过来。她不再觉得有趣了，因为她知道内森会变得十分紧张。在某些情况下，当他想要弄清楚刚发生不久的难以说明的往事时，他会变得烦躁不安。有时候还会变得愤怒无比，令她惊恐，他的活泼、热情和欢闹会突然转为痛苦和绝望。"内森，"她叫道，"亲爱的内森，把收音机关掉，我们到莫蒂那里去吧。我真的好饿哟。求求你！"

但她看得出来他没听到她的话，或者说是置之不理。她疑惑地想着，他对纳粹行为的痴迷是否因为几星期前的一个下午他们所看过的一段新闻影片。苏菲极力想忘却那段不堪回首的历史，而他似乎想紧抓不放。当时他们到阿尔比剧院去看由丹尼·凯耶（仍是她最喜欢的小丑明星）主演的电影，苏菲原本欢乐的心情猝然被中间播的一小段华沙犹太区的新闻影片给粉碎了。她一下子认出了那个地方，一股洪流席卷了她。即使是在如火山爆发般的碎石堆中，苏菲对犹太区的结构依然熟悉（她曾住在那附近），然而她就像看关于欧洲战后残破景象的电影场景那样，眯缝起双眼，似乎想将这片废墟过滤掉，甚至使它在她的记忆中更加模糊。但是她从中察觉到了某种宗教仪式：一群犹太人聚集起来为纪念碑揭幕，以纪念他们在大屠杀中殉难的同胞，一个男高音在那个如天使被匕首刺中心脏般凄凉阴暗的背景下，用希伯来语高唱安魂曲。在黑暗中，苏菲听到内森喃喃低语，说着陌生的词"Kaddish"。等他们走出剧院时，他烦躁地用手指抹着眼睛，她看见泪水沿着他的面颊滚滚落下。苏菲感到愕然，因为这是她第一次见到内森——她所爱慕的小丑，她所独有的丹尼·凯耶——流露出这种情感。

她由中国屏风后面走出来，以略带恳求的腔调说："亲爱的，走吧。"可是她看得出他不打算就这样丢下收音机。她听见他语带讽刺地笑着说："这群笨蛋——他们让戈林和其他人一样逃脱了惩罚！"她涂口红时，惊讶地想起这几个月来内森非常关注纽伦堡审判和它所揭露的真相，和以前大不相同。他们刚在一起的时候，他对于她遭受的惨痛经历似乎并不十分明白。他只关心那经历给她带来的影响——营养不良、贫血、牙齿脱落。当然他并不是完全不知道集中营这回事。苏菲想，或许这些罪行对内森及许多美国人而言，只是太遥远、太抽象也太陌生（因此也很难理解）的一出戏。然而几乎是一夜之间，他就发生了转变，十分迅速。华沙犹太区的新闻影片深切地影响了内森，紧接着《国际先驱论坛报》刊登了一系列报道，吸引了他的注意：对纽伦堡审判所暴露的罪行进行的深入的调查分析，揭示了特雷布林卡灭绝营全面屠杀犹太人的史实——仅看统计数据便让人难以想象。

所有的罪行被慢慢但确凿地揭露出来。一九四五年春天，欧洲大陆战争即将结束时，集中营的暴行开始公之于众。那时离现在不过一年半时间，但有关毒气杀人的详细材料在纽伦堡审判和其他审判上堆积如山，告诉人们更多他们难以接受的事实，而不仅仅是早期那些令人麻木的新闻片段，都是成堆吓人的死尸。她看着内森，感觉她正在看一个处于后知后觉状态中的人，就像处于休克后期的人。以前他根本就不相信，但现在他相信了。为弥补失去的时光，他收集了一切有关集中营、纽伦堡、战争、反犹主义及屠杀欧洲犹太人的事情。（最近许多个苏菲和内森本该去看电影或听音乐会的夜晚，都因内森热切地造访纽约公共图书馆布鲁克林分馆而消失。他会在期刊室里草草记下他之前所遗漏的消息，都跟纽伦堡揭露的罪行有关；他还借阅了很多书，如《犹太人与活人祭》《新波兰和犹太人》《希特勒信守的承诺》。）由于他惊人的好记性，他成为纳粹兴亡史及犹太人方面的专家，一如他在很多其他知识领域。有一次，他像个细胞生物学家一样问苏菲，在人类的行为层面上有没有这种可能，纳粹现象如同一丛巨大又重要的失控细胞，对人体造成致命的危害，就像一个恶性肿瘤一样？整个夏末和秋天，他偶尔问她这样的问题，像着了魔似的，为此困惑不解。

"赫尔曼·戈林和许多纳粹领袖一样热爱艺术，"H. V. 卡尔滕博恩以老成而公正的声音说，"但这种爱是典型的纳粹式的狂暴形态。德国最高指挥部在荷兰、比利时、法国、奥地利、波兰等国家劫掠艺术博物馆及私人收藏，最该为此负责的就是戈林……"苏菲想把耳朵堵住。难道那场战争，那些可怕的日子，不能被束之高阁，永远遗忘吗？她还想转移内森的注意力，便唤道："亲爱的，你的实验真了不起。你不想开始庆祝吗？"

没有回答。播音员公正的声音依然在干巴巴地说着乏味的墓志铭。苏菲想起了内森的痴迷，心想，好吧，至少她不必顾虑会被卷入这张难缠的网。凡是和她的情感有关的事情，他多半都礼貌周到。有一点她十分坚决：她清楚地对他表示过，她不会也不能谈论她在集中营的经历。在他们相遇的那天，那个甜美又让人记忆深刻的晚上，在这个房间里，她已大致对他说了一切。但这寥寥数语仍让他了解了不少。此后她无须再提醒他，她有多不情愿提及这段往事；而他的反应也很积极，她确信他真正感受到了她不愿再回想的决心。因此，除了内森开车送她去哥伦比亚长老会医学中心接受检查，为了诊断之需，她必须明确说出遭受过的虐待和睡眠剥夺，他们从没有讨论过任何关于奥斯威辛的事。即使那时她是用晦涩的名词讲的，但他显然全都明白。他的理解也是她感激他的另一个原因。

她听到收音机被关掉了，内森快速走到屏风后面拥住了她。她早已习惯了这种突如其来的行为。他的眼睛闪闪发亮，由他跳动的脉搏，她可以感觉到他的亢奋，好像通过某种神秘的渠道获得了能量似的。他又吻住她，伸出舌头在她嘴里探寻。每次他吃了药，处于疯狂状态时，就像一头种牛似的热情兴奋、欲火中烧。这种热情和直率通常使她全身的血液一拥而上，她立刻准备好了接受他。此刻，她觉得自己发热了。她双腿发软，情不自禁地呻吟起来，伸手去拉他的拉链。

但他却突然松开她。"我们这就走吧，"他说，"待会儿我们会好好乐一乐的。一场舞会！"她知道他的言下之意。在内森服用"苯丙胺"后和他做爱不只是享乐而已——那是一种解脱，如翻腾于广袤的大海，超脱了现实，延续到永恒……

"我没想过会有什么可怕的事发生，直到晚会快结束时，"苏菲告诉我，"在这场于莫蒂·哈伯的住处举行的爵士乐即兴演奏会上，内森让我产生一种前所未有的恐惧。莫蒂·哈伯在离布鲁克林学院不远的一幢大厦中有一套宽敞的公寓，晚会就是在那里举行的。莫蒂——你那天曾在沙滩上见过他——是布鲁克林学院的生物学讲师，也是内森的好朋友。我喜欢莫蒂，不过坦白说，斯廷戈，内森的大多数朋友我都不是很喜欢，无论男女。我知道这有一部分是我的错。我很害羞，而且当时我的英语也不怎么好。我的意思是，我说英语的能力还比我理解的能力好，每当他们说得太快时，我就会摸不着边际。而且他们谈的都是些我不了解也没有兴趣的事情——弗洛伊德、心理分析、阴茎嫉妒等。要是他们讨论时不总是那么严肃、正经的话，或许我还会感点兴趣。哦，你一定要明白，我和他们处得很好。当他们开始谈高潮和生命力之类的理论时，我不去听就行了，想想其他的事情。真是烦人！[1] 我想他们也喜欢我，虽然他们一直对我感到怀疑和好奇，因为我从不多说我的过去，而且有些冷淡。此外，我是那一群人中唯一的非犹太人，还是个波兰人，我想那使我显得有点奇怪而神秘。

"总之，我们到达晚会现场时已经很晚了。在离开耶特家以前，他又吃了一颗苯丙胺药丸——他叫它苯尼，我劝他不要吃，可是他不听。当我们钻进他哥哥的车去参加晚会时，他的精神高昂得令人

1　原文为法语。

难以置信，像一只鸟，一只在天空高高飞翔的老鹰。车内的收音机正在放歌剧《唐·乔瓦尼》，内森记得歌词，他的意大利歌剧唱得不错，便跟着收音机放声歌唱。他完全沉醉在这部歌剧里，结果错过了去往布鲁克林学院的那个转弯，沿着弗拉特布什大道开去，一直开到海边。他把车开得飞快，我开始有点担心了。因此等我们终于到达莫蒂那里时，已经很晚了，那时肯定十一点多了。那是个盛大的晚会，至少有一百个人参加。有个很出名的爵士乐队到那里演奏——我已经忘了吹单簧管的那个人的名字。我听见音乐由屋里流淌出来，声音非常大。我并不怎么喜欢爵士乐，但就在……在内森离开之前，我开始有点喜欢了。

"大部分的宾客都是布鲁克林学院的人，研究生、教师等，不过也有其他各行各业的人。有几个从曼哈顿来的漂亮姑娘，她们是模特，有许多音乐家，还有不少黑人。以前我从没有那么近距离地看过那么多黑人，他们对我来说都很新奇，我喜欢听他们笑。每一个人都开怀畅饮，尽情享受。另外我还闻到一股奇怪的烟味，这是我第一次闻到这种味道，内森告诉我说那是大麻，他将其称作'茶'。大部分人看起来都很快乐，最初晚会还不错，挺好的，我还没感觉到有什么可怕的事情要发生。我们一进去就看到站在门口的莫蒂。内森对莫蒂说的第一件事是他的实验，他几乎是喊着宣布了这条消息。我听见他说：'莫蒂，莫蒂，我们突破障碍了！我们解决了那个血清酶的问题！'莫蒂已经了解这一切——我说过，他是教生物的。他用力拍着内森的背，他俩干了几杯啤酒表示庆贺，其他人也拥上前来祝贺他。我现在还记得当时我觉得非常快乐，我是说能够和一个将要在医学研究史上留名的人如此亲密，而且为他所深爱。斯廷戈，我差点当场昏倒了，因为这时内森用手臂紧紧搂着我，对每一个人说：'这完全归功于这名美丽女士的奉献和陪伴，她是自居里夫人以来生长在波兰的最好的女人。她将成为我的新娘，使我永感光荣。'

"斯廷戈，我真希望我说得出当时的感觉，想想看！结婚！我感到昏眩。那是我不敢相信的事，然而它发生了。内森吻了我，人们都笑着围上来向我们祝贺。我以为我是在做梦。因为，你知道的，这真是太突然了。哦，以前他也谈过我们会结婚，但不曾认真过，只是开开玩笑，我对这个主意虽然一直感到兴奋，却没有把它当真。因此我才会感到昏眩，为这个难以置信的梦。"

苏菲停下来。每当她在叙述往事或她和内森的关系，以及内森的神秘之处时，她总是习惯于把脸埋在双手中，似乎要从手掌的黑暗中寻求解答或线索。现在她就是这样。过了好一会儿，她才又抬起头，继续说道："现在很容易就能明白这项……这项宣布不过是他吃药之后的部分反应而已，那种药给他带来的亢奋使他像老鹰一样越飞越高。但当时我没有将这两件事联想起来。我以为我们真的要结婚了，心里异常高兴。我喝了一点葡萄酒，晚会继续热闹地进行。内森后来不知道去哪儿了，我和他的一些朋友闲聊。他们还在向我祝贺。内森有个我一直都很喜欢的黑人朋友，叫龙尼什么的，是个画家。我和龙尼及一个非常性感的东方女孩——我忘了她的名字了——到屋顶去，龙尼问我要不要来点茶。起初我不明白他的意思，自然以为他说的是加了糖和柠檬的饮料。他哈哈大笑起来，我才知道他说的是大麻烟。我有点害怕——我一向害怕失去控制，不过，哦，那时候我是那么快乐，觉得可以毫无所惧地服用任何东西。因此龙尼给了我一小段烟，我深吸了一口，很快我就明白了人们为什么要吸食它来取乐——那种滋味真是奇妙！

"屋顶上很冷，但是我突然感到温暖，整个世界、夜晚和未来似乎都比以前更美。奇迹，这夜晚！[1]布鲁克林在我的下方，灯火点点。我在屋顶上待了很久，和龙尼及他的中国女友聊天，听爵士乐，仰望星斗，心里感到非常舒坦。我想我并未意识到究竟过了多久，因为等我回屋时已经很晚了，接近凌晨四点。晚会还在热烈地进行，音乐声还是响个不停，但是有些人已经离开了。我找了一会儿内森，却没看见他的影子。我问过几个客人，他们指了指公寓尽头的一个房间。我走进那个房间，看到内森和另外六七个人待在里面。那里一点欢乐的气氛也没有。房里阒静无声，好像有人刚刚出了什么可怕的意外，而他们在寻求对策似的。空气十分压抑，我一走进去就觉得烦躁不安，开始意识到有什么很严重、很糟糕的事就要发生在内森身上。那是一种很可怕的感觉，就像被冷冰冰的海浪痛击了一下。糟糕，非常糟糕。

"你知道，他们都在听收音机报道纽伦堡的绞刑。那是一种特别的短波广播，不过是实时的，我能听见哥伦比亚广播公司的播音员正在用听起来非常遥远的声音报道绞刑的实况。他说冯·里宾特洛甫已经毙命，接着是约德尔，然后我想他说尤利乌斯·施特赖歇尔是下一个。施特赖歇尔！我无法忍受，我突然感到全身湿冷、恶心、难受。这种感觉实在难以形容，因为这些人被处决当然能令人高兴到发狂，我不是因为处决难受，而是因为这又使我想到了很多我竭力想忘记的事情。我告诉过你，斯廷戈，去年春天我在杂志上看到鲁道夫·霍斯的脖子上套着绳索的照片时，也有过这样的感觉。因此在那个他们收听纽伦堡绞刑实况的房间里，我只想逃离。我不

---

1 原文为法语。

断地对自己说：我是不是永远也不能摆脱过去？我注视着内森。他仍然处于亢奋的状态，由他的眼神我就看得出来。但是他和其他人一起聆听绞刑实况，脸色阴沉而痛苦。他的脸上有种令人惊恐和不对劲的神情。其他人也一样。晚会上的欢乐已经荡然无存，至少在这个房间里是这样。这儿就像在为死者做弥撒一样。新闻终于播完了，或者可能是收音机被关掉了，人们突然开始热烈严肃地交谈起来。

"我认识这些人，他们是内森的朋友。其中一个我印象特别深刻，我曾和他说过话。他叫哈罗德·申塔尔，我想他的年龄和内森差不多，好像是在布鲁克林学院教哲学。他是个严肃热情的人，相比其他人，他是我更喜欢的那种人。我觉得他是一个非常感性的人，在我看来他似乎总是痛苦不乐，对自己的犹太人身份非常敏感。他还很健谈，我记得他那天晚上格外兴奋，不过我肯定他比不上内森高昂，哪怕他喝了啤酒抑或是葡萄酒。哈罗德的外表很引人注目，秃头，小胡子耷拉着，就像——我不知道那种动物用英语怎么说——冰山上的一只海象，而且大腹便便的。是的，海象。他叼着烟斗不停地在房里来回踱步——他说话的时候，别人总是仔细倾听。他说：'纽伦堡是出闹剧，这些绞刑也是闹剧。这只是象征性的复仇，一种余兴！'他说：'纽伦堡审判是一场披上正义外衣的猥亵游戏，德国人仍为极度仇恨犹太人的毒药所毒害。德国人自己才是该被消灭的——他们允许这些人统治他们，杀死犹太人。而不该是这些——'他用了这样的形容，'这些屈指可数、正在狂欢的恶棍。'他又说：'德国人的未来呢？我们是不是要让那些人富起来，再来屠杀犹太人？'他的话非常有力。我听说他上课时学生都像被他催眠了似的，我现在还记得我边看边听他说话时，也不觉被他吸引。他谈到犹太人时，声音听起来十分痛苦。他问，如今哪个地方的犹太人才是安全无虞的？然后他自己回答道，没有这样的地方。他问，那么，哪个地方的犹太人曾经是安全无虞的？他又回答，没有这样的地方。

"然后我突然意识到他在谈论波兰。他说在纽伦堡或别的什么地方进行的一次审判中，有证据表明战时有些犹太人逃出位于波兰的一处集中营，想向当地人寻求庇护，但是波兰人加以拒绝，没有帮助这些犹太人。不仅如此，他们甚至做了更坏的事。事实上，他们把这些人都杀了。波兰人杀死了犹太人。哈罗德说，这是个可怕的事实，证明了犹太人不管在什么地方都不安全。甚至是美国！我的上帝，我还记得他当时的愤怒。当他说到波兰时，我觉得更不舒服，心跳也加速了，虽然我知道他并不是针对我。他说波兰可能是最糟糕的例子，甚至可能比德国还糟或者至少一样糟，因为保护犹太人的毕苏斯基一死，波兰人一有机会，就去迫害犹太人。他说，在波兰，年轻无害的犹太学生遭受种族隔离，在学校里必须和别的学生分开来坐，受到的待遇比密西西比的黑人受到的待遇还要恶劣。人们有什么理由相信这种给学生设"犹太椅"的事情不会发生在美国？哈罗德说着这些话时，我不禁想到了我父亲。我父亲就是犹太椅的创始者之一。突然间，我父亲的灵魂似乎出现在这个房间里，离我很近，我想马上钻到地板下面去。我无法再忍受这个场面了。我把这些事情从我脑子里赶走了如此之久，埋葬了它们，隐藏了它们——我想我是一个胆小鬼。现在这个哈罗德却又将一切完全揭露出来，我受不了。天哪，我受不了！

"因此，当哈罗德还在高谈阔论时，我小心翼翼地走到内森身旁，对他耳语道，我们该回家了，记得明天还要到康涅狄格去。但是内森一动也不动。他就像——像我所听说的那些学生，被哈罗德催眠了。他只是盯着哈罗德，仔细地聆听每一个字。最后他回答了我，低声告诉我说他要继续待着，我该自己回家去。他的眼睛瞪得好大，满是愤怒，把我吓坏了。他说：'在圣诞节之前我是无法入睡了。'他的表情很疯狂。'你现在回家睡觉去吧，我一大早就会去接你。'因此我匆匆离去，不再听哈罗德说那些差点折磨死我的话。我搭出租车回家，感觉糟透了，根本就忘了内森说过我们要结婚的话。我只觉得难过，而且忍不住想叫喊出声。"

康涅狄格。

装有氰化钠的胶囊（内森说这些小小的颗粒状结晶体和溴塞耳泽一样毫无特色，而且遇水后几乎立刻就溶化了，但并不会冒泡）相当小，比苏菲见过的药用胶囊都要小一点，而且反射着金属般的光泽。因此当她靠在枕头上，看着他用拇指和食指捏着粉红色的胶囊，把它拿到离她的脸仅有几英寸远的半空中晃动时，她注意到那一小颗胶囊闪着红光，就和窗外被斜晖映得通红的秋叶一样。苏菲昏倦地吸了一口从两层楼下的厨房里传来的烹饪的味道——混合着面包的香味和卷心菜的气味，望着那颗小胶囊在他的手里缓缓地跳动。睡意像潮水般涌过她的脑海而去，声音、光线持续又诱人的振动消除了她的忧虑——耐波他[1]，蓝色梦幻。她不能吃。他说，她必须用力咬开吞下，但是不必担心，很快就会有一种杏仁般的苦甜味，也有一点桃子的味道，然后就什么也没有了。深沉的黑暗，什么都没有——妈的一片虚空，如此迅速，甚至还未感到任何疼痛就了

---

1 用于催眠及麻醉前给药。

事了。可能，他说，只是可能，会有一刹那的痛苦——应该说是不适，不过就和打嗝一样短暂，而且微不足道。什么也没有，虚空，虚空。

"然后，伊尔玛宝贝，然后——"他打了个嗝。

她没有看他，盯着他身后挂在墙上阴暗处的一张褪成琥珀色的照片，上面是包着头巾的祖母。她低喃着："你说你不会的。好久以前你就说过你不会——"

"不会什么？"

"不会那样叫我。不会再说起伊尔玛。"

"苏菲，"他毫无感情地说，"苏菲宝贝，不是伊尔玛，当然。当然。苏菲。宝贝。苏菲宝贝。"

他现在似乎平静多了。两个小时前，他找出耐波他吃了一颗，就是他给她的这种，然后早上的狂暴和下午的严重失常都已平息，至少暂时平静了下来。当时他们都很恐惧，还以为他找不到药了，可还是找到了。他平静了许多，但是她知道他依然在失常的状态。奇怪，她心想，此刻他这种平静状态下的失常似乎不再使人感到害怕，也没什么威胁，虽然那颗带有明显威胁的氰化钠胶囊离她的眼睛不过六英寸远。极小的胶囊外皮上清楚地印有辉瑞的商标。他解释道，这种小胶囊是特殊的兽用胶囊，用来装给小猫小狗吃的抗生素，他是将其用作药物容器才拿到的。由于办公室严格的规章制度，昨天他取这些胶囊比取十格令[1]的氰化钠——五格令给她，五格令给他自己——更困难。她知道，这可不是开玩笑。换个时间、地点，她会将这一切视为他病态的把戏：最后一刻那闪着光的粉红色"豆

---

[1] 1格令约合64.80毫克。

荚"会啪的一声在他的手指间打开，露出一朵小花，一块石榴石，或一块巧克力糖。但在今天没完没了的精神错乱之后，事情却并非如此。她毫不怀疑那里面装着死亡。不过，真奇怪。除了遍布全身的疲乏，她毫无所觉，只是望着他拿起胶囊放到唇边，用牙齿轻轻一咬，力度刚好使得胶囊表面微微弯曲但又不至于破裂。她不感到害怕是由于耐波他，还是由于她仍然认为他只是骗骗她？他以前曾做过这样的事。他从嘴中取出胶囊，露出笑容。"妈的一片虚空。"她想起两个小时前，他还在这个房间里跟她调情，但那好像已经是一个星期，甚至一个月前发生的事了。现在她想知道有没有什么灵丹妙药（耐波他？）可以止住他持续了一天的狂暴和吵闹。他说啊说啊说啊，说个不停……那天早上九点钟左右他回到粉红宫，猛地冲上楼把她弄醒，直到刚才，他几乎没有停过嘴……

她仍闭着眼睛，脑子也昏昏沉沉的，她听到内森大笑着叫道："起来上路吧！"

她听见他说："哈罗德说得对。如果那儿会发生这种事，难道这儿就不可能发生吗？哥萨克人要来了！有个犹太男孩要逃到乡下去了！"

她醒了过来。她以为他会马上过来拥抱她，想着上床前是否戴上了子宫帽，一想到戴上了之后，她懒懒地翻了个身，困倦地对他笑来迎接他。她想起每当他处于这种亢奋时那不可思议的热情，又欢快地回忆起他带她进入高潮的过程——不仅仅是开始时贪婪的温存，还有其他的一切，同样带有一种贪婪，最后是一种解放（再见了，克拉科夫！），放纵不羁，如入无人之境，十分快乐。他非凡的能力让她达到高潮——不只是一两次，而是一而再，再而三，直到她最后感受到一种不祥的失落，有如坠入深渊的死亡之旅。在这个过程里，她分不清自己是迷失在自我中还是迷失在他之中，那是一种在黑色旋涡里肉体相融、难分难离的感觉。（几乎只有那时候，她才会用波兰语进行思考或者说波兰语，她在他耳边低喃着："Weź mnie, Weź mnie。"她说这话时总是神秘而自然，意思是"带我走，带我走"。但有一次内森问她意思，她欢乐地撒谎说："它的意思是要我，要我吧！"）事后内森有时会疲乏地说，那是"二十世纪的超级做爱"——想想吧，在硫酸苯丙胺被发现之前这么多年来，人们的性交是多么乏味呀。此刻她完全燥热起来了，像只猫一样伸开四肢，对他伸出一只手，邀他上床。他一语不发。然后，她感到困惑，因为她又听到他说："快点！起来上路吧！这个犹太男孩要带你到乡间旅行！"她开口道："可是，内森——"他立刻兴奋又坚决地打断她："起来！起来！我们必须上路了！"她有一种挫败感，但紧接着想起过去的礼仪（你好，克拉科夫！），她为自己急切又露骨的欲望懊丧不已。他命令道："起来！"她裸着身子下了床，抬眼一看，内森正凝视着斑驳的晨光，对着一张一美元的纸币用力吸气。她立刻就知道那是可卡因……

在新英格兰的薄暮中，越过他的手和手里的毒药，她可以看见挂在枝头的红叶，一棵树沐浴在朱红色中，另一棵树又如精雕细琢般染上了一层非常强烈的金色，两种颜色彼此融合。窗外，伫立在落日余晖里的大片树林悄无声息，像巨大的彩色地图，叶子也一动不动。远处，车子奔驰在公路上。她觉得困倦，但并不想睡。她看见他现在拿着两颗一模一样的胶囊，都是粉红色的。"他的和她的是当代最有趣的一个观念，"她听见他说，"整个浴室，整个房子都是他的和她的，为什么不能有他的和她的氰化钠，他的和她的虚空？为什么不能，苏菲宝贝？"

有人敲了一下门，内森的手轻轻抽动了一下，回应道："谁？"他的声音平静轻柔。"兰多先生，兰多太太，"一个声音说，"我是吕兰德太太。真不好意思打扰你们！"那声音过分讨好而甜美。"在淡季，厨房七点钟就关门了。我只是来告诉你们一声，并不是想打扰你们休息。这里只有你们两位客人，所以还不用急，只是对你们说一声。我丈夫今晚会做他的拿手好菜，咸牛肉和卷心菜！"外面没了声音。"多谢你，"内森说，"我们很快就会下楼去。"

铺着地毯的古老楼梯响起了沉重的脚步声，木头像受伤的动物般吱嘎响着。说啊说啊说啊。他已经说到声音嘶哑。"想想看，苏菲宝贝，"他抚摸着那两颗胶囊，说，"想想看在自然中生与死是多么密切地交织在一起，自然中处处包含了幸福与毁灭的种子。举例而言，这种氰化物以糖苷的形式遍布于大自然，也就是说，它含有糖分。甜甜的糖。在苦杏仁、桃核、某些秋天的树叶、欧洲梨和杨梅里。想想看，当你那完美的白瓷牙咬一口美味的蛋白杏仁饼干时，你所尝到的不过是从中提炼出的分子结构……"

她不再去听他的声音，再度望着那片动人心魄的火红树叶。她闻到楼下传来卷心菜的清香味，记起了莫蒂·哈伯满是紧张的关切声音："不要那么愧疚。你根本无能为力，早在你还未认识他之前，他就上瘾了。可以控制吗？可以。不，也许不可以。我不知道，苏菲！但愿我知道！人们对苯丙胺所知不多。在一定剂量内，它是相对无害的。但是它们显然也具有危险性，会上瘾，特别是和其他什么东西混在一起食用时，例如可卡因。内森喜欢在吃过苯丙胺后吸可卡因，我想这是非常危险的。然后他会失去控制，进入某种——

我不知道——没人能管得了他的精神错乱中。我查过所有的资料，是的，这是危险的，非常危险——哦，去他的，苏菲，我不想再谈这个了，但他要是失控了，你就立刻和我或拉里联系……"她越过内森注视着叶子，感觉双唇疼痛。耐波他？她靠着床垫略微动了动，这是她好几分钟以来第一次动。被他踢过的肋骨立即感到剧烈的疼痛……

"你会变得更忠诚。"他还兀自说个不停。他的声音穿过呼啸着的气流飘进她的耳朵，那气流是疾风冲向敞篷车的风挡玻璃形成的。虽然天气寒冷，内森还是敞开了顶篷。她坐在他旁边，身上盖了条毯子。她并没有完全理解他刚刚说的话，便对他喊道："亲爱的，你说什么？"他转过头来看着她，她瞥了一眼他的眼睛，发现那眼神有些迷乱，瞳孔几乎都看不见了，被吞没在充满暴力的棕色眼球里。"用文雅的方式表达的话，我说你会变得更忠诚。"她感到困惑，还略觉害怕。她转头看向一边，心跳加剧。他们在一起的这些日子里，他从没有真正对她发过脾气。她感到失望，寒意像雨水打在裸体上一样袭遍她的全身。他究竟在说什么？她注视着向后飞逝的风景：公路两旁修剪整齐的常绿灌木、灌木后叶子颜色不断变化的树林、蓝天、明媚的阳光、电线杆，以及"欢迎来到康涅狄格／小心驾驶"的牌子。她知道他把车开得飞快。他们呼啸着超过一辆又一辆车，把空气都振动了。她听到他说："或者不用文雅的表达方式说的话，就是你最好别四处和人做爱，特别是在我看得见的地方！"她倒吸了一大口气，不敢相信这是他说的话。仿佛被他捆了一记耳光似的，她的头猛地偏到一侧，然后转向他。"亲爱的，你说——"但他吼道："闭嘴！"那些胡言乱语又开始像决堤的洪水般一泻而出，他喋喋不休地说起一个多小时前他们离开粉红宫时他抨击她的那些话。"看起来你那性感的波兰屁股无法抵制你雇主的诱惑，那个来自福里斯特希尔斯的了不起的庸医。很好，很好。我告诉你，那是个吸引人的部位，我也这么认为，我不仅使它丰满起来，还非常欢乐地享用它。在这一点上，我明白那个江湖郎中何以会那么渴慕……"她听见他发出一阵傻乎乎的笑声。"但你表面上是为他做事，事实上是陪他上床，真是可鄙的不忠，然后你又像昨晚那样在我面前炫耀，让他站在那儿，把湿漉漉又令人作呕的舌头探入你的咽喉里——哦，我的波兰小妓女，那可超过我能忍受的限度了。"她说不出话，只是盯着里程表：七十，七十五，八十……她心想，要是以公里计的话，倒还不太糟，但她即刻告诉自己：那是以英里计算的！我们要失去控制了！她想：这种嫉妒，认为我陪布莱克斯托克上床，实在是疯狂之至。警笛声隐约由他们身后很远处传来，她注意到了映在风挡玻璃上闪烁着的红灯，就像小小的覆盆子，一下一下地跳动着。她张嘴想要说"亲爱的！"，却说不出来。说啊说啊说啊……就像一部电影里为黑猩猩配的声音，部分是连贯的但没有情节，毫无意义；话中的偏执使她虚弱而难受。"哈罗德的话一点都不错，在第三帝国之后，自杀本应是世界上任何一个心智健康的人的合理选择，但犹太基督教认为自杀是道德上的错误，这完全是无稽之谈、感情用事，对不对，伊尔玛？"（他为什么突然又叫她伊尔玛？）"但是说实话，你对每个出现在你身边的人投怀送抱的事实并不应该使我惊讶，我之前从来没有这样说过，自从我们初次相遇，你的许多事对我来说就像谜一样，我怀疑过你他妈的是个水性杨花的异教女人，不然还会是别的什么——别的什么？哦，老天，哦，老天，某种奇怪的幸灾乐祸总会让我被和伊尔玛·格里泽酷肖的人吸引，不是吗？根据参加纽伦堡审判的人所言，她真是个美女，就连公诉人也向她脱帽致敬，哦，该死，我亲爱的妈妈总说我注定被金发的异教女子吸引。内森，你为什么不能当个正派的犹太男孩，娶一个像雪莉·米尔梅尔施泰那样的好女孩？她那样漂亮，又有个靠制造女士胸衣赚大钱的父亲，还在普莱西德湖有一处避暑之地。"警笛仍在跟随着他们，发出微弱的尖啸声。她说："内森，警察在追我们。""婆罗门敬仰自杀，许多东方人认为死亡没什么大不了的，妈的一片虚空，因此不久前重新考虑这个问题后，我对自己说，好吧，美丽的伊尔玛·格里泽在奥斯威辛绞死了几千名犹太人，但事实上不是有许多小伊尔玛·格里泽逃脱了吗？我说的是这个跟我同居的可爱的波兰小婊子。她真的是百分之百忠诚的波兰人吗？她在许多方面看起来像个波兰人，不过也很像北欧人，像某个德国电影明星乔装成了克拉科夫的一个凶残的伯爵夫人。我应该再加一句，我听到的毫无瑕疵、精确无比的德语是从她那莱茵少女的美丽双唇中吐出的。波兰人！啊，天哪！你为何不承认呢，伊尔玛！你和纳粹党卫军调情，不是吗？所以你才能逃出奥斯威辛，是不是，伊尔玛？承认吧！"（她用双手捂住耳朵，哭喊着："不！不！"她感到车子猝然慢了下来。警笛的尖啸声变成了一声咆哮，接着声音渐渐减弱，警车靠上前来与他们并排而行。）"承认吧，你这个法西斯娼妇！"……

她躺在昏暮中，望着叶子的红光转暗、消失时，听见他撒在马桶里的尿不断撞击里面的水所发出的声音。她记起来了。先前在树林深处，在那一片迷人的树叶中，他曾想把小便撒进她嘴里，但没有成功。那是他心情下沉的开始。她闻到飘上来的卷心菜味，在床上翻了个身，昏睡的眼睛望向他轻轻放在烟灰缸里的两颗胶囊。那件瓷器边上用古英语印了一行字："猪头客栈，美国标志。"她打了个哈欠，想着这是多么奇怪。奇怪她竟然不怕死，如果他真的要让她去死的话，但她只怕死亡带走他，单单带走他，将她留下。万一出了什么意料之外的差错——用内森的话来说，这种致命的胶囊只对他生效，她就会再一次成为倒霉的幸存者。她听见自己用波兰语说道，没有他我活不下去。她深知这个想法虽然陈腐，却绝对是事实。他的死将是我最后的痛苦。远处传来一列火车的汽笛声，它正在穿越名字古怪的胡萨托尼克山谷，那长长的哀歌比欧洲尖锐的汽笛声还更悠长，更动听，却都能让人突然产生一种揪心的感觉。

她想到波兰，想到她母亲的手。她很少想到她的母亲，那个温柔、悲观、谦逊的灵魂。此刻她只想得出母亲优雅、富有表现力的钢琴家的手，有力的手指，灵活又柔软，像她所弹奏的肖邦的夜曲，白皙的肌肤使她想起颜色柔和的白丁香。她的手是如此白皙，以至于苏菲在回想过去的时候总是会将那美丽又毫无血色的苍白与吞噬她的肺病联系起来，最后，也是肺病使得那双手终于平静下来。妈妈，妈妈，她心想。当她还是个小女孩，背诵每个波兰小孩都牢记在心的睡前祷词时，这双手便常常抚摸着她的额头。那段祷词比所有儿歌都让她记忆深刻："上帝的天使，我的守护天使啊，请永远陪在我身旁；早晨、日间、夜晚，请永远帮助我。阿门。"她母亲的一根手指上有一枚细细的金戒指，形状是盘绕着的眼镜蛇，蛇眼是用小小的红宝石做成的。别甘斯基教授到马达加斯加考察他早年梦想的地理环境，判断波兰犹太人移民的可能性，在归途中经过也门的亚丁时，买了这枚戒指。真是庸俗之至。为了这样一个怪异的戒指，他是不是曾在街上逛了很久？苏菲知道母亲憎恶那枚戒指，但她一直都顺从父亲的意愿，就戴上了它。内森撒完尿了。她想到父亲和他那头浓密的金发，他在阿拉伯市场里热得满头大汗……

"赛车请到戴托纳海滩，"警察说，"这里是梅里特公路，是给驾驶员用的道路，你在急什么？"他是个脸上长着雀斑的金发小伙子，戴着顶得州警察帽，长得并不让人讨厌。内森一语不发，直盯着前方，但苏菲察觉到他仍在快速低喃。说啊说啊说啊，只是没有发出声音。"你要我把你和那个漂亮女孩登记下来吗？"警察戴了一块名牌，上面写着"S. 格热姆科夫斯基"。苏菲开口道："请问 [1]……"格热姆科夫斯基粲然一笑，用波兰语说："你是波兰人吗？""是的，我是波兰人。"苏菲受到了鼓励，继续流利地说着波兰语，但警察打断她的话，说道："我只懂一点。我的双亲是波兰人，但一直住在新不列颠。听着，究竟出了什么问题？"苏菲说："这是我丈夫。他很痛苦。他母亲快去世了，在……"她努力思索康涅狄格州的某个地名，然后脱口而出："在波士顿，所以我们才这么急匆匆的。"苏菲注视着警察的脸，那双紫罗兰色的眼睛里闪着一份天真，扁平的脸上带着点乡土气息，一张农民的脸。她心想：他原先可能在喀尔巴阡山谷放牧。"求求你，"她倾身越过内森，噘着她美丽的嘴唇恳求道，"先生，请你一定要理解他母亲的情况。我们保证慢点开。"格热姆科夫斯基恢复原来的冷漠姿态，以公事公办的口吻说："这回算是一次警告。之后开慢些吧。"内森说："多谢，长官。"[2] 他仍直视前方，嘴唇动个不休，仿佛在对心中的某个无助的听众说话。他开始

---

1 原文为波兰语。
2 原文为法语。

冒细汗。警察突然走了。车子再度启动时，苏菲听见内森低声自语。快正午了，他们放慢速度北行，穿过树荫、低垂的云朵和茂密又斑斓的树叶——这里是如炽热熔岩般的暗红色，那里是如恒星爆发般的火红色，这景象苏菲之前从未见过，也从未想象过。她之前无法理解、被抑制住的低语声加大了，以一种新的偏执释放出来。他话中的怒意使她惊骇，似乎他在车上打开了一个装满凶猛老鼠的笼子。波兰。反犹主义。宝贝，当他们焚烧犹太区的时候，你在做什么呢？你听过一个波兰主教对另一个波兰主教说的话吗？"早知道你要来，我就烤一个犹太人！"哈哈哈！内森，不要，她心想，不要让我受这种苦！不要让我回忆！她扯着他的衣袖，眼泪滚落面颊。"我从来没有告诉过你！我从来没有告诉过你！"她喊道，"一九三九年时，我父亲冒着生命危险救了犹太人！盖世太保来的时候，他把犹太人躲在他大学办公室的地板下，他是个好人，就是因为救这些人他才死的……"她说谎了。痛苦涌上她的喉头，她哽咽了一下，然后发现自己的声音变嘶哑了。"内森！内森！相信我，亲爱的，相信我！"丹柏里市界。"烤一个犹太人！"哈哈哈！"我想说不是躲，宝贝，是藏……"说啊说啊说啊——她心不在焉地听着，想道：只要我能让他在某个地方停车吃点东西，我就可以偷溜到一旁，打电话给莫蒂或拉里，叫他们赶来……于是她听见自己说："亲爱的，我好饿，我们可不可以停下来……"结果她听到的仍然是他的喋喋不休："亲爱的伊尔玛，我的小宝贝，就算你倒贴我一千美元我也吃不下一片苏打饼干，哦，妈的，伊尔玛，我在飞，哦，上帝，我在天上，从没有飞过这么高这么高，从没有这么渴望你，你，你这个异教的小法西斯娼妇，嘿，摸摸这个……"他抓住她的手，把它按在他的双腿之间，将她的手指压在他高高勃起的地方；她感觉到一阵阵起伏。"吮吸，我就需要那个，用你那价值五百兹罗提[1]的波兰功夫。嘿，伊尔玛，你曾吸过多少纳粹党卫军成员才逃出那里的？为了自由，你服务了多少个人？听着，我们不开玩笑，伊尔玛，我也需要！哦，我从没飞过这么高，耶稣，让那两片贪婪甜蜜的小嘴唇现在就开始工作吧，我是说在蓝天及秋天火红的枫叶下，美丽的秋天，你可以吮出像撒满瓦隆布罗萨的小溪的秋叶一样浓密的……"

　　他裸着身子，轻步走回床畔，小心翼翼地在她身旁躺下。两颗胶囊仍在烟灰缸里闪着光，她困倦地想着他是不是把它们忘了，或者他会再次拿起那粉红色的"炸弹"逗弄她。耐波他的药力使她陷入沉睡，像海洋下温和的回流般拉着她的腿。"苏菲宝贝，"他的声音也同样困倦，"苏菲宝贝，我只为两件事情感到遗憾。"她问："是什么，亲爱的？"他没有回答，她又问了一次："是什么？"他终于说："就是，实验室里所有辛勤的工作，所有的研究，我却再也不能看到成果了。"他说话时，她心想，奇怪，他的声音今天第一次失去歇斯底里的威胁，不再狂躁、残忍，恢复了温柔、亲切、镇静。这才是他原本的样子，这一整天她都以为他再也恢复不过来了。他是不是也在最后一刻获救，回到那使他得到平静的巴比妥酸盐的港湾？他会不会就这样忘了死亡，沉沉睡去？

　　外头的楼梯吱嘎响了起来，那个女人谄媚的声音再度传了过来："兰多先生，兰多太太，真是对不起。不过我丈夫想知道你们想不想喝餐前酒。我们什么都有。但是我丈夫很会调热的朗姆潘趣酒。"

1　波兰货币单位。

过了一会儿，内森说："好，谢谢，朗姆潘趣酒，两杯。"她心想：这像是另一个内森的口气。但接着她又听到他柔声低喃："另一件事……另一件事是你和我没有孩子。"她看着朦胧的暮色，被单下的指甲像利刃一样刺进她的掌心，她想着：他现在为什么要说这个？我知道，正如他今天说过的，我是个受虐狂，他只是给我我想要的。但是为什么他不能让我不用受那份痛苦呢？她听见他说："我指的是昨天晚上说要结婚的事。"她没有回答，半梦半醒间想起克拉科夫、旧日时光及踏在破旧卵石街道上的"哒哒"的马蹄声。不知为什么，她的眼前清楚地出现了她在某家剧院的黑暗中看到的唐老鸭的彩色形象，它斜戴着水手帽，用波兰语气急败坏地说着什么。然后她听到母亲温柔的笑声。她想着：如果我能打开过去，哪怕是一点点，也许我可以告诉他。但是往事、愧疚或其他什么东西塞住了我的嘴巴。我为什么不能告诉他我也在承受着痛苦呢？我失去了……

虽然他一再重复他的那些疯狂的低语——"不要逗弄我，伊尔玛·格里泽"；虽然他的一只手无情地扯着她的头发，像是要把它们连根拔起，另一只手使劲抓着她的肩膀，疼得她直想呕吐；虽然他浑身颤抖地躺在那儿，像个濒临疯狂的男人，在他精神错乱的地狱世界徘徊；虽然她感到十分惊恐，吮吸他时仍禁不住感到和以往一样快乐。他躺在下面，她的手指按着山坡上的肥沃土壤，周围长满了茂盛的树木，她感到她的指甲里嵌满了泥土。地面又湿又冷，她闻到了朽木的味道，火红的树叶闪动着让人不可思议的光芒，照在她半阖的眼睑上。她继续她的动作。地上的页岩碎片弄痛了她的膝盖，但她没有移动。"哦，耶稣基督，哦，去他的。伊尔玛，继续，爱这个犹太男孩。"她摸着，吻着，在惊恐中想着：是的，是的，他给了我欢乐，减除了我的愧疚。我丈夫的冷漠并不是我的错，我在华沙的爱人也没有建议过我这样做。他说我是两千年来被犹太教和基督教限制的受害者。因此尽管此刻苏菲感到恐惧，也感到至高的喜悦，但她的背部因寒冷而战栗着。他扯着她的头发，叫她"伊尔玛"。这激励着她，她的欲望愈加强烈。她睁开眼睛，瞥了眼他扭曲的脸，又闭上眼睛，发现他的声音已经变成一种回荡在山谷之中的叫喊。"吻我，你这头法西斯猪，烧死犹太人的伊尔玛·格里泽！"他告诉她放松下来，接受那即将涌出的洪水，那像棕榈树奶汁一样喷射而出的激流；而在这瞬间的等待中，像往常一样，她觉得泪水涌上她的眼睛……

"我轻轻松松就飘下来了，"在卧室里沉默了好久后，她听见他喃喃说道，"我以为我会摔得粉身碎骨，可是我轻轻松松就下来了。感谢上帝，我找到了巴比妥。"他顿了一下。"我们费了很大的劲才找到的，对吧，那些巴比妥？"

她回答："是的。"现在她睡意浓浓。窗外几乎全黑了，雾气弥漫，火焰般的树叶失去了光亮，逐渐沉入炮铜色的秋日夜空。卧室里的灯光闪烁着，苏菲在内森身边翻了一个身，凝视墙上有着琥珀色光晕的照片，那位来自另一个世纪的新英格兰祖母与她对视着，头巾下的那张脸既温和又困惑。苏菲昏昏欲睡，心想：摄影师刚刚说就这样，不要动。她打了个哈欠，小睡了一会儿，又打了个哈欠。

内森问："后来我们是在哪里找到的？"

"在汽车仪表板下面的杂物箱内，"她说，"今天早上你放在那儿的，然后你又忘了。那一小瓶耐波他。"

"天哪，真糟糕。我真的迷糊了。我在太空里，外太空。走了！"被子突然沙沙作响，他撑起身子摸索她。"哦，苏菲——耶稣基督，我爱你！"他伸出一条手臂环着她，用力将她拉向他，与此同时她大喘一口气，尖叫了一声。那声叫喊并不大，但是疼痛却剧烈而真实，那是真实的一声低喊。"内森！"……

那只锃亮的皮鞋狠狠地踢在她的两根肋骨之间，收回，又踢向同一个地方，使她难以吸气，疼痛扩散至胸腔下方。"内森！"这是一声绝望的呻吟，而非尖叫。她粗重的喘息声和着他粗鲁又单调的辱骂声一起灌进她的耳朵："纳粹党卫军的女人，这是你应得的教训……你这肮脏的犹太娼妇！"她没有因疼痛而畏缩，而是吞下它，把它存进身体深处的那个地窖或垃圾箱里，里面盛满了他所有的残暴：他的威胁、辱骂和诅咒。她也没有哭泣，当她再次被他半拖半拽地带到这片树林深处——高高的山坡上荆棘丛生的一块突起的地方。她躺在那儿，透过树林看到停在远处停车场的汽车，车篷已经放了下来。汽车孤零零的，任凭秋风刮起的树叶和碎片打在车身上。昏暗的天色显示下午正在逐渐消逝，他们在树林里不知道待了几小时了。他踢了她三次。那只脚又收回去了，她等着，浑身颤抖，因为痛楚和恐惧，但更多的是因为渗入她双腿、双臂和骨头的寒意。这一回那只脚没有再踢过来，落回枯朽的叶子上。"我要对着你撒尿！"她听见他说，"太妙了[1]，真是个好主意！"现在他用那只穿着锃亮皮鞋的脚，将她原来侧垂向地面的脸扳正，让她脸朝上面对他；贴着她面颊的皮革冰冷又光滑。她看着他拉下裤子拉链，听从他的命令张开嘴巴时，陷入了一阵恍惚，想起了他的话：我的宝

---

1 原文为德语。

贝，我觉得你毫无自我可言。他说这句话时声音极其温柔，那是在
一个插曲后他对她说的：一个夏夜他从实验室里打电话给她，懒懒
地说他很想吃他们一起在约克维尔吃过的一种糕点。她没有告诉他，
立刻搭地铁由弗拉特布什前往八十六街。经过疯狂的搜索后，她终
于找到了，便买了糕点带回来。这样折腾了好几小时后，她兴奋地
把糕点呈现在他面前，说道："先生，这就是你要吃的糕点。"[1]"但
是你不可以再这么做，"他爱怜地说，"这样纵容我一时的兴致实在
是太疯狂了，亲爱的苏菲，可爱的苏菲，我想你一定毫无自我！"
（此刻她想着：我会为你做任何事，任何事，任何事！）但如今他想
要把尿撒进她的嘴里却揭开了他那天恐慌的帷幕。他命令道："把嘴
张大一些。"她等着，看着，嘴巴大张着，嘴唇颤抖着。但是他没有
成功。一滴，两滴，三滴，轻柔温暖，滴在她的额头上，如此而已。
她闭上眼睛等待。她只感觉到他俯身在她上边，身子下面潮湿冰冷，
遥远而喧嚣的风声，晃动的树枝和叶子。然后她听见他开始呻吟，
因恐慌而战栗的呻吟。"哦，基督，我要完蛋了！"她睁开眼睛，盯
着他。他的脸色蓦地发青，使她想起鱼的下腹。她从未见过冒这么
多汗的脸，汗水像油一样猛地往外冒，还是在这么冷的天气下。"我
要完蛋了！"他悲吟着，"我要完蛋了！"他无力地蹲伏在她身旁，
把脸埋进手掌里，蒙上了眼睛，呻吟着，颤抖着。"哦，基督，我要
完蛋了，伊尔玛，你一定要帮助我！"接着他们飞快地沿着山坡上
的小径冲了下去，她领着他走过铺满卵石的坚硬斜坡，像带着伤员
逃跑的护士，不时回望着他，牵他在树下前行。而他用一只苍白的
手蒙住眼睛，就像在眼睛上缠了一圈绷带，因为看不见路而脚步不

1　原文为法语。

稳。他们沿着一条滚滚的溪流不停地向下走，跨过一座木板桥，穿过片片染上更多颜色的树林，粉色、橙色、朱红色，一棵棵细长笔直的白桦树不时点缀其中。她听见他低语："我要完蛋了！"终于，他们来到了州立公园废弃不用的停车场，那辆敞篷车还停在那儿，旁边是一只翻倒在地的垃圾箱，肮脏的牛奶盒、纸片和糖果纸随风翻飞。终于！然后，他跳上后座，抓起他的手提箱扔到地上，像捡破烂的人寻找什么珍宝般开始搜寻。苏菲站在一旁，手足无措，一语不发，看着箱里的东西被抛到空中，落在汽车周围：这个疯男人的短袜、衬衫、内衣裤、领带和其他男装在风里回旋。"那见鬼的耐波他！"他吼道，"我放到哪里去了！哦，妈的！哦，耶稣！我一定要……"但他没把话说完，而是站起身打转，然后冲到前座，趴在方向盘下面疯狂地摆弄着杂物箱的门。找到了！"水！"他喘息着，"水！"虽然她感到疼痛和慌乱，却已经预料到了这个时刻，扯过后座上野餐篮——这个篮子他们之前还从未动过——里的一瓶姜汁汽水，用起子奋力开了瓶盖，泡沫直往上涌。她把汽水瓶塞入他手中，看着他吞下药时，她的脑子里冒出一个很奇怪的想法：可怜的魔鬼。这是内森的话——是的，是他的话。几星期前他们去看《失去的周末》，当看到那位疯狂地想从威士忌中寻求救赎的雷·米兰德时，内森小声地说道："可怜的魔鬼！"现在，绿色的姜汁汽水瓶已经喝得底朝天了，他喉部的肌肉在剧烈地抽动着，由此她想起了那部电影的情节。她想道：可怜的魔鬼。要不是这是她第一次对内森产生类似怜悯的情绪，这种想法一点都不奇怪。她不能忍受怜悯他的念头。一旦意识到这点，她就觉得很震惊，脸开始麻木。她缓缓地在地上坐下，背倚着车身。停车场里的垃圾在风的吹动下随着灰尘在她四周转着圈子。她胸腔下方的剧烈痛楚戳刺着她，像突然记起的丑陋回忆一跳一跳的，让人无法忽视。她用指尖抚摸着肋骨，轻轻地，沿着刺骨的疼痛。她怀疑他踢断了她的骨头。她现在头昏眼花，感觉迟钝，疼痛无比，她意识到自己已经忘了时间。她几乎听不见他的声音，他正趴在前座上，一条伸出车外的腿还痉挛着（她只能看到那条腿溅满泥巴的裤脚），喃喃低语着什么，虽然听不清，但听起来像"死亡的必要"。笑声又传来了，不过声音不大：哈哈哈哈……好一阵子过后，一切归于沉寂。接着，她平静地说："亲爱的，你不要叫我伊尔玛。"

"我只是受不了伊尔玛这个称呼，"苏菲对我说，"不管内森怎么样我都可以忍受，但是……他不能把我看成伊尔玛·格里泽。我在集中营时见过那个女人一两次——那个女魔头，和她比起来，威廉明妮无疑是个天使。他叫我伊尔玛·格里泽比他踢我更伤害我。但那晚在我们抵达客栈前，我设法让他别再那么叫我。当他开始叫我'苏菲宝贝'时，我知道他已经不再那么亢奋——那么疯狂了，虽然他仍然玩着那两颗小小的毒药胶囊。我很害怕，不知道他会进行到哪一步。我和他同生死的想法已经消失，我并不愿我们死去——不管是单独还是一起。不。总之，耐波他开始生效了，我看得出来，他慢慢安静下来。他紧紧捏着我，我疼得厉害，觉得自己都要晕过去了。我发出一声尖叫，他才意识到他对我做了些什么。他满怀愧疚，不断地在床上低语：'苏菲，苏菲，我对你做了什么？我怎么能伤害你？'诸如此类的话。但是另一种药——他称为巴比妥——开始发挥作用，他无法睁开眼睛，很快就睡着了。

"我记得那家客栈的女主人又一次走上楼来，在门外问我们什么时候下楼去，时候不早了，我们该下楼喝朗姆潘趣酒、吃点东西了。当我告诉她我们累坏了，正准备上床就寝的时候，她很沮丧、很生气，说我们这样实在很轻率，等等。但是我不在乎，我自己也累得快睡着了。所以我回到床上，躺在内森身旁，准备睡觉。然而就在那一刻，哦，我的天哪，我想到了还放在烟灰缸里的胶囊。我大为惊慌，真的怕死了，因为我不知道该怎么处置它们。你知道，它们是非常危险的。我不能把它们扔出窗外或丢进垃圾桶，因为我怕它们裂开，气味会毒死什么人。我想到丢入马桶内冲掉，却又担心会有气味，或者会污染水或泥土，我不知道该怎么办，只知道必须把它们弄走，不让内森拿到。因此，我还是决定冒险将它们丢进马桶内。浴室里有点光，我非常小心地从烟灰缸里拿起胶囊，摸黑走进浴室，把它们丢进马桶里。它们并没有像我想象的那样浮在水上，而是像两颗小鹅卵石一样向下沉落。我快速冲了水，它们就消失了。

"我回到床上躺下来睡觉。我从没有睡得那么沉，梦都没有做。我不知道自己睡了多久，但半夜时内森曾尖叫着醒来。那一定是服下那些药后的反应吧，我不清楚，不过半夜听着他在我身旁像个疯狂的魔鬼一样喊喊，实在是很吓人。我还是想不通他怎么没有吵醒方圆几英里的人。但我被他的尖叫声惊醒，他开始吼着死亡、毁灭、绞刑、毒气、焚尸炉里的犹太人等话，我不知道还有些什么。我一整天都惊悸不已，夜里的这个场面却更可怕。那么长时间以来，他都是时醒时疯，但这次像是要永远疯下去。他在黑暗中叫嚷：'我们非死不可！'我听见他长叹道：'死亡是必要的。'然后他倾身越过我摸索着桌子，好像是在找那两颗毒药。不过很奇怪，你知道，这一切只持续了一会儿而已。在我看来，他非常虚弱，我都能用胳膊阻止他的行为，把他按回床上去，一再对他说：'亲爱的，亲爱的，睡吧，一切都很好，你只是做了个噩梦。'像这样的蠢话。但是我的话和举止却奏效了，因为他很快又睡了过去。房里黑漆漆的。我吻了他的面颊。他的皮肤冰凉。

"我们睡了好久好久。等我醒来时，从照进窗里的阳光可以看出已经过了中午。窗外的树叶是那么明亮，仿佛整片树林都着火了。内森还没有醒，我就在他身旁躺了好久，思索着。我知道我再也不能把我最不愿记起的事埋在心中了。我不能再对自己隐瞒，也不能对内森隐瞒。除非我把事情说出来，否则我们无法共处。我知道有些事是我绝对不能告诉他的——绝对不能！但是至少有一件事他非知道不可，否则我们就无法再继续交往，当然，更不可能结婚。没有内森，我就……我就什么也不是了。所以我下定决心要把这件其实也算不上秘密的事告诉他，这只是一件我从未提起的事，因为我仍旧无法承受它给我带来的痛苦。内森还在睡，他的脸色非常苍白，但疯狂的神情已经消失，他看起来很安详。我想或许药效已过，魔鬼已经离开，黑色的暴风雨也停止了，他又恢复成了我所爱的那个内森。

"我起身走到窗畔，望着外面的树林——火红明灿的林子美丽异常。我几乎忘了身上的痛和之前发生的一切，还有毒药及内森疯狂的行为。小时候住在克拉科夫时，我自己会非常虔诚地玩一种我称为'上帝的形状'的游戏。我会看着一件非常美丽的东西—— 一朵云、一束火焰、绿色的山坡或天空的光芒，试着在其中寻找上帝的形状，似乎上帝真的化为我所看的东西，居于其中，而我真的可以看见他。那一天，当我望着窗外绵延到河边的美不胜收的树林及清澄的天空时，我忘了自己，一时觉得自己好像又变成一个小女孩，试图在这些物体上寻找上帝的形状。空气中有种很好闻的烟味，我看见树林的远处升起袅袅的烟，我在那抹烟里见到了上帝。但是之后——但是之后我突然想到了一个事实：上帝已经再次离开我，永远离开我了。我感觉我确实看见他离开了，就像一只巨大的野兽，他背对着我穿过浓密的树叶离去。上帝！斯廷戈，我能看见他巨大的背部，正穿过树林而去。然后光线慢慢消失了，我感到了一阵空虚——回忆涌了上来，我明白我该对内森说些什么。

"内森醒来时，我就躺在他的身旁。他笑着说了几句话，我感觉他似乎完全不记得过去几小时里所发生的事。我们彼此说了一两件睡醒后常说的稀松平常的事，然后我弯身靠近他说：'亲爱的，我必须对你说一件事。'他笑着说：'不要那么——'他停了下来，又问道：'什么事？'我说：'你以为我是个没有结过婚的波兰女人，没有家人，没有过去，什么也没有。对我来说这很容易做到，因为我不想提起过去。我知道可能这对你来说也很容易。'他显得很痛苦，我又说：'但是我必须告诉你，几年前我结过婚，还有个孩子，是个叫扬的小男孩，他和我一起被关在奥斯威辛。'我停住口，望向别处，他沉默了很久很久，后来我听到他说：'哦，上帝，哦，上帝。'他重复了好几遍，然后又沉默了一会儿，最后问我：'他怎么样了？你的儿子怎么样了？'我说：'我不知道。他不见了。'他问：'你是说他死了？'我回答：'我不知道。是的，也许吧。这无关紧要。只是不见了。失踪了。'

"我只能说这么多。我告诉他：'既然我已经对你坦白了，我要你答应我一件事。我要你答应我以后再也别向我打听我孩子的事，也不能提起他。我也不会再谈到他了。'他只说了一个字：'好。'但他脸上的表情是那么悲痛，我不禁移开了视线。

"别问我，斯廷戈，别问我为什么在经过这一切事情后，我仍然愿意让内森对着我撒尿、强暴我、踢我、打我，对我做任何他想做的事。过了许久，他又开口对我说：'苏菲宝贝，你知道的，我疯了。我要为我的疯狂道歉。'过了一会儿，他又问：'想做爱吗？'我不假思索地说：'想，哦，我想。'整个下午我们都在床上，做爱使我忘了痛楚，但也忘了上帝、扬和我已失去的所有其他东西。我知道内森和我将会更亲密地过一阵子。"

第十二章

那天凌晨，在苏菲漫长的独白后，我不得不扶她上床歇息——倾诉到床上，我们那时常常这么说。整个晚上她喝了那么多酒却可以条理清晰地说话，我觉得非常惊讶；不过等到凌晨四点酒吧打烊时，她已经醉得差不多了。我奢侈了一把，我们搭出租车回粉红宫，也就一英里左右，途中她倚在我肩上打着盹。我从后面扶住她的腰，搀着她上了楼，她的脚步摇摇晃晃的。当我小心翼翼地把她放到床上时，她只是轻叹了几声，便昏睡过去了。我自己也喝多了酒，又疲惫不堪，就在苏菲的身上盖了床被子。然后我下楼回到自己的房间，脱掉衣服后钻进被窝，睡得昏天黑地。

快到中午时，刺眼的阳光照到我的脸上，我才醒了过来。枫树和梧桐树之间传来的鸟鸣声和远处小男孩的吵闹声传入我的脑子里。我头痛得厉害，一跳一跳的，我已经有一两年没经历过这样糟糕的宿醉了。不用说，只要喝得够量，啤酒同样能伤害身体和精神。我的所有感觉突然都放大了：床单上的绒毛就像玉米地里的断株般刺痛我赤裸的背，窗外麻雀的啁啾声和翼手龙的吼叫声一般，一辆卡车驶过街上的坑洞所发出的声音，就像是地狱大门砰然关上的声音。我所有的神经都颤抖不止。更要命的是，酒精使我为强烈的欲望所苦，我感到无能为力，至少那天是这样的。这种欲望令人无法抵抗，出自生理的渴求，十分强烈，不是手淫可以满足的。在极为罕见的宿醉的影响下，我成为永远不能被满足的欲望的猎物——读者现在肯定意识到了这一点，我堕落的身体彻底沦为欲望的奴隶，甚至会玷污一个孩子，不管男孩还是女孩。此时无论谁在我身边，我都会伸出我的魔爪。那种粗鲁的自我满足自然也没办法平息我的这种迫切又狂热的欲望。我认为将这种疯狂（事实就是如此）描述为原始欲望一点都不夸张，海军陆战队的说法是："哪怕是一堆泥，我也会干了它。"但是我突然想到琼斯海滩及在我楼上的苏菲，一股热情油然而生，我感到兴奋，便振作起来跳下了床。

我把头探向走廊，对着楼上叫喊。我模糊地听见巴赫的音乐声。苏菲隔着房门回应了我，虽然不怎么清楚，听起来却很明快。我退回房内洗澡，以净化自己。那天是星期六。前一晚苏菲似乎对我有了好感（或许是因为喝醉了），她答应在搬到她的新住处前在粉红宫度过整个周末——她的新住处在格林堡公园附近。她也热切地同意和我到琼斯海滩去。我从没去过那里，不过我知道那里的游客比科尼岛的要少得多。淋浴间是一副立起来的粉色金属棺材，还发了霉。此刻我站在莲蓬头流出的温水下抹着肥皂，开始认真地为苏菲及这个周末做计划。我比以前更了解自己对苏菲的那种强烈的感情所带有的悲喜剧性质。她的存在给我带来了痛苦，还扭曲了我，我的幽默感足以使我察觉到其中的荒唐。我看过不少浪漫主义文学作品，知道我的这种难过又沮丧的情感会被人取笑为"害了相思病"。

然而这只是个玩笑罢了，因为这种单恋的忧虑和痛苦，就如同发现我患了某种绝症一样残忍。要治愈这种病，唯一的办法就是得到她的爱，而这样的爱似乎和治愈癌症的办法一样遥不可及。有时候（例如现在），我可以大声咒骂她："婊子，苏菲！"因为我倒是宁愿她对我的这种爱表现出轻视或憎恨，这种爱可以被称为爱恋或喜爱，但绝非爱情。我脑子里仍回响着她昨晚的倾诉，想到那些可怕的景象，包括内森和他的暴行、他绝望的温柔、乖僻的性欲和死亡的阴影。"去你的，苏菲！"我一边慢慢地低声说道，一边用肥皂抹我的大腿根部。"内森离开你了，永远离开了，死亡的威胁已经消失了，结束了，完结了！所以现在爱我吧，苏菲！爱我。爱我！爱生命！"

擦干身子时，我认真想着苏菲把我当成追求者时可能遇到的阻碍，当然，如果我能穿透这道情感之墙向她示爱，并且还能得到她的爱的话。她可能的不满非常令人苦恼。当然，我比她小几岁（而且我的鼻子边还长了一颗痘痘，在镜子里瞥一眼，就能注意到它），不过这只是件小事情，而且有许多历史先例，至少是可以接受的。另外，我远不及内森阔绰。虽然苏菲算不上贪得无厌，可是她喜欢富裕的美国生活。自我克制并不是她明显的特性之一，我发出一声不大但清晰可闻的呻吟，想着我怎么才能养活我们两个人。一想到这里，我下意识地把手伸向药箱，从里面拿出了藏钱的盒子，就像对这一想法产生的奇怪的条件反射。令我万分惊恐的是小盒子里连一美元也没有。我的钱被偷了！

被偷后一连串的阴郁情绪席卷了我——懊恼、绝望、气愤、对人类的憎恨，但还有一种情绪往往最后才冒出来，却是最让人不愉快的：怀疑。我不禁怀疑莫里斯·芬克，他总是在屋里闲逛，而且有我房间的钥匙。这一未经证实的怀疑逐渐加重，因为我觉得自己不怎么喜欢这个鼹鼠般的管理员。芬克曾帮过我一两次小忙，他的这种行为如今看来只是加深了我对他的怀疑。当然我绝不能把我的怀疑告诉苏菲，她听到我遭窃的事后对我表达了深切的同情。

"哦，斯廷戈，不！可怜的斯廷戈！怎么会呢？"她本来靠在枕头上看海明威的一本法语版小说《太阳照常升起》，听我一说，蓦地跳下床来。"斯廷戈！谁会做出这种事？"她穿着一件印花丝绸睡袍，一时冲动拥住了我。由于内心骚动不安，尽管她那让人愉悦的胸部紧压着我，我却一点反应也没有。"斯廷戈！被偷了？真糟糕！"

我感觉我的嘴唇在战栗，眼泪差点掉下来。"不见了！"我说，"全都不见了！三百多美元，我所有的财产！现在我到底怎么才能写完我的那本书？我的全部财产，只除了——"我这时才想起我的钱包，于是便掏出来打开了。"除了这四十美元——昨晚我们出门时，我幸好带了这四十美元。哦，苏菲，这完全是个灾难！"迷迷糊糊中，我听到自己模仿了内森："哦，我真是遇到麻烦了。"

苏菲有秘诀，可以对付这种狂乱的情绪。她总能让对方平静下来，甚至当内森失去控制发疯时。这是一种奇怪的巫术，与她的欧洲背景以及她身上的某种模糊又诱人的母性有关，我永远也弄不明白。"嘘！"她会用一种假装责备你的声音对你说话，任何男人都会软下来，并最终笑逐颜开。尽管我此时的忧伤不可能使我露出笑容，苏菲却轻轻松松就平息了我的狂怒。"斯廷戈，"她抚弄着我衬衣的肩部，说，"这种事实在太糟了，可是你不该表现得好像原子弹落到你身上似的。你真是个大孩子，看起来像要哭了。三百美元算什么？不久之后等你成为大作家时，你一个星期就可以赚三百美元！

现在看这个损失的确是件坏事，可是，亲爱的，这并不严重，而且你也无能为力，所以你暂时把这件事忘了，让我们依照计划到琼斯海滩去吧！我们走吧。[1]"

她的话非常有效，我很快就平静了下来。我意识到正如她所说，尽管我损失惨重，对此却几乎无能为力，所以我决心放轻松些，至少试着享受我和苏菲共有的这个周末。还有足够的时间去面对即将到来的可怕星期一。

我惊讶于自己一本正经地试图阻止苏菲把半瓶威士忌塞进她的海滩包里，但是她愉快地坚持，说那是"解宿醉的酒"。我敢肯定这话是她从内森那里学来的。她还加了一句："斯廷戈，不是只有你一个人出现宿醉现象。"是不是就从那一刻起，我才开始认真关心起她的酗酒问题呢？我想之前我只是把苏菲的这种纵饮看成一种暂时的不正常行为，一种短暂的慰藉，更多的是为了逃避内森抛弃她的事实。现在我们一起摇摇晃晃地坐在喧闹的地铁上时，我却一点把握都没有，为此感到疑惑且忧虑。我们很快就下车了，在诺斯特兰大道上搭了一辆开往琼斯海滩的巴士，在昏暗的起始站上的车。诺斯特兰大道上总是挤满不守规矩的布鲁克林人，他们互相争抢着能晒到太阳的位置。苏菲和我是那辆巴士最后上车的乘客。车很快启动，钻进一条阴森森的隧道，车厢里有一股臭烘烘的气味，光线很暗，几乎什么都看不到，虽挤满了人，乘客的身体也不断晃动着，却悄无声息。这种沉寂令人困惑，给人一种不祥的感觉——当然，我想当我们慢慢向车厢后面挤去时，这群人中应该有人咕哝了一声，叹了一口气，总算是有了点人气。后来我们终于找到两个破烂的座

---

1 原文为法语。

位坐了下来。

就在这时，巴士驶出了隧道，一下子沐浴在阳光下，我能看清同车的乘客。他们都是些犹太小孩，十一到十五岁之间，全都是聋哑人。或者说至少我认为他们是聋哑人，因为其中一个孩子拿了个大大的标语牌，上面写着"贝丝以色列聋哑学校"。两个慈爱而丰满的女人在走道上面带愉快的笑容，比着手语，好像在指挥一个无声的合唱团。偶尔会有一个喜滋滋的孩子也挥着手对她们比画。我的宿醉使我打了个冷战。不知怎的，我有一种可怕的末日感。我觉得神经焦躁，再加上看到这些没办法正常生活的天使，还有闻到引擎燃烧发出的气味——这一切都使我感到痛苦又焦虑。苏菲的说话声和她话中的不满并未减轻我的惊慌。她开始啜饮瓶里的酒，变得饶舌不休。但她说到内森时语气里透露出的直白的恨意却真的使我愕然不已。我不敢相信她竟会有这样的语气，便将其归咎于威士忌。在引擎的轰鸣声及碳氢化合物燃烧发出的蓝烟中，我极不舒适地听她倾诉，巴望着快点到达纯净的海滩。

"昨晚，"她说，"昨晚，斯廷戈，我把在康涅狄格的那段往事说给你听以后，才第一次意识到一件事。我意识到我很高兴内森就这样离开了我。真的真的很高兴。你知道的，我太依赖他了，那是不健康的。没有他我就寸步难行，就算是要做一个小小的决定我都会先想想内森。哦，我知道我欠他的，他为我做了那么多——我知道这个，但只做一只供他爱抚的小猫实在是让我厌烦。供他爱抚和做爱——"

"可是你说他吸毒。"我打断她的话。很奇怪，我感到有必要为内森辩护。"我是说，难道他不是只有在服药后亢奋时才会对你这么糟糕——"

"吸毒!"她厉声说,打断我的话,"是的,他是吸毒,但是看在上帝的分上,非要以这一点作为借口吗?总是有借口?我听腻了人们老是说我们得同情这样一个受到毒品影响的人,所以我们要原谅他的行为。去他的借口,斯廷戈!"她的语气完全承袭了内森的。"他差点杀了我。他打我!他伤害我!我为什么要继续爱这样的一个人?你知道他还对我做了什么事,我昨晚没有告诉你吗?他踢断了我的一根肋骨,一根肋骨!他只得带我去看医生——感谢上帝,不是拉里。他只得带我去看医生,我照了 X 光,整整缠了六个星期的绷带。我们得向这个医生编个故事,说我在人行道上跌倒,摔断了肋骨。哦,斯廷戈,我真高兴我摆脱了这个男人!这么残忍的一个人,这么……这么虚伪。我真高兴离开他,"她说,拭去唇上的一点唾沫,"我真是欢喜若狂。如果你想知道我的真实想法的话。我不再需要内森了。我还年轻。我有一份好工作,我很性感,我很容易就可以找到另一个男人。啊哈!也许我会嫁给西摩·卡茨!如果我嫁给那个治疗师,他会吃惊的吧!他总是诬蔑我跟卡茨有染。还有他的朋友!内森的朋友!"

我转头看向她。她的眼底有一抹愤怒,她的声音尖锐,我本想叫她别说了,却突然想到车上除了我,根本没有其他人听得见。"我真的受不了他的朋友。哦,我很喜欢他的哥哥拉里,我会想念拉里。我也很喜欢莫蒂·哈伯。但其他那些朋友,那些喜欢谈论精神分析,一天到晚多愁善感,担心他们聪明的小脑袋、他们的精神分析师和其他种种事物的犹太人。你听过他们的谈话,斯廷戈。你知道我的意思。你听过这么无稽的话吗?'我的精神分析师说这个,我的精神分析师说那个……'真恶心,你会以为他们遭受了多大的痛苦,这些生活舒适的美国犹太人,每小时花很多钱和他们的医生说这说那，以检查他们可怜又弱小的犹太心灵！啊——！"她的身体颤了一下，她别过头去。

苏菲的愤怒和痛苦，加上她的酗酒——全都是我以前没见过的——加重了我的忐忑，使我几乎难以忍受。她继续唠叨不休的当儿，我模糊地意识到我的身体起了不幸的变化：我的心烧得厉害，像司炉工一样全身冒汗，衰弱的神经使我裤裆里的那玩意亢奋起来。我们的车无疑是魔鬼承租的，不停颠簸着开过皇后区和拿骚县，伴着齿轮的碰撞声和弥漫的黑烟，这辆老巴士似乎会将我们永远囚禁在里面。恍惚中，我听见苏菲的尖叫声像一曲咏叹调，回荡在孩子们演的这场古怪的哑剧中。我真希望我做好了心理准备，可以承受住她的喋喋不休。"犹太人！"她说，"一点也不错，你知道，他们本质上都是一样的。我父亲说他不知道有哪个犹太人会施而不望报，这话实在说得不错。哦，内森——内森就是那样的！不错，他帮助过我很多，使我痊愈，但那又怎样？你以为他这样做是出于爱，出于慈悲吗？不，斯廷戈，他之所以这么做只是因为这样一来他可以利用我、拥有我、和我上床、打我，能够享有一件物品！就是这样，一件物品。哦，内森这么做是很有犹太作风的——他不是在把他的爱给我，而是像其他所有犹太人一样，在用爱来买我。怪不得犹太人在欧洲受到憎恨，他们还以为只要花一点钱，就可以买到任何他们想要的东西，就连爱，他们也以为自己买得到！"她揪住我的衣袖，黑麦威士忌的味道随着汽油味冲进我的鼻孔。"犹太人！上帝，我真恨他们！哦，斯廷戈，我对你说过谎。我告诉你的有关克拉科夫的所有事都是谎言。事实上我的童年时代，我这一辈子都憎恨犹太人。他们活该被别人憎恨。我恨他们，肮脏的犹太猪！"

我回道："哦，别再说了，苏菲，别再说了。"我知道她心烦意乱，知道她所说的不可能是真话，也知道她只是觉得内森是犹太人的事实比内森本人更易成为她攻击的目标，因为她显然仍深爱着内森。她的这种激烈的诘责使我感到恼火，即便我认为我知道原因。然而，联想的力量是巨大的，她的狂怒触动了我的某根隔代遗传的敏感神经。随着车子摇摇晃晃地开往琼斯海滩铺了沥青的停车场，我发现自己又闷闷不乐起来，思索着被窃的事。莫里斯·芬克。芬克！我心想，那个该死的希伯来人！我只能在心里发泄我的愤恨。

那些聋哑孩子和我们一起下了车，他们在我们身边挤成一团，踩到了我们的脚趾，手像蝴蝶一样比画着，围绕在我们四周。我们似乎无法摆脱他们。我们往海滩走去时，他们成了一群阴森而无声的随从。连布鲁克林异常明朗的天空此时也已变得阴沉；地平线处黑沉沉的，海浪涌起，缓缓溅出一片泡沫。沙滩上只有几个游泳的人，空气闷热潮湿，令人窒息。我感到几乎无法忍受的焦虑和沮丧，然而我的神经却像着了火似的处于兴奋中。我的耳朵里回响着《圣马太受难曲》里的一段狂乱而悲怆的乐章，那是那天早上苏菲的收音机里播放过的。不知为什么，听着曲子里的对唱，我想到不久前读到的一些十七世纪的诗句："……既然死亡是生命之子，就连异教徒也会怀疑究竟是继续活着还是死去……"被包裹在焦虑的茧房中，我冒汗了，为我的遭窃及即将到来的贫困感到担心，还担心我的小说以及我该怎么写完它，担心我该不该指控莫里斯·芬克。似乎在回应某种无声的讯号，那些聋哑儿童突然像小小的水鸟般散开消失了。苏菲和我在如鼹鼠皮般灰蒙蒙的天空下沿着海边疲惫地走着，整片海滩就只有我们两个人。

"内森有犹太人的一切劣根性，"苏菲说，"没有一点是好的。"

"犹太人有什么好的？"我听见自己大声抱怨道，"就是那个犹太人莫里斯·芬克偷走了我藏在药箱里的钱。我确信！金钱至上、嗜钱如命的犹太畜生！"

两个反犹主义者，一起在夏季出游。

一小时后，我估计苏菲已经喝了一二盎司，也就是不到半品脱的威士忌。她像个在印第安纳州加里市一家波兰酒吧里的女铆工一样猛喝着，但她的行为和协调能力尚没有受到什么可以辨认的影响。只不过她的舌头如脱缰的野马般说个不停（她说话不仅清晰而且流畅，有时候还非常快），和前一晚一样，当那些中性烈酒解除了她的束缚时，我好奇地看着、听着。反常的是，失去内森似乎对她有一种情感上的影响，使她沉浸在逝去的爱中。

"我被送去集中营之前，"她说，"在华沙有个情人。他比我小几岁，甚至还没满二十。他叫约瑟夫。我从没对内森提起过他，我也不知道为什么。"她顿了一下，咬了咬嘴唇，又说："不，我知道，因为内森嫉妒心太强，要是他嫉妒到发狂，会因此而恨我、惩罚我，即使这是过去的事。内森就是会这么嫉妒，所以我从没对他提过约瑟夫的事。想想看，痛恨一个过去的情人，而且他已经死了！"

"死了？"我问，"他怎么死的？"

但她似乎没有听见。她在我们的毯子上翻了个身。她在帆布海滩包里塞了四罐啤酒，这使我大为惊喜，我甚至不气恼她没有早些拿给我。当然，这些啤酒到现在已经很热了，可是我不在乎（我也非常需要解宿醉的酒）。她打开第三罐，有泡沫冒了出来。她把酒递给了我。她还带了一些奇形怪状的三明治，不过我们都没有吃。

我们躺在两堆高高的沙丘之间的空地上，四周稀稀拉拉地长着一些野草，隐秘而舒服，也没有人打扰。由这里可以清楚地看见海——像灰绿色的机油一样古怪又难看的海水无力地拍打着沙滩。但是除了在无风的天空中飞翔的海鸥，没有人看得见我们。潮湿的空气将我们团团包裹，形成一层可以感知的薄雾，曚昽的太阳则高高挂在缓慢移动的乌云后面。在某种程度上，这一海景显得很忧郁，我不想在这里待太久，但施利茨酒至少暂时消除了我先前的恐惧，只留下了我的欲望。再加上苏菲穿着白色的泳衣和我一起躺在沙滩上一个"与世隔绝"的角落里，我的欲望加重了。这个地方的隐秘性让我蠢蠢欲动——这是自与莱斯莉·拉皮德斯度过那个失败的晚上后我第一次起反应。我感到羞怯，果断决定穿着在海军陆战队发的那条看起来很蠢的绿色泳裤趴在那儿，像往常一样耐心地扮演告解神父的角色。我的"触角"再次伸了出来，它们接收到了其中的信息，她说的话毫无闪烁之词，她不想逃避。

"但是我不把约瑟夫的事告诉内森还有另一个原因，"她继续说，"就算他不嫉妒，我也不会告诉他。"

我说："你说的是什么意思？"

"我是说他根本就不会相信有关约瑟夫的事——一点也不会。这又是犹太人的通病。"

"苏菲，我不明白。"

"哦，这很复杂。"

"说来听听。"

"而且，这也和我对内森说过的关于我父亲的谎话有关，"她说，"我想想该怎么说，这超出了我的能力。"

我深吸了一口气。"苏菲，你把我搞糊涂了。直接告诉我吧，拜托。"

"好吧。听着，斯廷戈。只要是和犹太人有关，内森就不会相信波兰人有什么好的。我无法说服他相信，有冒着生命危险拯救犹太人的正派波兰人。我父亲——"她停了一会儿，喉咙里好像哽了什么东西，犹豫了很久后才又说："我父亲。哦，该死的，我已经告诉过你了——我对内森扯了谎，就像以前我对你扯的谎一样。不过你瞧，我还是对你说出了实情，可是我却不能告诉内森，因为……我不能告诉他，因为……因为我是个懦夫。我逐渐看清了我父亲是个大恶魔，所以我得隐瞒关于他的事实，虽然他的所作所为并不是我的错，我也不该因此而受到责备。"她又顿了一下。"那令人感到沮丧。关于我父亲，我扯了谎，内森却拒绝相信。那以后我就知道我绝不能告诉他有关约瑟夫的事。约瑟夫是个勇敢的好男孩，这是真的。我记得内森总会用十足的美国腔调说一句谚语：'有得必有失。'可是我什么也得不到。"

我有点不耐烦地问："约瑟夫怎么了？"

"我们住在华沙的一幢建筑内。那里被炸毁过，但修复了，能住人，不过只是勉强能住。那是个很糟的地方。你想象不到华沙在被占领期间有多么糟糕。食物非常少，有时候只有一点水可以喝，冬天冷得要命。我在一家生产沥青纸的工厂上班，每天工作十或十一个小时。沥青纸刮得我的手流了血，不停地流血。我并不是为了钱而工作，真的，而是为了保有工作卡。工作卡可以使我免于被送到德国的集中营去做苦工。我住在四楼的一个小地方，约瑟夫和他同母异父的姐姐住在楼下。他姐姐叫万达，比我大一点。他们两个都参加了地下组织，也就是所谓的'家乡军'。我希望我说得出约瑟夫的好，可是我说不出，想不到可以形容他的词。我非常喜欢他，但我们之间并没有真正的罗曼史，真的。他个子不高，很强壮，热情而不安。作为波兰人，他的皮肤很黑。奇怪，我们并不常做爱，虽然我们同睡一张床。他说他必须保持精力，以投入正在进行的战斗。你知道，他并没有受过什么良好的正式教育。他和我一样，被战争夺去了受教育的机会。但是他看过很多书，他很聪明。他甚至不是一个共产主义者，而是一个无政府主义者。他崇拜巴枯宁[1]，是个完全的无神论者。这也有点奇怪，因为当时我还是个非常虔诚的天主教徒，有时候我会想我怎么会爱上这个不信上帝的年轻人。不过我们达成了不谈宗教的共识，因此我们从不提及。

"约瑟夫是个凶手——"她顿了顿，重新整理了一下思路说道，"杀手。他是个杀手。那就是他在地下组织中的任务。他杀死出卖犹太人、泄露犹太人藏身之处的波兰人。华沙各处都藏着犹太人，当然不是犹太区的犹太人，而是较高阶级的犹太人——有许多是知识分子。有许多波兰人会将犹太人出卖给纳粹，有时候是为了奖金，有时候毫无缘由。约瑟夫就是一名杀死这些出卖者的地下工作人员。他会用钢琴丝勒死他们。他会借某种方法认出他们，再将他们勒死。每次他杀人时都会呕吐。他杀过六七个人。约瑟夫、万达和我有一个共同的朋友，就住在隔壁那幢楼里，我们都很喜欢她——一个叫伊雷娜的美丽姑娘，大约三十五岁，非常美丽。战前她是个教师。奇怪的是，她教美国文学，我记得她对一个叫哈特·克莱恩的诗人很有研究。你知道这个诗人吗，斯廷戈？她也为地下组织工作，我是说，起初我们以为是。后来我们才秘密了解到她是个双重间谍，也出卖了许多犹太人。所以约瑟夫必须杀她，即便他那么喜欢她。

1　俄国无政府主义者、国际社会主义运动活动家和理论家。

一天深夜他用钢琴丝勒死了她，第二天他一整天都待在我的房里，凝视窗外，一语不发。"

苏菲沉默下来。我把脸埋在沙子上，想起了哈特·克莱恩，和着海鸥的鸣叫声、海水节奏分明的冲刷声和沉闷海浪拍打海岸的起伏声，我感到自己颤抖不已。你幸而与我相伴，听海妖对我们放声歌唱，偷偷将我们织进晨光……

我又问："他怎么死的？"

"他杀了伊雷娜之后，纳粹发现了他的身份。大概是在一个星期后。纳粹雇了一帮高大的乌克兰人，他们专门从事谋杀活动。一天下午我不在家时，他们来到我们的住处，割断了约瑟夫的喉咙，我回来时万达已经发现他了。他正躺在楼梯上，血流不止，直到断气……"

有几分钟我们都没有开口。我知道，她所说的每句话都是真的，我觉得非常悲伤。这种感觉牵涉到良心的谴责，虽然我的逻辑思维告诉我，我不该为了这些与约瑟夫有关的事责备自己，可我禁不住带着嫌恶回顾我最近的生活。当约瑟夫（还有苏菲和万达）在华沙无以言表的地狱受苦受难的时候，斯廷戈在干什么？听格伦·米勒的歌，痛饮啤酒，在酒吧里嬉闹。上帝，这是个多么不公平的世界！在一段似乎永无止境的静默后，我的脸仍埋在沙子里，突然我感觉到苏菲的手指伸进了我的泳裤里，轻轻抚着我大腿根部的敏感区域。这立刻惊到了我，同时挑动了我的情欲，我听见我的喉咙情不自禁地发出声音。她的手指马上移开了。

"斯廷戈，我们把衣服脱掉吧。"我想我听见她是这样说的。

我木然地回道："你说什么？"

"我们把身上的衣服脱掉。什么也别穿。"

读者诸君，请先想象一下。想象你在好长一段时间以来，一直有根有据地怀疑自己患了什么绝症。一天早上电话铃响了，医生说："你用不着担心了，只是虚惊一场。"或者想象一下，你遭受了严重的经济损失，几乎一贫如洗，面临破产，你甚至在考虑用自杀摆脱困境。这时那个带来好运的电话响了，有人通知你中了州彩票，赢得五十万美元的奖金。毫不夸张地说，当我听到苏菲温和的建议时，我感到惊喜交加（大家可以回想一下，我说过我之前从未见过女人赤裸着身体）。再加上她手指的碰触，直截了当的挑逗，我的呼吸变得急促。我想我是陷入了医学上称为通气过度的状态，有一会儿我还以为我会昏过去。

甚至在我抬头看她时，苏菲正扭动着身子脱下她从加州科尔专卖店买的泳衣，所以在离我不过几英寸远的地方，我看到了我以为只有等我到了中年才能看到的场景：一个年轻女性的身体，她柔滑细腻的皮肤、丰满的乳房、光滑的肚腹、圆圆的肚脐……我所处的文化环境——整整十年看的是漂亮女孩的照片，经历的是对人体的普遍禁止——差点使我忘记女人拥有的最后一样迷人的物品。苏菲已经转身朝着海滩跑去。"快点，斯廷戈，"她叫道，"把衣服脱掉，我们去游泳！"这时我才站起身，愣愣地看着她走开。我敢说任何贞洁饥渴、被圣杯折磨的基督教骑士，在望着他所追求的物品时，都比不上我第一次看到苏菲不断晃动的屁股——那令人神魂颠倒的情物——时内心感到的崇拜之情。然后我看到她跃入阴沉的大海中。

我想必然是惊惶无措阻止我跟在她身后跳进水里。短短的时间内发生了太多事情，我感觉晕眩，定定地站在沙滩上，像是生了根。氛围发生了变化——刚才还在谈华沙的恐怖，现在一下子变成了放荡的嬉闹。这究竟意味着什么？我非常兴奋，却又十分困惑，但并没有什么先例可以帮我应对这种变化。我偷偷摸摸——尽管这个地方绝对隐秘——地脱下泳裤，站在翻滚着奇异云朵的灰白色的夏季天幕下，无助地向六翼天使撒拉弗炫耀我的男子气概。我吞下最后一口啤酒，醉醺醺的，既焦虑又喜悦。我看着苏菲游泳，她游得不错，看起来放松而愉快；但愿她没有太放松，有一瞬间我为她喝下那么多威士忌再游泳而担心。天气闷热，但我觉得自己像得了疟疾般寒冷而颤抖不休。

"哦，斯廷戈，"她回来时咯咯笑着，"Tu bandes。"

"Tu……什么？"

"你那儿起反应了。"

她一眼就看见了。我不知道该怎么办，但为了不让自己显得太过无礼，我只能以漫不经心——或者说在战栗中尽可能地表现出漫不经心——的姿态在毯子上坐下，用前臂加以掩饰。但没有用，她一在我身边坐下，它就一下子跳入她的视线，我们像海豚般滚进彼此的怀中。从那时起，那个拥抱给我带来的兴奋感已经把我折磨得彻底绝望了。当我吻她时，我听见自己发出像小马一般的嘶鸣声，但我只会接吻而已。我发狂般地拥住她的腰肢，却不敢抚摸她的身体，怕她会在我粗糙的手指下粉碎。她的肋骨很脆弱。我想起了内森的踢打，也想起了她过去的极度饥饿。我还在不停地颤抖。我此刻只能感觉到她嘴里威士忌的甜味，以及我们交缠在一起的温暖的舌头。"斯廷戈，你在发抖，"她曾抽回舌头说道，"放松些！"但当我们的嘴唇又湿漉漉地贴在一起时，我意识到我在流口水，这愚蠢的口水使我更加羞愧。我想不出这是什么缘故，而这一烦恼阻止我更加坚定地去探索她的胸部、臀部，还有——上帝保佑我——

我那梦寐以求的幽深之处。我被一种无以名状又糟糕透顶的瘫痪所攫住，就像笼罩在长岛上空的那朵云上聚集了一万名长老会主日学校的教师，威胁性十足，他们的出现使我的手指瘫软无力。我度秒如分，度分如时，却仍无法有什么重要的进展。然而就在这时，似乎是为了结束我的痛苦，或者只是想让事情进行下去，苏菲采取行动了。

她温柔而坚定，说道："斯廷戈，你有个很好的'弟弟'。"

我嗫嚅着说："谢谢你。"我的脑子里突然闪过一丝怀疑，却试图表现得机智一点。"你为什么这么叫呢？我们在南方不是这么说的。"我的声音颤抖得厉害。

"内森是这么说的。"她回答。

"你喜欢我的吗？"我的声音小得几乎听不见。

"很可爱。"

我不记得这段对话后来是怎么结束的，她当然可以用更加华丽的辞藻来夸奖我，只是别说"可爱"。在她说完这句话之后我沉默了，她便开始热情地抚摸我。我们急促地喘息着，突然她低语道："亲爱的斯廷戈，翻过来。"这一追随她跃入天堂的命令（上帝，她叫我"亲爱的"）让我承受不起。我像一头等待宰杀的公羊般发出惊慌的声音，猛地闭上眼睛，松了"闸门"，然后我像死人一样静止不动。在这个让人悲伤的时候她当然是不该笑的，但她笑了起来。

不过，一会儿后，她察觉到我的绝望，说道："别因此感到伤心，斯廷戈。有时候是会这样的，我知道。"我像只湿纸袋般瘫在那里，紧闭着双眼，无法思考我的失败。早泄（我在杜克大学的心理学成绩是4B），一群邪恶的小孩在我满是绝望的黑色深渊里用嘲讽的语气大声喊着。我只觉得我再也无法睁开眼睛，面对这个世界——大海里被淤泥困住的最低等的软体动物。

我又听到她的笑声，便向上看去。"听我说，斯廷戈，"她看着我怀疑的目光说，"这对皮肤是很好的。"我看着这个疯狂的波兰女人一只手拿起酒瓶吞了一口威士忌，另一只手——既让我羞愧又让我快乐的那只手——轻轻按摩不幸被我喷溅到的脸部。

她说："内森总说这里面有丰富的维生素。"不知为什么，我一直望着她的刺青。此时此刻它好像与此情此景很不和谐。"不要那么悲哀，斯廷戈。这又不是世界末日，每个男人都会发生这种事，特别是年轻的男人。在华沙，约瑟夫和我第一次做爱时也是这样的，一模一样。他也是个处男。"

我感到难过，叹了口气问："你怎么知道我是处男？"

"哦，我看得出来，斯廷戈。我知道你和那个莱斯莉没有成功，你只是编了一个故事，说你和她上了床。可怜的斯廷戈——哦，坦白说，斯廷戈，我并不是真的知道，我只是猜测。但我猜对了，不是吗？"

"是的，"我呻吟道，"如雪花般纯洁。"

"约瑟夫和你有许多相似之处——诚实、直率，因此有时显得很稚气。这很难形容。也许正因为如此，我才这么喜欢你，斯廷戈，你使我想起约瑟夫。要是他没被纳粹杀死，或许我已经嫁给了他。你知道，我们都想不出是谁在他杀死伊雷娜之后将他出卖了。这真是一个谜，但一定有人告发了他。我们常像这样去郊外野餐。在战时这是很困难的——食物稀缺，但我们曾有一两次在夏天到乡下去，也像现在这样铺条毯子……"

真是令人惊愕。才刚干完那事——虽然笨手笨脚，也失败了，却是我经历过的最振奋人心的事——她就立刻像做白日梦般回忆往事，喋喋不休，似乎我们刚才的亲密行为就跟在舞池里跳两步舞一样不让人留恋。这是喝酒的结果吗？现在她的眼睛已有点迷蒙，她又像个烟草拍卖商一样絮絮不休。无论原因是什么，她突然的漫不经心使我非常痛苦。她坐在那儿，对满脸的潮湿毫不在意，就好像她在用旁氏的冷霜。她没有谈我（她刚刚还叫了我"亲爱的"），没有谈我们，而是谈着她死去多年的情人。难道她已经忘了几分钟前，她还带着我进入自我十四岁就开始怀着喜悦之情巴望的神秘之境吗？女人可以像电灯开关似的迅速熄灭她们的欲望之灯吗？约瑟夫！她对她的情人念念不忘，这让我发狂，一想到——这种想法强行闯入我的脑海——不久前她对我突如其来的热情是一种感情的转移，我只是一时代替了尸骨不存的约瑟夫进入她的幻想，我就不能忍受。不过我也注意到她开始有些语无伦次，声音生硬又含糊，嘴唇也像被普鲁卡因给麻醉了，笨拙又奇怪地动着。我对她这种仿佛被催眠的状态大为惊慌，从她手中拿走了还剩几盎司威士忌的酒瓶。

"斯廷戈，想到事情本来可能会有所不同，我就不舒服，非常不舒服。要是约瑟夫没死就好了。我很喜欢他，事实上，更甚于内森。约瑟夫从不会像内森那样虐待我。谁知道呢？也许我们会结婚，如果我们真的结婚了，那一切就很不一样了。就拿他那同母异父的姐姐万达来说，我会使他摆脱她邪恶的影响，那真是一件好事。酒呢，斯廷戈？"她说话时，我把酒瓶藏到身后，将剩余的酒倒到沙子里。"酒。总之，那个爱抱怨的万达！她真是太爱抱怨了。"（我爱抱怨。内森，又是内森式的语言。）"她应该为约瑟夫的惨死负责。好，我承认，是该有人为出卖犹太人而遭到报复，可是为什么每次都叫约瑟夫动手？为什么？那全是因为万达拥有权力，这个抱怨鬼。不错，她是一名地下组织的领导人，但是让自己的弟弟担任我们生活的这片区域的唯一杀手公平吗？我问你，这公平吗？斯廷戈，每次他杀了人都会呕吐。呕吐！这个任务差点把他逼疯了。"

看着她的脸色变得灰白，我屏住了呼吸。她绝望地四处摸索着酒，喃喃低语。"苏菲，"我说，"苏菲，威士忌都喝完了。"

她完全沉浸在回忆中，似乎没听见我的话，而且她泫然欲泣。突然我第一次明白"斯拉夫忧郁"这个短语的含义：悲伤漫过她的脸，就像黑影掠过雪地。"万达这个该死的女人，一切都是她造成的。一切！约瑟夫的死和我被送到奥斯威辛以及其他一切事情！"她开始哭泣，泪水滚落她的双颊。我难受地动了动，真的不知道该做什么。虽然情欲已经消退，我仍伸手拥住她，让她躺到我的怀里。她把脸靠在我的胸前。"哦，见鬼，斯廷戈，我非常不快乐！"她哀号着，"内森到哪儿去了？约瑟夫到哪儿去了？大家都到哪儿去了？哦，斯廷戈，我真想死！"

"嘘，苏菲，"我抚着她赤裸的肩膀，轻柔地说，"一切都会好起来的。"（希望渺茫！）

"抱着我，斯廷戈，"她绝望地低语，"抱着我。我觉得好迷茫。哦，耶稣，我觉得好迷茫！我该怎么办？我该怎么办？我好孤单！"

酒、疲惫、哀伤、闷热——这一切使她在我怀里沉沉睡去。我也喝了不少啤酒，再加上精疲力竭，也跟着睡着了，还紧紧挨着她的身子，就像那是一张安全毯。我做了一大堆错综复杂又漫无目的的梦，就是我一生中反复做的那种梦——有着荒唐追求的梦中梦，寻找某种不可名状的奖品，将我带去未知目的地的梦：爬上陡峭的折角楼梯，坐在船上沿着缓慢流动的运河而下，穿过弯弯曲曲的保龄球馆和迷宫般的火车调车场（在那儿我看到了我在杜克大学读书时崇拜的那位英语教授，他穿了一身花呢西服，站在快速移动的调车机车的驾驶室里），穿过灯光陆离的地下室、副地下室和隧道，还穿过一条奇怪又可怕的下水道。我的目标像以往一样无法明确，好像与一只走失的狗有关。当我惊醒过来时，我首先意识到的就是苏菲已经离开了我的怀抱走开了。我大叫了一声，声音却被卡在喉咙里，出来时变成了一声呻吟。我的一颗心开始剧烈地跳动。急急忙忙穿上泳裤后，我爬到沙丘上，这样我可以眺望海滩——那片广漠阴沉的沙滩上毫无人迹，什么都没有。她失踪了。

我看向沙丘后面——只有一片干枯的沼泽荒地。没有人。附近的海滩上也没人，只有一个矮胖结实的模糊人影向我这边走来。我跑向那个人，逐渐看清他是个皮肤黝黑的大块头男人，正大口咬着一根热狗。他是来海滩游泳的，黑发贴在头上，中分，笑容友善却愚蠢。

我结结巴巴地问："你有没有看到……一个金发女孩，我是说很漂亮的一个金发……"

他笑着点了点头。

我松了一口气。"在哪里？"

他回答："我不会说英语。"[1]

那次经历至今仍使我铭记在心，也许历历在目，因为就在我听到他的回答之际，我越过他毛茸茸的肩膀瞥见了苏菲。在远处绿色的海浪中，她的头颅只有一个金色的小点那么大。我不假思索，跃入海中朝她游去。我的泳技相当不错，但那一天我像一个真正

1　原文为西语。

的奥运会选手般发挥了精湛的泳技，劈波斩浪奋力前行。惊恐与绝望甚至激发了我腿部和胳膊的肌肉力量，我自己都不知道这巨大的力量从何而来。我在温柔流动的海水中轻快地游动着，惊讶于她是如何游那么远的。当我暂时停住原地踩水时，我找到了自己的方位，并锁定了她的位置。让我非常苦恼的是，她仍在不停地向海里游去，游向委内瑞拉。我大声喊她，一声，两声，但她置之不理。"苏菲，回来！"我大叫着，却得不到半点回应，还不如恳求空气。

我深吸一口气，虔诚地向上帝祈祷了一番——多年来第一次，然后继续英勇地朝着那团逐渐离我远去的湿金发向南游去。突然间我感到我获得了一种不可思议的巨大力量，使我以惊人的速度向苏菲游去。尽管海水模糊了我的视线，我却看到苏菲的头颅越来越大，越来越近。我意识到她已经停了下来，不一会儿我便到达她身后。海水几乎没过了她的眼睛，她还没有被淹死，但她的目光一如走投无路的小猫般疯狂，她吞着水，显然已疲乏不堪。"不！不！"她喘息着，无力地用手推我，想把我推开。但我猛扑过去，伸手由后方紧紧地环抱住她的腰，歇斯底里地吼道："闭嘴！"我松了一口气，因为我发现她落入我的怀抱后，并未如我所预料的那般奋力挣扎，而是靠着我休息，听任我抱着她慢慢朝岸边游去。她轻轻发出凄凉的啜泣声，泪水和着海水溅到我的脸颊上，进入我的耳朵。

我一将她拖到沙滩上，她便趴在地上吐出了半加仑的海水。然后她哽咽着，咳嗽着，脸朝下对着水岸，像癫痫发作了似的不由自主地颤抖起来，被一种巨大的悲伤攫住了。我之前从未见过如此剧烈的悲伤。"哦，上帝！"她悲恸地喊道，"你为什么不让我死？你为什么不让我淹死？我太糟糕了——我真的是太糟糕了！你为什么不让我淹死？"

我无助地站在她赤裸的身躯旁。我先前碰到的那个独自在海滩上散步的人站在一旁懒懒地注视着我们。我注意到他唇上沾了一点番茄酱，他正在用西班牙语小声地提出什么悲观的忠告，但几乎听不见。突然我扑通一声倒在苏菲身旁，这才发现我已经精疲力竭。我伸出一只无力的手抚摸她赤裸的背部——从那时起，那种触感便一直留在我的脑海中：她的脊柱高高凸起，节节分明，整条脊柱像一条蛇似的随着她痛苦的呼吸一起一伏。暖暖的蒙蒙细雨落了下来，在我的脸上聚成了水滴。我把头靠在她肩上，然后我听见她说："你该让我淹死的，斯廷戈。没有人像我这么糟糕。没有人！没有人像我这么糟糕。"

最后，我给她穿上衣服，我们搭乘巴士回到布鲁克林的粉红宫。喝过咖啡后，她终于清醒过来，在床上睡去，一直从午后睡到黄昏。她醒来时仍紧张不安——显然是想起了刚才她独自游向海洋深处的无名之境时的情况，但就一个刚刚在生死边缘挣扎的人而言，她算是相对冷静的。她似乎没受什么外伤，不过是喝了过多的海水，在之后的数小时里不停地打嗝，很响亮，一点也不淑女。

后来——呃，她已经带我探索过她的部分痛苦的过去，但是也留给我一些未曾解答的疑问。也许她认为，除非她能和盘托出，说出她仍然对我，也对她自己（谁知道呢？）隐瞒的事情，否则她就不可能真正回到现在。所以在那个细雨霏霏的周末余下的时间里，她又对我说出更多她在地狱中的生活。（更多，但并非全部。有一件事仍埋葬在她的心中，在不可名状的地方。）我终于分辨出那种"糟糕"的轮廓，那像魔鬼般的"糟糕"无情地追逐着她，由华沙到奥斯威辛，再到布鲁克林的那些宜人的中产阶级街区。

　　苏菲是在一九四三年三月中旬被捕入狱的，那是在约瑟夫被乌克兰的暗杀者杀死几天后。那天天色昏暗，冷风阵阵，低矮的云层仍有几分冬天的阴冷。她记得那是下午时分。当她搭乘的正在疾驶的三车厢电力火车在华沙市郊的某个地方突然紧急刹车时，她便有一种感觉，比不祥的预感还强烈。那是一种确定性——确定她会被送往某个集中营。这个让人发狂的念头甚至在六七个盖世太保上了车，命令每个人都下车到街上去之前就闪过她的脑海。她知道这正是她一直害怕并预料到的围捕，哪怕火车还没停下。那个突然的急刹车、车轮摩擦轨道时发出的刺鼻的金属臭味都预示着厄运的到来；拥挤的火车里或坐或站的乘客同时往前一扑，双手乱抓一气想找到支撑的场景也预示着厄运的到来。不是事故，她想，而是德国警察。接着她听到一声命令："下车！"

　　他们几乎立刻发现了那包十二千克重的火腿。她把包着报纸的包裹绑在衣服下，使她看起来像是怀孕了一样。这早已陈旧得称不上什么计策，几乎马上就引起怀疑。卖给她宝贵火腿的那个农妇让她用这个办法，说道："至少你也该试试。要是他们看见你公然拿着，一定会逮捕你。而且，你的外表和衣着看起来都像个知识分子，不像我们这些乡下人，瞒得过的。"但苏菲并未料到会遭到围捕，也未想到这次围捕如此严重。当一名盖世太保打手将苏菲使劲压在一堵潮湿的砖墙上时，毫不掩饰他对她这个波兰人使用的这种笨方法的蔑视。他从外衣口袋中抽出一把小刀，一边轻松自在地将刀刺入那个隆起的假腹中，一边色眯眯地斜眼瞟苏菲。苏菲还记得当刀子刺入那块火腿时，她闻到的那个纳粹呼出的奶酪味和他说的话。他说："你不会喊痛吗，小宝贝？"[1]在惊恐中她只能绝望地说出一些陈词滥调来求饶，让她感到有些痛苦的是，她那口纯正的德语居然得到了他的赞扬。

她以为她必会受到苦刑，但不知怎么却没有。那一天，德国人似乎卷入了一场声势浩大的搜捕中，大街小巷上，有成百上千的波兰人被捕下狱。因此苏菲犯下的罪行（一项重罪——私藏肉类），在别的时候肯定会受到最详尽的审查，在混乱中却被忽略、遗忘了。但她绝不会被忽略，她的火腿也不会。一到了臭名昭著的盖世太保总部（撒旦恐怖的住所在华沙的复制品），那块火腿就被撕去了包装，放在桌子上，闪着淡粉色的光。那张桌子就在戴着手铐的苏菲和一个戴着单眼镜、活力四射的狂热分子之间。那个人很像奥托·克鲁格，他想知道她是从哪里弄到这件违禁品的。他的翻译是一个波兰女孩，咳个不停。他用蹩脚的波兰语大声说："你是个走私犯！"当苏菲用德语回答时，她得到了当天的第二次赞美。那个肥胖的纳粹咧嘴笑了，露出了满嘴的牙齿，但那笑容一点也称不上愉悦，简直与一九三八年的好莱坞电影一般无二。难道她不知道这种行为的严重性吗？难道她不知道所有的肉类，尤其是这种质量的肉都是要供应给德国的吗？他用长长的指甲刮了一片火腿放进嘴里。他一点一点地咬着。优质肉[2]。他咆哮着，声音突然变得粗暴。她是从哪里弄到这块火腿的？供应给她的人是谁？苏菲想到那个可怜的农妇，知道她最终也难逃厄运。她尽量拖延时间，回答道："先生，这块肉并不是我要吃的，是给我母亲吃的，她住在城市另一头，得

---

1 原文为德语。

2 原文为德语。

了肺结核，病得很严重。"似乎这种无私的孝心能对这个纳粹产生什么作用。这时有人敲门，刺耳的电话铃声也突然响个不停。对德国人和他们的围捕行动来说，这真是狂乱的一天。"我才不管是不是给你母亲吃的！"他咆哮道，"我要知道这块肉你是在哪里弄到的！马上告诉我，不然我就打到你说！"但是敲门声仍在继续，另一部电话也响了起来，小办公室变得像疯人院。那个盖世太保长官尖声命令他的下属把这个波兰母狗带走——此后苏菲再也没有见过他，也没有见过那块火腿。

如果换一天或许她就不会被捕。当和另外十几个华沙市民被关在漆黑一片的牢房里等待时，苏菲一再想到这种讥讽。被关在牢房里的有男有女，都是陌生人，多数是二三十岁的年轻人。他们的态度——也许只是他们冷漠而顽固的沉默——告诉苏菲，他们是秘密抵抗组织的成员，就是波兰家乡军。这时她突然想到要是她再等一天（照她计划的那样）去新德武尔买肉，她就不会坐那趟火车。她现在才明白德军开展伏击行动可能就是为了抓捕乘坐火车的某些家乡军成员。纳粹有时候会广撒网，尽可能多地捕捉那些特殊的鱼，网罗各种各样小却有趣的鲦鱼，那天苏菲就是其中一条。坐在石头地板上（此刻已是午夜了），她想着家里没人照顾的扬和伊娃，绝望到窒息。牢房外的走廊上不断传来说话声、吵闹声、脚步声和推挤声，当天被围捕的受害者仍继续被送入监狱。有一次，她透过门上的铁栅缝隙匆匆瞥了一眼，看到一张熟悉的脸，她的一颗心蓦然沉落。那张脸流着血，是她认识的一个年轻人，她只知道他的名字，叫弗拉基斯拉夫，是一家地下报纸的编辑，曾在苏菲楼下万达和约瑟夫的住处和苏菲简短地说过几次话。不知道为什么，但那一刻她确信万达也被捕了。然后她想到另一件事。"圣母马利亚。"她情不自禁地低吟。想到这件事，她便觉得自己像片湿叶子般无力：火腿（被盖世太保吃了一口）的事肯定已经被忘了，她的命运——不管会是什么——将和秘密抵抗组织的这些成员紧紧拴在一起。这一命运带着一种不祥的预感突然向她袭来，势不可当，连恐惧这个词都黯然失色。

那一夜苏菲睁眼到天明。牢房里又冷又暗，她只认得出清晨时被猛推到她身旁的人体是个女人。黎明的曙光透过铁栅慢慢照进牢房时，她发觉那个正在打盹的女人是万达。这虽不真正让她意外，却还是吓了她一跳。在昏暗的光线中，她慢慢看清万达的脸上有一块很大的伤痕，让人反感，使苏菲想到了被捣烂的紫葡萄。她想叫醒万达，想了一下又犹豫了，便缩回了手。就在这时，万达醒了过来，呻吟了一声，又眨了眨眼，盯着苏菲看。她永远也忘不了万达受伤的脸上那惊愕的表情。"苏菲娅！"她抱住苏菲，喊道，"苏菲娅！你怎么会在这里？"

苏菲不禁靠着万达的肩膀痛哭起来，她伤心绝望，久久说不出话。万达的耐心像往常一样让人宽慰，万达轻声安慰她，拍着她的后背，像姐姐，像慈母，也像护士。苏菲如果不是被过多的焦虑折磨着，说不定很快就会在她的臂膀中睡着。镇定下来后，苏菲说出了她在火车上被捕的经过。这只用了很短的时间，然后她听到自己急迫地提出折磨了她十二小时的问题，强烈希望可以得到回答："孩子，万达！扬和伊娃。他们没事吧？"

"是的，他们没事。他们也被带到这里来了，在其他什么地方。纳粹没有伤害他们。我们那幢大楼里的每一个人都被捕了——每一个人，包括你的孩子。这可真是一次彻底的清扫。"她那张宽大强壮的脸上掠过一丝痛苦的表情，骇人的伤痕更是加深了这种痛苦。

"哦，上帝，他们今天逮捕了好多人。他们杀了约瑟夫后，我就知道很快就会轮到我们了。真是一场灾难！"

至少孩子们安然无恙。苏菲感谢万达，也松了一大口气。接着她抑制不住冲动，把手伸向那肿胀发紫的脸颊，但没有碰它，最后她缩回了手。她这样做时，发现自己又哭了。"亲爱的万达，他们对你干什么了？"她低声问。

"一个盖世太保把我扔下楼梯，用力踩我。哦，这些……"她抬起眼睛，即将说出的咒骂消失在唇边。许久以来德国人受到无休止的诅咒，连那些最难听的话听起来都索然无味，无论多么新奇，还不如不说呢。"并不太糟，我想他并没有踩断我的骨头。"她又伸出胳膊抱住苏菲，低声哄着她，"可怜的苏菲娅。想不到你竟落入他们肮脏的陷阱内。"

万达！苏菲如何能看清并明确她对万达最终的感觉呢？这种情感包括爱、嫉妒、不信任、依赖、敌意和敬仰。她们两个人有不少相同之处，却又有相当多的差异。最初使她们联结在一起的是她们对音乐的热爱。万达原先是到华沙音乐学院来学声乐的，但战争摧毁了她的抱负，也摧毁了苏菲的。苏菲凑巧住进万达和约瑟夫所住的那幢大楼后，是巴赫、布克斯特胡德[1]、莫扎特和拉莫[2]撮合了她们的友谊。万达个子很高，身形结实，优雅的四肢颇有几分男儿味，还有一头火红的头发。她的眼睛十分清澈，是苏菲见过的最迷人的蓝宝石色。她的脸上有一些小雀斑，过分突出的下巴破坏了她的美，但她的活泼和睿智又以某种奇特的方式拯救了她的美，使她闪闪发

---

1 德国管风琴家、作曲家。
2 法国作曲家、音乐理论家。

光（苏菲经常想到"满腔激情"[1]这个词），引人注目，就像她的头发一样。

苏菲和万达的背景至少有一点极为相似：她们都是在浓郁的日耳曼文化的环境下成长的。事实上，万达有个德国姓氏——穆克-霍希·冯·克雷奇曼，这是因为她父亲是德国人，母亲是波兰人。她出生在商业及工业，主要是纺织业都深受德国影响的罗兹。她父亲是个廉价羊毛织物制造商，很小就让万达学习德语，因此她和苏菲一样，能说一口流利纯正的德语，但她深爱的却是波兰。苏菲从没想过一个人能有如此强烈的爱国主义情怀，哪怕是在这片爱国热情高涨的土地上。万达是苏菲崇拜的罗莎·卢森堡[2]年轻时的化身。她很少提及自己的父亲，也不曾解释她为什么会彻底抛弃她承袭自德国的一切。苏菲只知道万达陶醉、梦想着的都是自由的波兰这一念头——其中最辉煌的就是战后解放了的波兰无产阶级，这种热情使她成为秘密抵抗组织最坚实忠诚的一员。她警觉、无畏、聪明——一个天生的鼓动者。当然，除了她的热忱及其他能力，她还能完美地说出征服者使用的德语，这对地下行动非常有价值。她知道苏菲也具有这种语言能力，但苏菲拒绝为地下组织服务，一开始万达为此对她失去了耐心，后来这两个朋友更是产生了强烈的不和。因为苏菲确实非常非常害怕卷入对抗纳粹的地下斗争，这种态度在万达看来不只是不爱国，在道德上还是一种怯懦。

约瑟夫被杀及围捕行动发生前的几星期，一些家乡军成员在离华沙不远的普鲁什库夫城，偷走了盖世太保的一辆货车。货车

1　原文为法语。
2　波兰裔德国女无产阶级革命家，德国共产党创始人之一。

上载有珍贵的文件及计划书，万达一看就知道那些厚厚的文件里记载了最高机密。但是这些文件有很多，急需翻译。万达去找苏菲帮忙时，苏菲再一次拒绝了她，她们又像之前那样起了剧烈的争执。

"我是个社会主义者，"万达说，"你却毫无政治立场，还有，你是个基督徒，这些我都理解。以前我只是蔑视你，苏菲娅，蔑视且讨厌。我仍有许多朋友不会跟你这样的人来往。但我想我已经突破这种观点了。我痛恨我的一些同志愚蠢的固执。而且，你一定感觉得到，我非常喜欢你。所以我不会要求你采取我的政治立场，或意识形态立场。你也不会愿意和他们混在一起。虽然我不具有代表性，但他们并不是你那种人——你了解的那种人。总之，并不是每个人的行动都是政治化的。我以人道的名义恳求你，想唤起你的正义感，唤起你作为人类，作为波兰人的意识。"

苏菲和平常一样，等万达的这番慷慨激昂的言论结束后转过身去，一语不发。她看着窗外寒冷而荒凉的华沙、被炮弹轰炸过的建筑物和碎石堆被掩盖在那片蒙上烟灰、带有硫黄味的积雪之下——这种景象曾经使她伤心落泪，但现在她只有冷漠和无动于衷。这片土地如此阴暗肮脏，这个被洗劫一空的城市似乎每天都凄凉又痛苦，充斥着恐惧、饥饿和死亡。如果地狱也有郊区，八成就和这片荒地类似。苏菲吮吸着她粗糙的手指，她甚至买不起便宜的手套。沥青纸厂的工作伤了她的手，有根拇指感染严重，痛得厉害。她回答道："我已经告诉过你了，现在再对你说一遍，亲爱的，我不能。我也不会。就这样。"

"我想也是基于同样的原因？"

"是的。"万达为什么不能接受她的决定，不再来烦她？她的执着令人发狂。"万达,"她轻声说道,"我不想再谈这个问题了。一再重复那些你早已知道的话让我觉得很尴尬,因为我知道你是个敏感的人。但是以我的立场——我再说一次,我不能冒险,我有孩子——"

"家乡军的其他妇女也有孩子,"万达猝然插嘴,"你怎么就想不通这一点?"

"我告诉过你了,我不是'其他妇女',我也没有加入家乡军,"苏菲愤然回嘴道,"我就是我!我必须依照自己的良心做事。你没有孩子,自然可以说得这么轻巧。我不能使孩子的性命受到危害。他们的日子已经够苦了。"

"苏菲娅,我认为你把自己放在和别人不同的立场上实在让人生气。不能牺牲——"

"我牺牲过了,"苏菲苦涩地说,"我已经失去了丈夫和父亲,我母亲也因为肺结核而奄奄一息。上帝,我还要做多少牺牲?"万达并不知道苏菲对她父亲和丈夫的反感——可以说是漠不关心,尽管他们已经死了三年了,被埋在萨克森豪森集中营的坟墓里。然而,她的话奏效了。苏菲察觉到万达的语气变温和了,像哄孩子似的。

"苏菲娅,你知道,你用不着让自己处于这么弱势的地位。你无须冒任何真正的险——完全不像我的一些同志干的那些事,甚至也不像我自己干的。我们所需要的是你的脑子。你精通德文,可以做许多极有价值的事情。监听他们的短波广播、翻译。不妨直说吧,昨天在普鲁什库夫从盖世太保的货车里偷到的文件,我确信它们非常有价值!当然,这件事情我可以做,可是数量太多了,而我又有很多事情要操心。你不懂吗,苏菲娅,要是我们把一部分文件安全地——不会有任何人怀疑——交给你，你将帮我们很大的忙。"她顿了一下，接着以坚决的声音说："你必须再想一想，苏菲娅。否则，你就不是个有正义感的人。想想你能为我们大家做些什么。想想你的国家！想想波兰！"

暮色降临了。天花板上的小灯泡亮了，发着微弱的光——今晚很幸运，通常根本就没有灯光。苏菲从黎明起就开始搬运一摞摞的沥青纸，现在她感到背部酸痛得厉害，痛感远远超过她因受了感染而肿胀的拇指。她依旧觉得自己全身肮脏。她的眼睛疲倦却坚毅，望着远处荒凉的街景沉思，而阳光似乎永远不会照耀在那片土地上。她疲惫地打了个哈欠，不再听万达的声音，或者说她不再听具体的话，那些话已经变得刺耳、单调，时而威吓，时而鼓舞人心。她想知道约瑟夫在什么地方，想知道他是否安全。她只知道他正在城里的某个地方悄悄跟踪某个人，外衣下藏着一卷致命的钢琴丝——一个一心执行死亡及报复任务的十九岁男孩。她并未爱上他，但是她，呃——非常关心他。她喜欢他躺在她身边时的暖意，在他回来之前她会一直焦虑不安。她心想：圣母马利亚啊，这是怎样的一种生活！下面丑陋的街道上——昏暗、粗糙又普通，就像穿烂了的鞋底——有一队德国兵正踏着重重的步子在劲风里行走，他们肩上扛着步枪，制服的衣领被风吹起。她没精打采地望着他们经过街角，转弯，消失在另一条街上。要不是中间有那栋被炸毁的建筑物的断壁残垣，她知道她可以看见那个立在街边的铁铸绞刑架：它像一个搁物架似的，任由二手商贩在上面展示各式旧衣服。曾有无数华沙市民被吊死在那里，现在也仍有人被吊死在那里。耶稣，难道这永远不会结束吗？

她疲惫得连冷笑话都说不出来，但是她确实很想打断万达，说出埋藏在她心中已久的一件事以回应她：唯一会诱惑我进入你的世界的东西，就是那部收音机。听听伦敦的新闻，但不听战事新闻，不听同盟国胜利的消息，也不听波兰军的奋战和流亡中的波兰政府发出的指令。不，我愿意像你们一样冒着生命危险帮你们，只是为了再听一次托马斯·比彻姆爵士[1]指挥的莫扎特的歌剧《女人心》。多么惊人又自私的想法呀——这个想法在她脑子里出现时，她就意识到它很可鄙，可是她忍不住这么想，这就是她的感觉。

有一会儿，她为这个想法感到羞愧，为她和万达、约瑟夫同住一个屋檐下却仍怀有这种想法而羞愧。他们两个无私而勇敢，效忠于人类及波兰同胞，关切那些被围捕的犹太人，这一切都是对她父亲这种人的无声谴责。尽管她无可指责，她却感到自己被玷污了，被与她父亲在他疯狂的最后一年合作玷污了，还有他的那本残酷的小册子，因此与这位勇于献身的姐姐和她弟弟的短暂关系让苏菲得到净化，像一种恩典。她哆嗦了一下，羞耻感更强了，脸也更烫了。要是这对姐弟知道别甘斯基教授做的事，或知道三年来她一直把那本小册子带在身上，他们会怎么想？而且为了什么理由？为了什么难以言说的理由？将它当作一个契机，一件和纳粹磋商的工具，这种可怕的场面会出现吗？会的，她回答自己说，会的——根本没有办法摆脱这一可耻和不光彩的事实。此刻万达絮絮叨叨地说着责任和牺牲，她却为自己的秘密深觉不安。为了保持镇静，她把这个秘密从脑子里赶了出去，像倒掉令人作呕的剩菜一样。她强迫自己听下去。

"任何人都会面临人生的转折点，届时人们必须站起来参与其

1　英国指挥家，创立了比彻姆交响乐团、伦敦爱乐乐团和皇家爱乐乐团。

中，"万达说，"你知道，我觉得你是个很好的女孩。约瑟夫愿意为你而死！"她提高了声音，"但是你不能再这样对待我们。你应该负起责任，苏菲娅。你已经到了不能再这样虚度终日的时候了，你必须做个选择！"

就在这时，苏菲看见她的两个孩子出现在下面的街道上。他们在人行道上慢慢走着，认真地谈着什么，又像小孩子那样嬉闹。几个行人从他们身旁走过，在暮色中奔向自己的家。有个老人穿得暖暖的在疾风中走，他臃肿的身体撞上了扬，扬用手做了个无礼的手势，又和妹妹继续前行，专心谈话，一个劲地解释……解释。他去接上长笛课的妹妹，她在十几个街区外的一个空荡荡的地下室上课。这课上得很随意，有时候十分突然，即兴上课（取决于老师每天的任务安排）。老师是一个叫斯特凡·扎奥尔斯基的男人，他原来是华沙交响乐团的长笛手。为了让他收伊娃为徒，苏菲得劝他、求他、奉承他。除了苏菲能够支付少得可怜的学费，在这个荒凉而阴郁的城市，对一个失去工作的音乐家来说，给人上课没什么吸引力，他还有更好的谋生办法（不过大部分是违法的）。由于双膝患了关节炎，扎奥尔斯基走路跛得厉害，但这个年轻的单身汉非常爱慕苏菲（跟其他很多对苏菲一见钟情的人一样）。他之所以同意教授她的女儿伊娃，无疑是为了有机会见到她的美丽容颜。而且苏菲十分坚持，她费尽力气说服扎奥尔斯基，说只有让伊娃学习音乐，她才算尽到教养的责任，不然还不如直接对生活说不。

长笛。迷人的长笛。在一个钢琴多被摧毁的城市，长笛似乎是让孩子开始接触音乐的好乐器。伊娃痴迷于长笛，过了四个月左右，扎奥尔斯基就十分喜欢这个小女孩了，为她的天赋感到惊讶，还非常关心她，仿佛她是个天才（有可能），是又一个兰多夫斯卡[1]，又一个帕德雷夫斯基，又一个波兰献给音乐神殿的奇迹。最后他甚至拒绝收苏菲给他的微薄学费。此刻扎奥尔斯基突然出现在街上，不知从哪里来的，他一脸惊讶，就像一个金发幽灵。他一副快要饿死的样子，跛脚行走，面色红润，头发像扫把一样，淡色的眼里流露出紧张又关切的神色。他穿的那件暗绿色的羊毛衫被蛾子咬了不少洞。苏菲吓了一跳，倾身向前贴着窗子。这个慷慨而神经质的男人显然尾随着伊娃，或者该说是一直在后面急急忙忙地追着两个孩子走了好几个街区，出于某个苏菲不可能知道的原因。突然间他的使命变得明晰了，这个热心的老师跛脚跟着伊娃，只是为了纠正、解释或细说他刚刚教给她的什么东西——指法或划分乐句这样的事？苏菲不知道，但她既感动又开心。

她微微推开窗子，想喊此刻凑在隔壁楼门前讨论的那三个人。伊娃的金发扎着辫子。她的门牙掉了。苏菲想着，她是怎么吹长笛的呢？扎奥尔斯基让伊娃打开皮箱取出长笛，他把笛子举在孩子面前，没有吹奏，只是用手指无声地演示着琶音奏法，然后他把嘴唇贴在笛子上，吹出几个音符。很长一段时间，苏菲听不见笛音。巨大的黑影扫过寒冷的天空。一队德国空军的轰炸机飞过头顶，发出震耳欲聋的轰鸣声，它们正向东飞往俄国，飞得极低——五，十，二十架庞大的飞机出现在天空上，如秃鹫般。每天傍晚它们都准时掠过，震得房子晃动不止。万达的声音也被飞机的轰鸣声淹没了。

飞机飞过后，苏菲俯视下方，能听到伊娃的吹奏声了，不过很

1　波兰哈普西科德和钢琴女演奏家，下文的帕德雷夫斯基是波兰钢琴家、作曲家和政治活动家。

短。乐曲耳熟能详，但记不起是谁作的——亨德尔、佩尔戈莱西，还是格鲁克？一声甜美精细的颤音有一种不可思议的对称美，激起了她浓浓的思乡之情。总共十几个音符，却在苏菲的灵魂深处不断回响。它们说出了所有她曾有过的、她所渴望的，还有她对孩子希望的，不管上帝会给他们怎样的未来。她的心陶醉在乐音中，她感到晕眩，有些站不稳，被一种深刻而强烈的爱淹没。与此同时，兴奋——那种既美妙又绝望的兴奋，真是让人费解——传遍她的身体，使她颤抖了一下。

但是那短小又完美的笛声和开始时一样快速地消失在空中。"太棒了，伊娃！"她听见扎奥尔斯基说，"就是这样！"她看见他接连轻轻地拍了拍伊娃和扬的头，然后转身跛着脚穿过街道，朝他的地下室走去。扬扯了扯伊娃的发辫，她叫了一声。"别闹，扬！"然后那两个孩子冲进了楼下的过道。

她听见万达坚持道："你一定要做个决定！"

苏菲一时没有回答。终于，当孩子们上楼的脚步声传入她的耳际时，她温柔地说："我已经做过决定了，我告诉过你。我绝不会卷进去。就是这样。结束了！"说最后一句话时，她提高了声音，好奇自己为什么会用德语说出来。"结束了！这是我的最后决定！"

在苏菲被捕入狱前的五个月里，纳粹费了很大的力气肃清波兰北部的犹太人。自一九四二年十一月到来年一月，纳粹制订了一个驱逐计划，住在比亚韦斯托克东北部的成千上万名犹太人被推上火车，运送到全国各地的集中营去；经过华沙中转后，其中来自北部的大多数犹太人最后都被送到奥斯威辛。同时，在华沙，反犹太人的行动已经缓和下来——至少在大规模驱逐方面。华沙的驱逐行动已经到了相当广泛的程度，这一点可以从统计数据中看出来。一九三九年德国入侵波兰之前，华沙的犹太人共有约四十五万名——仅次于纽约（世界上犹太人口最密集的城市）。三年后，住在华沙的犹太人只剩下七万，其他三十八万人都在集中营丧失了性命：不仅有奥斯威辛，还有索比堡、贝乌热茨、切姆诺、马伊达内克，尤其是特雷布林卡灭绝营。最后一座集中营位于华沙附近不远处的一处荒芜的乡间，它和奥斯威辛不同，并没有所谓的劳工，被送到那里的人只有死路一条。于一九四二年七月和八月在华沙犹太人区掀起的庞大的重新安置计划显然并非偶然，那些可怕的空壳般的建筑与世外桃源般的特雷布林卡灭绝营和众多毒气室的修建遥相呼应。

这七万名仍住在华沙的犹太人中，大概只有半数是合法地住在疮痍满目的犹太人区的（甚至当苏菲在盖世太保监狱中受尽煎熬时，他们中的许多人正准备在几星期后的四月起义中殉难）。另外的三万五千名犹太人被称为跨犹太人区的秘密居民，他们大部分像被猎的动物般，绝望地住在废墟里。他们不仅被纳粹追捕，还怀有无尽的恐惧，生怕被流氓般的"犹太人捕手"，也就是约瑟夫捕杀的对象，以及其他像教美国文学的教授般唯利是图的波兰人出卖，甚至是被他们犹太同胞的阴谋陷害（不止一次）。"真是太可怕了，"万达一次又一次地对苏菲说，"约瑟夫被出卖、被谋杀，表明纳粹找到了突破口。家乡军的这个组织遭受了极大的打击——上帝，真是可悲！不过，"她又说道，"这并不完全出乎意料，因为犹太人自己也在相互残杀。这是个耐人寻味的事实：那些叛徒也包括一些勇于奉献的犹太人。"虽然除了援助犹太人并保护他们的安全（波兰确实有一两个组织仍有十分明显的反犹倾向），家乡军——比如欧洲其他地方的秘密抵抗组织——成员还有其他需要关心的事情，但总的说来，这仍是他们优先考虑的事情。因此可以肯定地说，这至少部分是因为他们为之奋斗的事业，正是因为他们不断跟踪那些道德上滑坡的犹太人，才使得一批又一批的地下组织成员被关进监狱，而苏菲——一个毫不知情、不曾参与的无辜者——也在无意间成了牺牲品。

整个三月的大部分时间里，包括苏菲被关在盖世太保监狱的那两个星期，由比亚韦斯托克取道华沙将犹太人运往奥斯威辛的行动暂时停止了，这可以解释为什么苏菲和秘密抵抗组织成员——现在已接近两百五十名——没有被立刻送到集中营去。德国人总是追求效率，他们在等新囚犯，以多装一些人，但因为华沙已经没有多少犹太人可运，所以他们只好推迟发运。还有一个需要提及的关键问题——东北部驱逐犹太人的行动中断了，这大概与比克瑙集中营里焚尸炉的建造有关，因为奥斯威辛原先的焚尸炉和毒气室已经被用作大屠杀的主要场所，最早的一批受害者是俄国战俘。奥斯威辛是一片波兰式的建筑物，被德军占用后，他们骑兵部队的核心机构便驻扎在里面。这片石板屋顶倾斜、低矮又杂乱的建筑物本来是用来储存蔬菜的仓库，显然，后来德军发现这种结构可以实现他们的目的。用于储存堆积如山的萝卜和土豆的庞大的地下洞室用来大规模地毒死人真是再合适不过了，而与仓库毗连的前厅自然也很适合安装焚尸炉，看起来就像定做的一样。他们只需要再弄个烟囱就行了，然后刽子手就有事可做了。

但是相对于被源源不断送来的人，这地方还是太有限了。虽然德国人在一九四二年匆匆建起了几座暂时的小型地堡，不过用于屠杀和处置尸体的设备仍不敷使用，他们只能通过在比克瑙建造新的大型焚尸炉加以解决。德国人——准确说来是他们的犹太及非犹太奴隶——苦干了一个冬天。苏菲被盖世太保拘捕一个星期后，四座巨型焚尸炉中的第一座开始运作，仅仅八天之后，第二座也投入使用——就在四月一日她到达奥斯威辛的几个小时前。她在三月三十日那天离开华沙。那天她和扬、伊娃，以及将近两百五十名秘密抵抗组织成员，包括万达在内，都被送到装了一千八百名犹太人的火车上。这些人是在华沙东北部的一个临时营地——马基尼亚——上车的，他们是比亚韦斯托克仅存的犹太人。车上除了犹太人和家乡军战士，还有一些波兰人——将近两百名华沙市民，有男有女，都是盖世太保在一次心血来潮却冷酷无情的围捕中抓的，他们没犯什么罪，顶多是些莫须有的罪名，只是运气很不好，在错误的时间出现在错误的街道上罢了。

这些不幸的人中包括了斯特凡·扎奥尔斯基。他是因为没有工作许可证被捕的，先前他就曾对苏菲透露过，他预感自己迟早会惹上大麻烦。苏菲获知他也被捕时非常惊愕。她在监狱里远远地看见过他，在火车上也曾瞥见他一次，但在蒸汽、拥挤的人群和一片嘈杂中，她无法和他交谈。这是这段时间以来开往奥斯威辛的最拥挤的火车。由人数之多就可以看出，德国人有多渴望使用比克瑙的新设备。这些犹太人不会经过被挑选为劳工的程序，他们全部都要被消灭。尽管这种情况并不十分罕见，但这次大屠杀或许表明德国人急于使用和炫耀他们最新、最大、最精密的杀人技术设备：一千八百名犹太人全都在二号焚尸炉启用时踏上他们的死亡之路。没有一个人能逃过致命的毒气。

虽然苏菲坦白对我说出她在华沙的生活、她被捕的经过及她在监狱中的情形，但很奇怪，对于她被送往奥斯威辛及抵达后的过程她始终没有提及。最初我猜想那和她太过惊恐有关，这一点并没有想错，但直到后来我才知道她绝口不提的真正原因。不过我当时并没怎么考虑这种躲闪。如果我在前面叙述的数字有些抽象的话，那是因为我不得不在多年以后，重新创造一个更大的背景，讲述苏菲和其他无能为力的受害者卷入其中的事件，并使用除了那些刚刚经历过战争、很关心那年状况的专业人士，普通人难以获得的数据来说明这一切。

从那时起，我思索了很多。我常想要是别甘斯基教授能活着知道他女儿，尤其是他外孙和外孙女的命运，竟和他与国家社会主义领袖共有的梦想——灭绝犹太人——紧密相关的话，他会有何感想。尽管他崇拜德国，却仍是个骄傲的波兰人。对和权力有关的事，他一定也格外敏锐。很难理解他何以会看不出纳粹对欧洲犹太人庞大的灭绝计划，将会像一场窒息的浓雾般波及他的同胞。当然，教授自己遭到厄运，也正是由于波兰人也备受憎恨。但他的痴迷必然使他对许多事物视而不见。讽刺的是，即使波兰人和其他斯拉夫人没有被列入被消灭的名单，他仍不能预见到如此强烈的仇恨将无数没有佩戴犹太星章的受害者逼向毁灭的深渊，就像金属碎片被吸向某块巨大的磁铁。苏菲继续讲述她之前在克拉科夫的生活时曾对我说，虽然教授很专制，也瞧不起她，他对他两个外孙的喜爱却是真实、完全而深沉的。如果他活着见到扬和伊娃落入他原先为犹太人设计的地狱里，我们很难想象这个饱受折磨的痛苦之人会有怎样的反应。

我永远也忘不了苏菲的刺青。那些可怕的小豆豆像一排青肿细小的齿痕般刺在她的前臂，使我在粉红宫初次见她时，误以为她是个犹太人。当时在并不十分了解的情况下，我的确会把犹太幸存者和这种可悲的印记密切联系在一起。但要是我知道集中营在我说过的那可怕的十四天里所经历的变形，我就会明白那些刺青跟苏菲被像犹太人那样打上印记有重要而直接的联系，虽然她并不是个犹太人。是这样的，她和其他非犹太人被刺上这些数字后得以与犹太人区别开来，不致立刻被杀死。很矛盾，这显示出一种官僚作风。为"雅利安"囚犯刺上数字是三月下旬才引入的方法，苏菲一定是第一批接受这种印记的非犹太人中的一员。如果说这项政策最初看起来令人困惑，那重新修订过的政策就很容易解释了：这与"死亡发电机"的启动有关。由于"最终解决"开始实行，大批犹太人也要被送入新的毒气室，德军已经没有必要为他们编号了。希特勒下令所有的犹太人都必须死，无一可免。现在取代他们住在集中营里的都是雅利安人，他们被刺上数字以表明身份——被慢慢折磨而死的奴隶。因此苏菲被刺上那排数字。（或者说这些内容是原始的计划纲要。但正如经常发生的那样，这一计划又变了，命令被撤销了。杀人欲和劳动力需求之间有一种冲突。那年晚冬时节，当那些德国犹太人到达集中营时，一道命令颁布了下来：所有体格健全的囚犯——不管男女——都会被分配去做苦役。因此在这个满是活死人的社会中——苏菲也是其中一员——犹太人和非犹太人混在了一起。）

接着是四月一日愚人节。法语是"Poisson d'avril"，波兰语和拉丁语一样，是"Prima Aprilis"。几十年来，每年这个开玩笑的日子一到，我的孩子们对我玩着快乐又愚蠢的小恶作剧时（"今天是愚人节，爸爸！"），我便会想起苏菲，并真切地感到一阵彻骨的痛楚，一向宽容温柔的父亲的脸色立即就阴沉下来，臭得不行。我讨厌愚人节，跟我讨厌犹太教和基督教的上帝一样。这一天是苏菲的一段人生旅程结束的标志。我倒觉得这个恶毒的玩笑不是偶然，而是由于四天后一道来自柏林的命令下达给鲁道夫·霍斯，指示非犹太俘虏不用再被送入毒气室。

有很长一段时间，苏菲不肯告诉我有关她抵达时的任何细节，或许是她为求内心的平静而无法说出口——或许什么也不为。但在我获知她全部的真实经历前，我大致也想象得到那天的情形。根据记录，那是初春极为温暖的一天，生机勃勃，蕨类植物长出了叶子，连翘含苞待放，阳光明媚，空气清新。一千八百名犹太人被迅速赶上货车送往比克瑙，全程约莫两小时，在正午过后结束。我说过，这次根本没有"筛选"，身体健康的男人、女人以及儿童统统得死。不久之后，就像是心血来潮，想将眼前的所有受害者都扫除干净，站在斜坡上的党卫军军官又把一整个车厢（总共两百名）的抵抗组织成员送入了毒气室。他们也是搭乘货车离去的，留下了大约五十名同志，包括万达。

然后整个进程很奇怪地中断了，剩下的人等了一个下午，没有发生任何事。在仍装满了人的两个车厢中，除了剩余的五十名秘密抵抗组织成员，还有苏菲、扬和伊娃，以及在华沙的最后一次围捕中不幸被抓的一群满身污泥的波兰人。他们等了好几个小时，一直等到天都快黑了。站在斜坡上的党卫军人员——军官、学识渊博的医生、守卫——似乎都踌躇不定，他们急得满头大汗，四处乱转。等待来自柏林的指示？朝令夕改？他们紧张的源头无从得知。这无关紧要。最后很明显，党卫军又决定继续工作，但这一回是恢复"筛选"的任务。未经任命便执行任务的军官命令所有人下车排队，然后医生接过手去。选择的过程持续了一个多小时。苏菲、扬和万达被送到集中营去。大约有一半的囚犯有着和他们相同的命运。另外一半则必须到比克瑙的二号焚尸炉去受死，其中包括音乐教师斯特凡·扎奥尔斯基和他的学生、长笛手伊娃·玛丽亚·扎维斯托夫斯卡——再过一个多星期她就满八岁了。

第十三章

现在我必须先来写一段小小的回忆,这是我从苏菲在那个夏日周末告诉我的记忆中整理出来的。我猜想宽容的读者无法立即明白,这段小小的回忆是如何描绘出奥斯威辛的轮廓的,但确实如此——接下来大家会看到。在所有苏菲为理解她混乱的往事所做的努力中,这段回忆只是一个大概,是她那奇异又令人不安的过去的一个片段。

地点又回到克拉科夫。时间是一九三七年六月初。人物是苏菲、她父亲和整个故事新出现的一个角色——瓦尔特·迪尔费尔德博士,他来自莱比锡附近的洛伊纳,是法本化学工业公司的董事。那是一家利益集团或者说企业集团,即使在今天也庞大得令人难以置信,单是这家公司的规模和声望就足以使别甘斯基教授狂喜不已,更不用说迪尔费尔德博士本人了。他是德国工业界的一位领头人物,声名远扬,教授因为学术上的专长——工业专利权的国际法方面——而对他熟悉不已。但教授毕竟是他所属领域里的一个专家,作为学者也声名显赫,故而在面对德国的权势时,倒不必阿谀奉承,在这个迪尔费尔德博士面前极尽媚态，那只会贬低自己的身份。而且他也是一个有着很强社交能力的人。尽管如此，苏菲看得出来对于能和这样一位巨擘近距离接触，他非常高兴，迫不及待地想要取悦这个大人物，那副样子实在让人难堪。这次聚会跟职业没什么关系，纯属社交和娱乐性的会晤。迪尔费尔德和他的妻子正在东欧度假，他和教授都认识的一位住在杜塞尔多夫的友人——跟教授一样，也是专利方面的专家——通过信件和加急电报安排了这一次聚会。由于迪尔费尔德时间有限，这次小小的会面不能占用太多时间，甚至无法共吃一餐饭，所以他们只能简单地逛逛建有辉煌的玛伊乌斯大讲堂的大学校园、瓦维尔城堡，然后看看壁毯，喝一杯茶稍事休息，也许顺便看看别的地方，仅此而已。一起度过一个愉快的下午后，他们再乘坐四轮马车前往弗罗茨瓦夫。教授显然渴望与这位博士有更多的接触，却只能有四小时的时间。

迪尔费尔德夫人身子不舒服，有点腹泻，便留在弗兰楚斯基饭店的房间里休息。他们三个人从瓦维尔城堡的护墙上下来后，便坐在一起喝下午茶。教授为克拉科夫的水质低劣而道歉，语气或许有一丝尖刻，然后他深情又缓慢地道出了他的遗憾，因为在迪尔费尔德夫人匆忙上楼回到她的房间之前，他只快速看了一眼她迷人的容貌。迪尔费尔德愉悦地点点头。苏菲坐立不安。她知道待会儿教授会要她帮忙整理他们的对话，为他写日记。她也知道她被迫参与这次游览有两个目的——一是向这位尊贵的客人，这位精力充沛的商业舵手展示她的美丽，因为她是个绝代佳人，这是那个年代美国电影里常说的词；二是通过她的举止和语言向他展示他们对德国文化的忠诚，德国教养能够像精巧的斯拉夫人那样培育出连德国最坚定的种族主义者也无可挑剔的迷人女子。至少她看起来是那种人。苏菲仍然坐立不安，祈祷他们的谈话不要涉及纳粹政治——一旦涉及了，谈话就会变得严肃。她只是开始对教授种族观的巨大转变感到厌恶，无法忍受聆听，或出于责任必须附和那些危险的愚蠢见解。

但是她无须担心。教授很有技巧地引导着谈话时，心中所想的是文化和商业，而不是政治。迪尔费尔德浅浅一笑，礼貌而专注地倾听。他是个四十五岁左右、相貌英俊、身形瘦削的男人，他的皮肤闪着健康的红光，指甲修剪得十分干净（这种细节把她迷住了）。它们像上过漆似的闪着象牙般的光泽，边缘精心修剪成了月牙形。他的衣饰无可挑剔，英式的深灰色法兰绒西装剪裁考究，一看就知道是英国产品。相比之下，她父亲宽大又明亮的条纹西装显得寒酸而落伍。她注意到他的烟也是英国牌子的——黑猫。当他听教授说话时，他的眼里露出一种愉快、有趣而探询的眼神。她觉得自己有点被他吸引住了——不，是十分强烈。她的脸颊蓦地发烫，她知道自己一定脸红了。教授现在正说到历史，他在桌前兴致勃勃地讲着，强调德语文化和传统对克拉科夫和整个波兰南部的影响。这个传统延续了何其长久，又是多么难以消除！当然，不用说（虽然教授正在说），不久前克拉科夫曾被奥地利统治了七十几年——迪尔费尔德博士自然知道这一点，但他是否也知道这个城市因拥有自己的宪法而称奇于西欧。这部宪法现在被称为《马格德堡权利法》，是以马格德堡中世纪的法律为基础制定的，因此克拉科夫弥漫着德国的知识、法律及德国的精神岂不是不足为奇吗？即使在一般市民中，也一直存在这样一种培养强烈的语言忠诚感的冲动，正如冯·霍夫曼斯塔尔（或者是格哈特·豪普特曼？）指出的那样，德语是自古希腊语以来表达力最强又最美的语言。突然，苏菲发现父亲把注意力转移到了她身上。就连他的女儿，他继续说，小苏菲娅，虽然所受的教育可能不是最广泛的，却也说着流利的德语。她不仅熟练掌握了学校里教的标准德语，还可以说出许多地区的方言。如果迪尔费尔德先生乐意的话，她可以为他表演一场方言模仿秀。

对苏菲来说，接下来的几分钟是十分痛苦的，她不得不服从教授的命令，模仿德国许多地区的方言。这都是她孩提时代轻轻松松就学会的。自那以后，教授十分喜欢开发她这方面的潜能。这是他时常对她犯下的不端行为。尽管苏菲十分害羞，厌恶自己必须为迪尔费尔德表演，却仍尴尬地笑着遵从她父亲的命令，先是说了士瓦本方言，又用懒散的声音说了巴伐利亚方言，然后是德累斯顿和法兰克福方言，又很快转为汉诺威的撒克逊人说的低地德语，最后——她感觉到自己的眼里已明显充满绝望——脱口说出黑林山的某种古怪的语言。"太棒了！"[1] 她听见迪尔费尔德愉快地笑着说，"迷人！真迷人！"她看得出迪尔费尔德被这种小小的行为吸引住了，但同时也察觉到她的别扭，便娴熟地结束了她的表演。迪尔费尔德被她父亲惹恼了吗？她不知道。她希望是。爸爸，爸爸。你是一个……哦，去他的……

苏菲几乎控制不住自己的厌烦了，但她设法保持专注。教授已经巧妙地（没有表现出好奇）把话题转到他心中第二关心的主题——工商业，特别是德国的工商业，以及积极参与这些活动的力量。他说这些力量正处于高涨时期，十分活跃。教授的话很容易便赢得了迪尔费尔德的信任，因为他在世界贸易领域的知识是广泛而丰富的。他知道何时展开一个话题，何时回避一个话题，何时坦白直接，何时言行谨慎。他一次也没有提及元首。迪尔费尔德递给他手卷的上

---

1 原文为德语。

等古巴雪茄时，他感激不尽地接了过去，并表达了他对德国近来成就的钦佩之情。他最近还在他订的一份《苏黎世金融报》上看过这样的报道，报上说美国大量购买了德国法本公司最新改良的合成橡胶。"这真是德国光荣的成就呀！"教授感叹道。苏菲注意到迪尔费尔德这样一个看起来不易被讨好的人此时也报以微笑，并兴奋不已地侃侃而谈。他似乎对教授就这一话题说的专业观点颇感兴趣，变得热情起来，身子前倾，第一次用他那双修饰整齐又美丽的手做手势，发表言论，观点一个接一个。苏菲跟不上他们讲的很多晦涩难懂的内容了，同时再一次以女性的眼光观察迪尔费尔德。他很有魅力，她心想，然后在突如其来的一阵羞惭中挥去这个想法。（已婚，是两个孩子的母亲，她怎么可以胡思乱想！）

此刻，迪尔费尔德的语气变得激动起来，他一手紧握成拳，指关节都发白了，嘴唇也发白，绷得紧紧的，显然正克制着自己内心的怒意。他正愤愤地说着英国和荷兰这两个帝国主义强权国家，它们密谋控制了自然橡胶的价格，将所有其他国家逐出市场。他们竟然还指控法本公司实施垄断策略！我们还能做什么？他用尖酸刻薄的腔调说着，与刚才文质彬彬、镇定自若的样子大相径庭，这使苏菲感到讶异。难怪全世界都惊讶于我们的成功！英国和荷兰独占了马来亚和东印度群岛，在世界市场规定了天文数字般的价格，德国除了进行技术创新制造出合成代用品还能怎么办？这种代用品不仅经济、耐用、富有弹性，还可以——"耐油。"教授接过了迪尔费尔德的话。耐油！这位精明的教授十分精通拍马屁，他早已记住了这一突出性能，明白正是耐油性使得新合成的产品具有颠覆性，也是其价值和吸引力的关键所在。又一个马屁差点拍成了：迪尔费尔德微笑着，对教授的专业知识感到高兴。不过正如经常发生的那样，他的父亲不知何时应该停止。他穿着肩部落有头皮屑的条纹西装，却有点得意忘形，开始夸夸其谈，说起一大堆化学名词，比如"腈""丁腈橡胶""碳氢化合物的聚合"。他的德语非常流畅，但迪尔费尔德在怒骂过英国和荷兰之后，又恢复了原先的冷漠姿态，挑起眉毛望着夸张的教授，看起来有点烦躁和恼怒。

然而很奇怪的是，教授状态最好的时候非常迷人，有时候他可以弥补自己的过失。当他们三个人并排坐在饭店的豪华轿车——一辆古老奢侈的戴姆勒，车里闻起来像光泽剂——后座前往城南维利奇卡的大盐矿时，教授简述他对波兰制盐工业及其历史的精心研究，他讲得迷人又透彻，一点都不无聊。他运用公共演讲的技巧，活力满满又引人注目，不再得意忘形、自以为是。他说起盐矿创始人的名字"腼腆者"博莱斯瓦夫，大家觉得很有趣。他还会在适当的时候讲一两个小笑话，再次让迪尔费尔德感到舒适。当迪尔费尔德靠背而坐时，苏菲觉得她对他的喜爱加深了。她想他看起来不怎么像一个掌有权势的德国工业家。她侧目打量了他一下，为他的平易近人所打动，也为他的某种温暖、脆弱——只是一种孤独吗？——所感动。乡间绿草如茵，树叶抖动，林木蓊郁，野花开了满地——正是波兰最动人的春日。迪尔费尔德被这一景象所感染，一路上兴高采烈。苏菲察觉到他的臂膀压住了她的，她裸露着的皮肤顿时起了鸡皮疙瘩。她试着——但在拥挤的座位上没有成功——抽出手，微微打了个冷战，然后又放松下来。

迪尔费尔德如此自然放松，甚至觉得应该表示一点歉意，他不该让英国和荷兰这么激怒他。他便以温和的声音对教授说，请原谅他的激动，不过他们对诸如橡胶这样的自然产品实施垄断和操纵令人憎恶，这些东西本应该被全世界平等使用。像德国一样没有丰富的海外资源的波兰肯定会理解这一点。造成可怕战争的当然不是军国主义或盲目的征服欲望，而是贪婪，但人们会把原因归咎于某些国家，对其进行诽谤——德国，是的，该死，德国。德国被剥夺了它自己的"海峡殖民地"，它自己的"苏门答腊岛"和"婆罗洲"，当一个这样的国家在面对充满敌意、国际海盗和奸商横行的世界时，应该怎么办？《凡尔赛和约》的恶果！是的，在一定程度上！它会变得前所未有地疯狂。它会凭借自己的创造力从混乱中制造自己的物质——每件东西！然后背水一战，面对一大群敌人。这一小段演讲完结了。教授咧嘴而笑，鼓起掌来。

迪尔费尔德又陷入了沉默。尽管他演讲时激情满满，却十分平静。他发言时不生气也不惊慌，而是温和、从容、简洁，苏菲觉得自己被他的话及其所表达的坚定信念折服。她对于政治和世界大事全然不知，但她很聪明，理解力很强。她不知道自己是被迪尔费尔德的观点还是被他本人——也许两者兼而有之——吸引了，但是她觉得他的话诚实、衷心且合理，而且他一点也不像典型的纳粹分子——大学里自由而激进的小团体同仇敌忾、愤怒讽刺的对象。她乐观地想着，也许他并不是个纳粹——不过，一个地位如此高的人必定是党员。是？不是？唉，没关系。她现在明白两件事：她有一种愉悦、发痒而恣意的性爱冲动，而这种冲动本身使她有种甜蜜却不安的危险感，她小时候在维也纳时曾有过这种感觉，当时她正乘坐摩天轮飞到最高点——既美妙又近乎无法忍受的危险。（然而，在这种情感传遍全身时，她忍不住想起了家里发生的一件可悲的事，正是这件事给了她自由，使她有理由拥有这种令人兴奋的渴望。那是发生在一个月前的事。她丈夫穿着浴衣站在他们阴暗的卧室门口。他的话像一把菜刀突然劈向她的脸，让她痛苦万分：你那迟钝的脑

子得理解这些话，不过也许你的脑子比你父亲说的还要迟钝。如果我不能再和你干那事，那么你要明白，这不是因为我缺乏阳刚之气，而是因为你，你的一切，尤其是你的身体，完全让我失去了兴趣……我甚至无法忍受你床上的气味。）

过了一会儿，在盐矿的入口外面，当他们两个俯视沐浴在阳光下随风摇摆又波浪起伏的绿色麦田时，迪尔费尔德问起她的情况。她回答她是个——呃，一个家庭主妇，一个教师的妻子，但是她正在学钢琴，希望能够在一两年内到维也纳去深造。（此刻他们两个人单独站在一起，彼此靠得很近。苏菲从不曾如此迫切地渴望和一个男人独处。这个时刻得益于一个小麻烦——一块牌子上写着"谢绝参观，盐矿关闭维修"。教授连连道歉，叫他们等一会儿，还说凭他跟负责人的交情，这个僵局可以迎刃而解。）他说她看起来很年轻。一个女孩！他说很难相信她已经有两个孩子了。她回答她很年轻时就结婚了。他说他也有两个孩子。"我也是个忠于家庭的人。"这句话听起来俏皮而暧昧。他们的目光第一次相遇，他的眼里流露出仰慕，毫不掩饰，她有种通奸似的愧疚，便别过脸去。她走开几步，眼睛望向别处，大声问爸爸到哪里去了。她觉得喉咙一阵战栗，内心深处有一个声音告诉她明天必须早早去做弥撒。他的声音在她身后响起，问她有没有去过德国。她回答去过，几年前的夏天她曾在柏林小住。那时她还是个孩子，随着父亲去度假。

她说她很想再去一次德国，到莱比锡看巴赫的墓地——她停住口，有点尴尬，不知道自己到底为什么要说这些，虽然到巴赫的墓地去献花是她一直以来的秘密愿望。然而他温和的笑声中包含了理解。莱比锡，我的家！他说如果你来，我们当然可以这么做。我们可以去参观每一个伟大的音乐圣殿。她心下一惊——"我们""如果你来"。她可以将这看作一个邀请吗？很巧妙，甚至有些狡猾，但是一个邀请？她觉得眉毛在跳，小心翼翼地转移了这个话题。她说，我们在克拉科夫也可以听到许多好音乐，波兰充满了美妙的音乐。是的，他说，但是和德国不同。如果她来，他会带她去拜罗伊特——她喜欢瓦格纳吗？——或参加盛大的巴赫音乐节，或去听洛特·勒曼、克莱伯、吉泽金、富特文格勒、巴克豪斯、菲舍尔、肯普夫……他的声音像美妙的低语，正含情脉脉地哄诱着她，礼貌而轻浮，但让人难以抗拒，而且激动不已（这令她万分苦恼）。如果她喜欢巴赫，那她一定也喜欢泰勒曼，我们可以在汉堡为他举杯！在波恩为贝多芬举杯！这时候有脚步声踏过石子路，教授回来了。他愉快地说："芝麻，开门！"苏菲几乎可以听到她的心脏猛地收缩的声音。她想着，我父亲和音乐格格不入……

她记得的大概就是这样了。这个巨大的地下盐堡她已经参观过许多次，据她父亲所说，这可能是欧洲七大人造奇迹之一。但在苏菲看来，这个盐堡根本算不上什么奇观，更像一个虎头蛇尾的东西，根本不能引起她的注意，她已经被刚才那种难以名状的东西给搅得激动不安——可能是迷恋？像被闪电击中似的浑身发热，虚弱不已。她不敢再和迪尔费尔德对视，虽然她忍不住又看了一眼他的手：那双手为什么那么吸引她？此刻他们乘坐电梯下降，接着在这个闪闪发光的白色拱形王国里闲逛，怀着兴奋之情前往地下宫殿。这是座颠倒的教堂，有着迷宫般的通道和高耸的耳堂，埋葬了人类几个世纪的艰苦劳动。苏菲不再理会迪尔费尔德的存在及她父亲的演讲。她感到沮丧，奇怪自己怎么这么快就为一种如此愚蠢又可怕的情绪所俘获。她必须把这个人完全排出脑海。是的，把他排出脑海……

她确实这样做了。她后来讲起迪尔费尔德和他太太离开克拉科夫后——大约是他们参观过维利奇卡盐矿一个小时后——她是如何将他完全忘记的，此后也从不曾想过他，她意识的边缘处甚至都没有把这次经历当作一次浪漫史。也许这是由于下意识的意志力，也许这只是因为她觉得自己根本不可能再见到他。就像一块岩石掉进维利奇卡盐矿的无底洞里，他从她的记忆中一下子跌落下去——为那从未翻开过、积满灰尘的记忆剪贴簿上的调情篇章增添了无关痛痒的一页。然而六年之后她却再次见到了他！当时迪尔费尔德的热情和渴望——合成橡胶，以及它在历史长河中的地位，使得这位工业王子成为法本公司的首领，并在奥斯威辛修建了一座工厂。他们在集中营的再度相见，甚至比在克拉科夫的聚会还要短暂，也没那么私人。但是由这两次见面中，苏菲得到两个互相牵连的印象，强烈且深刻：那个春天的下午，在波兰最有影响力的反犹主义者的陪伴下，她的爱慕者瓦尔特·迪尔费尔德和他的东道主一样，没有说过一句有关犹太人的话；六年后苏菲从迪尔费尔德口中所听到的，几乎全都是关于犹太人以及他们被灭绝的命运。

在弗拉特布什那个漫长的周末，苏菲并没有对我谈起伊娃，只用寥寥数语告诉我那孩子在他们到达奥斯威辛那一天，便在比克瑙被杀害，这我已经在前面讲过了。"伊娃被带走了，"她说，"从此我没有再见过她。"她没有多说，我显然不能，也没有多问。总之，这事一定很可怕。她告诉我这个消息时没精打采、十分随意，使我说不出话。我现在仍为苏菲的镇定感到讶异。她很快又回头讲扬。他在"筛选"中幸存了下来，好多天后，她从小道消息那里听说他被送入儿童营——一块让人绝望的飞地。我只能从她所说的她在奥斯威辛最初六个月的情况，推测出要不是扬还活着，伊娃的死给她造成的惊骇和伤痛已经摧毁了她；虽然不在她身边，但这孩子依然活着的事实，以及有一天她或许会再看到他的想法，足以支撑她度过最初的梦魇。她几乎无时无刻不想着扬，而她不时搜集到的一点消息——他很健康，他仍然活着——给她带来些许安慰，使她得以度过每天早晨醒来后如地狱般的生活。

不过，正如我先前指出的，以及苏菲在和霍斯度过亲密又短暂的奇怪一天时对他说的那样，她是被挑选出来的特权分子，所以和其他大部分刚到集中营的人比起来，她是"幸运"的。她一开始被分配到一间大营房，在那里，按照正常发展的话，她无疑会忍受生不如死的生活，一切都是被精心安排的，生命时间大大缩短。她几乎所有的营友已遭此难。（就是在这个时候，苏菲告诉我党卫军一级突击队大队长弗里茨给犯人的欢迎语，她还能一字不差地重复他的话。"我记得他的原话。'你们所到之处是集中营，不是疗养院，想要离开只有一条路——从烟囱里出去，'他说，'不喜欢这条路的人可以试着用铁丝上吊自杀。要是你们这一群人里有犹太人，最多只有两个星期的活头。'然后他说：'有修女吗？你们和牧师一样，可以活一个月。其他的人，三个月。'"苏菲到达集中营还不到二十四小时，就知道自己被判了死刑，只不过弗里茨又用党卫军的语言确认了这一事实。）但正如她后来在一段插曲中（我之前已描述过）对霍斯解释的那样，一连串奇怪的小事——在营区被同性恋袭击，一场搏斗，接着一个友好的营区队长进行调解——使她得到翻译速记的工作，搬到另一间营房，暂时避开了集中营对她的致命折磨。当然在这六个月终结时，又一次运气将她带到霍斯家的庇护下，过得舒适起来。然而在这之前有一次关键的见面。在她要搬到霍斯家住的前几天，万达（她一直被关在比克瑙的一间糟到无法形容的矮房里，自四月一日他们抵达后，苏菲就再也没有见过她）设法溜到苏菲身旁。她那激昂的话语使得苏菲为扬的获救燃起了希望，但同时又恐惧于拯救所需要的勇气，因为她确信自己不可能具备那样的勇气。

"你到了那个卑鄙之人的巢穴里，就得时时刻刻为我们工作。"万达在营房的一个角落里对她低声说，"你无法想象这是个什么样的机会。地下组织一直在等待、祈祷，希望能有个像你这样的人被安插在这样的位置上！每一分钟你都得用上你的眼睛和耳朵。仔细倾听，亲爱的，知道接下来的进展非常重要。人事的变化、政策的改变、党卫军高级官员的调动——这一些都是珍贵的情报，是集中营的生命之源。战况！任何反抗他们肮脏宣传的东西。你知道的，在这个地狱里，我们剩下的只有士气。举例而言，一台收音机就是无价之宝！弄到一台收音机的机会几近于零，但你要是能偷偷带走一台，我们就可以收听伦敦的消息，那无异于拯救成千上万人的生命！"

万达害了病。在华沙时她的脸被打出的可怕伤痕一直没有真正消退。比克瑙的妇女营房阴森可怖，她的慢性支气管炎复发，使得双颊潮红，都红到令人担忧，快赶上她那一头砖红色的头发了。苏菲在一种惊恐、哀伤且愧疚的复杂心情下，突然产生了一种直觉，这将是她最后一次看见这个勇敢、坚定而热情的女孩。万达说："我只能再待几分钟。"她突然不说波兰语，转而用急促又活泼的德语口语交谈。她小声对苏菲说，那个在她们附近徘徊、长得不讨喜的副营区队长，那个华沙婊子看起来像个密探和叛徒。她确实是。然后她很快对苏菲简要说明了她针对"生命之源"计划想出的方案，竭力让苏菲明白这个计划——不管它看起来有多么不切实际——可能是将扬救离集中营的唯一途径。

她说，这需要相当多的计谋，需要做许多她知道苏菲本能上会畏缩的事。她停住口，痛苦地咳了一阵子，又继续说："我经由秘密情报网听到你的消息后，就知道我得见你一面。我们知道一切事情。这几个月来我一直都很想见你，你的新工作更使我们的见面势在必行。我冒了很大的危险才来到这里见你——一旦被逮住我就完了！但是不入虎穴焉得虎子。是的，我再告诉你一次，相信我的话：扬很好，和我们期望的一样好。是的，我曾经隔着篱笆见过他不止一次，而是三次。我不骗你，他很瘦，和我一样瘦。儿童营里的生活很差劲——比克璐的一切都很差劲，但我再告诉你一件事，孩子们的食物比其他集中营里的犯人要多一些。唉，我不知道，不可能是出于他们的良知。有一次，我设法给他带了几个苹果。他很不错。他熬得过来。想哭就哭吧，亲爱的，我知道这令人难过，但你绝不可以放弃希望。你必须努力让他在冬天来临前离开这里。这个跟'生命之源'计划有关的方案听起来可能很怪异，不过确实有这种事——我们在华沙都目睹过，记得雷宗家的孩子吗？我跟你说，你必须试着利用这个计划让扬离开此处。好吧，我知道他被送到德国去很可能会跟你失散，可是至少他会活下去，而且安然无恙，你明白吗？你会再找到他的，这场战争不可能永无休止。

"听着！这完全取决于你能和霍斯建立怎样的关系。这是非常重要的，亲爱的苏菲娅，不只对扬和你自己，我们每个人也都会受到影响。你必须利用这个人，设法说服他——你们将住在同一个屋檐下。利用他！就这一次，你得忘记基督教死板的道德观，将性作为工具来获取好处。别介意我这么说，苏菲娅，但跟他好好睡上一觉他就会听你摆布。听着，地下情报机构知道这个人的一切，就和我们获悉了'生命之源'计划一样。霍斯只是另一个易动感情的官僚，对女性的躯体有一种被压抑的渴望。利用这一点！利用他！让一个波兰孩子加入这个计划对他并无损害——毕竟，这将是德国获得的赠品。和霍斯睡觉不是通敌，而是间谍活动——第五纵队[1]，所以你得尽全力在这个纳粹身上下功夫。看在上帝的分上，苏菲娅，这是你的机会！你在那栋房子里所做的事，对我们每一个人，这个集中营里的每一个受苦受难的波兰人、犹太人和其他不幸的人，都具有重大的意义。我求求你——不要让我们失望！"

时间到了。万达必须离开了。她离去前对苏菲说了最后几句有用的话。例如布罗内克，在指挥官家里她将遇见一个叫布罗内克的勤杂工。他是这栋屋子和集中营地下组织的重要连接。表面上他是个为党卫军工作的走狗，实际上他并不是个马屁精和霍斯的狗腿子，只不过霍斯的住处需要这样一个男仆。霍斯信任他，他是指挥官宠信的波兰佬，但是这个看起来卑躬屈膝、勤快热心的人却有一颗强烈的爱国心，可以担起一些不过于复杂或不太费脑的任务。实际上，他虽冒失却很聪明——医学实验搞乱了他的思维过程，把他变成了一个可靠的白痴。他不会自行计划任何事情，但是个听话的工具。波兰永远的工具！万达说，事实上，苏菲很快就会发现布罗内克作为顺从无害的苦力是非常安全的，因为霍斯根本不会对他起疑。他作为地下工作者和中间人既有一种美感，又至关重要。信任布罗内克，可能的话就利用他。现在万达非走不可了，她泪流满面地拥抱了苏菲很久，然后离开了，留下绝望无助的苏菲，还有一种不能胜

---

1 1936—1939 年西班牙内战期间隐藏在共和国后方的间谍、叛徒和破坏分子的总称。

任的感觉……

接着苏菲便带着这一使命来到指挥官家度过了十天——一直到她记忆深刻的、充斥着焦虑和紧张的那一天，我先前已描述过：那天她毫无准备，便在仓促间尝试引诱霍斯，使霍斯给予她见她儿子的允诺，而不是释放他。这一允诺虽然十分伤人，却也令人向往和愉悦。（相见时间可能会短到让人难以接受。）那天因为惊慌和健忘，她没有对指挥官说出"生命之源"计划，因此失去了让扬合法离开集中营的最好机会。（那天晚上她下楼回到地下室时想，她要集中智慧，第二天早上——霍斯答应把扬带到他办公室与她重逢的时间——才能把她的计划简要地告诉霍斯。）也是在那一天，除了惊恐和哀伤，几乎让人无法承受的挑战和责任又向她袭来。四年后，在布鲁克林的酒吧里，她说出至今仍萦绕在她脑海里的强烈的羞愧感。一想起这个挑战和责任有多使她害怕，而且最终击溃了她，她就会有这种感觉。这是她对我坦白的回忆中最阴暗的一部分，也是她一遍又一遍地说"糟糕"的关键。我开始明白这个"糟糕"远胜于（在我看来）她为诱惑霍斯做出的笨拙努力，或为用她父亲的小册子来影响霍斯做出的同样笨拙的尝试而感到的愧疚。我开始明白苏菲是如何做到对纯粹的邪恶完全麻木的。最后，苏菲痛苦地回忆道，她的失败被归结为这样一次尝试——窃取用金属、玻璃和塑料制成的微不足道却又极其重要的收音机。万达认为她绝对不可能有这样一次绝好的机会，但她却把她的机会搞砸了……

阁楼楼梯平台下面的那个小房间以前被用作接待室，现在被埃米占了。她十一岁，是指挥官五个子女中的老三。苏菲在上下办公室时多次经过那个房间，注意到房门经常是开着的。她觉得一个人轻轻松松就能意识到在这个秩序井然又专制的堡垒中，小小的偷窃几乎和谋杀一样不可思议。苏菲曾不止一次驻足警视这个一尘不染又整洁的儿童卧室，这在奥格斯堡和明斯特本来是很平常的：一张铺了印花床单的结实的单人床，堆在椅子上的填充动物玩具，几个银质奖杯，一个布谷鸟钟，墙上挂了几张镶了华而不实的相框的照片（阿尔卑斯山上的风景，海景，行进中的希特勒青年团，穿着泳装的埃米，嬉游的小马，希特勒的肖像，"海尼大叔"希姆莱，面带微笑的妈妈，穿着便服、面带微笑的爸爸），放有很多装珠宝和小装饰品盒子的梳妆台，盒子旁还有一台便携式收音机。就是那台收音机每每引起她的注意。苏菲很少听到那台收音机播放，无疑是因为楼下那日夜响个不停的大型留声机减低了它的魅力。

有一次，她经过那个房间时注意到收音机开着，播放的是仿施特劳斯风格的华尔兹舞曲，梦幻又现代。流畅柔和的弦乐声十分清晰，从声音可以判断出音乐是德国武装部队的电台播的，不是在维也纳就是在布拉格。但让苏菲着迷的并不是收音机里播出的音乐，而是收音机本身——它的尺寸、形状，它小巧、可爱，还轻便。苏菲从没想过当时的技术可以生产出如此袖珍的产品，但是她忽视了德国及其新生的电子科学在这几年间发生的突飞猛进的变化。那台收音机并不比一本普通的书大多少，是褐红色的，侧板上凹印了"西门子"的字样，正面是塑料的，上方有铰链，连了一根天线，像卫兵一样立在装了电子管和电池的小小底盘上。底盘很小，足以轻松平稳地放在一个人的手掌中。这台收音机折磨着苏菲，她既为得到它感到惊恐，又对它渴望万分。十月的那个黄昏，她和霍斯交锋后，下楼回到潮湿的地下室途中，由打开的房门看见了那台收音机。她觉得她不能再犹豫或耽搁了，必须设法偷到它。这个想法让她感到恐惧。

她站在走廊的阴影中，离阁楼楼梯底部只有几步之遥。收音机正播放着柔和的华尔兹舞曲。霍斯的副官穿着皮靴的脚步声重重地踏在楼梯平台上。霍斯本人已经离家去巡视各处了。她浑身无力，一动不动地在那儿站了一会儿，又饿又冷，觉得很不舒服，几乎要瘫倒在地。这一天是她这辈子中最为漫长的一天，她所希望完成的一切最后完全落空。不，不是完全落空，至少霍斯应允让她见到扬。这是她从废墟里抢救回来的东西。但彻底搞砸这些事情，几乎完全回到她的起点，即将在夜里面临集中营的折磨——这一切她无法接受，也不能理解。她闭上眼睛，因饥饿而作呕，一股晕眩包围了她，使她再次靠着墙壁。那天早上就是在这儿，她把吃下去的无花果全吐了出来。这里早已被某个波兰或党卫军的奴才扫扫干净了，但在她的想象中，这里仍有一股酸甜的香味。饥饿感突然袭向她的胃部，带来一阵剧烈的疼痛。她闭上眼睛伸出手指摸索着，突然碰到了什么毛皮。她短促地尖叫一声，倒抽一口气，猛地睁开眼睛，结果发现她的手碰到了一只牡鹿的下巴。她曾听霍斯对一个党卫军访客说过，这只鹿是他在一九三八年捕获的，虽然距它三百米远，但他还是正中它的脑后。当时霍斯在柯尼希湖上方视野开阔的斜坡上，藏在贝希特斯加登浓浓的阴影处，要是希特勒住在这里的话（谁知道呢，也许他住过呢！），都能听到这致命的一声枪响。

这只牡鹿凸出的玻璃眼珠十分艺术，连血丝都清晰可见，上面映出两个她的影像：脆弱憔悴、面色惨白。她深深凝视着自己的影像，在疲惫、紧张和犹豫中想着她怎么能保持镇定。这些日子以来，每当她拖着沉重的步子上下楼梯经过埃米的房间时，她便思索着她的计划。她日益害怕，也日益焦虑。她不能辜负万达的信任，这一点一直让她受噩梦的惊扰。可是，哦，上帝，这么难！关键因素只有两个字：嫌疑。像收音机这么稀奇贵重的东西如果遗失了，会是一件非常严重的事，将招致报复、处罚、折磨，甚至是任意杀戮。屋内的犯人自然都有嫌疑，会首先遭到搜查、诘问和殴打。就连那两个肥胖的犹太籍裁缝也不例外！但苏菲发现还有一个因素是她可以利用的，那就是党卫军自己的成员，他们也可能成为被怀疑的对象。如果只有几个像苏菲这样的犯人可以到楼上去，他们绝不可能偷窃，因为那就等于自杀。但是每天都有几十个党卫军成员抢着进出霍斯的办公室——信差，传递命令、通知、犯人名单和调任书的人，以及来自集中营各处、担任各种职务的形形色色的下士和三级突击队中队长。他们贪婪的眼睛也会看到埃米的小收音机，其中至少有几个人会偷东西，所以他们自然也难逃嫌疑。事实上，有理由经常到访霍斯家的党卫军成员远比犯人多，所以苏菲认为像她这样颇受信赖的囚犯很可能会摆脱最大的嫌疑，甚至找到更好的机会"销毁赃物"。对她来说，这似乎很合逻辑。

那么现在就是严格执行计划的问题了。前一天她曾和布罗内克小声说过，她会把收音机藏在工作服下面，然后疾步下楼去，在黑暗的地下室把收音机交给他。接着布罗内克将迅速把这东西传给已经等在大门外的联络者。事情暴露时，房子里会发出一声怒吼，地下室会受到搜查，布罗内克会加入搜查行动，一边一瘸一拐地走一边提意见，充分展示走狗的丑恶嘴脸。一阵子的愤怒和骚动过后不会有任何结果。受到惊吓的犯人也会逐渐放松。在部队驻地的某个地方，一个脸上长痘的三级突击队中队长会吓呆，因为他听到自己被指控不计一切后果，犯了偷窃这项重罪。这是地下组织获得的一个小小的胜利。而在集中营的某个阴暗的角落里，男男女女的囚犯会冒着危险挤在这个珍贵的小盒子四周，倾听肖邦的波兰舞曲，不过把声音开得很小。他们互相劝慰和支持，彼此分享好消息，感受最接近生命复苏的事情。

她知道现在必须迅速采取行动，不然一旦被抓就完了。于是她移动脚步，同时心脏狂跳不止，但她顾不上像邪恶的同伴般紧紧抓着她的恐惧，侧身走进房间。她刚走了几步，步伐还不稳呢，就立即觉察到有什么地方出了差错，觉察到她在策略及时机上犯了致命的错误：她一把手放到收音机冰凉的塑料表面上，便有种灾难降临的预感，这感觉像无声的尖叫般充满了整个房间。后来她不止一次地回想，当她的手碰触到那渴望已久的小东西的一刹那，她的脑海里传来的是很久以前的某个夏天，她父亲在花园里兴高采烈地用轻蔑的语气对她说的话："你没有做对过一件事情。"但她刚想起这句话，便听到另一个声音由背后传来。这声音的出现不足为奇，不让人感到奇怪的甚至还有这话里的冷酷和说教意味，以及一种等级关系。"你的工作可以让你上下楼梯，但这房里可没你的事。"苏菲转过身子，注视着埃米。

那女孩站在衣橱前，苏菲从没有这么近地看过她。她穿着浅蓝色的人造丝内裤，过早发育的胸部束在洗褪色了的同色胸罩内。她的脸很白也很圆，像块没烤熟的饼干，上面是一头卷曲的黄发。她的五官漂亮，但看起来有些颓废，美丽的眼睛、鼻子、嘴巴就像是被画上去的——苏菲最初认为像被画在一个洋娃娃上，继而又觉得像被画在一个气球上。又仔细一想，苏菲觉得她看起来不是颓废，倒更像是……天真之前的状态？还未降生？苏菲默默地盯着她，心想：爸爸说得对，我总是搞砸每件事情，进到这个房间前我应该先弄清楚情况。她结巴着，好不容易才张口说道："对不起，仁慈的小姐[1]，我只是——"但埃米打断了她的话。"用不着解释，你是进来偷收音机的。我都看见了。我看见你差点就把它拿起来了。"埃米的脸上几乎毫无表情。她神态自若，很容易让人忘记她近于全裸。她慢慢地从衣橱里拿出一件白色的毛巾布睡袍穿上，然后转过身来，用公事公办的语气说："我要告诉我父亲。他会处罚你。"

"我只是想看一看！"苏菲临时编了个理由，"我发誓！我经过这里好多次。我从来没有看过这么……这么小的收音机，而且又这么……这么精巧！我不相信它真的可以用。我只是想看看——"

"你说谎，"埃米说，"你是想偷它。从你的表情我就看得出来。你看起来就是想偷它，而不只是拿起来看看。"

"你一定要相信我，"苏菲说，她感到自己喉头发紧，就要哭出来了，全身也虚弱疲乏，双腿又重又冷，"我并不想拿你的……"但是她停住口，因为她突然觉得这没什么用。既然她很愚蠢，把工作弄砸了，那说什么都不重要了。重要的只有一件事，那就是她会在第二天见到她的儿子，埃米怎么可以阻碍他们母子重逢？

"你就是想偷它，"埃米咄咄逼人，"这值七十马克。你可以用它来听音乐，就在地下室里。你是个肮脏的波兰佬，波兰佬都是贼。我妈说波兰佬比吉卜赛人更坏，手脚更不干净。"她的鼻子在那张圆脸上皱成一团。"你好臭！"

苏菲眼前一黑。她听到自己的呻吟声。由于极度的压力或饥饿或哀伤或恐惧或上帝才知道的什么原因，她的月经已经推迟了至少一个星期（她到集中营后，有过两次这样的情形），然而此刻她的腰部有股湿热感猛地向下冲去，她觉得血在大量涌出，同时她眼前的

---

[1] 原文为德语。

黑暗逐渐扩大，势不可当。埃米的圆脸变得一片模糊，渐渐陷在黑暗的网中，苏菲发现自己在跌落，跌落……在时间波浪的缓慢摇曳中浮沉，她安静下来，昏睡过去。后来她被声音唤醒了，无精打采的，她先是听到远处传来一种号叫，声音逐渐增大，然后是一声野蛮的怒吼。一刹那间，她以为那是北极熊的怒吼，而她浮在冰山上，被寒风吹袭。她的鼻孔烧灼得厉害。

"醒醒。"埃米说。她那张蜡白的脸靠得很近，苏菲的面颊都可以感受到她的呼吸。苏菲这才意识到自己仰卧在地板上，而那孩子蹲在她身旁，拿着一小瓶氨在她鼻子下挥动。竖铰链窗是开着的，冷风直入室内。她所听到的尖叫原来是集中营的哨音，此刻她再度听到远处传来的声音。在与苏菲眼睛齐平的高度，埃米裸着的膝盖旁放着一个小型塑料药箱，上面有一个绿色十字。"你昏倒了，"埃米说，"别动。先让头部保持水平，好让血液流动。深呼吸。冷空气可以帮你恢复，同时静静地保持不动。"苏菲的记忆逐渐恢复，她觉得自己像是在演一出戏，不过这出戏的重要一幕却不见了：不过一两分钟前（不可能过了很久），这孩子不是还对她大发雷霆吗，像个顽劣的纳粹突击队队员一样？此刻她竟然照顾她，这真的是同一个人吗？如果不是出于同情，可能是出于人道主义的关怀。是她的昏厥激起了这个小恶魔被压抑的护士心肠吗？就在苏菲呻吟着动了动身子时，这个问题得到了解答。"你不能动！"埃米命令她，"我有急救证书——初级，一级。照我说的话做，明白吗？"

苏菲静静地躺着。她没有穿内衣裤，不知道她的血染红的面积有多大。她工作服的背部已经湿透了。在这种情况下，她为自己的细心感到惊异——她还想到她是否也弄脏了埃米干净的地板。这孩子的态度中有使她更觉无助的地方，一种既被照护也被伤害的感觉。

苏菲发现埃米的腔调和她父亲的一样，冷漠异常而疏远。她好发号施令又爱管闲事，当她边唠叨边做这些事时（她用力拍打苏菲的脸颊，以严谨的口吻说急救手册上写着用力拍打有助于晕倒的人恢复意识），完全没有一丝温柔，就像一个生活中的党卫军一级突击队大队长，党卫军的精神和准则——它的真正本质——深深植入她的遗传基因里。

埃米不断拍打着苏菲的脸颊，终于使她的脸恢复了一点让人满意的血色。然后埃米命令她的病人坐直身子靠在床上。苏菲听从了她的指示，慢慢坐起身，突然为自己在那一刻昏倒而感激。此刻她望着天花板，瞳孔逐渐恢复正常，发现埃米已经站起身，以一种颇为温和的表情看着她，或者说至少是一种可以容忍的好奇心，好像她心里对苏菲既是个波兰佬又是个贼的愤怒都被赶走了。这次的照护似乎成了一种宣泄的途径，使她可以行使权力，来满足这个非常失意的党卫军"小矮人"，现在她又成了那个胖嘟嘟的小女孩。"我要说一件事，"埃米喃喃说道，"你真的很漂亮。威廉明妮说你一定是瑞典人。"

"告诉我，"苏菲利用这段难得的平静时光，以一种温和而亲切的声音随意说，"告诉我，绣在你睡袍上的那个图案是什么？好漂亮。"

"那是我参加游泳锦标赛获得的勋章。我是我们班的冠军。初级班。那时候我才八岁。真希望这里也有游泳比赛，可惜没有。都是战争的缘故。我只得在索拉河里游泳，可是我不喜欢。河里尽是淤泥。我在初级班的比赛中游得很快。"

"那是在哪里举行的呢，埃米？"

"在达豪。那里有个专为警卫队的孩子修的很棒的游泳池。池水还是温的。但那是在我们被调来这里以前的事。达豪比奥斯威辛好多了。不过，那是在德国境内。看我那些奖杯。中间那个大的，那是希特勒青年团的领袖巴尔杜尔·冯·席拉赫亲自颁发给我的。我给你看看我的剪贴簿。"

她猛地从梳妆台的抽屉中拿出一本很大的相册抱在臂弯里，剪报和照片都漏了出来。她把相册拿到苏菲身旁，转身打开收音机。噼啪作响的静电声扰乱了原本宁静的房间。她调了一下，杂音消失了，收音机里响起了亨德尔的一段号角和喇叭的合奏声，声音很小，但洋溢着喜悦和胜利。苏菲的后背忽地打了个寒战，像有冰掠过一样。埃米翻出一大堆照片，指着穿泳装的她一再地说："这是我。"照片上的埃米做的都是一样的动作，少女那苍白又丰满的身体被包裹在泳衣下面。苏菲望着照片昏昏欲睡，有些不舒服，她失望地想着：难道达豪从来都没有阳光照射吗？"这是我……这也是我。"埃米继续用孩子特有的声音说道，并用大拇指戳戳照片。"我我我。"她欣喜若狂地低声说了一遍又一遍，像是一种咒语。"我也开始学潜水，"埃米说，"你看，这也是我。"

苏菲不再看那些照片——它们都变得模糊不清——而是望向敞开的窗子外面，十月的天空中出现了如水晶般闪亮的晚星。空气中有股骚动，突然增强的光线预示着烟雾的到来，它们会随着凉爽的晚风袭来。这是苏菲自早晨以来第一次闻到焚烧尸体的气味，像烟雾一样无法避免。比克瑙正在焚烧最后一批来自希腊的犹太人。喇叭！吟唱胜利的响亮而刺耳的赞美诗由收音机里传了出来，大家的欢呼声，公羊的咩咩叫，天使报喜——这些声音使苏菲想起所有即将来到的早晨。她开始哭泣，略微提了了声音说："至少我明天会见到扬，至少还有这个。"

埃米问:"你为什么哭?"

苏菲回答:"我不知道。"她本来想说:"因为我的儿子被关在儿童营。因为明天你父亲要让我们相见。他的年纪和你差不多。"但是她还没有说出口,就被收音机里突然出现的声音给打断了,正在演奏的铜管乐器也被打断了:"这里是伦敦!"[1]她听到那个声音说,像是隔了一层锡箔,但此刻很清晰。那是对法广播,却在薄暮时分越过喀尔巴阡山脉传到了这里。她听到下面说出的这些话时感到非常惊讶,祝愿这位不知名的播音员成为被人珍视的甜心:"意大利对德宣战……"虽然不知道具体情况和原因,但从伦敦传来的不易察觉的欢呼声(她直直地看着埃米,知道这孩子听不懂)以及她的直觉让苏菲明白德国即将面临真正持续的痛苦。意大利会不会因此成为废墟并不重要。她似乎已经听到了纳粹终将灭亡的消息。当她竖起耳朵听着那个因静电干扰而逐渐减弱的声音时,她又哭了起来,领悟到她不仅是为扬哭泣,也为其他事情,主要是为她自己:为她没有偷到收音机,而且知道自己再也鼓不起勇气去尝试窃取。几个月前她在华沙时所拥有的那种强烈的母性和保护欲——被万达视为如此自私和不妥的情感——使她做了一次非常痛苦的尝试,但以后她再也无法对这种情感置之不理了。她无助地哭了,为自己的放弃感到羞耻。她用颤抖的手指掩住双眼,低声对埃米说:"我哭是因为我好饿。"这至少是一部分事实。她觉得自己又快昏倒了。

臭味更浓了。远处的夜空映出微弱的火光。埃米走到窗畔关上窗子,不知是因为寒冷还是因为易引发瘟疫的糟糕空气,也许两者都有。苏菲的眼光跟随着埃米的,注意到墙上有一幅镶在雕花松木

---

1 原文为法语。

框里的刺绣（像德语词一样华丽），框架用虫胶处理过。

> 正如天父拯救世人
> 脱离罪恶，脱离地狱，
> 希特勒拯救德国人民
> 脱离毁灭的厄运。

窗子"砰"的一声关上了。"那是烧犹太人的臭味，"埃米转过身来对她说，"但我想你也知道。在这幢屋子里这件事连提都不能提，不过你——你只是个犯人。犹太人才是我们德国人的大敌。我姐姐伊菲吉尼和我合编了一首关于犹太佬的打油诗。开头是'犹太佬——'"

苏菲忍住了哭泣，用双手蒙住眼睛，低语道："埃米，埃米……"当她捂住眼睛时，眼前又一次出现了这个孩子已完全发育成熟却仍是胎儿的模样，她如庞然大物般愚蠢又沉静，悄无声息地穿过达豪和奥斯威辛污浊又广阔的黑水。

"埃米，埃米，"她设法说出口，"埃米，为什么这房里有天父的名字？"

很久以后，她对我说，那是残存在她心中为数不多的跟宗教有关的想法。

那一夜——她作为犯人在指挥官宅邸中度过的最后一夜——之后，苏菲又在奥斯威辛待了将近十五个月。正如我在前面说的，由于她对这长期的囚禁生活缄口不语（现在仍然如此），所以我也几乎无从得知。但是有一两件事情我很确定。她离开霍斯家后，很幸运地又回到速记组去当打字员和翻译员，所以她仍是享受优待的少数人之一，因此虽然她的生活悲惨，物质经常严重匮乏，这么长时间以来她却没有像大多数的囚犯一样，走上迟迟不来但不可避免的死亡之途。只有在她被囚禁的最后五个月间，苏联红军由东边逼近，集中营逐渐解散时，苏菲才受到最痛苦的身体折磨。就是在那个时候，她被移送到比克瑙的妇女营去，也是在那儿，她经受了使她濒于死亡的饥饿和疾病的折磨。

在集中营那段漫长的日子里，她几乎从来没有被性欲所困扰。当然，疾病和虚弱可以说是罪魁祸首，尤其是在比克瑙苦不堪言的几个月里，但她确信有一部分原因和心理有关：弥漫在空气中无处不在的臭味和死亡的存在似乎使任何生理的渴望显得猥亵、可笑，因此如同一个病入膏肓的人一样，情欲的火苗自然就被掐灭了。至少苏菲个人的反应如此，她告诉我，有时候她怀疑会不会就是因为生活中完全缺乏性爱，才使得她最后一晚在霍斯家地下室里所做的梦更清晰逼真。也或许，她想，就是这场梦帮她抑制了所有其他的欲望。和大多数人一样，苏菲很少长时间清晰地记住梦境，但是这场梦是如此强烈而清晰，如此色情而愉悦，如此猥亵而骇人，而且又如此令人记忆深刻，因此后来她才会相信（只有时间能让她用玩笑的口吻说起这场梦）除了身体不好、感到致命的绝望，还可能是这场梦使她不敢想任何跟性有关的事……

离开埃米的房间后，她下楼回到地下室里，一头栽在自己的草垫子上。她几乎立刻就睡着了，只有第二天与她儿子见面的事情在她脑子里闪了闪。很快，她一个人沿着海滩漫步——在梦中，海滩显得既熟悉又陌生。那是波罗的海的沙滩，周围有什么东西告诉她那里是石勒苏益格－荷尔斯泰因的海岸。她的右边是浅浅的基尔湾，上面点缀着几艘帆船。当她向北朝着远处丹麦的沿海荒地而行时，左边尽是些沙丘，后面是在正午的阳光下闪耀着绿意的松林和常绿灌木林。她虽穿着衣服，却觉得赤身裸体，仿佛身上的衣服是透明的，很诱人。她的臀部在透明的裙子下扭动着，吸引了海滩上躲在遮阳伞下的泳客的目光。她觉得自己很撩人，一点都不为此感到害臊。很快，她把这些人抛在后面。海滩上有一条通向沼泽地的小径，苏菲走过这条路继续前行。她知道现在有个男人跟着她，这个男人的眼睛紧盯着她必须夸张地摇摆的臀部。那男人赶上她和她并肩而行，侧脸望着她，她也回看了他。她认不出那张脸，中年，快活，金发，很像德国人，迷人——不，不只是迷人而已，他简直使她被欲望所融化。但是这个男人！他是谁呢？她使劲辨认着（他低声对她说"日安"[1]），他的声音很熟悉，她有一会儿还以为他是柏林歌剧院著名的男高音。他冲她笑了笑，露出一口洁白的牙齿，摸了摸她的臀部，说了几句很淫荡的话，然后消失了。她呼吸着温暖的海风。

她来到一个小教堂门口，教堂坐落在一个沙丘上，可以俯瞰大海。她看不见那个男人，但能感觉到他的存在，就在附近某个地方。那是个明亮、简洁的教堂，过道两边是一排排简易的木质靠背长椅，祭坛上方挂着一个由未上漆的松木制成的十字架，没有装饰，棱角分明，上面的木纹也清晰可见，看起来很原始。苏菲在教堂里逛着，不知为何，她隐隐觉得自己曾经来过这个地方。她的内心充满了炽热的欲望。她听到自己咯咯笑了起来。为什么？当小教堂里突然响起一个女低音哀伤的歌声和康塔塔套曲《受到打击的时刻》那悲惨的曲调时，她为什么咯咯发笑？她站在祭坛前，身上一丝不

1　原文为德语。

挂，轻柔的歌声像是从远方传来又像是在近处，如神恩般包裹着她的身体。她又笑了起来。海滩上的那个男人又出现了。他赤裸着身子，但她仍然认不出他来。他的笑容消失了，脸上有种残暴的怒气，那种威胁的神色让她兴奋不已，激起了她的情欲。他厉声叫她往下看。他的身体亢奋起来了。他命令她跪下来，她热切地遵从了他的命令……同时巴赫的乐曲响起，传来了死亡和时间的脚步声，使她不觉战栗起来。他将她推开，叫她转过身去，命令她在祭坛前跪下，面朝耶稣受难的十字架——如裸露的骨头般闪着光。她照做了，双手撑地跪在地上……她听到人走路的声音，闻到烟味，在愉悦中叫喊出声……

几个小时后布罗内克提着他的剩饭桶唤醒她时，这个梦还萦绕在她的脑海里。他说道："昨天晚上我等了好久，可是你没有来。我尽可能地多等了一些时候，可实在是太晚了。那个在大门外等候的人必须离开了。收音机的事怎么样了？"他压低了声音说。其他人都还在睡梦中。

那场梦！过去这么久之后，她仍无法将它逐出心中。她摇了摇头，感到昏昏沉沉的，布罗内克又把问题重复了一遍。

"布罗内克，帮帮我。"她没精打采地说着，注视着那个矮小的男人。

"你说什么？"

"我看见一个……可怕的人，"她知道自己语无伦次，"我是说，上帝，我好饿。"

"那么，吃点这个吧，"布罗内克说，"这是他们吃剩的炖兔肉。剩下的肉还不少。"

剩菜又油又冷，但苏菲仍狼吞虎咽地吃了起来，同时看着睡在她身旁的洛特的胸口起起伏伏。在吞咽中，她将自己就要离开的消息告诉了布罗内克。"上帝，从昨天起我就饿得半死，"她喃喃地说道，"布罗内克，谢谢你。"

"别急，我等你，"他说，"出了什么事？"

"那个小女孩的门被锁住了，"她扯谎道，"我想要进去，可是房门上了锁。"

"可今天你就要回营房去了。苏菲，我会想你的。"

"我也会想你的，布罗内克。"

"也许你还是可以弄到收音机，如果你再到阁楼上去。今天下午我还是可以把它送出去。"

这个白痴为什么不闭嘴？她和收音机的这档事已经了结了——了结了！先前她或许可以轻易避开嫌疑，但现在肯定不可能了。如果收音机在今天不见了踪影，埃米那个可怕的孩子无疑会和盘说出昨晚的经过。任何与收音机有关的事现在都不可能了，尤其是在扬即将出现的这一天——这是她期待已久的重聚，她为此激动不安，有一种超乎想象的渴望。因此她重复她的谎言。"我们还是别打那收音机的主意了，布罗内克。根本不可能拿到的。那个小恶魔总是把门锁着。"

"好吧，苏菲，"布罗内克说，"不过万一……万一你将它弄到手了，就尽快给我，就在地下室里。"他干笑了一声。"鲁迪绝不会怀疑我。他以为他看透了我。他以为我心智不全。"在晨光的阴影中，他给了苏菲灿烂又神秘的笑容，露出一口残破的牙齿。

苏菲很相信预感，甚至是预见力，她有好几次感觉到或预见到即将发生的事情。那预感往往让人迷惑，也没有成形，但她并没有把这个和超能力联系在一起。我承认后来是我说服了她，才使她认可这个解释。某种内在的逻辑使我们两个人都相信，这种超级直觉完全源于自然的启示——深埋在记忆中或潜藏在潜意识里的情景。例如，她的梦。除了形而上学的解释，这件事似乎是完全不可能的：她最终认出她梦中的那个性伴侣就是瓦尔特·迪尔费尔德，而且就在他们六年来重逢的前一天晚上，她还梦见了他。这个在克拉科夫让她神魂颠倒的访客，这个迷人又温和的男人，竟然在她做过这样一场梦（与梦中人的相貌和声音完全一样）的几小时后，活生生地出现在她面前，这实在是不可思议——这六年来她从来没想起过这个人，或听别人提起过他的名字。

但是她真的没听过吗？后来她仔细回想时，才记起她的确听别人提起过这个名字，而且不止一次。她曾多次听鲁道夫·霍斯命令副官舍夫勒打电话给布纳橡胶厂的迪尔费尔德先生，却未意识到（除了在她的潜意识里）接电话的就是她许多年前的梦中情人。肯定有十多次。霍斯每天跟一个叫迪尔费尔德的人打电话。此外，这个名字也出现在她不时看到的霍斯的备忘录和文件上，就在显眼的地方。在分析过这几件关键的事情后，我们就不难解释为什么瓦尔特·迪尔费尔德会成为苏菲那场骇人又细腻的性梦的主角，也不难明白她的梦中情人为什么会如此轻而易举地变成一个恶魔。

那天早上，她站在霍斯阁楼办公室外的前厅里，听到了她梦中男人的说话声。她没有立刻走进办公室，像过去十天的每个早上那样，虽然她十分急切，想冲进门去紧紧抱住她的孩子。霍斯的副官可能已经知道了她的新身份，粗暴地命令她站在门外等着。她突然感到一种难以言喻的怀疑。霍斯虽答应让她见扬，但那个孩子真的可能在办公室内听霍斯和她梦中那个男人进行的奇怪的对话吗？在舍夫勒的凝视下她惴惴不安，由他冰冷的态度中，她明白她已失去了特权，她又成了一个普通囚犯，毫无地位可言，是最低贱的人。她感到了他的敌意，像一种让人难以忘却的讥讽。她望着墙上镜框里的戈培尔画像时，脑海中浮现出一个奇怪的画面：扬站在霍斯和另一个人之间，先抬头看看指挥官，再看看那个陌生人，那个人的说话声是那么熟悉。突然间，就像管风琴的低音管里发出的乐声，她听见了来自过去的声音：我们可以去参观每一个伟大的音乐圣殿。她倒抽一口气，把舍夫勒吓了一跳。一认出那个声音，她就像被掴了一掌似的，摇摇晃晃地往后退去，低声对自己说出那个声音的主人。一刹那，这个十月的早晨和多年前克拉科夫的那个下午竟融合在一起，几乎难以分辨。

"鲁迪，你确实对上级负有责任，"瓦尔特·迪尔费尔德说，"我理解你的难处，但是我也有责任要承担，因此这个问题似乎无法解决。你有上级看着，我有股东监督。我必须对企业的权力机构负责，它现在只坚持一件事情，就是我必须提供足够多的犹太人以维持预定的生产率。不只在布纳橡胶厂里，还在我的矿场里。我们一定要有煤才行！到目前为止一切顺利，基本上我们还没有落后。但是毫不夸张地说，从所有的情形来看，从所有我能获得的统计数字来看……局势已十分不妙。我得有更多犹太人才行！"

起初霍斯的声音有点含糊，但此刻他清楚地答道："我无法迫使领袖对这件事下定决心。你知道这一点。我只能请求指导，提出一些建议。但是不管原因何在，他似乎很难对这些犹太人做决定。"

"当然，你个人的感觉是……"

"我个人觉得只有那些非常强壮健康的犹太人才应该被挑去布纳和法本矿场这样的地方工作。有病的人只会大大增加医药负担。但是我个人的感觉无足轻重。我们必须等待上级的决定。"

"你不担心希姆莱改变决定吗？"迪尔费尔德的声音里透着一丝抱怨，"他既然是你的朋友，很可能……"他停了下来。

"我告诉你我只能建议，"霍斯回答，"我想你也知道我的建议是什么。我明白你的观点，瓦尔特，我也绝不介意你与我意见不同。你希望不计一切地得到劳动力，哪怕是处于肺结核晚期的老年人也可以贡献出最后几分力气——"

"一点也不错！"迪尔费尔德打断霍斯的话，"最初我要的就是这个。我们可以设定不超过六个星期的试验期，看看那些犹太人还有多少利用价值，反正他们很快就要被送往……"他顿住了。

"特别行动，"霍斯说，"但这正是问题所在，你不明白吗？领袖一面受到来自艾希曼的压力，另一面又受到来自波尔和莫勒的压力。这是安全对劳力的事。为了安全，艾希曼希望看到每个犹太人都被特别行动解决掉，无论其年龄或身体状况是怎样的。就算是一个非常健康的犹太摔跤手，他也不会留情。坦白说，比克瑙的新设施就是为了贯彻这个政策而建的。但是你自己看看都发生了什么！领袖必须修改他原先下的那个对所有犹太人实行特别行动的命令——显然是波尔和莫勒的命令——以满足劳动力的需求，不只是你的布纳橡胶厂，还有矿场和所有军工厂。结果便是一种分裂——完全从中间分裂。分裂——你知道……我想说的那个词是什么？那个奇怪的词，心理学术语——"

"精神分裂症。"

"对，就是这个词，"霍斯说，"维也纳的那个心理医生，他叫什么来着？"

"西格蒙德·弗洛伊德。"

一阵沉默。在这个短暂的停顿间，屏着呼吸的苏菲继续想着扬的样子：他蓝色的眼睛从指挥官（在办公室里踱步，这是他焦躁不安的习惯）身上转向那个没有实体的男中音——不再是她梦里如恶魔般的掠夺者，只是她记忆中的那个使她着迷的陌生人，他承诺带她去莱比锡、汉堡、拜罗伊特和波恩游玩——时，翘天鼻下面的嘴巴微张。你很年轻！那个声音曾低声说过。一个女孩！我也是个忠于家庭的人。她非常渴望见到扬，期待和他重聚的心情让她喘不过气来（她后来回想起当时她呼吸困难），因而对于瓦尔特·迪尔费尔德如今有何改变的好奇只在她的脑子里一闪而过，然后这种好奇便转为淡然。然而，那个声音里有什么东西——某种断然而匆忙的东西——却使她明白，她就要见到他了，而他对指挥官所说的最后一段话——包括语调和话中含义的每个细微差别——深深植入她的记忆中，像唱片的沟纹一样再也无法被抹掉。

那个声音里流露出一丝笑意。他说了一个此前从未说过的词。"你和我都知道，不管是哪一种方式，他们都会死掉。好吧，我们先不讨论这个问题。犹太人使我们所有人都患上精神分裂症了，尤其是我。但是如果生产未达到标准，你以为我可以对董事们辩解说那是因为我得病——我是说精神分裂症——了吗？不行！"霍斯随口说了几句话，声音模糊，迪尔费尔德愉悦地回答说他希望他们明天可以继续商谈。过了一会儿，迪尔费尔德走过小前厅跟苏菲擦身而过时，显然并没有认出她——这个脸色苍白、穿着脏兮兮的囚犯工作服的波兰女人，但当他不小心碰到她时，他出于本能礼貌地对她说了声"抱歉"[1]，声调和在克拉科夫时一样优雅绅士，可他那风流的样子变老了。他脸上长肉了，大腹便便的。在他接过舍夫勒毕恭毕

---

1 原文为德语。

敬地递给他的灰色洪堡帽戴在头上时，她注意到那十根曾经修饰整齐而柔软的完美手指，那六年前不知为何激起她欲望的手指，已经变得又粗又硬，像香肠一样。

我问苏菲："那么，扬后来怎么样了？"我又一次觉得我必须知道。在她告诉我的所有事情中，扬的命运一直都悬而未决，也是最困扰我的。（我觉得我一定是记住了她偶然间提到伊娃死了，但后来我又把这件事抛到了脑后。）我也渐渐明白她坚决回避这部分故事，似乎在兜圈子，就好像这件事实在太痛苦了，她不敢碰触。我对自己的不耐烦感到有点羞愧，当然也不愿意揭开她记忆中的这块伤疤——如蜘蛛网般脆弱不堪，但我的直觉告诉我，她就快说出这个秘密了，因此我尽可能小心翼翼地鼓励她继续往下说。那是星期天深夜，近乎灾难性的游泳事件发生后的几小时，我们坐在枫树宫的酒吧里。由于时间已近午夜，又是湿热异常的安息日即将结束之时，空旷的酒吧里差不多只剩下我们两个客人。苏菲很清醒，我们两人都喝着七喜汽水。这么长一段时间，她几乎不曾中断讲述，但此刻她却停住口，看看她的手表，说该回粉红宫去休息了。"斯廷戈，我得把东西搬到新住处去，"她说，"明天早上我就得搬走，再到布莱克斯托克医生的办公室去上班。我的上帝，我老是忘了我还得上班。"她看起来疲惫又憔悴，垂头望着内森送她的那只闪闪发光的手表思考。那是只欧米茄金表，三、六、九、十二四个数字上镶有四颗小钻石。我不禁想着这只表花了多少钱。她似乎看穿了我的想法，说道："我真不该留着内森给我的这些贵重物品。"她的声音又流露出一种不同的哀伤，语气可能比她回忆集中营的往事时更加急切。"我想我该把这些东西送给别人什么的，因为我再也不会见到他了。"

"你为什么不该把这些东西留着？"我说，"上帝呀，他把它们送给你了。留着吧！"

"那会使我一直想起他，"她疲惫地回答道，"我仍然爱他。"

"那么，把它们卖掉，"我有点暴躁地说，"这是他活该。把东西带到当铺去吧。"

她没有生气，说道："别这么说，斯廷戈。"然后她又加了一句："有一天你会了解恋爱是怎么回事。"真是斯拉夫式的阴郁看法，令人厌烦无比。

我们两人一时都静默不语，我沉思着最后这句话表现出的极其迟钝的感受力，除了令人厌烦，这句话还表现出她对眼前这个害了单相思的傻子漠不关心。在沉默中，我动用我那可笑之爱的全部力量咒骂她。然后我突然又感觉到真实的世界，我不再置身于波兰，而是在布鲁克林。除了为苏菲心痛，我自己的内心还觉得不舒服，感到烦躁而难过。焦虑袭上我的心头，开始折磨我。我被苏菲的往事吸引了，完全忘了昨天被窃后我几乎一贫如洗的事实。这件事，再加上苏菲马上就要离开粉红宫，使我真正感受到了绝望。我害怕面对没有苏菲和内森的孤寂，那远比缺钱糟糕多了。

望着苏菲忧郁沮丧的脸，我继续遭受着内心的折磨。她的两只手轻轻蒙着眼睛，做出一副我早已见惯了的沉思样，举止中透露出各种难以言说的复杂情感（现在她在想什么？）：困惑、惊异、回忆的恐慌、重现的哀伤、愤怒、怨恨、失落、爱、认命——这一切都在一刹那间缠作一团，即便我还在看着她，然后它们又倏忽消逝。这时我意识到我们两个都明白尽管她跟我讲的故事明显已接近尾声，但那些悬而未决的事情仍没有得到解决。我还意识到促使她整晚回忆往事的那种力量还没有真正消失，所以尽管她已十分疲惫，却不得不把她那令人惊骇又不可思议的过去从记忆深处挖出来，连"渣滓"也不漏掉。

即便如此，她的含糊其词似乎无法使她直接谈论她儿子的事情，我对此感到好奇，便再次追问："那扬呢？"她沉思了一会儿。"我对自己的行为感到万分羞愧，斯廷戈——我游向大海深处，害得你冒那么大的危险。我真是太糟糕了，太糟糕了。你一定要原谅我。可是说真的，自从战争爆发后，我很多次想过自杀，这种想法似乎会规律性地出现。战争一结束，我就被送到瑞典的难民中心，在那里我也曾试图自杀，在中心外面的小教堂里——我对亵渎神明有一种执念。我想那不是天主教的教堂，应该是路德教派的，不过这无所谓——我想过，要是我在这个教堂里自杀，那会是我犯下的最大的渎神罪。因为你明白，斯廷戈，我什么也不在乎了，在奥斯威辛待过后，我已经不相信上帝了，也不相信他的存在。我会对自己说：'他遗弃我了。'既然他遗弃了我，我就恨他，因此为了表明并证实我的恨，我就要犯我所能想到的最大的渎神罪。那就是，在他的教堂里，在圣地上自杀。我的情绪非常糟糕，我还生着病，身体十分虚弱，但过了一阵子，我恢复了一点力气。一天晚上，我便决定做这件事。

"所以我走出了中心大门，带着一块我在医院里找到后藏起来的极其锋利的玻璃。这件事很容易办到。教堂不过咫尺之隔，而且也没有守卫什么的，深夜时我到了那儿。教堂里有些光亮，我在后排椅子上坐了好久，手上拿着那块玻璃。那时是夏天。在瑞典，夏天的晚上总是有光，清冷而黯淡。那个地方是在乡村，我听得到外头的蛙鸣，闻得到冷杉和松树的气味。那味道很好闻，让我记起自己小时候去过的多洛米蒂山。有那么一会儿，我想象自己和上帝对话。我想象的其中一次对话是他说：'苏菲，你为什么要在我的圣地自杀？'我记得自己大声回答：'上帝，如果您的智慧也无法让您明白，那么我无法告诉您。'接着他说：'那么这是你的秘密了。'我说：'是的，这是不让您知道的秘密，也是我最后且唯一的秘密。'然后我便开始割我的手腕。斯廷戈，你知道吗？我确实割裂了一点皮肤，伤口很痛，也流了些血，但我又停住了。你知道我为什么停住吗？我向你发誓，是为了一件事。一件事！不是疼痛和恐惧。我已不再恐惧。是鲁道夫·霍斯，是我突然想到霍斯，想到他还活在波兰或德国的什么地方。玻璃一割裂我的手腕，他的脸就浮现在我眼前。我不再割下去，并且——我知道这听起来有些疯狂，斯廷戈，呃，我一下子就明白只要鲁道夫·霍斯还活着，我就不能死。那将是他最后的胜利。"

她停了许久之后终于说出："我再也没有见到我的儿子。那天早上我走进霍斯的办公室时，扬并不在那里。他不在那里。我本来非常肯定他就在那儿，还以为他躲到桌子下面去了——你知道，只是因为好玩。我环顾四周，但没看到扬的身影。我想这一定是个玩笑，我知道他一定在那里。我出声唤他。霍斯已关上了门，站在房里望着我。我问他我的儿子在哪里。他说：'昨晚你离开后，我才想到我不能把你的孩子带到这里来。我为这个不幸的决定向你道歉。把他带到这里来是很危险的，那会危及我的地位。'我不敢相信，不敢相信他说的话，真的不敢相信，然后突然间我相信了，完全相信了。我疯了，疯了。我失去了理智！

"我不记得我做了什么——眼前蓦地一黑，但我必定做了两件事。我攻击了他，用我的双手攻击了他。我知道这件事是因为黑暗过去后，我被他推倒在一张椅子上，抬头时看见他的脸上有我的指甲留下的刮痕。他正拿出手帕拭去由那里渗出的一点血。他低头看我，但眼中并无怒意，似乎非常平静。我所记得的另一件事是耳边的回音，一分钟前我对他发出的尖叫。'那就毒死我吧！'我记得我喊道，'像毒死我女儿那样毒死我吧！'我对他喊了一遍又一遍。"那你就毒死我吧……"就是一些这样的话。我一定还用德语大骂了一通，因为我现在还记得那些话，它们也回响在我的耳际。但当时我只是把头埋在双手中哭泣。他什么也没说，好一会儿后，他才把手放在我的肩上，说道：'我再说一次，我很抱歉。我不该做那个决定。不管怎样，我会设法补偿你的，用其他方式。我能做什么事呢？'斯廷戈，听见这样一个人说这种话——用带着歉意的声音问我这样一个问题，你知道，就是问我他能做什么事——实在是很奇怪。

"于是，我想到了'生命之源'计划，以及万达说我必须试试——我本该在前一天向霍斯提的，可没能成功。因此我平静下来，停止哭泣。终于，我抬起头来对他说：'你可以为我做这件事。'我一说'生命之源'计划，就马上从他的眼神中看出他明白我所说的是什么。我说了一些这样的话：'你可以让我的孩子离开儿童营，参与党卫军的'生命之源'计划。你可以将他送到德国去，他会在那里长成一个优秀的德国人。他有一头金发，看起来很像德国人，而且和我一样会说一口流利的德语。波兰并没有很多像他那样的孩子。你看不出我的孩子扬非常适合'生命之源'计划吗？'我记得霍斯沉默了半晌，就站在那里轻轻触摸被我抓伤的脸颊。然后他大概是这样说的：'我想你所说的倒不失为一种可行之法。我会了解一下这件事。'但是对我而言这并不够。我知道我是在拼命抓住救命稻草，他本可以直接让我住口的。可我必须说出口，我必须说。'不，你一定要给我一个更确切的答案，我受不了再活在不确定中。'他想了一会儿说：'好，我会亲自监督他被送离集中营。'但对我来说，即便是这样也不够，我说：'我怎么知道呢？我怎么知道他的确被送走了？而且，你一定要答应我，你一定要答应让我知道他被送到德国的哪个地方去了，这样，等到战争结束的时候，我就可以再见到他了。'

"最后这些话，斯廷戈，我真不敢相信它们是从我嘴里说出来的，对这样一个男人说出这种种请求。但事实上，你瞧，我一直仰仗的是他对我的感情，依赖的是他前一天对我表露出的情愫。当时他抱着我，对我说：'你以为我是个恶魔吗？'我寄希望于他所残存的一点人性，想让他帮助我。因此我说了这些话后，他又想了一会儿，然后回答我说：'好吧，我答应你。我保证这孩子会被送出集中营，而且你不时可以得知他的去向。'接着我又说——我知道这可能会激怒他，可还是忍不住说：'我如何相信你呢？我的小女儿已经死了。失去扬我就一无所有了。昨天你答应让我今天见到他，可你没有。你食言了。'这段话必定——嗯，在某种程度上戳到了他的痛处，因为他回答：'你可以相信我。我会时不时地传消息给你。我以德国军官的荣誉向你保证。'"

苏菲停住口，凝视枫树宫里昏暗的灯光，一群拍打着翅膀的飞蛾正围在灯泡四周。酒吧被抛弃了，此刻只剩下我们两个人，还有那个在收银机旁不断弄出沉闷声的爱尔兰籍侍者，他看起来疲惫不已。苏菲继续说："但是这个人并没有遵守诺言，斯廷戈。我再也没有见过我的小男孩。我为什么会以为这个党卫军军官还有所谓的荣誉？也许是由于我父亲，他总是提及德军、军官及他们的高度荣誉感和原则这样的事。我不知道。可是霍斯没有遵守他的承诺，我不知道究竟发生了什么。我回到营房担任普通速记员后没多久，霍斯就离开了奥斯威辛，被调往柏林了。我从没有接到过他的任何消息。甚至第二年他回来时，也没有和我联系。好一阵子我一直想着，扬已经离开集中营，被送到德国去了，我很快就会得到消息，知道他去了哪儿以及他的健康状况等。但是我什么消息也没有接到过。过了不久，万达传了一张字条给我，上面只写了一句很可怕的话：'我又看到扬了，他还好。'斯廷戈，我差点死过去，因为这意味着扬根本没有被带离集中营——霍斯并未安排他参加'生命之源'计划。

"过了几个星期，身在比克瑙的万达又托法国抵抗运动组织的一个女成员给我带来消息。那个女犯人对我说，万达让她告诉我扬已经离开儿童营了，有一会儿我感到欣喜异常，随后我又想到这其实并无意义——说不定这只是意味着扬死了。不是被列入'生命之源'计划，而是出于疾病或别的什么原因——或只是因为严寒的冬天——死去了。我没有任何法子去查出扬究竟出了什么事，他是死在比克瑙了，还是活在德国的某个地方。"苏菲顿了一下。"奥斯威辛那么大，想要得到某个人的消息是很困难的。总之，霍斯并没有照他说的那样传消息给我。我的上帝！我真是愚蠢，竟然以为这个男人会有他说的那种'荣誉'。我的荣誉！多么可鄙的骗子！他就是内森所说的'下流坯'，而到头来我在他眼里不过是个波兰垃圾。"她又顿了一下，透过指缝抬头望着我，"斯廷戈，我从来都不知道扬到底发生了什么事。也许这样更好……"她的声音弱了下去，最后归于沉默。

寂静。无力。一种夏天特有的轻松感，一种苦涩的基调。听完这一切后，我说不出话来回应苏菲；当她快速又直接地说出另一段可怕而令人心碎的话时，我更不知道该说些什么。相比前面说的那些话，这些话于我而言更像是意料之外的发现，似乎只是歌唱无尽丧亲之痛的咏叹调中的一段让人痛苦难耐的乐曲。"我以为我可能明白了什么，但就在接到万达最后一次传给我的口信后不久，我获悉她因在集中营从事秘密抵抗组织的活动被囚禁起来了。他们把她带到著名的监狱区折磨她，然后将她高挂在一个钩子上，把她慢慢勒死……昨天我还骂她爱抱怨。那是我对你说的最后一个谎。她是我所见过的最勇敢的人。"

坐在微弱的灯光下，我想苏菲和我都觉得我们的神经末梢已经被逐渐拉到让人难以忍受的崩溃点了。我的内心涌现出一种近似惊慌的消极。我再也不想听和奥斯威辛有关的事情了，一个字都不想。然而我说过的那种力量仍作用于苏菲身上（虽然我发现她处于精神崩溃的边缘，还紧张兮兮的），她又继续对我讲述，一口气说出她和奥斯威辛指挥官最后离别的场景。

"他说：'现在你走吧。'我转过身往门口走去，对他说：'谢谢你帮助我，指挥官先生。'然后他说——斯廷戈，你一定要相信我。他是这么说的：'听到音乐了吗？你喜欢弗朗茨·莱哈尔吗？他是我最欣赏的作曲家。'这个问题很奇怪，我吓了一跳，差点说不出话来。弗朗茨·莱哈尔，我想了想说：'不，算不上喜欢。怎么了？'他似乎有些失望，过了一会儿又说：'你走吧。'然后我就走了。我下楼时经过埃米的房间，那台小收音机又在播放音乐了。这一回我可以轻易将它拿走，因为我非常谨慎地看过四周，并没有看见埃米。但正如我说的，我没有勇气再做这件事，因为我对扬和其他一切还抱有希望，而且我知道这一回他们会先怀疑我。所以我没有去碰那台收音机，只是突然痛恨自己。收音机安稳地摆在梳妆台上，仍继续响着。你想象得到收音机里正在播放什么吗？猜猜看，斯廷戈。"

在故事里出现这样一个具有讽刺意味的插曲似乎不太合适，甚至可能适得其反，因为这种方式的讽刺很容易变得乏味，消磨读者的耐心，降低他们的信任，尽管人们心里总是潜伏着这样的冲动。但既然苏菲是我最忠实的见证人，她自己也用这个讽刺来作为一段我毫无理由怀疑的证言的结尾，那么我必须记下她最后说的话，只是需要添加一些注解，即她说的这些话是用颤抖的声音从那模糊不清、让人疲惫不堪的感情炼狱中（夹杂着狂喜和极度的悲伤）发出来的。以前，我从未听苏菲发出过这样的声音，也很少听别人说过这样带着明显的歇斯底里特征的话。

我问："播放什么？"

"是弗朗茨·莱哈尔轻歌剧的序曲，"她倒抽一口气，"《微笑的大地》。"

那时已过午夜，我们沿着短短的街区漫步走回粉红宫。苏菲已经平静下来了。夏日温暖舒适的黑暗中并无其他行人，种植枫树的街道两侧，弗拉特布什的住宅早已灯熄人寂，大家都沉入梦乡。苏菲走在我身旁，伸出手臂环着我的腰，她身上的香水味立刻钻入我的鼻孔。但我知道这个姿势只是出于姐弟或者朋友的情谊，而且她的长篇叙述使我毫无欲望。忧郁和沮丧像八月的黑暗笼罩着我，我意兴阑珊地想着，不知今晚我能不能安然入睡。

齐默尔曼太太的堡垒就在眼前，粉色的玄关处有一盏昏暗的灯，我们走在崎岖不平的人行道上，脚步有些不稳。苏菲自我们离开酒吧后第一次开口道："你有没有闹钟，斯廷戈？我明天必须早起，把东西搬入新住处，再准时去上班。过去这几天布莱克斯托克医生对我已经非常容忍了，可是我真的必须回去工作了。星期三你怎么不打电话给我呢？"我听见她忍住了一个哈欠。

我正要回答闹钟的事时，黑暗的前廊闪过一个黑色的人影。我的心剧烈地跳了一下，说道："哦，我的上帝！"那是内森。我低喊了他的名字，这时苏菲也认出他来，轻轻呻吟了一声。那一刻我有合理的理由相信他要攻击我们，但我听见内森轻声唤道："苏菲。"她松开环住我腰部的手臂，速度快得连我塞在长裤里的衬衫也被拉了出来。我停下脚步，静静地站在那里，透过颤动又昏暗的灯光望着他们奔向彼此。他们拥抱之际，我听见苏菲啜泣了起来。他们相拥了好久，在晚夏的夜色中融为一体。最后我看见内森慢慢地在坚硬的人行道上跪了下来，用双臂环抱苏菲的腿，就这样一动也不动，不知道过了多久，一直保持这种包含着奉献、忠诚、忏悔和哀求意味的姿势。

第十四章

没多久，内森又轻易地将我们俘虏了。

我们——苏菲、内森和斯廷戈——在十分友好而舒服的环境中和解了。我记得后来发生的一件事是：内森给了我两百美元。内森和苏菲破镜重圆，又快乐地在楼上重新安顿下来，我也再次扎进淡黄色的稿纸里两天后，内森由苏菲口中获知我被偷了的事（顺便说一句，莫里斯·芬克并不是这件事的"真凶"。内森注意到我浴室的窗子被打破了——莫里斯没必要这样做。我对自己的胡乱猜疑感到十分羞愧）。第二天下午，从海洋大道的熟食店吃过午餐回来，我在书桌上发现了他给我的支票。在一九四七年，这笔钱足以让我这样一个穷光蛋变成皇帝。和支票夹在一起的还有一张字条，上面写着"献给南方文学的无限荣耀"。我大吃一惊。这笔钱无异于雪中送炭，帮助我摆脱了困境，当时我正为我的前途焦虑万分，拒绝它几乎是不可能的。但是我的宗教信仰和传统观念却使我无法接受这份礼物。

因此，经过一番善意的谈判和争论后，我们达成了所谓的妥协。

在我的作品未出版前，这两百美元算是一份礼物。但等到我的小说找到了出版商，我赚了足够的钱，不再有经济压力后——也只有在那时，内森才会接受我的偿还（不必付利息）。我心里有个小小的刻薄声音告诉我，这项赠礼是内森的一种补偿，为几天前的那个晚上，他戏剧又残忍地将苏菲和我逐出他的生命时，对我的小说进行的疯狂攻击。但是我觉得这种想法很卑劣，尤其是我刚刚通过苏菲了解到，内森是因为吸毒引起了精神错乱，才说了一些不负责任又让人憎恶的话，那些话他现在已经不记得了。不仅如此，我敢肯定他也一定忘了自己的那种疯狂又极具破坏性的行为。而且，我对内森很忠诚，至少是对那个摆脱魔鬼的随从、迷人慷慨又令人愉快的内森。由于这个内森又回到我们身边了，这个苍白憔悴却不再如那晚般被恐惧控制的内森，我重新感到温暖和兄弟情谊，这种感觉真的很棒。不过与苏菲相比，我的欣喜不过是小巫见大巫。她欣喜若狂、难以自持，我看了都感动不已。苏菲对内森一如既往、始终不渝的感情打动了我，使我敬畏。他对她的凌辱不是已被遗忘就是被完全原谅。我相信哪怕他犯下猥亵儿童或杀人的罪行，她也会不管不顾地原谅他，并对他敞开怀抱。

我不知道内森在枫树宫上演了那场可怕的表演后，这几天究竟住在哪里，虽然苏菲随口说的话让我以为他是到福里斯特希尔斯找他哥哥去了。不过这件事似乎无关紧要。同样，与他那富有破坏力的魅力相比，他对我和苏菲的辱骂也显得微不足道，尽管那些话恶意满满，让我俩痛彻心扉。从某种意义上说，苏菲对我讲的生动而骇人的叙述——关于内森不时发作的毒瘾，使我在内森回来后跟他更加亲近。我的反应想必很浪漫，他魔鬼的一面——海德先生不时会控制他，吞噬他的灵魂——现在似乎成了他奇异精神世界的一部分，不可或缺又十分迷人，我接受了这一面，只为未来这种疯狂会重现而略觉不安。很显然，苏菲和我都是心软的人，他再次进入我们的生活，给我们带来同样高昂的精神、慷慨、活力、乐趣、魔力和爱。这便足够了。我们还以为这一切一去不复返了。事实上，他重返粉红宫，再度在楼上筑起温馨的爱巢看起来是那么自然，以至于直到今天，我都不记得他是何时，又是怎样把他那天晚上带走的各种家具、衣服和随身用品搬回来并一一放回原处的，看起来就像他从没带着它们离开过一样。

一切又恢复到昔日的样子，仿佛什么都没发生，仿佛我们的友情和幸福没有差点被他的疯狂和暴力永远地破坏掉。已经九月了，夏日炙热明亮的阳光仍盘旋在被薄雾笼罩着的大街小巷上。每天早上，内森和苏菲都在教堂大道的布鲁克林曼哈顿站搭乘各自的地铁——他到辉瑞的实验室去，她到布鲁克林中心区布莱克斯托克医生的办公室去。我也快活地回到我那普通的小小橡木书桌前。我不再痴迷于将苏菲当作我的恋爱对象，而是心甘情愿地再次放她回到她本该属于且恰好属于的那个男人身边。在认识到我对她的感情自始至终都是节制而肤浅的后，我再度坚定了我的做法。因此，没有了这些无用的胡思乱想，我又怀着一种强烈的使命感，热切地重拾中断的写作。当然，我不可能完全忘记苏菲告诉我的往事，它们仍不时使我感到难过。但大致说来，我不会让她的故事使我分神。生活确实仍在继续。此外，我感到一股旺盛的创作欲，并且强烈地感受到我有属于自己的悲剧故事要说，这足以把我的工作时间排得满满的。或许是被内森的馈赠所激励——这始终是艺术创作家所能收到的最振奋人心的鼓励形式。我文思泉涌，奋笔疾书，并不停地修改、润色，在一个早上，就用光了一支又一支维纳斯牌铅笔，书桌上能堆五、六、七，甚至八、九张黄色稿纸。

一直以来我都很尊敬内森。除了提供金钱帮助，内森再次成为支持我的大哥、良师、提出建设性意见的批评家和值得珍惜的好友。我写了几天，稿子积到二十五或三十页的时候，他会再度将我费尽心血写出的文稿拿到楼上阅读，过几个小时再拿下来，通常是面带微笑，随时准备给我最需要的东西——赞美，虽然这些赞美几乎都会伴随着诚挚又严厉的批评。他在看到让人尴尬的描写时眼睛会顿住，眼神非常锐利，比如装腔作势的思考、调情、不那么贴切的比喻等，但我看得出多数情况下他被我写的泰德沃特的黑暗传说，我投入全部激情、细心和爱意，使用我日益显露的内在天赋写就的场景和气氛，以及那些正穿行在弗吉尼亚低地送葬途中的焦虑不已却栩栩如生的人物完全迷住了。我觉得，真正打动他的是我在书中竭力构建的独一无二的新南方（尽管他察觉到福克纳对我的影响，而我也欣然承认），用他的话说，"像触电一样"。我暗自高兴，因为我发现微妙的是，我创造的艺术具有魔力，似乎正在逐渐将内森对南方的偏见转变为接受及了解。他不再使用诸如兔唇、金钱癣、私刑和红脖子[1]等字眼来嘲讽我了。我的作品开始强烈地影响他，又因为我很尊敬和崇拜他，他的反应使我特别感动。

"描写乡村俱乐部宴会的那一部分真是棒极了，"一个星期六下午在我房里时，他对我说，"就是母亲和黑人女仆之间的那一小段对话——我不知道，不过好像正中我心。还有那种南方夏季的感觉，我不知道你是怎么写出来的。"

我暗自得意，小声向他道了谢，喝了一口啤酒。"自然而然就写

1　对南方未受过教育的白种男人的蔑称。

出来了，"我说，意识到自己不够谦虚，"我很高兴你喜欢，真的很高兴。"

"也许我该到南部去看看，"他说，"看看它是什么样的。你写的这东西激起了我的兴趣。你可以当向导。老弟，你看怎么样? 到昔日的南部联盟去走一趟。"

我非常喜欢这个想法。"上帝，是的! "我说，"那真是太好了! 我们可以从华盛顿开始，一路南下。我有个老同学住在弗雷德里克斯堡，对内战很有研究。我们可以住在他那里，参观北弗吉尼亚州的各个战场，比如马纳萨斯、弗雷德里克斯堡、怀尔德尼斯和斯波齐尔韦尼亚。然后我们弄辆车子到里士满，看彼得斯堡，再到我父亲位于南安普敦的农场。他们的花生很快就要收获了……"

看得出来内森对这个计划反应热烈。我兴致勃勃地不断充实我们的旅行计划时，他一个劲地点着头。我觉得这趟旅程是严肃、全面又富有教育意义的，但不乏趣味性。弗吉尼亚之后，到北卡罗来纳的沿海地区，那是我亲爱的爸爸出生的地方，然后去查尔斯顿、萨凡纳、亚特兰大，慢慢穿过迪克西兰的心脏、南方美丽的中心区——亚拉巴马和密西西比，最后止于新奥尔良。那里的牡蛎肥美多汁，一只不过两美分，遍野都是秋葵，还有长在树上的蜊蛄。"多棒的旅程! "我得意扬扬地说，又开了一罐啤酒，"南部的烹饪，炸鸡、油炸玉米饼、紫花豌豆炒培根、粗玉米粉、羽衣甘蓝、乡村火腿肉汤。内森，你这个美食家，你会乐得发疯! "

啤酒使我兴致高昂。那天天气很热，但从公园那边吹来一丝微风。我屋里的百叶窗哗哗作响，同时，我也听到楼上传来贝多芬的交响曲。这当然是苏菲所为，星期六她只上半天班，总是会在下班后一边把留声机开到最大音量，一边洗澡。我知道即便我在大肆吹嘘南方的美好，我说的那些话听起来却很像十足的南方人，我厌恶他们的态度，几乎跟厌恶那些崇尚自由主义、对南方怀有强烈敌意的傲慢自大的纽约人一样。这曾令我无比痛苦，但现在无所谓了。在整整一上午卓有成效的工作之后，我兴奋不已，那块魔力无穷的土地（我曾耗费心血，怀着非常痛苦的心情记录下南方的景色和声音）带给我一阵微小的狂喜和巨大的心痛。当然，我之前常常经受这种快乐与痛苦交织在一起的情感冲击（最近的一次便是我的甜言蜜语术没有对莱斯莉·拉皮德斯产生明显影响的那天，真是一次相当不真诚的经历），但今天，我似乎特别脆弱，浑身颤抖，痛苦虚弱。我觉得自己仿佛随时都可能潸然泪下，虽不合时宜却真心诚意。第四交响曲动人的柔板乐章从楼上飘下来，像脉搏一样坚定有力地跳动着，与我激动的情绪交织在一起。

"我同意你的计划，老弟，"内森坐在我后面的椅子上，说道，"你知道，该是我去看看南方的时候了。初夏时你说的事——好像已经过了很久，你说的关于南方的事使我印象深刻。或者我想我该说关于北方和南方的事。那一次我们又和平常一样为南北方争论。我记得你大概是说至少南方人敢到北方来，来看看北方是什么样的，而北方人却很少真正费心思到南方去，去亲眼看看那里的情况。我记得你说北方人自私又无知，却自以为是。你说那是一种思想上的傲慢。这是你用的词，当时我觉得你的话说得太重，但后来我想了想，又慢慢觉得或许你是对的。"他顿了一会儿，然后非常激动地说："我承认那是无知。我怎么可以真正憎恨一个我从未见过或了解过的地方呢？我同意你的计划。我们要去旅行一趟！"

我回答："谢谢你，内森。"感动和啤酒使我全身发热。

我手上拿着啤酒，慢慢走进浴室去小便。我比自己所想的还要醉一点，把尿撒得整个马桶座都是。在哗啦哗啦的尿流声中，我听见内森说："十月中旬我休假，按照你现在的速度，到时候你的书也写完大部分了。或许你也需要喘息一下。我们那时何不计划去旅行呢？苏菲自从为那个江湖郎中工作以来，不曾休过假，所以她也可以休几个星期。我可以借我哥哥的车，那辆敞篷车，他不用那辆车，他已经新买了一辆奥兹莫比尔。我们开车到华盛顿去……"他说话时我一直盯着药箱——被偷之前它一直是个安全的储藏地。我想着，既然莫里斯·芬克洗刷了嫌疑，那会是谁偷的呢？附近总有不少小偷在游荡。不过这也不重要了。我意识到先前的愤怒和懊恼已经被一种奇怪复杂的不安情绪所替代，毕竟被偷去的是一个人的卖身钱啊！阿提斯特！我祖母的奴仆，我获得救助的来源。是那个小黑奴阿提斯特供给我这个夏天在布鲁克林居住的大部分资金，由于他的牺牲，我在写作初期才不致负债，因此阿提斯特不再支援我或许是天意。我的生存不再需要通过这笔沾染了一个世纪愧疚的钱来保证。想到摆脱了这笔不义之财，摆脱了奴隶制度，我很高兴。

然而我怎么可能摆脱奴隶制度呢？我的喉咙哽住了，低喊了一句："奴隶制度！"我心里有个地方一直有书写奴隶制度的冲动，书写奴隶制度最不为人知也最让人痛苦的秘密。我还有一种冲动，就是书写二十世纪四十年代，那个制度的继承者们在弗吉尼亚泰德沃特疯狂的种族隔离中拼命挣扎的故事——我现在写的就是这样的故事。这两种冲动同样重要。我开始意识到，在新南方我深爱并困于其中的资产阶级家族发源于奴隶制度，这个家族的一举一动都被一大帮焦虑不安的黑人看在眼里。我们每一个人，无论白人还是黑人，不是仍被奴役着吗？我知道，只要我以写作为职，我内心最热烈也最躁动的地方都会被奴隶制度所束缚。突然，我开启了一段令人愉悦、悠闲又有些许醉意的精神漫游，从阿提斯特想到我父亲，又想到那个穿白色长袍的黑人在混浊的詹姆斯河中接受洗礼的场景，接着再次想到我父亲，他在麦卡尔平饭店打鼾——我猛地想到了纳特·特纳，随即便被一种浓浓的乡愁所包围，一阵痛楚像长矛似的刺穿了我的心。我蹒跚着走出浴室，嘴里念念有词，声音有点大，内森被我的语无伦次和话中的急迫吓了一跳。

我说："纳特·特纳！"

"纳特·特纳？"内森的表情很迷惑，"纳特·特纳到底是谁？"

"纳特·特纳，"我说，"是个黑奴，他在一八三一年杀死了大约六十名白人——我可以告诉你，其中没有犹太人。他住在离我家不远的詹姆斯河畔，我父亲的农场就在他领导这次血腥起义的那个村庄中间。"接着我把我所了解的跟这个非凡黑人有关的故事告诉了内森。纳特·特纳的一生非常神秘，连落后的地方都没什么人记得他，更别说其他地方。我说话的当儿，苏菲走了进来，她刚洗完澡，浑身清爽，粉粉嫩嫩的，看起来格外美丽。她坐在内森椅子的扶手上，也开始倾听。她美丽而专注，心不在焉地抚着内森的肩膀。但是我很快就说完了，因为我发现对于这个黑人我所能说的并不多。他从历史的迷雾中出现，在一次令人目眩的灾难性大爆炸中犯下可怕的罪行，然后又像他来的时候那样神秘地消失了，没有留下解释，没有身份，没有图像，除了名字，什么也没留下。他必须被重新发掘出来。那个下午，在似醉非醉带来的兴奋及狂热下，我试着对内森和苏菲讲述他的事，然后我第一次意识到我得将他写下来，使他成为我笔下的人物，为世界重塑他的形象。

"太棒了！"我带着醉意欢快地叫着，"你知道吗，内森，我开始明白了。我要为这个奴隶写一本书。我们的旅行正是时候。到那时我正在写的这本小说就可以随时暂停——我会写出许多东西。因此等我们到达南安普敦时，我们可以开车游历纳特·特纳领导起义的村庄，和人们交谈，探访那些老屋。我可以感受那里的氛围，做许多笔记，收集资料。那将是我的下一本书，一本关于老纳特的小说。同时，你和苏菲也可以多了解一些非常有价值的知识。那将是我们的旅途中最迷人的一部分……"

内森伸出手环着苏菲，使劲搂了她一下。"斯廷戈，"他说，"我等不及了。十月我们就向迪克西兰进发。"然后他抬头注视苏菲的脸。他们交换的爱的眼神——先是相遇，继而交织在一起，虽然短暂，爱意却很浓烈——亲密得令人尴尬，我一时转过身去。内森问苏菲："我要告诉他吗？"

"为什么不呢？"苏菲说，"斯廷戈是我们最好的朋友，不是吗？"

"希望他也是我们的伴郎。十月我们要结婚了！"他快活地说，"因此这趟旅行也是我们的蜜月旅行。"

"全能的上帝呀！"我喊道，"恭喜！"我大步跨到椅子前面，亲吻他们两个人——吻苏菲的耳畔，一股栀子花的芳香扑鼻而来；吻内森高贵的鼻翼。我喃喃地说："那真是太好了。"我是真心诚意的，完全忘了不久之前，他们也曾有过这样狂喜的瞬间，甚至更加开心地做过这样的宣布，结果这样的时刻往往伴随着突如其来的灾难。

这次讨论大约过了十天后，在九月的最后一个星期，我接到了内森的哥哥拉里打来的电话。一天早上，莫里斯·芬克叫我到走廊接那个油腻的公用电话时，我感到十分惊讶——接到电话已经很意外了，特别是这还是一个我经常听说却没有见过的人打来的。他的声音温暖而亲切，和内森的声音极像，带着明显的布鲁克林口音——最初很轻松，后来带了一丝坚持，他问我可不可以跟他安排一次见面，越快越好。他说最好不要让他来齐默尔曼太太这里，问我介不介意到他位于福里斯特希尔斯的住处去拜访他。他还说我得清楚这一切都和内森有关，而且很急。我毫不犹豫地说我乐于与他见面，我们约定当天下午在他的住所见面。

在连接金斯区和皇后区如迷宫般复杂的地铁站里，我无可救药地迷了路，结果搭错了车，发现自己到了荒无人烟的杰梅卡，因此迟到了一个多小时，但拉里仍极为有礼友善地接待了我。他住在一栋宽大舒适的公寓里，我觉得那个社区非常时尚，他就站在门口等我。我几乎从未见过任何像他这样一见面就让人着迷的人。他比内森矮一些，却比内森更结实健壮，年龄当然也大一些。他们兄弟俩都很吸引人，但两人的差异也显而易见。内森精力充沛、反复无常、难以预测，拉里从容不迫、说话温和冷静、让人安心，这可能与他医生的职业有关，但我觉得更可能是因为他的性格可靠而正派。我为我的迟到道歉时，他很快就让我安下心来，递给我一瓶莫尔森加拿大啤酒，并用非常讨好的语气对我说："内森说你是一个麦芽酒鉴赏家。"我们在一扇宽敞的窗户旁边坐下，由这扇打开的窗子可以看到外面赏心悦目的都铎式建筑群，就掩映在常春藤下面。而拉里的话使我觉得我们已经很熟了。

"我想我不必告诉你内森对你评价很高，"拉里说，"说真的，这也是我请你到这里来的部分原因。事实上，我相信在他认识你的这短短一段时间内，你已经成为他最好的朋友。他对我说起你的著作，说他认为你是个很好的作家。在他看来你是顶级的。你知道，他曾经考虑过写作——我想他一定告诉过你。在适当的环境下，他几乎可以做成任何事情。总之，我想你也看得出来，他在文学上有很敏锐的判断力，而且我想你有必要知道他不只认为你正在写一部很棒的小说，而且认为你是一个——呃，高尚的人。"

我点点头，出于礼貌说了几句不置可否的话，内心却感到十分快乐。上帝，我多渴望接受这样的赞美！然而对于此行的目的我仍困惑不解。现在我意识到，比起继续谈论我的天分和我优秀的品德，接下来我所说的话在不经意间让我们更快地将重点转移到内森身上。"你对内森的评价很对。你知道，一个科学家竟然关注文学实在是很难得的事，更不用说他还对文学价值有如此深刻的理解。我是说，他是辉瑞这种大公司里一流的生物研究员——"

拉里轻轻地打断我的话，虽然面带微笑，却掩不住一丝痛苦。"对不起，斯廷戈——希望我可以这么称呼你，对不起，不过我想要立刻告诉你这件事，还有其他一些你必须知道的事。内森并不是个生物研究员。他不是一个真正的科学家，他也没有任何学位。这一切都是编出来的。我很抱歉，但你最好知道这一点。"

天哪！难道我注定是一个轻信又天真的人，总是被那些我最在意的人蒙骗吗？苏菲经常对我说谎已经够糟了，现在内森又——"可是我不明白，"我开口道，"你是说——"

"我是说，"拉里温和地打岔，"我是说这个生物学家的身份只是我弟弟的伪装——一种掩饰，如此而已。哦，他确实每天都到辉瑞报到。他也的确在那家公司的图书馆有份工作，一份要求不高的闲差事。在那儿他可以不打扰任何人，看很多书，偶尔也会为某个正式的生物研究员做做研究。这使他免于受到伤害。没有人知道这一点，包括那个美丽的女孩，苏菲。"

我从来没有像现在这样瞠目结舌。"可是怎么……"我努力找着合适的字眼。

"辉瑞公司的一名高层领导是我父亲的好友。这只是一个很善意的举动。这件事极易安排，而内森能控制住自己的时候，显然可以把分内的那点工作干好。毕竟，你也很清楚，内森非常聪明，说不定是个天才。只不过他这一生多半时候都是在失控的状态中。我毫不怀疑他会非常出色地完成任何他想尝试的事情。写作、生物学、数学、医学、天文学、哲学，任何事情。然而他的头脑却一直是混乱的。"拉里再度露出苍白又痛苦的笑容，无声地把双手合在一起，"事实是，我弟弟是个十足的疯子。"

我喃喃说道："哦，上帝。"

"偏执型精神分裂症，诊断是这么说的，虽然我一点也不确定那些脑科专家是否真的知道他们在做些什么。总之，这种病可能会在几个星期、几个月，甚至几年内毫无迹象，然后——砰！他疯了。最近几个月来使得这种情况严重恶化的是他所服用的那些毒品。这也是我想和你讨论的一件事情。"

我又说了一次："哦，上帝。"

坐在那里，听着拉里直率、平静又无奈地对我说这些可悲的事时，我试图制止脑中的骚动。一种近乎悲哀的情感使我深受折磨，如果他告诉我，内森得了某种无法治愈的退行性疾病的话，我大概还不至于这么惊骇和懊恼。我拼命抓住最后一根稻草，结结巴巴地说："可是这太难以置信了。他对我说到哈佛——"

"哦，内森从未上过哈佛，他没有上过任何大学。当然，并不是他的智力不够。他自己看了很多书，恐怕比我这一辈子会看的书还要多。但是像内森病得这么重的人，是不可能继续接受正式教育的。他真正去过的学校就是谢泼德和伊诺克·普拉特、麦克莱恩、佩恩·惠特尼等地。你随便说一个昂贵的精神病院，他都曾是那里的学生。"

"哦，这真是太悲伤太糟糕了，"我听见自己低声说道，"我知道他……"我迟疑着。

"你是说你知道他并不十分稳定，不……不正常。"

"是的，"我回答，"我想任何笨蛋都看得出这一点。不过，我的确不知道有这么——呃，这么严重。"

"曾有一段时间——大概有两年，在他十八九岁的时候，看起来他已经完全好了。当然，这是一种幻觉。那时候，我父母住在布鲁克林高地的一栋很漂亮的房子里，大约是战争爆发前一年。有一晚，在一次激烈的争论后，内森心血来潮，想把房子烧毁，他差一点就成功了。那次我们只好将他送到精神病院去住了很长一段时间。那是第一次……但不是最后一次。"

拉里提及战争使我想起了一件令我困惑的事，自认识内森后我就想不通这件事，但出于种种原因，我却将这件事藏在心里的某个灰尘满布的地方，不予理会。按照内森的年龄，他当然应该在部队里待过，可是他从不曾主动提起过服役的事，我也没有问过他，认为那是他个人的事。但此刻我却忍不住问："战时内森在做些什么呢？"

"哦，上帝，他不符合征兵条件。在他颇为正常的时候，他确实想要加入伞兵部队，但是我们制止了这件事。他不能服役，哪儿都不行。他待在家里读普鲁斯特和牛顿的《原理》，有时被送进精神病院。"

我许久没有开口，尽可能去接受这种种骇人的信息，这些信息足以解释一直以来我对内森的担忧——压抑在我心里的怀疑与焦虑。我坐在那里静静地沉思，这时一个年约三十岁、长得很甜美的黑发女人走进房里，走到拉里身旁，碰碰他的肩说："亲爱的，我要出去一下。"我站起身，拉里向我介绍说那是他的妻子米米。

"见到你很高兴，"她握住我的手说，"我想在内森的事情上或许你可以帮我们。你知道，我们非常关心他。他常常谈到你，我觉得你就是我们的弟弟。"

我礼貌地说了几句话，但还来不及说别的，就听到她说："我得走了，不打扰你们的谈话了，希望能够再见到你。"她真美，而且和蔼可亲。我看着她从容优雅地穿过房里厚厚的地毯——在这间亲切温暖、摆满书籍、奢华低调的镶板屋里，它第一次引起了我的注意——走出去，不禁想着：为什么我是个一文不名、苦苦挣扎，还没有作品问世的作家，而不是一个迷人、聪明、收入优渥，又有性感娇妻陪伴的犹太籍泌尿科医生呢？

"我不知道内森曾对你说过多少有关他或者有关我们家的事。"拉里又为我倒了杯啤酒。

我说："不多。"确实如此，我一时觉得惊讶。

"我不会说得太详细，那会使你厌烦。不过我父亲——呃，赚了很多钱，靠的是生产犹太人的罐装汤。他从拉脱维亚到这儿时，一句英语也不会说，但在三十年的时间里，他却发财了。可怜的老头，他现在正在一家疗养院—— 一家费用昂贵的疗养院。我并不想说得那么俗气，只是为了强调我们家承担得起内森需要的那种医药护理费，他拥有金钱所能买到的最好的治疗，但是没有一种可以彻底将他治愈。"

拉里停住口，忧郁而痛苦地长叹一口气。"最近这几年来他常出入精神病院，像是佩恩·惠特尼、里格斯、门宁格或其他什么地方。这么长时间以来他一直表现得比较平静，举止和你我一样正常。我们为他在辉瑞公司安排了这份工作，以为他的病情或许会永远得到缓解。这种缓解或痊愈并不是前所未闻的。事实上，治愈率相当高。在那里他似乎很满足，虽然我们得知他到处对人吹嘘，夸大他的工作，但那并不会造成任何伤害。就连他夸张地幻想自己创造了什么新的医学奇迹，也不会真正伤害任何人。他似乎稳定下来，正在逐渐——呃，恢复正常了，或者说是一个疯子所能做到的正常。然而现在他有了这个甜蜜、哀伤、美丽而饱受折磨的波兰女孩。可怜的孩子。他告诉我说他们要结婚了。斯廷戈，对于这件事你有什么想法？"

我说："在这种情况下，他不能结婚，是吧？"

"几乎不可能，"拉里停了一下，说，"但是我们怎么才能阻止他呢？如果他彻底陷入难以自制的疯狂状态，我们可以永远将他送入精神病院，那就什么问题也没有了。但问题在于大部分时候他都显得很正常。谁又能说这种长期的正常不代表他彻底痊愈了呢？医学记录上曾经有过许多这样的病例。如果他并非痊愈，我们又怎能只是因为想到最坏的结果，就认为他会再次彻底疯掉，从而惩罚他，剥夺他像其他人那样正常生活的机会呢？然而他要是和那个善良的女孩结了婚，又有了孩子，却再次发狂，唉，对每个人而言，那该有多么不公平呀！"沉默片刻之后，他用尖锐的目光凝视着我，说："我没有答案。你有吗？"他又叹了口气，说："有时候我认为生活是一个可怕的陷阱。"

我坐在椅子上不安地扭动着，突然有一种难以言说的沮丧，觉得自己的肩上背负着全世界的重担。我怎么能告诉拉里我才目睹过他的弟弟，我挚爱的朋友，比以前更濒于毁灭的边缘？我这辈子听说过精神失常，认为它是一种难以启齿的疾病，得病的都是些与我相隔遥远、被关在监禁室里的爱胡言乱语的可怜虫，还认为自己绝对不会和这种人有什么关系。现在这种病却近在咫尺。"你认为我能够做什么吗？"我问，"我是说，你为什么——"

"为什么请你到这儿来吗？"他轻声打断我的话，"我自己也不太清楚。我想是因为我以为你能帮助他远离毒品。那是内森目前面临的最危险的问题。如果他摆脱苯丙胺的话，他可能还有很大的机会恢复正常。我帮不了他多少。在许多方面我们都非常亲密——不管我喜欢与否，我都是内森的榜样，但我也明白我是个权威人物，容易让他产生不满。再说，我也不能经常见到他。可是你——你和他很亲近，而且他也尊重你。我只是在想说不定你有什么方法可以说服他——不，这个词太强烈了……可以影响他，使他放弃那些可能会害死他的玩意。另外，要不是因为内森现在的情况很危险，我也不会要求你监视他——你可以密切留意他，时不时地给我打个电话，让我知道他的状况。我常常觉得自己对他的情形一无所知，而且非常无助，但如果我能偶尔收到你的消息，你就帮了我们所有人一个大忙。这个要求是不是不合理？"

"不，"我说，"当然不会。我乐于帮忙，帮内森的忙，还有苏菲，他们都是我亲密的友人。"这时我想该是告辞的时候了，便站起身，和拉里握握手。"我觉得事情会好转的。"我喃喃地说着，但在内心深处，却明白这话过于乐观。

拉里说："我当然也希望如此。"虽然他努力挤出一个笑容，但那笑很绝望，我觉得他的乐观和我的一样凄苦而不安。

　　和拉里见面后不久，我便因为一次严重的"渎职"而深感愧疚。拉里和我进行短暂的会面本质上是请求我监视内森，并在粉红宫和他之间承担起联络人的工作——既是看守又是不伤害内森的监视者，可以轻轻地跟在内森身后，使他保持正常。拉里显然认为在内森吸毒期间，我或许可以安抚他，使他平静下来，甚至可能对他产生某种持续而有价值的影响。毕竟，这不就是好朋友的作用吗？然而我却逃掉了（当时这个词已经不再用了，却非常适合描述我的疏忽，或者更准确地说，是我的弃职）。有时候我会想在那些重要的日子里，如果我在场的话，能控制住他，阻止他走向毁灭吗？结果我的答案常常是令人悲伤的"能"或"可能"。我难道不该把拉里告诉我的可怕的真相告诉苏菲吗？但由于我并不十分确定将会发生什么事，我常以连自己都说服不了的借口安慰自己，说内森正处于无可避免的狂暴中，命中注定会走向毁灭的深渊——在这个过程中，苏菲的命运和他自己的命运紧密相连。

　　这件事情很奇怪，就发生在我离开的一小段时间里——不到十天。除了那个星期六和苏菲一起到琼斯海滩去，那是我自数月前抵达纽约这个大都市后，第一次离开这个城市。不过这趟旅程就在市郊——终点是罗克兰县的一栋宁静的乡村房屋，由乔治·华盛顿桥坐车北行半个小时就能到。这次旅行是另一通意料之外的电话带来的。来电者是我在海军陆战队服役时的老友，他有一个非常普通的名字——杰克·布朗。这通电话着实让我感到惊讶，当我问杰克他到底是怎么找到我的，他说那很简单：他曾打电话到弗吉尼亚去，从我父亲那里得到了我的电话号码。听到杰克的声音，我很高兴：南方腔，如同流经杰克的故乡南卡罗来纳低地的混浊河流一样圆润宽阔，像我深深喜爱却许久未听过的班卓琴音般亲切。我问杰克现在怎么样。"很好，小子，很好，"他回答，"就在这儿和北方佬一起生活。你可以过来玩玩。"

我很敬仰杰克·布朗。人们在年轻时结交的朋友往往令人欣喜，彼此间的爱与忠诚是以后的岁月结交的友谊（不管多么真诚）中所缺乏的，这真是很奇怪。杰克就是这样的一个朋友。他聪明活泼、富有同情心、博览群书，还有创意十足的喜剧天赋和灵敏的嗅觉，能识破诡计和骗子。在杜克大学令人疲惫的几个月里，他的风趣常逗得我捧腹大笑。这种风趣往往是带点刻薄意味的，基于他对南方法庭修辞学（显然，这部分得益于他的父亲——一位杰出的法官）的巧妙运用。为了把我们从新手炮灰转变成最好的炮灰，海军陆战队试图把两年的学习内容在不到一年的时间里塞进我们的大脑，因此造就了一批学艺不精的大学毕业生。杰克比我大一点——九个月左右，所以排在我的前面，参加了战斗，而我很幸运，毫发无损地躲过了。军事命令将我们分离，他到了太平洋，他所在的部队准备进攻硫黄岛，而我仍待在北卡罗来纳的沼泽地里学习排列战术。他从太平洋写给我的信出奇地长，内容幽默感人，洋溢着澎湃的喜悦之情。我把它看作独一无二的杰克风格，直到多年以后，我在《第二十二条军规》里又奇迹般地看到了它。他一直保持着高昂、向上的快乐情绪，甚至当他身负重伤时（在硫黄岛战役中失去了大半条腿），仍在医院的病榻上给我写充满欢乐和斯威夫特式刻薄又活力满满的信。我敢肯定，一定是他的疯狂和不折不扣的斯多葛主义才阻止了他陷入自我毁灭的绝望。他装了假肢，但他完全没有因此受到影响，甚至还告诉我，这使他跛脚走路时很有魅力，像赫伯特·马歇尔一样。

我说这些只是想让大家知道杰克是一个很有魅力的人，并解释他一开口相邀，我便迫不及待地接受他的邀请的原因，哪怕代价是我忽视自己的责任，弃内森和苏菲于不顾。在杜克大学时，杰克一心想成为一名雕刻家，战后他又到艺术学生联盟就读，把家搬到奈阿克后方宁静的小山上，好用铸铁和金属片创作巨型艺术品。这全倚仗于他太太丰厚的嫁妆（他毫无保留地告诉了我），因为他的妻子是南卡罗来纳州最大棉纺厂之一的厂主的女儿。起初我犹豫着，推辞了一番，说我的小说进展很顺利，不想突然中断。他马上打消了我的顾虑，说他的屋子有一间小厢房，我可以在那儿继续工作。"而且多洛雷丝，"他又说到他的妻子，"她的妹妹现在也在这里小住。她叫玛丽·艾丽斯，二十一岁，活力满满。小子，相信我，她美得像幅画一样，雷诺阿笔下的那种，真的。而且她非常热情。"热情，我兴奋地想着这个词。想来我不需要更进一步的诱惑了，因为我对性的渴望重新恢复了。

玛丽·艾丽斯。上帝，玛丽·艾丽斯。我马上就会讲一讲玛丽·艾丽斯了。由于她对我的心理产生了一种反常的影响，所以她对这个故事很重要。虽然幸运的是，这个影响十分短暂，却给我和苏菲的关系抹上一层恶毒的阴影。

至于苏菲和内森，我必须简短地提一下我离开的那天晚上我们在枫树宫举行的送别小晚会。在外人看来，那是一次快乐的聚会，但是有两件事使我深觉不安，甚至有种不祥之感。第一件事是苏菲的酗酒。内森回来后，我注意到苏菲在短时间内戒了酒，可能只是由于内森的存在具有警告意味。以前除了沙布利酒，我很少见到他们两个人沉溺于饮酒。然而现在，苏菲又恢复到了内森失踪，她和我在一起时的饮酒模式，一口接一口地喝下申利牌威士忌，尽管最后都喝到舌头伸不直了，头脑却还像以前一样清醒。我不知道她为什么又开始喝烈酒，可我当然什么都没说——在这个场合中，内森算是主人。但让我烦恼、让我非常痛苦的是，苏菲似乎很快就成了一个酒鬼。更让我不安的是，内森好像不曾注意到苏菲的酗酒，或者就算注意到了，也并未采取保护措施，以阻止苏菲的这种疯狂又具有潜在危险的酗酒行为。

那一晚内森和平时一样迷人而多话，为我叫了好几大杯啤酒，喝得我头晕眼花，全身轻飘飘的。他给我和苏菲讲了很多他从别处听来的演艺圈的趣事，全是关于犹太人的，深深吸引了我们。我觉得认识他几个月以来，这是我见过的他最健康的状态。在这么一个风趣而迷人的人面前，我因愉悦而战栗不已。接着他说的一小段话却使我的好心情消失殆尽，像水汩汩流入下水道一样。我们起身回粉红宫时，他望着我，声调变得严肃起来，我知道那双性感的眼睛后面潜伏着疯癫。他说："我到现在才想把这件事情告诉你，这样你明天早上到乡村去的路上，就有东西可想。但等你回来后，我们将庆祝一件真正不可思议的事情。那就是我的研究小组就要宣布一个跟疫苗有关的成果，针对的是——"这时他停了一下，一字一字、郑重其事地说出了这个在当时让人有些害怕的词，"小，儿，麻，痹，症。"小儿麻痹症的历史即将结束，不会再有出生缺陷基金会了。内森·兰多，人类的救星。我真想放声哭泣。无疑我该有所表示才对，但记起拉里告诉我的话，我却什么也说不出，因此我只是在黑暗中慢慢地走向齐默尔曼太太的公寓，倾听内森继续他在组织、细胞培养方面的疯狂言论，只停下来一次使劲拍打苏菲的背，帮她平息醉酒后的打嗝。但在回去的这段路上，我什么都没说，我心里充满了怜悯和恐惧。

即便过了这么多年，我仍觉得待在罗克兰县的那段时间确实让我放松又快乐，暂时将我从对内森和苏菲的忧虑中解脱出来。一星期或十天艰苦而卓有成效的工作，以及杰克·布朗暗示的令人快活的性事开始让我期待——这些活动足以补偿我这段时间以来所承受的焦虑，而且，上帝保佑我，它们也是对我即将承受的苦难的补偿，我从没想过会有这样的苦难。但是回想起来，这次探访可谓惨败，我记录和莱斯莉·拉皮德斯发生的那段插曲的同一本笔记本内，便保存着可信的证据。照理说来，我在乡间的逗留应该如我所热烈盼望的那般快乐宁静。这次旅行会由以下部分组成：一幢饱经风霜、坐落在树林深处的不规则的荷兰殖民式老住宅，年轻迷人的主人和他活泼的妻子，一张舒适的床，丰盛的南方美食，享用不尽的啤酒，还有投入玛丽·艾丽斯·格林博尔怀抱中的光辉希望。她有一张光滑细腻的三角形脸、两个俏皮的小酒窝、迫切张着的可爱而湿润的嘴唇、飘逸的金发、康弗斯学院英语专业的学士文凭，还有自斯帕坦堡向北扭动着前来的甜心那相当诱人的臀部。

还有什么比这更吸引人、更令人向往？一位好色的年轻单身汉整天辛勤写作，只听得到那位装了假肢的雕塑家朋友发出的叮叮当当的敲击声，闻得到厨房里油炸玉米饼的香味，他手里的笔也被推动着描写更细微之处，它们正欢快地栖息在他大脑的边缘；即将到来的夜晚是轻松友好的，有美味的食物，还有对南方怀旧之情的低声畅谈——这一切都得到了两位讨人喜欢的年轻女士的大力支持，其中一位在即将到来的夜色中会跟他一起沉浸于炽热的情网中，痴缠在床单里低语、快乐地尖叫。事实上，我幻想的这幅图景只有家庭生活部分得到了实现。与杰克·布朗、他的妻子和玛丽·艾丽斯·格林博尔共度的那些日子，我的确写了很多。我们四个人常在林中的池子里游泳（天气十分温暖），在愉快友好的气氛中共同进餐，言谈间充满了对往日的回忆。但是也有痛苦的时候，那就是清晨时分我会一次又一次地和玛丽·艾丽斯偷偷离开，结果发现自己遇到了一种我从未体验过，也从未想过会存在的性怪癖。在我的笔记中，我曾深刻又仔细地剖析过她（就写在记录几个月前我遭遇的另一次灾难性的经历后面，笔迹同样狂乱而潦草，带着一丝难以置信），玛丽·艾丽斯——

——比爱挑逗男人的女人还糟糕。我在破晓时分坐在这里，听着蟋蟀的叫声，连续第三个早晨思索她可怕的艺术行为，惊讶于发生在我身上的不幸。我再一次站在浴室的镜子前审视自己，看到我的脸并无任何不周正之处，事实上我还得谦虚地说，我的一切都还不错：高挺的鼻梁、充满智慧的棕色眼睛、好气色、不错的骨架（感谢上帝，虽不至于像贵族般精致，却有棱有角，不会让我看起来普通又粗俗），还有幽默的一张嘴和下颌，这张脸说什么也算得上英俊，虽然比起维塔利斯广告上的英俊小生还远远不及。因此她不可能是厌恶我的长相。玛丽·艾丽斯敏感而精通文学。也就是说，她读了很多书，其中有一两本我也感兴趣，她还挺有幽默感的（算不上开心果，但当时在风趣的杰克·布朗面前，其他人都相形见绌）。相对于一个具有明显南方背景的女孩而言，她应该算前卫开放。不过，她提起做礼拜的次数有点太频繁了，这很复古。我们两个人都没有轻率地或者不管不顾地说出爱那个字，但显然她的性欲已被激起，至少被微微激起。从这方面说来，她和莱斯莉恰好相反，因为尽管她激情满满地投入我们热烈的拥抱中（我认为部分激情是装出来的），在言语上她却非常拘谨（像许多南方

540

女孩一样）。举例而言，前一夜，在我们准备进入"做爱"这一章前一小时左右，我心醉神驰，低声告诉她我觉得她有个非常美妙的屁股。我兴奋地想伸手过去放在上面，她却离开我的怀抱，愤怒地厉声说："我恨那两个字！你不能说'臀部'吗？"那时我意识到任何进一步的无礼行为都会造成致命的后果。

她的乳房十分讨人喜欢，小小圆圆的，如饱满的香瓜一般。但她身上只有臀部是完美的，也许除了苏菲的，她的臀部堪称世界之臀的典范。她两边的臀部匀称圆润，即便被覆在她常穿的那条单调的法兰绒裙子下面，我也能感到下身一阵疼痛，好像被骡子踢了一脚。就接吻能力而言——一般般，和莱斯莉比起来，她不过是个胆小鬼，前者那灵活的舌头使我永远难忘。但和莱斯莉一样，艾丽斯不让我触碰抚摸她那令人心猿意马的躯体，那更令人感兴趣的罅隙角落，所以我为什么要为这一奇怪的事实感到难堪呢——尽管让人不快又敷衍了事，她却不断让我尝试，使我变得毫无生气，精疲力竭，甚至感到被这种愚蠢的行为羞辱了？刚开始总是令人兴奋不已，那小手放在我硬邦邦的"箭杆"上，算是我人生中第一次被如此碰触，我立刻就缴械投降。但经过三个晚上、九次亢奋后，我快要麻木了。我觉得这种行为快让我疯了。

因此夜晚就在汗涔涔的静默中消逝了。她那甜美年轻的胸部仍被牢牢束缚在她棉布衬衫后面的媚登峰内衣里。她固守阵地，不欢迎我触及她两腿间我渴望已久的珍宝：如军事重地诺克斯堡般安全。每次她把玩我的"箭杆"时，我都喘着粗气，发出可笑的呻吟声，呜咽着说出一些蠢话，像是"哦，上帝，好极了，玛丽·艾丽斯"，同时瞥了一眼她迷人却无动于

衷的脸，但当时欲火与绝望同时袭上我的心头，绝望要更多一
点。天已大亮，宁静的拉马波山笼罩着一层薄雾，鸟儿开始啁
啾。可怜的老约翰·托马斯像被剥了皮的虫子般无力疲倦又了
无生气。我奇怪自己为什么要经过几个晚上才意识到我的这种
极度沮丧至少部分是源于一个可悲的事实：玛丽·艾丽斯镇定
自若地对我干的这档子事，我自己就可以做得更好，当然也更
有感情。

在杰克·布朗家的最后一天——那是一个初具秋天凉意的阴沉
早晨，天下着雨，我在笔记本上写下了下面的文字。那细长而犹豫
的笔迹——此刻我无法为读者还原它们——正是我痛苦之情的最佳
证明。

　　无眠的一夜，或者说基本如此。我不能责怪杰克·布朗，
无论是为了我的狼狈还是为了他自己的误解，我是那么喜欢
他。玛丽·艾丽斯使我苦恼并不是他的错。由他私下对我所说
的话（还满怀深意地用手肘推推我），他显然以为过去这一个
星期左右，我和他美丽的小姨子过得很快活。我的怯懦使我无
法鼓起勇气纠正他的这一想法。今晚的晚餐异常丰盛，包括我
从未品尝过、味道非常棒的弗吉尼亚火腿。餐毕，我们四个人
到奈阿克去看了一部愚蠢至极的电影。电影散场后已过午夜
了，杰克和多洛雷丝回他们的卧室歇息，玛丽·艾丽斯和我则
去了楼下的日光室，在我们的爱巢里重复我们注定失败的仪
式。我喝了不少啤酒，想让自己大胆一点。我们开始拥吻，最
初颇为愉快。这场序曲进行了不知多久后，无可避免地，现在

已令我感到厌烦，几乎难以忍受的麻烦又登场了。无须我再加以指引，玛丽·艾丽斯摸索着拉开我的拉链，她那害羞的小手准备在我疲倦的身体上做毫无激情的作业。然而这一回，我在中途制止了她，打算向她摊牌，我已经期待一整天了。"玛丽·艾丽斯，"我说，"我们为什么不对彼此诚实点呢？出于某个原因，我们从来没有真正地讨论过这个问题。我很喜欢你，但是坦白说，我无法再忍受这种令人挫败的行为。你是不是怕……"我迟疑着是否要说出口，主要是因为她对语言十分敏感，"你是不是怕……你知道吧？如果是的话，我只是想说我有办法防止任何……意外。我答应我会非常小心的。"一段沉默后，她把头倚在我的肩上，那头浓密的头发散发出栀子花的味道，让我感到痛苦。她叹了口气说："不，不是这样的，斯廷戈。"她又噤声不语。"那是什么呢？"我说，"我是说，难道你不明白，除了接吻，我其实并没有碰过你——任何地方都没有！这似乎不正常，玛丽·艾丽斯。事实上，我们所做的事很不对劲。"过了一会儿，她说："哦，斯廷戈，我不知道。我也很喜欢你，可是你知道我们并不相爱，对我而言性和爱是不可分割的。我希望保留一切给我所爱的男人，给我们两个人。我曾经受过严重的伤害。"我问道："你说的伤害是什么意思？你曾经爱过某个人吗？"她说："是的，我想是的。他把我伤得很深。我不想再受到伤害。"

她对我说出令她伤心的那段爱情，一个可怕又普遍的短小故事，这个故事同时解释了二十世纪四十年代的性道德观，以及过去这几天来让她一直折磨我的精神病理学。她告诉我，她曾有个未婚夫，叫沃尔特，是个海军飞行员，追求了她四个月。在订婚之前（她委婉地向我解释格伦迪夫人对此没有异议），他们并未真正发生过性行为，不过在他的要求下，她学会了在我身上用的那种单调乏味的技巧，不断"刺激"他，夜复一夜地使他沉溺于这项消遣中，既让他得到某种"释放"（她用了这么一个讨人厌的的词），又保护了他拼命想要进入的天鹅绒"保险箱"。（四个月！想想沃尔特的海军蓝裤子吧！）直到那个可怜的飞行小子宣布要娶她为妻，并送她订婚戒指后（玛丽·艾丽斯继续用一种天真的语气说着，让人觉得索然无味），她才奉献出自己。她从小信仰浸信会，觉得要是没有结婚的意向就贪图肉体之乐，那灾难无疑会像死亡一样，降临在她的身上。事实上，她又说，她觉得在真正结婚之前，她所做的那种行为非常罪恶。这时，玛丽·艾丽斯顿了一下，说了一些气得我咬牙切齿的话。"并不是我不渴求你，斯廷戈。我有很强烈的欲望。沃尔特教会了我怎么做爱。"她继续说着，嘟囔了一些陈腐的字眼，诸如"体贴""温柔""忠诚""理解""怜悯"，以及其他的基督教垃圾。我有种不同寻常的强烈渴望，想将她强暴。总之，她的故事的结尾是，沃尔特在他们结婚前一天弃她而去——她生命中的打击。"所以我深受伤害，斯廷戈。我只是不想再像那样受到伤害。"

我一时没有说话。"很抱歉，"好一会儿后，我开口道，"这是个悲伤的故事。"为了止住我急欲表达的讥讽，我又说："非常悲伤。我想很多人碰到过这种事。但是我想我知道沃尔特为什么会离开你了。告诉我，玛丽·艾丽斯，你真的认为两个健康又彼此吸引的年轻人，必须有了婚姻的承诺才能做爱吗？你真的这么想吗？"我觉得她的身子陡然变得僵硬，又听见她倒吸了一口气，然后抽身离开我。她的那种神经质的懊恼更使我愤慨。她突然（我现在觉得情有可原）被我流露出的那种愤怒吓到了，我也离她远了一点，站起身后身体像失去控制似的摇晃着。我看到她被我俩刚才的亲吻弄得黏糊糊的嘴唇，正吓得半张着。我大声对她说道："沃尔特从来都没有教会你做爱，你这个说谎的小白痴！我敢打赌你这辈子根本没跟谁好好做过爱！沃尔特只教你怎么抚弄想钻进你裤子里的可怜玩意！你需要什么来使你那个美丽的屁股喜悦地扭动起来？哦，妈的——"我在一声哽咽中停止了怒骂，为我的爆发感到羞愧，但也不禁大笑起来，因为玛丽·艾丽斯像个六岁的小孩一样用手指堵住了耳朵，眼泪也籁籁地掉了下来。我打了个酒嗝。我的确令人讨厌，却忍不住对她吼道："就是你这种玩弄男人的女人，使得数百万勇敢的年轻人变成了性无能，这些年轻人中有很多为了你们那珍贵的屁股死在了战场上！"然后我大步离开日光室，踏着重重的脚步上楼睡觉去了。睁眼躺在床上几小时后，我打了个盹，而且做了个梦。可由于这个梦带有明显的弗洛伊德色彩，我并不愿意把它写入我的小说，但亲爱的日记，我得告诉你，这是我做的第一个同性恋的梦！

那天早上晚些时候，记完这件事又写了几封信后不久，我坐在过去几天一直顺利写作的桌子前，阴郁地思索着令人哑然的色情幻象，它像朵厚厚的乌云般飘过我的意识，在我的心中郁积，让我为我的基本精神状况感到担心。就在这时，我听见杰克·布朗上楼时一瘸一拐的脚步声，接着传来他叫我名字的声音。我正深深地沉浸在自己的恐慌中，害怕自己可能会变成同性恋，因此没有真的听见他的叫声，也没有立刻回应他。玛丽·艾丽斯对我的拒绝和我突然出现的性偏离之间的联系似乎过于巧合了，但我却不能否认这种可能性。

我正如此想着，杰克用力拍我房门的声音惊醒了我。他喊道："小子，快醒醒，有你的电话！"下楼途中我想到这通电话只可能由粉红宫打来，因为我离开时留下了杰克这里的电话号码。我有一种不祥的预感。当我听到莫里斯·芬克熟悉而悲痛的声音时，这种感觉越来越强。

"你立刻回来吧，"他说，"天都塌下来了。"

我的心跳停了一下，然后狂跳起来。"发生什么事了？"我低声问道。

"内森又发疯了。这回真的很糟糕。那个可怜的浑蛋。"

"苏菲！"我说，"苏菲怎么样？"

"她还好。他又揍她了，不过她还好。他说他要杀了她。她跑出门，我也不知道她现在在哪里。但是她要我打电话给你。你最好回来。"

我问："内森呢？"

"他也走了，不过他说他会再回来。那个疯畜生。你觉得我该不该报警？"

"不，不要，"我迅速回答，"看在上帝的分上，千万不要报警！"停了一会儿我又说："我马上就回去，试着找到苏菲。"

我挂断电话，心中十分焦虑。杰克下楼时，我和他一起喝了咖啡，试图使自己平静下来。我曾经向他提过苏菲和内森，还有发生在他俩之间的疯狂的事，不过只是说了个大概。现在我觉得有必要马上对他说出一些更痛苦的细节。他立刻给我提了一个意见，我太蠢了，竟然从没想过这一点。他坚持说："你要打电话给他哥哥。"

我说："当然。"我立刻跑到电话旁边，结果却和大部分在极为关键时刻的人一样，事情进展不顺。他的秘书告诉我说，拉里到多伦多参加学术会议了。他太太和他一同前往。在那个喷气式飞机还没出现的落后时代，多伦多就和东京一样遥远。我不禁绝望地呻吟了一声。我刚挂上话筒，电话铃又响了。还是忠实的芬克。我以前经常骂他举止顽固，现在我却很感谢他。

他说："我刚刚接到苏菲的电话。"

我吼道："她在哪里？"

"她刚才在她工作的那个波兰医生那里，不过现在她不在那儿了。她到医院去给她的手臂拍X光片了。她说内森可能把它打断了，那个该死的杂种。但是她希望你回来。今天下午她会待在那个医生的办公室里等你。"于是我立即动身回去。

对许多处于青春期晚期的痛苦中的年轻人而言，二十二岁是最让人焦虑的年龄。现在我看清了我在那个年纪是多么不满、反叛及惶惑，但我也因写作而成功避免了那种严重的情绪困扰。从某种意义上说，我所写的小说就像是一种宣泄的工具，我的很多恼人的紧张和痛苦得以发泄在纸上。当然，我的小说不只有这样的作用，但它是我所描写的内容的载体，所以我才会像爱护自己的身体一样爱护它。然而，我还是非常脆弱，我用来包裹自己的甲胄上会出现裂缝，克尔凯郭尔[1]式的恐惧仍不时攻击我。那个下午，我匆匆离开杰克·布朗家去找苏菲时就是这样一种状态——被极端脆弱、无助、自我厌恶折磨着。在从新泽西开往曼哈顿的巴士上，我局促不安地

1　19世纪丹麦哲学家、神学家，存在主义的先驱。

坐着，疲惫不堪，还有一种说不清道不明的惊恐。一方面，之前发生的事让我有了后遗症，另一方面，紧张加剧了我的恐惧，使我对即将到来的与苏菲和内森的见面不寒而栗。我在玛丽·艾丽斯（我甚至没有跟她告别）身上的失败使我的男子气概荡然无存，以至于我十分沮丧，怀疑这么多年我一直在性取向上自我欺骗。到了接近利堡的某个地方，我在加油站和汽车餐馆的窗子上看见自己的一张苍白、沮丧的脸，随即闭上眼睛，想忘却自己的恐惧。

等我到达布莱克斯托克医生位于布鲁克林中心区的诊所时，已经快下午五点了。那时显然已经过了下班时间，因为接待室内除了和苏菲轮班的一个清瘦憔悴的老小姐，空无一人。她告诉我苏菲中午以前就到医院去照 X 光了，现在还没回来，不过大概随时就会回来。她请我坐下来等，但是我宁愿站着。接着，我开始不安地在这个漆成深紫色——被深紫色“淹没”更准确——的房间里来回踱步，这是我有生以来见过的最可怕的颜色。苏菲怎么能够日复一日地在这个颜色如此怪异的房间里工作，真是令我想不通。接待室里的墙壁和天花板全被漆成了同样的颜色，苏菲曾告诉我，医生在圣奥尔本斯的家也是这样装饰的。我很好奇这种疯狂的装饰是否由医生已故的妻子西尔维娅一手打造。她的照片用旗布装饰着，像圣人一样，在一面墙上十分温和地笑着。其他照片则贴得到处都是，证明了布莱克斯托克医生与流行文化的男神女神交情很好——布莱克斯托克和眼睛大睁的埃迪·坎特，和格罗文·惠伦、鲍斯少校、沃尔特·温切尔的合影，跟西尔维娅一起和舍曼·比林斯利在斯托克俱乐部的合影，甚至还有布莱克斯托克和安德鲁斯姐妹的合影。这三个女歌手的头发十分浓密，像巨大又灿烂的花束般把他的脸团团围住。医生噘着嘴，十分自豪，照片下面用潦草的字迹写着：帕蒂、玛克辛和拉弗内爱海米。我处于一种病态而紧张的情绪中，开心的布莱克斯托克和他朋友、妻子的照片使我陷入一种前所未有却深不见底的消沉中。我祈祷苏菲快点回来，以缓解我的焦虑。就在这时，她走了进来。

哦，我可怜的苏菲。她眼窝深陷，头发凌乱，看起来憔悴不堪，肤色变成病态的青色，像脱脂牛奶一样，但最主要的是她看起来老了，就像个四十岁的女人。我轻轻拥住她，好一会儿我们两人都没有开口说话。她没有哭。最后我望着她说："你的手臂怎么样了？"

"没有断，"她回答，"只是青了一大块。"

"感谢上帝。"我说。然后我又追问："他在哪儿？"

"我不知道，"她摇着头低声说，"我真的不知道。"

"我们一定要想想办法，"我说，"我们一定要将他监禁起来，使他无法再伤害你。"我顿了一下，徒然的感觉涌上我的心头，同时还有一种强烈的愧疚之情。"我应该在这儿的，"我呻吟道，"我不应该离开。我本来可以——"

但苏菲打断了我："别说了，斯廷戈。你不可以这么想。我们去喝点东西吧。"

我们来到富尔顿街的一家中餐馆，坐在摩洛哥式酒吧的高脚凳上，苏菲把我不在时发生的事说给我听。最初一切都很好，他们非常开心。她从没见过内森的心情如此平静、开朗。他一心想着我们的南方之旅，并热切盼望结婚的日子，进入一种婚礼前的喜悦状态中。他周末带着苏菲疯狂地购物。他们甚至去了曼哈顿，来了一次特殊的旅行，在萨克斯第五大道精品百货逛了俩小时，内森给苏菲买了一枚很大的蓝宝石订婚戒指、一套好莱坞公主的嫁衣，还有一个异常昂贵的旅行衣橱，那价钱足以使南方落后文化中心的人瞠目结舌，如查尔斯顿、亚特兰大和新奥尔良。他甚至还到卡地亚给我买了一只表，作为送给伴郎的礼物。接下来几个晚上，他们花时间研究了南部的地理和历史，也看了很多旅行指南。他还花了很多时间仔细阅读《李的助手们》，为参观我承诺带他们去的弗吉尼亚战场做准备。

这一切都是在内森细心智慧而有条不紊的安排下进行的。他对我们即将穿越的各个地区的情况做了相当仔细的研究，包括棉花和花生的习性、嘎勒语和卡津语等地方方言的起源，甚至还有短吻鳄的生理机能，就像维多利亚时期前往尼罗河的源头探寻的英国殖民者一样认真。他的热情感染了苏菲，他还和苏菲共享关于南方的各种有用无用的信息，这些信息都是内森一点点收集起来的。苏菲爱内森，所以也爱这一切，包括那些毫无价值的知识，比如佐治亚州的桃树比其他州都要多，密西西比州的最高点有八百英尺。他还跑到布鲁克林学院图书馆去查资料，借了乔治·华盛顿·凯布尔写的两本小说。他也学着南方人那样拖长声调说话，她对此乐不可支。

她为什么没能觉察到开始闪光的警告信号？这回她一直在小心地观察他。她确定他已经不再服用苯丙胺了。然而前一天，他们各自去上班时——她去布莱克斯托克医生的诊所，他去他的"实验室"——必定有什么事情使他又脱离了正轨。究竟是什么事，她不知道。不管怎样，当他像以前那样发出第一个信号时，她傻乎乎的，感到措手不及、十分脆弱，也没能看出其中的不祥之兆：他从辉瑞打电话给她，情绪高涨，声音尖锐亢奋，宣布他们就要取得了不起的成就，一次"大突破"，一个伟大的科学发现。她怎么能这么迟钝？她对内森突然发狂及接踵而至的伤害描述得十分简短，我当时身心俱疲，为此感到庆幸，但这段描述也因其简洁性而表现出苏菲更加强烈的情感。

"莫蒂·哈伯为一个即将赴法读一年书的朋友举行晚会。我留在办公室里加班，帮忙分发账单。我对内森说我会在诊所附近吃过晚饭，再到晚会去和他碰面。我到那儿的时候内森不在，过了很久他才来。但我一看见他就知道他的精神十分亢奋。我看着他，想到这一整天他大概都是这种状态，差点就昏倒了。当我接到他的电话时，我居然傻到——呃，没有任何警觉。在晚会上他的举止还很正常。我是说，他并没有……任性或怎么样，但是我看得出他服用过苯丙胺。他对人谈起小儿麻痹症的新疗法，我的心猛地一沉。我告诉自己，也许内森会平静下来，沉沉睡去。有时候他会那样，你知道，一点也不狂暴。后来内森和我回家了，那时候还不太晚，大概是十二点半。等我们回到家后，他便怒气冲冲，开始对我大吼大叫，就像以前那样，你知道，他在大发脾气时就会指控我对他不忠，说我和别人上床。"

苏菲停住口，抬起左手将一绺头发拂向耳后。我感觉这个姿势有点不自然，想了一会儿，才意识到平常她是习惯用右手的，但此刻她的右手无力地垂在身侧，显然给她带来了痛苦。

"这一回他指控你和什么人？"我问道，"布莱克斯托克？西摩·卡茨？哦，上帝，苏菲，要不是这个可怜的家伙疯疯癫癫的，我会打得他满地找牙。天哪，这次他又说你和什么人鬼混了？"

她用力摇着头，明亮凌乱的头发散落在她绝望憔悴的脸上。"那无关紧要，斯廷戈，"她说，"只是某个人。"

"那么，后来还发生了什么事？"

"他对我大吼大叫。他又吃了更多苯丙胺——或许还有可卡因。具体是什么我不清楚。然后他跑出门去，把门摔得砰砰响，喊着他再也不会回来了。我躺在黑暗中，久久不能入睡，我又担心又害怕。我想要打电话给你，可是那时候已经很晚了。最后我再也熬不住，就睡着了。我不知道自己睡了多久，但是他回来的时候天已经亮了。他像爆炸了似的走入房间，又叫又闹。他又把全屋的人给吵醒了。他把我拖下床扔到地板上，对我吼叫。说我和——呃，这个男人有染，还说他会杀了我和这个男人以及他自己。哦，我的上帝，斯廷戈，内森从来就没有这个样子过，从来没有！后来他用力地踢我——就在手臂这里，很用力，然后他又离开了。接着我也离开了。就是这样。"苏菲陷入了沉默。

我缓缓低下头，轻轻伏在留有烟灰和水渍的桃花心木吧台上，真希望自己昏死过去，或进入别的什么失去知觉的状态。随后我又抬起头望着苏菲说："苏菲，我不想这么说，但是内森必须被送进精神病院。他很危险。他得被关起来。"我听到我的声音里夹杂着一丝哽咽，听起来有些滑稽。"永远。"

她举起颤抖的手招呼侍者，要了一杯双倍威士忌加冰。我觉得自己无法制止她，虽然她说起话来已经有些含糊不清。酒送上来后，她喝了一大口，而后她转头对我说："有件事我没告诉你，是他早晨回来的时候发生的。"

我问："什么事？"

"他有一把枪。手枪。"

"哦，妈的，"我说，"妈的，妈的，妈的，"我听见自己像张坏了的唱片般一再地小声重复，"妈的，妈的，妈的，妈的……"

"他说他准备用那把枪。他举起它瞄准我的头，但是没有开枪。"

我低喃了一声："耶稣基督，发发慈悲吧。"

然而我们不能只是坐在这里等死。沉默了许久后，我决定采取行动。我要和苏菲一起回粉红宫去，帮她收拾行李。她必须立刻离开那儿，至少到离她办公室不远的圣乔治旅馆去住上一夜。同时，我得想个法子和在多伦多的拉里取得联系，告诉他情况特别危险，要他无论如何也得回来。然后，等苏菲安全到达她的临时住所后，我必须竭尽全力找到内森，设法和他交谈——虽然想到这个场景，我就感到非常害怕，像是心里塞了一个巨大的足球。"我们走吧，"我说，"现在。"

回到耶特那里，我给了忠实的莫里斯·芬克五十美分，请他帮我们搬苏菲的行李。她低声啜泣，而且我看得出她醉得很厉害，拖着沉重的脚步把衣服、化妆品和首饰塞进一只大箱子内。

"在萨克斯买的这些漂亮衣服，"她喃喃地说，"哦，我该拿它们怎么办？"

"把它们一起带走呀，上帝。"我不耐烦地说，帮她把几双鞋扔进另一个袋子里，"在这种时候别管那些礼节了。你要快一点。内森随时可能回来。"

"我美丽的新娘礼服呢？我该拿它怎么办？"

"把它也带走呀！要是你不穿，也许可以把它当掉。"

她问："当掉？"

"抵押出去。"

我无意如此残忍，但是我的话使苏菲手上的丝质衬裙掉落在地上。她双手掩面，号啕大哭起来，流下了无助而晶莹的眼泪。我连忙拥住她，说了一些没什么用的安慰话，莫里斯愁眉苦脸地在一边看着我们。外头黑漆漆的，附近街上的一辆卡车响起了轰鸣的喇叭声，使我吓了一大跳，像邪恶的钢锯般把我的神经末梢锯成碎片。

在这一片骚乱声中，走廊里的电话响了，声音大得刺耳。我想我必定呻吟了一声，或许发出了一声尖叫。莫里斯接听了电话，使这个"红发女怪"安静下来，他大声说是我的电话时，我甚至变得更加紧张。

是内森。是内森，没错。显而易见，毫无疑问，明白无误，就是内森。可为什么有那么一会儿我的大脑和我开了个古怪的玩笑，让我错以为这电话是杰克·布朗由罗克兰县打来的，想询问一下情况呢？那是因为内森完美地模仿了南方口音，使我相信拥有这种声音的人一定是个吃粗玉米粉和腌制猪肉长大的人。这种口音跟马鞭草、行洗脚礼的浸信会教徒、猎犬和约翰·C.卡尔霍恩[1]一样具有南方特色。我想我乍听之时甚至还露出了笑容。"最近怎么样，宝贝？还好吗？"

"内森！"我假装热心地叫道，"你好吗？你在哪里？上帝，真高兴接到你的电话！"

"我们还是会到南方旅行的吧？你跟我和苏菲？一起到迪克西兰去？"

我知道我必须顺着他，和他聊天，同时设法问出他的去向——真是一件脑力活，因此我即刻回答："你说得太对了，我们当然要去旅行，内森。苏菲和我才刚刚讨论过。上帝，你买给她的那些衣服真是迷人！老伙计，你现在在哪里？我想去见你。我要告诉你我为这次旅行计划的事——-"

他继续用讨好甜腻又缓慢热情的口音打断我的话，学着我的卡罗来纳口音轻快地说："我真盼望跟你和苏菲小姐一起去旅行。我们

1　19世纪上半叶美国著名的政治家和思想家，生于南卡罗来纳州。

将会有段难忘的时光，对吧，老弟？"

我说："那将是一次最好的旅行——"

他说："我们也会有很多空闲时间，不是吗？"

"当然，我们会有很多空闲时间，"我不明就里地回答，"有的是时间，可以随心所欲地做任何我们想做的事情。南部十月份还暖和得很，游泳、钓鱼、到莫比尔湾驾船游玩。"

"我就是希望如此，"他拖长声调说，"有很多空闲时间。我的意思是，三个人一起旅行，呃，就算他们是最好的朋友，无时无刻不在一起也会有些尴尬。所以偶尔我要有空闲的时间自己行动，不是吗？也许只是一两个小时，在伯明翰、巴吞鲁日或别的地方。"他停下来，我听见他咯咯笑着，声音悠扬。"那也会给你空闲的时间，不是吗？你也许还有足够的时间去找个女孩乐一乐，一个南方男孩开始成长了，对吧？"

我有点紧张地笑着，察觉到这次谈话很奇怪，还带有一丝危险——至少在我看来，而且我们竟然谈到了性这个话题。但是我甘愿上了内森的钩，完全没有意识到他为我放下了一个如此恶毒的钩子。"是呀，内森，"我说，"我是希望能碰到一些容易得手的好女孩。南方的女孩——"我不无痛苦地想到了玛丽·艾丽斯·格林博尔，"都不好追，不过只要她们做了决定，她们就甜美得令人——"

"不，老弟，"他猝然打断我的话，"我不是指南方妞！我指的是波兰妞！我是说当老内森出去参观杰夫·戴维斯先生的白宫，或古老的种植园——斯佳丽·奥哈拉拿着她的马鞭鞭打她家所有黑奴的地方，老斯廷戈仍待在格林·马尼奥利亚汽车旅馆内，猜猜他在做什么事？猜猜看！猜猜老斯廷戈和他最好朋友的妻子在干什么！唉，斯廷戈和她躺在床上，他趴在那个乐于奉献的波兰婊子身上，他们正做爱做得不亦乐乎！嘻嘻！"

他说这些话的当儿，我注意到苏菲走到我身旁徘徊着，嘟囔了一些我没有听懂的话——听不懂部分是因为热血源源不断地涌向我的脑子，也许还因为我又惊又怕，双膝发软，手指也开始失去控制，无法分神注意其他事。"内森！"我慌乱地说道，"上帝呀——"

他的声音又恢复到我一直认为是受过高等教育的布鲁克林腔调，他痛骂我，用词非常凶残，就连电话都无法减轻他发疯般的愤怒。"你这个坏透了的卑鄙小人！你这个讨人厌的下流坏！你，我最信任的朋友，竟然在背地里出卖我！上帝会把你永远打入地狱里！还有你那心满意足的样子，一天天装得冷静无比，连黄油都融化不了，对吧。当你把手稿拿给我看的时候——'啊，内森，真是太谢谢你了——'可不过十五分钟前，你还和我本来要娶的女人上了床，我说本来要娶，过去时，因为我还没娶那个不忠的波兰婊子，就下了地狱受烈焰的煎熬。那个婊子对着一个下流的南方浑蛋卖骚，这浑蛋背叛了我……"

我把话筒从耳边拿开，回头望着苏菲。她张大嘴巴，显然清楚内森究竟为什么发火。"哦，上帝，斯廷戈，"我听见她低声说，"我并不想让你知道他一直说我是跟你……"

我又把听筒拿近，全身无力，痛苦不堪。"我要去逮你们两个人。"接着是一阵莫名其妙的沉默，我的耳边还有嗡嗡的回声。我听到金属碰撞的"咔嗒"声，但是我知道他并没有挂断电话。

"内森，"我说，"求求你！你在哪里？"

"不太远，老伙计。事实上，我就在转角处，就要来抓你这个背信弃义的小人。然后你知道我要怎么办吗？你知道我要怎么对你们这两只阴险狡诈、简直坏透了的猪吗？听着——"

我的耳中响起一声爆炸，所幸隔着一段距离，或者因为其他什么缘故，这个声音减弱了不少，不致损伤我的听觉。这声枪响并未伤到我，却使我目瞪口呆，耳朵里嗡嗡作响，就像飞进了一大群蜜蜂。我不知道内森是对着话筒还是对着空中开的枪，又或者是对着一面被遗弃的无名墙，但是那声音听起来近在咫尺，正如他自己所说的，就在转角处。我惊慌地搁下听筒，拉起苏菲的手。战争结束后我就没有再听过枪声，而且我肯定我以后也不会再听到了。我真怜悯自己的无知。现在，这个血腥的时代早已过去，可每当有什么让人难以想象的暴力事件发生，大家被吓得魂不附体时，我就会想起内森——我所爱着的可怜的疯子，因为服用毒品而精神亢奋，拿着一把冒烟的手枪站在某间不知名的屋里或电话亭内。他的形象似乎是这个永无完结的不幸年代的写照——充斥着疯狂、幻想、错误、梦想和冲突。但当时我只感到不可言说的惊恐。我望着苏菲，她望着我，然后，我们逃跑了。

第十五章

第二天早上，我和苏菲在宾夕法尼亚车站搭上去往华盛顿的火车，踏上回弗吉尼亚之路。火车断电了，停在新泽西州拉威市的小麦工厂对面的高架桥上。在我们这段旅程的中断期里——只有十五分钟左右，我慢慢平静下来，发现自己对未来抱有很大的希望。想到当时我竟能保持冷静，至今我仍感到惊讶，那时候我和苏菲刚刚从惊慌失措中逃离内森，焦躁不安地在宾夕法尼亚车站里度过无眠的一夜。我的眼睛因为疲倦而发涩，我心里仍想着那场差一点没有躲过的灾难，并为此而痛苦。那天晚上，随着时间的消逝，我和苏菲越来越觉得内森打电话来时并不在粉红宫附近，然而他那残酷的威胁仍使我们各自带了只大箱子疯狂地从粉红宫逃了出去，踏上前往南安普敦县的农场之旅。我们都觉得以后再去考虑别的东西比较好。那一刻，我们心中只有一个共同的想法：逃离内森，越远越好。

即使如此，可如果我最终没能在车站里打通那两通电话的话，我也不可能这么镇静。第一通电话是打给拉里的。他立刻明白他弟弟目前的危险处境，告诉我他会立刻离开多伦多，到纽约尽其所能地帮助内森。我们祝彼此好运，还说会保持联络。因此，我觉得至少我履行了对内森的最后一点责任，在匆忙逃跑的时候还没有完全抛弃他，无论如何，我总得逃命吧。第二通电话是打给我父亲的。当我说苏菲和我已在南下途中，他高兴地表示欢迎。"你做了个很好的决定！"我听见他激动不已的声音由遥远的地方传来。"离开那个糟糕的世界！"

我坐在拥挤不堪的车厢里，身旁是打着盹的苏菲。我一边大口嚼着由糖贩那里买来的不新鲜的丹麦糕饼，喝着一盒微温的牛奶，一边开始镇定而热切地思索未来的日子。现在内森和布鲁克林已被我抛在了身后，我的生命即将开启新的篇章。我估计我的长篇巨著写完了三分之一。碰巧我在杰克·布朗家完成的那部分作品是一个完整的叙事，我觉得等我和苏菲在农场安顿下来，我就可以轻松完成后面的部分。我们花大概一个星期适应我们新的乡村环境后——熟悉黑人奴仆，贮存食品，拜访邻居，学会开旧卡车和拖拉机——我就可以提笔继续写作。如果我勤奋一些，运气够好的话，我可能会在一九四八年底完稿，并准备把书稿卖给一位出版商。

我在畅想这些快乐的场景时，低头看了看苏菲。她睡得很熟，头枕在我肩上，我轻柔地环着她，轻吻了一下她凌乱的金发。一段回忆突然刺痛了我，但我没有理会这种痛楚。我当然不可能是个同性恋者，不然我怎么会始终对这个女人有着让人心碎的欲望呢？一旦在弗吉尼亚安定下来，我们当然会结婚。在那个时代，南部保守的风气自然不会容许我们没有婚姻之名就同居。尽管有一些扰人的小问题，包括把内森从我们的记忆中消除，以及我们之间的年龄差距，但我觉得苏菲会应允的。我决定等她醒来就探探她的意思。她动了一下，低喃了几句话。即使她憔悴疲惫，看起来仍然那么美丽，我差点都要为此落泪了。上帝，我心想，这个女人很可能就要成为我的妻子了。

火车震了一下，向前推进，摇晃，又停住，车厢里响起一片抱怨声。一个站在我身旁走道上的水手正在大口喝着一罐啤酒。我身后传来一阵婴儿的哭叫声，就像自己被无情地抛弃了。我突然想到在公共交通工具里，我的身边注定会出现一个大声哭喊的婴儿。我轻轻拥着苏菲，想着我的书。想到迄今为止我在这故事上倾注的心血，想到它正像我想的那样从容又美好地向着激动人心的结局发展，我不觉感到骄傲和满足。它的结局还没有来到，却已在我的脑海中预演了上千遍：夏日里，在我刚刚逃离的那座城市，一个受尽折磨、格格不入的女孩孤独地死在一条普普通通的大街上。有一瞬间我忧郁地想，我能够调动起我的激情，发挥我的洞察力来刻画这一年轻女孩的自杀吗？我能把这一切真实地描绘出来吗？想象这个女孩的苦难经历变得越来越困难，我深感困扰。然而，我对整本小说的完整性仍胸有成竹，还想好了一个悲伤又恰当的书名：《黑夜的遗产》。这名字取自马修·阿诺德的《安魂曲》——为女人的灵魂写的挽歌，它的结语是："今晚它继承了死亡的广袤殿堂。"这样的书怎能不抓住千万读者的心？我凝视着车厢外满是污垢的小麦工厂——庞大又简陋，它蓝色的窗户反射着晨光——幸福得浑身发抖，又一次为我用辛勤的汗水和无尽的孤独浇灌出的好书感到骄傲，当然，不时还有汹涌的悲伤。我再次想起至今还未写到的高潮，为自己想象了一条在一九四九年或一九五〇年由一个大红大紫的评论家做出的评论："自莫莉·布卢姆[1]之后女性内心独白的最有影响力的

1　爱尔兰作家詹姆斯·乔伊斯的作品《尤利西斯》中的人物。

作品。"多么愚蠢！我心里想。多么自负！

苏菲还在睡。我温柔地想着在未来的日子里，有多少个日夜她会像这样在我身旁睡着。我在心里遐想我们在农场的婚床，想象着它的尺寸和形状，不知它的床垫是否够大，弹性是否足以承受爱的耕耘。我想到我们的孩子，那些一头金发的小东西像波兰小小的金凤花和蓟花一样在农场四处乱窜。我快活地呼唤着："耶日，该挤奶了！""万达，快去喂鸡！""塔德乌什！斯特凡尼娅！把牲口棚关好！"我还想到农场。我只在父亲寄来的快照里见过，将它看作著名文学大师的住所。像福克纳在密西西比州的故居"花楸橡树"一样，它也应该有一个名字，一个与花生地有关的名字。"花生港"显然很可笑。我放弃了所有与花生相关的名字，转而寻找更时髦、更雅致、更高贵的词语："五榆树"（我希望农场里有五棵榆树，或者一棵也行）？"花梨木"？"大农场"？要不就叫"苏菲"吧，以我亲爱的妻子的名字命名。在我心中，日子像绿色的山峦般平静地朝着遥远的未来不断延伸。《黑夜的遗产》获得巨大成功，一举摘得一个如此年轻的作家几乎不可能获得的桂冠。然后是一个短篇小说，同样大获成功，内容与我的战争经历有关——一部感情炽热，让人紧张不安的作品，以荒诞的悲喜剧形式描写了军旅生活。与此同时，苏菲和我在简朴的农场里过着体面的隐居生活，我的名声日益增大，不断受到媒体的骚扰，但作者本人坚决拒绝一切采访。"我只是一个种花生的人。"他说，继续忙着他的工作。三十岁左右时发表另一部杰作——《这些火红的树叶》，主人公是那个煽动叛乱、富有悲剧色彩的黑人纳特·特纳。

火车向前动了一下，然后开始加速，平稳地沿着预定的轨道往前开去，我的幻想也随着不断后退的污渍斑斑的墙壁而快速模糊，继而消失。

苏菲低喊了一声，猝然醒了过来。我低头看了她一眼。她似乎有点发烧，脸颊和额头都红红的，嘴唇上边冒出一层细小的汗珠。她问："斯廷戈，我们在哪儿？"

我回答："在新泽西。"

她又问："还要多久，这趟去华盛顿的旅程？"

我说："哦，三四个小时吧。"

"到农场呢？"

"我不确定。我们先搭火车到里士满，再搭巴士到南安普敦。这又需要好几个小时。实际上农场在北卡罗来纳。所以我想我们得先在华盛顿待一夜，明天早上再到农场去。我想我们也可以在里士满过夜，不过那样的话，你就看不了多少华盛顿的风景了。"

"好的，斯廷戈，"她握住我的手说，"一切都听你的。"过了一会儿，她又说："斯廷戈，你可以去倒点水给我喝吗？"

"当然。"我穿过走道上拥挤的人群——其中大部分是军人，在通过台附近找到饮水器，用纸杯接了一杯看似没有味道的温水。我走回座位，看见苏菲从箱子里拿出满满一瓶四玫瑰威士忌，原来因幻想而轻快高昂的情绪陡然一沉。

"苏菲，"我温柔地说，"上帝呀，现在还是早上。你连早餐都还没吃。你会得肝硬化的。"

"没关系，"她说着，把威士忌倒入杯子里，"我在车站吃了一个甜甜圈，还喝了一瓶七喜。"

我轻叹了一声，从以往的经验得知要想解决这个问题，我们肯定会大吵大闹，把这个问题搞复杂了。我最有希望做到的，就是趁她不注意将酒瓶夺下，以前我曾做过一两次。我坐回椅子上。火车加速驶过新泽西荒凉的工业区，轰隆响着带领我们穿过肮脏的贫民区、铁皮棚屋、竖立着旋转招牌的汽车餐馆、仓库、建得像火葬场的保龄球馆、建得像溜冰场的火葬场、满是绿色化学黏液般的沼泽、停车场和原始的炼油厂——细长笔直的排气口还喷出火焰，冒出芥末黄色的烟雾。我心想：要是托马斯·杰斐逊目睹这一切，他会有何感想？苏菲局促不安，时而望着窗外的景色，时而把威士忌倒进她的杯子，最后她转头望着我问："斯廷戈，这列火车在到华盛顿之前会在什么地方停下吗？"

"只会停一两分钟让乘客上下车。怎么了？"

"我想要打个电话。"

"打给谁？"

"我想打电话问问内森的情况，我想知道他是不是没事了。"

恐怖的抑郁笼罩着我，前一晚的痛苦重现了。我握住苏菲的臂膀，用力捏着，非常用力，她痛得缩了一下。"苏菲，"我说，"听着，听我说。那一部分已经结束了。你无能为力。难道你不明白他真的打算将我们两个人都杀了吗？拉里会从多伦多回纽约来安顿内森，并且——呃，照顾好他。毕竟，他是内森的哥哥，是内森最亲的亲人。内森疯了，苏菲！他会被……送到精神病院去。"

她开始哭泣，眼泪滴在她的手指上。她伸手去抓杯子时，我突然发现她的手是那么纤细、憔悴又漂亮。我再一次看见刺在她前臂上的那串冷酷的蓝色数字。"我真的不知道该怎么面对这一切，我是说，失去他之后。"她停住了，啜泣着。"我可以打电话给拉里。"

"你现在联系不上他，"我坚持道，"他一定是在快到布法罗的火车上。"

"那我就打给莫里斯·芬克，他可以告诉我内森是不是回粉红宫了。你知道，有时候他在亢奋时会回到那里去。他会回去，吃几片耐波他，然后睡一觉，等他醒来时就恢复正常了，或者说基本好了。莫里斯会知道这一次他是不是也那样。"她擤擤鼻子，仍然啜泣不止。

"哦，苏菲，苏菲，"我低声唤着，想说些什么，却又说不出口，"这一切都过去了。"

火车隆隆地驶进费城车站，发出刺耳的刹车声，接着摇晃着在没有阳光的山洞中停了下来。我心里涌起一阵我未曾预料的乡愁。我在车窗上看见了正在沉思的自己，我的脸因经常在室内进行文学创作而显得苍白。有一瞬间，我在那张脸后面看见了更年轻的自己——十年前我仍是个小男孩时的样子。这个回忆使我放声大笑，我突然受到鼓舞，感到精神百倍，决心消除苏菲的不安，并试着使她振作起来。

我说："这里是费城。"

她问："这是个大城市吗？"虽然她仍泪眼模糊，她的好奇却鼓励了我。

"嗯，中等吧。不是像纽约那样的大都会，但也够大了。我想也许和被纳粹占领前的华沙差不多。这里是我一生中所见到的第一个真正的大城市。"

"那是什么时候呢？"

"是一九三六年，那时候我十一岁。以前我从没有到过北方。我还记得我抵达的那一天非常有趣。我姨妈和姨丈住在费城，我母亲——那是她去世两年前——决定在那年夏天送我到费城住一个星期。她让我自己来，搭乘灰狗巴士。那时候小孩子常常一个人到处旅行，安全不是问题。总之，我得搭一整天巴士——由泰德沃特绕到里士满，然后到华盛顿，之后穿过巴尔的摩。我母亲让黑人厨娘——我记得她的名字叫弗洛伦斯——为我准备了一大纸袋的炸鸡，我又带了一壶冷牛奶——非常精美的旅行餐点。在里士满到华盛顿的路途中，我狼吞虎咽地吃完了我的午餐。然后在下午三点左右，巴士在格雷斯港停了下来——"

"听你说，像是个法语名？"苏菲说。

"是的，是马里兰的一个小镇。我们这次也会从那儿经过。总之，我们都在休息站下了车，那儿有一家寒酸的小餐厅，卖汽水什么的，你可以去上厕所。然后我看到了一部赌马机。你瞧，马里兰和弗吉尼亚有一点差异，那就是在马里兰，有些赌博是合法的。你可以在这种机器里投下一枚五美分镍币，从跑道上的十二匹小型金属赛马中选择一匹下注。我记得我母亲给了我四美元零花钱——在大萧条时期，这笔钱已经算不少了，而我一想到赌马就感到兴奋，所以我投了一枚五美分镍币。呃，苏菲，你想象不到的。那部见鬼的机器竟然中了头奖。你知道中头奖是怎样的吗？所有的灯都亮了起来，一大堆五美分镍币哗啦啦地掉了下来——几十个，几百个。我简直不敢相信！我大概赢了十五美元，镍币掉得满地都是。我欣喜若狂。但问题是，我该怎么拿走这堆战利品？我记得我当时穿了一条白色亚麻短裤，我把所有硬币都塞进裤袋里，但仍有很多硬币不停地由口袋往外掉。最糟糕的是，经营那家小餐厅的老板娘长得很凶恶，当我请求她把硬币换成钞票时，她突然勃然大怒，冲我尖叫着说你得满十八岁才能玩赌马机，而我显然还乳臭未干，她会被吊销营业执照，如果我再不滚出那里的话，她就去叫警察。"

"那时候你十一岁，"苏菲抓着我的手说，"我想象不出十一岁的斯廷戈是什么样子的。穿着白色亚麻短裤的你，一定是个很可爱的小男孩。"她的鼻子还是红红的，但她的眼泪暂时止住了，我在她的眼睛里看到了笑意。

"我又上了继续开往费城的巴士。那段路很长。每次我轻轻一动，就有镍币从口袋里掉出来，滚到走道上。我起身把它们捡起来时情况会更糟，因为有更多镍币掉出来滚到地上。到达威尔明顿时，司机都快气疯了，一路上所有的乘客就低头看着不断滚落的镍币。"我停住口，望向窗外站台上陌生的人影，随着火车缓缓前行，他们也逐渐向后退去。"总之，"我说，回捏了一下苏菲的手，"最后的悲剧发生在巴士站，那个车站离这里并不远。那一晚，我姨妈和姨丈到车站来接我。当我跑向他们时，我绊了一跤，跌坐在地上，我的口袋裂开了，几乎所有镍币都掉出来滚到了斜坡上、巴士底下，然后滚进了下面黑漆漆的停车场里。等我姨丈把我拉起来，拍去我身上的灰土时，我的口袋里大概只剩下五个镍币，其他的再也找不到了。"我顿了一下，被我如实告诉苏菲的这个荒诞故事逗笑了，都不用添油加醋。"这是个警戒故事，"我补充道，"告诉了我们贪婪的无尽破坏力。"

苏菲举起一只手捂住脸，我看不见她的表情。但她的双肩在抖动，我以为她忍不住笑了起来。我错了。她又开始流泪了，为她无法获得解脱而流下痛苦的泪水。我突然意识到我一定在不经意间唤起了她对儿子的回忆。我让她无声地哭了一阵子。后来她哭得没那么厉害了，最后她转过头来对我说："斯廷戈，我们要去的弗吉尼亚州，你觉得会有贝利茨学校吗，一家语言学校？"

"你还要语言学校干什么？"我说，"我所认识的人当中，就你知道的语言最多了。"

"我的英语还不行，"她回答，"哦，我知道现在我说得好了，而且也可以阅读，但是我必须学会写才行。我的英文写作能力很差，拼写太奇怪了。"

"呃，我不知道，苏菲，"我说，"里士满或诺福克大概有语言学校。但是这两个城市离南安普敦都相当远。你为什么要会写呢？"

"我想要写出奥斯威辛的事，"她说，"我想要写出我在那里的经历。我想我可以用波兰文或德语或者是法语写作，可是我很希望用英语写出来……"

奥斯威辛。过去这几天发生了种种事件，我已把这个地方抛到了九霄云外，几乎忘了它的存在。现在它又出现了，像挥在我脑后的一击，使我疼痛不堪。我望着苏菲喝了一大口酒，接着打了个小小的嗝。她说话时有些含混不清，我知道这表示她已经脑子混乱，行动困难了。我很想把那个杯子扔到地上。我咒骂自己的软弱、犹豫，不管是什么，反正在这种时刻，我不能更坚决地阻止苏菲。我心想：等我们结婚以后再说吧。

"那个地方有许多事情仍然不为人知！"她愤愤地说，"还有许多事情我没有告诉你，斯廷戈，而我已经对你说了那么多了。你知道，那个地方日日夜夜都有焚烧犹太人的臭味。我对你说过这一点。但是我几乎没有对你说过有关比克瑙的事，他们想把我饿死，我病得很厉害，差点就死了。我还看见一个卫兵脱掉一个修女的衣服，放狗去攻击她，将她咬得遍体鳞伤，没几个小时她就死了。还有……"她停住口，凝视着天空，又说道："我可以说出许许多多可怕的事情，但是也许我可以把它写成一部小说。你知道，要是我把英文写作学好，那我就可以让人们明了，纳粹如何使你做些你不相信自己能做的事。例如霍斯。要不是为了扬，我绝不会想到去诱惑他。我也不会假装自己非常憎恨犹太人，骗他说我也参写了父亲的小册子。那一切都是为了扬，还有我没拿到手的收音机。想到我没有将它偷出去，我到现在还觉得痛苦万分。可是，斯廷戈，难道你不明白那会毁掉我儿子吗？可我就是没办法开口，没办法向秘密抵抗组织的成员报告，也没办法说出我为霍斯工作时获知的情报，因为我害怕……"她犹豫着，双手颤抖不止，"我非常害怕，他们使我畏惧一切！我为什么不说出实情？我为什么不把这些事写成一本书，告诉大家我是一个可鄙的胆小鬼，一个下流的通敌者，我做的那些坏事只是为了救自己！"她的声音大了起来，压住了火车里的嘈杂声，使得旁边的人纷纷转过头来，对我们翻白眼。"哦，斯廷戈，我受不了了！"

"别说了，苏菲！"我命令道，"你知道你并不是个通敌者。你这是在诋毁自己！你知道你只是个受害者。今年夏天你自己也告诉过我，是集中营那种地方使你的举止不同于寻常。你说过你无法以一般的准则来判断你和别人的所作所为。所以求求你，苏菲，求求你，求你别再折磨自己了！你是在为一些错不在你的事伤心难过——这会使你难受，请不要再这样了。"我压低声音，用了一个之前从未用过的亲昵称呼，连我自己都为此感到惊讶。"为了你自己，亲爱的，请不要再这样了。""亲爱的"这个词听起来有些夸张，而且我用的是丈夫的口吻，但不管怎样，我必说出来。

我差点就把那个夏天无数次涌到我嘴边的话说出来——"我爱你，苏菲。"一想到要说出这句简单的话，我的心跳登时加速，还漏了几拍。但我还未开口，苏菲就说她要到厕所去。她喝完杯里的酒才起身。我忧虑地望着她穿过拥挤的人群，向车厢后头走去，她的头微微晃动，步履不稳。然后我回过头来阅读《生活》杂志。我一定打了盹，或者该说睡着了。在度过紧张而混乱的不眠之夜后，我感到疲惫不堪，一下子沉入梦乡。当列车员在我附近大喊一声"全都上车了！"，我立马惊醒过来，从座位上直起身子，接着我意识到已经过了一个多小时。苏菲还没有回到她的座位上来，刹那间惊恐像由无数只湿手做成的被子将我全身裹了起来。窗外黑漆漆的，偶尔能看到隧道里的一点灯光，我知道我们正要驶离巴尔的摩。正常情况下连推带挤地穿过拥挤的人群，走到车厢后头去要花两分钟左右，但我却用了几秒钟就过去了，甚至还撞倒了一个小孩。无谓的惊恐袭上我的心头，我用力敲着女厕所的门——我怎么会以为她还在里面？一个肥胖的黑女人把头探出来尖叫道："滚开！你疯了吗？"她顶着一头凌乱的头发，下巴上扑了提亮肤色的金盏花粉。我又向另一节车厢冲去。

走到豪华的卧铺车厢时，我被伤感的音乐笼罩了，耳边环绕着的是珀西·格兰杰的《乡村花园》，这是上了年纪的姨妈会听的音乐。我发疯似的把头探进一间又一间的包厢里时，希望苏菲是迷路了，或者跑到这里睡觉了。偶尔我也会想她或许已经在巴尔的摩下了车，而且——哦，妈的，这种情况简直不堪设想。我又打开更多的厕所门，偷偷溜进四五节头等车厢里豪华的用餐区，满怀希望地扫视着每一个进餐者。几个系白围裙的黑人侍者在过道上来回穿梭，留下了一股难闻的油味。最后我来到了娱乐车厢。一张小桌子、一台收银机，管理员是个灰头发的中年妇女，长得讨人喜欢。她抬起头，一双哀伤的眼睛望着我。

"有的，可怜的宝贝，"她听我略感不安地脱口说出我的问题后说，"她急着找电话，想想看，在火车上！她想打电话到布鲁克林去。可怜的宝贝，她在哭。她好像，呃，有点醉。她往那边走了。"

我在这节车厢的末端找到了苏菲。那个地方也是火车的末端，在荒凉的通过台那儿，像只笼子，周围都是叮叮当当的声音。上了锁的玻璃门上还罩了铁丝网，从这儿望出去，可以看见不断向后退去的铁轨在近午的日光中闪闪发光，然后汇成一个点，慢慢消失在马里兰苍翠的松林间。她无力地倚着墙壁，坐在地板上，黄发随风飘动，一只手紧握着酒瓶。就像几星期前那次奔向死亡的游泳一样，疲惫、愧疚和悲伤吞噬了她，她已走到不能再走的地方。她抬起头对我说了几句话，但是我听不清楚。我弯下身子，听见她那无限悲哀的声音自她微张的双唇间流淌出来："我想我办不到。"

旅馆职员必定目睹过许多怪人。但是我仍禁不住想着，国会旅馆——离国会大厦不远——的那个慈祥的接待员在为我们办理登记手续时会有什么想法：一个人自称为威尔伯·恩特威斯尔牧师，穿着明显不是基督教神职人员穿的泡泡纱西装，却抱着一本引人注目的《圣经》，他身边的是他蓬头垢面、满脸泪痕的金发妻子，明显喝得烂醉，口中正喃喃低语着什么，带有一种异域口音。尽管我的服饰不正式，我费尽心力的乔装似乎还颇有效用。二十世纪四十年代，未婚男女是不允许共开一个房间的，此外，假冒夫妻开房间是犯了重罪。要是女士喝醉了酒，风险就更大了。我知道我走投无路，是在冒险，但要是我能假扮成一个稳重又虔诚的牧师，这个危险似乎就会降低。因此，在火车即将驶入联合车站时，我从箱子里拿出了一本黑色真皮封面的《圣经》，而且在登记簿上大大方方地写下地址，似乎是为了坚决表明我自小受到的虔诚教养：弗吉尼亚州里士满联合神学院。看到那个面部肌肉下垂的南方籍（有很多南方人在华盛顿打工）老绅士因为我的计策转移了对苏菲的注意，我不觉松了一口气。他很信任我提供的证明，而且他是个典型的南方人，亲切又爱说话。"祝你们愉快，牧师，您和您夫人。您代表哪一个教派？"

我还没来得及回答"长老会"，他就开始聊起来，像小猎犬似的冲着虔诚的同伙亲切地吠叫："我，我是浸信会教徒，在华盛顿第二浸信会教堂做礼拜已经十五年了，我们那里现在有个很好的牧师，威尔科克斯牧师，也许您听说过他。他是弗吉尼亚弗卢万纳县人，我也是在那儿出生长大的，当然他比我年轻多了。"苏菲重重地靠在我的臂膀上，使我的身子有些倾斜。老职员按铃唤来了这家酒店唯一的侍者，一个昏昏欲睡的黑人男孩，并交给我一张卡片。"您喜欢美味的海鲜吗，牧师？试试滨水区的那家餐厅，叫赫索格餐厅，全城就数这里的蟹饼最好吃。"当我们来到陈旧不堪、污渍斑斑的豆绿色电梯门前时，他还在说："恩特威斯尔，您和保厄坦县的恩特威斯尔家族有关系吗，牧师？"我真的回到了南方。

国会旅馆是一家三流旅馆。我们花了七美元订的那个小房间乏味而沉闷，由于靠近一条毫无特色又偏僻幽静的小街，正午时分可以透进微弱的光线。晃来荡去的苏菲急需睡眠，一进门就扑倒在床上，都还没等那个侍者把我们的箱包放在一个不太稳定的架子上，收我二十五美分的小费。我来到窗边，看到窗台上还有鸽子屎，然后打开窗子，暖和的十月微风使得房里的空气一下子变得清新起来。远处联合车站传来火车的叮当声和模糊的汽笛声，近处则有一支军乐队的演奏声，鼓声、喇叭声、小号声、铙钹声和笛声，还有两只苍蝇在天花板的阴暗处嗡嗡叫着。

我在苏菲身旁躺下，由于床铺中间的弹簧松了，我一下子向她滚去，仿佛躺在浅浅的吊床上。破旧的被褥有股淡淡的麝香味，不是漂白剂的气味就是精液的气味，或者两种都有。本来我筋疲力尽，也担心苏菲的状态，所以这一路上对她的强烈渴望有所减弱，但床上的气味和凹陷的床垫以及近距离地碰触苏菲的肉体使我浑身战栗，躁动不安，辗转反侧。我听到远处的时钟敲响正午的声音。苏菲睡在我身旁，嘴唇微张，呼出的气息带着点酒味。她所穿的低胸丝质连衣裙使得一只乳房几乎完全露了出来，我抑制不住碰触它的渴望，先用指尖轻抚那透着蓝色血管的雪白肌肤，然后更加细致地用拇指和手掌按压抚弄着。欲望伴着这轻柔的抚摸而生，但相伴而来的还有一股羞愧感。我意识到这种举动偷偷摸摸，哪怕只是在苏菲醉酒昏睡时也是一种骚扰。我停住了，把手缩了回来。

　　我还是睡不着，脑海里浮现出各种影像、声音、互换了的过去和未来——有时混在一起：内森愤怒的咆哮，残忍而疯狂，我只得即刻将它从我的脑子里逐出；我最近写的小说场景，里面的人物像舞台上的演员般在我的耳边喋喋不休地对话；我父亲在电话里的声音，慷慨、热情（老头子是对的吗？我是不是应该在南方永远定居下来？）；在"五榆树"春田之外的树林深处，苏菲坐在某个想象中的长满苔藓的池塘边，穿着游泳衣，露出两条修长美丽的腿，她身体柔软，我们的长子正坐在她的膝头，咧嘴笑着，像个小精灵般；那可怕的一声枪响在我耳旁回响；日落，纵情疯狂的午夜，洒脱大度的黎明，消失的孩童，胜利，哀伤，莫扎特，雨，九月的绿意，宁静，死亡，爱。远处的军乐队正奏着《波基上校进行曲》渐渐远去，这曲子突然引发了我浓浓的思乡之情，让我痛苦不已，并想起了不久前的战争岁月，当时我是在卡罗来纳还是弗吉尼亚的一个军营中，正在休假，也像此时这样醒着躺在这座城市——这是无数亡魂悄悄走过的为数不多的美国城市之一——的某家旅馆里，不过身边没有女人。我想着下面的街道，七十多年前，它们是什么样子的呢？那时战争阴云密布，悲伤笼罩大地，连兄弟都自相残杀，人行道上到处都是穿着蓝色衣服的士兵、赌棍、妓女、戴着大礼帽的狡猾的骗子、引人注目的义勇兵、行色匆匆的记者、急于成功的商人、戴着花帽的美丽调情者、神秘莫测的南部联邦间谍、扒手和棺材匠——这些人一直不停地忙活着，等候成千上万的牺牲者（大多是男孩）从战场上归来。他们倒在波托马克河南岸的那片令人绝望的土地上，或者像木头一样一摞摞地躺在血流成河的地里、树林里，就在那条沉睡的河流对岸。我一直不明白，甚至可以说惊叹，这座如此美丽又干净现代的城市竟然是这个国家少数几个被魔鬼践踏过的城市之一。乐队走远了，他们响亮的演奏声逐渐消失，那轻柔而令人心碎的和声，听在我耳里就像催眠曲一样。我睡着了。

我醒来时，苏菲正抱膝坐在床上，低头看着我。我睡得很沉，跟陷入昏迷一样。由房间里光线的变化——中午时像是傍晚，但现在几近于黑夜——我意识到自己睡了好几个小时。苏菲像这样俯视我多久我当然不知道，但我有种不安的感觉，似乎那是个符咒。她脸上的表情甜蜜、好奇，而且有点愉悦。她的脸仍苍白憔悴，眼睛下面有黑色的阴影，但是她似乎恢复了精神，而且颇为冷静。她好像从火车上的那次可怕的情绪失控中恢复过来了，至少是现在。当我对她眨眼睛时，她用平时开玩笑的夸张语气说："嘿，恩特威斯尔牧师，你睡得好吗？"

"天哪，苏菲，"我有点惊慌地说，"现在几点了？我睡得像个死人。"

"我刚刚听见外头教堂的钟声，好像是三点钟。"

我懒洋洋地动了一下，抚摸她的臂膀。"我们得出去走走，不能整个下午都待在房里。我想带你去看看白宫、国会大厦、华盛顿纪念碑，还有福特剧院，你知道，就是林肯被刺杀的地方。还有林肯纪念堂。有太多好地方了。我们先想想吃些……"

"我一点都不饿，"她回答，"不过我的确想看看这个城市。睡了一觉后，我觉得好多了。"

我说："你一沾枕头就睡着了。"

"你还不是一样，我醒来时，你正张着嘴打鼾。"

"你在开玩笑吧，"我有点惊愕地说，"我不会打鼾，我这辈子都没有打过鼾！以前从来没有人对我这么说过。"

"那是因为你从来没有和别人一起睡过。"她的声音里带着一丝戏谑。然后她弯腰亲吻我，给了我一个柔软湿润又美好的吻，让人惊讶的是，她的舌头迅速而调皮地溜进我的嘴里，又蓦地消失。我还来不及反应，她就恢复了抱膝而坐的姿势，只留下我的心怦怦跳个不停。"上帝，苏菲，"我开口道，"不要那么做，除非——"我伸出手拭了拭嘴唇。

"斯廷戈，"她打断我的话，"我们要到哪里去？"

我有点困惑，说道："我刚才告诉过你。我们出去看看华盛顿的景色。我们去白宫，说不定我们能碰见哈里·杜鲁门——"

"不，斯廷戈，"她正色道，"我是说，我们真正的目的地是哪里？昨天晚上内森——呃，昨天晚上他做了那些事以后，我们急急收拾了行李，你一直说'我们一定要回家去，回家去'，你不断说着'回家去'，我就这样跟着你，因为我怕死了。现在我们一起待在这个陌生的城市里，我真的不知道是为了什么。我们究竟要到哪里去？什么家？"

"呃，苏菲，你知道，我跟你说过。我们要到我告诉过你的那个农场，就在弗吉尼亚州的南部。我很详细地对你描述过那个地方，没有太多能补充的了。那里主要种植花生。我从没到过那儿，不过我父亲说农场非常舒适，拥有美国所有的现代化设施——洗衣机、电冰箱、电话、室内管道、收音机等，应有尽有。等我们安定下来后，我相信我们可以开车到里士满去买台留声机和许多唱片。我们两个人都喜欢听的音乐。里士满有一家叫米勒和罗兹的百货公司，里面有一家很棒的唱片部，至少在我去米德尔塞克斯念书时，那里——"

她再度打断我的话，语气温和地继续追问："等我们安定下来？之后会怎样呢？亲爱的斯廷戈，你说'安定'是什么意思？"

这个问题令我感到不安，我的大脑一片空白，我一时难以回答，但我意识到这个答案有着十分重要的意义。我不知所措，咽了口口水，久久没有说话，太阳穴两边跳得很快，血液也在不停奔流，简陋的小房间里像坟墓般悄无声息、凄凉冷清。最后我缓缓开口，比自己所能想象的更加从容、勇敢。我说："苏菲，我爱你。我要娶你为妻。我希望我们可以一起住在那个农场里。我要在那里写书，也许就这样度过我的一生。而我想让你和我一起待在那儿，帮助我，并建立一个家庭。"我犹豫了一会儿，又说道："我非常需要你，非常，非常需要。我希望你也同样需要我会太过分吗？"我在说出这番宣言时，发现我的声音带着一丝颤抖，都和我在好莱坞电影里看到听到的一样——乔治·布伦特这个一本正经的浑蛋，在一艘可笑的远洋班轮的散步甲板上向奥利维娅·德哈维兰求婚时的场景。不过既然如此果断地说了出来，我就不必再过分伤感。此时我脑子里突然想到，或许所有第一次说出口的爱的宣言都像蹩脚的电影对白。

苏菲低头靠在我的头上，我可以感觉到她略微发烫的脸颊。我正看着她被丝裙包裹住的臀部微微摇晃时，她贴近我的耳朵喃喃低语。"哦，亲爱的斯廷戈，你真是个可爱的人。你百般照料我，没有你我真不知道该怎么办。"她停顿了一下，她的嘴唇擦过我的脖子。"你知道吗，斯廷戈，我已经三十多岁了。娶个像我这样的老太婆干什么呢？"

"没关系，"我说，"我会想办法弄好一切的。"

"你会想要找一个年龄和你相近的人生儿育女，不是像我这样的人。再说……"她陷入沉默。

"再说什么？"

"嗯，医生说我想要再生孩子的话就必须非常小心，在我……"又是一阵沉默。

"你是说，在你经历过那一切后？"

"是的，但不只是如此。有一天我会变得又老又丑，而你仍然很年轻。如果你去追年轻漂亮的女孩，我不会怪你的。"

"哦，苏菲，苏菲。"我低声抗议，绝望地想着她并没有对我说"我爱你"。"不要这么说。你永远都会是我的——呃，我的……"我努力搜寻一个合适而温柔的词，却只想到了"至爱"，听起来非常陈腐。

她又坐直了身子。"我很想跟你到这个农场去。听过你所说的一切，又看过福克纳的小说后，我好想去看看南方。我们为什么不只是到那个地方去住一阵子？我可以陪着你，用不着结婚，然后我们再决定——"

"苏菲，苏菲，"我插嘴道，"我喜欢这个主意，再没有什么比这更好了。我并不是个结婚狂，不过你并不了解住在那里的人。我是说，他们都是品行端正、慷慨大方、心地善良的南方人，但是在我们所住的那种小乡村里，不结婚就住在一起是不可能的。耶稣基督，苏菲，那里全是些基督徒！一旦大家知道我们未婚同居，那些善良的弗吉尼亚人就会将我们全身涂满焦油、粘上羽毛，再把我们绑到宽四英寸、长两英寸的木头上，扔到开往卡罗来纳的列车上。真的，真的会发生这样的事情。"

苏菲低声笑了起来。"美国人真滑稽。我以为只有波兰人才这么保守，但想想……"

我突然听到了警报声，或者说一连串的警报声和混乱的尖叫声。我现在才意识到，正是那声音使得苏菲脆弱的情绪重新崩溃。它在我的精心照看下终于趋于平缓，就算不是心情明媚，至少也显露出一些光明，可顷刻间便被毁掉了。都市的警报声即使相隔遥远，也令人感到憎恶，总能让人心灵受损，引发不必要的疯狂。警报声从楼下狭窄的街道上传来，只有三层楼的距离，但声音从对面那栋肮脏的建筑上反弹回来钻进我们的房间后，却如同被峡谷壁放大了一般，像凝固的尖叫声一样刺耳。这声音真是对听觉的一种残酷的折磨，我的耳膜都隐隐作痛，我立即跳下床，去关窗子。在黑暗街道的尽头，有一股烟从一间看起来像是仓库的房子里冒了出来，不过消防车却被什么东西挡住了，就停在我们下面，正对着空中猛地浇水。

我用力关上窗子，略觉放松了些，然而这对苏菲似乎毫无助益。她四肢伸开躺在床上，不停地踢着脚，使劲用枕头蒙着头。我们才在都市里住过，对于普通的干扰都很习惯，却很少这么近距离地听到这么大的响声。我之前从来没有在纽约听过这样的喧闹。慢慢地，消防车通过了障碍物，吵闹声减弱了。我转身看向床上的苏菲，她抬头看着我。这阵可怕的骚乱只是让我心烦意乱，却像恶魔的长鞭将她劈成两半。她涨红了脸，五官扭曲，翻过身去面对墙壁，浑身颤抖，又开始低声哭泣。我在她身边坐下，静静地看了她好长一段时间，她的啜泣声逐渐停止。我听见她说："真对不起，斯廷戈。我似乎无法控制自己。"

我说："你已经很不错了。"但没有什么可信度。

有一会儿，她躺在床上面对着墙壁沉思，一声不响。最后她说："斯廷戈，你有没有反复做过同一个梦？那是不是叫重复的梦？"

"是的。"我说，想起了年少时母亲死后我所做的那个梦——她的棺材开着放在花园里，那张被雨水打湿的脸痛苦地注视着我。"是的，"我说，"我母亲死后，有一个梦不断地重现。"

"那个梦和父母有关吗？我所做的那个梦是关于我父亲的。"

"真奇怪，"我说，"也许吧。我不知道。母亲和父亲——他们算是一个人生命的核心。"

"刚刚我睡着时，又做了这个一再重复的和我父亲有关的梦。但我醒来时一定是忘了。然后消防车的声音——警报声，虽然可怕却有一个奇怪的音乐声。那会是……音乐吗？它吓了我一跳，让我一下子想起了这个梦。"

"那是个什么样的梦？"

"和我小时候发生的某件事情有关。"

"是什么呢，苏菲？"

"呃，在我述说这个梦之前，你必须先知道一件事。那时候我十一岁，和刚才那个故事里的你一样大。我告诉过你，夏天我们会到多洛米蒂山去度假。每年夏天，我父亲都在博尔扎诺租一间小木屋——在一个叫奥伯博岑的小村子，当然，那个地方说德语。那里有一些波兰移民，是来自克拉科夫和华沙的教授，还有一些波

兰——呃，我觉得可以叫他们波兰贵族，至少他们很有钱。我记得
其中一个教授就是著名的人类学家布罗尼斯拉夫·马林诺夫斯基。
我父亲想要结识马林诺夫斯基，但是马林诺夫斯基讨厌我父亲。在
克拉科夫时，有一次我无意中听到一个大人说，马林诺夫斯基教授
认为我父亲别甘斯基教授是个暴发户和无可救药的俗人。那儿还有
个有钱的波兰女人，叫恰尔托雷斯卡公爵，我父亲和她很熟，夏天
时常和她见面。她出身于波兰的一个极其古老的贵族家庭，我父亲
喜欢她，因为她很富有，而且，呃，她对犹太人的看法和他的相同。

"那是毕苏斯基在位的时候，你知道，当时波兰犹太人受到法
律保护，我觉得你可以说他们过着一种相当体面的生活。我父亲和
恰尔托雷斯卡公爵常聚在一起谈论犹太人问题，以及未来将犹太人
消灭的必要性。那很奇怪，斯廷戈，因为在克拉科夫，我父亲在犹
太人问题上说话时总是非常谨慎，无论是当着我、我母亲还是其他
任何人的面，他都会掩饰他对犹太人的仇恨。至少在我还是个孩子
时是这样。但是在意大利，在奥伯博岑和恰尔托雷斯卡公爵在一起
时就不一样了。她是个八十岁的老妇人，总是穿着精美的长袍，哪
怕在盛夏也是一样，而且她佩戴珠宝——我记得她有一枚巨大的祖
母绿胸针。她和我父亲会在她那间十分雅致的小木屋里喝茶，谈论
犹太人。他们都是用德语交谈的。她有只漂亮的伯尔尼兹山地犬，
我会一边和那只狗玩，一边听他们说话，话题几乎全跟犹太人有关，
诸如将他们全部送走，消灭他们。公爵甚至愿意为这件事成立一个
基金会。他们总会谈到岛屿——锡兰、苏门答腊、古巴，但最常谈
的是马达加斯加，他们说要把犹太人送到那里去。我跟恰尔托雷斯
卡公爵的小外孙——英国人——玩游戏、跟那只大狗玩耍或者听留
声机放出来的音乐时，就会心不在焉地听他们交谈。斯廷戈，我的

梦就是和放的音乐有关。"

苏菲再次停住口，用手指按着紧闭的双眼。她转向我，好像从她的回忆中回过神来，说道："斯廷戈，我们要去的地方会有音乐吧。没有音乐恐怕我待不了多久。"

"这个，坦白告诉你，苏菲。出了纽约市，在偏远的乡村，收音机上就听不到什么节目了。没有 WQXR，也没有 WNYC，只能在星期六下午收听到米尔顿·克罗斯和纽约大都会歌剧院的音乐。其余的就是乡村音乐。有些很好听。也许你会成为罗伊·阿卡夫的歌迷。不过，就像我说的，我们一搬入农庄，第一件事就是买唱机和唱片——"

"我被宠坏了，"她插嘴道，"内森给我买了那么多唱片。但音乐是我的血液，我生命的血液，你知道，我不能没有它。"她停了下来，再次追忆往事。然后她说："恰尔托雷斯卡公爵有台留声机。那是早期的留声机，并不是很好，却是我第一次见到和听到的。奇怪，不是吗，这个憎恨犹太人的波兰女人竟然喜爱音乐。她有很多唱片，每当她放唱片给我们——我妈妈、我爸爸和我，可能还有其他客人——听时，我就快乐得要发狂。我们听的这些唱片大部分都是意大利或法国歌剧的咏叹调，比如威尔第、罗西尼和古诺的。我记得有一张唱片把我迷得神魂颠倒，我真的特别喜欢。那一定是一张稀有而珍贵的唱片。现在说起来真是难以置信，因为它灌制的时间已经很久了，里面充满杂音，但我还是喜欢。那是舒曼－海因克夫人唱的勃拉姆斯的民歌，我记得一面是《铁匠》，另一面是《永恒的爱》。第一次听这张唱片时，我听到了带有杂音的美妙歌声，呆愣在椅子上，一直在想那是我所听过的最悦耳的歌曲，是降临到地球上的天使。奇怪，我和父亲去拜会公爵那么多次，却只听过这张唱片一次。我渴望能再听一次。哦，上帝，我觉得我愿意做任何事情，哪怕是十分卑劣的事情，只求能够再听一次这两首歌。我很想请求公爵再放一次，可是我太内向了，而且，要是我那么……那么大胆的话，父亲会处罚我的……

"所以我一次又一次地梦见我看见恰尔托雷斯卡公爵穿着美丽的长袍走到留声机旁，转过身来，像是在对我说：'你想不想听勃拉姆斯的民歌？'我总想说想。但是我还没说话呢，我父亲就开口了。他就站在公爵身边，直视着我说：'请不要为这孩子播放那张唱片。她太笨，根本就听不懂。'然后我就醒了，内心充满痛苦……只不过这一回更痛苦，斯廷戈。因为在刚才的那场梦里，他对公爵所说的似乎并非关于音乐，而是关于……"苏菲犹豫了一下，然后喃喃地说道，"关于我的死。我想，他要我死。"

我转身走向窗畔，心中充满了不安和不悦，就像感到一种真实而深沉的痛苦。一丝淡而苦涩的燃烧味渗入房里，但我还是打开窗子，看见烟像蓝色的薄纱般弥漫在街道上。远处那幢燃烧的大楼冒着乌黑的浓烟，可我没有看到火。烧焦的油漆、沥青发出越来越浓烈的臭味，混杂着热聚合橡胶的味道。更多的警报声响了，不过这次是来自相反的方向，声音模糊。我看见一柱水射向被浓烟遮住的窗户，浇灭了隐藏在室内的火，然后由窗户冒出一团烟。下方的人行道上有些穿着衬衫伸长脖子看的人，他们走近想去看火，两个警察开始用木栅栏将街道围起来。旅馆或我们并不会受到火的威胁，但我发现自己焦虑地打着冷战。

我回过头去，正好和苏菲的目光相遇。她望着我说："斯廷戈，我要对你说一件我从没有对任何人说过的事。从来没有。"

"那么，告诉我吧。"

"不知道这件事，你根本就不会了解我。我知道到头来我总要告诉某个人的。"

"告诉我，苏菲。"

"你得先给我倒杯酒。"

我毫不迟疑地走到她的箱子前，从一大堆顺滑的亚麻和丝绸衣物中掏出了第二瓶威士忌，我知道她藏在那里。我心想：喝醉吧，苏菲，你有一醉解千愁的权利。然后我走进狭小的浴室里，在一只暗绿色的塑料杯里盛了半杯水，拿到床前。苏菲把酒倒入杯子里，直到倒满为止。

她问："你要喝一点吗？"

我摇摇头又走回窗畔，吸了一口气，鼻息间弥漫着化学物品燃烧所产生的刺鼻气味。

"我到达奥斯威辛的那一天，"她的声音在我背后响起，"天气非常好，到处开满连翘。"

我心想，我正在北卡罗来纳的罗利吃香蕉。自从认识苏菲以后，这不是我第一次思及此事，但直到这时候我才感到荒诞，以及荒诞所带来的无法消除的恐惧。

"可是，斯廷戈，在华沙，那年冬天的一个晚上，万达曾预言过她自己以及我和我儿女的死亡。"

我现在已无法准确地想起，苏菲在讲述这些事情时，恩特威斯尔牧师是什么时候开始喃喃自语的。"哦，上帝，哦，我的上帝。"但我似乎并没有意识到，在她讲故事的时候，烟雾笼上附近的屋顶，火焰终于冲破阻碍蹿上天际，我说的这些虔诚的祷告语已变得毫无意义。我一次又一次地低语"哦，上帝"或"哦，我的上帝"，甚至是"耶稣基督"，如同白痴渴望着上帝的护佑，或者以为真有上帝这种东西存在般空洞。

"有时候我会想，世界上的一切坏事，一切邪恶，都和我父亲有关。那年冬天在华沙时，我并不为父亲及他所写的东西感到愧疚。不过我确实经常有这种可怕的羞耻感，它和愧疚不同。羞耻是一种比愧疚更难以忍受的感觉，想到我父亲的梦想竟然在我面前逐步实现，我真想一死了之。由于我和万达住在一起，或者说住得很近，所以我获知了许多事情。什么地方发生了什么事情，她都有情报，我已经知道纳粹怎么把成千上万的犹太人送到特雷布林卡和奥斯威辛去。最初大家都以为他们是被送到那里去劳动的，但秘密抵抗组织有很好的情报网，没多久我们就知道了真相，知道毒气室、焚尸炉及所有其他的事。那正是我父亲的梦想——这使我感到难受。

"我去沥青纸厂工作时常是徒步前往，有时候也搭乘有轨电车，会经过犹太区。德国人还没有把犹太区的人全都解决掉，但在进行中。我经常看见一队队的犹太人，在纳粹枪支的胁迫下高举双手，像牛群一样被推着前行。那些犹太人看起来是那么阴郁而无助。有一次，我不得不中途下车到路旁呕吐。这种种惨状似乎都是我父亲所认可的，不只是认可，从某方面来看可以说是创造。我无法再隐瞒这个事实了，我知道我得告诉某个人。在华沙，没有人熟知我的身世，因为我是用的我丈夫的姓。我决定把这件……这件坏事告诉万达。

"然而……然而，你知道，斯廷戈，我必须向自己承认另一件事情，那就是我被犹太人遭受的这种令人难以置信的际遇迷住了。我说不出这种感觉。并不是愉快，恰恰相反——令人恶心。然而当我远远地经过犹太区时，我会停下脚步，为某些景象着迷，为他们围捕犹太人着迷。后来我领悟到我着迷的原因，那让我惊愕不已，我都要喘不过气来了。那就是我突然明白只要德国人能把他们无穷的精力——非凡的精力——用到毁灭犹太人身上，我就安全无虞。不，不是真的安全，而是比较安全。尽管一切事情都那么糟，但和那些不幸无助的犹太人相比，我们要安全多了。因此只要德国人动用更多的力量去摧毁犹太人，我就觉得我、扬和伊娃会比较安全，还有冒着危险从事地下工作的万达和约瑟夫。但这使我更觉羞耻，因此，在我说的这个晚上，我决定告诉万达。

"我记得那天晚上我们吃得非常糟糕——豆子、萝卜汤和一种味道奇差的香肠，我们一直在畅谈未能听到的音乐。晚餐时我一直没说出我真正想说的话。最后我鼓起勇气说：'万达，你有没有听过别甘斯基这个姓氏？兹比格涅夫·别甘斯基？'

"万达有片刻的茫然。'哦，有的，你是说克拉科夫的那个法西斯教授。他在战前曾红极一时。他曾在这里发表过反犹太人的疯狂言论。我早就将他忘了，不知道他后来怎么样了。说不定他现在正为德国人工作。'

"'他死了，'我说，'他是我父亲。'

"我看得出万达战栗了一下。室外和室内都好冷。雨雪打在窗子上，发出啪啪的声音。孩子们都睡在隔壁房间里。因为我楼下的房间已经没有燃料了，煤和木头都没有了，所以我让他们睡在万达那里，至少她床上还有一条大棉被可以让他们暖和一下。我一直看着万达，但是她脸上没有任何表情。过了一会儿，她说：'原来他是你父亲。有这样的父亲一定很奇怪。他是个什么样的人？'

"她似乎很平静很自然地接受了这个事实，我对这种反应感到惊讶。我是说，华沙所有的秘密抵抗组织成员中，大概就数她在帮助，或者说试图帮助犹太人这件事上做得最多。这真的很难。我想，设法援助犹太人算是她的专长。她也认为出卖犹太人就是在出卖波兰。是万达让约瑟夫踏上这条路的——谋杀出卖犹太人的波兰人。在这一点上她非常激进，富有献身精神，是一个社会主义者。但是对于我父亲的身份，她却好像丝毫不感到惊骇，而且显然也不觉得我——呃，受到了玷污。我说：'我无法泰然自若地谈论他。'她温柔地回答我：'亲爱的，你不该这样。我不在乎你的父亲是谁。你不会因为他可悲的罪恶而受到责备。'

"然后我说：'很奇怪，你知道。他是在德国境内被德国人杀害的。在萨克森豪森。'

"不过，即使这件——呃，即使知晓了这件具有讽刺意味的事，她似乎也无动于衷。她只是眨眨眼，用手顺着头发。她的头发又红又稀疏，一点光泽也没有——因为食物没营养而干枯稀疏。她说：'他一定是德军刚开始占领后，就被抓走的加格罗林大学教职员工中的一个。'

"我说：'是的，我丈夫也是。我从没有告诉过你。他是我父亲的学生。我恨他。我对你说了谎。我希望你能原谅我曾经骗你说他在入侵期间战死的话。'

"我继续道歉，但万达打断了我的话。她点了一根香烟。我记得只要她弄得到烟，她就猛抽个不停。她说：'苏菲娅甜心，没有关系。上帝呀，你以为我在乎他们是谁吗？重要的是你。你丈夫可能是个残暴的人，你父亲可能是约瑟夫·戈培尔，而你仍然是我最亲密的朋友。'她走到窗畔，拉下了百叶窗。只有在感觉到危险的时候她才会这么做。那幢建筑有五层楼高，但它耸立在一片废墟之中，很容易引起德国人的注意，因此万达从不敢大意。我记得她看了看

手表说：'一会儿我们会有客人来，来自犹太区的两个犹太领袖。他们要来拿一批手枪。'

"我当时想着：天哪！每当万达提到枪、秘密会面、与危险有关的事情、被德国人袭击的可能性等，我的心就怦怦乱跳，而且感到恶心。帮助犹太人被逮住的话必死无疑。我全身湿冷，虚弱不堪——哦，我是那么胆小！我希望万达没有注意到这些迹象。每逢这种时候，我便想着怯懦是不是我承袭自父亲的另一件糟糕的东西。这时万达说：'我从情报人员那里听说过一个犹太人，他应该是个非常勇敢而能干的人，不过有些不顾一切。现在犹太人发起抵抗，但是毫无组织。他送信给我们的组织说，犹太区很快会有一次全面的暴动。我们曾和其他人交涉过几次，不过这个人有些实权，我想他的名字是费尔德雄。'

"我们等了好一会儿，但是那两个犹太人并没有来。万达告诉我枪支就藏在这栋楼的地下室里。我到卧室去看两个孩子。哪怕在卧室里，空气也还是冷得像刀子一样，扬和伊娃的头部上方笼罩着一小团白色雾气。风透过窗户的隙缝吹得呼呼作响，但这床棉被是那种巨大的老式波兰棉被，塞满了鹅绒，能代替供暖设备，让两个孩子免受寒冷之苦，可我还是祈祷第二天我能够得到一些煤炭或木头。窗外黑漆漆的，整个城市都笼罩在黑暗之中。寒冷使我抖个不停。那天晚上伊娃感冒了，耳朵痛得厉害，她过了很久都没有睡着。她太痛了。幸好万达为她弄到几粒珍贵的阿司匹林——万达几乎什么都能弄到，伊娃服了药后总算入睡了。我又祈祷明天早上她的感冒会痊愈，疼痛会消失。这时我听见一声敲门声，便走回客厅。

"我不大记得另一个犹太人了——他很少开口，但是我还记得费尔德雄。他矮壮结实，有一头沙色头发，四十五岁左右，一双眼睛炯炯有神，眼神锐利又聪慧。哪怕他戴着厚厚的眼镜，那双眼睛也仿佛可以看穿你。我记得他的镜片碎了一只，但被他用胶粘好了。我也记得他看起来很生气，礼貌也掩饰不住。虽然保持着良好的举止，但他显得愤愤不平。他开门见山地对万达说：'我现在无法付钱给你，无法马上付给你这些枪支的钱。'我听不大懂他说的波兰语，真的很难懂。'我肯定会尽快付钱，'他怒气冲冲地说，声音有些笨拙，'但不是现在。'

"万达叫他和另一个犹太人坐下来，开始用德语交谈。她直截了当地说：'你有德语口音。你可以用德语和我们交谈，或者是依地语，如果你愿意——'

"他用完美的德语愤愤地打断她的话：'我不需要说依地语！在你出生之前我就说德语了——'

"然后万达迅速插嘴道：'用不着解释。说德语，我和我的朋友都说德语。任何时候你都无须为武器付钱给我们，尤其是现在。这些枪支是从党卫军那里偷来的，在这种情况下，我们并不想要你们的钱。我们可以用基金。以后再谈钱的问题吧。'我们也坐下来。她就坐在费尔德雄旁边，头顶是昏暗的灯光。灯光是黄色的，忽明忽暗，不知道什么时候就会熄掉。万达给费尔德雄和另一名犹太人递上香烟，他们接受了。她说：'这是南斯拉夫的烟，也是从德国人那里偷来的。这灯随时都可能熄灭，所以我们来谈正事吧。但是首先我要知道一件事。费尔德雄，你的背景是什么？我想知道和我交涉的是什么人，我也有权知道，所以痛快说吧。我们可能还会合作一段时间。'

"你知道，万达和别人——所有人，即便是陌生人——交涉的这种方式，这种直截了当的方式实在是叫人佩服。算得上——我觉得这个词太无耻了，而且她像个硬汉，却是个年轻的女性，内心也充满柔情，所以可以应对这一切。我望着她。她看起来很……憔悴，我想你会这么说。她已经有两夜没合眼了，不停地工作、行动，总是置身于危险中。她花了很多时间编写一份地下报纸，这是很危险的。我想我对你说过，她其实并不美——她苍白的脸上长有雀斑，而且下巴很大，但她有种特殊的魅力，使她非常吸引人。我一直盯着她看——她的脸和那个犹太人的一样严肃而不耐烦，看起来格外迷人。

"费尔德雄说：'我出生于比得哥什，但我还很小的时候就跟着父母到德国去了。'然后他的声音变得愤然，略带嘲讽意味：'所以我的波兰语说得很糟。我承认在犹太区会有一些人尽可能地少说波兰语。不说压迫者的语言是件愉快的事。藏语？因纽特语？对不起，我跑题了。'他又以较温和的语气说：'我在汉堡长大并在那里接受教育。我是新成立的一所大学里的第一届毕业生。后来我成了维尔茨堡一所高级中学的老师。我教法语和英国文学。我就是在那里教学时被捕的。当他们发现我出生于波兰时，就将我放逐到这里来了。那是在一九三八年，跟我一起的还有我妻子、女儿和其他很多出生于波兰的犹太人。'他停了一下，然后痛苦地说：'我们逃过了纳粹，现在他们又大肆搜捕。可是我应该更惧怕谁呢？纳粹还是波兰人——我该视波兰人为同胞吗？至少我知道纳粹会做些什么事。'

"万达没理会他的嘲讽，开始谈论枪支。她说此刻枪支就在地下室里，用厚纸包裹着，还有一箱弹药。她看了看表说十五分钟后，两个家乡军成员会到地下室里等着，准备把枪支弹药搬到过道里。他们事先约好了信号，她听到信号后会指示费尔德雄和另一个犹太人立刻离开房间，下楼到过道里，届时东西都被搬到那里了。然后他们必须尽快离开这幢大楼。她说她必须指出一件事，有一把手枪——我记得是鲁格尔牌的——的撞针还是其他什么地方坏了，但她会尽快帮他们换一个。

"费尔德雄说：'有件事你还没有告诉我们。这批武器有多少？'

"万达望着他。'我以为有人告诉过你了。三把鲁格尔自动手枪。'

"费尔德雄的脸一下子白了，煞白煞白的。'我不敢相信，'他低声说道，'他们告诉我会有十几把手枪，可能是十五把，还有一些手榴弹。我不敢相信！'我看得出他不只是愤怒，还很绝望。他摇着头。'三把鲁格尔，其中一把的撞针还坏了。我的上帝！'

"万达竭力控制自己的情绪，以公事化的口吻说：'目前我们只能做到这样。我们会再想办法多弄些枪，我想我们会的。共有四百发子弹。你们会需要更多，我们也会想办法去搞到。'

"费尔德雄的声音突然温和了下来，带有一丝歉意：'我希望你能原谅我的反应。我只是以为会有更多武器，所以感到失望。而且，今天早些时候，我曾和另一个组织的成员接洽过，想看看我们可不可以获得帮助。'他停住口，愤愤地望着万达。'真是太可怕了——结果令人难以置信！那些喝醉酒的畜生！他们嘲笑我们，鄙视我们。他们叫我们犹太佬！这些波兰人。'

"万达冷静地问：'他们是什么人？'

"他们自称O.N.R.，但是昨天我和另一个波兰的秘密抵抗组织交涉时也遇到了同样的困难，'他看着万达，愤怒又绝望地说，'我得到了三把手枪，以及轻蔑和讥笑，去对抗两万名纳粹士兵。上帝，这究竟是怎么回事？'

"万达对费尔德雄很恼火，我看得出，她只是对一切，对生活感到恼火。'O.N.R.，那群奸细，狂热分子，法西斯分子。作为一个犹太人，你本可以从乌克兰人和汉斯·弗兰克那儿得到更多支持。不过我要警告你，那些人一样坏，甚至更糟。要是遇上了科尔钦斯基将军领导的游击队，你就有被就地枪杀的危险。'

"'这太荒谬了！'费尔德雄说，'我很感激你们提供的三把枪，但你难道看不出来这真是太可笑了吗？这件事简直令人难以置信，你看过《吉姆爷》吗？那个军官抛下正在下沉的船，上了一艘救生艇，而让无助的乘客听天由命的故事？请原谅我这样比喻，但我不忍心看见同样的事情在这里重演。看来我们的同胞是弃我们于不顾了！'

"万达站起身，指尖按着桌面，略微倾身向前。她仍然试图控制自己的情绪，但我看得出很难。她看起来疲惫而苍白。她用一种不顾一切的声音说：'费尔德雄，你要不是愚蠢就是天真，不然就是两者兼有。一个喜欢康拉德的人似乎不太可能是愚蠢的，所以你一定就是天真了。你当然没有忘记波兰是个反犹太人的国家吧。你自己刚用过'压迫者'这个词，住在一个发明了反犹主义的国家，住在我们波兰人创设的犹太区里，你怎么能期待从你的同胞那里获得帮助？除了我们少数人为了某种原因——理想主义、道德信仰、人类团结等——愿意尽力挽救你们的生命，你还能期待什么？我的天哪，费尔德雄，你的双亲带着你离开波兰，可能就是为了摆脱那些反犹分子。可怜的人，他们当然不知道那温暖包容、亲犹太人、有着人道主义关怀的德国会向你们开火，冷冰冰地将你们驱逐出去。他们也不知道当你回波兰时，那些反犹分子正等着你和你的妻女，准备将你们都碾成粉末。这是个残忍的国家，费尔德雄。这么多年来它变得非常残酷，因为它尝过太多次的失败。《福音书》里说，苦难不会酿就理解与同情，它只制造残忍。像波兰这样屡屡受挫的民族，知道怎么残酷地对待其他民族，例如你们犹太人。我很惊讶O.N.R.那帮人竟然只是骂了你们一句犹太佬就将你们放走！'她顿了一下，又说：'对于我仍然深爱这个国家，甚于我自己的生命，必要的时候也愿意立刻为它牺牲我的生命，你是不是觉得奇怪？'

"费尔德雄瞪着万达说：'这也是我的想法，随时准备就义，但显然不能。'

"我很担心万达，我从没见过她那么疲倦，我想你会说'神经衰弱'。她卖力工作，吃得又少，而且没有休息。她的声音时而变得沙哑，我看见她按着桌面的手指在颤抖。她闭上眼睛，紧紧地，全身战栗，还轻轻晃动着身子。我以为她要昏倒了。然而她又睁开眼睛继续说，声音嘶哑紧绷，充满悲伤。'你刚才提到《吉姆爷》，这本书我刚好看过。我认为你的比喻很好，可你好像忘了结尾。我觉得你忘了在结尾，主人公为他的背叛付出了代价，用死弥补了一切。他遭受了苦难，他死去了。那么你不觉得要我们这些波兰人因为自己的同胞背叛你们犹太人而付出代价过分吗？即便我们的努力没能拯救你们？没关系，不管救没救成功，我个人感到满意，因为我们尽力了，并为此遭受苦难，甚至可能牺牲自己。'

"过了一会儿，万达又说：'我不想冒犯你，费尔德雄，显然你是个勇士。今晚你冒着生命危险到这里来，我知道你遭受的痛苦。自从去年夏天看过第一批私运出特雷布林卡的照片后我就知道了。我是最初看到这批照片的人之一。和别人一样，起初我不敢相信。现在我相信了，你们的恐惧多过你们的痛苦。每次我走近犹太区，就会想起一个疯子拿着一挺机关枪扫射一桶老鼠的景象，所以我明白你们的无助。可是我们波兰人自己也是无助的。我们比你们犹太人更自由——更多行动的自由，更多逃离危险的自由，可我们仍每天处于围困之中。我们不像是桶里的老鼠，而像是在燃烧的大楼中奔窜的老鼠。我们可以逃离火海，找个阴凉的角落，躲到安全的地下室去，少数几只甚至可以逃出大楼。每天我们会有许多同胞被活活烧死，但那是一幢大楼，我们也因自己的数目之多而得救。火烧不死我们全部，然后有一天——也许——火会熄灭。如果火熄灭了，就会留下许多幸存者。但是桶——桶里的老鼠大概都难逃厄运。'万达深吸了一口气，直视费尔德雄。'但让我问你一个问题，费尔德雄。你觉得在大楼里奔窜的老鼠应该给桶里的老鼠——它们从不觉得自己跟前者有任何血缘关系——多少关心呢？'

"费尔德雄只是看着万达，目光一刻也不曾离开。他一句话也没说。

"万达又看了看手表。'再过四分钟，我们就会听到口哨声。那表示你们两个人要离开这里下楼去。那包东西就放在门边。'她又继续说：'三天前我在犹太区和你们的一个同胞商议过。我不会说出他的名字，没这个必要。我只说他是极力反对你们的另一派别的领袖。我想他是个诗人或小说家。我很喜欢他，但我受不了他的某种态度。他说到犹太人时显得很自负。他用了这样的描述——'我们珍贵的痛苦遗产'。

"这时候费尔德雄插嘴说了几句话，把我们都说笑了。他说：'那一定是莱文塔尔。摩西·莱文塔尔。那个多愁善感的家伙。'

"然后万达又说：'我蔑视这种把痛苦视为珍贵之物的想法。在这场战争中，每个人都饱受苦难——犹太人、波兰人、吉卜赛人、俄国人、捷克人、南斯拉夫人，还有所有其他人。每个人都是受害者。犹太人更是受害者中的受害者，这是最大的差异。但没有什么痛苦是珍贵的，而且每个人都死于非命。在你们离开前，我要给你们看些照片。我和莱文塔尔交谈时就把这些照片装在口袋里。那时我才刚拿到手。我想拿给他看，但不知道为什么，我没有这么做。现在我拿给你们看。'

"就在这时候灯熄了，小灯泡也摇曳着灭了。我的心中感到一阵恐惧。有时候这只是停电。但我知道当德国人要进行伏击行动时，会把一栋大楼的电源切断，这样他们可以在探照灯的帮助下抓里面的人。我们全都一动不动，小壁炉里发出微弱的火光。等万达确定那不过是停电时，她拿出一根蜡烛点上了。我还在害怕，浑身发抖，万达把一沓照片丢到桌子上，说道：'看看这个。'

"我们都弯腰细看。起初我看不出那是什么，只觉得是一堆棍子—— 一大堆像小树枝般的棍子。然后我看清楚了——这真是令人难以忍受的景象，一辆装满了儿童尸体的棚车，几十个，甚至上百个孩子，全都僵硬杂乱地堆在那儿，一看就知道是冻死的。其他照片也都一样——许多棚车，载着大批冻死的小孩，他们的身体都僵硬了。

"'这些孩子并不是犹太人，'万达说，'他们是波兰人，全都未满十二岁。他们是没有逃过大楼火灾的小老鼠。这些照片是家乡军的成员在扎莫希奇和卢布林的安全侧线上闯进棚车后拍到的。这只是其中的一节车厢，每节车厢里都装着几百具尸体。侧线上还有其他火车，里面的孩子不是饿死的就是冻死的，或者因饥寒交迫而死。这只是一个例子。死的孩子得有上千个。'

"没有人说话。我只听得到我们的呼吸声，但是没有人说话。最后开口的还是万达，这是我第一次听到她的声音哽咽颤抖——你都可以感觉到她声音里的疲惫和悲伤。'我们还不知道这些孩子从哪里来，但我们认为我们知道他们是谁，大家相信他们是被拒绝参与"生命之源"计划的牺牲者。我们觉得他们来自扎莫希奇周围，有人告诉过我又有成千上万的孩子被纳粹从他们父母身边掳走，不过后来他们被认为有种族问题，所以要被送到马伊达内克或奥斯威辛去处置——消灭掉。但是他们还没到那里就死了。跟其他火车一样，运送他们的火车在适当的时候开到侧线上，很多孩子就在你看到的这种条件下被冻死。有一些孩子是饿死的，还有一些是在不透气的火车上被闷死的。光是扎莫希奇一个地方，就有三万个波兰儿童失踪。这些孩子大部分都死了。这也是集体屠杀，费尔德雄。'她举起双手遮着眼睛，又接着说：'我本来还想告诉你大人们的命运，在扎莫希奇地区受到屠杀的成年人，成千上万的无辜男女。可是我不能。我太累了，突然觉得晕眩。那些孩子的照片就够我受的了。'

"万达的身子微微晃了晃。我抓住她的手肘，想让她慢慢坐下来。但是她却在烛光下以单调平静的声音继续往下说，好像有些恍惚：'纳粹最痛恨你们，费尔德雄。目前为止，你们所受的苦也最深切，但他们不会就此罢手。你以为他们在消灭了犹太人后会放下屠刀，停止杀戮，与世界和平共处吗？要是你这么想，就低估了他们的邪恶。因为他们一结果了你们就会来抓我，虽然我有一半的德国血统。我想他们不会轻易让我死掉。然后他们也会抓走我这位美丽的金发朋友，像对付你们那样对付她。同时他们不会放过她的小孩，就像他们不放过照片上那些被冻死的小孩一样。'"

在华盛顿这个阴暗的小房间里，苏菲和我在不知不觉间交换了位置，现在躺在床上瞪着天花板的人是我，而她站在窗畔我刚才站过的位置上，望着远处的火光沉思。她一时噤声不语，我可以看见她的侧脸。她沉浸在回忆中，目光停留在烟雾弥漫的天边。在一片寂静中，我听到外面的窗台上传来鸽子的"咕咕"声以及远处人们救火传来的模糊的骚动。教室的钟又敲响了：四点。

　　最后苏菲再次开口了。"我告诉过你,第二年在奥斯威辛,他们逮捕了万达,折磨她,将她挂在一个钩子上,慢慢把她勒死。听到她的死讯,我想起种种往事,但经常想到的就是在华沙的那个晚上。费尔德雄和另一个犹太人离开去取东西后,她坐在桌旁,疲惫至极,把脸埋在胳膊中低声啜泣。真奇怪,在此之前,我从没有看过她掉眼泪。我以为她一向觉得哭泣是软弱的象征。我记得我靠向她,伸手揽着她的肩膀,看她啜泣不止。她是那么年轻,和我同龄,又是那么勇敢。

　　"她是个同性恋者,斯廷戈。但是现在已经没什么关系了,就算当时我觉得也无关紧要。但我觉得,在将这么多事告诉你之后,你可能想知道。我们曾经同睡过一两次——我还是告诉你吧,但我想对我们两个人而言这并不意味着什么。她深知我——呃,我不会真的按她的方式回应她,所以她并不会强迫我继续。她从不生气或怎么样。然而我爱她,因为她比我强,她是那么勇敢。

　　"因此正如我说的,她预言了她自己、我和我孩子们的死亡。她就那样趴在桌上睡着了。我不想惊扰她,然后我想到她说的那些儿童,还有那些恐怖的照片——被冻僵的小小尸体,我突然感到前所未有地惊恐,即便我经历过很多次黑暗,如死亡般的黑暗。我走进孩子们的房间。万达的话把我压垮了,我做了件我自己也知道不该做的事——唤醒扬和伊娃,将他们两人抱了起来。他们醒了过来,呻吟低喃,本来他俩都很重,然而现在却很轻。真是不可思议。我想那是因为我急于将他们抱在怀中。万达关于未来的话使我心中充满恐惧,我绝望到极点。我知道她的话是真的,我们无法对付那么可怕、那么强大的敌人。

　　"窗外漆黑寒冷,华沙没有一丝灯光,一个漆黑寒冷的城市,除了黑暗、冻人的雨雪和凄厉的风，这个城市空无一物。我记得我打开窗子，让寒风和雨雪进来，那时候我差点就抱着孩子冲入那一片黑暗中。后来我又多次诅咒自己为什么没有那样做。"

运送苏菲、她的孩子和万达（还有在最近的一次围捕中抓获的秘密抵抗组织成员和其他波兰人）到奥斯威辛去的火车车厢不同于寻常，那不是德国人平常用来运送囚犯的棚车或家畜车。令人惊讶的是，那是老式但仍然可用的卧铺车厢，走道上铺着地毯，里面有包厢和洗手间，每扇车窗上都有用波兰语、法语、俄语和德语写成的菱形金属牌，告诫旅客不要将身子探出窗外。从它的设施——破旧却还很舒适的座椅，以及华丽但已失去光泽的枝形吊灯——来看，苏菲知道这节历史悠久的卧铺车厢以前是头等车厢，几乎跟她还是个小女孩时父亲——一直都是个时髦的旅行者——带一家人去维也纳、博岑或柏林时坐的一样。

不同的是，这节车厢的窗子全都被木板牢牢封住了。她见到这一幕时立即感到不祥和压抑，倒抽了一口气。还有一点不同，本来只坐六到八个人的包厢被德军硬塞了十五六个人，还得再加上这些人所携带的行李。因此在昏暗的光线下，总有六名以上的犯人必须笔直地站在局促的空间里，紧靠着彼此，以免在火车刹车和加速时冲向坐着的人。有一两个头脑敏锐的秘密抵抗组织的头目发出命令，让大家轮换着坐。这样就好多了，可如此多的身体挤在一起散发出的令人窒息的热量以及始终弥漫在这趟旅途中的酸臭味却无法解决。但这不算痛苦，只是不舒服罢了。扬和伊娃是这间包厢里仅有的孩童，他们轮流坐在苏菲和其他人的膝上。在这个黑暗的囚室中至少有一个人吐了，那是个强壮的人，他挣扎着挤出车厢，来到拥挤的走道上去了厕所。"比棚车好，"苏菲记得有个人咕哝道，"至少还可以伸伸手脚。"奇怪的是，当时穿梭于欧洲，开往"地狱"的火车经常在数千个联轨点上暂停、转轨和延误，可苏菲的这次行程不像想象中那样漫长：本该从早上六点到中午的半天旅程只用了三十个小时，而不是几天几夜。

也许因为（正如她一再对我说的）她一直抱有乐观的想法，德国人将她和其他犯人推上这趟列车，用这种新奇的方式运送他们，使她感到些许慰藉。大家都知道纳粹是用运输货物和家畜的火车车厢将犯人运送到集中营去的。因此，苏菲带着扬和伊娃上车后，马上排除了快速闪过她脑海的这一符合逻辑的想法，即德国人使用这种豪华却破旧的车厢运送犯人只是因为它方便可用（窗户上临时钉的木板就是证据）。然而，她却突然有了一个更加宽慰人的想法：这些如休息室般，在战前供富裕的波兰人和其他旅客打瞌睡的车厢，现在代表一种特权，意味着她所受到的待遇会比那些被关在火车前半部分的一千八百名来自马基尼亚的犹太人（他们被关在黑漆漆的家畜车厢内好几天了）更好。结果证实了这个想法就如同她先前在犹太区所想的——纳粹忙着消灭犹太人正是她自己、扬和伊娃安全的保证——一样愚蠢可笑而异想天开。

奥斯威辛——这个名字最初在同包厢的犯人口中出现时，使她感到虚弱和害怕，但是她深信火车的目的地就是这个地方。一丝微光照射着她的眼睛，一下子将她的注意力转移到窗框夹板上的小小缝隙上。在行程开始后的一小时里，她能通过黎明的光线判断出列车正向南行驶。向南穿过华沙周围的村庄，而不是常见的郊区，穿过绿色的田野和密密的白桦林，向着克拉科夫的方向行驶。只有奥斯威辛是可能的目的地，它就在南边。当这一想法被她的眼睛证实后，她绝望了。奥斯威辛早已臭名昭著，它糟糕透顶，令人胆战心惊。尽管在盖世太保的监狱里，有传言说他们最后会被送到奥斯威辛去，她却不断地希望并祈祷是被送到德国的劳动营去，有许多波兰人都被送到那里。她还听别人说，那里的环境没有奥斯威辛那么残酷恶劣。但随着火车的继续南行，奥斯威辛越来越近，这一切便无法避免了。苏菲感到喘不过气来，因为她意识到自己是秘密抵抗组织的牺牲者——碰巧和他们在同一列车上的惩罚。她不断地告诉自己：我不属于这里。要不是她不幸和很多家乡军的成员同时被抓（和万达的交情以及共住在一幢大楼里使她的运气更加糟糕，虽然她不曾帮助过秘密抵抗组织分子），她可能会因为私运肉类被判重罪，却不会被判更加严重的颠覆罪，从而被送到一个可怕又险恶的地方。但她发现讽刺的是，她并没有被判任何罪，只是受过质询，然后被完全遗忘了。就这样，她很偶然地与秘密抵抗组织的成员关在一起。与其说她是典型的报应性司法的牺牲品，倒不如说是一种普遍的愤怒，一种对完全统治和压迫的狂暴欲望的牺牲品。只要纳粹战胜秘密抵抗组织，这种欲望便会紧紧抓住他们。这次也一样。在残暴的围捕行动中，这种欲望甚至使他们将迫害扩大到几百个风尘仆仆的波兰人身上。

这趟旅程中有些事情她记得很清楚。臭味、窒闷的空气、不停地换位置——站起，坐下，再站起。有一次车子突然刹车时，一个盒子掉下来打中她的头部，她并没有吓到，也没有受什么伤，只是头上肿了个大包。透过窗子的缝隙向外望去，春天的阳光已转为绵绵细雨；透过雨帘，可以看见白桦树上仍覆着残冬的皑皑白雪，树枝都被压弯了，像抛物线，像强弓、弹弓、鞭子，也像美丽的断骨。遍地都是盛开的连翘，娇嫩翠绿的田野没入了远处的云杉林和落叶松林。太阳又出来了。扬坐在她的腿上时，他借着微弱的光线看书：德语版的《海角一乐园》、波兰语版的《白牙》和《彭罗德和萨姆》。伊娃的手中紧抓着她不愿放到行李架上的两件东西，仿佛它们随时会被人抢走：放在皮箱里的长笛、自襁褓时就陪伴她的一只独耳独眼的玩具熊。

雨下得更大了，这回是滂沱大雨。车厢里弥漫着呕吐物的酸臭味，怎么都散不掉。同室的乘客里有两个修道院的女孩，大约十六岁，正害怕地低声啜泣，时睡时醒，醒来时就对着圣母念祷词；维克托，一个情绪激动的黑发年轻人，是家乡军的一员，已经在计划着造反或逃亡，他不停地写字条传给另一间包厢里的万达；一个差点吓疯了的干瘪老妇人，她坚称自己是名作曲家维尼亚夫斯基的侄女，说她紧紧揾在怀中的那一捆羊皮纸，是他著名的《波兰舞曲》的原稿，还说她会被释放。维克托对她吼着纳粹会用这毫无价值的手稿擦屁股时，她像个女学生似的哭了起来。饥饿开始使人胃部发痛。一点食物也没有。另一个老妇人——已经死了——自心脏病发作倒在外面的走道上后就没有动过。她的手僵住了，紧紧抓着一个十字架，惨白的脸印上了越过她或绕过她走的人留下的鞋印。苏菲透过车窗的缝隙又一次看见了夜色中的克拉科夫，熟悉的站台，月光下的铁路调车场，他们在那儿停了很久。银色的月光映出一幅不同寻常的画面：在暗淡的月光下，一个身着军灰色制服、背着来复枪的德国士兵正在一个荒废的院子里手淫，他嬉笑着，向这群或好奇或无动于衷或困惑不已的犯人展示着——他们可能通过小孔看见他。睡了一小时后，晨光透了进来。在昏暗的晨雾中，火车穿过了维斯瓦河，当它继续向西穿过洒满金粉的早晨时，苏菲认出了两个小镇：斯卡维纳和扎托尔。饥饿使得伊娃上了火车后第一次放声哭泣。"别哭，宝贝。"在早晨灿烂阳光的沐浴下，苏菲打了个瞌睡，做了一个疯狂又让人心痛的梦：她穿着长袍，戴着王冠，坐在上万名观众面前，但不知怎的——让人感到惊讶的是，她突然飞了起来，飞呀飞，飞翔在音乐王国的天空中，空气中满是《皇帝协奏曲》的动人旋律。她扇动睫毛，睁开眼睛。咣当一声，火车戛然而止。奥斯威辛到了。

他们在车厢里等了大半天。早些时候发电机就被关上了，包厢里的灯都熄了，只有钉死的木板缝隙透入的乳白色日光。乐队的奏乐声由远处传来。车厢里有股骚动，几乎可感可知，像遍布全身的头发般扎人。黑暗中响起了一阵充斥着焦虑的低语声——声音沙哑，且越来越大，但如树叶的沙沙声一样模糊难辨。那两个修道院女孩齐声痛哭起来，祈求着圣母。维克托大声叫她们闭嘴，同时苏菲听到万达的声音由车厢另一头传来，她要秘密抵抗组织成员和其他人保持安静，不要惊慌。这声音给了苏菲力量。

大约在中午时分，他们得知了前面那节车厢里来自马基尼亚的那些犹太人的消息。维克托收到一张字条，上面写着："犹太人都上了货车。"维克托在黑暗中大声念了出来，苏菲吓呆了，抱紧扬和伊娃来寻求安慰，她立刻就知道这句话的意思："犹太人都被送到毒气室去了。"苏菲不禁随着修道院女孩一起祈祷。正当她们祈祷时，伊娃开始大声哭泣。孩子们一路上都表现得很勇敢，但此刻这个小女孩饿得受不了了。她痛苦地尖叫，苏菲轻轻摇着她，想方设法地安慰她，但都无济于事。有那么一会儿，她的尖叫声比犹太人的命运更令苏菲恐慌不已。但很快尖叫声停止了，奇怪的是，前来解救的人是扬。他对妹妹自有一套办法，现在担子由他接了过去——他先用他们能听懂的话让她安静下来，接着抱着他的书坐在她身旁。在昏暗的光线中，他给她读彭罗德的故事，告诉她在美国枝繁叶茂的快乐小镇上那些小男孩的恶作剧。他时而哈哈笑着，尖细的男高音就像温柔的符咒，再加上伊娃的疲累，终于使她安然入睡。

好几个小时过去了，时间已近黄昏。终于又有一张字条传到维克托手中："AK 第一节车厢上的上了货车。"这显然表明：和犹太人一样，前面那节车厢里的几百名家乡军成员将被全部运往比克瑙的焚尸炉。苏菲直视着前方，两手放在膝上，等着就死。虽然她无比恐惧，却也是第一次隐隐感到苦乐参半的解脱。那个维尼亚夫斯基的老侄女昏了过去，《波兰舞曲》散了一地，皱皱巴巴的，她的唇角淌着口水。许久以后，苏菲整理这段回忆时，记不得自己是否也接着不省人事了，因为她所记得的下一件事是，她跟扬和伊娃在日光炫目的斜坡上，跟一级突击队中队长弗里茨·杰曼德·冯·尼曼医生面对面站着。

苏菲当时并不知道他的名字，后来也没再见过他。我将他叫作弗里茨·杰曼德·尼曼，因为这听起来就像一个党卫军医生的名字——对苏菲来说，他突然出现，又永远消失，却留下了一些有趣的印象。其一：他相对年轻——约莫三十五岁，最多不超过四十。其二：他的容貌英俊而冷酷，精致又令人不安。事实上，杰曼德·冯·尼曼医生的外貌、声音、举止及其他种种特征都使苏菲永难忘怀。例如，他对她说的第一句话是："我想跟你睡一觉。"[1]直白、无趣而粗野的话，从一个令人生畏之人的口中说出，没有修饰，也没有格调，稚嫩又无情，一句 B 级片里的纳粹下流鬼可能说出的话。但按照苏菲说的，这是这个医生对她说的第一句话。对一个医生及

1　原文为德语。

绅士（甚至可能是贵族）而言，讲这样的话未免太难听了，虽然他明显喝醉了——或许可以解释他何以如此粗鲁。苏菲刚见他时之所以会以为他是个贵族——也许是普鲁士人或有普鲁士血统，是因为他和一个容克[1]军官长得很像，那个人是她父亲的朋友，她十六岁左右和父亲在夏天到柏林玩时曾见过他一次。他有标准的日耳曼长相，十分迷人，薄薄的嘴唇，严肃冷峻，威武不屈。这个年轻的军官对苏菲十分冷漠，几近轻蔑粗鲁的地步。尽管如此，她却忍不住被他那英俊的脸庞所吸引，还有他平静面庞上并不十分柔弱却如丝绸般细腻的表情——真是让人吃惊。他长得有点像着戎装的莱斯利·霍华德，自从看了《化石森林》，她就疯狂地迷上了霍华德。尽管这个德国军官不喜欢她，她也乐于以后不用再见到他了，但她记得后来想起他时自己还是非常局促不安：如果他是个女人，我可能会迷上他。但是此刻，在下午五点钟，他的翻版——这个相貌和他酷肖的医生，穿着一身有点歪斜的党卫军制服，站在尘埃满布的水泥站台上，因为喝多了酒——葡萄酒、白兰地或杜松子酒——而涨红了脸，以懒懒的、有教养的柏林口音对她说出没有教养的话："我想跟你睡一觉。"

　　苏菲不理会他的话。但当他说话时，她却看到了一些无足轻重却又挥之不去的细节——这名医生留下的另一种奇怪的印象，它们总会从那天混乱的表面之下生动地浮现出来：他那党卫军紧身制服的翻领上粘着饭粒，只有四五粒，还没全干，闪着像蛆一样的白色光泽。她昏头昏脑地又仔细瞟了一眼，这时她突然意识到刚刚迎囚

1　意为"地主之子"或"小主人"，泛指普鲁士的贵族地主阶级。16世纪起长期垄断军政要职，19世纪中叶开始资本主义化，成为半封建型的贵族地主。

乐队演奏的乐曲——走音严重，杂乱无章，却有着浓浓的哀伤和浮夸的节拍，如在黑暗的车厢中般刺激了她的神经——竟然是阿根廷的探戈舞曲《化装舞会》。她刚才怎么没想起这曲子的名字呢？

"你是个波兰人，"医生说，"你会不会也是共产主义者？"[1]苏菲一手揽着伊娃的肩膀，一手揽着扬的腰，没有说话。医生打着嗝，更严厉地问道："我知道你是个波兰人，但你也是那些可恶的共产主义者中的一分子吗？"接着他昏昏沉沉地转身问其他犯人，似乎完全忘了苏菲。

她为什么不装聋作哑？"不会说德语。"本来可以挽回局面的。那里人山人海。要是她没有用德语回答，他可能会让他们三个人通过。但是有一个严峻的事实——她很害怕，因此无法理智地行动。她知道被送到这里的犹太人很少有人知道等待他们的命运，这种无知盲目却幸运，然而她因为常与万达和其他人在一起，所以明白"筛选"制度，也对这种制度有着莫可名状的恐惧。此刻她和孩子们正面临这种严酷的考验，在华沙她曾听过几十次有关这事的传言。但她以为这事不会发生在她身上，而且她也无法承受它带来的后果，所以就把它忘了。然而现在，这事就发生在她和孩子们面前，他们在这里面对着医生。在那边，在刚刚空出来的棚车——运送有着死亡命运的马基尼亚犹太人——对面，就是比克瑙，医生可以随心所欲地选择任何人，将他送入那个深渊。这个想法使她万分恐惧，她不仅没有沉默，反而张嘴喊道："我是波兰人，在克拉科夫长大。"[2]然后她无力地脱口说道："我不是犹太人！还有我的孩子，他们也不

1　原文为德语。

2　原文为德语。

是犹太人。"她又继续说:"他们是纯种的波兰人。他们会说德语。"最后她又说:"我是个基督徒。我是个虔诚的天主教徒。"

医生又转过身来,他挑了挑眉毛,醉眼蒙眬地望着苏菲,眼睛湿漉漉的,表情严肃。他离她很近,她都闻得到酒气——大麦啤酒或黑麦威士忌的臭味。她不够强大,不敢迎接他的目光,这时她意识到自己说错话了,也许大错特错。她别过脸,望着另一排等候筛选的犯人,他们正蹒跚着脚步走向自己的受难地。她看见伊娃的长笛老师扎奥尔斯基,就在这一刹那,他的命运被决定了—— 一名医生微微点了点头,几乎让人察觉不到,他被分到左边送往比克瑙的队伍中。她回过头,听见杰曼德·冯·尼曼医生说:"那么你并不是共产主义者,你是个信徒。"

"是的,长官,我信仰基督。"真愚蠢!由他的态度和目光中——闪着强烈欲望的眼睛里流露出新的神情,她觉察到她所说的话对她不但没有助益,没能保护她,反而使她快速走向毁灭。她心想:让我变成哑巴吧。

医生的脚步有点踉跄。他倾身对一个拿着写字板的下属低声说了几句话,同时专心地挖着鼻孔。紧紧靠着苏菲大腿的伊娃开始哭泣。"所以你相信基督救世主?"医生以一种含糊却深邃的声音说,就像演讲人在阐述反面观点时那样。然后他又说了一句话,一时令人困惑不解。"他不是说:'让受苦的孩子皈依我?'"他转过身去,因为醉酒而有点痉挛。

恐惧使得苏菲舌头僵硬,她还没来得及答话,医生又说:"你可以留下一个孩子。"

"什么?"苏菲说。

"你可以留下一个孩子,"他重复了一遍,"另一个必须送走。你要留哪一个？"

"你是说，我必须选择？"

"你是个波兰人，不是犹太人。这使你拥有一种特权——选择。"

她的大脑一片空白。然后她觉得双腿发软，开始尖声叫喊："我不能选择！我不能选择！"哦，她清楚地记得自己的尖叫声，就算是在地狱的魔窟里受折磨的天使，叫声也比不上她的凄厉。"我不能选择！"[1]她尖叫道。

医生不想引起别人的注意。"闭嘴！"他命令道，"快点，选一个。选吧，妈的，不然我把他们两个人都送到那边去。快点！"

她不敢相信这一切。她不敢相信自己正跪在粗糙坚硬的水泥地上，紧紧拥住她的孩子，力道大到她都觉得他们的血肉要穿过层层衣服和她的融在一起。她简直不敢相信。当她不知怎的，用哀求的眼神抬头看医生的助手——那个憔悴瘦削的年轻下士时，也在他的眼里看到了难以置信。他目瞪口呆，也睁大了眼睛茫然地回看她，似乎是在说：我也不明白这是怎么回事。

"不要让我选择，"她听到自己低声祈求，"我不能选择。"

医生对助手说："那么，把他们两个人都送到那里去吧。左边[2]。"

"妈妈！"就在她把伊娃从她身边推开，踉踉跄跄地站起身时，她听到伊娃尖细的叫声。"把小的带走！"她叫道，"把我的小女孩带走！"

这时候，那个助手小心而温柔地——这一点苏菲一直想忘掉，却永远忘不掉——握住伊娃的手，将她带到等待死亡的区域。她也

1　原文为德语。

2　原文为德语。

永远忘不掉那个模糊的场景：那孩子不住地回头哀求。但由于苏菲泪眼模糊，她没有看清伊娃的表情。为此她一直心存感激，因为在她内心深处，她明白自己是无法承受这种痛苦的。她最后瞥了一眼那渐渐远去的小小身影，差点就疯了。

"她仍然带着她的长笛和玩具熊，"苏菲最后说道，"这么多年来，我一直无法将这件事情说出口，无论是用哪一种语言，我受不了。"

自从苏菲告诉我这些后，我常常思索杰曼德·冯·尼曼医生做出的这件令人费解的事。他至少是个我行我素的人，一个花花公子，他对苏菲所做的事情显然不是党卫军的常规做法。这一点可以从医生助手脸上的难以置信中得以证明。在遇到苏菲和她的孩子们之前，那个医生一定等了很长时间，一直希望干出这件别出心裁的事情。我觉得他最想做的就是让苏菲这样脆弱的基督徒犯下完全不可原谅的罪孽。这正是因为他非常渴望犯下这种可怕的罪孽，我觉得在他那些机械般地执行任务的党卫军同伴中，他是一个例外，也许还独一无二：就算他不是个好人，也不是一个坏人，他的内心仍存有善意，也存有恶意，他的这一举动是宗教式的反抗。

为什么我会认为这与宗教有关呢？一方面，或许是因为他非常在意苏菲关于信仰的声明。但另一方面，我会做出这种推测是因为苏菲在讲完这个故事不久后又补充了一个小片段。她告诉我说，在刚到奥斯威辛的那段混乱的日子里，她一直处于十分震惊的状态中。她被撕成了碎片，为斜坡上发生的事，为扬去了儿童营。她几乎无法正常思维。但有一天，在她所在的营区中，两个德国犹太女人的谈话引起了她的注意，这俩人刚刚成功逃过了筛选环节。从她们对外形的描述中，她得知她们说的正是那个把伊娃送进毒气室的医生，也是让她们活下来的人。苏菲记得最清楚的就是其中一个来自柏林夏洛滕堡的女人说她从小就认识这个医生。不过他没认出她来。她跟他也不熟，虽然他们一直都是邻居。出于某种原因，除了他英俊的容貌，她只记得有关他的两件事（也是她无法忘记的两件事）：他是个虔诚的教徒，他一直想成为一名牧师。但在贪财的父亲的逼迫下，他学了医。

苏菲对医生的其他记忆也说明他是个教徒，或者至少是一个寻求赎罪，试图重拾信念的失败的信徒。酗酒就是一种迹象。从对纳粹的记录中我们可以推断出，在执行工作时，党卫军军官，包括医生在内，几乎都像修道士一样严谨自制、忠于职守。尽管最原始的屠宰行为——主要发生在焚尸炉的隔壁——使得人们酗酒，但这份血腥的工作大多由现役军人具体操作，他们被允许（的确也很需要）用酒精来麻醉自己。除了这些特殊的工作，党卫军军官像别处的军官一样，应该保持高贵的举止，特别是在执行任务时。那为什么苏菲竟会遇上喝得醉醺醺的杰曼德·冯·尼曼这样的医生呢？他不仅面红耳赤，酒气熏天，而且邋里邋遢，衣领上还粘着饭粒，可能刚吃过一顿漫长的饭。对一个医生来说，这无疑是一种非常危险的状态。

我常常想，杰曼德·冯·尼曼医生是在经历人生危机的时候遇上苏菲的：他寻求灵魂的拯救，却像竹子般爆裂开来，精神崩溃。我们只能推测他后来的经历，但如果他像他的长官——鲁道夫·霍斯以及党卫军首领那样，他就会认为自己很虔诚，也就是说他虽然抛弃了基督教，却仍对外宣称信仰上帝。可在这让人作呕的人间地狱里从事这份工作几个月后，还有谁相信上帝呢？每天等着从欧洲各地开来的无穷无尽的列车，然后从这些人中选出健康强壮的人，把大批可怜的残疾人、盲人、没牙的、低能的、痉挛的，以及其他源源不断被运来的无助的老人和小孩送进焚尸炉。他当然知道他所效力的苦力营（也是一台巨大的杀人机器，不断重复没有价值的工作）是对上帝的嘲笑和否定。他实际上还是法本公司的奴隶。在这样一个地方待了这么久，他肯定不能还保有信仰。他得用无所不能的工作代替上帝。由于他每天要面对数以万计的犹太人，对他们进行筛选，所以，当希姆莱再次下达命令，通知"一律消灭所有犹太人"时，他一定感到如释重负，再也不需要用那双眼睛做生与死的选择了。他可以离开那恐怖的斜坡，继续做更多的医学研究。（可能很难让人相信，但庞大和复杂的奥斯威辛允许大家从事一些有利于人类的医学研究，同时也进行一些难以言表的实验——如果冯·尼曼医生是一个敏感的人，他会设法回避的。）

但这个命令很快被撤销了，因为法本公司需要大量的劳动力。于是，这个受尽折磨的医生只得又回到斜坡上，又开始筛选。不久，只有犹太人会被送进毒气室。但直到最终的命令下达之前，犹太人和雅利安人都得经历筛选过程。（偶尔也有例外，比如被从马基尼亚运来的犹太人。）恐惧恢复了，像钢锉一样折磨着医生的灵魂，威胁着要摧毁他的理智。他开始酗酒，开始养成邋遢的吃饭习惯，也慢慢忘了上帝。哦，我的上帝在哪里？

但他最终会找到答案的。我想总有一天，事实会让他看到希望的曙光。这些都与罪恶有关，更确切地说，是与罪恶感的缺席有关。他自己会认识到，罪恶感的缺席与上帝的缺席不可分割地联系在一起。没有罪恶感！在他曾参与的残忍的犯罪行为中，他只感到乏味和焦虑，甚至还有反感，但他从没觉得将成千上万的可怜无辜之人送入地狱有违天意。一切都枯燥无比。实际上，他的所有恶行都是在一个没有上帝、没有罪恶感、公事公办的真空环境中进行的，但他的灵魂却渴望上帝的祝福。

他的这种行为不是很容易就能让他重新相信上帝，同时犯下他所能想到的最让人无法忍受的罪恶，来证明人类的邪恶吗？善意随后而至，但首先要犯下滔天罪行。这种罪恶的荣光就在于那种微妙的宽容——给了苏菲选择的机会。毕竟他可以把两个孩子都送向死亡。这就是我对四月一日愚人节那天，杰曼德·冯·尼曼医生在遇到苏菲和她的两个孩子时所表现出的反常行为能做的唯一解释，当时夜色苍茫，走了调的探戈舞曲《化装舞会》不断响着，激情满满。

第十六章

我这一辈子总是忍不住对人说教。天知道这么多年来，我的家人和朋友承受了多少我那令人窒息的不安，他们出于爱而容忍我时不时的"发作"，有时还得忍住他们的哈欠，连下巴都发出轻微的咔咔声，可是眼泪出卖了他们，我的言论实在太无聊了。但在少数的场合中，当时机合适，听众也反应热烈时，我对一个话题畅谈不休的能力，倒也使我得到相当的好处。如果一个场合需要换个能让人感到放松和快乐的话题，没什么比毫无用处的事实和空洞的数据更能抚慰人心了。在华盛顿的那天晚上，我和苏菲漫步在灯火辉煌的白宫，然后绕道往有全城最美味的蟹饼的赫索格餐厅走去时，我便大谈我对花生所知的一切，试图吸引苏菲。在听过她的叙述后，"花生"似乎是合适的新话题，可以重新建立起我们的沟通渠道。因为在她回忆过后的那两个小时里，我只对她说了三四句话。她也没对我说多少。但是花生使我打破了我们之间的沉默，并竭力冲破盘旋在我们上空的沉郁的乌云。

"花生并不是坚果，"我解释道，"而是豆子。它是豆类的表亲，但有一个重要的差异——花生壳是在地下生长的。花生是一年生的低矮植物。美国总共有三种主要的花生——大籽的弗吉尼亚种、蔓生种和西班牙种。花生必须接受充足的日晒，还需要很长的一段无霜生长期，所以它们只种在南方。栽种花生的主要地区依次是佐治亚州、北卡罗来纳州、弗吉尼亚州、亚拉巴马州和得克萨斯州。有个叫乔治·华盛顿·卡弗的天才黑人科学家，他发现了几十种花生的用途。除了食用，花生还可以用在化妆品、塑料制品、绝缘体、爆炸物、某些药物等产品上。花生是一种前景看好的农作物。苏菲，我想我们的这个小农场会不断扩大，很快我们将不只是自给自足，可能还会富起来——十分富有。我们无须依赖艾尔弗雷德·克诺夫或哈珀兄弟赏起饭吃。我之所以要你知道花生作为农作物的一些小知识，只是因为如果你准备成为庄园女主人的话，免不了要动手种植。现在，我们再说花生的具体种植。花生是在最后一场霜之后下种的，每粒间隔三到十英寸，每行相隔大约两英尺。通常情况下，种植后大约一百二十天到一百四十天，壳才会成熟……"

"斯廷戈，我刚刚想起一件事，"苏菲打断了我的独白，说，"这件事非常重要。"

"什么事？"我问。

"我不知道怎么开车。我不会开车。"

"那又怎样呢？"

"但是我们要住在农场里。按照你所说的，那里离别的地方很远，我必须会开车才行，不是吗？在波兰我没有学过——很少有人有车子。至少，必须大一些才能学开车。而这里——内森说过他会教我，可是他从没有教过。我总要学会开车才行。"

"简单，"我回答，"我会教你。那里有一辆小货车。总之，弗吉尼亚州在驾照方面管得非常松。天哪，"我突然想到，"我记得我在十四岁生日那天就拿到驾照了。我是说，那是完全合法的！"

苏菲说："十四岁？"

"上帝，那时我大概九十磅重，只能看到方向盘上面一点点。我记得那个测验我的州警官望着我父亲说：'他是你的儿子还是一个侏儒？'但是我拿到了驾照。那就是南方……有些事情南方和北方大不相同，即使是些细枝末节的小事。以年龄为例，在北方你绝不可能那么小就拿到驾照，似乎南方人更老似的。这可能和成熟度有关。就像密西西比的一个笑话一样，是关于处女的定义的。答案是：'一个跑得比她老爹快的十二岁少女。'"我自顾自地咯咯笑了起来，虽然这算不上幽默，却是我这几个小时来第一次笑。我心里突然涌上一股到南安普敦县去下田耕种的渴望。这种渴望和我想吃赫索格餐厅里著名蟹饼的需要一样强烈。我开始对苏菲漫无边际地闲扯，说出的话也不过脑子，她刚才对我讲的那些事仍盘旋在我的脑海里，但我想我只是考虑不周，完全没有顾及她的忏悔给她带来的脆弱情绪。

"现在，"我以最佳牧师劝告般的腔调说，"对于你说你到南方后会有些格格不入，我有个感触。听着，这种看法是不对的。最初他们或许会有些冷淡——你会担心你的口音及你的外国人身份等，不过让我告诉你一件事，亲爱的苏菲，一旦南方人慢慢了解了你，他们就是全美最热情最宽容的人。他们不像大城市里的流氓和奸诈之徒。所以，你别担心。当然，我们必须做一点调整。正如我说过的，我想婚礼得尽早举行——你知道，不为别的，只是为了避免闲言闲语。所以，等我们熟悉了那个地方，让邻居们认识我们之后——这要花几天时间，我们就拟出一张长长的购物单，开着卡车到里士满去。我们会需要很多东西。那儿的基本物件是够了，但我们还需要很多其他东西。就像我说过的，一台留声机和一大堆唱片。还有你的结婚礼服。结婚时你当然想要穿得漂亮些，因此我们会到里士满去购买。那里虽然找不到巴黎的高级女装，不过有几家很不错的店——"

"斯廷戈！"她尖锐地打断我的话，"求求你！求求你！别再说下去了，关于结婚礼服这样的事情。你以为我的箱子里装了什么？装了什么！"她提高了音量，声音颤抖，流露出少见的怒意。

我们停住脚步，我转头注视她那张沐浴在凉爽夜色中的脸。她的眼睛里满是悲伤。我的胸部一阵剧痛，我知道自己说错话了。我呆呆地问："什么？"

"结婚礼服，"她忧郁地说，"内森在萨克斯买给我的结婚礼服。我不需要再买什么结婚礼服了。你不明白吗……"

是的，我明白。让我感到痛苦的是，我明白。这实在糟透了。就在这一刹那，我第一次意识到我们之间的距离——一种难以弥合的距离。在我幻想南方的爱巢时，我没想到这个距离会如泛滥的宽阔河流般将我们分隔开来，使我们难以真正地沟通。至少是在我如此渴望的爱情层面。内森。她仍然全身心地深爱着内森，爱意浓到连跟着她一路来到这儿的那件令人悲伤的结婚礼服，都对她具有极大的重要性：既能摸到，又有象征意义。我突然了解了另一个事实：我在梦想我们的婚礼和甜蜜的农场生活，而我梦想中的爱人——此刻满脸疲倦又痛苦地站在我的面前——她的箱子里却装着她的结婚礼服，这礼服原本是为了取悦那个她爱得死心塌地的男人。这简直太可笑了，基督，我怎么那么蠢！我的舌头一下子僵住了，我努力想说些什么，却说不出口。越过苏菲的肩膀，我看见乔治·华盛顿纪念碑像一把明亮的剑直指夜幕，笼罩在十月的薄雾里。基座周围有几个人在走动。我觉得虚弱而绝望。每一秒，苏菲都像是在以光速离我远去。

然而，这时候她低喃了几句我听不明白的话。她发出喵喵声，声音小到几乎听不到。就在宪法大道上，她猛地冲进我的怀里。"哦，亲爱的斯廷戈，"她低语道，"请原谅我。我不是故意要提高嗓门的。我仍然想和你到弗吉尼亚去。我真的想。明天我们就一起去，好吗？只是当你提到结婚时，我就觉得很……很困扰，很犹豫。你明白吗？"

我回答："我明白。"我当然明白，虽然我头脑迟钝，明白得迟了一些。我紧紧抱着她。"我当然明白，苏菲。"

"哦，明天我们就到农场去，"她抱紧我说，"真的，只要别谈结婚就好。求你。"

这时我也意识到我那小小的欣喜中掺杂着一些不太真实的东西。我的幻想中有逃避现实的成分。我一直固执地想象着迪斯默尔沼泽边世外桃源般的幸福生活，那里没有嗡嗡直叫的绿头苍蝇，水泵不会坏，庄稼连年丰收，种植棉花田的黑人们从不抱怨工钱太少，水沟没有猪粪。就我所知，尽管我相信父亲的话，亲爱的老"五榆树"却很可能是一个肮脏破烂的庄园，一片失去活力的废墟。这对苏菲可以说是个陷阱，把她引诱到那条衰败的"烟草路"上去是一件不光彩的事。但我把这些统统赶出脑外，不愿考虑。有一件更令人不安的事。我们短暂的好情绪，很显然已经消失无踪了。当我们再度举步前行，笼罩在苏菲身上的忧郁似乎触手可及，就像是一层雾，当你向她伸出手去又缩回后，手上沾满绝望的湿气。她说："哦，斯廷戈，我真需要喝一杯。"

我们沉默地穿过夜色。我不再指着首都的各种路标，也放弃了早先散步时为了让她振作起来而热衷的导游事业。在我看来这是很明显的，尽管她努力过，却仍无法摆脱在旅馆的小房间里所流露出来的恐惧。事实上，我也无法摆脱。在这个初秋的寒冷夜晚，苏菲和我走过灯光闪烁的第十四街，但我们显然都没有心情欣赏这个城市的美景，以及祥和安宁的气氛。华盛顿突然变成了美国的象征，如几何图形般呆板而不真实。我对波兰的感觉和苏菲的完全相同，欧洲堕落的血液在我的血管中快速流淌。奥斯威辛不只潜伏在她的心里，也潜伏在我的心里。这一切没完了吗？没有了结吗？

最后，坐在一张可以俯瞰闪烁着粼粼月光的波托马克河的桌畔，我向苏菲问起她的儿子。她吞下一大口威士忌后才开口说："斯廷戈，我很高兴你问我这个问题。我想你会问，我也希望你问，因为不知道为什么，我就是无法自己提起。是的，你是对的。我自己常想，要是我知道扬发生了什么事，要是我能找到他，或许我就可以从悲伤中解脱。如果我找到扬，很可能我就——哦，摆脱我心中这一切可怕的感觉，摆脱一直存在、以后仍将继续存在的渴望——结束我的生命。向这个神秘、陌生而……错误的地方告别。只要我能找到我儿子，我想我就能得到拯救。

"那甚至可以减轻我对伊娃的愧疚。从某种意义上说，我知道我不该为这件事难过。我明白那是——哦，你知道——不由自主的。但是每天早上带着这个记忆醒来，和它共存，实在是很可怕。再加上我所做过的其他种种坏事，一切都使人无法忍受。真的无法忍受。

"我不知道想过多少次，扬是不是有可能还活在某个地方。如果霍斯履行了承诺，也许他还活着，在德国的某个地方。但是过了这么多年，我觉得我找不到他了。参与'生命之源'计划的孩童会被剥夺身份，他们立刻就被换了名字，变成德国人——我根本不知道从哪儿开始找起。我是说，假使他真的在德国的话。我在瑞典的难民中心时，日思夜想的只有一件事：快点好起来，健康起来，这样我才能到德国去找我儿子。但后来我遇见了一个波兰女人——我记得她来自凯尔采，她的那张脸是我所见过的最悲惨最愁苦的脸。她曾在拉文斯布吕克待过。她的一个小女儿也被选去参加了'生命之源'计划，战后好几个月她就在德国游荡，不断寻找她的女儿。但是她始终没能找到。她说从没有人找到过自己的子女。她告诉我，找不到女儿已经够糟了，寻找时的痛苦甚至更糟。别去，她对我说，别去。因为如果你去了，就会发现到处都能看见你的孩子，在那些被毁掉的城市里，在每条街道的转角处，在每一群小学生身上，在驶过的巴士上，在车子里，在操场上，对着你挥手……每一个地方。你会大声呼唤，奔向那个孩子，结果发现他不是你的孩子。因此你的心在一天之中会破碎千百次，最后比你知道你的孩子已经死了还要糟……

"可是说真的，斯廷戈，就像我告诉你的，我认为霍斯没有遵守承诺，我想扬并没有被送走。如果真的是这样，我确信他已经死了。战争结束前的那个冬天，我在比克瑙身染重病，病得快死了，所以对此事一无所知，只是后来听说党卫军想杀掉儿童营里剩下的孩子，总共有好几百。俄国人要来了，党卫军想消灭掉这些孩子。他们大部分是波兰人，犹太孩童都被杀死了。党卫军想过将孩子们扔到坑里活活烧死，或者开枪打死，但后来他们决定采用不会留下太多痕迹及证据的方法。在天寒地冻的日子里，他们把孩子赶到河里，叫他们脱光衣服泡在河水中，好像是在让他们洗澡，然后让他们把湿衣服穿上。接着党卫军把孩子们赶回他们所居住的营房前点名，那些孩子就穿着湿衣服站在那里。点名持续了很久很久，孩子们在寒冷的天气下浑身湿透地站在那儿，直到夜晚降临。那天所有的孩子经过这一番折磨全都死了。他们都死于寒冷及肺炎，很快。我想扬一定也是其中的一个……"

"但是我不知道。"苏菲最后说，抬眼注视着我。她没掉一滴眼泪，只是一杯接一杯地喝着酒，话语开始模糊不清。这酒减轻了她痛苦的回忆带来的悲伤，让她得到了解脱。"是知道孩子已经死了好，即使是这么恐怖的死法，还是知道孩子还活着，但你永远，永远也找不到他好？我也不知道。要是我选择让扬……去左边，而留下伊娃，会有任何改变吗？"她停住口，跨越惊人的时空维度，从悲惨痛苦又令人费解——甚至在当时我也这样觉得——的回忆中抽离出来，透过夜色眺望我们的目的地——弗吉尼亚州黑暗的海岸。"不会有什么改变。"她说。苏菲向来不喜欢演员般的姿态，但自我认识她这几个月来，我第一次看见她做出这种奇怪的动作：她直指胸膛中央，然后用手指比画着，拉开一层看不见的帷幕，好像是要让我看看那颗万分绝望的心。"我想，只有这个变了。它痛得厉害，已经变成一颗石头了。"

我知道在我们继续南下的旅程前，应该好好地休息。借着种种谈话的策略，包括更多农业知识，加上我搜肠刮肚想出来的南方笑话，我才将苏菲哄得高兴起来，吃完了这顿晚餐。我们喝酒，吃蟹饼，试着忘记奥斯威辛。十点钟时，她又喝得烂醉如泥，步履不稳了——在不知道喝了多少啤酒之后，我的情况也差不多，因此我们搭出租车回旅馆去。到达国会旅馆污渍斑斑的大理石台阶，走进飘着烟草味的休息室时，她已靠着我的肩睡了过去。搭乘电梯的当口，她重重的身子倚着我，直到走入房里。她一语不发地躺到凹陷的床上，连衣服都没脱，就沉沉地睡去。我为她盖上毯子，然后脱下我的汗衫，在她身旁躺下，像被人打晕了一样马上就睡着了。在一段平静的睡眠后，我开始做梦。教堂的钟声不停地响着，虽然并不刺耳，听起来却很嘹亮、空洞，似乎那钟是用廉价合金做成的。在我混乱的性爱梦境中，它像是魔鬼发出的罪恶之声。恩特威斯尔牧师，喝醉了酒沉沉入睡，身旁躺着一个不是他妻子的女人。这种行为违背了社会伦理，我感到局促不安，哪怕是在睡梦中。那可恨的钟不停地发出响亮的声音：咚！咚！

事实上，我确信是我残存的加尔文主义和我的牧师装扮——还有那该死的教堂钟声——使得我在被苏菲唤醒时畏缩不已。当时大概是凌晨两点。那真可以说是所谓梦境成真的一刻，因为在微明中，我模糊的视线和我的感觉都证实了苏菲正赤裸着身子轻轻舔我的耳朵，搜寻着我腿间的那玩意。我是睡着还是醒着？如果这一切——这场梦的幻影还不够奇怪又醉人的话，当她低声说"哦……现在，亲爱的斯廷戈，我想做爱"，那场梦立刻消融。接着我感觉到她拽掉了我的内裤。

我开始如饥似渴地亲吻苏菲，她也呻吟着热烈地回应我，但很长时间我们就这么吻着（或者说这就是我能做的全部，尽管她十分熟练、温柔地刺激着我）。讨论我的功能失常就有点跑题了，无论是它持续的时间，还是它对我产生的影响，尽管有一刻我想，如果它再不勃起，我就去自杀。她像个手艺高超的工匠，给我一种愉悦的感觉。那玩意不再皱巴巴的，而是马上立了起来。"哦，斯廷戈，"她停下来喘气，"不要那么快，亲爱的。"希望渺茫。

我觉得性交的方式五花八门，如果说那晚我们把每种姿势都尝了一遍，未免有些夸张，不过也差不了多少。永远印在我脑海中的是我们似乎永不疲倦。我不知疲倦是因为我二十二岁，还未尝过性爱之乐，而且终于紧紧抱住了我的幻想女神。我确信苏菲的性欲和我的一样无止无休，只不过是出于更加复杂的原因。我想这固然和她原始的生物激情有关，但也是为了通过肉体的快乐忘却那痛苦的记忆和悲伤。还有，我现在才明白，这是击退死亡的疯狂与放荡。但我当时并未意识到这一点，因为我极度亢奋，热血沸腾，不知所措，整夜都沉浸在我们疯狂又无言的交欢中。对我来说，这不像是启蒙之夜，倒更像是一次全面完整的学徒实践。苏菲，我的情爱导师，她不停地柔声鼓励我，指导我。这就像一场生动的现场演出，而我是其中的演员，将我自开始偷偷阅读结婚手册、性心理学家哈夫洛克·埃利斯和其他性学专家的著作以来就渴望知道的答案——实践。

接下来便是那些著名的体位。不是手册上的二十八种，但除了标准体位，我们还用了四五种。有一次，苏菲从浴室回来后——她把酒放在那儿——把灯打开，我们便在柔和的灯光下做爱。她闭着眼睛，表情美丽、温柔又陶醉，她完全沉浸在激情中，我不得不把目光移开。"我忍不住。"我听见她喃喃道。我知道她确实如此。我们静静地躺了一会儿，肩并着肩，但很快，苏菲一句话都没说就摆出了一种新的姿势，这一姿势彻底满足了我过去的所有幻想，我觉得有必要重新定义"快乐""满足""狂喜"，甚至"上帝"。有好几次我们停下来很久，等苏菲去喝些酒，同时也给我灌上几口。那美酒不但没有让我感到麻木，反倒放大了我的感觉，让我们如入仙境……她在我耳边呢喃，说着我不懂却明白的波兰语。她在叫我加快，好像我们在参加一场比赛，她鼓励我进行最后的冲刺。最后是无言的狂欢，疯狂又如痴如醉——没有波兰语，没有英语，没有任何语言，只有我们急促的喘息声。接着我叫了一声，眼前一片空白，感到心满意足。然后，我睡着了——不仅仅是睡着了。我失去了知觉，跟死了一样。

我醒来时，太阳已照射在我的脸上，我本能地伸手去摸苏菲的胳膊、头发、乳房什么的。恩特威斯尔牧师准备再来一场欢爱。这个早晨懒散困倦的摸索是巴甫洛夫的条件反射，在以后的很多年里我经常这样做。但是苏菲走了。走了！在经历了我这一辈子最完美（也许我应该说是唯一一次）的肌肤之亲后，她消失了，真是令人悚然，可刚才发生的一切我还感觉得到。我昏昏沉沉地意识到这跟她的气味有关，她的味道仍然像薄雾般飘浮在空中。我睁开困倦的眼睛，低头看着皱成一团的床单，不敢相信在经过这场快乐而疲乏的狂欢后，我的那东西竟然勇敢地挺立着。而后我感到惊恐万分，因为从镜子中我看见苏菲不在浴室内，那就表示她根本不在房里。我从床上一跃而起，因为宿醉，我的头痛得像木槌猛击我的脑壳。我急急穿上长裤，又感到另一阵惊慌，或者我应该说是恐惧：教堂的钟声传来，我数了一下——已经中午了！我对着破旧的电话吼叫，但无人应答。我感到一股浓浓的不祥之兆，低声咒骂自己，责怪自己，还未穿好衣服就夺门而出，飞速跑下消防楼梯到达休息室。那个黑人侍者正在拖地，里面还有几盆橡胶树、几把破旧的扶手椅和溢出来的痰盂。昨天接待我的那个老职员正站在柜台后发呆，中午的休息室冷清得很。他一看见我就来了精神，说出了我听到过的最坏的消息。

"她很早就下来了，牧师，"他说，"一大早就把我叫醒。"他望向侍者。"杰克逊，你说那是什么时候？"

"六点左右。"

"对，六点左右，天刚亮。她看起来很糟糕，牧师，"他歉然地顿了一下，"我是说，呃，我想她大概喝了不少啤酒。她的头发很乱。总之，她打了这里的电话，是打到纽约布鲁克林去的长途电话。我无意中听到了几句。她在和某个人说话——我猜是个男人。她开始哭起来，对他说她马上就离开这里。她不停地叫他的名字——牧师，她真的很难过。梅森，贾森，就是这样的名字。"

"内森，"我听见自己哽咽着说，"内森！哦，耶稣基督……"

那个老职员露出怜悯及关切的眼神——我突然觉得这种复杂的情感非常南方且老式。"是的——内森。我不知道该怎么办，牧师，"他解释道，"她上楼去，又提着行李下来了，杰克逊把她送到联合车站去。她看起来非常难过，我想到你，不知道……是不是该打电话告诉你一声，可是时间太早了。再说，我不想干涉你们的事。我是说，那并不关我的事。"

"哦，耶稣基督，耶稣基督。"我不停地喃喃低语，看见那个老人脸上流露出疑问的表情。身为华盛顿第二浸信会教堂的一员，他一定想不到一个牧师竟会说出这么亵渎神明的话。[1]

杰克逊陪我搭乘古老的电梯回楼上去，我倚着冷硬的铸铁雕花墙，茫然地闭上眼睛，无法相信，更无法接受这件事。我想着，等我回到房间时，苏菲一定会躺在床上，她金色的头发在阳光下闪闪发亮，伸出灵活体贴的手召唤我继续我们的欢愉……

但结果是，我在浴室洗手台上面的镜子边上发现了一张字条。

1　原文为 Jesus Christ。对有信仰的人来说，绝少用该话来表达情绪。

这些用铅笔草草写成的句子，确实有不少文法错误，像她跟我说的那样不够完美，但很明显也受到了德语的影响。德语是她很多年前在克拉科夫时她父亲教她的，直到这时，我才意识到德语早已在她心中根深蒂固了，就像哥特式建筑的线脚和飞檐。

> 我最亲爱的斯廷戈，你真是个美妙的爱人，我舍不得离开你，请原谅我不告而别，可我必须回内森身边去。相信我，你会找到一个好女孩陪你在农场快乐地生活。我好喜欢你——你一定不要觉得我很残忍。但是当我醒来的时候，我感觉糟透了。我想到内森，感到绝望。我是说我觉得愧疚极了，死亡的想法像冰水一样流过我的血液。所以，无论如何我必须回去找内森。也许我不会再见到你了，但请相信我，认识你对我来说意义重大。斯廷戈，你是个伟大的情人。我觉得好难过，现在我得走了。原谅我糟糕的英文。我爱内森，但此刻却痛恨生命和上帝。去他妈的上帝，去他妈的生命。去他妈的爱。
>
> 苏菲

没有任何方式可以查出苏菲在星期六回到布鲁克林后，和内森之间究竟发生了什么。由于她曾详细地对我说过，前一年秋天在康涅狄格州那个骇人的周末，所以关于他们最后一次见面时发生在那个房间里的情景，我或许是唯一一个略微知情的人。但是我也只能凭空猜测，他们并未留下任何临终遗言以提供任何线索。就和多数不可名状的事件一样，这件事牵涉许多棘手的"如果"，不免使人想到也许这整件事情是可以避免的，因而更加令人难受。（后来我觉得其实这件事避免不了。）这些假设中最重要的部分涉及莫里斯·芬克——鉴于他能力有限，他的表现已超过每个人的期望。没有人确切知道在苏菲和我逃走后，到她又回到屋里的这三十六小时之间，内森是在什么时候回去的。奇怪的是，一天到晚留意房客进进出出的芬克，竟然没有注意到内森回来，而且躲进了苏菲的房里。但后来他断言他根本没看到内森，我没有理由怀疑他，正如我没有理由怀疑他说他也没看见苏菲回来一样。假设火车及地铁既没出事故也没延误，她应该是在弃我于华盛顿的那天中午时分回到粉红宫的。

在这件事上，我之所以将芬克看得如此重要，是因为拉里——他由多伦多赶回来后，就急匆匆地前往弗拉特布什与莫里斯和耶特·齐默尔曼谈过话——曾嘱咐这个看门人，一看见内森回来，就要立刻打电话给他。我也曾这样嘱咐过芬克，此外，拉里还给了莫里斯一笔丰厚的赏钱。然而毫无疑问，内森（很难说他的心态和动机是什么）一定是趁着莫里斯不注意或睡觉时溜进了屋里，而稍后苏菲也是在莫里斯没有注意的时候进去的。另外，我怀疑当苏菲和内森通电话的时候，莫里斯还没起床。如果芬克早点和拉里联系，拉里会立即赶到那里，他是这个世界上唯一一个可以对付他那疯弟弟的人。我确信要是芬克打电话给他，这整个故事的结局就会有所不同。或许依旧悲惨，但会有所不同。

那个星期六，东海岸是个秋阳高照的好天气，温暖又舒适，苍蝇露面了，人们的好心情也回来了，他们误以为冬天的脚步尚远。那天下午在华盛顿时我就有这样的感觉（虽然我的心情并不配合这样的天气），我猜想在粉红宫的莫里斯·芬克也是这样感觉的。后来他说，当他听见音乐声由楼上的房间传出时，他才惊愕地意识到苏菲在她房里。那时大约是下午两点。他对她和内森经常播放的乐曲一窍不通，只知道那是古典音乐。有一次他对我承认尽管这些乐曲对他来说太"深奥"，他听不懂，但他觉得它们比收音机和其他房客的唱机播放的一些垃圾流行曲好听多了。

总之，发现苏菲回来了，他大感惊讶——不，真是目瞪口呆。他立即想到了内森，觉得自己或许应该打个电话给拉里。但是他并不确定内森是否在屋内，所以他犹豫不决，怕让拉里虚惊一场。现在他怕死内森了（两天前的那个晚上他离我很近，内森在电话中开枪时，他看到我吓得往后一缩），迫切希望能够向警察求助——至少是为了得到保护。自从内森最后一次发狂后，他老是觉得屋里有种悚然的气氛，并且开始为苏菲和内森之间的事紧张不安、心神不宁，也没有安全感，他甚至都差点放弃那个因当看门人而得到的半价房间，对齐默尔曼太太说，他要搬到法洛克威去和他姐姐同住。他已不再怀疑内森是最邪恶的那种泥人，一个疯子。但是拉里曾经说过，无论如何，他或其他任何人都不能和警察联系。因此莫里斯在楼下的走廊上等着，忍受着如夏日般湿热的空气，倾听由楼上传来的复杂又难懂的音乐。

接着让他大吃一惊的是，楼上的房门缓缓开了，苏菲出现在门口。他后来回忆道，她看上去并没有什么不寻常的地方，或许她有些疲倦，眼睛下方有些阴影，但是她并未流露出紧张、不悦、悲伤等消极的神色。照理说，过去几天来的磨难应该使她情绪低沉才对。正相反，她站在门口，一只手抚弄着门把手，脸上微微掠过一丝喜悦，似乎是发出了一声轻笑。她嘴唇微张，牙齿在下午明亮的光线下闪闪发光，然后他看见她伸出舌头舔了舔上唇，收回了原本要说的话。莫里斯知道她看见他了，他的心猛地跳了一下。他一直迷恋着苏菲，她的美丽仍然折磨着他，使他日复一日地心痛和兴奋。她当然值得拥有比那个疯子内森更好的男人。

　　但此刻她的穿着使他惊讶——虽然他是个外行，却看得出她穿的衣服并不时髦，不过使她看起来更加美丽：一件白色上衣，里面是一条酒红色的缎面褶裙，颈上围着一条丝巾，头上斜戴着一顶红色贝雷帽。这身打扮使她看起来像个早期的电影明星——克拉拉·鲍、菲伊·雷和葛洛丽亚·斯旺森这样的。他以前没有见过她这样穿吗？和内森？他记不得了。莫里斯十分困惑，不只是因为她的外表，还因为她竟然在屋里。不过两天前的晚上，她惊慌失措地带着行李离开了……这又是另一件使他困惑的事。"斯廷戈呢？"他正想亲切地问一问。但还没问出口，她已向前走了几步，趴在扶栏上说："莫里斯，帮我买瓶威士忌好吗？"她丢下一张五美元的钞票，他伸出手在半空中把飘落的钞票接住。

　　他走了五个街区，到弗拉特布什大道上买了一瓶卡斯泰尔斯威士忌。回来时天气闷热，他在公园边逗留了一会儿，看孩子们和年轻男人在球场上踢足球、传送球、互相拦截，听人们用熟悉、单调又喧闹的布鲁克林口音嬉笑叫骂。连续几天没有下雨，到处都是灰尘滚滚，公园边上的草地和树叶上也蒙了灰扑扑的一层。莫里斯很容易就分了心。后来他回忆说，有十五到二十分钟，他完全忘了自己还有任务，直到他突然听见几百码外由苏菲的窗口飘来的"古典"音乐。那乐声十分吵闹，仿佛都是小号声。这使他想起了他出门的目的以及苏菲的等待，他急忙抬起脚步小跑赶回粉红官，在卡顿大道上差点被一辆联合爱迪生电力公司的黄色维修车给撞倒。音乐声随着距离的缩短越来越大，他想着要尽可能谨慎地让苏菲把声音调小一点，但他又想：毕竟现在是白天，而且是星期六，其他房客也不在家。音乐声并不会对街坊邻居造成什么伤害。随它去吧。

他敲了敲苏菲的房门，但没有人应门。他又敲了一次，仍然没有回应。他把那瓶酒放在门边，下楼回到自己的房间，在房里坐着看了半个小时的火柴盒。莫里斯喜欢收集东西，除了火柴盒，他的房里还有许多软饮料瓶盖。接着他又照例睡了一觉。他醒来时已近傍晚，音乐声停止了。他记得他当时有种不祥的预感。这种忧虑部分是由于不合时宜又难以忍受的闷热，房里就像个锅炉房，哪怕黄昏即将到来，空气中仍是没有一丝风，他热得浑身是汗。他心想：房子里突然变得异常安静。公园远处的天际线上打了几下闪，他听到西边传来几声闷雷。房里安静又昏暗，他踏着重重的步子跑上楼去。那瓶威士忌原封不动地立在门口。莫里斯再一次敲门。陈旧的门略微动了一下，露出一点缝隙，然后门很快又自动关上了，显然门由里面上了门闩。透过门缝，莫里斯能看到插得死死的门闩，因此他知道苏菲不可能出门去了。他大声呼喊她的名字，两声，三声，但回答他的只有一片死寂。当他由门缝窥视，注意到房里并没有灯光时，他的困惑转为焦虑，因为天慢慢黑了下来。这时他才决定打电话给拉里。拉里不到一个小时就赶到此处，和莫里斯一起把门撞开……

同时，在华盛顿的小房间内，心急如焚的我做了一个决定，这个决定实际上没有对事情的发展产生任何影响。苏菲早我六个小时离开，尽管如此，只要我立刻去追她，或许可以及时赶回布鲁克林，阻止不幸的发生。然而实际上，我焦躁又痛苦，再加上到现在我也想不通的原因，我决定一个人继续南下到南安普敦去。我想我之所以做这个决定，部分是出于愤怒：气她不告而别、感到非常嫉妒，还有就是我得出一个痛苦又恼人的结论——此后她只会关心那个蠢货。内森，那个笨蛋！我已经尽我所能了。让她回到她那个疯狂的犹太甜心，那个犹太畜生身旁去吧。因此，我清点了一下已大大缩减的钱包（讽刺的是，我仍靠内森的馈赠生活），带着一种反犹情绪离开旅馆，在酷热下步履艰难地走过几个街区来到巴士站，买了张到弗吉尼亚州富兰克林的长途车票。我决心将苏菲忘掉。

那时是下午一点钟。我对时间几乎毫无所觉，只是身陷危机之中。这种恶毒的行为，这一巨大的失望——这一背叛——让我感到非常痛苦，我的四肢都不由自主地战栗起来。此外，宿醉的不适变成一种酷刑，使我口干舌燥，在隆隆作响的巴士小心翼翼地驶过拥挤的阿灵顿时，我开始感到焦虑不安，体内的每一个追踪器都警觉起来，向我全身发送警告信号。这和苏菲让我喝下的威士忌酒有很大关系。我这一辈子还没见过我的手指颤抖得这么厉害，连点根烟都困难。冷清的景色如噩梦般恐怖，更是增加了我的沮丧和恐惧。荒凉的郊外，高耸的监狱，流着黏糊糊污水的宽阔的波托马克河。当我还是个孩子时，那是在不久之前，华盛顿的南郊有很多田园般的十字路口，车驶过时尘土飞扬，有一种独特的魅力。天哪，看看现在。我忘了我的家乡曾遭过怎样的磨难，如今它被战利品塞得满满的，费尔法克斯县富饶却肮脏的环境进入我的视野，就像看到了利堡和新泽西。混凝土到处都是，就在前一天，我还以为我永远不会再看见它们。难道北方佬的癌症已蔓延到我钟爱的弗吉尼亚州了吗？当然再往南走会好很多，然而我却不得不仰头靠着椅背，为一种陌生的恐惧和疲倦而痛苦不已，之前我从未体验过这种感觉。

司机叫道："亚历山德里亚。"我知道我必须在这里下车。我不禁想着，本地医院的实习医生要是看见一个穿着一件皱巴巴的泡泡纱西装、忧心如焚又骨瘦如柴的怪人，会不会让他穿上约束衣？（我是在这个时候确定我永远不会再住在南方的吗？我想是的，但直到今天我仍不确定。）

最后我总算控制住自己，摆脱了神经衰弱这个小妖怪。在搭乘一连串的交通工具（包括一次出租车，差点让我破产）之后，我回到联合车站，赶上三点整开往纽约的火车。直到我坐在闷热的车厢里，我才允许自己去想苏菲。慈悲的上帝，我心爱的波兰人正在踏向死亡！我突然清楚地意识到在我奔向弗吉尼亚途中，我之所以将她从我的脑子里赶出去，只是因为我的潜意识不愿让我预见并接受我痛苦的意识所坚信的一件事情：可怕的事将发生在她和内森身上，而我不顾一切地奔回布鲁克林，并不能改变他们的命运。我看清这一点并非因为我有先见之明，而是因为我一直故意视若无睹，或者因为我有点傻气，也可能两者都有。她的字条不是已经说明白了吗？即使是个天真的六岁孩童也猜得出言下之意，而我竟疏忽了，没有立刻追在她身后，而是搭上那辆愚蠢的巴士穿过波托马克河！这真是罪大恶极！我痛苦不已。我对她的愧疚一如她对她孩子的愧疚，我犯了疏忽之罪，我本可以制止内森，不让她走上死亡之路的，可我却没有这样做。我想着：天哪，电话在哪里？我必须在一切结束之前警告莫里斯·芬克或拉里。但等我想到这一点时，火车已颤巍巍地往前行驶，我知道我无法与别人联系了，直到……

于是我陷入一种古怪的宗教情感中，虽然只有一会儿，却非常强烈。那本和《时代》杂志及《华盛顿邮报》放在一起的《圣经》，多年来一直是我的旅行装备。当然，在我扮演恩特威斯尔牧师时，它也成为我的道具。无论怎么说，我都不算是个信仰虔诚的人，它对我的意义主要在文学方面，使我的小说人物可以引经据典，其中有一两个还会变成虔诚的信徒。我自认是个不可知论者，不受宗教信仰的束缚，即使在受苦时也足够勇敢，可以抗拒如神般值得怀疑又没有实体的脊椎动物的号召。但是孤独、虚弱、惊恐、失落地坐在车上，我知道我已失去了一切支柱，而《时代》和《邮报》似乎无法为我的痛苦提供良方。一个巧克力色肌肤、丰腰肥臀的女士挤进我身边的位子坐了下来，带来一股天芥菜的香味。我们正向北疾驰，渐渐驶离哥伦比亚特区。我知道她盯着我看，所以转头看她。她正用友善而晶莹的棕色眼睛打量我，那眼睛圆圆的，跟梧桐果一般大。她笑一笑，喘了口气，脸上流露出我在那个绝望的时刻所渴望的母亲般的关切。"孩子，"她愉悦地说，带着极大的虔诚，"天下只有一本好书，那本书就拿在你手上。"我们的信任就这样建立起来了。我的教徒同伴从购物袋里拿出她自己的《圣经》，坐回椅子上开始愉快地阅读起来，湿润的嘴唇不时发出咂咂声。"相信上帝的话，"她提醒我，"你就可以得救——那是上帝的福音和真理。阿门。"

我回答："阿门。"我打开《圣经》，经由主日学校的愚蠢课程，我知道该翻到哪一页才找得到大卫的诗篇。"阿门。"我又说了一遍。"上帝啊，我的心切慕你，如鹿切慕溪水……你的瀑布发声，深渊就与深渊响应，你的波浪洪涛漫过我身。"我突然觉得我必须躲开所有人的目光，于是我站起身，跟踉跄着走到洗手间，将自己锁在里面，坐在马桶上。我在笔记本上潦草地写着天启般的语句，尽管这些话不断从我混乱的意识中涌出，我却难以理解：这是一个被判死刑之人最后写下的忏悔，是一个即将消逝在这世界上最遥远最糟糕的海滩上的人写下的胡言乱语，他匆忙写就这些话放进瓶中，任它在黑暗又冷漠的永恒中浮沉。

"你为什么哭泣呢，孩子？"后来我在那个女士身旁坐下时，她问我，"有人伤害了你吗？"我无言以对，但她接着提出一个建议。过了一会儿，我镇静下来，开始和她齐声朗读。我们的声音高了起来，带着一股急切，和谐的挽歌压过了火车前行的隆隆声……"《诗篇》88。"我建议道。她说："一首很不错的赞美诗。""耶和华拯救我的上帝啊，我昼夜在你面前呼吁。愿我的祷告达到你面前，求你侧耳听我的呼求。因为我心里满了患难……"

我们大声朗读着经过了威尔明顿、切斯特，穿过了托伦顿，不时翻到《传道书》和《以赛亚书》。过了一段时间，我们读了《登山宝训》，但不知怎的，它对我不起作用。古希伯来的灾难似乎进一步加深了我的悲痛，所以我们又回头念《约伯记》。最后我抬起头望向窗外，天色已变得漆黑，西边的天空中划过几道绿色的闪电。那个我越来越喜欢的黑人女牧师在纽瓦克下了车。她预言道："一切都会好起来的。"

那一晚粉红宫外的景象就和我在残暴的侦探电影里看过不下百次的画面一样。直到今天我还清楚地记得我走在人行道上时那种接受一切的感觉——我并不感到惊讶。这些关于死亡的所有具象都是我所预见的：救护车、消防车、抢险车、亮着红灯的警车——一大堆车聚集在那儿，仿佛这幢摇摇欲坠的老房子里发生了什么可怕的大屠杀，而不是两个自愿体面地结束生命的人，永远静静地睡去。一盏照明灯的强光探向各处，房子周围用冷酷的路障围了起来，其中一个路障上竖了一块硬纸板，上面写着"不准通行"，到处都站有一脸凶相的警察，他们嚼着口香糖，心不在焉地用力拍着自己肥胖的屁股。我和一个警察——一个暴躁丑陋的爱尔兰人——争吵，坚持说我有权利进去。要不是拉里的话，我可能会在外面站几个小时。他看见我，马上对那个一脸横肉的畜生说了几句话，我才得以走进楼下的玄关。我的房门半开着，耶特·齐默尔曼瘫坐在我房里的一张椅子上，惊慌失措地用依地语低喃着什么。显然，她刚刚才得知这件事情。那张普普通通的大脸平常都是满面春风的，此刻却毫无血色。她被吓得魂不守舍。一名救护人员在她附近走来走去，准备为她注射一针。拉里一语不发地带我往楼上走去，经过一群警方记者和两三个摄影师，后者似乎对任何移动的物体都有反应，不断按着闪光灯。楼梯平台上的香烟烟雾非常浓，有一会儿我还以为这儿早先着过火。莫里斯·芬克站在苏菲的房间门口，正颤抖着声音对一个警探说话。他的脸色比耶特的还要苍白，脸上有种非常伤痛的神情。我在一旁等了很久才和莫里斯说上话。他对我说出下午发生的一些事，包括音乐。最后我站到苏菲房门口，尽管房门被撞坏了，整个房间却笼罩着一层温柔的珊瑚红色。

在晦暗的光线中，我眨了眨眼睛，逐渐看清苏菲和内森躺在床上，他们身下是明亮的杏黄色床单。他们身上所穿的衣服，就是许久前的那个星期天，我第一次看到他们时的服饰——她穿着那套华美复古的衣服，而他穿着那套落伍又俗气的灰色宽条法兰绒西装，看起来像个名声响亮的赌徒。他们穿成这样躺在彼此的怀里，抱在一起。从我站着的地方看去，他们很平静，就像是愉快地打扮好自己，准备下午外出散步的爱侣，但心血来潮，决定躺下来睡个午觉，或亲吻、做爱，或仅仅是呢喃细语，结果被永远冻结在这个庄严而温柔的拥抱中。

拉里说："我要是你的话，就不会看他们的脸。"他停了一会儿又说："但是他们并没有受苦。他们吞服了氰化钠。前后不过几秒钟而已。"

羞愧和懊恼使我双膝发软，我差点跌倒，但是拉里伸手扶住了我。我打起精神跨进门内。

一个警察上前来拦住我，问："医生，他是什么人？"

"家人，"拉里说的并不假，"让他进去吧。"

房里景物依旧，没多什么，也没少什么，只是床上躺了两个死人。我不忍再看他们。不知为什么，我慢慢走向那台关上的留声机，看着那天下午苏菲和内森播放过的那叠唱片。珀塞尔的《小号即兴前奏曲》、海顿的大提琴协奏曲、《田园交响曲》、格鲁克的歌剧《奥菲欧与尤丽狄茜》中哀悼尤丽狄茜的挽歌——这些都在我从转轴上取下来的那十几张虫胶唱片中。其中有两首曲子对我而言具有特别的意义，因为我知道它们对苏菲和内森也有着别样的意义。一首是莫扎特的《降B大调钢琴协奏曲》——莫扎特写的最后一首曲子——中的小广板。我和苏菲在一起时，她曾多次播放这首乐曲。她总是躺在床上，一只手臂遮着眼睛，听着缓慢、甜蜜而悲伤的曲子弥漫整个房间。莫扎特写这首曲子时已濒临生命的终点，是不是因为此（我记得苏菲说出她的疑惑），这首乐曲才会充满一种近乎喜悦的认命？苏菲继续说，要是她有幸能够成为一名钢琴家，这首曲子将是她最先希望牢记的作品之一，她会熟练演奏出她所感受到的每一处细微之处，它们都是永恒的声音。那时我对苏菲的往事几乎一无所知，所以对她接着说的话，也不完全明了。她说每一次听到这首曲子时，她总是会想起当黑夜的阴影慢慢笼罩宁静的青青草地时，孩子们在暮色中玩耍呼喊，吹奏笛子的场景。

两个穿着白色上衣的殡葬人员进了房间，手上拿着沙沙作响的塑料袋。另一首乐曲是苏菲和内森一整个夏天都在听的。我不想赋予它更多的意义，因为苏菲和内森都失去了信仰。但这张唱片就放在那叠唱片的最上面，当我取下它时，我忍不住想，在他们最后的痛苦或狂喜，或他们在堕入永恒黑暗前的任何将他们联结在一起的感觉中，他们听的乐曲一定是《耶稣，人类愿望之欢乐》。

我想，这最后一部分应该被称为"征服悲伤的研究"。

我们把苏菲和内森合葬在拿骚县的一个墓地里。这并没有想象中那么难办。我们曾经担心过，因为这毕竟是缔结"自杀协议"（《每日新闻》第三版在刊载这件事情时便是这么说的）的犹太人和天主教徒，一对活在罪恶中的未婚情侣，一个美丽动人、引人遐想，一个精神失常、引发悲剧，等等——在一九四七年，这一切都算超级丑闻。读者可以想象合葬所引起的各种异议。但是葬礼因为无须严格遵守任何宗教上的禁令，安排起来就相对容易（拉里安排了一切）。内森和拉里的双亲都是正统的犹太教徒，但母亲已过世，而那个八十几岁的父亲老态龙钟，身体也不好。此外，苏菲除了内森根本举目无亲（我们说，为什么不能正视这一点呢？）。这些情况使得拉里在安排葬礼时可以更加方便，葬礼就在第二天举行。拉里和内森两个人已有多年没到犹太教堂去过。当拉里问我有何建议时，我说我认为苏菲不会希望由牧师或其他任何神职人员主持她的葬礼——也许这是一个渎神的假设，一个使苏菲下地狱的假设，但我确信（现在仍然如此）我是对的。苏菲来世一定能忍受任何地狱的磨炼。

因此，在这种情况下，我们在城郊的沃尔特·B.库克殡仪馆举办葬礼，尽量使葬礼文明而体面（同时带有一种强烈的激情，至少外人都对此惊讶不已）。主持仪式的牧师出了点小问题，他就是个灾难，但幸好那天下午我和拉里站在一起迎接吊唁者时，并不知道这一点。参加葬礼的只有一小群人。第一个到达的是兰多的姐姐，她嫁给了一位外科医生。她和她十几岁的儿子从圣路易斯坐飞机前来。穿着昂贵衣服的脊椎指压治疗师布莱克斯托克和卡茨，跟两个与苏菲共事的年轻女人一起到达；他们低声哭泣，面色苍白，鼻子都哭红了。耶特·齐默尔曼步履蹒跚地来了，她看起来十分虚弱，和她一起来的有莫里斯·芬克和肥胖的犹太法学学生莫伊舍·穆斯卡特布利特。莫伊舍虽搀扶着耶特，但由他那疲惫惨白的脸色及摇晃的脚步来看，他自己也需要别人搀扶。

内森和苏菲的朋友也来了——六七个年轻的教授和讲师，都在布鲁克林学院任教，包括莫蒂在内，因此我称他们为"莫蒂·哈伯团体"。莫蒂是个温和的学者，他说话温柔。我对他稍有了解，也喜欢他，那天我和他接触了一段时间。当时的气氛沉重而庄严，仿佛连死神允许的呼吸都被禁止似的：一张张静肃、紧张、哀伤的面孔表明大家都意识到真正的惊骇，真正的悲剧。没有人费心去问问音乐是什么，这既是一种讽刺，也是一种耻辱。吊唁者迎着闪光灯步入玄关时，我听见哈蒙德风琴的哀鸣声，是古诺的《圣母颂》。想到苏菲和内森对音乐的热爱和尊重，这首别扭而庸俗的曲子使我的胃部翻腾不已。

反正我的胃早就不成样子了，我的平衡感也一样。自在华盛顿搭上火车后，我几乎没有冷静过一刻，也不曾合眼歇息过。这一切使我得了失眠症，我的眼睛干涩无比。既然睡不着，我就在街道上游荡，走进弗拉特布什的酒吧里，沉迷在酒精中以打发那些可怕的时光。我不断喃喃自语："为什么，为什么，为什么？"我喝的基本是啤酒，这样我不至于烂醉如泥。就在这种似醉非醉，以及一种怪异的错乱和疲惫感（后来我意识到这种感觉可能是酒精引起的幻觉）下，我觉得自己坐在沃尔特·B.库克殡仪馆的一条长椅上，倾听德威特牧师在内森和苏菲的棺材上方"布道"。请这位德威特牧师来也不算是拉里的错，他觉得无论如何都要有个神职人员，但犹太拉比似乎不大合适，神父则不被列入考虑范围，所以他的一个朋友，或者说是朋友的朋友，便建议请德威特牧师。他是普救派[1]的信奉者，四十多岁，有张故作平静的脸，一头精心打理过的卷曲金发，一张粉嫩灵活的嘴唇。他穿着棕褐色的西服套装，套了一件棕褐色的牧师服，遮住了他凸出来的大肚子，牧师服上还挂着一把大学领袖学会的金钥匙。

那时候我发出了第一声略带疯癫但清晰可闻的笑声，使得周围的人有些不安。我从没见过比我年长的人戴这种钥匙，尤其还是在校园外，这使得这个我一见就讨厌的人更显滑稽。内森要是看到这个异教徒一定会大声咆哮！我无精打采地坐在莫蒂·哈伯旁边，吸着马蹄莲馥郁的香气，觉得这个德威特牧师比其他任何人都能唤醒我体内所有的杀人潜力。他喋喋不休地说着昏话，引用了林肯、拉尔夫·沃尔多·爱默生、戴尔·卡耐基、斯宾诺莎、托马斯·爱迪生和西格蒙德·弗洛伊德的话。他提过一次耶稣，语气冷漠——这一点我倒不在乎。我从座位上渐渐往下滑，不听他说话，就像关掉收音机的声音一样，我昏昏欲睡，只在心中捕捉最清楚可笑的陈腔滥调。这两个迷失的孩子。猖獗的物质主义时代的牺牲者。普世价值的沦丧。相互沟通的无能！

我心想："去他妈的狗屎！"没想到我已经说出了这句话，因为我感到莫蒂伸手拍了拍我的腿，温和地"嘘"了一声，伴着低

---

1 普救派是基督教的一派，相信所有的人终会得救。

声的微笑，显然他同意我的见解。接下来我一定打了会儿瞌睡——并没有真的睡着，只是陷入了恍惚，所有想法像逃课的孩子般从我的脑子里跑了出来——因为我接下来看到的是两具炮铜色的棺材从我身旁的走道推过去的可怕景象，它们就在两辆闪闪发光的推车上。

"我想我快吐了。"我说，声音很大。

莫蒂又说："嘘！"

在上车前往墓地前，我溜进附近的一间酒吧里，买了一大杯啤酒。那个时候一夸脱啤酒只要三十五美分。我明白这一举动极为失态，但似乎没有人介意。等我们到达亨普斯特德附近的墓地时，我已经很不灵活了。很奇怪，在这块新开辟的墓地，苏菲和内森是最早的一批"居民"之一。这片巨大又全新的绿地，在十月温暖的阳光下一直延伸到地平线。当送葬队伍朝着目的地蜿蜒前行时，我害怕两个我所爱的人将被埋在高尔夫球场内。有一会儿这种想法似乎颇为真实。我陷入酒醉者时常会有的混乱幻想或心灵戏法：我看见打高尔夫球的人一个接一个地站在内森和苏菲的墓地上，边把球挥打出去边喊"看球！"，然后又忙着换上二号铁杆，全然不顾睡在草地下被惊扰的亡灵。

我和莫蒂并肩坐在一辆凯迪拉克里，我在翻《美国诗歌选集》。除了这本诗集，我还把笔记本带来了。我向拉里建议让我朗读一些句子，他很喜欢这个主意。我确定在做最后的告别前，苏菲和内森会听到我的声音。让那个德威特牧师做最后的致辞是我无法忍受的，所以我勤勤恳恳地翻着诗集，找到艾米莉·狄金森的诗，搜寻着最可爱的句子。我还记得，在布鲁克林学院的图书馆里，使得内森和苏菲相遇的就是艾米莉。我认为由她来向他们告别最好不过了。当我找到合适的，或者我该说完美的诗篇时，我不禁感到狂喜，沉醉其中。轿车在墓地旁停下时，我兀自轻声发笑。我摔出了车子，差点倒在草地上。

德威特牧师的祷词和他在殡仪馆里说的大同小异。我记得拉里暗示过他最好简短一些。他快说完时举行了一种俗气的礼拜仪式，从口袋中掏出一小瓶泥土，将泥土撒在相隔六英尺远的两具棺材上，一半给苏菲，一半给内森。但这可不是普通的泥土。他告诉送葬者，这些泥土来自世界六大洲，以及南极洲的冰川下，表示我们需要记住死亡是无所不在的，任何信仰、种族和国籍的人最终都会死。我再度痛苦地想着，内森在神志清醒的时候，对德威特愚蠢的言行一定很不耐烦，他会运用自己模仿的天赋，嘲讽这个愚笨的骗子。拉里正对着我的方向点头，我向前走去。在炎热、晴朗而寂静的下午，唯一的声音就是蜜蜂飞舞的嗡嗡声，它们正在两个坟墓周围的花朵中采蜜。我步履不稳，却毫无知觉，想到了艾米莉和蜜蜂，以及蜜蜂在她诗歌中的无限性和它们象征着永恒的嗡嗡声。

> 铺好这张宽大的床。
>
> 让它令人敬畏；
>
> 躺在床上等待审判日破晓
>
> 美丽而迷人。

我犹豫着停住口。我的口齿依然清晰，但欢欣使我停顿下来，其中还夹杂着哀伤。难道这真的蕴含着某种难以言喻的意义吗，我和苏菲、内森的这段友谊一直都和床扯上关系？从我第一次（仿佛过去了好几个世纪）听见他们在我楼上的房间疯狂地做爱，到最后他们在同一张床上相拥而死，直到我老去或死亡也难以将这种种景象自心中逐出吧？那时候我开始觉得衰弱疲惫，慢慢崩溃。

> 把它的床垫摆得笔直，
> 把它的枕头拍圆；
> 别让日出时黄色的噪声
> 打扰这块土地。

在前面，我曾提及我对我年轻时候所记的日记爱恨交加。后来我认为那些生动而可贵的内容——我忍住了扔掉它们的冲动——似乎和我的柔弱、受挫的男子气概及有所消减的热情有关。日记中记载了我和莱斯莉·拉皮德斯及玛丽·艾丽斯共度的绝望夜晚，这些夜晚也在本书中获得了合理的地位。其余的大部分都是些不成熟的想法、自命不凡的警句和我无权涉足的愚蠢的哲学讨论。许多年前，我断然剥夺了它们永存的机会，将它们带到后院付之一炬。有几页逃过了那场火。但是，我之所以保留这几页，并不是因为它们本身有什么价值，不过是为了留作历史记录——关于我自己的记录。比如，在这七八页有关最后那几天的日记中（从由华盛顿返回纽约的火车的厕所中疯狂写下的东西，直到葬礼后第二天发生的事），我觉得只有三个短句值得保存，但并不是因为这三个句子具有什么近于不朽的性质，而是因为它们至少出自一个一时面临生存问题的人之口，尽管现在看来有些拙劣。

"有一天我会理解奥斯威辛。"这是一句勇敢却无知荒唐的话。没有人能够理解奥斯威辛。更准确的表述应该是："有一天我会写出苏菲的生与死，借以证明真正的邪恶永远也不会从这个世界上消失。"奥斯威辛本身仍是难以说明的。然而对奥斯威辛做出的最深刻的描述，根本不是陈述，而是一个回答。

问题是："告诉我，在奥斯威辛，上帝何在？"

答案是："人性何在？"

我找出的第二个句子或许有些太肤浅，但我仍然留下了。"让你的爱流淌到所有的生命中。"这句话有点说教的意味。然而，文字非常美丽，读起来朗朗上口。现在再看这句话时，那页纸已发黄，像干枯水仙花的颜色，而且随着时间的流逝慢慢氧化，变得近乎透明。我的眼睛一下子被句子下重重的划痕所吸引，纸都被划破了，似乎当时那个深受折磨的斯廷戈在他的成年生活里第一次近距离地领悟了死亡、痛苦和失去，以及人类生存的难解之谜，他正试着从纸上挖掘出仅存的——或许也是唯一可以忍受的——真相。"让你的爱流淌到所有的生命中。"

但是这句话有两个问题。第一个问题是，这并不是我的认知，它源于宇宙，也属于上帝，在半空中被老子、耶稣、释迦牟尼和其他成千上万无足轻重的思想家截获，包括你的叙述者——他在巴尔的摩和威尔明顿之间的某个地方听见了这个可怕的真理，并像疯子在石头上刻字一样，愤怒地将这个真理写了下来。三十年后它仍在空中遨游，我把它写成一首美妙的歌曲时，听到了它的欢唱声。当我驾车行驶在新英格兰的夜晚时，一档乡村音乐节目放了这首歌。但这又引出了第二个问题：这句话的真实性——或者，如果不是真实性，就是不可能性。因为不正是奥斯威辛阻挡了这种爱的洪流吗，就像人类血管中致命的栓塞？或者完全改变爱的本质，以在一个允许建立奥斯威辛黑暗大厦的世界中，将爱缩减到荒谬地去爱一只蚂蚁、一只蝾螈、一条毒蛇、一只癞蛤蟆、一只狼蛛，或狂犬病病毒，甚至是其他愉快而美丽的东西？我不知道。也许现在还为时过早。总之，我保存着这句话，好提醒人怀抱脆弱而永恒的希望……

我留下的最后一个句子是一行诗句，我自己的诗。考虑到这句诗诞生的背景，我希望它可以被宽恕。因为在葬礼之后，我陷入酒醉的一种空白状态，忘记了一切。我搭地铁到科尼岛去，想要借此排遣我的哀伤。最初我不明白是什么使我回到那些开满廉价酒吧的街道上的，因为我从不觉得它们是这个城市最可爱迷人的地方。但是那个傍晚天气温暖晴朗，我感到非常孤独，科尼岛似乎是一个迷失自己的好地方。障碍赛马公园关门了，所有其他的娱乐中心也停止营业。海水又太冷，不适宜游泳。但好天气仍吸引了不少纽约人。傍晚时分，霓虹灯亮了起来，街上挤满了游手好闲的人。我在胜利者餐厅——那家死气沉沉的小咖啡店——外停下脚步，就是在那儿，我的生殖腺为莱斯莉·拉皮德斯及她虚伪的行径而激荡不已，真是荒唐。然后我继续前行，又走了回来。由于它让我想起自己的挫败，似乎是个消愁的好地方。为什么人类会为愚蠢而不快的回忆痛苦？但是我很快就忘了莱斯莉。我叫了一大壶啤酒，然后又一壶，喝了个烂醉如泥，坠入幻想的世界中。

后来，在繁星点点的夜空下，我独自站在海滩上，呼吸着从大西洋吹来的潮湿寒冷的空气，感受着秋天的气息。那里阒静无声，除了闪亮的星星，天空一片漆黑，城里的晚霞隐约映照出建筑物的细长剪影：奇怪的尖塔、哥特式的屋顶、巴洛克式的塔楼。这些塔中最高的那个是跳伞的地方，看起来像只大蜘蛛，绳索从顶部垂下。就是在这个令人眩晕的跳伞台上，我曾听见苏菲和内森一起往地面坠落时发出的阵阵欢快的笑声——那是初夏的事，现在却好像过了千万年。

就在这个时候，我的泪水终于涌出——不是喝醉酒后伤感的眼泪，而是我从在华盛顿上了火车后就一直忍着没有流下的泪，这眼泪一直压到现在，再也抑制不住，像温暖的河水一般，滚滚落到我的指间。当然，若不是回忆起很久之前苏菲和内森跳伞的事情，这些眼泪不会决堤而出，过去几个月来鞭挞着我的内心，如今需要我哀悼的愤怒和哀伤也随之发泄：苏菲和内森，是的，还有扬和伊娃——跟她的那只独眼玩具熊，还有埃迪·法雷尔、博比·威德、拯救我的小黑奴阿提斯特、玛丽亚·亨特、纳特·特纳，以及万达·穆克－霍希·冯·克雷奇曼（她不过是这世上少数几个被殴打、屠杀、背叛和折磨的孩子之一）。我不为六百万犹太人或两百万波兰人或一百万塞尔维亚人或五百万俄国人哭泣——我还没准备好为全人类哭泣，但是我确实为其他那些与我亲近的人而哭。我在这空无一人的海滩上毫无顾忌地大哭着，然后眼泪流干了，我弯身在沙滩上跪下，一个二十二岁的年轻人，突然感到无比脆弱。

我睡着了，做了一些可怕的梦，就和埃德加·爱伦·坡的那些故事相若：我被一台巨大的机器撕成两半，在一个泥涡中转动，被关在石头中，非常可怕的是，我被活埋了。一整夜我都觉得无助，说不出话，无法动弹或叫喊，无情的泥土落在我身上，发出有节奏的砰砰声。我躺在地上，全身僵硬，就像一具即将被埋在埃及沙漠中的活尸。沙漠非常寒冷。

我醒来时已是清晨时分。我躺在沙滩上，透过薄雾仰望着蓝绿色的天空。像一颗小水晶球，孤独而宁静，金星透过雾霭照射到平静的海面上。我听见孩子们在旁边说话。我动了动身子。"侬奇，他醒了！""看啊，你脸上长了胡子！""去你的！"谢天谢地，我又活过来了，我意识到那些孩子在往我身上堆沙子，为我筑起一道屏障。穿着这件绝妙的大衣，我像个木乃伊般安全地躺着。就在这时候，我脑海里浮现出这样的诗句：

> 在冰冷的沙土下我梦见死亡，
> 但黎明醒来时，
> 我在日光中看见明亮的晨星。

这不是审判日——只是早晨。美丽而迷人的早晨。